21世纪普通高校计算机公共课程规划教材

大学计算机基础案例教程

顾振山 王爱莲 主编

清华大学出版社
北京

内 容 简 介

本书是一本系统讲述计算机基础知识、Windows XP 操作系统的基本操作、Office 2007 办公软件的基本操作以及计算机网络基础知识及基本应用的案例式教材。

本书共分 6 章，内容包括计算机基础知识、Windows XP 操作系统、文字处理软件 Word 2007、电子表格处理软件 Excel 2007、演示文稿制作软件 PowerPoint 2007、计算机网络基础与应用。在每一章的后面都均配备了一定数量的习题，以便于学生复习、理解和掌握各章节的基本内容。

本书的特色之处在于除第 1 章外，均以案例的形式贯穿始终，通过各个案例将相关的知识点有机地组织在一起，以便读者通过具体案例的制作过程了解和掌握相关的知识，从而增强学习过程的趣味性。

本书知识体系完整，结构安排简洁合理，内容深度适宜，讲解深入浅出，适合作为高等学校非计算机专业本科、专科学生的计算机基础课程的教材，也可作为普通电脑爱好者和电脑办公人员自学和参考之用。

图书在版编目（CIP）数据

大学计算机基础案例教程 / 顾振山，王爱莲主编. —北京：清华大学出版社，2011.9
（21 世纪普通高校计算机公共课程规划教材）
ISBN 978-7-302-26071-4

Ⅰ. ①大…　Ⅱ. ①顾…　②王…　Ⅲ. ①电子计算机－高等学校－教材　Ⅳ. ①TP3

中国版本图书馆 CIP 数据核字（2011）第 132513 号

责任编辑：郑寅堃　薛　阳
责任校对：白　蕾
责任印制：何　芊
出版发行：清华大学出版社　　**地　址**：北京清华大学学研大厦 A 座
http://www.tup.com.cn　　**邮　编**：100084
社 总 机：010-62770175　　**邮　购**：010-62786544
投稿与读者服务：010-62795954，jsjjc@tup.tsinghua.edu.cn
质 量 反 馈：010-62772015，zhiliang@tup.tsinghua.edu.cn
印 刷 者：三河市君旺印装厂
装 订 者：三河市新茂装订有限公司
经　销：全国新华书店
开　本：185×260　**印　张**：19　**字　数**：463 千字
版　次：2011 年 9 月第 1 版　　**印　次**：2011 年 9 月第 1 次印刷
印　数：1～3500
定　价：30.00 元

产品编号：039240-01

前 言

在计算机技术飞速发展的今天，无论是在政府部门还是各类企事业单位，办公自动化的程度都越来越高，计算机在日常办公中的应用已极为普遍。作为高等院校的本科毕业生，系统了解计算机应用的相关知识、熟练掌握计算机的基本操作技能，这是必备的一项基本素质。因此“大学计算机基础”也就成了各级各类院校必开、首开的一门基础性课程，对全面培养大学生的综合素质起着至关重要的作用。

为了满足高等学校“大学计算机基础”课程的教学之需，我们编写了这本《大学计算机基础案例教程》。在编写过程中，针对该书的主要读者群——高等院校非计算机专业的本科学生，依据我们多年的实际教学经验，并参考和借鉴了多本相关的同类教材，对该书的知识体系总体结构及内容讲述的逻辑顺序进行了精心的设计和安排，以基础知识、基本理论和基本方法为着眼点，力争做到知识体系完整、结构顺序合理、内容深度适宜、案例内容典型全面、讲解深入浅出、使用起来得心应手。

目前的大学计算机基础教材可谓版本众多，百花齐放，所涵盖的知识体系也不尽相同。本教材从实用的角度出发，避开了传统大而全的套路，力求精简实用，集中介绍学生必备的基础知识以及在日常生活和实际工作中可能最实用的操作系统与应用软件的操作方法，让学生在有限的教学时数内掌握最实用的知识和操作技能。鉴于目前非常成功的案例式教材并不多见的现状，本书试图以案例教程作为特色，因此除第 1 章外，其余章节均以案例制作的形式贯穿始终，通过各个案例将相关的知识点有机地组织在一起，以便读者通过具体案例的制作过程了解和掌握相关的知识，从而增强学习过程的趣味性，以期获得更好的学习效果。

本书的第 1 章由刘洋编写，第 2 章由赵林娣和刘颖编写，第 3 章由顾振山和何咏梅编写，第 4 章由王爱莲和姚广义编写，第 5 章由桑娟编写，第 6 章由郭勤编写。全书由顾振山和王爱莲担任主编和统稿。

由于作者编撰时间仓促，加之水平有限，书中存在错误与纰漏之处在所难免，恳请读者斧正。

编　者

2011 年 5 月

目录

第 1 章　计算机基础知识

计算机是一种能够快速、自动完成信息处理的电子设备。它是 20 世纪人类最伟大的科学技术发明之一，它的出现和发展大大推动了科学技术的发展，同时也给人类社会带来了日新月异的变化。

自电子计算机问世以来的半个多世纪里，它的发展极其迅猛，其应用水平现已成为各行各业步入现代化的重要标志之一。目前，计算机科学不仅被广泛地应用于科学技术、国防建设、工农业生产等各个领域，同时还发展成为一门独立的学科，给人们传统的工作、学习、生活和思维方式都带来了深刻的变化。因此，学习计算机基础知识和掌握计算机基本应用技术就显得非常重要。

本章主要介绍计算机基础知识，包括计算机的发展历程、计算机的分类和特点、计算机中的数制与编码、计算机系统的组成与工作原理以及计算机硬件系统和软件系统等。

1.1　计算机的发展概述

在当今的信息化时代，计算机技术之所以发展得如此迅猛，离不开人类对科学技术的知识积累，也离不开那些热衷于探索的许许多多的科学家。正是这世世代代的知识积累和科学家们呕心沥血的研究，才有今天的“信息大厦”。计算机技术的发展，让我们感受到科技发展的艰辛和巨大的推动力。

1.1.1　计算机的产生

随着生产的发展和社会的进步，人类所使用的计算工具也经历着从简单到复杂、从低级到高级的发展过程。早期具有历史意义的计算工具有算筹、算盘、计算尺、加法器、计数器等，这些早期的计算工具都是手动式的或机械式的。

现代电子计算机的直系祖先是 19 世纪由英国剑桥大学的查尔斯·巴贝奇（Charles Babbage）教授设计的差分机和分析机。分析机的结构及设计思想初步体现了现代计算机的结构及设计思想，可以说是现代通用计算机的雏形。然而，由于缺乏政府和企业的资助，巴贝奇直到逝世也未能最终实现他所设计的计算机。

计算机科学的奠基人是英国科学家阿兰·图灵（Alan Turng，1912—1954 年）。他在计算机科学方面的主要贡献有两个：一是建立图灵机（Turing Machine，TM）模型，奠定了可计算理论的基础；二是提出图灵测试（Turing Test），阐述了机器智能的概念。图灵机的概念是现代可计算理论的基础。图灵证明，只有图灵机能解决的计算问题，实际计算机才能解决；图灵机不能解决的计算问题，则实际计算机也无法解决。图灵机的能力概括了数字计算机的计算能力。因此，图灵机对计算机的一般结构、可实现性和局限性都产生了深远的影响。

图 1.1　冯·诺依曼

被称为计算机之父的美籍匈牙利数学家冯·诺依曼（Von Neumann，1903—1957 年，见图 1.1），是计算机发展史上一个伟大的人物。他在 1946 年提出了电子计算机的逻辑设计思想，即：

（1）电子计算机应由控制器、运算器、存储器、输入设备和输出设备五个部分组成；

（2）计算机中的数据以二进制表示；

（3）将程序和数据存放在存储器中，计算机能自动执行程序（即存储程序和控制程序的思想）。

根据冯·诺依曼的逻辑设计思想，计算机技术得到了迅速的发展。

1946 年 2 月，美国宾夕法尼亚大学 Mauchly 和 Eckert 领导的研究小组经过几年的艰苦努力，研制出世界上第一台电子计算机——ENIAC（Electronic Numerical Integrator and Calculator，电子数字积分器和计算机），如图 1.2 所示。ENIAC 采用电子管作为计算机的逻辑元件，由 18 000 多个电子管、1500 多个继电器、10 000 多只电容器和 7000 多只电阻构成，总体积约为 90 立方米，重达 30 多吨，占地面积约 170 平方米，每秒能进行 5000 次的加减运算，可以在 3/1000 秒的时间内做完两次 10 位数乘法。ENIAC 是当时数学、物理等理论研究成果和电子管等电子器件产品相结合的产物，这台计算机的性能虽然无法与今天的计算机相比，但它的诞生却是科学技术发展史上的一次意义重大的事件，从此人类信息处理技术进入了一个崭新的时代。

（a）

（b）

图 1.2　世界上第一台电子计算机

ENIAC 本身存在两大缺点：一是没有存储器；二是用布线接板进行控制，操作非常麻烦，计算速度也就被这一工作抵消了。

EDVAC 的发明为现代计算机在体系结构和工作原理上奠定了基础。冯·诺依曼和他的同事们研制了人类历史上第二台电子计算机 EDVAC（Electronic Discrete Variable Automatic Computer），在 EDVAC 中采用了“存储程序”的概念，以此概念为基础的各类计算机统称为冯·诺依曼计算机。EDVAC（见图 1.3）的研制成功，对后来的计算机在体系结构和工作原理上具有重大影响。五十多年来，虽然计算机系统从性能指标、运算速度、工作方式、应用领域等各个方面与当时的计算机相比，有了大幅度的提升，但其基本结构没有改变。

第一款商用计算机是1951年开始生产的UNIVAC计算机。1947年，ENIAC的两个发明人约翰·莫奇利和约翰·埃克特（见图 1.4）创立了自己的计算机公司，生产 UNIVAC 计算机，计算机第一次作为商品被出售。UNIVAC作为商品出售，用于公众领域的数据处理，共生产了近50台，不像ENIAC只有一台并且只用于军事目的。

莫奇利和埃克特以及他们生产的UNIVAC奠定了计算机工业的基础。

图 1.3　冯·诺依曼和他的计算机

图 1.4　莫奇利和埃克特

1.1.2　计算机的发展

在计算机诞生后的短短几十年里，其发展水平不断提高，发展速度十分迅猛。计算机的体积在不断变小，但性能、速度却在不断提高。根据计算机采用的物理器件，一般将计算机的发展分成4个阶段。

1．第一代计算机（电子管计算机）

第一代电子计算机是电子管计算机，时间为 1946—1958 年。其基本特征是采用电子管（见图 1.5）作为计算机的逻辑元件，结构上以中央处理器（CPU）为中心，主存储器先采用水银延迟线，后采用磁鼓、磁芯，且存储容量小，外存储器使用磁带。数据表示主要是定点数，软件使用二进制的机器语言、汇编语言编写。由于当时电子技术的限制，电子管计算机运算速度仅为每秒几千次，内存容量仅为几KB。它的突出特点是体积大，耗电多，速度慢，可靠性低，使用不便。但是在这一代计算机的发展期间形成了计算机的基本体系，确定了程序设计的基本方法。这一代计算机主要用于科学计算和从事军事、科学研究方面的工作。其代表机型有IBM 650（小型机）、IBM 709（大型机）。

2．第二代计算机（晶体管计算机）

第二代电子计算机是晶体管计算机，时间为 1958—1964 年，其基本特征是逻辑元件采用晶体管（见图 1.6）。内存储器使用铁涂氧磁性材料制成的磁芯，外存储器采用磁盘和磁带，外设种类也有所增加。运算速度可达到每秒几十万次到几百万次。内存容量扩大到几十KB。在这一阶段，计算机软件也有了较大的发展，出现了系统软件，提出了操作系统的概念，并出现了如 FORTRAN、COBOL、ALGOL 等高级语言。与第一代计算机相比，晶体管计算机体积小、耗电少、成本低、功能强，可靠性大大提高。这一时期的计算机应用范围也从数值计算和军事领域扩大到工程设计、数据处理、事务管理及过程控制。其代表机型有 IBM 7090、CDC 7600。

图 1.5 电子管

图 1.6 各种样式的晶体管

3．第三代计算机（中小规模集成电路计算机）

第三代电子计算机是中小规模集成电路计算机，时间为 1965—1971 年。其基本特征是逻辑元件采用小规模集成电路（Small Scale Integration，SSI）和中规模集成电路（Middle Scale Integration，MSI），如图 1.7 和图 1.8 所示。内存储器仍采用磁芯，外存储器使用磁盘，其运算速度可达每秒几百万次。同时，高级程序设计语言也有了很大发展，并出现了操作系统和会话式语言。这一代计算机的特点是体积越来越小，价格越来越低，而功能越来越完善，计算机同时向标准化、多样化、通用化的方向发展。此时，计算机的应用领域进一步拓宽，计算机处理图像、文字和资料的功能加强，开始广泛应用在社会各个领域。其代表机型有 IBM 360。

图 1.7 第一个集成电路

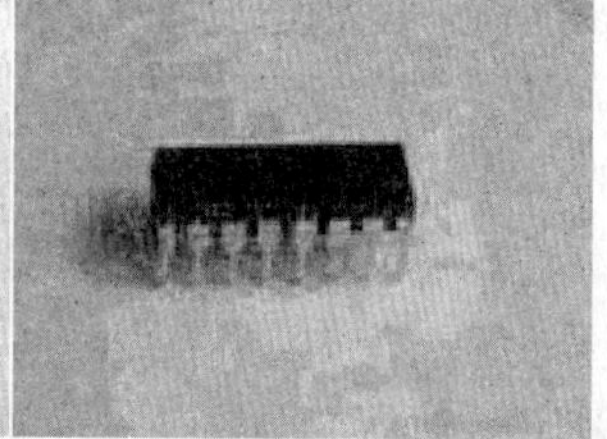

图 1.8 各种集成电路

4．第四代计算机（大规模和超大规模集成电路计算机）

第四代电子计算机称为大规模和超大规模集成电路计算机，时间为从 1971 年至今。其基本特征是逻辑元件采用大规模集成电路（Large Scale Integration，LSI）和超大规模集成电路（Very Large Scale Integration，VLSI），如图 1.9 所示。主存储器采用半导体存储器，外存储器使用大容量的软硬磁盘和光盘。计算机的运行速度可达到每秒千万次到万亿次。高级语言、系统软件、应用软件的研究和应用越来越深入并日趋完善。在系统结构方面发展了并行处理技术、分布式计算机系统和计算机网络等。在软件方面，操作系统不断发展和完善，同时发展了数据库管理系统、通信软件等。这一代计算机的特点是体积更小，功能更强，成本更低，计算机的应用进入了一个全新的时代。

图 1.9　大规模和超大规模集成电路

1.1.3　中国计算机的发展历程

我国计算机的发展历程按时间顺序可以归纳为：

1952 年，华罗庚教授在中国科学院数学研究所内成立了中国第一个电子计算机科研小组。

1956 年，我国开始电子计算机的科研和教学工作。中国科学院夏培肃院士完成了我国第一台电子计算机运算器和控制器的设计工作，同时编写了中国第一本电子计算机原理讲义。

1957 年，哈尔滨工业大学研制成功中国第一台模拟式电子计算机。

1958 年，我国第一台计算机——103 型通用数字电子计算机（见图 1.10）研制成功，运算速度为每秒 1500 次。

图 1.10　我国第一台电子计算机 103 机

1959 年，中国研制成功 104 型电子计算机，运算速度为每秒 1 万次。

1960 年，中国第一台大型通用电子计算机 107 型通用电子数字计算机（见图 1.11）研制成功。

1963 年，中国第一台大型晶体管电子计算机 109 型研制成功。

1964 年，441B 全晶体管计算机研制成功。

1965 年，中国第一台百万次集成电路电子计算机“DJS-Ⅱ”完成。

图 1.11　107 机

1967 年，新型晶体管大型通用计算机诞生。

1969 年，北京大学承接研制百万次集成电路数字电子计算机 150 机。

1970 年，中国第一台具有多道程序分时操作系统和标准汇编语言的计算机 441B-Ⅲ型全晶体管电子计算机研制成功。

1972 年，大型通用数字电子计算机研制成功，运算速度每秒 11 万次。

1973 年，中国第一台百万次集成电路电子计算机研制成功。

1974 年，DJS-130、131、132、135、140、152、153 等 13 个机型先后研制成功。

1976 年，DJS-183、184、185、186、1804 机型研制成功。

1977 年，中国第一台微型电子计算机研制成功。

1979 年，中国研制成功每秒运算 500 万次的集成电路计算机 HDS-9，两院院士王选用中国第一台激光照排机排出样书。

1981 年，中国研制成功 260 机，运算速度每秒 100 万次。

1983 年，中国科学院计算所完成我国第一台大型向量机——757 机，计算速度达到每秒 1000 万次。这一纪录同年 12 月就被国防科大研制的银河-Ⅰ（见图 1.12）亿次巨型计算机打破。银河-Ⅰ巨型机是我国高速计算机研制的一个重要里程碑，它的运算速度每秒 1 亿次。

图 1.12　银河-I 巨型计算机

1984 年，联想集团的前身——新技术有限公司成立。

1985 年，华光Ⅱ型汉字排版机投入批量生产。

1986 年，中华学习机投入生产。

1987 年，第一台国产的 286 微机长城 286 投入使用。

1988 年，第一台国产的 386 微机长城 386 投入使用，中国发现首例计算机病毒。

1990 年，中国首台高智能计算机 EST/IS4260 智能工作站诞生，长城 486 计算机问世。

1992 年 11 月，研制成功每秒运行 10 亿次的“银河-Ⅱ”巨型计算机。

1995 年，曙光 1000 大型计算机通过鉴定，其峰值计算速度可达到每秒 25 亿次。

1997 年，研制成功每秒运行 130 亿次的“银河-III”并行巨型计算机，采用可扩展分布共享存储并行处理体系结构，由 130 多个处理结点组成，系统综合技术达到 20 世纪 90 年代中期国际先进水平。

1999 年，银河四代巨型机研制成功。

国家智能机中心与曙光公司于 1997 年至 1999 年先后在市场上推出具有机群结构的曙光 1000A，曙光 2000-Ⅰ，曙光 2000-Ⅱ超级服务器，峰值计算速度已突破每秒 1000 亿次浮点运算，机器规模已超过 160 个处理机。

2000 年，推出浮点运算速度每秒 3000 亿次的曙光 3000 超级服务器。

同年，我国自行研制成功高性能计算机“神威 1”，其主要技术指标和性能达到国际先进水平。我国成为继美国、日本之后世界上第三个具备研制高性能计算机能力的国家。

2001 年，中国科学院计算机技术研究所研制成功我国第一款通用 CPU“龙芯”芯片。

2002 年，曙光公司推出完全自主产权的“龙腾”服务器，龙腾服务器采用了“龙芯-1” CPU，采用曙光公司和中国科学院计算机技术研究所联合研发的服务器专用主板，采用曙光 Linux 操作系统，该服务器是国内第一台完全实现自由产权的产品，在国防、安全等部门将发挥重大的作用。

2003 年，具备百万亿字节数据处理能力的超级服务器曙光 4000L（见图 1.13）通过国家验收，再一次刷新国产超级服务器的历史记录，使得国产高性能产业再上新台阶。

2004 年上半年，推出浮点运算速度每秒 11 万亿次的曙光 4000A 超级服务器。

2009 年 10 月 29 日，国防科技大学成功研制出的峰值计算速度为每秒 1206 万亿次的“天河一号”超级计算机（见图 1.14）在湖南长沙亮相，使我国成为继美国之后世界上第二个能够研制千万亿次超级计算机的国家。2010 年年底，这台由 103 个机柜组成、占地面积近千平方米、总重量 155 吨的庞大计算机将被安装到我国两个国家级超级计算中心之一的天津中心，向国内外用户提供超级计算服务。我国在巨型机技术领域中取得了鼓舞人心的巨大成就。

图 1.13　曙光 4000L 超级服务器

图 1.14 “天河一号”超级计算机系统

被称为 Bobcat（山猫）的 Ontario 的 CPU 核心已计划在 2011 年推出，在战略上除了承袭现有的轻薄笔记本电脑市场，标榜小尺寸封装以外，还把战线拓展到云计算终端上，这也暗示，山猫将可用于平板电脑。此外，山猫的尺寸和功耗都只有目前处理器的一半，却拥有现阶段 K8 架构处理器 90%的性能，而且平台本身内置的显卡规格不俗。

纵观 40 多年来我国计算机的研制历程，从 103 机到“天河一号”超级计算机，确实走过了一段不平凡的历程，也取得了一个个辉煌的成果。

伴随着我国计算机技术的飞速进步，计算机的产业规模也发展很快。20 世纪 80 年代，我国计算机产业的销售额约为 3.7 亿元，按独立核算企业口径计算，约占当时全国工业销售额的 0.07%，1990 年上升到 39.9 亿元，约占全国工业销售额的 0.2%，而到 1997 年，由于各类计算机企业的迅速成长，计算机业仅硬件销售额就已突破 1000 亿元，约占全国工业销售额的 1.6%。进入 21 世纪后，计算机产业更是有了突飞猛进的发展。2002 年我国计算机产业总产值达到 4214 亿元，比 2001 年增长 23.9%，产品销售收入达到 3270 亿元。

自中国研制出第一台计算机以来，已经走过了五十余年，在此过程中计算机的性能获得了飞速跨越，计算机学科的研究范围也从早期侧重计算机性能的研究，逐渐扩展为理论计算机科学、计算机系统结构、计算机组织与实现、计算机软件和计算机应用等多个不同的学科。进入 21 世纪，在以计算机技术为核心的信息技术整体发展水平上，我国已经从早期的跟踪国外技术，发展为基本接近国际最先进水平，信息技术成为国民经济和人们生活的不可或缺的一部分。

1.1.4 计算机的发展趋势

计算机的应用有力地推动了国民经济的发展和科学技术的进步，同时也对计算机技术提出了更高的要求，促进它的进一步发展。目前，计算机正朝着巨型化、微型化、多媒体化、网络化、智能化的方向发展。

1. 巨型化

巨型化并不是指计算机的体积大，而是指计算机的运算速度更高、存储容量更大、功能更强。为了满足如天文、气象、宇航、核反应等科学技术发展的需要，也为了满足计算机能模拟人脑学习、推理等功能所必需的大量信息记忆的需要，必须发展超大型的计算机。

2. 微型化

超大规模集成电路的出现，为计算机的微型化创造了有利条件。目前，微型计算机已进入仪器、仪表、家用电器等小型仪器设备中，同时也作为工业控制过程的心脏，使仪器设备实现“智能化”，从而使整个设备的体积大大缩小，重量大大减少。自 20 世纪 70 年代微型计算机问世以来，大量小巧、灵便、物美价廉的个人计算机为计算机应用的普及做出了巨大的贡献。随着微电子技术的进一步发展，个人计算机将发展得更加迅速，其中笔记本型、掌上型等微型计算机必将以更优的性能价格比受到人们的欢迎。

3. 多媒体化

多媒体技术，可以使计算机具有处理图、文、声、像等多种媒体的能力，即成为多媒体计算机，从而使计算机的功能更加完善，应用能力更强。当前全世界已形成开发并应用多媒体技术的热潮。

4. 网络化

计算机网络是现代通信技术与计算机技术相结合的产物。所谓计算机网络就是把分布在不同地理区域的计算机及专用外部设备用通信线路互联成一个规模大、功能强的网络系统，从而使众多的计算机可以方便地互相传递信息，共享硬件、软件、数据信息等资源。计算机网络技术是在 20 世纪 60 年代末 70 年代初开始发展起来的，由于它符合社会发展的趋势，因此其发展速度非常快。目前，计算机网络在现代企业的管理中发挥着越来越重要的作用，例如银行系统、商业系统、交通运输系统等。

社会及科学技术的发展，对计算机网络的发展提出了更高的要求，同时也为其发展提供了更加有利的条件。计算机网络与通信网络的结合，可以使众多的个人计算机不仅能够同时处理文字、数据、图像、声音等信息，而且还可以使这些信息四通八达，及时地与全国乃至全世界的信息进行交换。

5. 智能化

计算机人工智能的研究是建立在现代科学基础之上的。计算机智能化程度越高，就越能代替人的作用。因此，智能化是计算机发展的一个重要方向。现在正在研制的新一代计算机，要求能模拟人的感觉行为和思维过程，使计算机不仅能够根据人的指挥进行工作，而且能会“看”、“听”、“说”、“想”、“做”，具有逻辑推理、学习与证明的能力。这样的新一代计算机是智能型的，甚至是超智能型的，它具有主动性，具有人的部分功能，不仅可以代替人进行一般工作，还能代替人的部分脑力劳动。

从采用的物理器件的角度来看，目前计算机的发展处于第四代计算机阶段。尽管计算机朝着巨型化、微型化、多媒体化、网络化和智能化方向发展，但是仍然被称为冯·诺依曼结构计算机，在体系结构方面仍没有突破。人类的追求是无止境的，一刻也没有停止过对更好、更快、功能更强的计算机的研究。从目前的研究情况来看，未来新型计算机将可能在下列几个方面取得革命性的突破。

1）光计算机

利用光作为信息的传输媒体的计算机，具有超强的并行处理能力和超高的运算速度，是现代计算机望尘莫及的。目前，光计算机的许多关键技术，如光存储技术、光存储器、光电子集成电路等都已取得重大突破。

2）生物计算机（分子计算机）

采用由生物工程技术产生的蛋白质分子构成的生物芯片的计算机。在这种芯片中，信息以波的形式传播，运算速度比当今最新一代计算机快 10 万倍，能量消耗仅相当于普通计算机的十分之一，并且拥有巨大的存储能力。

3）量子计算机

利用处于多现实态下的原子进行运算的计算机。在进入 21 世纪，人类在研制量子计算机的道路上取得了新的突破。美国的研究人员已经成功地实现了 4 量子位逻辑门，获得了 4 个锂离子的量子缠结状态。

1.2 计算机的分类、特点以及应用领域

1.2.1 计算机的分类

1. 按结构原理分类

按结构原理可分为数字电子计算机、模拟电子计算机和混合式计算机。

1）数字电子计算机

数字电子计算机采用二进制运算，具有数值运算、逻辑运算和判断的功能，它的特点是运算速度快、精度高、便于存储信息，是通用性很强的计算工具，适用于科学计算、信息处理、过程控制和人工智能等方面，具有较为广泛的用途。目前常用的计算机都是数字计算机，简称计算机。

2）模拟电子计算机

模拟电子计算机是对电压、电流等连续的物理量进行处理的计算机，参与运算的数值由不间断的连续量表示，其运算过程是连续的，适于解高阶微分方程，在模拟计算和控制系统中应用较多。

模拟计算机主要用于处理模拟信息，如工业控制中的温度、压力等，模拟计算机的运算部件是一些电子电路，它的优点是运算速度极快，但由于受元器件质量影响，其计算精度较低，应用范围较窄。

3）混合式计算机

混合式计算机集数字计算机和模拟计算机的优点于一身。

2. 按功能分类

按功能分类，又可分为专用计算机和通用计算机。

专用计算机针对某类问题能显示出最有效、最快速和最经济的特性，但它的功能单一，适应性较差，经常被应用到某一特定领域。

通用计算机适应性很强，应用面很广，但其运行效率、速度和经济性依据不同的应用对象会受到不同程度的影响。目前人们所使用的个人计算机大多是通用计算机。

3. 按规模分类

按规模分类可分为巨型机、大型机、中型机、小型机、微型机。

这些类型之间的基本区别通常在于其体积大小、结构复杂程度、功率消耗、性能指标、数据存储容量、指令系统和设备、软件配置等方面的不同。

巨型计算机的运算速度很高，每秒可执行几亿至上百亿条指令，数据存储容量很大，结构复杂，价格昂贵，主要用于大型科学计算以及尖端科学研究领域，它也是衡量一个国家科技实力的重要标志之一。

微型计算机具有体积小，价格低，功能较全，可靠性高，操作方便等突出优点，现已进入社会生活的各个领域。

性能介于巨型机和微型计算机之间的是大型机、中型机和小型机，它们的性能指标和结构规模则相应地依次递减。

4. 按工作模式分类

按工作模式可分为服务器和工作站两类。

（1）服务器（Server）是指通过网络对外提供服务的高性能计算机。服务器在稳定性、安全性等方面要求很高，因此对硬件系统的要求也很高。一般服务器具有大容量的存储设备和丰富的外部设备，安装并运行网络操作系统、网络协议和各种服务软件。

（2）工作站（Workstation）是一种介于微机与小型机之间的高档微机系统。它以个人计算机和分布式网络计算机为基础，主要面向专业应用领域，具备强大的数据运算与图形、图像处理能力，是为满足工程设计、动画制作、科学研究、软件开发、金融管理、信息服务、模拟仿真等专业领域而设计开发的高性能计算机。

5. 按处理器字长分类

按字长分类，可分为 8 位机、16 位机、32 位机、64 位机。

在计算机中，字长的位数是衡量计算机性能的主要指标之一。一般巨型机的字长在 64 位以上，微型机的字长在 16～64 位之间。

1.2.2 计算机的特点

计算机作为一种通用的信息处理工具，它具有极高的处理速度、很强的存储能力、精确的计算和逻辑判断能力，其主要特点如下：

1. 运算速度快

运算速度是衡量计算机性能的一个重要性能指标。与其他计算工具相比，计算机具有惊人的运算速度。当今计算机的运算速度已达到每秒千万亿次，微机也可达每秒亿次以上，计算机高速运算的能力极大地提高了工作效率，把人们从浩繁的脑力劳动中解放出来。过去用人工旷日持久才能完成的计算，现在计算机“瞬间”即可完成。曾有许多数学问题，由于计算量太大，数学家们耗尽毕生精力也无法完成，使用计算机则可轻易地解决。

2．计算精度高

人类在进行各种数值计算与其他信息处理的过程中，要求计算结果达到一定的精度。电子计算机的计算精度在理论上不受限制，一般的计算机均能达到15位有效数字，通过一定的技术手段，可以实现任何精度要求。在科学研究和工程设计中，对计算的结果精度有很高的要求。历史上有个著名数学家挈依列，曾经为计算圆周率π花了整整15年的时间，才算到第707位。现在将这件事交给计算机做，几个小时内就可计算到10万位。

3．记忆能力强

计算机有记忆装置，即存储器，它能存储大量的程序、数据和信息。内部记忆的功能，是电子计算机和传统计算工具的一个重要区别。计算机存储容量的不断增大，可存储记忆的信息越来越多近于无限，且记忆准确、从不遗忘，从而保证了计算机自动、高速、正确地运行。

4．有可靠的逻辑判断能力

计算机具有可靠的逻辑判断能力，在各种复杂的控制操作中，具有较高的识别能力和较快的反应速度，可以进行逻辑推理和复杂的定理证明，从而保证计算机控制的判断可靠、反应迅速、控制灵敏。

5．按程序自动工作的能力

计算机的操作是受人控制的，由于计算机具有内部存储能力，可以事先编制好程序并输入计算机存储起来，计算机将自动地按照程序进行工作，完成预定的处理任务。工业应用中的各种机器人、数控机床等都是靠计算机自动执行程序来工作的。

1.2.3 计算机的主要应用领域

电子计算机，特别是微型电子计算机性能的不断提高，使得计算机技术在现代社会各方面得到了非常广泛的应用。目前，计算机的应用领域可概括为以下几个方面。

1．科学计算

早期的计算机主要用于科学计算。计算机最开始是为解决科学研究和工程设计中遇到的大量数学问题的数值计算而研制的计算工具。目前，科学计算仍然是计算机应用的一个重要领域，如工程设计、地质勘探、气象预报、高能物理、航空航天技术等。由于计算机具有较高的运算速度和精度以及逻辑判断能力，因此出现了计算力学、计算物理、计算化学、生物控制论等新的学科。

2．过程检测与控制

过程检测是指在工业生产中使用各种仪器采集生产过程中的相关信息，经过计算机分析、计算后作出相应处理指示。控制是指机器或装置在无人干预的情况下按规定的程序或指令自动进行操作或控制的过程，控制可以把人从繁重的体力劳动、部分脑力劳动以及恶劣、危险的工作环境中解放出来，提高生产效率。过程检测与控制 广泛应用于工业、农业、军事、科学研究、交通运输、商业、医疗服务和家庭等许多方面。

3．信息管理

信息管理是目前计算机应用最广泛的一个领域。计算机信息管理是指利用计算机来加工、存储和处理多种形式的事务和数据，如企业管理、物资管理、数据统计、账务计算、情报检索等。近年来，国内许多机构纷纷建设自己的管理信息系统（MIS），生产企业也开始采用制造资源规划软件（MRP），商业流通领域则逐步使用电子信息交换系统（EDI）。计算机的应用极大地提高了信息管理的质量和效率。

4. 计算机辅助系统

计算机辅助系统有计算机辅助教学（CAI）、计算机辅助设计（CAD）、计算机辅助制造（CAM）、计算机辅助测试（CAT）和计算机集成制造（CIMS）等系统。

5. 多媒体技术

多媒体技术能把数字、文字、声音、图形、图像和动画等多媒体有机结合起来，利用计算机、通信和广播技术，使它们建立起逻辑联系，并能对它们进行加工处理（包括对这些媒体的录入、压缩和解压缩、存储、显示和传输等）。目前多媒体计算机技术的应用领域正在不断拓宽，除了知识学习、电子图书、商业及家庭应用外，在远程教育、医疗、视频会议中也得到了极大的推广。

6. 网络通信

计算机与通信技术的结合引起了信息技术的巨大革命。随着网络技术的发展，计算机的应用进一步深入到社会的各行各业，如通过高速信息网实现数据与信息的查询、高速通信服务（电子邮件、电视电话、电视会议、文档传输）、电子教育、电子娱乐、电子购物（通过网络选择商品、办理购物手续、质量投诉等）、远程医疗和会诊、交通信息管理等。计算机的应用将推动信息社会更快地向前发展。

7. 模拟系统

用计算机系统进行复杂系统的仿真实验和研究，为复杂系统的研究、制造提供了低成本与高准确度的辅助手段，大大降低了成本，缩短了周期。此外，计算机系统能够与图形显示、动态模拟系统组成逼真的模拟训练系统，在飞行训练、军事演习、技能评估等方面得到了很好的应用。

8. 家庭应用

计算机在现代社会的家庭中也已有了广泛的应用。例如，利用计算机进行家庭经济管理、家庭信息管理，特别是随着国际互联网的广泛普及，人们可以在家中用计算机浏览全世界的信息资源，通过E-mail收发电子邮件，网上聊天，玩计算机游戏等。计算机在家庭中的应用正在不断改变人们的传统生活方式。

1.3 数制与编码

在日常生活中，人们接触到的数据有两种类型，一种是数值类型数据；另一种是非数值类型数据。数值数据常用于表示数的大小与正负；非数值数据则用于表示非数值的信息，例如英文、汉字、图形和语音等数据。

1.3.1 计算机中常用的记数制及其转换

1. 进位记数制及相关概念

1）进位记数制

进位记数制：按进位的原则进行记数，称为进位记数制。

在日常生活中，会遇到不同进制的数。例如十进制数，逢10进1；1周7天，逢7进

1；1 小时 60 分，逢 60 进 1，这些例子都是按进位的原则进行记数的。现实生活中，用得最多的是十进制数，而计算机中采用的是二进制数。

2）基数

基数：在进位记数制中每个数位上允许使用数码的个数称为基数。

以日常生活中常用的十进制举例说明，十进制数由 0，1，2，3，4，5，6，7，8，9 这 10 个数码组成，则十进制的基数为 10。同理，十六进制数，基数是 16；八进制数，基数是 8；二进制数，基数是 2。

3）权以及权的展开式

权：以基数为底，数码所在位置的序号为指数的整数次幂（整数部分个位的位置序号为 0）称为这个数码的权。

权的展开式：对任何一种用进位记数制表示的数都可以写出按其权展开的多项式之和。

任意一个 r 进制数可表示为：

$$N=a_{n-1}\times r^{n-1}+a_{n-2}\times r^{n-2}+\cdots+a_1\times r^1+a_0\times r^0+a_{-1}\times r^{-1}+\cdots+a_{-m}\times r^{-m}$$

其中：a_i 为数字符号；r^i 为位权；n，m 为整数。

例如：

十进制数 356.19，可将其按权展开为：

$$(356.19)_{10}=3\times10^2+5\times10^1+6\times10^0+1\times10^{-1}+9\times10^{-2}$$

$(356.19)_{10}$ 是十进制数，基数是 10，权是 10^i。3 的权是 10^2；5 的权是 10^1；6 的权是 10^0；1 的权是 10^{-1}；9 的权是 10^{-2}。

2．计算机中的常用记数制

1）二进制

计算机内部数据的表示采用二进制数。二进制由两个数字符号 0 和 1 构成，基数为 2，采用的原则是逢 2 进 1。二进制的权为 2^i，权的展开式为：

$$(a_{n-1}\,a_{n-2}\cdots a_0\,a_{-1}\cdots a_{-m})_2=a_{n-1}\times2^{n-1}+a_{n-2}\times2^{n-2}+\cdots+a_0\times2^0+a_{-1}\times2^{-1}+\cdots+a_{-m}\times2^{-m}$$

例如：$(11001)_2=1\times2^4+1\times2^3+0\times2^2+0\times2^1+1\times2^0$

下面是在计算机中采用二进制的原因。

（1）易于物理实现：二进制码在物理上最容易实现。计算机是由逻辑电路组成的，逻辑电路通常只有两种状态。例如开关的接通与断开、电压电平的高与低等，正好可以用二进制的两个数码来代表这两种状态。

（2）工作可靠：只有两个数码，数字传输和处理不容易出错。

（3）运算简单：二进制运算法则简单，如求和法则只有 4 个，求积法则也只有 4 个。

0+0=0　　0+1=1　　1+0=1　　1+1=0

0×0=0　　0×1=0　　1×0=0　　1×1=1

（4）逻辑性强：二进制的两个基本符号 1 和 0 正好与逻辑命题的两个值“真”和“假”相对应，为实现计算机逻辑运算和程序中的逻辑判断提供了便利条件。

二进制数的缺点是位数长，读写困难，通常人们采用八进制或十六进制作为二进制的缩写。

2）八进制

八进制由 8 个数字符号 0，1，…，7 构成，基数为 8。采用的原则是逢 8 进 1。八进制的权为 8^i，权的展开式为：

$(a_{n-1}\,a_{n-2}\cdots a_0\,a_{-1}\cdots a_{-m})_8=a_{n-1}\times 8^{n-1}+a_{n-2}\times 8^{n-2}+\cdots+a_0\times 8^0+a_{-1}\times 8^{-1}+\cdots+a_{-m}\times 8^{-m}$

例如：$(35.6)_8=3\times 8^2+5\times 8^1+6\times 8^{-1}$

与二进制之间的关系：八进制数的基数 8 是二进制数的基数 2 的 3 次幂，所以 1 位八进制数对应于 3 位二进制数。这样使八进制数与二进制数之间进行转换比较方便。

3）十六进制

十六进制由 16 个不同的数字符号 0，1，…，9，A，B，…，F 表示（其中 A～F 分别表示十进制数 10，11，12，13，14，15），基数为 16，采用的原则是逢 16 进 1。十六进制的权为 16^i，权的展开式为：

$(a_{n-1}\,a_{n-2}\cdots a_0\,a_{-1}\cdots a_{-m})_{16}=a_{n-1}\times 16^{n-1}+a_{n-2}\times 16^{n-2}+\cdots+a_0\times 16^0+a_{-1}\times 16^{-1}+\cdots+a_{-m}\times 16^{-m}$

例如：$(45.2)_{16}=4\times 16^1+5\times 16^0+2\times 16^{-1}$

$(56C.F)_{16}=5\times 16^2+6\times 16^1+12\times 16^0+15\times 16^{-1}$

与二进制之间的关系：由于十六进制数的基数 16 是二进制数的基数 2 的 4 次幂，所以 1 位十六进制数对应于 4 位二进制数。这样使十六进制数与二进制数之间进行转换也非常方便。

4）各种进制数的表示方法

为了区别各种进制数，可用两种方法对数值进行标识。

方法一：可在数值的右下角注明数制，如$(259)_{10}$、$(110101)_2$、$(275)_8$、$(2A6F)_{16}$分别表示十进制数、二进制数、八进制数和十六进制数。

方法二：在数的后面加上一个大写字母表示该数的进制。二进制数用 B，八进制数用 O，十六进制数用 H，十进制数可不带字符或用 D，如 259D、110101B、275O、2A6FH。

3．不同数制间的转换

在计算机中不同数制之间的转换是指十进制、二进制、八进制和十六进制数之间的相互转换。它们之间存在着多种转换关系，总结归纳为三类：

1）*R* 进制转换成十进制（二、八、十六进制转换十进制）

R 进制转换成十进制，转换规则为：按权展开，各项相加求和。

说明：任意一个 *R* 进制数，具有 *n* 位整数，*m* 位小数，$a_{n-1}a_{n-2}\cdots a_1a_0.a_{-1}a_{-2}\cdots a_{-m}$ 转化十进制为：$a_{n-1}\times R^{n-1}+a_{n-2}\times R^{n-2}+\cdots+a_1\times R^1+a_0\times R^0+a_{-1}\times R^{-1}+\ldots+a_{-m}\times R^{-m}$

例 1.1：

$(101.11)_2=1\times 2^2+0\times 2^1+1\times 2^0+1\times 2^{-1}+1\times 2^{-2}=(5.75)_{10}$

$(42.57)_8=4\times 8^1+2\times 8^0+5\times 8^{-1}+7\times 8^{-2}=(34.6406)_{10}$

$(2B8F.5)_{16}=2\times 16^3+11\times 16^2+8\times 16^1+15\times 16^0+5\times 16^{-1}=(11151.3125)_{10}$

2）十进制转换成 *R* 进制（十进制转换成二、八、十六进制）

十进制转换成 *R* 进制，分别对数值的整数部分和小数部分进行转换后相加。整数部分和小数部分的转换规则是：整数部分除以基数，取其余数，倒排序；小数部分乘以基数，取其整数，正排序。

说明：

（1）十进制整数转换为 *R* 进制数采用“除基取余”法。即把一个十进制的整数除以 *R*，得到一个商和一个余数，再将所得的商数除以 R，又得到一个商和一个余数，如此反复除下去直到商是 0 为止。将所得的余数反序排列，就得到该十进制数的 R 进制表示形式。

（2）十进制小数转换为 R 进制小数采用“乘基取整”法，即把一个十进制小数转换为 R 进制小数时，可将十进制小数乘以 R，把乘积的整数部分记录下来，小数部分继续乘以 R，直到结果小数部分为 0 或 R 进制小数部分达到精度要求为止。最后把记录下来的整数部分正序排列，就得到该十进制数小数的 R 进制表示形式。

例 1.2： 将十进制整数$(123.375)_{10}$转换成二进制整数。

整数部分：　　　　　　　　　　小数部分：

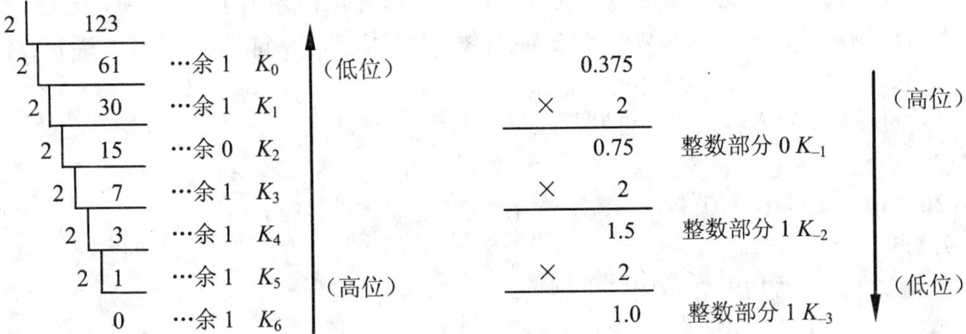

整数部分得到$(123)_{10}=(1111011)_2$

小数部分得到$(0.375)_{10}=(0.011)_2$

整数部分与小数部分相加得到$(123.375)_{10}=(1111011.011)_2$。

注意： 一个十进制小数不一定完全精确地转换成 R 进制小数，这时应根据精度要求转换到一定的位数为止。

3）二进制与八、十六进制之间的转换

二、八、十六进制数之间的转换十分简捷方便，从表 1.1 可以得出这样一个结论：1 位八进制数字可由 3 位二进制数字表示，而 1 位十六进制数字可由 4 位二进制数字表示。

表 1.1　二进制数与八、十六进制数的对照

十进制	二进制	八进制	十六进制	十进制	二进制	八进制	十六进制
0	000	0	0	8	1000	10	8
1	001	1	1	9	1001	11	9
2	010	2	2	10	1010	12	A
3	011	3	3	11	1011	13	B
4	100	4	4	12	1100	14	C
5	101	5	5	13	1101	15	D
6	110	6	6	14	1110	16	E
7	111	7	7	15	1111	17	F

（1）二进制转换成八、十六进制。

二进制转换为八进制的方法为：以小数点为中心，分别向前后 3 位数字划分一组，首尾位数不足时用 0 补齐，然后将每组的 3 位二进制数换成对应的 1 位八进制数。

二进制转换为十六进制数的方法为：以小数点为中心，分别向前后 4 位数字划分一组，首尾位数不足时用 0 补齐，然后将每组的 4 位二进制数换成对应的 1 位十六进制数。

例 1.3：将（1101010.01）$_2$ 转换成八进制和十六进制数。

001　101　010．010　　$(1101010.01)_2=(152.2)_8$

1　5　2．2

0110　1010．0100　　$(1101010.01)_2=(6A.4)_{16}$

6　A．4

（2）八、十六进制转换成二进制。

八进制数转换成二进制数的方法为：将每个八进制数用相应的 3 位二进制数代替。

十六进制数转换成二进制数的方法为：将每个十六进制数用相应的 4 位二进制数代替。

例 1.4：

将八进制数 25.63 转换成二进制数。

2　5　．6　3

010　101　．110　011　　$(25.63)_8 = (10101.110011)_2$

例 1.5：

将十六进制数 A7.B8 转换成二进制数。

A　7　．B　8

1010　0111　．1011　1000　　$(A5.B8)_{16} = (10100111.10111)_2$

1.3.2　计算机中的码制

在计算机中所能表示的数或其他信息都是数字化的，由于计算机是采用二进制方式工作，所以在计算机中只有 0 和 1 两种形式。为了表示数的正、负号，通常把一个数的最高位定义为符号位，用 0 表示正，1 表示负，其余位仍表示数值，称为数值位。

例如：用 8 位二进制数表示+28 和–28 分别为 00011100 和 10011100。其中第 1 位为符号位。

在计算机中使用的、连同符号一起数字化了的数，就称为机器数，而真正表示数字大小、并按照一般书写规则表示的原值称为真值。

例如：真值+0011100 和–0011100 对应机器数为 00011100 和 10011100。

在计算机中，对带符号数的表示方法有原码、反码和补码三种。下面分别介绍。

1．原码

正数的符号位用 0 表示，负数的符号位用 1 表示，数值部分为该数本身，这样的机器数称为原码。

例如：$[105]_{原}$=01101001B　　$[-105]_{原}$=11101001B

$[0]_{原}$=00000000B　　$[-0]_{原}$=10000000B

用原码表示时，+105 和–105 数值位相同，而符号位不同，+0 和–0 同理。

2．反码

反码的规则为：正数的反码等于原码；负数的反码是将原码的数值位各位取反，而符号位不变。

例如：$[+4]_{原}$=00000100B　　$[+4]_{反}$=00000100B

$[-4]_{原}$ =10000100B　　$[+4]_{反}$=11111011B

$[+0]_{原}$=00000000B　　$[+0]_{反}$=00000000B

$[-0]_{原}$=10000000B　　$[-0]_{反}$=11111111B

3．补码

补码的规则为：正数的补码和其原码形式相同，负数的补码是将它的原码除符号位以外逐位取反，最后在末位加 1。

例如：$[+8]_{原}$=00001000B　　$[+8]_{补}$=00001000B

$[-8]_{原}$=10001000B　　$[-8]_{反}$=11110111B　　$[-8]_{补}$=11111000B

$[+0]_{补}$=$[-0]_{补}$=00000000B

计算机中采用补码的最大优点是可以将算术运算的减法转换为加法来实现，即不论加法还是减法，计算机中一律只做加法。

1.3.3 计算机中的字符编码

计算机中的数据是指计算机能够识别并能处理的各种符号，分为数值数据和非数值数据。非数值数据主要是字符数据，也包括文字、声音、图形、图像、动画、视频等信息。显然，这些非数值数据也是采用 0 和 1 两个符号进行编码表示的，下面分别介绍中、西文的编码方案是怎样表示汉字和西文字符的。

1．西文字符的编码（ASCII 码）

字符是由英文字母、数字、标点符号及一些特殊符号组成。目前，国际上通用的、使用最广泛的字符有：十进制数字符号 0～9、大小写英文字母、各种运算符、标点符号等，这些字符的个数不超过 128 个。为了便于计算机识别与处理，这些字符在计算机中是用二进制形式来表示的，通常称为字符的二进制编码。

目前国际上通用的是 ASCII（American Standard Code for Information Interchange）码，它是“美国信息交换标准代码”的简称，是由美国国家标准协会（American National Standard Institute，ANSI）制定的，是目前国际上最为流行的字符信息编码方案。用 ASCII 码表示的字符称为 ASCII 码字符，如表 1.2 所示。

ASCII 码规定：用一个字节（8 位二进制数）表示，它包括基本 ASCII 码和扩展的 ASCII 码两种。

在基本 ASCII 码中，将 8 个二进制位的最高位设为零，用余下的 7 位进行编码。因此，可表示 128（2^7=128）个字符，其中包括 0～9 共 10 个数码，26 个小写英文字母，26 个大写英文字母，34 个通用控制符和 32 个专用字符。这其中的 95 个编码对应着计算机终端能敲入并可显示的 95 个字符，另外的 33 个编码对应着控制字符，它们不可显示。

当最高位设为 1 时，即形成扩展的 ASCII 码，它可以表示 256 个字符。通常各个国家都把扩展的 ASCII 码作为自己国家语言文字的代码。这里只考虑基本的 ASCII 码。

要确定某个数字、字母、符号或控制符的 ASCII 码，可以在表中先找到它的位置，然后确定它所在位置的相应行和列，再根据行确定低 4 位编码（b4 b3 b2 b1），根据列确定高 3 位编码（b7 b6 b5），最后将高 3 位编码与低 4 位编码合在一起，就是该字符的 ASCII 码。

表 1.2　ASCII 码表

$b_7b_6b_5$ 符号 $b_4b_3b_2b_1$	000	001	010	011	100	101	110	111
0000	NUL	DLE	SP	0	@	P	、	p
0001	SOH	DC1	!	1	A	Q	a	q
0010	STX	DC2	”	2	B	R	b	r
0011	ETX	DC3	#	3	C	S	c	s
0100	EOT	DC	$	4	D	T	d	t
0101	ENQ	NAK	%	5	E	U	e	u
0110	ACK	SYN	&	6	F	V	f	v
0111	BEL	ETB	,	7	G	W	g	w
1000	BS	CAN	（	8	H	X	h	x
1001	HT	EM	）	9	I	Y	i	y
1010	LF	SUB	*	:	J	Z	j	z
1011	VT	ESC	+	;	K	[	k	{
1100	FF	S	,	<	L	\	l	|
1101	CR	GS	-	=	M	]	m	}
1110	SO	RS	.	>	N	^	n	～
1111	SI	US	/	?	O	-	o	DEL

表 1.2 是 ASCII 码表，在这些字符中，0～9、A～Z、a～z 都是按顺序排列的，大小写字母 ASCII 值相差 32。在这些字符中，有些特殊字符的 ASCII 值需要我们记住。

（1）a 字符的 ASCII 值为 97。

（2）A 字符的 ASCII 值为 65。

（3）0 字符的 ASCII 值为 48。

（4）空格字符的 ASCII 值为 32。

（5）换行控制符（LF）的 ASCII 值为 10。

需要注意的是，十进制数字字符的 ASCII 码与它们的二进制值是有区别的。

例如：

十进制数 3 的 7 位二进制数为$(0000011)_2$

十进制数字字符 3 的 ASCII 码为$(0110011)_2$

由此可以看出，数值 3 与数字字符 3 在计算机中的表示是不一样的。数值 3 能表示数的大小，并可以参与数值运算；而数字字符 3 只是一个符号，它不能参与数值运算。

字符除了常用的 ASCII 编码外，还有一些其他编码方法，这里就不一一介绍了。

2．中文字符的编码

对于英文，大小写字母总计只有 52 个，加上数字、标点符号和其他常用符号，128 个编码基本够用，所以 ASCII 码基本上满足了英文信息处理的需要。我国使用的汉字不是拼音文字，而是象形文字，由于常用的汉字也有 6000 多个，因此使用 7 位二进制编码是不够的，必须使用更多的二进制位。中文信息编码有输入码、国标码、机内码、地址码、字形码等。

1）汉字输入码

目前，输入汉字的设备主要是键盘。汉字输入码是指利用键盘输入汉字时对汉字的编码，有时也称为汉字的外码。汉字输入码一般使用键盘上的字母和数字描述。

汉字输入码编码方法的研究和发展非常迅速，已经有很多种各有特点的汉字输入码。在众多的汉字输入码中，按其编码规则主要分为数字码、形码、音码与混合码四类。

2）汉字国标码

为了便于计算机系统之间能准确无误地交换汉字信息，规定了一种专门用于汉字信息交换的统一编码，这种编码称为汉字交换码。GB 2312－80 标准是中文信息处理的国家标准，汉字交换码也称为汉字国标码。国标码是用两个字节编码的，用两个 7 位二进制数编码表示一个汉字。目前国标码收入了 6763 个汉字，其中一级汉字 3755 个，二级汉字 3008 个，另外还包括 682 个西文字符、图符。

3）汉字机内码

汉字的机内码是计算机内部对汉字信息进行各种加工、处理所使用的编码，简称为内码。从输入设备输入汉字的代码后，一般要有相应的软件系统将它转换成机内码后才能进行存储、传递、处理。一个汉字的机内码由两个字节（16 位二进制数）表示。我国绝大部分汉字系统中的汉字机内码是在区位码的基础上演变而来的。

4）汉字地址码

每个汉字字形码在汉字字库中的相对地址称为汉字地址码。需要向输出设备输出汉字时，必须通过地址码，才能在汉字库中取到所需要的字形码，最终在输出设备上形成可见的汉字字形。地址码要和机内码有简明的对应转换关系。

5）汉字字形码

汉字字形码又称汉字字模，是计算机输出汉字（显示和打印）用的二进制信息。汉字字形码通常有两种表示方式：点阵和矢量表示方式。点阵方式通用汉字字模有 16×16、24×24、32×32、48×48、64×64，每个点在存储器中用一个二进制位（bit）存储。点阵方式的信息量是很大的，所占存储空间也很大，以 16×16 点阵为例，每个汉字就要占用 32 字节，两级汉字大约占用 256KB。矢量方式存储的是描述汉字的轮廓特征，通过计算机计算由汉字的字形描述生成所需大小和形状的汉字点阵。

当一个汉字以某种汉字输入法送入计算机后，管理模块立即将它转换成两个字节长的国标码，如果将国标码的每个字节最高位置 1 作为汉字标识符，就构成了汉字机内码，当需要显示汉字时，根据汉字机内码向字模库检索出汉字的字形信息后输出，再从输出位置上得到汉字。汉字编码的流程如图 1.15 所示。

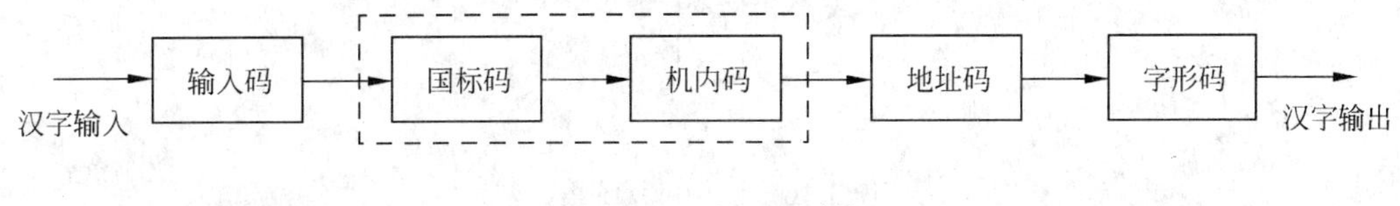

图 1.15　汉字处理系统

1.4 微型计算机的系统组成与工作原理

1.4.1 微型计算机的系统组成

一个完整的计算机系统由硬件系统和软件系统两大部分组成，它们是计算机系统中相互依存、相互联系的组成部分。

硬件系统是指构成计算机的物理设备，即由机械、电子器件构成的具有输入、存储、计算、控制和输出功能的实体部件。硬件系统由运算器、控制器、存储器、输入输出设备等部分组成。

软件系统是指运行在硬件系统之上的并且能管理、控制和维护计算机及外部设备，以及实现各种具体应用的各种程序、数据以及相关资料的总称。

计算机硬件是支撑软件工作的基础，没有足够的硬件支持，软件也就无法正常地工作。硬件是计算机系统的躯体，软件是计算机的头脑和灵魂。硬件的性能决定了软件的运行速度、显示效果等，而软件则决定了计算机可完成的工作。只有将这两者有效地结合起来，才能成为计算机系统。

计算机的系统组成如图 1.16 所示。

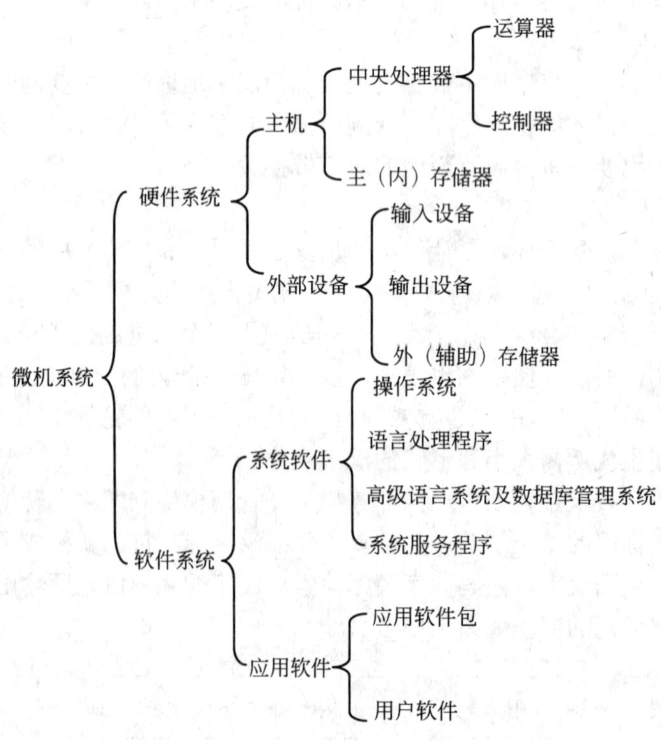

图 1.16 计算机系统组成

1.4.2 微型计算机的基本工作原理

1．计算机的指令系统

指令是能被计算机识别并执行的二进制代码，它规定了计算机能完成的某一种操作。一条指令通常由两部分组成：

操作码	操作数

1）操作码

操作码指明该指令要完成的操作的类型或性质，如取数、做加法或输出数据等。操作码的位数决定了一个机器操作指令的条数。

2）操作数

操作数指明操作对象的内容或所在的单元地址，操作数在大多数情况下是地址码，地址码可以有 0～3 个。从地址码得到的仅是数据所在的地址，可以是源操作数的存储地址，也可以是操作结果的存储地址。

一台计算机的所有指令的集合，称为该计算机的指令系统。不同类型的计算机，指令系统的指令条数有所不同。但无论哪种类型的计算机，指令系统都应具有以下功能的指令。

（1）数据传送指令：将数据在内存与 CPU 之间进行传送。

（2）数据处理指令：对数据进行算术、逻辑或关系运算。

（3）程序控制指令：控制程序中指令的执行顺序。如条件转移、无条件转移、调用子程序、返回、停机等。

（4）输入输出指令：用来实现外部设备与主机之间的数据传输。

（5）其他指令：对计算机的硬件进行管理等。

2．计算机的工作原理

计算机的工作过程实际上是快速地执行指令的过程。当计算机在工作时，有两种信息在执行指令的过程中流动：数据流和控制流。

数据流是指原始数据、中间结果、结果数据、源程序等。控制流是由控制器对指令进行分析、解释后向各部件发出的控制命令，用来指挥各部件协调地工作。

指令的执行过程分为以下四个步骤。

1）取指令

按照程序计数器中的地址（0100H），从内储存器中取出指令（070270H），并送往指令寄存器。

2）分析指令

对指令寄存器中存放的指令（070270H）进行分析，由译码器对操作码（07H）进行译码，将指令的操作码转换成相应的控制电位信号；由地址码（0270H）确定操作数地址。

3）执行指令

由操作控制线路发出完成该操作所需要的一系列控制信息，去完成该指令所要求的操作。例如做加法指令，取内存单元（0270H）的值和累加器的值相加，结果还存放在累加器。

4）一条指令执行完毕，程序计数器加 1 或将转移地址码送入程序计数器，然后回到步骤 1）。

一般把计算机完成一条指令所花费的时间称为 1 个指令周期，指令周期越短，指令执行越快。通常所说的 CPU 主频或称为工作频率，就反映了指令执行周期的长短。

计算机在运行时，CPU 从内存读出一条指令到 CPU 内执行，指令执行完，再从内存读出下一条指令到 CPU 内执行。CPU 不断地读取指令、分析指令、执行指令，这就是程序的执行过程，如图 1.17 所示。

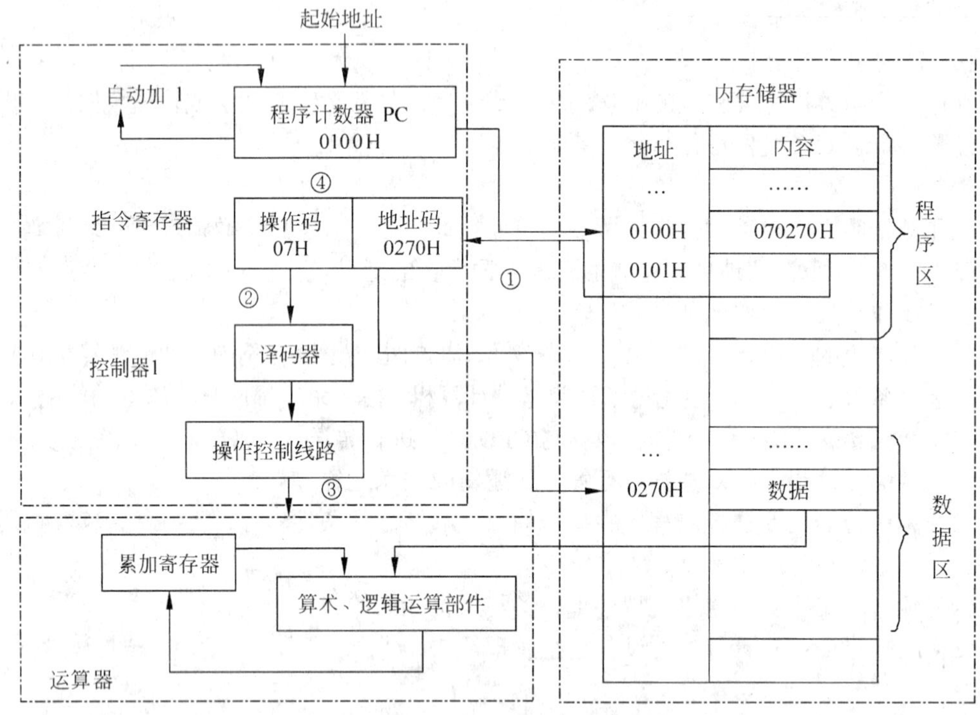

图 1.17　程序的执行过程

总之，计算机的工作就是执行程序，即自动连续地执行一系列指令，而程序开发人员的工作就是编制程序。一条指令的功能虽然有限，但是由一系列指令组成的程序可完成的任务是无限多的。

1.4.3　微型计算机的主要性能指标

衡量一台计算机的性能指标很多，其主要技术性能指标有以下 10 个。

1．存储器容量

在计算机内部，各种信息都是以二进制编码的形式存储，数据的存储单位有以下术语。

（1）位：记为 bit 或 b。它是计算机中最小的数据存储单位，可用 0 或 1 来表示一个二进制数位。

（2）字节：记为 Byte 或 B，是数据存储中最常用的基本单位。一个字节由 8 个二进制位构成，从最小的 00000000 到最大的 11111111（转换为十进制即 0～255），即一个字节可以表示 256 个值。一个字节可以存放一个半角英文字符的编码。

存储容量一般以字节或字为单位。但由于存储容量一般都很大，所以现实中又常以 KB、MB、GB、TB、PB 等为单位来表示。它们之间的换算关系如下：

1KB=1024B

1MB=1024KB

1GB=1024MB

1TB=1024GB

1PB=1024TB

2．字和字长

在计算机中作为一个整体被存取、传送、处理的二进制数字串就叫做一个字或单元，每个字中二进制位数的长度称为字长。一个字由若干个字节组成，不同的计算机系统的字长是不同的，常见的有 8 位、16 位、32 位、64 位等，字长越长，存放数的范围越大，精度越高。字长是计算机性能的一个重要指标。

字长是指计算机的运算部件能同时处理的二进制数据的位数，它与计算机的功能和用途有很大的关系。首先，字长决定了计算机的运算精度，字长越长，计算机的运算精度就越高。其次，字长决定了指令直接寻址的能力。

3．时钟主频

时钟主频是指 CPU 在单位时间（通常用 s）内产生的脉冲数。它在很大程度上决定了计算机的运行速度。主频单位是兆赫兹（MHz），主频越高，计算机的运行速度越快。

4．存取周期

把信息代码存入存储器，称为“写”，把信息代码从存储器中取出，称为“读”。存储器进行一次“读”或“写”操作所需的时间，称为存储器的访问时间（或读写时间）。连续启动两次独立的“读”或“写”操作（如连续的两次“读”操作）所需的最短时间，称为存取周期（或存储周期）。

5．运算速度

计算机的运算速度指计算机每秒钟能执行的指令条数，是平均运算速度。运算速度的单位为 MIPS（Millions of Instruction Per Second，即百万条指令每秒），运算速度是一项综合的性能指标，主要取决于 CPU 的主频和存储器的存取周期。

6．地址线数量

微处理器的寻址处理能力与其地址线的数量有关，地址线数量决定可直接寻址的存储器空间范围，地址线多则寻址空间大。

7．指令系统

指令系统指一台微处理器所能执行的全部指令，由于指令是规定微型机进行某种操作的命令，因此指令系统在很大程度上决定了微处理器的工作能力。

8．兼容性

“兼容”是一个广泛的概念，这里主要指程序兼容。兼容可使机器容易推广，对用户来说，又可减少软件工作量。

9．外设扩展能力

外设扩展能力主要指计算机系统配接各种外部设备的能力，一台计算机允许配接外部设备的多少，对系统接口和软件研制都有影响。在微型计算机系统中，打印机、显示器和外存储器等，都是外设配置中需要考虑的问题。

10．软件配置

计算机除了需要硬件的支持外，软件的配置也很重要。软件的配置是否齐全，直接关系到计算机性能的高低，关系到计算机的应用效率。

1.5 微型计算机的硬件系统

1.5.1 微型计算机的硬件系统概述

根据冯·诺依曼设计思想，计算机的硬件系统通常由运算器、存储器、控制器、输入设备和输出设备五个基本部件组成。

1．运算器

运算器是计算机的核心部件，是对数据进行加工处理的部件，是负责对数据进行各种算术和逻辑运算的部件。主要功能是对二进制数码进行各种算术运算（如加、减、乘、除）和逻辑运算（如与、或、非）。

2．控制器

控制器是计算机的神经中枢和指挥中心，用来控制计算机各部件协调工作。控制器主要由指令寄存器、译码器、程序计数器和操作控制等组成。控制器的基本功能是从内存中取出指令和执行指令，即控制器按程序计数器指出的指令地址从内存中取出该指令进行译码，然后根据该指令功能向有关部件发出控制命令，并执行该命令。

3．存储器

存储器是用来存放程序和数据的记忆装置。存储器的基本功能就是存储二进制形式的各种信息。输入的原始信息、初步加工的中间信息、最后处理的结果信息以及如何对输入信息进行加工、处理的指令程序等都存放在存储器中。存储器又分为内存储器和外存储器。

1）内存储器

内存储器（简称内存）用来存放当前运行的程序和数据。它存储容量较小，但存取速度快，并可以直接与 CPU 交换信息。内存储器与 CPU 合在一起，称为主机。

内存储器的物理实体是一组或多组具备数据输入输出和数据存储功能的集成电路。按工作原理，内存储器可分为只读存储器（Read Only Memory，ROM）和随机存储器（Random Access Memory，RAM）。

（1）随机存取存储器。

随机存取存储器的特点是存储器中的信息既能读又能写，RAM 中信息在关机后即消失。

（2）只读存储器。

只读存储器的特点是用户在使用时只能进行读操作，不能进行写操作，存储单元中的信息由ROM 制造厂在生产时或用户根据需要一次性写入，ROM 中的信息关机后不会消失。

2）高速缓冲存储器

高速缓冲存储器简称快存，是为了解决 CPU 和内存之间速度匹配问题而设置的。它是介于 CPU 与内存之间的小容量存储器，但存取速度比内存快。

3）外存储器

外存储器（External Memory，简称外存）也称为辅助存储器，它是内存的扩充。其特点是存储容量大，价格低，但存取速度相对内存慢，价格较便宜。一般用来存放暂时不用的程序和数据，在需要时可成批地与内存交换信息。CPU 不能直接访问它，即外存中的信息不能直接被处理，必须预先被送入内存，才能被处理。

4．输入设备

输入设备是用来输入程序和原始数据的设备。常见的输入设备有键盘、图形扫描仪、条码识别器、鼠标和摄像头等。

5．输出设备

输出设备是用来输出计算结果的设备。常见的输出设备有显示器、打印机和数字绘图仪等。

计算机硬件系统的五个组成部分中，运算器和控制器是计算机系统的核心部件，通常被看作一个整体，做成一块芯片，称为中央处理器，简称为 CPU。内存储器与 CPU 合在一起，称为主机。输入输出设备以及外部存储器等合称为外部设备。

硬件系统的组成结构如表 1.3 所示。

表 1.3　硬件系统的组成结构

硬件系统	主机	中央处理器（CPU）	运算器
			控制器
		内存	随机存储器和只读存储器
	外设	输入设备	键盘、鼠标、扫描仪、数码相机等
		输出设备	显示器、打印机等
		外存储器	硬盘、光驱、U 盘、移动硬盘

1.5.2　微型计算机系统的总线结构

微型计算机系统是以微型计算机为主体并配备相应的外部设备和系统软件所组成的系统。微型计算机大多数是采用以总线为中心的计算机结构。

所谓总线（BUS），是指计算机系统中能够为多个部件共享的一组公共信息传输线路。总线分为内部总线、系统总线和外部总线。

（1）内部总线指芯片内部连接各元件的总线；

（2）系统总线指连接 CPU、存储器和各种 I/O 模块等主要部件的总线；

（3）外部总线指微机和外部设备之间的总线。

按照其功能和传输信息种类的不同，系统总线可以分为三类：数据总线（Data Bus，DB）、地址总线（Address Bus，AB）和控制总线（Control Bus，CB）。这三大总线将计算机五大部件连接成一个协调一致工作的有机整体，如图 1.18 所示。

按总线接口类型来划分，系统总线有 ISA 总线、EISA 总线、VESA 总线、PCI 总线和 AGP 总线等形式。

1.5.3　微型计算机的常用硬件

1．中央处理器

CPU 又称为中央处理器（见图 1.19 和图 1.20），它是计算机系统的核心部件，是衡量计算机性能最为重要的技术指标。它由运算器和控制器两个部分组成，同时还包括内部寄存器和高速缓存等器件。

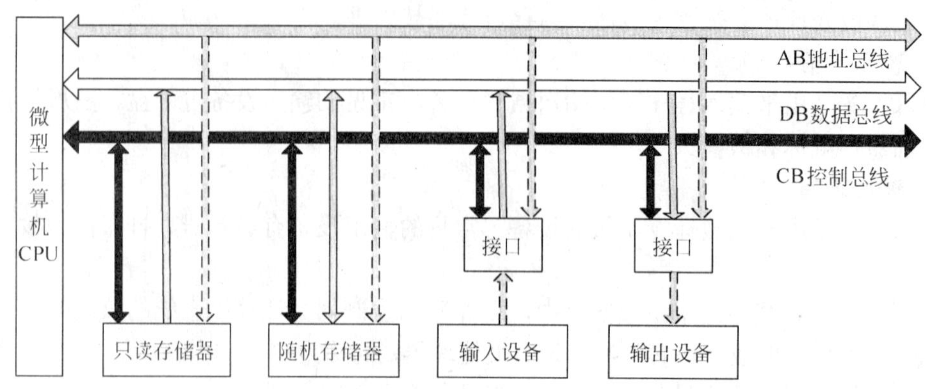

图 1.18　计算机总线结构图

CPU 是整个计算机系统的核心，计算机发生的所有动作都是受 CPU 控制的。微型计算机的快速发展过程，实质上就是 CPU 从低级向高级、从简单向复杂发展的过程。CPU 设计、制造和处理技术的不断更新换代以及处理能力的不断增强，使得微型计算机的应用领域越来越广泛。因此，CPU 也往往成了各种档次微型计算机的代名词，人们通常以 CPU 芯片的型号来命名计算机，如 286 机、386 机、486 机、Pentium（586）机分别指它们所使用的 CPU 芯片为 80286、80386、80486、Pentium 等。比较著名的生产微处理器产品的公司有 Intel、AMD、Motorola 等。

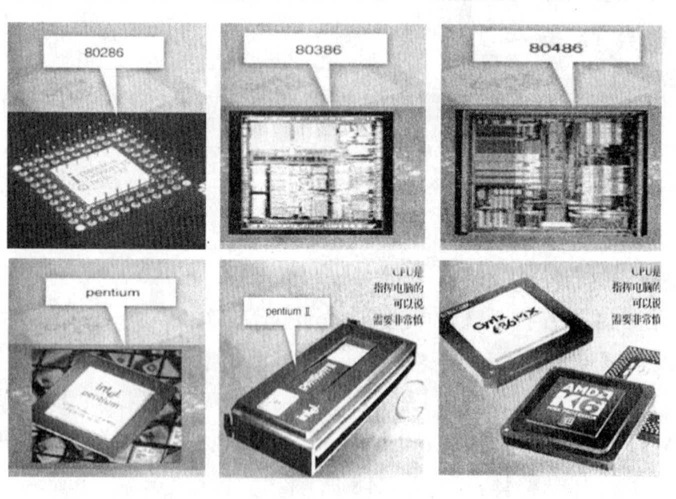

图 1.19　各种型号的 CPU

图 1.20　Intel 公司 Pentium 4 CPU

2．主板

主板又称主机板（mainboard），它是固定在主机箱内的一块密集度较高的集成电路板，是计算机的核心部件，其作用是控制整个计算机的运行。主板是硬件系统中最大的一块电路板，主板上主要包括 CPU 插座、芯片组、内存插槽、显卡插槽、总线扩展插槽以及各种串行和并行端口等，如图 1.21 所示。

图 1.21　主板的外观

主板采用了开放式结构，一般有 6～8 个扩展插槽，供 PC 外围设备的控制卡（适配器）插接。通过更换这些插卡，可以对微机的相应子系统进行局部升级，使厂家和用户在配置机型方面有很大的灵活性。

主板在整个微机系统中扮演着举足轻重的角色。可以说，主板的类型和档次决定着整个微机系统的类型和档次，主板的性能影响着整个微机系统的性能。

3．显卡

显卡又称为视频卡、视频适配器、图形卡、图形适配器和显示适配器等，如图 1.22 所示。它是主机与显示器之间连接的“桥梁”，作用是控制计算机的图形输出，负责将 CPU 送来的显示器认识的影像格式，再送到显示器形成图像。显卡主要由显示芯片（即图形处理芯片 Graphic Processing Unit）、显存、数模转换器（RAMDAC）、VGABIOS、各方面接口等几部分组成。显卡插在主板的 ISA、PCI、AGP 扩展插槽中，ISA 显卡现已基本淘汰。现在也有一些主板是集成显卡的。

图 1.22　显卡

4．内存条

起初，计算机所使用的内存是一块块的 IC（Integrated Circuit），必须把它们焊接到主机板上才能正常使用，一旦某一块内存 IC 坏了，必须焊下来才能更换，整个过程十分烦琐。后来，计算机设计人员发明了模块化的条装内存，每一条上集成了多块内存 IC，相应地，在主板上设计了内存插槽，这样，内存条就可随意拆卸了，内存的维修和扩充都变得非常方便。

按内存条的接口形式，常见内存条有两种：单列直插内存条（SIMM）和双列直插内存条（DIMM）。SIMM 内存条分为 30 线，72 线两种。DIMM 内存条与 SIMM 内存条相比，引脚增加到 168 线。内存条样式如图 1.23 所示。

图 1.23　内存条

5．外存储器

1）硬盘存储器

硬盘（Hard Disk）是计算机最重要的外部存储器，如图 1.24 所示，是由涂有磁性材料的合金圆盘组成的，它被密封在硬盘驱动器内部，一般固定安装在主机箱内。硬盘以其容量大、存取速度快而成为各种机型的主要外存设备。目前硬盘的容量已从过去的几十 MB、几百 MB，发展到目前的几十 GB、几百 GB，甚至几十 TB。硬盘的结构和软盘相似，是由磁道、扇区、柱面和磁片组成的。

图 1.24　硬盘

磁道：每个盘片的每一面都要划分成若干如同心圆的磁道，这些磁道就是磁头读写数据的路径和存储数据的位置。磁盘的最外层是第 0 道，最内层是第 *n* 道。

扇区：为了存取数据的方便，每个磁道又分为许多称为扇区的小弧段。每个磁道上的扇区数是一样的，每个扇区记录的数据也一样多。所以内圈磁道上的记录密度要大于外圈磁道上的记录密度。

柱面：一个硬盘由若干盘片组成，每个盘片又有两个盘面，每个盘面都有相同数目的磁道。所有盘面上相同半径的磁道组合在一起，叫做一个柱面。

2）光盘以及光驱

光盘设备主要有光盘存储器和光盘驱动器。

光盘（Optical Disk）存储器是一种利用激光技术存储信息的装置，信息以激光刻录痕迹的形式保存在光盘的盘面上，用激光束照射盘面，靠盘面的不同反射来读出信息，如图 1.25 所示。它具有容量大、寿命长、成本低和非磁化的优点。目前用于计算机系统的光盘有三类：只读型光盘、一次写入型光盘和可抹型（可擦写型）光盘。

图 1.25　光盘

光盘驱动器是计算机的外置硬件设备，用来安装系统或读取光盘，如图 1.26 所示。随着多媒体的应用越来越广泛，使得光驱在台式机诸多配件中已经成标准配置。目前，光驱可分为 CD-ROM 光驱、DVD 光驱（DVD-ROM）、康宝（COMBO）光驱和刻录机等。

图 1.26　光驱

- CD-ROM 光驱：又称为致密盘只读存储器，是一种只读的光存储介质。它是基于原本用于音频 CD 的 CD-DA（Digital Audio）格式发展起来的。
- DVD 光驱：是一种可以读取 DVD 碟片的光驱，除了兼容 DVD-ROM、DVD-VIDEO、DVD-R、CD-ROM 等常见的格式外，对于 CD-R/RW、CD-I、VIDEO-CD、CD-G 等都能很好的支持。
- COMBO 光驱："康宝"光驱是人们对 COMBO 光驱的俗称。COMBO 光驱是一种集合了 CD 刻录、CD-ROM 和 DVD-ROM 为一体的多功能光存储产品。
- 刻录光驱：包括了 CD-R、CD-RW 和 DVD 刻录机等，其中 DVD 刻录机又分 DVD+R、DVD-R、DVD+RW、DVD-RW（W 代表可反复擦写）和 DVD-RAM。刻录机的外观和普通光驱差不多，只是其前置面板上通常都清楚地标识着写入、复写和读取三种速度。

3）U 盘

U 盘是基于 USB 接口、以闪存芯片为存储介质的、无须驱动器的新一代存储设备。U 盘的出现是移动存储技术领域的一大突破，其体积小巧，特别适合随身携带，可以随时随地、轻松交换资料数据，是理想的移动办公产品及便捷的数据存储产品，如图 1.27 所示。

4）可移动硬盘

可移动硬盘采用计算机外设标准接口与主机相连，是一种便携式的大容量存储设备。它容量大、速度快、兼容性好、即插即用，十分方便，如图 1.28 所示。

图 1.27　U 盘

图 1.28　可移动硬盘

6．输入设备

输入设备是计算机接收外来信息的设备，人们用它来输入程序、数据和命令。在传送过程中，它先把各种信息转化为计算机所能识别的电信号，然后传入计算机。常用的输入装备有键盘、鼠标、扫描仪、数字化仪、条形码读入器等。

1）键盘

键盘是主要的输入设备。通过键盘可以将英文字母、数字、标点符号等输入到计算机中，从而向计算机发出命令、输入数据等。

键盘由一组按阵列方式装配在一起的按键开关组成，每按下一个键就相当于接通了相应的开关电路，把该键的代码通过接口电路送入计算机。

自 IBM PC 推出以来，键盘经历了 83 键、84 键和 101/102 键，Windows 95 面世后，在 101 键盘的基础上增加了两个 Windows 按键，改进成了 104/105 键盘。键盘结构如

图 1.29 所示。

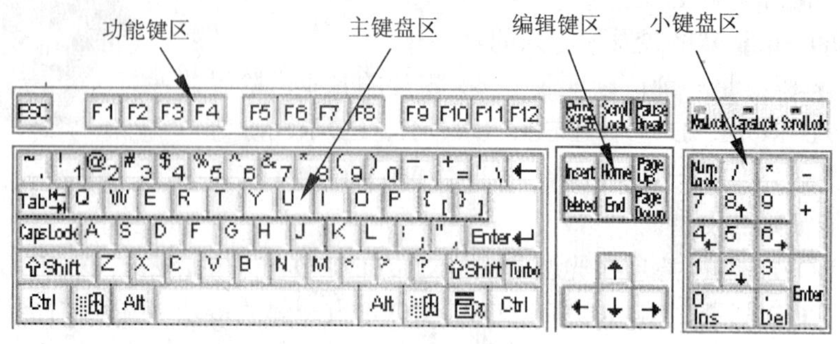

图 1.29 键盘示意图

整个键盘可大致分成 4 个基本区域。

（1）主键盘区：位于键盘的左部，主要用来输入文字或命令。主键盘区中各键上标有英文字母、数字和符号等，共计 62 个键，其中包括 3 个 Windows 操作用键。主键盘区分为字母键、数字键、符号键和控制键。上面四行键是字符键。除了 26 个字母键外，还有 21 个双字符键，键帽上都标有上、下两种字符。标有数字的双字符键也叫数字键。主键盘区是操作计算机时使用频率最高的键盘区域。

（2）功能键区：主要分布在键盘最上一排，包括 F1 到 F12，可提供一些专用功能。在不同的软件中，可以对功能键进行定义，或者是配合其他键进行定义，起到不同的作用。

（3）编辑键区：位于主键盘区的右边，由 10 个键组成。在文字的编辑中有着特殊的控制功能。

（4）数字键区：位于键盘的最右边，又称小键盘区。该键区兼有数字键和编辑键的功能。

图 1.30 有线鼠标

2）鼠标

“鼠标”（见图 1.30 和图 1.31）的标准称呼应该是“鼠标器”，英文名 Mouse，是计算机中常用的输入设备。它的使用使计算机的操作更加简便，代替了键盘烦琐的操作。鼠标按其工作原理的不同可以分为机械鼠标和光电鼠标。

机械鼠标主要由滚球、辊柱和光栅信号传感器组成。当拖动鼠标时，带动滚球转动，滚球又带动辊柱转动，装在辊柱端部的光栅信号传感器产生的光电脉冲信号反映出鼠标器在垂直和水平方向的位移变化，再通过计算机程序的处理和转换来控制屏幕上光标箭头的移动。

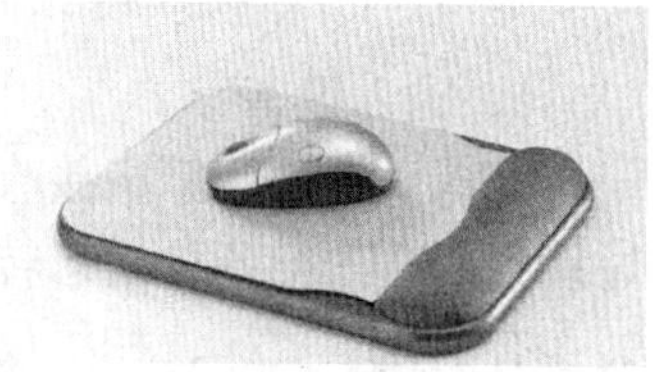

图 1.31 无线鼠标

光电鼠标产品按照其年代和工作原理的不同可以分为两代产品，第一代光电鼠标器是通过检测鼠标器的位移，将位移信号转换为电脉冲信号，再通过程序的处理和转换来控制屏幕上的光标箭头的移动。光电鼠标用光电传感器代替了滚球，这类传感器需要特制的、带有条纹或点状图案的垫板配合使用。目前市场上的光电鼠标产品都是第二代光电鼠标。第二代光电鼠标的工作原理其实很简单，即使用光眼技术，它是一种数字光电技术的产品。

另外，鼠标还可按外形分为两键鼠标、三键鼠标、滚轴鼠标和感应鼠标，现在市场上又出现了如无线鼠标和3D振动鼠标等比较新颖类型的鼠标。

3）触摸屏

触摸屏是一种新型的输入设备，是最简单、方便、自然的人机交互方式，用户只要用手指轻轻地碰计算机显示屏上的图形符号或文字就能实现对主机的操作，摆脱了键盘和鼠标，使人机交互更为便捷。触摸屏的应用非常广泛，如银行、电信、电力业务查询、旅游、房地产预售的业务查询和城市街道的信息查询等。

4）扫描仪

扫描仪是一种光机电一体化的高科技产品，也是应用比较广泛的输入设备，主要用于将图像、文字等各种信息输入到计算机中，如图1.32所示。扫描仪的主要部件有光源、光学透镜、感光元件、模数转换电路。

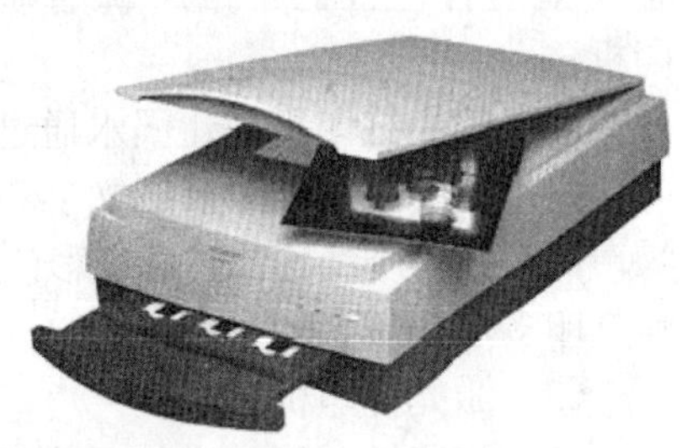

图1.32　扫描仪

输入设备是用户和计算机系统之间进行信息交互的主要装置之一，除了上面介绍的键盘、鼠标、扫描仪等常用输入设备外，还有如光笔、传真机、摄像头、手写输入板、游戏杆、语音输入装置等都属于输入设备。

7．输出设备

输出设备与输入设备相反，是将计算机处理的结果（如数字、字符、符号和图形）显示或打印出来。常用的输出设备有显示器、打印机、音箱、绘图仪等。

1）显示器

台式机通常采用CRT显示器和LCD液晶显示器两种。

（1）CRT显示器。

CRT显示器分球面显像管和纯平显像管两种，目前球面CRT显示器已逐渐退出市场，现在看到的大部分CRT显示器都是纯平CRT显示器。CRT纯平显示器（见图1.33）具有可视角度大、无坏点、色彩还原度高、色度均匀、可调节的多分辨率模式、响应时间短等优点，并且价格便宜。

图1.33　CRT显示器

（2）LCD显示器。

液晶显示器（Liquid Crystal Display，LCD）（见图1.34）的显示原理是利用液晶的物理特性，通电时导通，排列变得有秩序，使光线容易通过，不通电时排列混乱，阻止光线通过。目前，随着LCD液晶显示器技术的不断成熟，价格不断降低，正在逐步替代CRT显示器成为市场的主流。

图1.34　液晶显示器

2）打印机

打印机（Printer）是将输出结果打印在纸张上的一种输出设备。打印机的种类很多，按其工作方式可分为击打式和非击打式打印机。微机系统中常用的针式打印机（又称点阵打印机）属于击打式打印机，喷墨打印机和激光打印机属于非击打式打印机。按有无色彩可分为单色打印机和彩色打印机两种。

（1）针式打印机。

针式打印机（见图1.35）打印的字符和图形是以点阵的形式构成的。它的打印头由若干根打印针和驱动电磁铁组成。打印时使相应的针头接触色带击打纸面来完成。针式打印机的优点是结构简单、耗材节省、维护费用低、可多层打印。其缺点是体积大、噪声大、分辨率低、打印速度慢、打印针易折断。

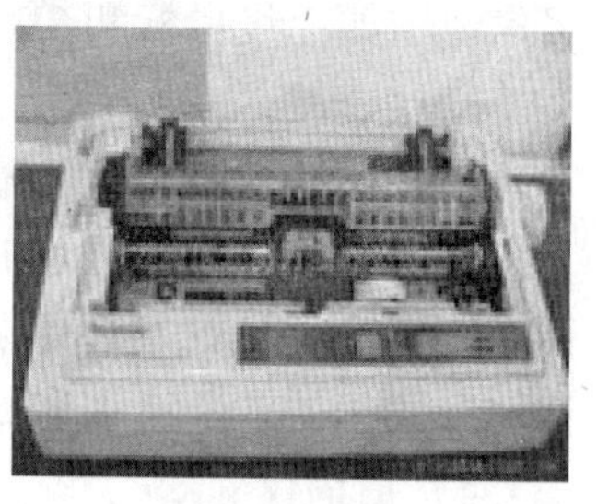

图 1.35 针式打印机

（2）喷墨打印机。

喷墨打印机（见图 1.36）按喷墨形式可分为液态喷墨和固态喷墨两种，人们平常所说的喷墨打印机均为液态喷墨打印机。

液态喷墨打印机是让墨水通过细喷嘴，在强电场作用下以高速墨水束喷出在纸上形成文字和图像。喷墨打印机的优点是噪声低、打印质量比针式好、彩色效果好、速度快。缺点是不能打印多层介质、耗材高。

图 1.36 喷墨打印机

（3）激光打印机。

激光打印机（见图 1.37）是利用电子成像技术进行打印的。当调制激光束在硒鼓上沿轴向进行扫描时，按点阵组字的原理，使鼓面感光，构成负电荷阴影，当鼓面经过带正电的墨粉时，感光部分就吸附上墨粉，然后将墨粉转印到纸上，纸上的墨粉经加热熔化形成永久性的字符和图形。其主要优点是印字质量高、分辨率高、噪声低、速度快、色彩艳丽，如果缓冲区大，占用主机的时间将相对减少。缺点是价格高、打印成本较高、不能打印多层介质、体积相对较大。

除以上三种打印机之外，还有热蜡式、热升华式、染料扩散式打印机等。

图 1.37 激光打印机

3）绘图仪

绘图仪是一种图形输出设备，能在绘图软件支持下绘制出复杂、精确的图形。常用的绘图仪有两种类型：平板型和滚筒型。平板型绘图仪是将绘图纸平铺在绘图板上，依靠笔架的二维运动来绘制图形。滚筒型绘图仪是靠笔架的左右移动和滚筒带动绘图纸前后滚动画出图形。

输出设备在人与计算机交互的过程中，起着重要的作用。除了显示器、打印机、绘图仪等常用的输出设备外，影像输出系统、语音输出系统、磁记录等输出设备在人们的日常生活中也会经常遇到。

1.6 计算机的软件系统

计算机软件系统是计算机系统重要的组成部分，如果把计算机硬件看成是计算机的躯体，那么计算机软件就是计算机系统的灵魂。计算机软件可以分为系统软件和应用软件两大类。

1.6.1 计算机的系统软件

系统软件是计算机最基本的软件，它负责实现操作者对计算机最基本的操作、管理计算机的软件与硬件资源，具有通用性，主要由计算机厂家和软件公司开发提供。主要包括操作系统、语言处理程序、数据库管理系统和一些服务程序等，其核心是操作系统。

1．操作系统

操作系统是控制和管理计算机的软硬件资源、合理安排计算机的工作流程以及给用户提供方便的一组软件集合，是用户和计算机的接口。它具有进程管理、存储管理、设备管理、文件管理和作业管理等五大管理功能。操作系统负责对计算机的全部软硬件资源进行分配、控制、调度和回收，合理地组织计算机的工作流程，使计算机系统能够协调一致、高效率地完成处理任务；同时，提供友好、便捷的操作界面，方便用户使用。操作系统是计算机的最基本的系统软件，计算机的所有操作都要在操作系统的支持下才能进行。

根据操作系统的功能和使用环境的不同，大致可分为以下几类：

1）批处理操作系统

批处理操作系统将用户作业按照一定的顺序排列，统一交给计算机系统，由计算机自动地、顺序地完成作业。这类操作系统的特点是：作业一旦提交系统，其运行完全由系统自动控制，系统的吞吐量大，资源的利用率高，缺点是无交互性。常用的批处理操作系统有 MVX 等。

2）分时操作系统

分时操作系统使多个用户通过终端共享一个主机，CPU 按优先级分配各个终端的时间片，轮流为各个终端服务，由于时间片段划分得很短，循环执行得很快，使得对每个终端而言，有“独占”这一台计算机的感觉。分时操作系统侧重于及时性和交互性，使用户的请求能在较短的时间内得到响应。常用的分时操作系统有 UNIX、XENIX、Linux 等。

3）实时操作系统

实时操作系统是对外界信息在规定的时间内及时响应并进行处理的实时控制系统和实时处理系统的总称。所谓实时，就是要求系统及时响应外部事件的请求，在规定时间内完成对该事件的处理，并控制所有实时设备和实时任务协调一致地运行。实时操作系统通常应用在具有特殊用途的专业系统中，如工业生产过程的控制和事务数据处理，对飞行器、导弹发射和飞行过程中的自动控制等。常用的实时操作系统有 RDOS、VRTX 等。

4）嵌入式操作系统

嵌入式操作系统是指运行在嵌入式系统环境中，对整个系统以及它所操作、控制的各种部件装置等资源进行统一协调、调度、指挥和控制的操作系统。嵌入式操作系统具有实时的高效性、硬件的依赖性、软件的固态性以及应用的专用性等特点，在机械制造、过程控制、通信、仪表、航空、军事装备、消费类产品等诸多方面均有较为广泛的应用。人们日常生活中使用的智能家电以及手机中都嵌入了嵌入式操作系统。

5）网络操作系统

网络操作系统是对计算机网络中的软件、硬件资源进行管理和控制的操作系统，适用于多用户、多任务环境，支持网间通信和网络计算，具有很强的文件管理、数据保护、系统容错和系统安全保护功能。常用的网络操作系统有 Novell 公司的 NetWare 以及 Microsoft 公司的 Windows NT。

6）分布式操作系统

分布式操作系统是将地理上分散的独立的计算机系统通过通信设备和线路互相连接起来，但各台计算机均分负荷，或每台计算机各提供一种特定功能，互相协作共同完成一个任务。在分布式系统中，计算机无主次之分，各计算机之间可交换信息，共享系统资源。分布式操作系统是由物理上分散的计算机上实现的、逻辑上集中的操作系统，它更强调分布式计算和处理。常用的分布式操作系统如 Amoeba 系统等。

2．程序设计语言及其处理程序

1）程序设计语言

程序设计语言是供程序员编制软件、实现数据处理的特殊语言。它是根据实际问题的需要并随着计算机科学技术的发展而逐步发展起来的。按照语言对计算机的依赖程度可分为三类，即机器语言、汇编语言和高级语言。

（1）机器语言。

机器语言是用二进制代码表示的程序设计语言。它是由一系列机器指令所构成，计算机每执行一条机器指令，实际上就是完成了某个规定的操作，计算机可以直接识别和执行机器语言程序。

机器语言是直接用二进制代码指令表达的计算机语言，指令是由 0 和 1 组成的一串代码，它们有一定的位数，并被分成若干段，各段的编码表示不同的含义。

机器语言可被机器直接识别和执行，具有执行速度快、占用内存少等优点。但它难学、难写、难记、出错难以查找，程序的可读性差，而且不同型号计算机的机器语言不能通用。因此，在实际应用中已很少使用机器语言编写程序。

（2）汇编语言。

汇编语言是用助记符表示指令功能的计算机语言。在汇编语言中，用助记符代替操作码，用地址符号或标号代替地址码。例如，用 ADD 代表加指令。

汇编语言与机器语言相比，易读、易写、易修改，使用起来比机器语言方便。但是，汇编语言仅是机器语言的符号化，它也是一种面向机器的语言。

使用汇编语言编写的程序，计算机不能直接识别，要由汇编程序将汇编语言编写的程序翻译成机器语言，才能运行。通常，我们把机器语言和汇编语言称为低级语言。

（3）高级语言。

高级语言是接近人类的自然语言和数学语言而又独立于机器的一种程序设计语言。用高级语言编写的程序，计算机不能直接识别，需要经过计算机自己“翻译”以后才能被执行，故其运行速度比机器语言慢。但它具有易学、易用和可移植性好等特点。因此，高级语言得到了广泛的推广和应用，它对计算机的普及起到了很好的促进作用。

目前，常用的高级语言有 C++语言、Java 语言、Visual FoxPro、C#等。

2）语言处理程序

除机器语言程序之外，用其他计算机语言编写的程序，计算机都不能直接识别，这种程序称为源程序。必须将源程序翻译成等效的机器语言程序，才能被计算机执行，这种与源程序等效的机器语言程序称为目标程序。

承担从源程序到目标程序的翻译工作的是语言处理程序。语言处理程序是一个系统软件，用于将各种计算机语言编写的源程序翻译成计算机可识别的目标程序。通常翻译有编译和解释两种方式，如图 1.38 和图 1.39 所示。

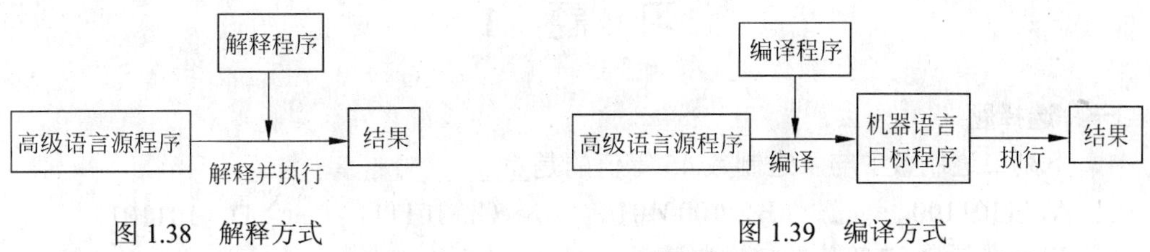

图 1.38　解释方式　　　　图 1.39　编译方式

解释方式是指源程序进入计算机后，解释程序边扫描边解释，逐句输入逐句翻译，计算机一句句执行，并不产生目标程序。早期的 BASIC 和 Perl 语言采用解释方式。

编译方式是指利用事先编好的一个称为编译程序的机器语言程序，作为系统软件存放在计算机内，当用户将高级语言编写的源程序输入计算机后，编译程序便把源程序整个地翻译成用机器语言表示的与之等价的目标程序，然后计算机再执行该目标程序，以完成源程序要处理的运算并取得结果。PASCAL、FORTRAN、COBOL、C 等高级语言执行编译方式。

对于不同的计算机语言，有不同的语言处理程序。某台计算机配备了某种语言，实际上就是这台计算机的系统软件中配有这种语言的语言处理程序。

3．数据库管理系统

数据库管理系统（Data Base Management System，DBMS）是对数据库中的资源进行统一管理和控制的软件，数据库管理系统是数据库系统的核心，是进行数据处理的有力工具。目前，被广泛使用的数据库管理系统有 Oracle、DB2、SQL Server、Informix、Visual FoxPro 等。

4．服务程序

为计算机系统提供各种服务性、辅助性功能的程序。

1.6.2　计算机的应用软件

除了系统软件以外的所有软件都是应用软件，应用软件是为解决实际问题所编写的软件的总称，涉及计算机应用的各个领域。绝大多数用户都需要使用应用软件，为自己的工作和生活服务。

应用软件不同于系统软件。系统软件是利用计算机本身的逻辑功能，合理地组织用户使用计算机的软、硬件资源，以充分利用计算机的资源，最大限度地发挥计算机效率，它是以便于用户使用、管理为目的。而应用软件是用户利用计算机和它所提供的系统软件，为解决特定的实际问题而编制的程序和文档。现代计算机系统不能没有系统软件；否则，用户无法有效地使用计算机。现代计算机系统也不能没有应用软件；否则，它不能在实际应用领域获得效益。

常用的计算机应用软件有 Office 办公软件、计算机辅助设计软件、各种图形处理软件、财务软件、防病毒软件、多媒体制作软件等。

习　题　1

一、选择题

1．下列二进制数中与十进制数 45 等值的是________。

A．1101100　　B．1000101　　C．101111　　D．101101

2．与十进制数 87 等值的二进制数是________。

A．1010101　　B．1010111　　C．1010001　　D．1000111

3．通常将微型计算机的运算器、控制器及内存储器称为________。

A．CPU　　B．微处理器　　C．主机　　D．微机系统

4．计算机中数据的表示形式是________。

A．八进制　　B．十进制　　C．二进制　　D．十六进制

5．用户可用内存通常是指________。

A．RAM　　B．ROM　　C．cache　　D．CD-ROM

6. X 是二进制数 11100110，Y 是十进制数 128，Z 是十六进制数 FF，则不等式________是正确的。

A．X<Z<Y　　B．Y<X<Z　　C．X<Y<Z　　D．Z<X<Y

7．当前使用的微型计算机，其主要元器件是由________组成的。

A．晶体管　　B．大规模和超大规模集成电路

C．集成电路　　D．电子管

8．操作系统是________的接口。

A．主机和外设　　B．用户和计算机

C．系统软件和应用软件　　D．高级语言和机器语言

9．某工厂的仓库管理软件属于________。

A．应用软件　　B．系统软件　　C．工具软件　　D．字处理软件

10．将十进制数 139 转换成的二进制数是________。

A．10001010　　B．10001111　　C．10001011　　D．10001100

11．以下说法中，错误的是________。

A．高级语言编写的源程序计算机可直接执行

B．编译方式把高级语言源程序全部转换成机器指令并产生目标程序

C．解释方式不形成目标程序

D．各种高级语言有其专用的编译或解释程序

12．计算机按照________划分可以分为：巨型机、大型机、小型机、微型机和工作站。

A．规模　　B．结构　　C．功能　　D．用途

13．下列选项中，________两个软件都属于系统软件。

A．Windows 和 Word　　B．Windows 和 Photoshop

C．UNIX 和 WPS　　D．Windows 和 UNIX

14．在下列存储器中，只能读出，不能写入的是________。

A．硬磁盘　　B．软磁盘　　C．磁带　　D．ROM

15. 系统软件的功能是________。

A. 充分发挥硬件资源的效益，为用户使用计算机提供方便

B. 解决输入输出的问题

C. 清除病毒，维护计算机系统正常运行

D. 用于程序设计

16. 将高级语言的源程序转换为机器指令的软件是________。

A. 操作系统　　B. 汇编程序　　C. 解释程序　　D. 监控程序

17. 下面说法中，错误的是________。

A. 计算机中常用的计数制有十进制、二进制、八进制和十六进制

B. 计数制是人们利用数学符号按进位原则进行数据大小计算的方法

C. 所有计数制都是按“逢十进一”的原则计数

D. 人们通常根据实际需要和习惯来选择数制

18. 计算机体系结构存储程序的设计思想是由________提出的。

A. 图灵　　B. 冯·诺依曼　　C. 肖特　　D. 比尔·盖茨

19. 一条计算机指令中，通常包含________。

A. 数据和字符　　B. 操作码和操作数

C. 运算符和数据　　D. 被运算数和结果

20. 与外存储器相比，内存储器________。

A. 存储量大，处理速度较快　　B. 存储量小，处理速度较快

C. 存储量大，处理速度较慢　　D. 存储量小，处理速度较慢

21. 关于微型计算机的知识正确的叙述是________。

A. 键盘是输入设备，打印机是输出设备，它们都是计算机的外部设备

B. 当显示器显示键盘输入的字符时，它属于输入设备；当显示器显示程序的运行结果时，它属于输出设备

C. 通常的彩色显示器都有 7 种颜色

D. 打印机只能打印字符和表格，不能打印图形

22. 微机中 1KB 表示的二进制位数是________。

A. 1000　　B. 8×1000　　C. 1024　　D. 8×1024

23. 下面是关于解释程序和编译程序的叙述，其中正确的一条是________。

A. 编译程序、解释程序均能产生目标程序

B. 编译程序、解释程序均不能产生目标程序

C. 编译程序能产生目标程序，解释程序不能产生目标程序

D. 编译程序不能产生目标程序，解释程序能产生目标程序

24. 下列叙述中，正确的是________。

A. 计算机系统是由硬件系统和软件系统组成

B. 程序语言处理系统是常用的应用软件

C. CPU 可以直接处理外部存储器中的数据

D. 汉字的机内码与汉字的国标码是一种代码的两种名称

25. 关于二进制代码，下列说法中错误的是________。

A．输入设备能将用户输入的字符转换成二进制代码

B．二进制的基码是 0 和 1

C．计算机常用的一种二进制代码是 ASCII 码

D．计算机一般都使用二进制代码，用它的某种信息编码方式来表示字符

26．用高级语言编写的程序必须经过________翻译成机器语言程序，计算机才能执行。

A．汇编语言　　B．汇编程序　　C．编译程序　　D．低级语言

27．微型计算机中，控制器的基本功能是________。

A．实现算术运算和逻辑运算　　B．存储各种控制信息

C．保持各种控制状态　　D．控制机器各个部件协调一致地工作

28．存储器容量通常以能存储多少个二进制信息位或多少个字节来表示，1 个字节是指________个二进制信息位。

A．7　　B．8　　C．16　　D．2

29．现在使用的计算机其工作原理为________。

A．存储程序　　B．程序控制

C．程序设计　　D．存储程序和程序控制

30．4 位二进制数编码的最大值是________。

A．32　　B．31　　C．16　　D．15

二、填空题

1．计算机总线分为数据总线、地址总线和____________。

2．一个二进制位只能表示两种状态，即________和 1。

3．八进制数 2002 转换成十进制数为________。

4．二进制的基数有________个。

5．第四代计算机采用的逻辑元件是________。

6．八进制数 10000 转换成十进制数是________。

7．二进制数 1100100 转换成十进制数是________。

8．文件管理系统是计算机系统与________间的高层接口。

9．字节由位组成，1 个字节等于________位。通常 1 个字节可以存放 1 个 ASCII 码，2 个字节可以存放 1 个汉字编码。

10．ROM 属于________存储器。

11．时钟频率和字长常用来衡量计算机系统中________的性能指标。

12．由大规模、超大规模集成电路为主要逻辑元件的计算机属于第________代计算机。

13．在微机系统中，普遍使用的字符编码是________。

14．计算机在处理数据时，一次存取、加工和传送的数据长度是________。

15．十进制数 268 转换成十六进制数是________。

16．二进制数 1010111 转换成八进制数是________。

17．在微型机汉字系统中，一个汉字的机内码占的字节数为________。

18．第一代计算机使用的逻辑元件是________。

19．第二代电子计算机使用的逻辑元件是________。

20．在计算机中，________是存储器存储容量的基本单位。

21．第三代计算机采用的逻辑元件是________。

22．计算机的存储容量是指它具有的________。

23．计算机能直接执行的程序是________。

24．根据计算机的工作原理，计算机由输入设备、运算器、________、存储器、输出设备五个功能模块组成。

25．世界上第一台电子计算机 ENIAC 诞生于________年。

26．运用计算机进行图书资料处理和检索，是计算机在________方面的应用。

27．计算机的运算速度主要取决于________。

28．计算机软件主要分为________和应用软件。

29．十进制数 78 转换成二进制数是________。

30．CPU 执行一条指令所需要的时间称为________。

第2章　Windows 操作系统

操作系统是负责管理计算机系统全部软件资源和硬件资源，合理地组织计算机各部件协调工作，并为用户提供高效、方便、灵活操作环境的最基本和最重要的系统软件。常用的操作系统有 DOS 操作系统、Windows 操作系统、OS/2 操作系统等。当今在微机上最为流行的是 Windows 操作系统，它是一种图形用户界面操作系统，提供了多种窗口和其他可视化部件控制计算机，利用鼠标和键盘可以方便地完成各种操作及系统的设置。

本章通过几个实例操作介绍 Windows XP 操作系统。通过学习掌握 Windows XP 的启动和退出；Windows XP 的桌面、窗口、菜单和对话框的组成和基本操作；资源管理器、文件与文件夹的基本概念和基本操作；控制面板的设置和 Windows XP 附件的基本功能。

2.1　Windows 操作系统的发展历程

Windows 操作系统有时也被称为“视窗操作系统”。它的第一个版本由微软公司发行于 1985 年，并最终获得了世界微机操作系统软件的垄断地位。表 2.1 描述了 Windows 操作系统的发展历程和主要版本的特点。

表 2.1　Microsoft Windows 操作系统的发展

时间	产品	系统介绍
1985 年	Windows 1.0	支持 Inter X386 处理器，具备图形化界面，实现了通过剪贴板在应用程序间传递数据的思想
1987 年 10 月	Windows 2.0	改善了性能，增加了对扩充内存的支持
1990 年 5 月	Windows 3.0	期间微软继 2.0 后还有代号为 286、386 两款系统，但因其自身原因，一直没有得到人们的注意。直到 3.0 的出现才改观了这种局面，Windows 逐渐占据了个人计算机系统，3.0 也首次加入了多媒体，被誉为“多媒体的 DOS”
1992 年	Windows 3.1	该系统修改了 3.0 的一些不足，并提供了更完善的多媒体功能，Windows 系统开始流行起来

续表

时间	产品	系统介绍
1993 年 11 月	 Windows 3.11	革命性地加入了网络功能和即插即用技术
1994 年	 Windows 3.2	Windows 系统第一次有了中文版，在我国得到了较为广泛的应用
1995 年 8 月 24 日	 Windows 95	Windows 系统发生了质的变化，具有了全新的面貌和强大的功能。它支持长文件名，是多线程和多任务操作系统，采用完全 32 位的系统核心。Windows 95 是操作系统发展史上一个里程碑式的作品
1996 年 8 月 24 日	 Windows NT 4.0	采用了多项技术创新，主要面向服务器市场
1998 年 6 月 25 日	 Windows 98	Windows 98 不仅在界面上有大幅度改进，而且在系统内核上也做了重大调整，使得计算机管理更合理，应用软件运行更安全快捷；此外，Internet Explorer 浏览器变成了操作系统的一个组成部分
2000 年 9 月 14 日	 Windows Me	集成了 Internet Explorer 5.5 和 Windows Media Player 7，系统还原功能则是它的另一个亮点
2000 年 12 月 19 日	 Windows 2000	该系统一共四个版本：Professional、Server、Advanced Server 和 Datacenter Server
2001 年 10 月 25 日	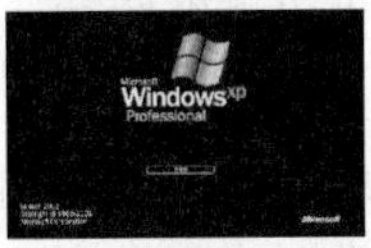 Windows XP	拥有一个新的用户图形界面（称为月神 Luna），集成了防火墙、媒体播放器（Windows Media Player）、即时通信软件（Windows Messenger），以及它与 Microsoft Passport 网络服务的紧密结合，是目前使用率很高的一个操作系统
2003 年 4 月底	 Windows 2003	服务器操作系统，是 Windows 2000 的一个升级版
2006 年 11 月 8 日	 Windows Vista	Windows Vista 的内部版本是 6.0（即 Windows NT 6.0），正式版的 Build 是 6.0.6000。在 2007 年 1 月 30 日，Windows Vista 正式对普通用户出售

续表

时间	产品	系统介绍
2009 年 10 月	Windows 7	正式版于 2009 年 10 月 22 日在美国发布，于 2009 年 10 月 23 日下午在中国正式发布。包括 Windows 7 Home Basic（家庭普通版）、Windows 7 Home Premium（家庭高级版）、Windows 7 Professional（专业版）、Windows 7 Enterprise（企业版）、Windows 7 Ultimate（旗舰版）等多个版本

2.2 Windows XP 概述

Windows XP 是 Microsoft 公司于 2001 年推出的操作系统，是集 Windows 前期版本的所有优秀性能于一体的视窗操作系统，比以往的 Windows 操作系统功能更强，性能更稳定，是 Microsoft 公司推出的第一个既适合家庭用户，也适合商业用户使用的操作系统。

Windows XP 共有 3 个版本：Windows XP Professional 是为商业用户设计的，有很高级别的可扩展性和可靠性；Windows XP Home Edition 有较好的数字媒体平台，是家庭用户和游戏爱好者的最佳选择；Windows XP 64-Bit Edition 可满足专业的、技术工作站用户的需要。本章主要介绍 Windows XP Professional。

2.2.1 Windows XP 的特点

Windows XP Professional 在系统可靠性与性能表现方面提出了最新标准，主要体现在以下几个方面。

1．可靠

Windows XP 建立在成熟的 Windows 2000 操作系统基础之上，提供了可靠的功能特性，能确保计算机长时间稳定运行。采用新型 Windows 引擎为用户提供可靠的计算体验；系统还原特性可以让用户和管理员在不丢失数据的前提下将计算机还原到以前的状态；提高防病毒功能，管理员在保护系统免受电子邮件病毒攻击的同时，有更高一级的控制权力；增强 Windows 安全性，Internet 连接防火墙可以保护小型企业不受一般的 Internet 攻击；带有多用户支持的加密文件系统防止黑客攻击和数据盗窃的最高级别。Windows XP 另一个显著的优点是，在多数情况下，即使某个程序崩溃了，计算机仍能继续运行。

2．易用

直观的基于任务的设计方式使用户能够快速方便地完成各项工作，例如，在“我的电脑”窗口左侧任务列表可以根据窗口右侧出现的不同文件类型，随机应变地列出相关的可能操作任务；Windows XP 对控制面板中的项目进行了分类组合，可以更快捷地找到需要设置的内容；新增的搜索精灵在搜索列表中列出了多种文件类型和限制条件，提高了搜索效率。Windows XP 将帮助用户进一步提高工作智能化水平。

3．界面美观

Windows XP 的用户界面给人一种很强的立体感，色彩靓丽，从视觉上给用户带来无与伦比的震撼。“开始”菜单的顶端新增了用户名和形象生动的用户图标，能够自动调整常用程序；“任务栏”也做了很大的改进，例如，用户同时打开多个浏览窗口，这些窗口就会自动在“任务栏”中竖向排列起来，只占用一个窗口的宽度，使桌面更加简洁。

4．娱乐性强

Windows XP 整合了多项多媒体改进方案，其中最引人注目的是 Windows Media Player 8 提供了多种播放器外观和多彩缤纷的动态效果，并且可以收听和制作数字音乐文件，直接播放 DVD、网上的流式影像文件、CD 与 MP3 等。Windows Movie Maker 从 Windows Me 中继承而来，用户可以用它将一幅幅单独的图片制作成电影。

2.2.2 Windows XP 的运行环境和安装

1．Windows XP 的硬件配置

要正常运行 Windows XP，必须保证所使用的计算机配置达到 Windows XP 的基本要求。Windows XP 对计算机硬件的最低要求如下。

- CPU：最低 233MHz（单处理器系统或者双处理器系统），推荐 300MHz 或更高的兼容微处理器。
- 内存：最小 64MB，推荐内存 128MB 或者更高。
- 硬盘：1GB 可用硬盘空间，推荐硬盘可用空间 1.5GB。
- 显示卡：VGA 解析度，推荐采用 SVGA（800×600）或更高解析度的视频适配器和监视器。
- 显示器、CD-ROM 或 DVD 驱动器、键盘和 Microsoft 鼠标或兼容的定位设备。

如果希望 Windows XP 提供更多的功能，对系统配置还有其他要求。如在局域网或家庭网络中使用 Windows XP，需要网络适配器，需要声音处理功能，要配备声卡、扬声器和麦克风等。

2．Windows XP 的安装

Windows XP 的安装可以分为三种：升级安装、多系统共存安装和全新安装。

1）升级安装

升级安装即覆盖原有的操作系统，在以前的 Windows 98/Me/NT 4.0/2000 操作系统的基础上顺利升级到 Windows XP，但不能从 Windows 95 进行升级。

升级安装是安装 Windows XP 的 CD 盘推荐的类型，安装过程中出现“安装向导”，根据“安装向导”的提示一步步进行，可以完成 Windows XP 的初始安装。

2）多系统共存安装

将 Windows XP 安装在一个独立的分区中，与机器中原有的系统相互独立，互不干扰。多系统共存安装完成后，会自动生成开机启动时的系统选择菜单，选择启动不同的操作系统。

多系统安装的操作步骤：启动已有的 Windows 操作系统，将 Windows XP 安装盘放到光驱中，光盘自动运行，在“安装类型”栏中选择“全新安装（高级）”，然后在“安装向导”的提示下按步骤完成安装。

3）全新安装

全新安装 Windows XP 的硬盘分区至少要有 1GB 的剩余空间，根据微软的建议运行 Windows XP 的硬件配置为中等级别的 Pentium Ⅲ CPU 和 128MB 内存。为了充分发挥 Windows XP 的性能，内存越大越好，最好为 256MB。全新安装是将原有的操作系统卸载，只安装 Windows XP。

全新安装的操作步骤：将原有的操作系统卸载后重新启动计算机，将 Windows XP 的安装盘放入光驱中，从光盘启动，然后按屏幕上的提示一步步进行，即可以完成 Windows XP 的安装。

2.3 案例 1——Windows XP 的基本操作

2.3.1 案例说明

1．任务

（1）启动 Windows XP 操作系统。

（2）观察桌面的组成，显示“我的文档”、“我的电脑”、“网上邻居”、Internet Explorer、“回收站”等常用图标。

（3）调整任务栏宽度并将其移到桌面的左边，隐藏任务栏。

（4）通过任务栏查看当前系统日期和时间，如果不正确，进行修改。

（5）创建“写字板”快捷图标，首先按任意位置手动排列桌面图标，然后按名称排列图标，最后删除所创建的“写字板”图标。

（6）启动“写字板”和“画图”应用程序，并对两个窗口进行层叠、横向平铺和纵向平铺操作。

（7）在“我的电脑”和“写字板”应用程序窗口中，查看菜单，并通过菜单打开对话框，比较对话框与窗口的区别。

（8）退出 Windows XP 操作系统。

2．目的

（1）掌握启动与退出 Windows XP 的方法。

（2）熟悉 Windows XP 桌面的组成，掌握菜单、图标、窗口、对话框的操作。

（3）了解获取帮助信息的方法。

2.3.2 操作步骤

1．Windows XP 的启动

启动 Windows XP 在不同情况下可以采用以下两种方法：

1）开机启动

开机过程即是给计算机加电的过程，在一般情况下，计算机硬件设备中需加电的设备有显示器和主机，因此，开机过程也就是给显示器和主机加电的过程。由于电器设备在通电的瞬间会产生电磁干扰，这对相邻的正在运行的电器设备会产生副作用，所以开机过程的要求是：先开显示器，再开主机。

机器加电以后，将自动进行机器硬件自检和引导操作系统的整个过程。如果设置了用户，屏幕上出现一个用户登录界面，提示用户输入在 Windows XP 中注册的用户名和口令，如图 2.1 所示，然后继续完成启动。

2）系统正常运行时重新启动

在系统运行的过程中，可以重新启动 Windows XP 系统，还可以在重新启动时以另一个用户名登录。有以下 3 种方法。

方法一：单击主菜单中的“关闭计算机”选项，弹出“关闭计算机”对话框，如图 2.2 所示，单击其中的“重新启动”项。

方法二：按两次组合键 Ctrl+Alt+Del。

方法三：可按主机箱上 ReSet（复位）键重新启动系统。

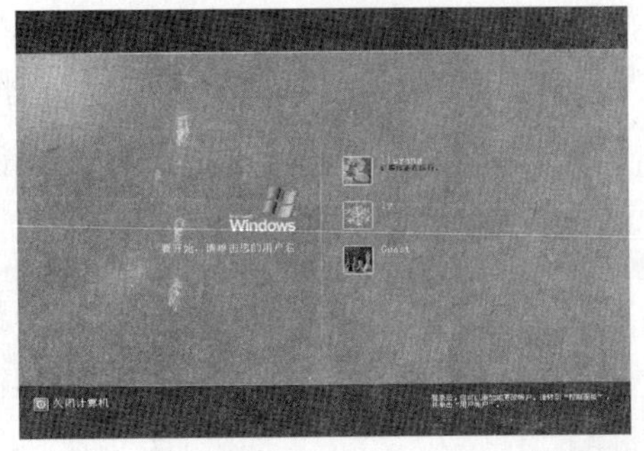

图 2.1　用户登录界面

图 2.2　“关闭计算机”对话框

2．观察桌面的组成，显示常用图标

桌面是打开计算机并登录到 Windows 系统之后看到的主屏幕区域，和实际的桌面一样，是用户工作的主要平台。桌面上摆放着一些经常使用的重要文件夹和工具，用户能快速方便地启动和使用这些文件和工具。打开程序或文件夹时，它们便会出现在桌面上。还可以将一些项目（如文件和文件夹）放在桌面上，并且随意排列它们。

重新安装 Windows 系统后，在第一次启动 Windows XP 时，桌面上只有一个“回收站”图标，如图 2.3 所示。

图 2.3　Windows XP 桌面

本案例的任务（2）要求在桌面上显示出“我的文档”、“我的电脑”、“网上邻居”、Internet Explorer、“回收站”等常用图标。在操作之前，首先介绍一下图标的概念。

图标是桌面上或文件中用来表示Windows各种程序或项目的小图形。图标分为文件夹图标、快捷方式图标、应用程序图标、文档图标、驱动器图标等类型。将鼠标指针指向某个图标时，屏幕上会出现该图标的提示信息。双击某个图标，可以直接打开其所代表的项目。

在Windows XP的经典样式下，桌面上会有五个图标："我的文档"、"我的电脑"、"网上邻居"、Internet Explorer、"回收站"。

显示图标的方法：在桌面上右击，在弹出的菜单上选择"属性"项，打开"显示 属性"对话框，打开"桌面"选项卡，如图2.4所示，单击"自定义桌面"按钮，打开"桌面项目"对话框，在"桌面图标"栏中分别单击要显示图标的名称，如图2.5所示，单击"确定"按钮完成设置。

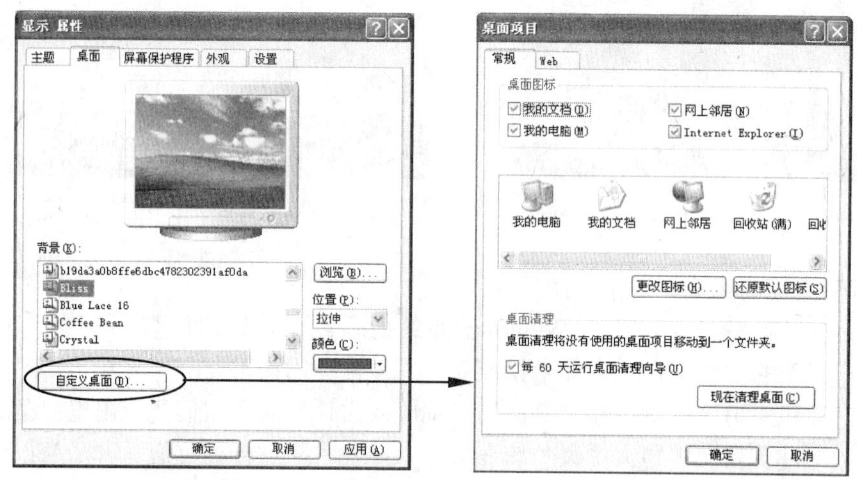

图2.4 "显示 属性"对话框　　　　图2.5 "桌面项目"对话框

下面对主要图标进行说明。

(1)"我的文档"：用于存放和管理用户个人文档的文件夹，作为文档、图片和其他文件的默认存储位置。它含有两个特殊的个人文件夹，即"图片收藏"和"我的音乐"。可将个人文件夹设置为每个人都可以访问或设置为专用。

(2)"我的电脑"：用于管理计算机中的所有资源。"我的电脑"是用户访问计算机资源的入口。通过访问"我的电脑"，可以查看本台计算机中存储的文件，显示软磁盘、硬盘、CD-ROM驱动器和网络驱动器中的内容，还可以通过访问"我的电脑"来查看系统信息、添加或删除应用程序等操作。

(3)"网上邻居"：用于创建和设置网络连接，以及共享数据、设备和打印机等各种网络资源。当用户的计算机连接在网上时，则可以通过该图标访问网上的其他计算机，即可以使用网上的一些共享资源。

(4)"回收站"：用于存放硬盘上被删除的文件。在删除文件和文件夹时，并不是真正从磁盘中删除，而是将被删除的文件或文件夹暂时保存在"回收站"中。

注意："回收站"是从硬盘上划分出来的一部分空间，所以存放在"回收站"中的内容在正式执行清空"回收站"操作之前一直都会存在，不会丢失。

（5）Internet Explorer：用于快速启动 IE 浏览器，访问 Internet 资源。

3．了解任务栏及其构成

任务栏是桌面上最重要的对象，通常在桌面的底部。任务栏包括“开始”按钮、“快速启动区”、“最小化窗口按钮区”、“通知区域”等，如图 2.6 所示。

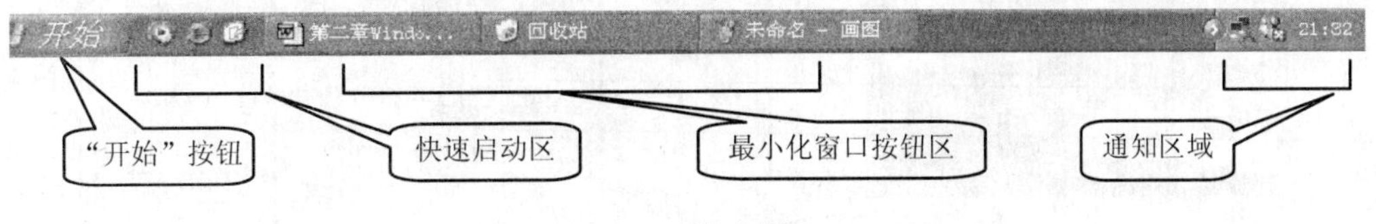

图 2.6　任务栏

1）“开始”按钮及“开始”菜单

“开始”按钮位于任务栏的左侧，是运行 Windows XP 应用程序的入口。单击“开始”按钮，可以启动程序、打开文档、改变系统设置、查找特定信息等。

在非经典“开始”菜单模式中，用鼠标单击“开始”按钮，弹出如图 2.7 所示的菜单，它包含了使用 Windows XP 所需的全部命令。“开始”菜单顶部显示当前使用计算机的用户图标和用户名。左侧分为三个部分，分别是固定项目列表，最常使用的项目列表，所有程序列表；右侧包括传统项目区和退出系统区。

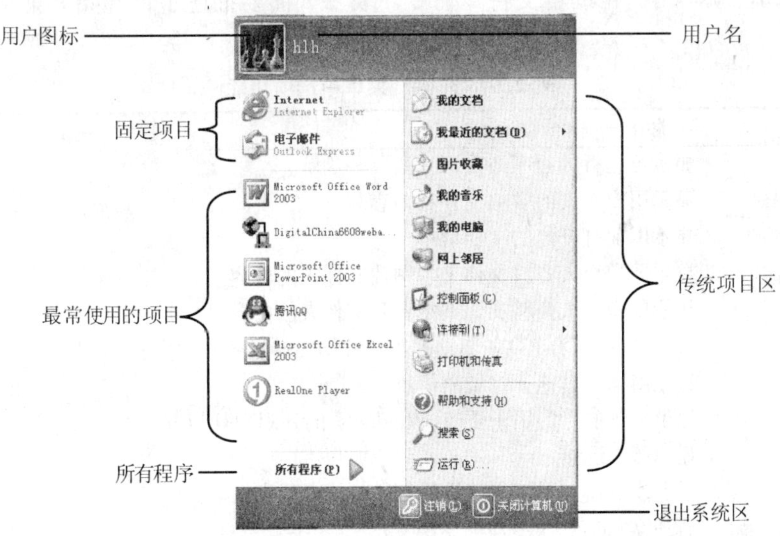

图 2.7　“开始”菜单

可以通过“开始”菜单属性对其进行详细设置，如改变程序列表个数。

打开“任务栏和「开始」菜单属性”对话框的方法如下。

方法一：将鼠标移到任务栏的空白处右击，在弹出的任务栏快捷菜单中单击“属性”选项。

方法二：在“开始”按钮处右击，在弹出的快捷菜单中选择“属性”选项。

通过以上两种方法均可打开如图 2.8 所示的“任务栏和「开始」菜单属性”对话框。单击“自定义”按钮，在“自定义「开始」菜单”对话框中的“「开始」菜单上的程序数目”栏处更改程序列表个数，如图 2.9 所示。在该对话框中，还可以改变“开始”菜单中程序图标的大小、更改“开始”菜单固定项目列表的显示等。

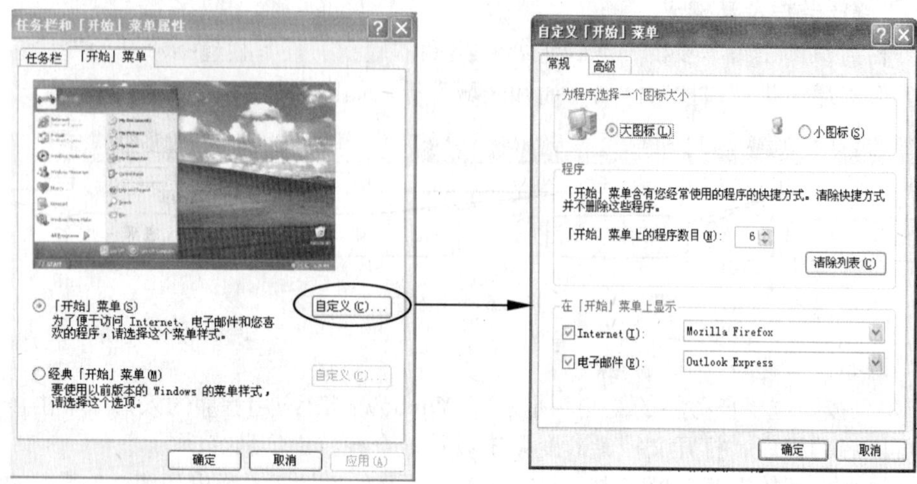

图 2.8 “任务栏和「开始」菜单属性”对话框　　图 2.9 “自定义「开始」菜单”对话框

要启动某个程序，就把鼠标指向“所有程序”，在级联菜单中选择相应的应用程序。如要获得帮助，就单击“帮助和支持”命令。表 2.2 简要描述了“开始”菜单中各个选项的功能。

表 2.2 “开始”菜单中选项功能

命令	功能
所有程序	显示可运行的程序清单
我的文档	显示用户个人的资料文件夹内容
我最近的文档	显示以前打开过的文档清单
图片收藏	显示用户个人资料文件夹中图片文件夹的内容
我的音乐	显示用户个人资料文件夹中音乐文件夹的内容
我的电脑	显示硬盘、CD-ROM 驱动器和可移动存储设备中的内容
网上邻居	显示网络上其他计算机的信息
控制面板	提供丰富的专门用于更改 Windows 的外观和行为方式的工具
连接到	显示所有连接
打印机和传真	显示或者增加系统中可用的打印机或者传真机
帮助和支持	启动 Windows XP 帮助系统
搜索	查找系统中的指定资源
运行	运行程序或者打开文件夹

2）快速启动区

默认状态下该区域内有 Windows Media Player、Internet Explorer 浏览器、“显示桌面”三个快速启动图标，单击某个图标即可快速启动相应的应用程序。

用户可以在该区中增删其他的应用程序图标。具体方法如下：

（1）若要添加应用程序图标，只需在桌面或文件夹窗口找到应用程序，拖动该程序图标到快速启动区即可。

（2）若要删除应用程序图标，用鼠标右键单击该图标，从弹出的快捷菜单中选择“删除”命令，在弹出的信息提示框中，单击“确定”按钮即可。

3）最小化窗口按钮区

“最小化窗口按钮区”放置了每次运行和打开的应用程序的最小化图标。多个处于运行状态的应用程序中，当前程序对应的程序图标显示为较深的蓝色。用户可以通过单击各个应用程序的图标来进行应用程序之间的切换。

4．调整任务栏宽度并将其移到桌面的左边，隐藏任务栏

1）调整任务栏宽度并将其移到桌面的左边

通常情况下并不是所有的区域都全部显示在任务栏上，而是根据用户需要设置的显示。在任务栏没有锁定的情况下，它的位置和宽度能够调整，还可以把它移动到桌面的顶部、左侧或右侧。

方法：鼠标移到任务栏上边缘，当鼠标指针变为双向箭头时，沿箭头方向拖动鼠标即可改变任务栏的宽度，如果将鼠标置于任务栏空白处，按下鼠标左键不放，拖动任务栏到桌面的左边，然后释放鼠标，任务栏则会出现在新的位置，如图 2.10 所示。

图 2.10　改变任务栏的位置

说明：当任务栏位于窗口右侧时，将鼠标指针指向任务栏的左边缘进行左右拖动；当任务栏位于窗口左侧时，将鼠标指针指向任务栏的右边缘进行左右拖动；当任务栏位于窗口顶部时，将鼠标指针指向任务栏的下边缘进行上下拖动，都可改变任务栏的大小。

2）锁定任务栏

方法是在任务栏空白处右击，弹出如图 2.11 所示的快捷菜单，在快捷菜单中单击“锁定任务栏”命令，再次单击将取消任务栏的锁定。

3）隐藏任务栏

操作步骤分为 4 步。

第 1 步：将鼠标移到任务栏的空白处右击，弹出任务栏的快捷菜单，如图 2.11 所示。

第 2 步：单击快捷菜单中的“属性”选项，弹出如图 2.12 所示的对话框。

第 3 步：在如图 2.12 所示的对话框中选中“自动隐藏任务栏”复选框，使其前面的复选框内出现“√”标志。

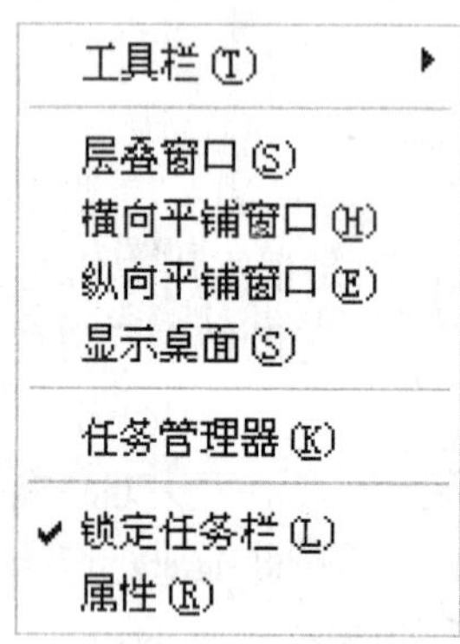

图 2.11　任务栏快捷菜单

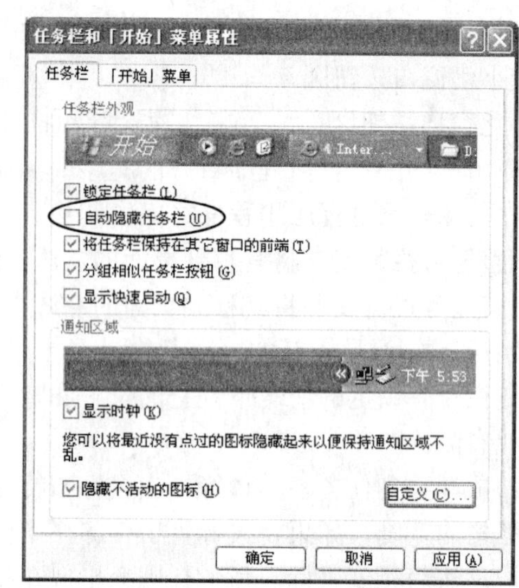

图 2.12　“任务栏和「开始」菜单属性”对话框

第 4 步：单击对话框中的“确定”按钮。

此时在屏幕边沿只有一道白线，当鼠标指向此处时，任务栏显示出来，鼠标离开后，任务栏便自动隐藏。

说明：凡是显示在任务栏中的选项前都有“✓”符号。如果取消某一栏在任务栏的显示，可以再次单击相应的选项，“✓”符号消失，任务栏上的显示也消失。如在快速启动项前面单击，可以在任务栏中显示快速启动区，再次单击，则快速启动区消失。

5．调整当前系统日期和时间

位于任务栏最右侧区域称为“通知区域”，如图 2.6 所示。“通知区域”中放置了“时间指示器”，主要显示系统当前日期和时间，在安装好 Windows XP 之后，系统的日期和时间可能是不准确的，双击“时间指示器”可打开“日期和时间 属性”对话框，如图 2.13 所示，在此可以调整系统“时间和日期”、“时区”等。

例如，把系统时间更改为 2011 年 3 月 25 日。

方法：在如图 2.13 所示的对话框中，单击年份微调按钮来调整年份，也可以直接在年份文本框中输入 2011；在月份下拉列表框中选择三月；在日历列表框中，单击日期值 25，系统会以蓝色背景高亮度显示选中的日期值，单击“确定”按钮。另外，在“时间”选项区域中可以调整系统时间值。

单击“时区”标签，可以打开“时区”选项卡，如图 2.14 所示。打开后可以看到一幅世界地图，上面的下拉列表框显示了当前的时区值。可以在时区下拉列表框中选择需要的时区。在“Internet 时间”选项卡中，可以设置计算机的系统时间与 Internet 的时间服务器同步，但同步只有在计算机与 Internet 连接时才能进行。

除此之外，“通知区域”还放置了“输入法指示器”、“音量指示器”、“Windows Messenger 指示器”等。

“输入法指示器”用来选择输入法；“音量指示器”用来调整扬声器音量的大小；“Windows Messenger 指示器”是 Windows XP 新增的网络工具，用户可以通过它与其他使用 Windows XP

的用户进行交流、联系，还可以查看自己的 Hotmail 信箱、寻求远程协助等。

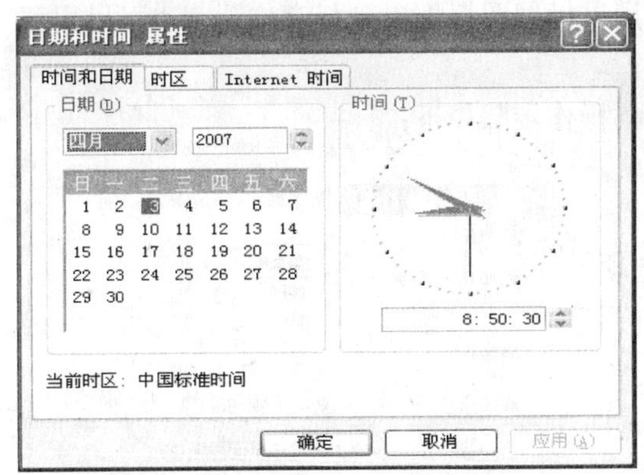

图 2.13 “日期和时间 属性”对话框

图 2.14 “时区”选项卡

6．图标的创建、排列、删除与重命名

1）创建“写字板”快捷图标

快捷方式是 Windows XP 中的一个重要概念，是为方便使用某一对象而复制的可以直接访问该对象目标的替身，它是指向某个程序的“软连接”。将一个程序的快捷方式放在桌面上或一个文件夹中，可以使用户快速启动程序和打开文档。在 Windows XP 中，快捷方式可以指向任何对象，如程序、文件、文件夹等。快捷方式图标和应用程序图标几乎是一样的，只是左下角有一个小箭头。以创建“写字板”快捷图标为例，创建方法通常有 3 种。

方法一：选择“开始”→“所有程序”→“附件”命令，在级联菜单中的“写字板”程序项右击，从弹出的快捷菜单中选择“发送到”→“桌面快捷方式”命令。

方法二：选择“开始”→“所有程序”→“附件”命令，在级联菜单中选中“写字板”程序项，按住鼠标左键直接拖曳到桌面上。

方法三：使用“创建快捷方式”对话框。在桌面空白处右击，在弹出的快捷菜单中选择“新建”→“快捷方式”命令（图 2.15），则在桌面上弹出“创建快捷方式”对话框，如图 2.16 所示。在“请键入项目的位置”文本框中，输入要创建快捷方式的项目的路径和名称，根据提示完成创建。

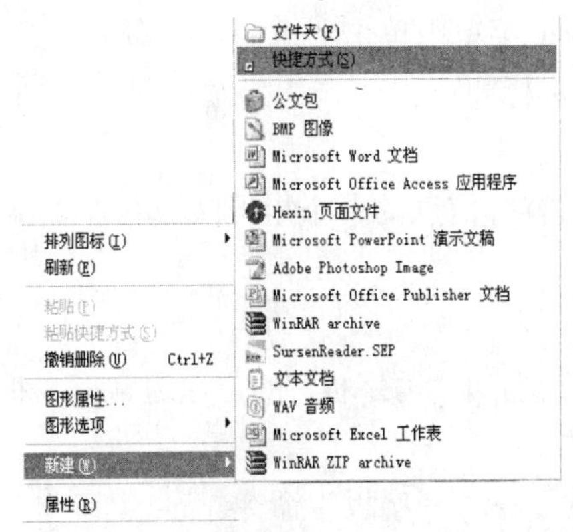

图 2.15 桌面快捷菜单

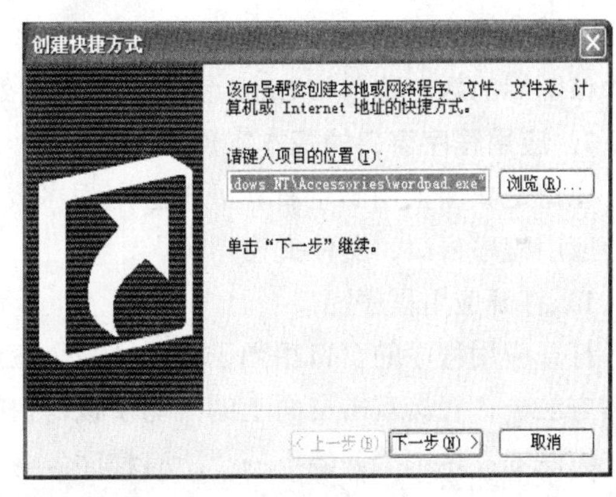

图 2.16 “创建快捷方式”对话框

2）排列桌面图标

图标在桌面上的排列方式有多种，既可以用鼠标把图标拖曳到任意位置，也可以用菜单命令确定其排列方式。

（1）按任意位置手动排列“写字板”图标，操作步骤如下：

① 在桌面空白处右击，弹出桌面快捷菜单，如图 2.17 所示。

② 从桌面快捷菜单中选择“排列图标”选项。

③ 若“排列图标”级联菜单中的“自动排列”前面有“√”标志，则单击取消“自动排列”。

④ 按下鼠标左键拖动“写字板”图标到桌面任意位置。

（2）按图标类型排列桌面上的图标，操作步骤如下：

① 将鼠标置于桌面空白处右击，弹出桌面快捷菜单。

② 在桌面快捷菜单中选择“排列图标”选项，再从其级联菜单中单击“类型”选项即可，如图 2.17 所示。

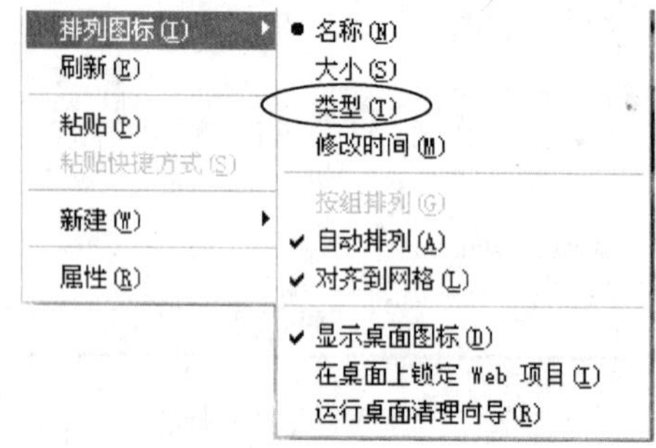

图 2.17　桌面快捷菜单

说明：按“名称”、“大小”、“修改时间”排列图标的操作方法同上。

3）删除“写字板”图标

为了保证桌面整洁，对于没有用的图标可以删除。以删除“写字板”图标为例，删除方法有以下 3 种。

方法一：选中“写字板”图标，右击，在弹出的快捷菜单中选择“删除”命令。

方法二：选中“写字板”图标，按 Del 键。

方法三：直接把“写字板”图标拖曳到回收站。

注意：删除快捷图标并没有删除程序本身。

4）重命名图标

利用鼠标还可以进行桌面图标的重命名操作。

操作方法：右击桌面上的某个图标，从弹出的快捷菜单中单击“重命名”命令，然后输入该图标的新名称，按 Enter 键，或在任意处单击鼠标即可。

7. 应用程序窗口的基本操作

窗口是桌面上用于查看和处理应用程序或文档内容等信息的一个矩形区域。Windows 中有应用程序窗口、文件夹窗口等。

1）打开应用程序窗口

打开应用程序的窗口相当于启动了一个应用程序。打开“写字板”的方法通常有 3 种。

方法一：直接双击桌面上的“写字板”快捷方式。

方法二：单击“开始”→“所有程序”→“附件”→“写字板”命令。

方法三：使用“开始”菜单中的“运行”命令启动应用程序。

说明：*启动“画图”应用程序窗口的方法同上。*

下面以“写字板”窗口为例，介绍窗口的基本组成，如图 2.18 所示，它包括标题栏、菜单栏、工具栏、状态栏、工作区等组成部分。

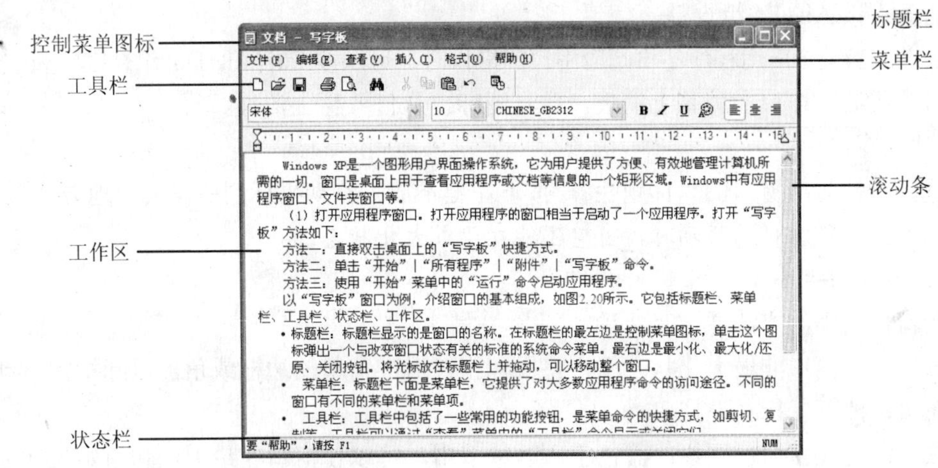

图 2.18 “文档-写字板”窗口

- 标题栏：标题栏显示的是窗口的名称。在标题栏的最左边是控制菜单图标，单击这个图标弹出一个与改变窗口状态有关的标准系统命令菜单。最右边是最小化、最大化/还原、关闭按钮。将光标放在标题栏上并拖动，可以移动整个窗口。
- 菜单栏：标题栏下面是菜单栏，它提供了对大多数应用程序命令的访问途径。不同的窗口有不同的菜单栏和菜单项。
- 工具栏：工具栏中包括了一些常用的功能按钮，是菜单命令的快捷方式，如“剪切”、“复制”等。工具栏可以通过“查看”菜单中的“工具栏”命令显示或关闭它们。
- 状态栏：在窗口的底部，用来显示与窗口中的操作有关的状态信息和提示信息。
- 工作区：窗口的内部区域，含有被操作的对象。
- 滚动条：当窗口工作区容纳不下所显示的内容时，工作区的右侧或底部就会出现滚动条。滚动条包括滚动箭头和一个滚动块。

2）排列应用程序窗口

窗口排列有层叠、横向平铺和纵向平铺三种方式。打开“画图”窗口和“写字板”窗口后，用鼠标右击任务栏空白处，弹出如图 2.19 所示的快捷菜单，然后选择一种排列方式。

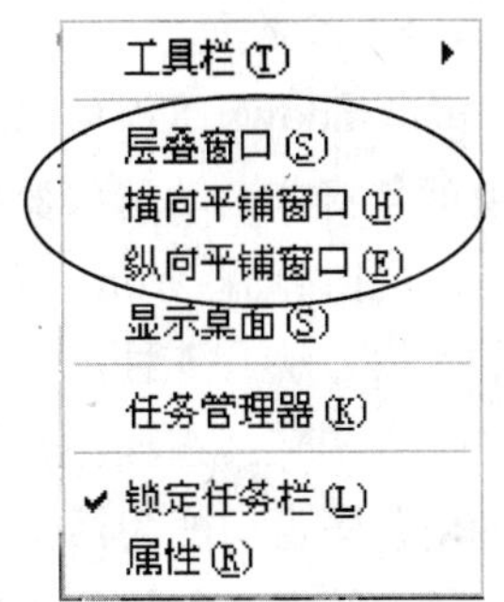

图 2.19 窗口排列快捷菜单

3）关闭应用程序窗口

以关闭“写字板”应用程序窗口为例，方法通常有 6 种。

方法一：在“写字板”应用程序的“文件”菜单上单击“关闭”命令。

方法二：双击窗口上的控制菜单图标。

方法三：单击应用程序窗口上的控制菜单图标，在弹出的控制菜单上单击“关闭”命令。

方法四：单击应用程序窗口右上角的“关闭”按钮。

方法五：按 Alt+F4 组合键。

方法六：当某个应用程序不再响应用户的操作时，可以按 Ctrl+Alt+Del 组合键结束任务。

窗口关闭后，窗口在屏幕上消失，并且图标也从任务栏上消失。

4）移动窗口

将鼠标指针对准窗口的“标题栏”，按下左键不放，移动鼠标到所需要的地方。

注意：在进行窗口的移动时，窗口不能处于最大化状态。

5）改变窗口大小

改变窗口大小的方法通常有两种。

方法一：在窗口非最大化状态下，将鼠标指针对准窗口的边框或角，鼠标指针自动变成双向箭头，按下鼠标左键拖曳。

方法二：若在窗口标题栏的蓝色空白区域双击，可以使窗口在最大化和原始尺寸之间来回转换。

6）滚动窗口内容

将鼠标指针移到窗口滚动条的滚动块上，按住左键拖动滚动块，即可以滚动窗口中内容。另外，单击滚动条上的上箭头或下箭头，可以上滚或下滚窗口内容一行。

7）最大化、最小化和还原窗口

Windows XP 窗口右上角具有最小化、最大化/还原和关闭窗口三个按钮。

窗口最小化：单击最小化按钮，窗口在桌面上消失，图标出现在任务栏上。

窗口最大化：单击最大化按钮，窗口扩大到整个桌面，此时最大化按钮变成还原按钮。

窗口还原：当窗口最大化时具有此按钮，单击它可以使窗口恢复成原来的大小。

8）切换窗口

Windows XP 可以同时打开多个窗口，但是当前只能有一个活动窗口。所谓的窗口切换就是将非活动窗口变成活动窗口的操作。

同时打开 Word、Excel、PowerPoint 三个应用程序，分别在三个窗口之间切换。常用的切换方法有 3 种。

方法一：在任务栏上分别用鼠标单击 Word、Excel、PowerPoint 图标，可以使对应的应用程序窗口变为活动窗口。这是切换窗口最简单的操作方法。

方法二：如果所需要的窗口还没有被完全挡住时，直接单击所需要窗口的任意位置，该窗口即成为当前活动窗口。

方法三：使用切换窗口的快捷键 Alt+Esc 或 Alt+Tab。当使用 Alt+Tab 组合键时，在屏幕的中间会出现一个矩形区域，显示所有已经打开的应用程序图标，这时按住 Alt 键不放，反复按 Tab 键，当 Excel 图标由一个蓝色的包围突出显示时，如图 2.20

图 2.20　窗口切换

所示，表示该窗口为当前活动窗口，松开 Alt 键即可。Alt+Esc 组合键使用方法和 Alt+Tab 组合键使用方法类似，使用 Alt+Esc 组合键时可以在任务栏上看到切换到的窗口图标呈亮色显示。

8．查看菜单，通过菜单打开对话框并与窗口比较

菜单是一组相关命令的集合，是 Windows 应用程序接收用户命令的主要途径之一。Windows XP 中有各种菜单，除了上述的“开始”菜单外，还包括应用程序菜单、快捷菜单、文件夹窗口菜单等。

1）查看菜单选项

尽管 Windows 中包含多种不同的菜单，但各种菜单中通常有共同的特殊标记。下面以“我的电脑”和“写字板”应用程序为例，对如图 2.21 所示的各个菜单选项进行说明：

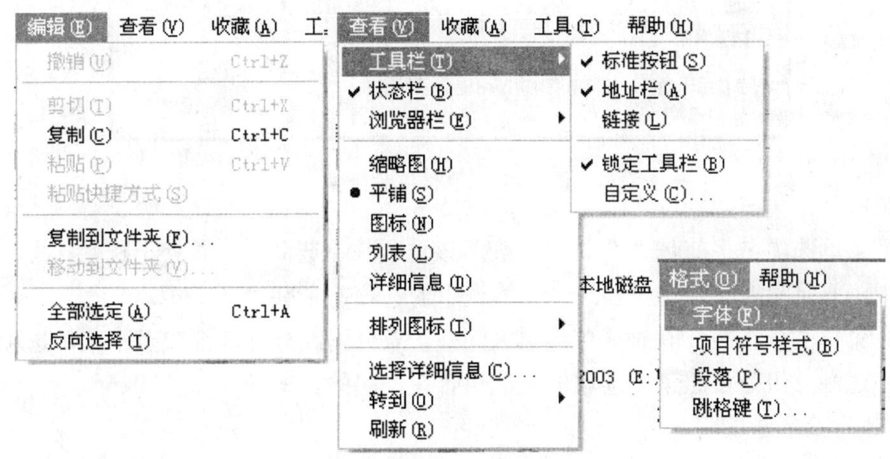

图 2.21 菜单实例

（1）菜单中命令名呈淡灰色：菜单处于可用状态时，菜单选项是用黑色字符显示的，用户可以随时选取它。如果菜单选项用灰色字符显示则表示处于不可用状态，在当前情形下，用户不能选定它，如“剪切”菜单选项处于不可用状态。

（2）菜单选项名称后跟有省略号（…）：表示单击此菜单选项就会在屏幕上弹出一个对话框，要求用户输入必要信息。例如单击“字体”菜单项，将会弹出图 2.22 所示的“字体”对话框。

（3）菜单选项名称后带有组合键：该组合键是一种快捷键，用户在不打开菜单的情况下，直接按下该组合键，就可以选择相应的菜单命令。

（4）菜单选项名字右侧带有实心三角标记：表示该菜单选项下面还有下一级子菜单，称为级联菜单，当鼠标指向该选项时，就会弹出级联菜单。如当鼠标指向“工具栏”菜单选项时，会在右侧出现级联菜单。

（5）菜单选项名字前带有复选标记“√”：如果在菜单选项前出现复选标记表示这个命令是一个开关式的切换命令，有“√”表示该命令正在起作用，如果再次单击该命令，则删去了这个标记，该命令将不再起作用。例如在“我的电脑”中的“查看”→“工具栏”

级联菜单中带有复选标记，如图 2.21 所示。

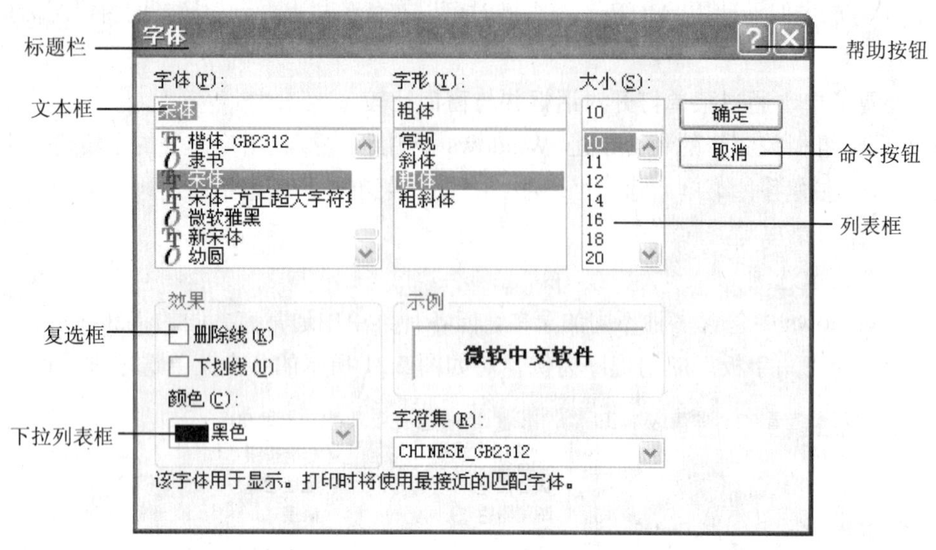

图 2.22 “字体”对话框

（6）菜单选项名字前带“·”记号：表示该选项是单选命令，并处于执行状态，在其分组菜单中，有且只有一个选项被选中，被选中的选项前带有“·”记号。

（7）菜单的分组线：有时菜单选项之间被一条分隔线分开，形成若干菜单选项组。一般来说，这种分组是按照菜单选项的功能组合在一起的。

2）执行菜单选项

菜单选项由一个图标和提示文字所组成，菜单选项也称为菜单命令。单击窗口菜单栏中任意菜单名将显示其下拉菜单，下拉菜单中列出的是该菜单中的各个菜单选项。

在“写字板”应用程序窗口中打开“格式”→“字体”菜单项方法通常有 3 种。

方法一：用鼠标单击菜单栏上“格式”，在其下拉菜单中单击“字体”菜单项。

方法二：按下 Alt 键的同时按下菜单项右侧圆括号中带下划线的字母。首先按 Alt+O 组合键，然后输入字母 F。

方法三：按下 Alt 键激活菜单栏后，移动方向键→到“格式”菜单项，再单击方向键↓找到“字体”菜单选项，然后按 Enter 键打开菜单。

通过上述方法打开的“字体”界面称为对话框，如图 2.22 所示。

打开菜单后，如果不想选取菜单选项，则可以用鼠标在菜单以外的任意空白位置处单击，或者按 Esc 键或 Alt 键，这样就可以撤销该菜单。

3）对话框

对话框是 Windows 和用户进行信息交流的一个界面，为了获得用户信息，Windows 会打开对话框向用户提问。用户可以通过回答问题来完成对话，Windows 也使用对话框显示附加信息和警告，或解释没有完成操作的原因等。一般当某一菜单命令后有省略号“…”时，就表示 Windows 执行此菜单命令时需要询问用户，询问的方式为通过对话框来提问。

对话框中的各元素功能如下。

- 标题栏：对话框的顶部是标题栏，其左侧是对话框的名称，右侧是关闭按钮和该对话框的帮助按钮。
- 文本框：文本框用来输入文本内容，可以直接在其中输入或修改文字。
- 列表框：列表框以图形或文字的方式列出需要用户选择的项目，用户只能从列表中进行选择，但无法修改列表的内容。如果对象较多，框内显示不完，可操纵右侧的滚动条来滚动显示。
- 下拉列表框：下拉列表框是单行式的列表框。在该框的右边有一个向下的箭头按钮，单击该按钮，下拉列表框打开并显示选项列表。
- 复选框：在复选框中，用户可以选择其中任意多个选项，且选定的选项用带小方框的“√”标识。
- 命令按钮：单击命令按钮可以执行该按钮上显示的命令。
- 选项卡：代表对话框中的页面选择，不同的选项卡对应着不同的页面，单击某一选项卡标签将显示该选项卡所对应的页面。
- 帮助按钮：单击对话框右上角的“?”按钮，然后在需要获得帮助的位置单击鼠标，可以获得 Windows XP 为用户提供的帮助信息。

除上述元素外，某些对话框中还包括单选标志，单选标志表示在某一组选项中，用户只能选择其中一个选项，且选定的选项用“·”标识。

4）对话框操作

以“字体”对话框为例，介绍如何移动和关闭对话框。

（1）移动对话框的方法有以下 2 种。

方法一：将鼠标指针指向“字体”对话框的标题栏，按下鼠标左键就可以将对话框拖动到任意位置。

方法二：用鼠标右击“字体”标题栏空白处或者按下 Alt+空格键，在弹出的快捷菜单中单击“移动”命令，此时，对话框的四周出现一个虚线框，可以用鼠标或键盘上的方向键对对话框进行方向调整。

（2）关闭对话框的方法通常有 3 种。

方法一：单击“字体”对话框右上角的“关闭”按钮。

方法二：用鼠标右击标题栏空白处或者按下 Alt+空格键，在弹出的快捷菜单中单击“关闭”命令。

方法三：使用快捷键 Alt+F4。

5）对话框与窗口的区别

（1）窗口有“最大化”、“最小化”和“还原”按钮，而对话框没有。

（2）对话框有“帮助”按钮，而窗口没有。

（3）窗口可以改变大小，而对话框不可以。

（4）可以同时打开多个窗口，但是一次只能打开一个对话框。

9．Windows XP 的关闭

Windows XP 是一个多任务的操作系统，前台运行某一程序的同时，后台也可以同时运行几个其他程序。在这种情况下，如果因为前台程序已经完成而关掉电源，后台程序的数据和运行结果就会丢失。此外，程序在运行时可能需要占用大量磁盘空间保存临时数据，这些临时性数据文件会在系统正常退出时自动删除，如果非正常退出，就会造成磁盘空间的浪费。因此，在完成计算机的操作时最好正常退出系统。

1）正常关闭

在 Windows XP 系统运行结束之后，单击主菜单中的“关闭计算机”项，在弹出的“关闭计算机”对话框中单击“关闭”项，即可关闭计算机，如图 2.2 所示。

2）在 Windows 系统运行故障时关闭

关闭系统之前，如果因为某些程序出错或出现其他故障导致系统无响应，通常采用以下方法排除故障。

方法一：按组合键 Ctrl+Alt+Del，弹出“Windows 任务管理器”窗口，如图 2.23 所示。在其“应用程序”页的任务列表中，选择出现故障的任务，并单击“结束任务”按钮，关闭所选择的程序。

方法二：按 ReSet 键重新启动计算机，启动后排除故障，然后再关闭计算机。

方法三：在“开始”菜单上单击“注销”按钮，如图 2.7 所示。

说明：*强行关闭计算机的方法是按住电源按钮保持几秒钟，直至计算机的电源指示灯关闭。通常不采用此方法关闭计算机。*

注意：*在系统退出之前，用户应关闭所有执行的程序和文档窗口。如果用户不关闭，系统将会询问用户是否要结束有关程序的运行。*

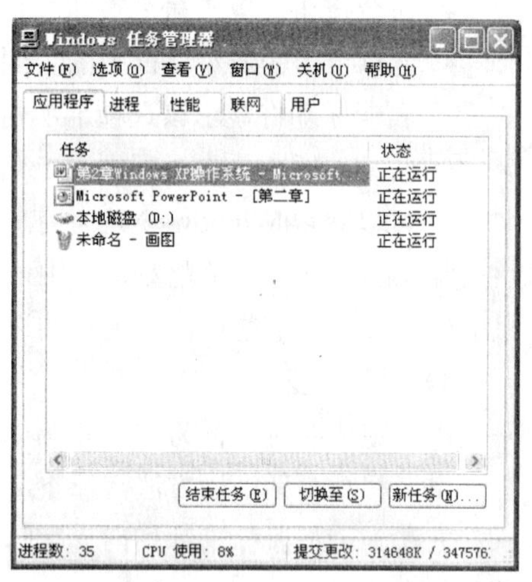

图 2.23 “Windows 任务管理器”窗口

2.3.3 相关知识扩展

Windows XP 的帮助系统提供了有关使用 Windows XP 的详细信息，充分利用帮助系统，可以更快地掌握 Windows XP 的使用方法和使用技巧。在 Windows XP 中可以通过以下三种方法获取帮助信息。

方法一：使用 Windows XP“帮助和支持中心”。

单击“开始”按钮，在“开始”菜单中单击“帮助和支持”命令，弹出“帮助和支持中心”窗口，如图 2.24 所示。

直接获得特定的某一种帮助：使用帮助目录，在“帮助和支持中心”窗口中，单击任何一个标题。

获得具体的帮助信息：在“搜索”文本框中输入要查找的帮助信息的关键字，单击右箭头形的“开始搜索”按钮，系统会在窗口的左侧列出相关内容的标题。单击某一标题，系统就会在窗口的右侧显示出帮助信息的具体内容。

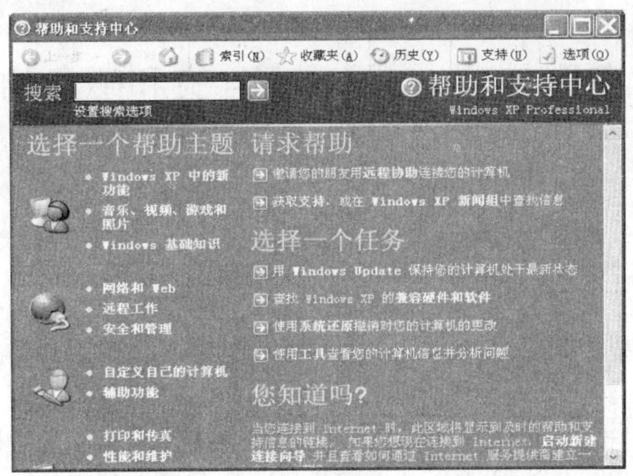

图 2.24 “帮助和支持中心”窗口

“帮助和支持中心”窗口按钮说明如下。

- “索引”按钮：单击该按钮即可打开索引页面。在“键入要查找的关键字”文本框中输入要查找的帮助信息的关键字，系统会在窗口左侧的索引列表中跳转到相关内容的标题，单击某一标题，并单击“显示”按钮，系统就会在窗口的右侧显示具体的帮助信息。
- “收藏夹”按钮：单击该按钮可以显示已添加到收藏夹中的帮助信息的标题。
- “历史”按钮：单击该按钮可以显示近期浏览的帮助信息的标题。
- “支持”按钮：单击该按钮，在打开的“支持”页面中，可以通过网络连接获得人工帮助或者从网站获得最新信息。
- “选项”按钮：单击该按钮，在打开的“选项”页面中，可以改变帮助系统的默认设置，设置外观和搜索方式。

方法二：使用 Windows 应用软件的帮助系统。

在应用程序窗口的菜单栏中，有一个“帮助”菜单项，可以获得有关该应用程序的帮助信息。如图 2.25 所示是写字板应用程序的窗口，单击“帮助”→“帮助主题”，弹出“写字板”窗口，左侧显示帮助目录，右侧显示详细帮助信息。

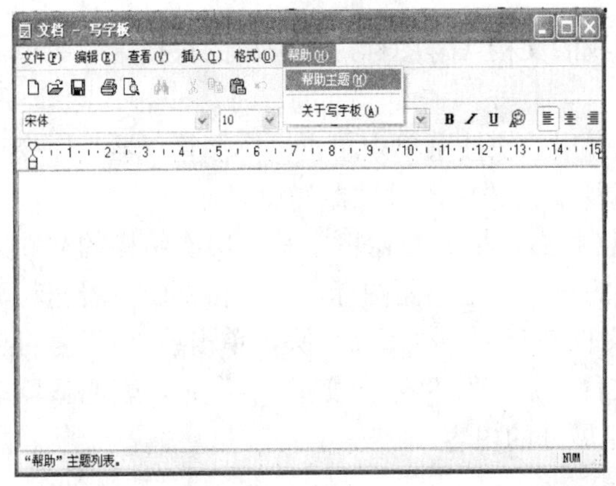

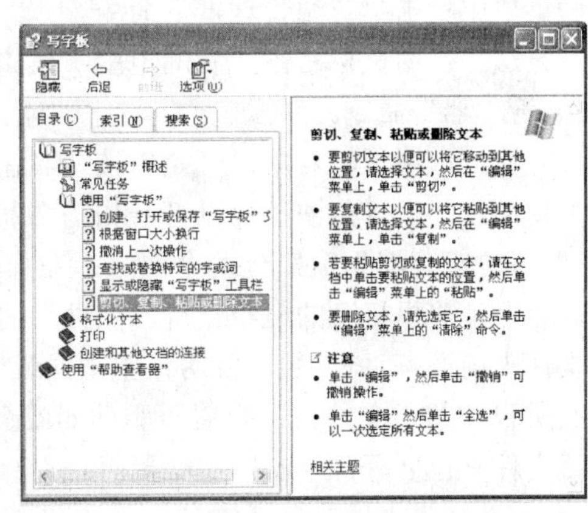

图 2.25 应用程序帮助实例

2.4 案例2——文件、文件夹和磁盘的管理

2.4.1 案例说明

1．任务

（1）启动“资源管理器”，选择“本地磁盘（C:）”。

（2）创建“实验报告”文件夹，使用“写字板”创建实验报告的文档，并把文档存入“实验报告”文件夹中。

（3）把“实验报告”文件夹复制到“我的文档”中，更名为“实验报告备份”。

（4）删除“实验报告”文件夹，并在回收站中恢复该文件夹。

（5）使用搜索命令，查找“实验报告”文件夹，并将其复制到U盘中。

（6）查看“实验报告”文件夹属性，隐藏并显示该文件夹。

2．目的

（1）熟悉文件的概念、特性与类型以及文件夹的结构与路径。

（2）掌握文件夹窗口和“资源管理器”的使用，能够熟练地创建、打开、移动、复制、删除、重命名文件或文件夹，并掌握其属性设置的方法。

（3）熟悉搜索命令的使用。

2.4.2 操作步骤

1．启动“资源管理器”，选择“本地磁盘（C:）”

1）启动“资源管理器”

“资源管理器”是管理各种文件和计算机资源的一种重要工具，它显示计算机所有的软硬件资源。使用“资源管理器”，可以进行复制、移动、重命名以及搜索文件和文件夹等操作，也可以访问控制面板中的各种程序项，以及对硬件进行设置。

在Windows XP中，启动“资源管理器”的常用方法有以下3种。

方法一：单击“开始”按钮，在“开始”菜单中单击“所有程序”命令,再从“附件”级联菜单中单击“资源管理器”命令。

方法二：用鼠标右击“我的电脑”或“我的文档”等图标，在弹出的快捷菜单中单击“资源管理器”命令。

方法三：用鼠标右击“开始”按钮，在弹出的快捷菜单中单击“资源管理器”命令。

使用上述三种方法都可以打开如图2.26所示的“资源管理器”窗口。

“资源管理器”窗口分两个区域：左窗格和右窗格。左窗格中是有层次结构的文件夹树，显示计算机资源的组织结构。文件夹树的第一层是桌面图标。在左窗格中，若驱动器或文件夹前面有“+”号，表明该驱动器或文件夹有下一级子文件夹，单击该“+”号可展开其所包含的子文件夹；当展开驱动器或文件夹后，“+”号会变成“–”号，表明该驱动器或文件夹已展开，单击“–”号，可折叠已展开的内容。

2）选择“本地磁盘（C:）”

方法一：双击“我的电脑”，在“我的电脑”窗口中双击“本地磁盘（C:）”。

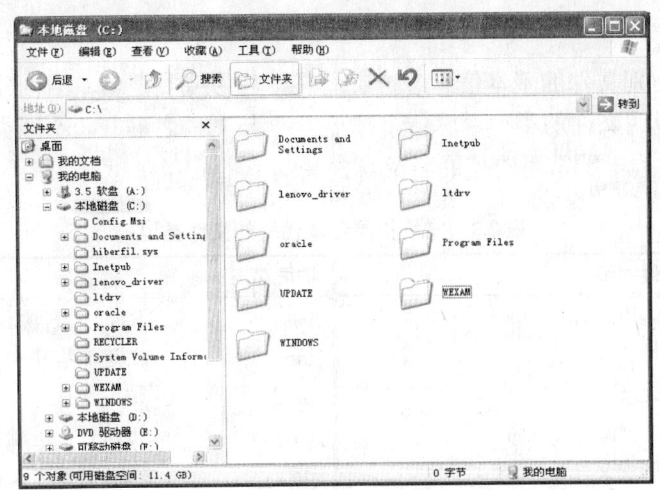

图 2.26 “资源管理器”窗口

方法二：在“资源管理器”窗口中单击左侧窗格中“本地磁盘（C:）”。

如图 2.26 所示的“资源管理器”窗口，此时，单击“本地磁盘（C:）”前面的“+”号，左窗格以树型结构显示 C 盘中所有的信息。右窗格通常显示左窗格中选定的对象所包含的内容。左窗格和右窗格间是一个分隔条，可以左右移动，调整左右窗格的大小。窗口底部是状态栏，显示方式是单击“查看”→“状态栏”命令。如图 2.26 所示，状态栏左端显示“本地磁盘（C:）”中对象的个数，中部显示这些文件占用磁盘总字节数等信息。

关闭“资源管理器”窗口的方法和 2.3 节介绍的关闭窗口方法一致，常用的方法是单击窗口右上角的“关闭”按钮。

3）磁盘中文件和文件夹的排列方式

单击“资源管理器”窗口中的“查看”菜单，在下拉菜单中显示 Windows XP 的磁盘中文件和文件夹排列有五种方式：缩略图、平铺、图标、列表、详细信息。可以选择不同的方式浏览文件和文件夹。

改变文件和文件夹的排列方式，还可以使用工具栏中的▦·按钮实现。

2．创建“实验报告”文件和文件夹

实现此操作之前，先介绍两个重要概念：文件和文件夹。

1）文件

文件是计算机系统中数据组织的基本单位，是有名称的一组相关信息的集合。计算机中所有的程序和数据都是以文件的形式存放在外存储器上的，用户可以以文件形式存储、查看和管理信息。由于计算机中文件众多，为了区分这些文件，便于系统对它们进行管理和操作，每一个文件都要有一个名字，称为文件名。

文件名的一般格式是：文件名[.文件扩展名]。例如，实验报告.doc，实验报告是文件名，.doc 是扩展名。

文件名的命名规则是：不要使用复杂的文件名，建议文件名应符合文件内容，尽量可以“见名知义”。文件名长度不能超过 255 个字符，可以包含英文字母（不区分大小写）、汉字、数字符号和一些特殊符号如空格、圆点、下划线、括号等。但是文件名不能含有以

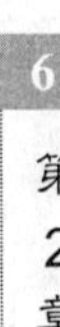

下字符：\ / : * ? " < > |。

文件名用于辨别文件的基本信息。扩展名又称后缀或类型名，由创建文件的应用程序自动创建，用于说明文件的类型，用一个圆点“.”与文件名隔开。不同类型的文件显示的图标不同。表 2.3 列出了常用的扩展名及其含义。

表 2.3　常用扩展名及代表的文件类型

扩展名	文件类型	扩展名	文件类型
.asm	汇编语言源程序文件	.bas	Basic 语言源程序文件
.bak	备份文件	.bin	二进制程序文件
.bat	批处理文件	.bmp	位图文件
.c	C 语言源程序文件	.com	可执行二进制代码文件
.dbf	数据表文件	.dll	动态链接库文件
.doc	Word 文件	.exe	可执行的程序文件
.for	Fortran 语言源文件	.lib	类库文件
.hlp	帮助文件	.html	网页文件
.msg	程序信息文件	.prn	打印文件
.ovl	程序覆盖文件	.obj	中间目标程序文件
.pas	Pascal 语言源程序文件	.ovr	程序覆盖文件
.sys	系统文件	.tmp	临时文件
.txt	文本文件	.$$$	暂存或不正确存储文件

注意： *用户定义文件名时不能使用系统保留字符，并且系统给出的扩展名不能随意更改，否则系统无法识别。*

要在文件夹窗口显示文件的扩展名，单击“工具”→“文件夹选项”命令，在弹出的“文件夹选项”对话框中打开“查看”选项卡，如图 2.27 所示。在“高级设置”列表中取消选中“隐藏已知文件类型的扩展名”复选框，单击“确定”按钮。

2）文件夹

文件夹是一个存储文件的容器。磁盘上有大量的文件，为了更好地管理文件，可将它们分门别类地组织成为文件夹，包括文档、程序以及其他文件夹，驱动器也可看做文件夹。文件夹的命名规则与文件的命名规则相同。

Windows XP 采用树型文件夹结构将文件组织到外部存储器上，分出层次级别，便于管理和使用。树型文件夹结构的特点是：根结点称为根文件夹，树枝结点称为子文件夹，而树叶则是文件。文件夹下可以再创建子文件夹，而文件是某个分支的终点。每个磁盘只能有一个根文件夹，它是在磁盘初始化时由系统自动建立的。子文件夹则是含在根文件夹或其他文件夹中的文件夹。

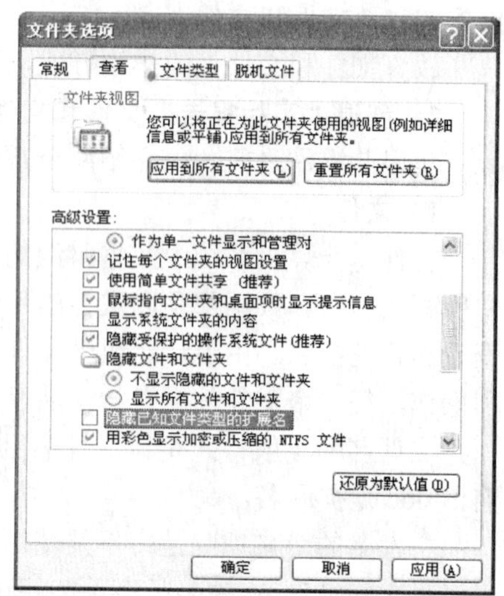

图 2.27　“文件夹选项”对话框

说明：前面我们介绍的桌面其实是一个特殊的文件夹，是 Windows XP 系统的根文件夹。桌面随时存在，等待用户的操作，它对应着一块真正的磁盘空间，所以用户可以在其中存储程序、文件、快捷方式和其他子文件夹。

从根文件夹出发到任意文件都有且只有一条通路，这条包含盘符和各级文件夹及文件名称信息的通路称为路径。文件在磁盘上的位置可以用路径来描述。按照开始查找的位置不同，路径又分为绝对路径和相对路径。

“绝对路径”是从磁盘根文件夹出发，沿着用户提供的各级子文件夹名查找指定文件所确定的路径；“相对路径”是从当前文件夹开始去查找指定文件所确定的路径。

注意：在树型文件夹结构中允许在同一文件夹中建立多个不同名的子文件夹或文件，也可以在不同文件夹中建立同名的子文件夹或文件，但是不允许在同一文件夹中建立相同名称的子文件夹或文件。

3）创建“实验报告”文件夹

通过创建文件夹来保存文件，是用户进行文件组织管理的重要操作，方法通常有以下两种。

方法一：在 C 盘根目录下，单击“文件”→“新建”→“文件夹”命令。

方法二：在 C 盘根目录下，右击，在弹出的快捷菜单中单击“新建”→“文件夹”命令。

通过以上两种方法都可以在 C 盘上创建一个新的文件夹，新创建的文件夹默认名称为“新建文件夹”新建文件夹，此时可在文件夹的名称编辑框中输入文件夹名称“实验报告”，然后按 Enter 键或在编辑框外的空白处单击鼠标。

说明：通过上述方法也可以创建新文件，但在相应的程序里创建文件会更方便。

4）创建“实验报告”文档

第 1 步：单击“开始”→“所有程序”→“附件”→“写字板”命令，打开“写字板”应用程序，输入文档。

第 2 步：单击“文件”→“保存”命令，也可以使用快捷键 Ctrl+S，会弹出“保存为”对话框，在“保存在”下拉列表框中选择“本地磁盘（C:）”，如图 2.28 所示。在弹出的对话框中不连贯地单击两次“实验报告”文件夹（见图 2.29），然后在文件名列表框中输入文档的名字“实验报告”，单击“确定”按钮。

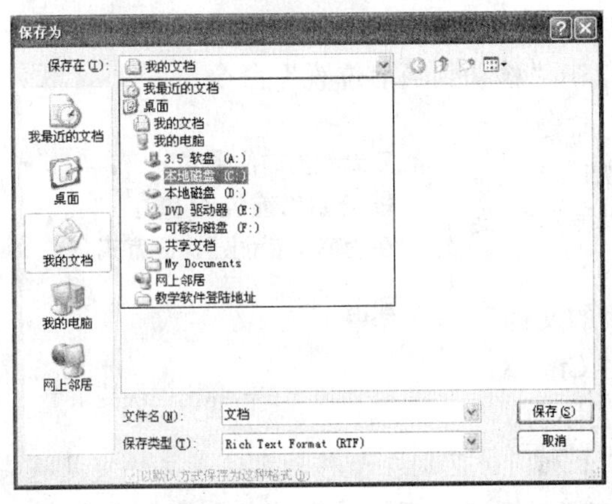

图 2.28 “保存为”对话框（1）

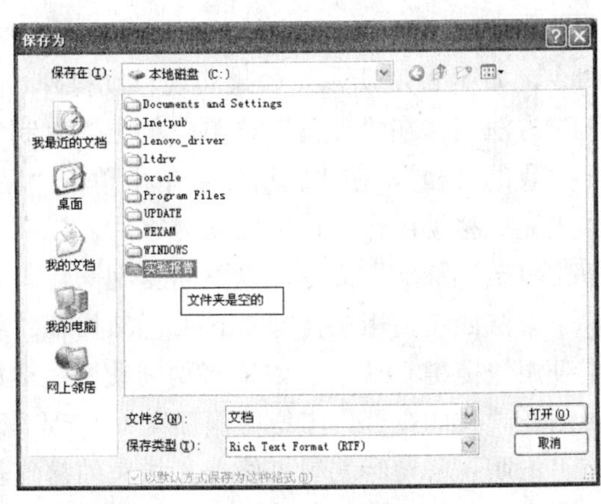

图 2.29 “保存为”对话框（2）

3. 复制并更名“实验报告”文件夹

文件或文件夹进行复制、移动、删除等操作时，都应遵循“先选定后操作”的规则。

1）选中“实验报告”文件夹

方法：用鼠标单击“实验报告”文件夹。

选定操作还可分为以下几种情况：

- 选定一组连续排列的文件或文件夹：用鼠标单击要选定的文件或文件夹的第一个图标，然后在按住 Shift 键的同时用鼠标单击要选取最后一项的图标；还可以在按住 Shift 键的同时在屏幕空白处按下鼠标左键，使出现的虚线框包围要选取的所有图标后再释放鼠标。
- 选定一组非连续排列的文件或文件夹：在按下 Ctrl 键的同时，用鼠标单击每一个要选定的文件或文件夹的图标。对于已经选定的文件，按下 Ctrl 键，再用鼠标单击被选文件，可取消选定。
- 选定多组连续排列的文件或文件夹：先选定第一组，然后在按下 Ctrl 键的同时，单击第二组中第一个文件或文件夹的图标，再按下 Ctrl+Shift 组合键，用鼠标单击第二组最后一个文件或文件夹的图标。反复操作，可以选择多组。
- 选定所有文件或文件夹：单击“资源管理器”窗口“编辑”菜单中的“全部选定”命令，或按下快捷键 Ctrl+A。

单击窗口中的任何空白处即可取消全部被选定的文件或文件夹。

2）复制“实验报告”文件夹到“我的文档”

方法一：按住 Ctrl 键的同时拖动鼠标左键到“我的文档”中。使用鼠标拖动完成移动或复制操作如表 2.4 所示。

表 2.4　移动或复制文件和文件夹操作

同一驱动器	按住 Ctrl 键同时拖动鼠标	复制操作
	直接拖动鼠标	移动操作
不同驱动器	按住 Shift 键同时拖动鼠标	移动操作
	直接拖动鼠标	复制操作

方法二：拖动鼠标右键到“我的文档”中，然后在快捷菜单上单击“复制到当前位置”命令，如图 2.30 所示。如果实现移动操作，单击“移动到当前位置”命令。

方法三：在“编辑”菜单中单击“复制”命令，选定“我的文档”，在“编辑”菜单中单击“粘贴”命令。如果完成移动操作，选定移动对象后，先在“编辑”菜单中单击“移动”命令，以下同复制操作。

复制到当前位置(C)
移动到当前位置(M)
在当前位置创建快捷方式(S)
取消

图 2.30　右击弹出的快捷菜单

方法四：使用快捷键 Ctrl+C，然后在“我的文档”中使用快捷键 Ctrl+V。如果移动则使用快捷键 Ctrl+X，然后在“我的文档”中使用快捷键 Ctrl+V 完成移动。

说明：移动和复制文件或文件夹的操作基本相同，区别在于移动文件或文件夹是将某位置上的文件或文件夹移到一个新的位置上，移动后原来位置上的文件或文件夹将被删除，而复制文件或文件夹是将某位置上的文件或文件夹复制到一个新的位置上，原来位置上的文件与文件夹仍然保留，即在复制后，新的位置与原来的位置上具有相同的文件或文件夹。

3）将“实验报告”文件夹更名为“实验报告备份”文件夹

在对文件或文件夹进行操作时，可以根据需要更改文件或文件夹的名称，方法通常有3种。

方法一：选定“实验报告”文件夹， 单击“文件”菜单，在出现的下拉菜单中单击“重命名”命令，在当前文件的名称编辑框中输入“实验报告备份”。

方法二：单击“实验报告”文件夹，再单击该文件夹名称的位置，名称处于反色显示，即处于编辑状态，将“实验报告”更改为“实验报告备份”。

方法三：右击“实验报告”文件夹，在弹出的快捷菜单中单击“重命名”命令，在名称处输入“实验报告备份”。

通过上述三种方法输入新的文件夹名称后，按Enter键或者单击任意空白处即可。

注意：不能更改系统文件夹的名称，因为它们是正常运行Windows XP所必需的，也不要轻易更改网络上供多个用户共享的文件或文件夹的名称。

说明：可以批量为文件更名，方法是选中所有要更名的文件，在第一个文件处右击，在弹出的快捷菜单中单击“重命名”命令，输入新名后按Enter键或单击任意空白处即可。

4．删除“实验报告”文件夹，并在回收站中恢复该文件夹

1）删除“实验报告”文件夹

对于不需要的文件或文件夹，可以通过删除来释放磁盘存储空间。删除一个文件夹，意味着同时删除其中的所有文件。首先选定要删除的文件或文件夹，然后通过以下几种方法可以实现删除操作。

方法一：单击“文件”菜单中的“删除”命令。

方法二：右击，在弹出的快捷菜单中单击“删除”命令。

方法三：将“实验报告”文件夹拖曳到“回收站”中。

方法四：直接按Del键。

通过以上方法删除文件或文件夹时，系统通常会显示“确认文件删除”对话框，询问是否要把该文件或文件夹放入“回收站”中。单击“是”按钮，被删除的文件或文件夹将移动到“回收站”中，在清空“回收站”之前，被删除的文件与文件夹一直都保存在那里，并没有真正从磁盘中删除。

说明：右击回收站图标，在打开的菜单中单击“属性”命令，然后单击“全局”选项卡，选中“删除时不将文件移入回收站，而是彻底删除”复选框，单击“确认”按钮退出。这样设置可以直接将文件彻底删除而不是放入回收站。另外，在进行删除文件或文件夹操作时，按住Shift+Del组合键，也可以产生同样的效果。

如果要彻底删除回收站中的文件或文件夹，可以采用以下方法。

方法一：在“回收站”中选定要永久删除的文件或文件夹，在“文件”菜单中单击“删除”命令进行删除操作。

方法二：在“文件”菜单中单击“清空回收站”命令。

注意：如果文件或文件夹已经被打开或正在被使用，系统会提示不允许删除。

2）恢复“实验报告”文件夹

恢复“实验报告”文件夹可采用以下方法。

方法一：在“回收站”窗口中，选定“实验报告”文件夹，然后单击该窗口中的“还原”按钮。

方法二：在“资源管理器”窗口中，单击“编辑”菜单中的“撤销删除”按钮，可以恢复刚被删除的文件或文件夹。

注意：只有放入“回收站”中的内容才可以被还原，但并不是所有被删除的文件或文件夹都会放入“回收站”中。例如，从U盘或网络驱动器中删除的或使用Shift+Del组合键删除的文件、文件夹，这些内容不放入回收站中，而是从磁盘中彻底删除，所以删除时要小心。

5. 搜索“实验报告”文件夹，复制到U盘中

1）搜索“实验报告”文件夹

计算机上的文件或文件夹数量众多，并且分散在磁盘的各处，当需要使用某个文件或文件夹，但是又不清楚它们的具体位置，或者忘记了文件的名字，而只知道它的文件类型，那么可以用 Windows XP 提供的搜索功能来查找。通过以下方法可以打开“搜索结果”窗口，如图 2.31 所示。

方法一：单击“开始”→“搜索”命令。

方法二：在文件夹窗口或“资源管理器”窗口中单击“搜索”按钮。

方法三：右击任意文件夹图标，从快捷菜单中单击“搜索”命令。

在左侧任务窗格中输入要查找的内容，例如要查找“实验报告”文件夹，先单击“所有文件或文件夹”，打开如图 2.32 所示的窗口。在“全部或部分文件名”文本框中输入文件夹的名字“实验报告”，单击“搜索”按钮。

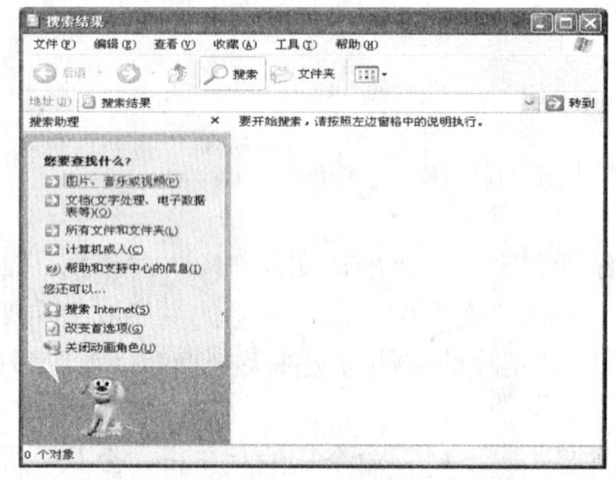

图 2.31 “搜索结果”窗口（1）

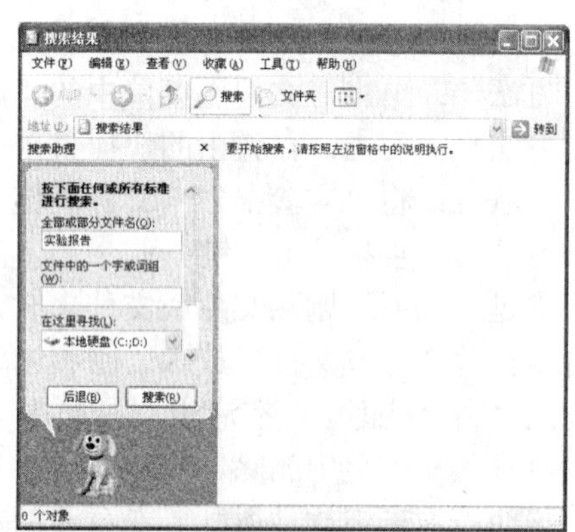

图 2.32 “搜索结果”窗口（2）

在搜索和列表文件时，也可在文件名或扩展名的某些字符位置上使用通配符，用来一次指定多个文件。文件通配符有两个，一个是“?”，表示其所处位置为任意一个字符；另一个是“*”，表示从所在位置起到下一个间隔符（如“.”或空格）止的多个任意字符。

例如，AB?.txt 可以表示文件 AB1.txt、AB2.txt、ABA.txt 等，即表示文件名以 AB 开头，长度为三个字符，扩展名为.txt 的所有文件；而*.doc 表示扩展名为.doc 的所有文件；*.*表示所有文件。

选择搜索文件或文件夹时，可以搜索包含有特定文字的文件，方法是在“文件中的一个字或词组”文本框中输入相应文字。在“在这里寻找”下拉列表中，选择想要搜索的驱动器、文件夹或网络等。

如果要指定附加的查找条件，可单击“什么时候修改的？”、“大小是？”、“更多高级选项”命令进行查找。

2）复制文件和文件夹到U盘

方法：选定要复制的“实验报告”文件夹，右击选定对象，在快捷菜单中单击“发送到”菜单下U盘的名称。

6．查看“实验报告”文件夹属性，隐藏并显示该文件夹

除了前文中的文件和文件夹操作外，文件和文件夹管理还包括文件或文件夹属性的设置，显示或隐藏系统文件及隐藏文件等操作。

1）更改“实验报告”文件夹属性

每个文件或文件夹都有自己的属性，有的只能查看不能修改，有的用户可根据需要进行设置。在 Windows XP 中，文件或文件夹共有三种属性，分别是只读、隐藏和存档。只读是指文件只能浏览不能修改或删除；隐藏是指文件或文件夹被隐藏，如果不知道其名称就无法查看或使用此文件或文件夹；存档表示该文件或文件夹被存档，选用此项功能来备份文件。

方法：先选定 “实验报告”文件夹，在“文件”菜单中单击“属性”命令，或者右击文件或文件夹，在快捷菜单中单击“属性”命令，打开如图2.33所示的“属性”对话框，在该对话框中设置文件夹属性为隐藏，会弹出“确认属性更改”对话框，选定应用范围，单击“确定”按钮。

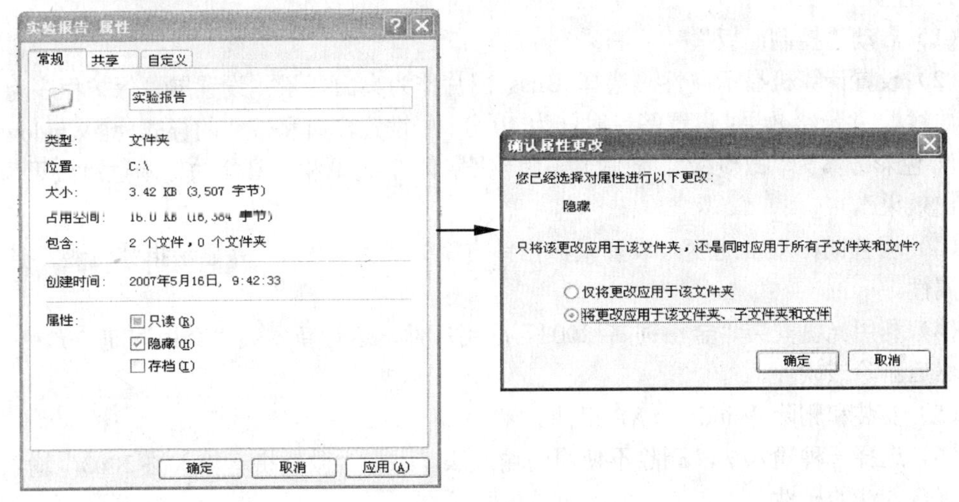

图2.33 “属性”对话框

2）显示或隐藏系统文件及隐藏文件

隐藏文件或文件夹不显示图标，如果要显示隐藏文件或文件夹，可采用如下方法：

在文件夹窗口或“资源管理器”窗口单击“工具”→“文件夹选项”命令，打开“文件夹选项”对话框，如图2.34所示。在“查看”选项卡的“高级设置”列表中选中“显示所有文件和文件夹”，单击“确定”按钮完成操作。

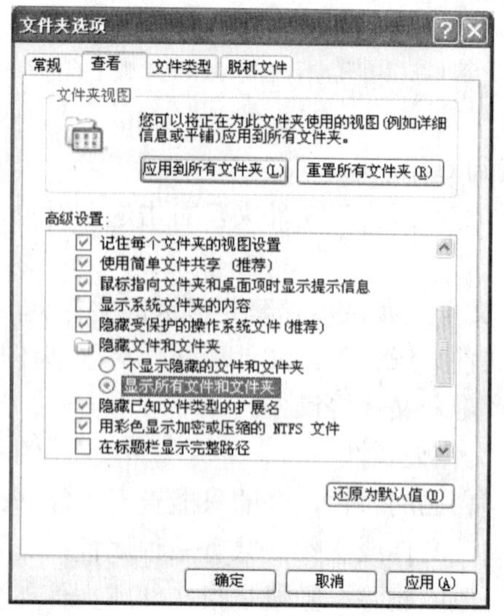

图 2.34 “文件夹选项”对话框

2.5 案例 3——控制面板的使用

2.5.1 案例说明

1．任务

（1）启动“控制面板”。

（2）设置计算机显示属性。选择 Bliss 图片作为桌面背景；设置屏幕保护程序为“贝塞尔曲线”，并预览效果；设置等待时间为 10 分钟；设置窗口和按钮的样式为“Windows XP 样式”，色彩方案为“橄榄绿”，字体大小为“大字体”，菜单和工具栏的提示过渡效果为“淡入淡出效果”。

（3）调整鼠标双击速度，设置鼠标指针方案为“指挥家”，并显示指针轨迹；查看键盘的属性。

（4）利用光盘安装“金山词霸 2003”应用软件，运行新安装“金山词霸 2003”后退出，然后删除该软件。

（5）安装和删除 Windows XP 组件。

（6）选择一种输入法，删除不使用的输入法，添加“微软拼音输入法 2003”输入法，并设置输入法的属性。

（7）安装打印机 Epson DLQ-1000K，并设为默认打印机，不打印测试页，并且脱机使用；打印文档；设置打印机属性。

2．目的

（1）掌握“控制面板”的使用方法。

（2）掌握利用“显示属性”对话框进行桌面、显示器分辨率和屏幕保护程序的设置的方法；掌握添加、删除及设置硬件设备的方法。

（3）掌握应用程序安装、删除的方法。

（4）熟悉输入法属性的设置。

（5）掌握系统属性的设置。

2.5.2 操作步骤

1．“控制面板”的启动和退出

“控制面板”是 Windows XP 中一个包含了大量工具的系统文件夹，是用户个性化工作环境的主要工具。“控制面板”集中了调整与设置系统的全部工具，如打印机和传真设置、区域和语言选项、日期与时间设置、声音和音频设备管理、键盘属性设置、字体设置、电源选项、添加硬件、用户账户、添加或删除程序等。通过运行“控制面板”，还可以查看和改变已有的系统设置。

1）控制面板的启动

启动“控制面板”可以使用下列三种方法。

方法一：在“开始”菜单中单击“控制面板”命令。

方法二：“资源管理器”窗口左侧的“文件夹”窗格中单击“控制面板”链接。

方法三：“我的电脑”窗口左侧的“其他位置”窗格中单击“控制面板”链接。

在 Windows XP 的“控制面板”窗口中，系统将各种各样的设置内容分组为几个类别，如图 2.35 所示。单击任一类别的名称，会列出相关的具体设置任务和相关的控制选项图标，使用户能够更容易地找到自己需要设置的工作环境中的某个方面。

如果用户习惯于以前版本的“控制面板”样式，可以在“控制面板”窗口左侧的窗格中，选择“切换到经典视图”选项，即可使“控制面板”按照传统方式显示各个控制选项的图标，如图 2.36 所示。

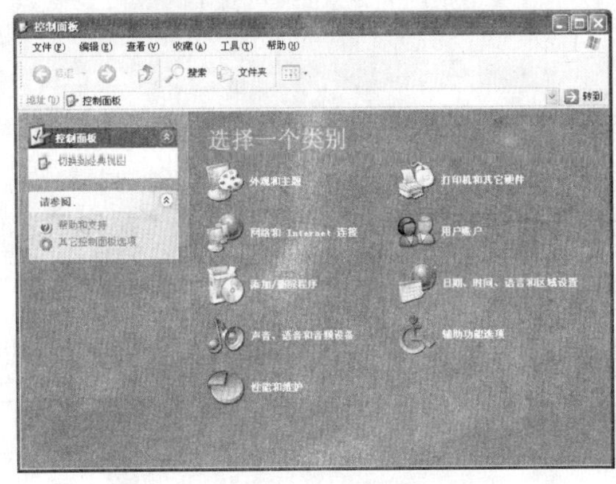

图 2.35 “控制面板”窗口（1）

图 2.36 “控制面板”窗口（2）

2）“控制面板”的退出

退出“控制面板”窗口的方法和退出 Windows 的一般窗口相同，在此不再赘述。

2．设置显示属性

Windows XP 中包含一套桌面背景集，可以从中选背景定制计算机的桌面。也可以从网络或移动磁盘上获取照片或图片作为背景。利用桌面“显示属性”对话框，还可以进行其他桌面外观的更改操作，包括更改屏幕分辨率、更改颜色数目、设置屏幕保护程序等。

1）打开“显示 属性”对话框

方法一：在“控制面板”窗口中，双击“显示”图标，打开“显示 属性”对话框。

方法二：用鼠标右击桌面，单击其快捷菜单中的“属性”命令，也会出现“显示 属性”对话框，如图 2.37 所示。

2）选择 Bliss 图片作为桌面背景

方法：打开“显示 属性”对话框中的“桌面”选项卡，如图 2.38 所示。在“背景”列表框中选择 Bliss，单击“确定”按钮。

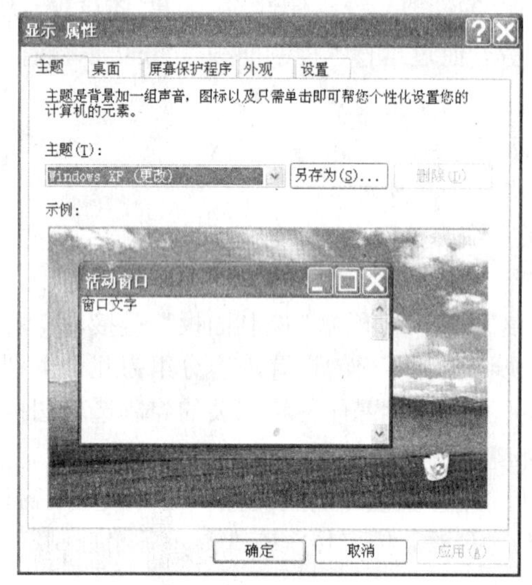

图 2.37 “显示 属性”对话框

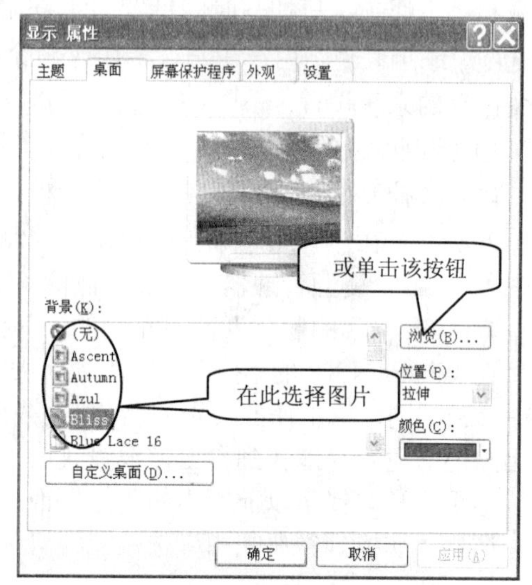

图 2.38 “桌面”选项卡

该页面功能说明如下。

- “颜色”下列列表：在“颜色”下列列表中，可以选择任意一种颜色作为桌面背景。
- “背景”列表框：在“背景”下列列表中，选择背景图片。
- “位置”下列列表：在“位置”下列列表中，单击“居中”、“平铺”或“拉伸”来定义图片的显示方式。平铺将图像重复排列；居中将图像放在桌面的中央；拉伸把单个背景横向和纵向拉伸，以覆盖整个桌面。
- “浏览”按钮：如果列表框中没有需要的图片，单击“浏览”按钮可以在其他的文件夹里或其他的驱动器上搜索一幅背景图片。通常使用具有以下扩展名的文件：.bmp，.gif，.dib，.jpg，.png 或.htm。

若使用某个 Web 站点上的图片作为桌面背景，在网页上右击图片，然后单击“设置为墙纸”。若设置单色的背景，可从“背景”下拉菜单里选择“无”。同样地，如果选择了一个.htm 文件作为背景图片，那么“位置”选项就是不可用的了，取而代之的是.htm 文件会自动拉伸以填满整个背景。

在该对话框中还可以设置桌面主题、屏幕保护程序、应用程序窗口的外观、桌面图标样式、显示卡和监视器的属性等。

3）设置桌面主题

桌面主题是图标、字体、颜色、声音和其他窗口元素的预定义的集合，它使桌面具有与众不同的外观。如图 2.37 所示为“主题”选项卡的页面。可以切换主题、创建自己的主题或者恢复传统的“Windows 经典”外观作为主题。在主题下拉列表框中系统提供了五种选择：Windows XP、“Windows 经典”、“其他联机主题”、“浏览”和“我的当前主题”。

用户可以在“示例”区域中浏览不同主题的效果，还可以单击“另存为”按钮，将修改后的主题保存并重新命名。单击“应用”按钮，系统将自动将主题所涉及的各方面全部更新。单击“删除”按钮还可以从列表中删除不需要的桌面主题。

4）设置屏幕保护程序

屏幕保护程序是当用户在一段指定的时间内对计算机未进行任何操作时，屏幕上出现的较暗的或活动的画面。屏幕保护程序的作用是防止显像管老化，因为一个高亮度的图像长时间停留在屏幕的某一位置对显示器是非常有害的。屏幕保护程序还可以在用户不使用计算机时隐藏计算机屏幕上显示的信息。

屏幕保护程序自动监测用户的键盘按键、鼠标键和鼠标移动操作。如用户停止操作，它将在等待一段时间后自动显示屏幕保护程序画面，直到用户再次按键盘、单击鼠标键或移动鼠标。“屏幕保护程序”选项卡如图 2.39 所示。

操作步骤介绍如下。

第 1 步：在“屏幕保护程序”下拉列表框中提供了各种屏幕保护程序，选择“贝塞尔曲线”屏幕保护程序。

在此选项中，还可以选择“图片收藏幻灯片”，把自己喜爱的图片设置为屏幕保护程序，或者可以通过选择“字幕”来显示一句话。单击“设置”来输入文本和定义属性。

第 2 步：在“等待”框中指定计算机闲置多长时间之后，Windows 将显示所选屏幕保护程序。在文本框中输入 10，也可以通过微调按钮进行调整。

第 3 步：单击“预览”可以先花几秒钟的时间看看屏幕保护程序的效果（移动鼠标或敲任意键就可以结束预览）。

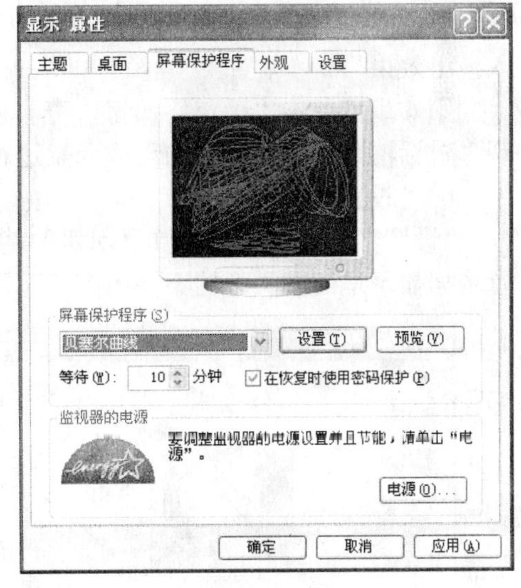

图 2.39 “屏幕保护程序”选项卡

第 4 步：单击“确定”按钮完成设置。

5）设置外观效果

外观选项卡用于设置桌面上的各种窗口和按钮、消息栏等各种元素的外观。“外观”选项卡如图 2.40 所示。

本例要求设置窗口和按钮的样式为“Windows XP 样式”，色彩方案为“橄榄绿”，字体大小为“大字体”，菜单和工具栏的提示过渡效果为“淡入淡出效果”。操作步骤介绍如下。

第 1 步：在“窗口和按钮”下拉列表框中选择窗口和按钮的样式为“Windows XP 样式”。

第 2 步：在“色彩方案”下拉列表框中选择“橄榄绿”。

第 3 步：在“字体大小”下拉列表框中选择“大字体”。

第 4 步：单击“效果”按钮，弹出“效果”对话框，如图 2.41 所示。

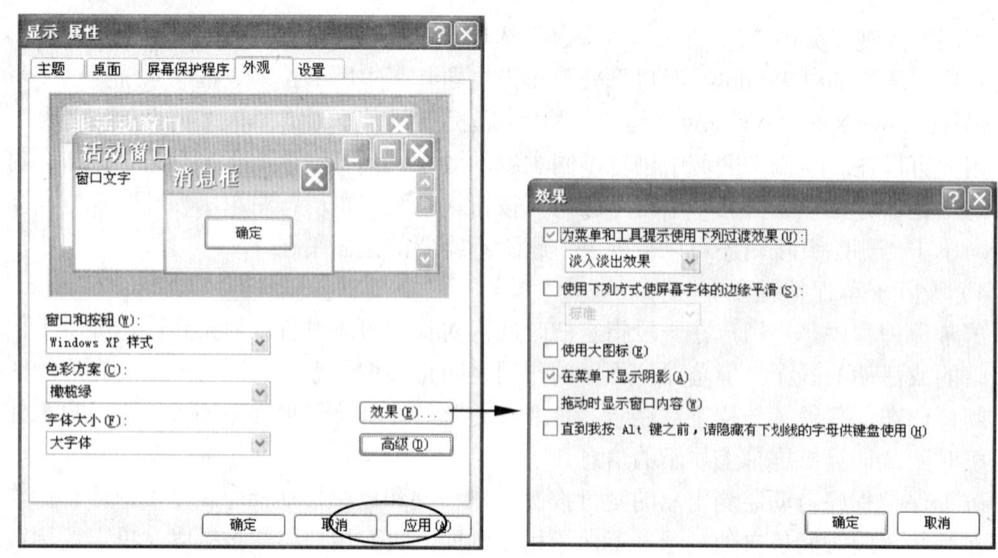

图 2.40 “外观”选项卡　　　　图 2.41 “效果”对话框

第 5 步：单击“为菜单和工具提示使用下列过渡效果：”复选框，在下拉菜单中选择“淡入淡出效果”。

第 6 步：单击“确定”按钮，查看设置效果。此外，单击“高级”按钮弹出“高级外观”对话框，可以对窗口的组成元素进行详细的设置。

6）“设置”选项卡

“设置”选项卡用来设置显示器的基本性能，如图 2.42 所示，其中颜色和分辨率的设置依据显示适配器类型的不同而有所不同。

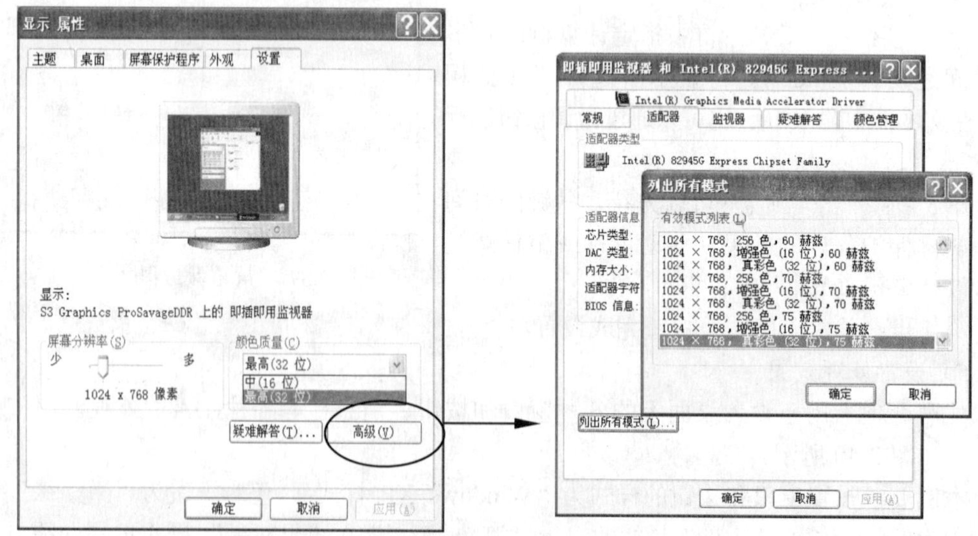

图 2.42 “设置”选项卡

在“颜色质量”下拉列表框中，显示监视器的当前颜色设置。若要使用其他颜色设置，单击其右边的下拉按钮，颜色有两种选择，中（16 位）、最高（32 位），选择所需的设置。

颜色数目越大，屏幕上显示的图片色彩就越逼真。

分辨率是由水平像素乘以垂直像素来度量的，其中像素是显示器能够显示的最小光点。在“屏幕分辨率”选项区域中显示显示器的当前屏幕分辨率设置，拖动滑块以指定所需的屏幕分辨率，分辨率通常有 3 种选择：640×480、800×600、1024×768。如果具有高品质的适配器和显示器，还会有 1152×864、1280×1024 和 1600×1200 等选择。像素值越大，屏幕所能显示的信息越多，同时屏幕上的图标与文字就越小，如图 2.42 所示。

说明：单击“高级”按钮，从弹出的对话框中打开“适配器”选项卡，可以查看显示卡的详细信息。单击“列出所有模式”按钮，打开的对话框中将列出该适配器所支持的所有模式，如图 2.42 所示。在“监视器”选项卡的“屏幕的刷新频率”下拉列表框中可以设置屏幕的刷新频率，通常刷新频率设置越高，屏幕的闪动次数就越少，但刷新频率的设置也受硬件和驱动程序的限制。

3．调整鼠标速度，设置指针方案，显示指针轨迹；查看键盘属性

Windows XP 是图形用户界面操作系统，键盘和鼠标的使用是十分重要的，它们是计算机最基本的输入设备，熟练掌握键盘和鼠标的使用方法将有助于操作计算机。

（1）调整鼠标双击速度，设置鼠标指针方案为“指挥家”，并显示指针轨迹。

鼠标是控制屏幕上光标运动的手持式设备，是一种极其重要的输入工具，在计算机上可以使用鼠标执行各种任务，鼠标性能的好坏直接影响到工作效率。鼠标的操作分为指向、单击、右击、双击和拖曳，具体情况如表 2.5 所示。在安装 Windows XP 时，系统自动以默认属性设置鼠标，但用户也可以根据个人的左右手操作习惯、鼠标移动速度以及鼠标移动轨迹进行设置。

表 2.5　鼠标操作

操作	说明
指向	移动鼠标并使鼠标指针指向某一对象（项目）
单击	按下再放开鼠标左键一次。定点到某一对象，然后按一下鼠标左键
双击	快速按下再放开鼠标左键两次。定点到某一对象，连续快速按两下鼠标左键
右击	按下再放开鼠标右键一次，出现快捷菜单。定点到某一位置，然后按一下鼠标右键
拖曳	按住鼠标左键，拖动所选择的对象至目标位置，然后松开鼠标键

操作步骤介绍如下。

第 1 步：在“控制面板”窗口中，双击“鼠标”图标，打开“鼠标 属性”对话框，如图 2.43 所示。

第 2 步：单击对话框上的“鼠标键”标签，打开“鼠标键”选项卡，在“双击速度”处按住鼠标左键左右拖动滑块调整鼠标的双击速度。

该页面其他项目说明如下。

- “鼠标键配置”项：对于习惯左手操作的用户，食指正对着的是鼠标的右键，所以希望右键设置为用于完成主要性能，此时，应该选中“切换主要和次要的按钮”复选框，实现鼠标的左右键功能的互换。
- “单击锁定”项：如果选中“启用单击锁定”复选框，可以不用一直按着鼠标按钮就可以完成显示或拖曳。

第 3 步：单击“指针”标签，打开“指针”选项卡，在“方案”列表框中单击“指挥家”，如图 2.44 所示。

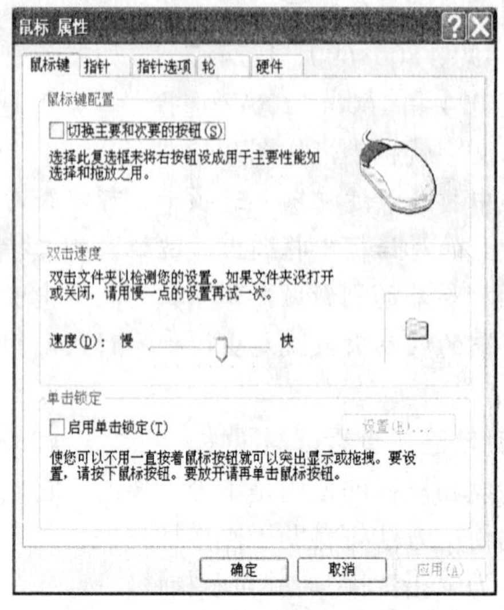

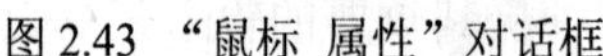
图 2.43 “鼠标 属性”对话框

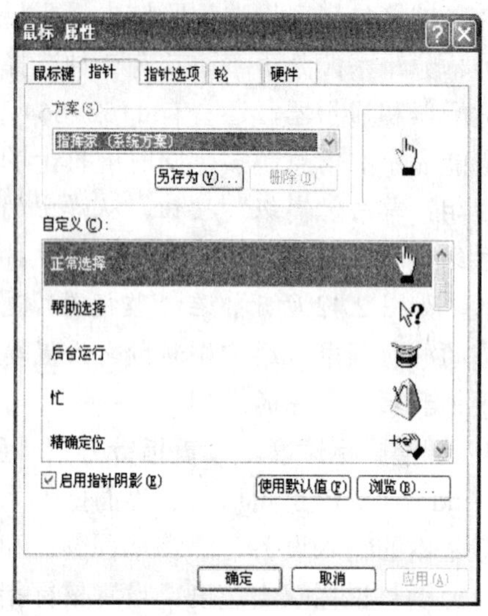

图 2.44 “指针”选项卡

在该页面的“方案”列表框中，列出可以使用的各种鼠标指针形状，每一种指针形状都指明了系统正在进行什么操作或用户在指定的环境下可进行什么操作。根据当前鼠标所指向的对象和操作不同，鼠标的指针形状也不相同，系统默认的指针形状及其功能如表 2.6 所示。

表 2.6　鼠标指针形状与对应操作

鼠标指针形状	功能
	指向菜单、窗口、工具栏或滚动条等。可以使用该指针选择一个菜单和命令，单击一个按钮等操作
	帮助选择
	后台操作
	系统正在工作，不能使用鼠标
	精确选择
	文字选择
	手写
	不可用
	调整垂直大小
	调整水平大小
	对角线调整
	移动所选择的对象
	其他选择
	链接选择

第 4 步：在“指针选项”选项卡中，调整指针的移动速度和显示指针移动的轨迹，如图 2.45 所示，在“可见性”选区单击“显示指针踪迹”复选框。

在该对话框中，“轮”选项卡可以设置滚动滑轮一个齿轮滚动的行数；“硬件”选项卡中，用于安装鼠标驱动程序，单击“属性”按钮可更新鼠标驱动程序。

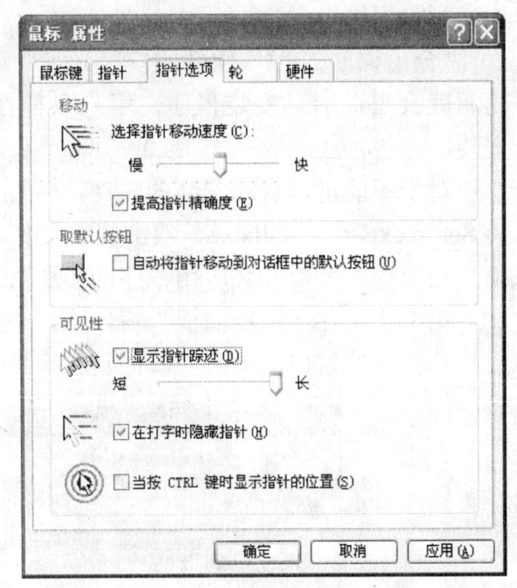

图 2.45 “指针选项”选项卡

第 5 步：单击“确定”按钮完成设置。

（2）查看键盘的属性。

键盘有不同的响应特性、不同的语言及布局。打开“键盘　属性”对话框就可以对键盘属性进行设置。

方法：在“控制面板”窗口中，双击“键盘”图标，就能打开“键盘　属性”对话框，如图 2.46 所示。

单击该对话框上的“速度”标签，打开“速度”选项卡。在该选项卡上，可以设定光标的闪烁速度和键盘录入时重复接收字符的速度，方法是将鼠标指向相应项目上的滑块，然后按住鼠标左键并拖动滑块。

“硬件”选项卡用于安装键盘驱动程序。单击“属性”按钮可更新键盘驱动程序，如图 2.47 所示。

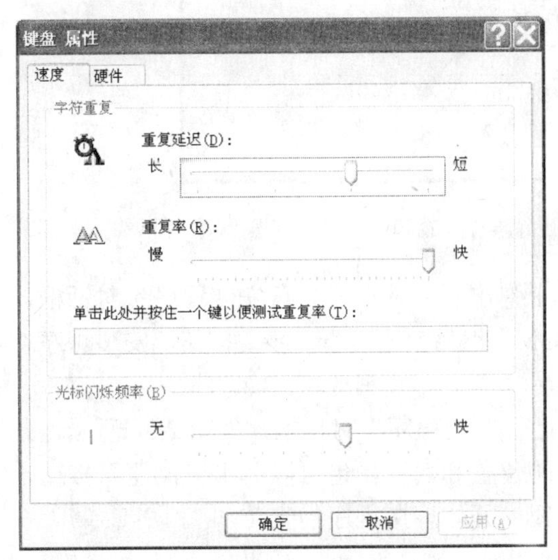

图 2.46 “键盘 属性”对话框（1）

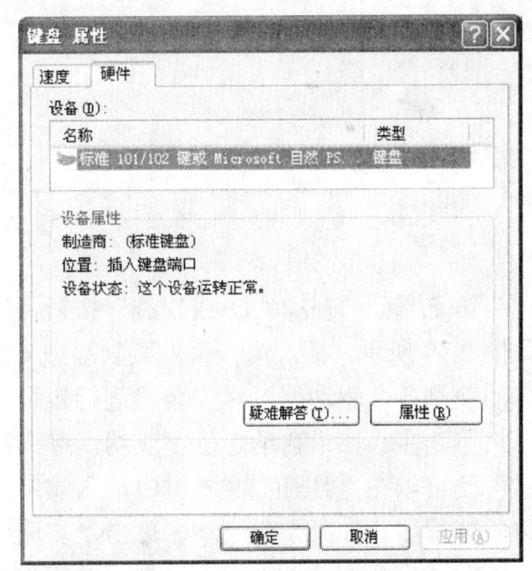

图 2.47 “键盘　属性”对话框（2）

4．安装、运行并删除“金山词霸 2003”应用程序

在 Windows XP 的“控制面板”中，有添加和删除应用程序的工具。其优点是保持 Windows XP 对安装和删除过程的控制，不会因为误操作而造成对系统的破坏。

1）安装“金山词霸 2003”应用程序

安装应用程序通常有 3 种方法：自动安装、运行安装文件或在“控制面板”中利用“添加或删除程序”安装。

“金山词霸 2003”软件的安装光盘中附有自动运行（Autorun）功能，将安装光盘放入光驱就会自动启动安装程序，用户只需在安装向导的提示下操作就可以完成应用程序的安装。

对于不能进行自动安装的软件，可以直接运行其安装程序进行安装，通常安装程序名为 Setup.exe 或 Install.exe，双击安装文件，根据屏幕提示可以完成安装。

利用控制面板安装应用程序的步骤如下。

第 1 步：在“控制面板”窗口中，双击“添加或删除程序”图标，屏幕上弹出“添加或删除程序”窗口，单击“添加新程序”按钮，弹出如图 2.48 所示的窗口。

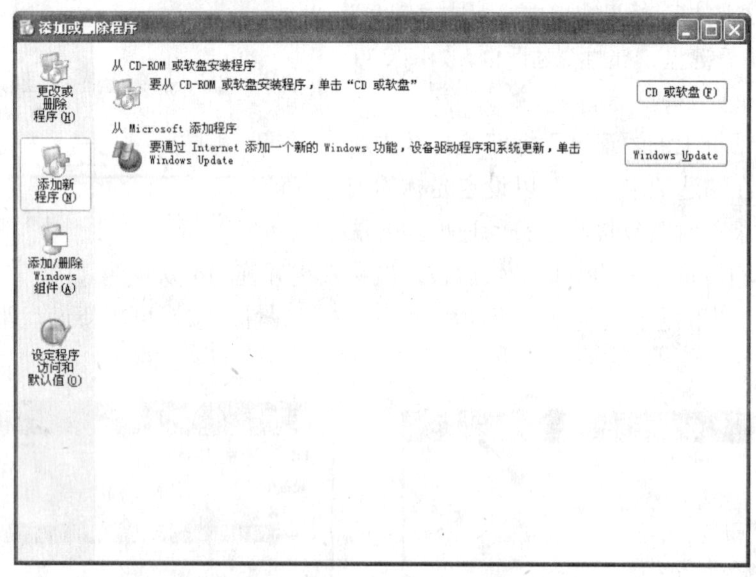

图 2.48 “添加或删除程序”窗口

第 2 步：单击“CD 或软盘”按钮，屏幕上弹出“从软盘或光盘安装程序”对话框，如图 2.49 所示。插入第一张安装软盘或 CD-ROM，然后单击“下一步”按钮，安装程序将自动检测各个驱动器，对安装盘进行定位。

第 3 步：如果自动定位不成功，将弹出“运行安装程序”对话框，如图 2.50 所示。此时，既可以在“打开”文本框中输入安装程序的位置和名称，也可以单击“浏览”按钮定位安装程序。如果定位成功，单击“完成”按钮，开始应用程序的安装。

第 4 步：安装结束后，单击“关闭”按钮退出。

2）运行“金山词霸 2003”应用程序

“金山词霸 2003”应用程序安装好后，在桌面或“开始”菜单中会出现对应的程序项。启动该应用程序的方法可参考 2.3 节中的相关内容。

说明：运行应用程序还可通过该应用程序制作的文件启动应用程序，一个应用程序可以创建许多文件，文件总是与创建它的应用程序保持关联，当打开这类文件时，系统将自动运行与之相关联的应用程序。如打开一个 Word 文档，系统会首先启动 Word 应用程序。

图 2.49 “从软盘或光盘安装程序”对话框

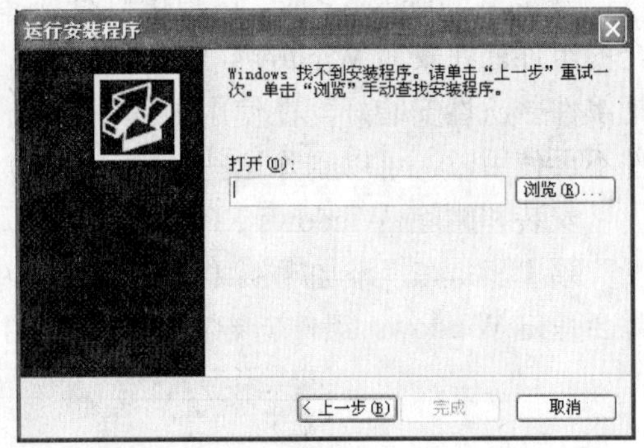

图 2.50 “运行安装程序”对话框

如果某个文件没有与之关联的应用程序，双击打开它时则会弹出“打开方式”对话框，如图 2.51 所示。“程序”列表框中列出了所有已经在系统注册的应用程序，可以在列表中选择用来打开该文件的应用程序。

3）退出应用程序

退出“金山词霸 2003”应用程序的方法和 2.2 节的介绍一致，在此不再赘述。

4）删除应用程序

删除应用程序可采用以下方法。

方法一：在“添加或删除程序”对话框中，单击“更改或删除程序”按钮，窗口右侧显示当前安装的 Windows 程序，如图 2.52 所示。在“当前安装的程序”列表框中，选择“金山词霸 2003”程序，单击“删除”按钮，则该程序被删除。

方法二：如果安装的应用程序中存在卸载程序，可直接在“开始”菜单中单击该程序的“卸载”项，即可以删除该应用程序。

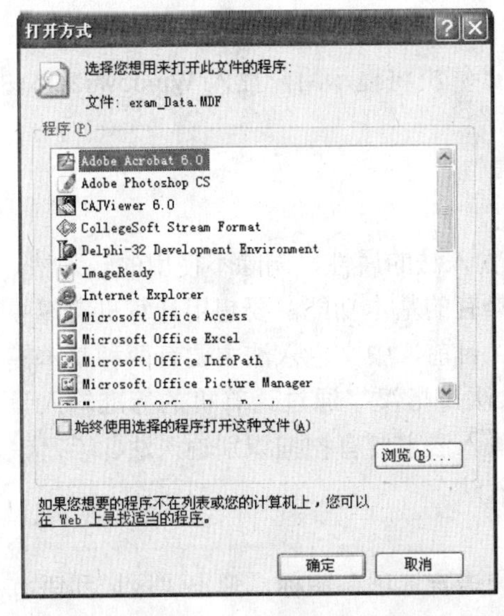

图 2.51 “打开方式”对话框

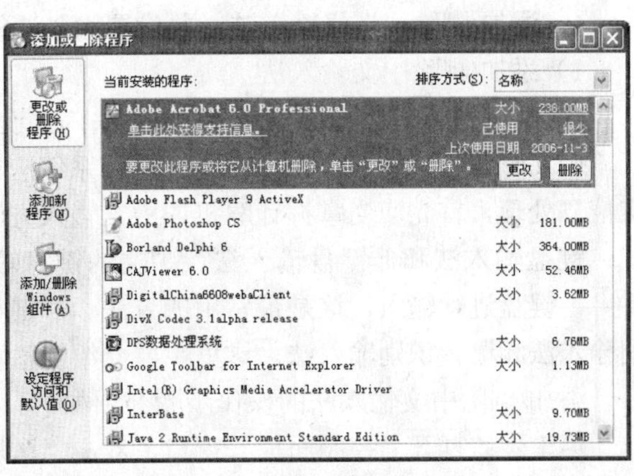

图 2.52 更改或删除程序

5．安装和删除 Windows XP 组件

安装 Windows XP 时，用户可以有选择地安装组件。Windows XP 提供了丰富且功能齐全的组件。在安装 Windows XP 的过程中，考虑到用户的需求和其他限制条件，往往没有把组件一次性安装好，在使用过程中，用户根据需要再来安装某些组件。同样，当某些组件不再使用时，可以删除这些组件，以释放磁盘空间。

安装和删除 Windows XP 组件的步骤如下。

第 1 步：在“添加/删除程序”对话框中，单击“添加/删除 Windows 组件”标签，这时会弹出 Windows 组件向导对话框，如图 2.53 所示。

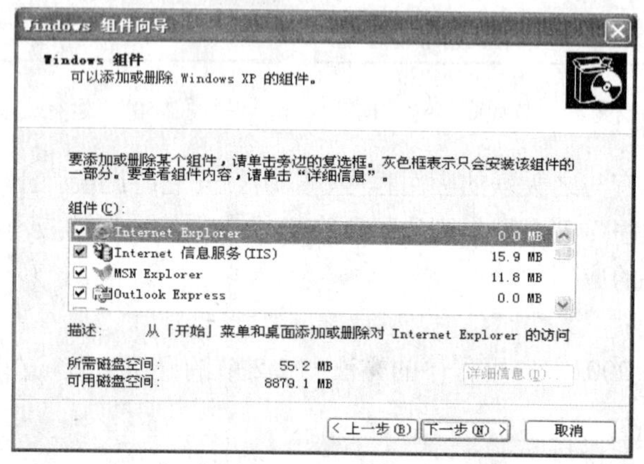

图 2.53 “Windows 组件向导”对话框

第 2 步：在组件列表框中，选定要安装的组件复选框，或者清除要删除的组件复选框。

注意：如果组件左边的方框中有“√”，表示该组件只有部分程序被安装。每个组件包含一个或多个程序，如果要添加或删除一个组件的部分程序，则先选定该组件，然后单击“详细资料”命令，选中或清除要添加或删除的部分对应的复选框即可。

第 3 步：单击“确定”按钮，开始安装或删除组件。

如果最初 Windows XP 是用 CD-ROM 安装的，计算机将提示用户插入 Windows XP 安装盘。

6．添加/删除、选择输入法，并设置输入法的属性

1）添加/删除中文输入法

添加“微软拼音输入法 2003”输入法，并设置输入法的属性，删除不使用的输入法。

中文输入与字体管理是一个中文操作系统应该具有的基本功能。要想用计算机实现中文信息处理，首先应当掌握计算机的中文输入方法。目前，中文输入法主要有两种基本模式：键盘输入法和非键盘输入法。中文的键盘输入法是指汉字通过计算机的标准输入设备——键盘进行输入，这是最常用的方法。非键盘输入法主要有扫描识别输入法、手写识别输入法和语音识别输入法。这里主要介绍键盘输入法。

添加/删除中文输入法的操作步骤介绍如下。

第 1 步：打开“控制面板”窗口，双击“区域和语言选项”图标，弹出“区域和语言选项”对话框，打开“语言”选项卡，在“语言”选项卡中单击“详细信息”按钮，弹出“文字服务和输入语言”对话框，如图 2.54 所示。

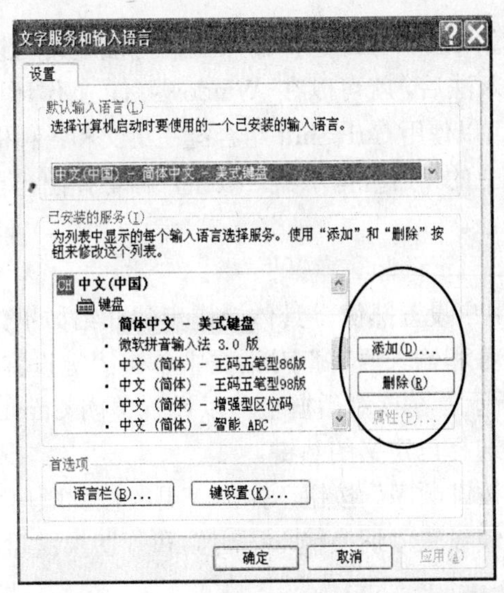

图 2.54 “文字服务和输入语言”对话框

第 2 步：单击“添加”按钮，打开“添加输入语言”对话框，如图 2.55 所示。

第 3 步：从该对话框中的“输入语言”下拉列表框中选定“中文（中国）”，再选中“键盘布局/输入法”复选框。

第 4 步：单击“确定”按钮，系统将该输入法添加到“输入法”列表框中。

第 5 步：在如图 2.54 所示的对话框中选定“微软拼音输入法 2003”，单击“属性”按钮，弹出“微软拼音输入法输入选项”对话框，如图 2.56 所示，在该对话框中可以设置输入法的属性。

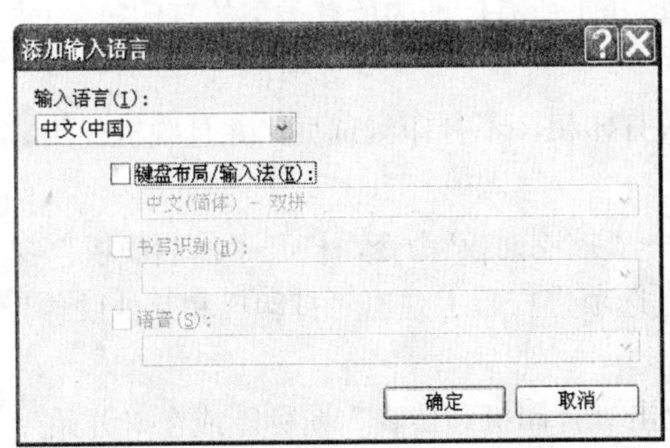

图 2.55 “添加输入语言”对话框

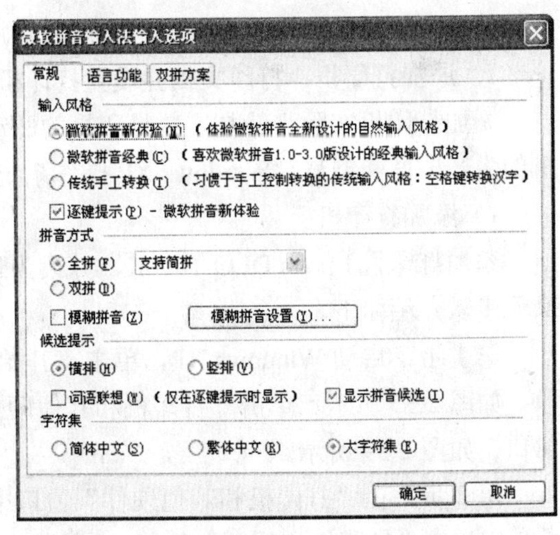

图 2.56 “微软拼音输入法输入选项”对话框

第 6 步：在如图 2.54 所示的对话框中选定要删除的输入法，单击“删除”按钮。

第 7 步：单击“确定”按钮完成操作。

2）选择输入法

Windows XP 系统可同时安装多种输入法，如“微软拼音输入法”、“全拼输入法”、“郑码输入法”、“智能 ABC 输入法”等，选择输入法的方法通常有以下 2 种。

方法一：安装中文输入法后，就可以在 Windows XP 工作环境中使用 Ctrl+空格键来启动或关闭中文输入法；也可以使用 Ctrl+Shift 组合键在英文和各种中文输入法之间进行切换。

方法二：单击任务栏上的“语言指示器”按钮，屏幕弹出当前系统已装入的“输入法”菜单，单击要选用的输入法。

3）设置输入法热键

Windows XP 也允许用户设置热键，具体操作步骤介绍如下。

第 1 步：在“文字服务和输入语言”对话框中单击“键设置”按钮，弹出“高级键设置”对话框，如图 2.57 所示。在该对话框中可以设置关闭 CapsLock 热键的方法，还可以在“按键顺序”列表框中选择已定义的热键。

第 2 步：单击“更改按键顺序”按钮，弹出“更改按键顺序”对话框，如图 2.58 所示。在该对话框中可以按照习惯设置“切换输入语言”和“切换键盘布局”的热键。

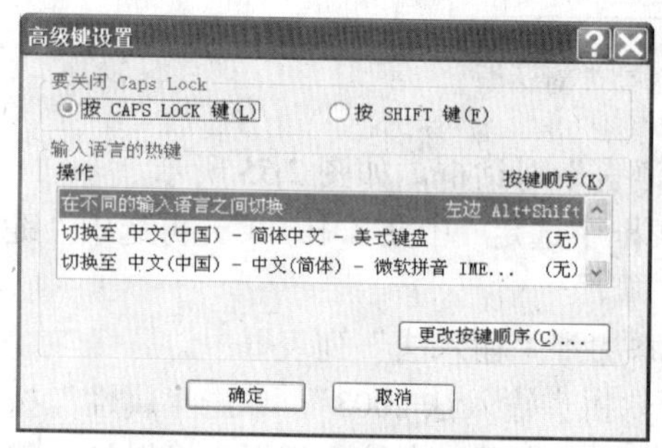

图 2.57 “高级键设置”对话框

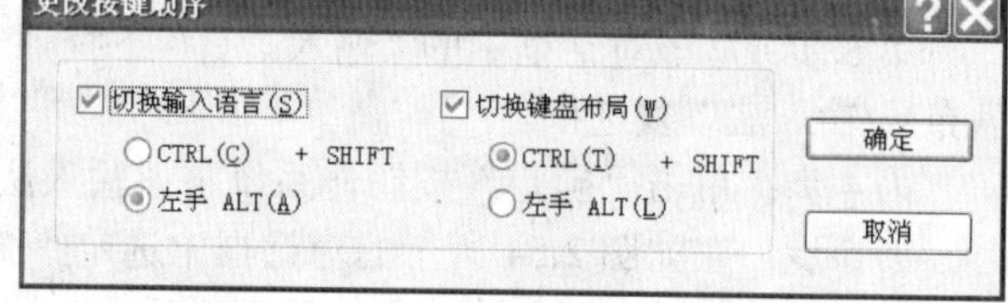

图 2.58 “更改按键顺序”对话框

第 3 步：单击“确定”按钮，系统将启用当前设置。

7．添加打印机，打印文档并设置打印机属性

添加打印机实际上就是安装打印机的驱动程序。在安装打印机之前首先应该了解打印机的生产厂商和型号。Windows XP 操作系统支持几乎所有厂商的所有类型的打印机。

1）添加打印机

添加打印机 Epson DLQ-1000K，并设为默认打印机，不打印测试页，并且脱机使用。操作步骤介绍如下。

第 1 步：启动 Windows XP，单击“开始”→“控制面板”命令，打开“控制面板”窗口，如图 2.35 所示。单击“打印机和其他硬件”选项，屏幕上弹出“打印机和其他硬件”窗口，如图 2.59 所示。

第 2 步：在“打印机和其他硬件”窗口中双击“打印机和传真”图标，或在“开始”菜单中单击“打印机和传真”命令，系统就会弹出“打印机和传真”窗口，如图 2.60 所示。

第 3 步：在“打印机和传真”窗口双击“添加打印机”选项，或者直接在“打印机和其他硬件”窗口中选择“添加打印机”选项，便可以打开“添加打印机向导”对话框，如图 2.61 所示。根据向导提示进行安装，系统将自动检测新连接的打印机。如果想使用网络上的共享打印机设备打印作业，则选择第二项。

第 4 步：单击“下一步”按钮，选择打印机要使用的端口。

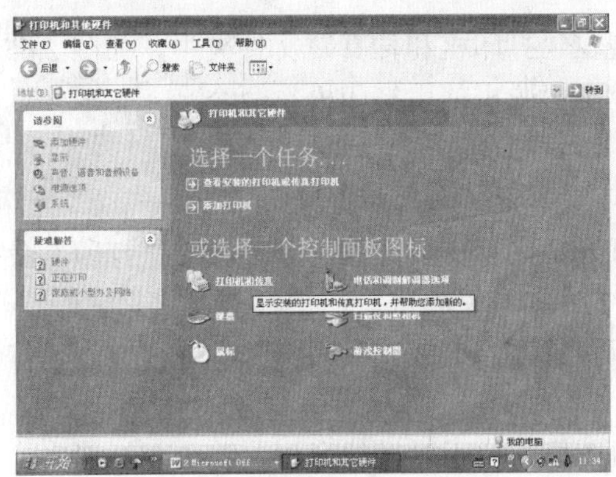

图 2.59 “打印机和其他硬件”窗口

图 2.60 “打印机和传真”窗口

第 5 步：通过左侧列表框的滚动条浏览选项，选择打印机制造商为 Epson，在右侧列表框中选择打印机型号为 EPSON DLQ-1000K，如图 2.62 所示。

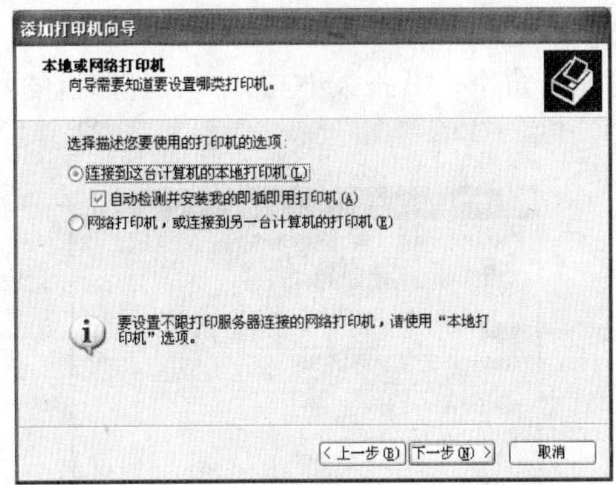

图 2.61 “添加打印机向导”对话框

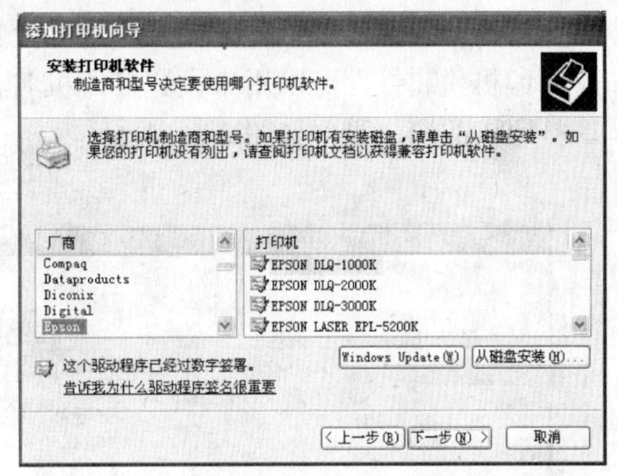

图 2.62 安装打印机软件

第 6 步：单击“下一步”按钮，命名打印机，如图 2.63 所示，如果设置这台打印机为默认打印机，单击“是”单选按钮。

第 7 步：单击“下一步”按钮，在打印测试页向导中单击“否”单选按钮，如图 2.64 所示。

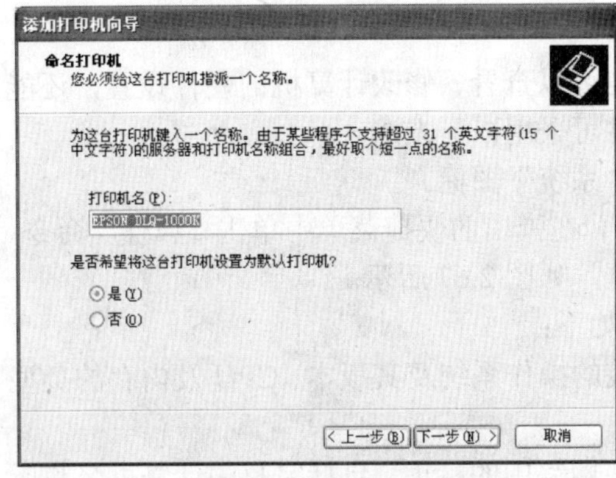

图 2.63 命名打印机

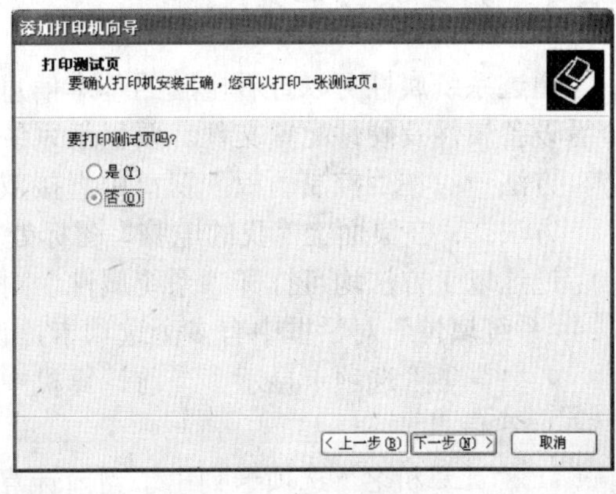

图 2.64 打印测试页

第 8 步：安装完成后，打印机的图标将出现在“打印机和传真”文件夹中，如图 2.65 所示，选中打印机图标，右击，在快捷菜单中单击“脱机使用打印机”命令。

2）打印文档

打印文档可采用下列两种方法。

方法一：如果文档已经在某个应用程序中打开，则单击“文件”菜单中的“打印”命令打印文档。

方法二：如果文档未打开，则将文档从“资源管理器”或“我的电脑”中拖曳到“打印机和传真”文件夹中的打印机图标上。

打印文档时，在任务栏上将出现一个打印机图标，位于时钟的旁边，若该图标消失，表示文档已打印完毕。为了更快速地访问打印机，可以在桌面上创建打印机的快捷方式，操作方法与创建“写字板”快捷方式一致，不再重复。

3）设置打印机属性

在“打印机和传真”窗口中，右击想要设置的打印机，在快捷菜单中选择“属性”命令，然后在“属性”对话框中按要求进行设置。

打印机“属性”可以用来设置打印机名、打印分辨率、纸张大小与方向、打印机的共享、打印机的端口等，如图 2.66 所示。

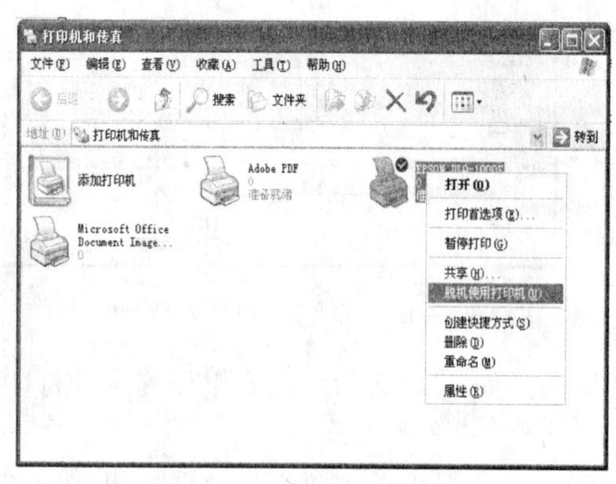

图 2.65 设置脱机使用打印机

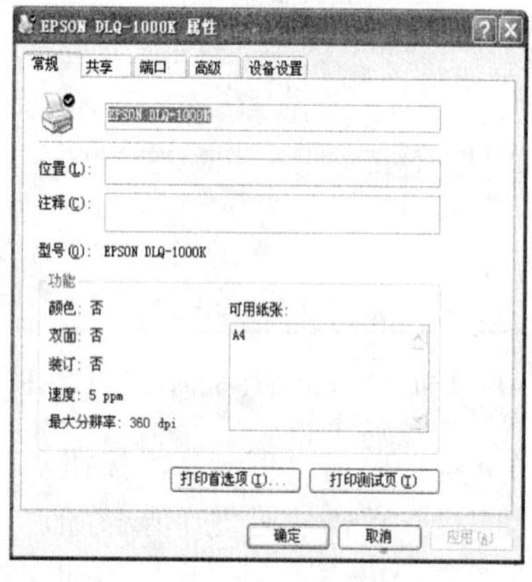

图 2.66 打印机属性对话框

2.5.3 相关知识扩展

通过系统属性可以查看电脑的基本信息，也可以查看、修改计算机的硬件设置，还能查看设备属性及硬件配置文件。要显示系统属性可采用以下方法。

方法一：在“控制面板”窗口中直接双击“系统”图标。

方法二：在桌面上“我的电脑”图标处右击，在弹出的快捷菜单中单击“属性”命令。

通过以上方法均可打开“系统属性”对话框，如图 2.67 所示。

“系统属性”对话框中有多个选项卡，说明如下：

- “常规”选项卡显示了当前计算机中安装的操作系统及其版本、CPU 及内存的类型等信息。
- “计算机名”选项卡列出了当前计算机在网络中的标识，包括完整的计算机名和所属的工作组，单击“更改”按钮可以修改计算机的名称和工作组。

- 在“硬件”选项卡中，单击“添加硬件向导”按钮可以添加新的硬件设备；单击“硬件配置文件”按钮可以查看计算机的硬件配置文件列表；在“设备管理器”选区中，单击“设备管理器”按钮，可以打开“设备管理器”窗口，如图 2.68 所示。

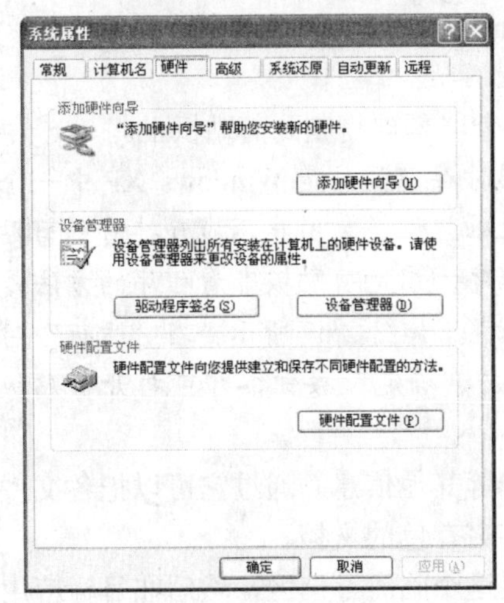

图 2.67 “系统属性”对话框

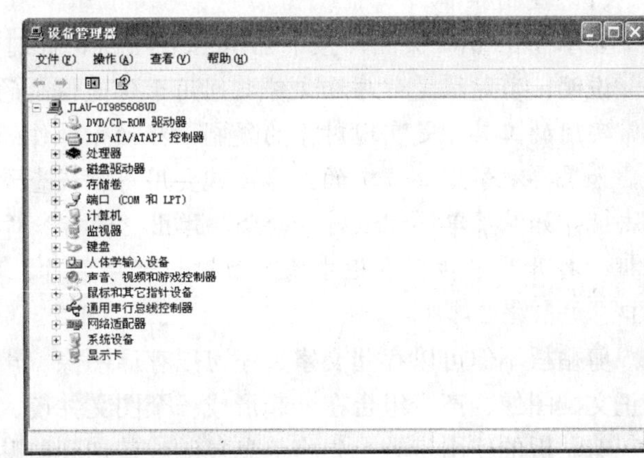

图 2.68 “设备管理器”窗口

在“设备管理器”窗口中有计算机所有设备的列表，如果某个设备上存在问题则会有一些图标表示，下面是对各图标含义的说明。

- 黄色的感叹号：表明该设备与其他设备或网络发生了资源冲突等配置问题。
- 问号：表明该设备没有安装设备驱动程序或有其他问题。
- 红色叉号：表明该设备无效。

这时可以在该设备上右击，在弹出的快捷菜单中根据需要选择更新驱动程序、停用或卸载设备、扫描检测硬件、改动或查看设备属性。

“系统属性”对话框还包括其他选项卡，分别可对系统的性能、用户配置文件、启动和故障恢复、自动更新、系统还原、远程使用等进行设置。

2.6 案例 4——Windows XP 附件的使用

2.6.1 案例说明

1．任务

（1）使用“画图”应用程序和剪贴板复制快捷菜单。

（2）浏览“本地磁盘（C:）”，查看该磁盘空间的大小后清理磁盘，并分别进行碎片整理、磁盘备份等操作。

（3）使用媒体播放器和录音机。

2．目的

（1）掌握附件常用工具的使用方法。

（2）掌握磁盘浏览、格式化、属性设置、查错与纠正、碎片整理、备份及清理的方法。

2.6.2 操作步骤

1．使用"画图"应用程序和剪贴板复制屏幕中的快捷菜单

复制快捷菜单的操作步骤介绍如下。

（1）复制屏幕。

显示 Windows 桌面，按下 Print Screen 键，此时整个屏幕被复制到剪贴板上。

说明：剪贴板是程序和文件之间用于传递信息的临时存储区，是 Windows XP 中一个非常实用的工具，是实现对象的复制、移动等操作的基础。但是，用户不能直接看到剪贴板，如果要观察剪贴板中的内容，就要用剪贴板查看程序。启动剪贴板查看程序的方法是单击"开始"菜单→"运行"命令，弹出"运行"对话框，如图 2.69 所示。在"运行"对话框"打开"下拉列表框中输入剪贴板程序名称，单击"确定"按钮，即可打开剪贴板窗口。

剪贴板不但可以存储文字，还可以存储图像、声音等其他信息。通过它可以把各文件的正文、图像、声音组合在一起形成一个图文并茂、有声有色的文档。

剪贴板的使用步骤：先将信息复制或剪切到剪贴板这个临时存储区，然后在目标应用程序中将插入点定位到需要放置信息的位置，再通过"粘贴"命令将剪贴板中的信息传到目标应用程序中。

此外，复制窗口的方法是先将窗口切换为活动窗口，然后按 Alt+Print Screen 组合键。按 Alt+Print Screen 组合键也能复制对话框，因为对话框可以被看作是一种特殊的窗口。

（2）启动"画图"应用程序。

"画图"应用程序是用来创建简单或者精美图画的图形处理程序。它所创建的图形可以是黑白或彩色的，默认的存储格式是.bmp，也可以保存为.jpg 或.gif 格式。

启动应用程序方法在 2.3 节已经介绍过，选择启动方法之一：

单击"开始"按钮，在"开始"菜单中选择"所有程序"，在其级联菜单中单击"附件"→"画图"命令，可以打开"画图"应用程序的窗口，如图 2.70 所示。

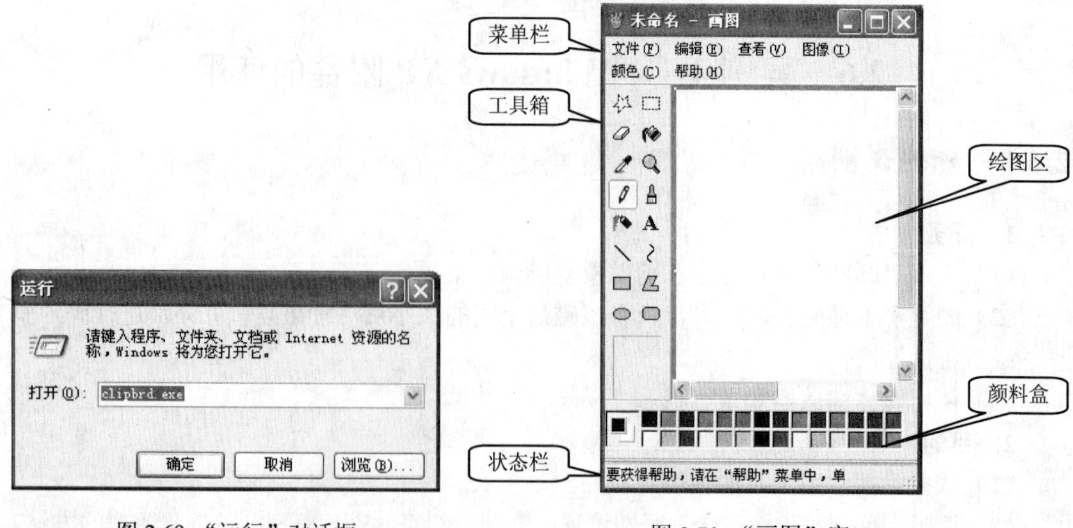

图 2.69 "运行"对话框

图 2.70 "画图"窗口

“画图”窗口主要包含“菜单栏”，“绘图区”，“工具箱”，“颜料盒”（也称为调色板），“状态栏”等几个部分，其中，“工具箱”里面是“工具按钮”，下面是“选择区”。

（3）把剪贴板上的内容粘贴到“画图”应用程序中，如图 2.71 所示。

图 2.71　执行粘贴后窗口

方法一：右击，在快捷菜单中单击“粘贴”。

方法二：单击“编辑”→“粘贴”命令。

方法三：使用快捷键 Ctrl+V。

（4）利用▭选定工具，选定图形中的快捷菜单。

方法：单击选定工具，按住鼠标左键不放，拖曳选中要复制的快捷菜单。

“画图”程序的“工具按钮”是一组很有用的工具，可以使用它们来创建和编辑图形。工具栏各按钮的定义如图 2.72 所示。

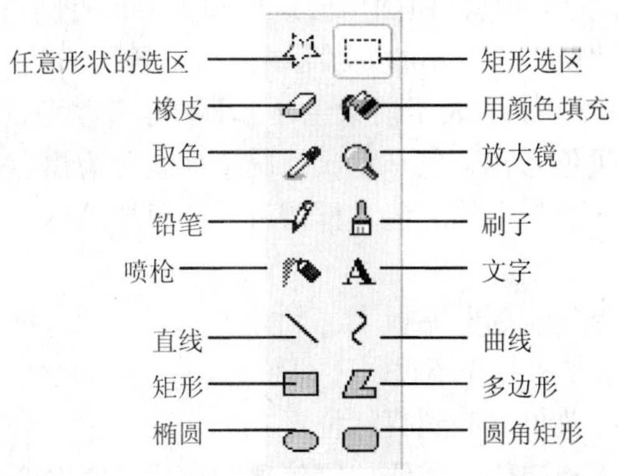

图 2.72　工具栏按钮

工具栏按钮功能说明如下。

- 任意形状的裁剪工具：在编辑图形时选取任意形状的区域，用于剪切或复制到剪切板上，也可以用于清除所选区域。方法是将光标移到区域边界上的某一点后，按住鼠标左键，沿所选区域边界拖动鼠标绕区域一周后放开左键。此时，区域被虚线边界包围，该区域被选中。

- 选定工具：在当前编辑的图形中选取某矩形区域，用于剪切、复制或清除所选区域。
- 橡皮/彩色橡皮工具：用于背景色擦除，可以根据要擦除内容的大小，在“工具箱”下的“选择区”中选取不同大小的橡皮。
- 颜色填充工具：用选定的前景颜色或背景颜色填充被选中的封闭区域。如果要用背景色填充图形，用鼠标右击要填充的图形即可。
- 取色工具：在图中选取一种颜色作为前景色（左键）或背景色（右键），用来更改当前的前景和背景的颜色。
- 放大工具：能对图形进行放大处理，便于用户对图形进行仔细观察和修改，但图形的真实大小并未改变。在“画图”绘图区某一块图形上单击鼠标，则将被方框围住的部分放大。
- 铅笔工具：用铅笔可以绘制各种颜色和各种形状的线条。
- 刷子工具：选中该按钮，拖动鼠标可以绘制任意形状和宽度的线条，刷子的大小可在工具箱下方的“选择区”中选取。
- 喷枪工具：拖动鼠标时喷出前景颜色的雾状点，可用于绘制阴影或云彩等图形，喷枪头的大小可在“选择区”中选取。
- 文字工具：在指定的地方输入文字，可以设置字体的属性。
- 直线工具：绘制直线，直线的粗细可在“选择区”中选取。如果在画直线时按住Shift 键可以画出水平、垂直和45°角的直线。
- 曲线工具：绘制曲线，曲线的粗细可在“选择区”中选取。
- 矩形工具：绘制矩形，如果在画矩形时按住 Shift 键则可以绘制出正方形。
- 多边形工具：绘制多边形，边线的粗细可在“选择区”中选取。
- 椭圆工具：绘制椭圆，如果在画椭圆时按住 Shift 键可以绘制出正圆。
- 圆角矩形工具：同矩形工具，但画出的矩形和正方形有圆角。

利用“画图”程序的“颜料盒”，可以为图画编辑出各种的颜色。如图 2.73 所示，在“颜料盒”最左边有两个方框，上面表示前景色，下面表示背景色。在“画图”程序中画笔的颜色为前景色，画布的颜色为背景色。默认情况下前景色为黑色，背景色为白色。如果要改变前景色，单击“颜料盒”中的颜色方框即可。如果要改变背景色，右键单击“颜料盒”中的颜色方框即可。

（5）把选定的快捷菜单复制到剪贴板上。

复制选定内容的方法在 2.3 节介绍过，不再赘述。

（6）将剪贴板上的快捷菜单复制到目标位置。

目标应用程序中将插入点定位在需要放置信息的位置，使用第（3）步的粘贴方法将剪贴板中的信息传到目标应用程序中。

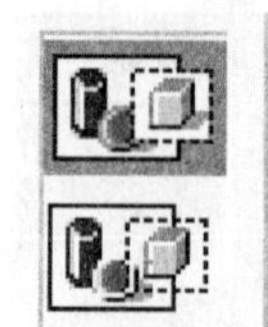

图 2.73　颜料盒

2．磁盘管理

Windows XP 操作系统对所有的系统资源进行管理，磁盘管理是其中的一个重要部分，主要包括磁盘的浏览、备份、碎片整理、格式化等方面的内容。

任务（2）要求浏览“本地磁盘（C:)”，查看该磁盘空间的大小后清理磁盘，并分别对磁盘进行碎片整理、备份等操作。操作步骤介绍如下。

1）浏览“本地磁盘（C:）”的内容

如果用户想查看“本地磁盘（C:）”的内容，可以通过两种方法实现。

方法一：在“我的电脑”窗口中直接双击“本地磁盘（C:）”驱动器图标，在打开的窗口中，就会显示此驱动器内包含的文件和文件夹，再双击文件夹图标，还可以打开该文件夹窗口，显示该文件夹中包含的内容。

方法二：在“资源管理器”窗口左侧列表框中单击“本地磁盘（C:）”驱动器的图标，在窗口右侧列表框中就可以查看磁盘中的内容。如果进一步查看内容，可以单击左侧列表框“+”展开层叠结构，在右侧列表框中查看相应内容。

2）查看“本地磁盘（C:）”的属性

对磁盘进行各种操作之前，应该对磁盘的相关信息有所了解。

查看磁盘属性的方法：在“我的电脑”或“资源管理器”中，用右键单击磁盘图标，在弹出的快捷菜单中单击“属性”命令，出现如图 2.74 所示的“磁盘属性”对话框。

现对“磁盘属性”对话框的各选项卡说明如下：

在“常规”选项卡中可以查看或修改卷标，查看磁盘的类型、采用的文件系统以及磁盘空间的使用情况。打开“工具”选项卡，可以对磁盘进行管理，包括查错与纠正、备份文件和整理磁盘碎片，如图 2.75 所示。“硬件”选项卡列出了磁盘驱动器的名称、类型及驱动程序等方面的内容。在“共享”选项卡中可以设置磁盘在网络中的共享方式。

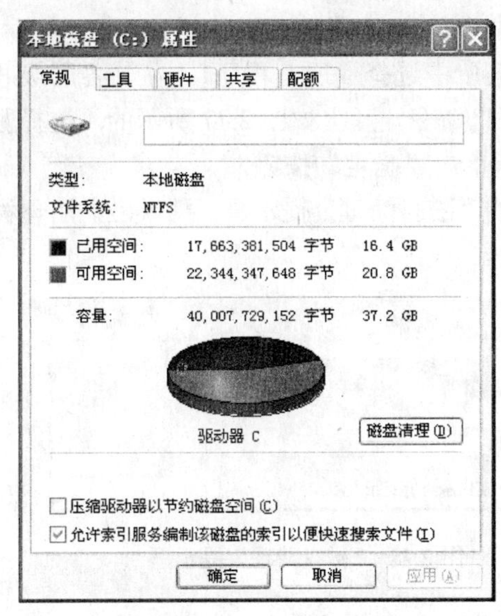

图 2.74 “磁盘属性”对话框（1）

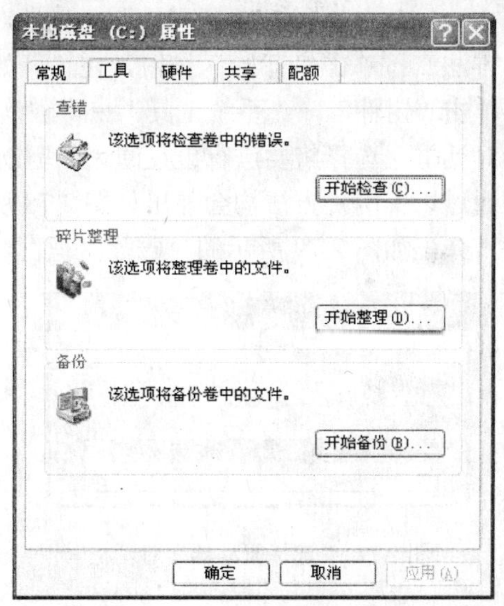

图 2.75 “磁盘属性”对话框（2）

3）检测磁盘

由于磁盘是经常使用的外存设备，遭到意外损坏的可能性很大，因此经常检测和修复磁盘是非常必要的。磁盘查错程序可以诊断硬盘或软盘的错误，分析并修复磁盘逻辑错误，查找磁盘物理错误，并将坏扇区中的数据移动到其他位置。

方法：在如图 2.75 所示的“磁盘属性”对话框中单击“开始检查”按钮，会出现“检查磁盘”对话框，如图 2.76 所示。在“检查磁盘”对话框中设定“磁盘检查选项”，单击

“开始”按钮，系统就开始对磁盘进行检查和修复。磁盘的检查和修复过程不能被打断，必须等到该过程完成。

4）清理“本地磁盘（C:）”

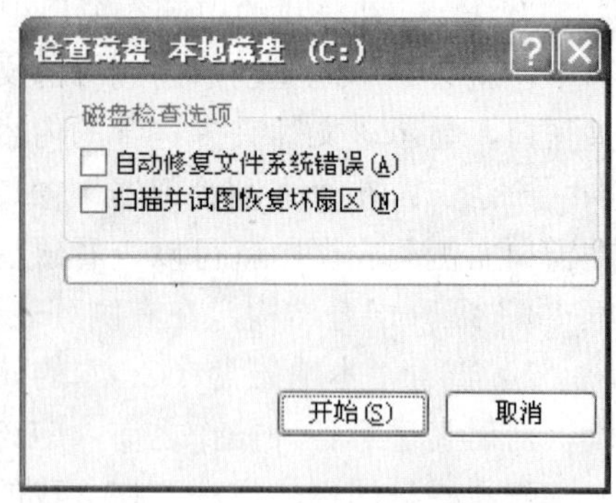

图 2.76 “检查磁盘”对话框

在计算机的使用过程中，操作系统将产生许多临时文件、缓冲文件，有许多其他软件在运行过程中也将产生一些临时文件，这些文件会占用硬盘空间，并且在其系统退出后也不被清除。对于硬盘容量较小的计算机来说，大量的临时文件会影响计算机的性能。使用 Windows XP 的磁盘清理工具可以完成以下任务：

- 删除临时 Internet 文件。
- 删除所有下载的程序文件（从 Internet 下载的 ActiveX 控件和 Java applet）。
- 清空“回收站”。
- 删除 Windows XP 临时文件。
- 删除不再使用的 Windows XP 组件。
- 删除不再使用的安装程序。

清理磁盘的方法有两种。

方法一：在如图 2.74 所示的磁盘属性对话框中单击“磁盘清理”按钮。

方法二：单击“开始”按钮，在“开始”菜单中选择“所有程序”，在其各层级联菜单中单击“附件”→“系统工具”→“磁盘清理”命令，弹出如图 2.77 所示的“选择驱动器”对话框，选择将要进行磁盘清理的驱动器，单击“确定”按钮。

通过以上两种方法均会弹出如图 2.78 所示的“磁盘清理”提示框，稍候磁盘清理程序启动，弹出如图 2.79 所示的“磁盘清理”对话框。

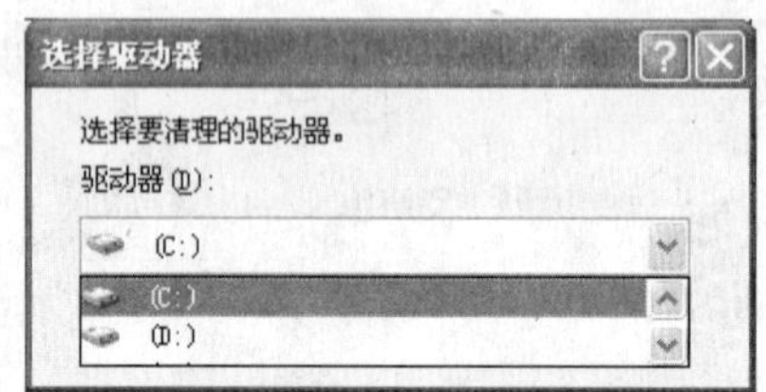

图 2.77 “选择驱动器”对话框

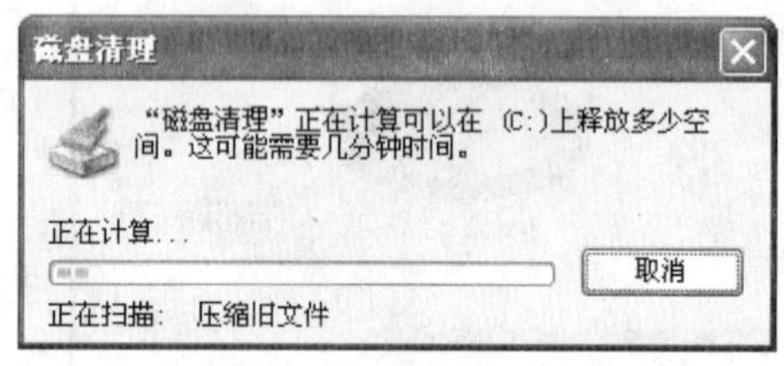

图 2.78 “磁盘清理”提示框

在“磁盘清理”对话框中的“要删除的文件”列表框中选择要删除的文件，单击“确定”按钮，弹出提示信息框，在提示信息框中单击“确定”按钮，系统开始正式删除所选择的文件。

5）对“本地磁盘（C:）”进行碎片整理

用户在使用一个新磁盘时，文件会被保存在连续的扇区中。在使用一段时间后，由于对文件进行多次复制、删除操作就会造成磁盘中的空闲扇区分散在不连续的物理位置上，从而使得越来越多的文件在磁盘上被存储在几块不连续的空间，形成了许多碎片。尽管用户在读取文件时内容是连续的，但事实上，文件可能被存放在磁盘的碎片上，系统在读写这些文件时就要在多个碎片之间来回移动，会降低磁盘的读写速度。

通过“磁盘碎片整理”程序可以重新安排文件和文件夹在磁盘上的位置，合并可用空间，使文件尽可能存储在连续的单元中，减少新文件出现碎片的可能，以便于每个文件或文件夹占据磁盘上单独的、临近的空间，这样可以提高磁盘空间的利用率和磁盘的读写性能。

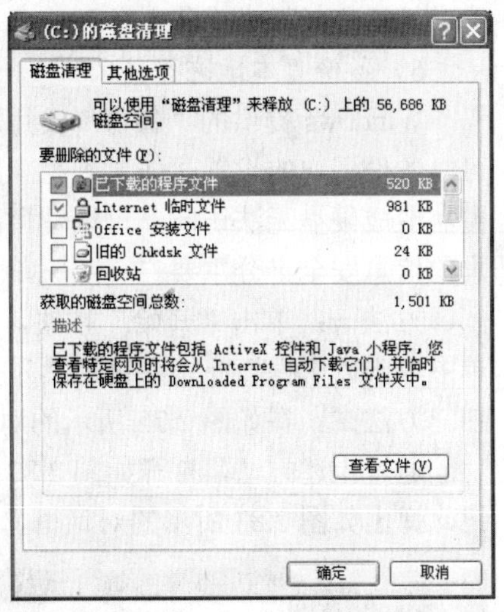

图 2.79 “磁盘清理”对话框

进行磁盘碎片整理首先应启动“磁盘碎片整理程序”，通常采用两种方法。

方法一：单击“开始”按钮，在“开始”菜单中选择“所有程序”，在其级联菜单中单击“附件”→“系统工具”→“磁盘碎片整理”命令。

方法二：在如图 2.75 所示的“磁盘属性”对话框中单击“开始整理”按钮。

通过上述两种方法都可以打开“磁盘碎片整理程序”窗口，如图 2.80 所示。

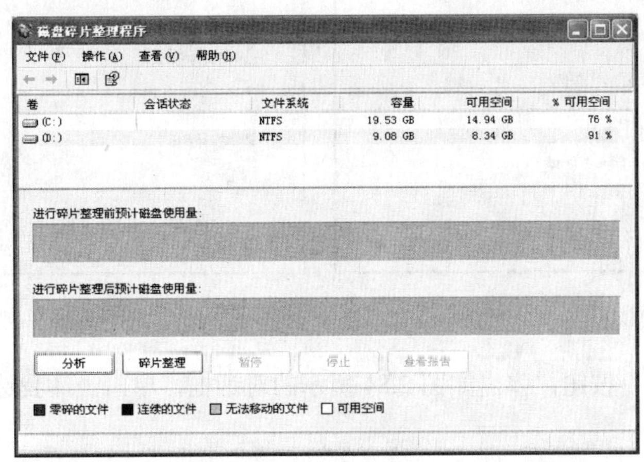

图 2.80 “磁盘碎片整理程序”窗口

在此窗口中显示了硬盘盘符、容量，在磁盘碎片整理前，可以先单击“分析”按钮，对硬盘进行分析，决定是否进行磁盘整理。分析完毕后系统会弹出提示对话框，如图 2.81 所示，告诉用户是否有必要进行磁盘碎片整理。如果需要整理磁盘碎片，单击“碎片整理”按钮。

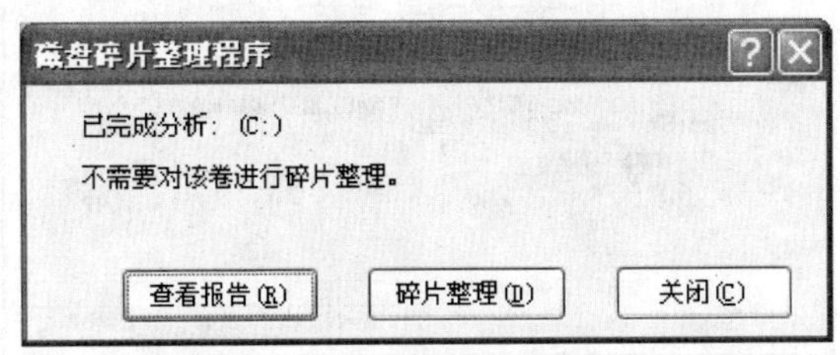

图 2.81 “磁盘碎片整理程序”对话框

说明：由于磁盘碎片整理是一个耗时较长的工作，当不需要进行磁盘碎片整理时，用户应根据分析报告操作，从而避免时间的浪费。

6）备份“本地磁盘（C:）”

Windows 提供的“备份”实用程序可以备份系统重要信息，创建硬盘数据的副本，还可以备份用户的设置。如果硬盘上的原始数据由于磁盘故障、停电、病毒感染、误删除或覆盖造成硬盘无法访问，可以使用副本恢复丢失或损坏的数据。备份操作对系统维护和用户的信息安全十分重要。

方法一：单击“开始”按钮，在“开始”菜单中选择“所有程序”，在其各层级联菜单中单击“附件”→“系统工具”→“备份”命令。

方法二：在如图 2.75 所示的对话框中的“备份”栏中单击“开始备份”按钮。

通过上述方法，打开如图 2.82 所示的“备份或还原向导”对话框，单击“下一步”按钮，弹出如图 2.83 所示的对话框，单击“备份文件和设置”单选按钮。

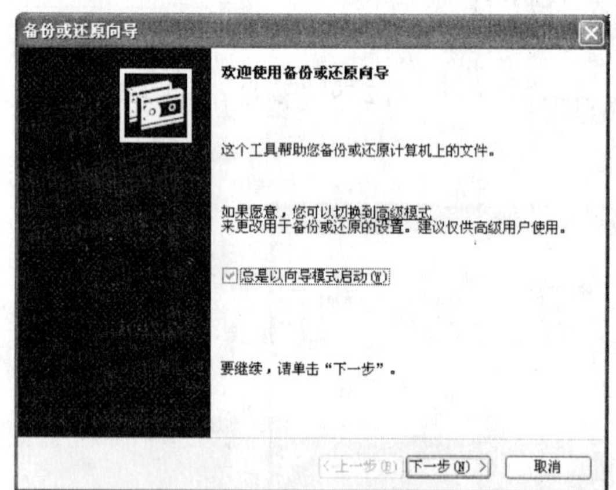

图 2.82 “备份或还原向导”对话框（1）

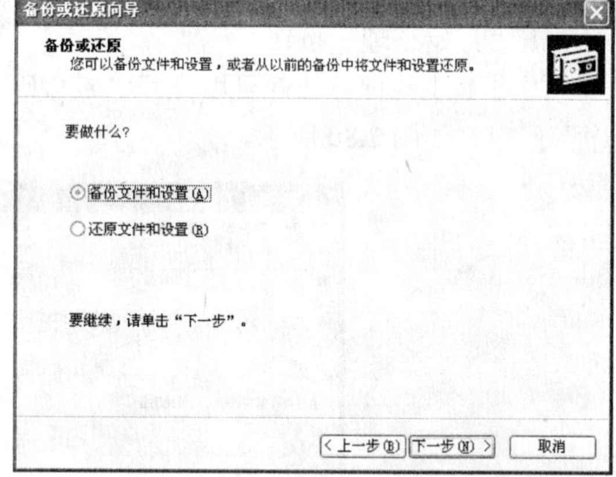

图 2.83 “备份或还原向导”对话框（2）

单击“下一步”按钮，弹出如图 2.84 所示的对话框，单击“让我选择要备份的内容”单选按钮。

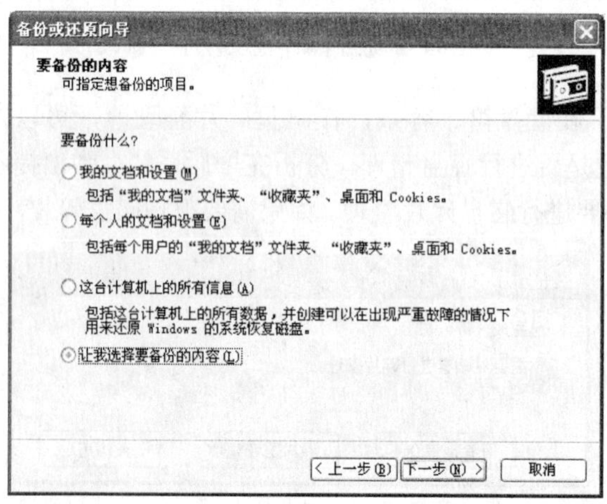

图 2.84 “备份或还原向导”对话框（3）

单击“下一步”按钮，弹出如图 2.85 所示的对话框，在该对话框中选择要备份的内容。

单击该对话框中的“下一步”按钮，弹出如图 2.86 所示的对话框。

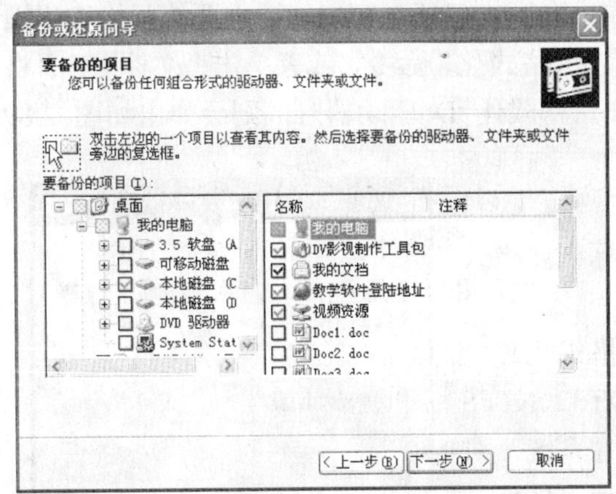

图 2.85 “备份或还原向导”对话框（4）

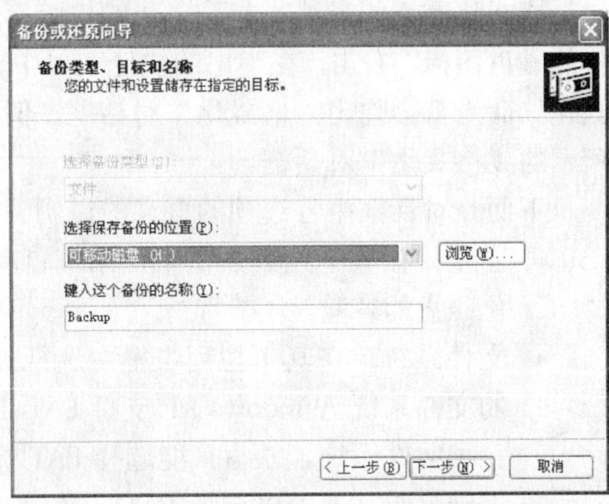

图 2.86 “备份或还原向导”对话框（5）

通过该对话框中的“浏览”按钮选择保存备份的位置，单击“下一步”按钮，弹出如图 2.87 所示的对话框。

单击该对话框中的“完成”按钮，系统开始备份文件，如图 2.88 所示。

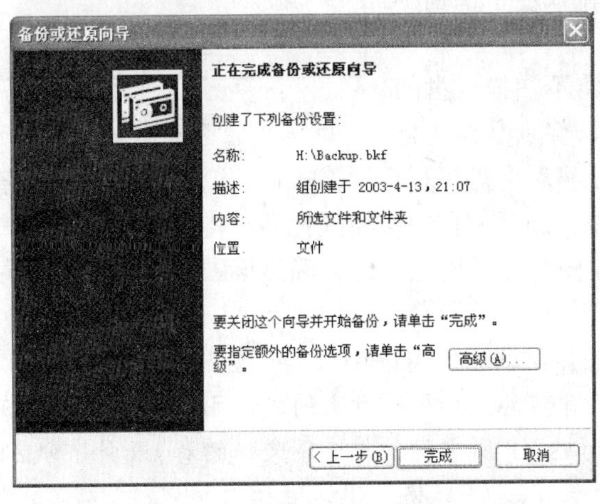

图 2.87 “备份或还原向导”对话框（6）

图 2.88 “备份进度”对话框

7）格式化磁盘

格式化是用来完全清除硬盘上的数据和生成引导区信息、初始化 FAT 表、标注逻辑坏道等的，常用来清除数据和标注逻辑坏道。

磁盘格式化分为低级格式化和高级格式化，磁盘要先进行低级格式化后才能进行高级格式化。低级格式化是与操作系统无关的格式化，是物理级的格式化，主要用于划分磁盘的磁柱面、建立扇区数和选择扇区间隔比。通常磁盘在出厂前就已经进行了低级格式化，用户无须进行此操作。高级格式化是和操作系统有关的格式化，主要是对磁盘的各个分区进行磁道的格式化。对于高级格式化，不同的操作系统有不同的格式化程序、不同的格式化结果、不同的磁道划分方法，通常所用的 Windows 下的格式化（包括在 DOS 下面使用的格式化）其实都是高级格式化，这里主要介绍高级格式化。

格式化磁盘的方法：打开“我的电脑”或“资源管理器”窗口，选中要执行格式化操作的磁盘图标，右击，在弹出的快捷菜单中单击“格式化”命令，或者单击“文件”→“格式化”命令都会弹出“格式化”对话框。例如，格式化 D 驱动器时，则会弹出如图 2.89 所示的“格式化”对话框。

下面是对话框中各选项的含义的说明。

- 容量：在其下拉列表框中，系统自动标识要格式化磁盘的容量。
- 文件系统：在其下拉列表框中选择被格式化磁盘的文件系统。Windows XP 支持 FAT、FAT32、NTFS 三种文件系统。软盘只能选择 FAT 文件系统，对于硬盘驱动器可以选择 FAT、FAT32 或 NTFS 文件系统。
- 分配单元大小：在其下拉列表框中指定所格式化磁盘分配单元的大小。系统自动选用默认配置大小。
- 卷标：在其文本框中，用户可以输入便于识别不同磁盘内容的描述信息。
- 快速格式化：选择此方式，系统将不扫描磁盘的坏扇区而直接从磁盘上删除文件，优点是格式化速度快。如果不选用此方式，系统将对磁盘进行全面格式化，检查磁盘中是否存在损坏的扇区，如果检查到不可修复的扇区，在完成格式化后，将在磁盘格式化摘要中显示坏扇区的容量。一般只有在磁盘已经格式化而且确信该磁盘没有损坏的情况下才使用快速格式化。
- 启用压缩：仅限于 NTFS 类型的磁盘驱动器使用该项来压缩磁盘空间。

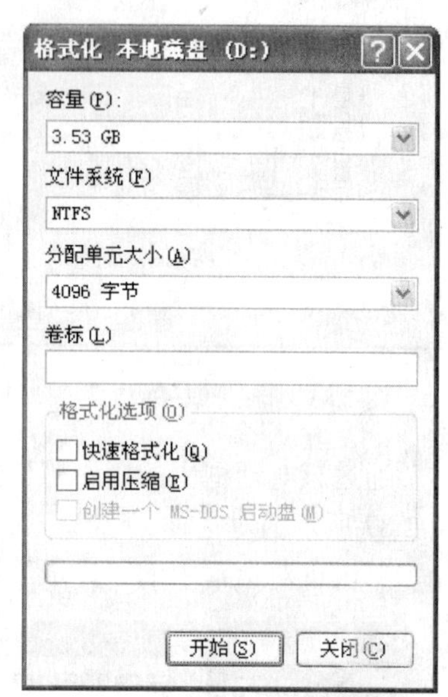

图 2.89 “格式化”对话框

注意：格式化磁盘将删除磁盘上的所有信息。如果磁盘上的文件已打开、磁盘的内容正在显示、磁盘包含系统(包含加载 Windows XP 所需的硬件专用文件的卷)或引导分区(包含 Windows XP 操作系统及其支持文件的卷)，则不能格式化该磁盘。

2.6.3 相关知识扩展

1. 媒体播放器

Windows Media Player 是一个将 VCD、CD 播放器和收音机集成为计算机上一个设备的软件。利用多媒体播放器可以收听世界各地电台的广播、播放和复制 CD、查找在 Internet 上提供的视频。

1）媒体播放器窗口

打开 Windows XP 媒体播放器的方法：单击“开始”→“所有程序”→“附件”→“娱乐”→Windows Media Player 命令，即可打开多媒体播放器窗口，如图 2.90 所示。使用多媒体播放器播放视频文件需要声卡和扬声器等设备。

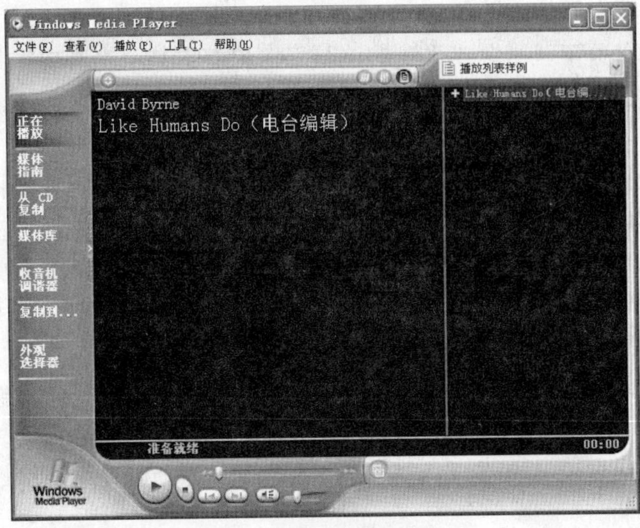

图 2.90　多媒体播放窗口

多媒体播放窗口的说明如下：

- 正在播放：使用“正在播放”功能可以观看视频、DVD 或正在播放的音频曲目的可视化效果。在欣赏 CD 时，将显示艺术家的姓名和音频曲目的标题。在观看 DVD 时，“正在播放”将显示影片中的每一章节。如果创建了播放列表，使用“正在播放”可以显示播放列表，还可以调整均衡器设置，查看文件的歌词或欣赏 CD 的专辑图片。
- 媒体指南：类似一本娱乐杂志，该指南经常使用 Internet 上提供的最新影片、音乐、广播电台和视频来实时更新。使用“媒体指南”可以直接从 Internet 收听或观看数字媒体文件，也可以将这些文件下载到用户的计算机上。
- 从 CD 复制：通过“从 CD 复制”，可以选择要存储在计算机上的 CD 曲目。用户可以选择仅复制一些喜爱的曲目，也可以复制整张 CD。将曲目复制到计算机后，即使没有 CD，计算机仍可以反复播放这些曲目，复制的曲目默认为已经过许可。
- 媒体库：可以使用媒体库存储和组织数字媒体文件，用以存储音频和视频文件以及相关信息。当从 CD、DVD、Internet 或其他来源复制音频或视频文件时，这些文件将自动存储到媒体库中，并且可以通过浏览可视化媒体库目录的方式进行定位。
- 收音机协调器：可以查找 Internet 上世界各地几乎每一种流派的广播电台。
- 复制到 CD 或设备：可以将媒体库中的数字媒体文件传送到便携设备，如数字音频播放器和 CD 刻录机。
- 外观选择器：可以更改媒体播放器在计算机上的显示设置。
- 播放 DVD：可以观看 DVD 影片，并将 DVD 的相关信息下载到计算机上，如果计算机上安装了 DVD-ROM 驱动器和软件或硬件 DVD 解码器，则可以使用该功能。

2）打开并播放声音或视频文件

打开声音或视频文件的方法如下。

方法一：在“资源管理器”或“我的电脑”窗口双击某个声音或视频文件。

方法二：在多媒体播放器中打开“文件”菜单，单击“打开”命令，从对话框中选择要打开的一个多媒体文件。

方法三：将一张CD唱片插入到CD-ROM驱动器中，从CD上复制曲目。当Windows XP媒体播放器启动后，单击“从CD复制”以显示CD上的所有曲目，在不希望复制的曲目旁边清除复选框（单击复选框以清除选中状态），单击“复制音乐”按钮。该操作将把所有选定曲目复制至Windows Media Player 的媒体库区域并按照流派、艺术家或标题等方式在媒体库目录中将所复制的曲目分类列出。

单击“播放”按钮可以开始播放文件。单击“暂停”或“停止”按钮则终止播放。单击“快进”或“倒带”按钮可以在媒体文件或设备中快速地前移或后移。标尺和滑块表示“多媒体播放器”已播放了一个多媒体文件的多少内容。拖动标尺上的滑块可以改变播放的位置。

3）创建播放列表

播放列表使用户能按照自己定义的顺序播放所选定的媒体文件。

创建播放列表的方法：首先单击“文件”菜单→“新建播放列表”命令创建新播放列表，然后把媒体库中准备添加到播放列表的媒体文件添加到播放列表中。

4）改变媒体文件的播放顺序

Windows Media Player 播放器自动按顺序播放媒体库或播放列表中的文件，如果要改变文件的播放顺序，可以在媒体库或播放列表中选定文件，右击，在快捷菜单中单击“上移”或“下移”命令进行调整。

5）删除媒体文件

选定准备删除的文件，右击，在快捷菜单中单击“从播放列表中删除”或“从库中删除”命令。

2．录音机

录音机是一个短小方便的录音程序，可以完成录音、放音、剪接声音、编辑声音、效果制作等操作，录制下来的声音将以波形文件（.wav）的格式存储到磁盘中，还可以对声音进行修正以产生混音效果。

1）启动录音机程序

方法：单击“开始”按钮，在“开始”菜单中选择“所有程序”，在其各层的级联菜单中分别单击“附件”→“娱乐”→“录音机”命令，打开“声音-录音机”窗口，如图2.91所示。

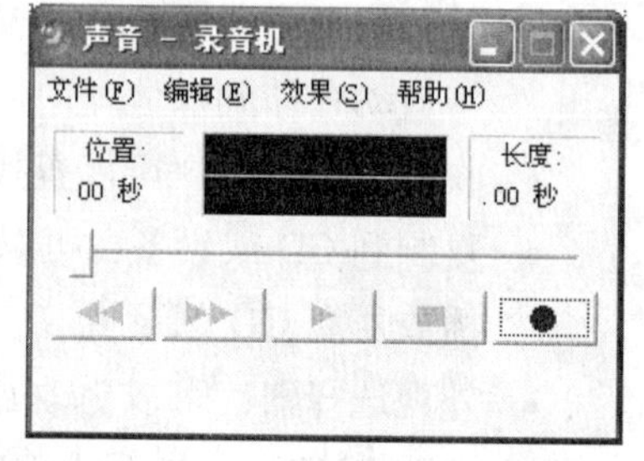

图2.91 “声音-录音机”窗口

下面是对“声音-录音机”窗口中各选项的功能的说明。

- 位置：可以显示当前声音播放或录制的位置。
- 波形显示框：显示所打开声音文件的波形。
- 长度框：显示当前声音文件的总长度。
- 进度显示器：显示当前文件播放的位置或录制的位置，拖曳上面的滑块可以改变播放的进度。

- 控制按钮：从左到右依次为快退、快进、播放、停止和录音。

2）录制声音

首先用麦克风、CD 唱机或其他立体声设备作为声音的来源。如果选择麦克风作为声音的来源，要先确保麦克风已经连接到系统的声卡上，从“文件”菜单中单击“新建”命令，再单击控制板上的“录音”按钮●，就可以对着麦克风录音了。可以通过消息栏查看“录音机”是否正在录音，以及可录制的最长时间。录音完成后，单击“停止”按钮。单击“播放”按钮，可以听到录音。如果保存录音，在“文件”菜单中单击“另存为”命令即可保存。

3）播放声音

单击“文件”菜单中的“打开”命令，并在弹出的“打开”对话框中选择要播放的文件，单击“播放”按钮▶即可播放声音文件。

单击“停止”按钮■，停止播放。

单击“移动首部”按钮◀◀，快退到声音文件起始点。

单击“移至尾部”按钮▶▶，快进到声音文件终止点。

3．音量控制

音量控制程序可对音量进行精确控制，如图 2.92 所示，启动音量控制系统的方法有以下两种。

方法一：单击“开始”→“所有程序”→“附件”→“娱乐”→“音量控制”命令。

方法二：双击“任务栏”上的“音量控制”图标。

直接拖曳“音量控制”窗口上的滑块可以改变声音的大小，调节声音质量。

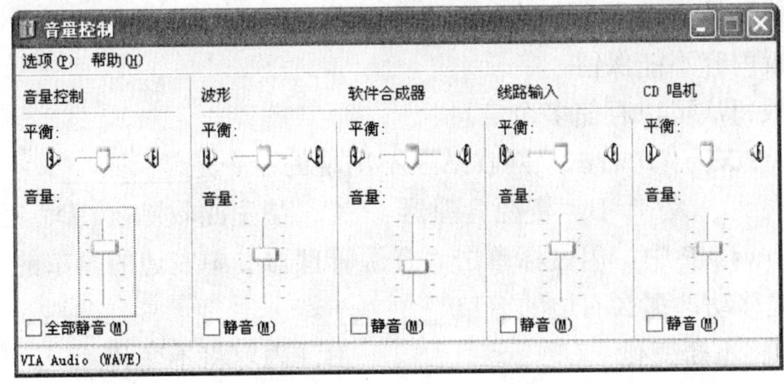

图 2.92 “音量控制”窗口

习 题 2

一、选择题

1．在 Windows XP 中，________用来显示应用程序名、文档名、目录名、组名或其他数据文件名。

A．标题栏　　B．信息栏　　C．菜单栏　　D．工具栏

2．在 Windows XP 的“资源管理器”中，单击第一个文件名后，按住________键，再

单击另外几个文件，可选定一组不连续的文件。

A．Ctrl　　B．Alt　　C．Shift　　D．Tab

3．在 Windows XP 的“资源管理器”中，选择文件或目录后，拖曳到指定位置，可完成对文件或子目录的________操作。

A．复制　　B．移动或复制　　C．重命名　　D．删除

4．在 Windows XP 中，启动中文输入法或者将中文输入方式切换到英文方式，应同时按下________键。

A．Alt+空格　　B．Ctrl+空格　　C．Shift+空格　　D．Enter+空格

5．在 Windows XP 中，利用 Windows 下的________，可以建立、编辑文本文档。

A．剪贴板　　B．记事本

C．“资源管理器”　　D．“控制面板”

6．在 Windows XP 中，下列有关回收站的叙述，错误的是________。

A．回收站不占用磁盘空间

B．如果确认回收站中的所有内容无保留价值，可清空回收站

C．误删除的文件可通过回收站还原

D．回收站中的内容可以删除

7．Windows XP 的任务栏不可以________。

A．和桌面图标一样删除　　B．隐藏

C．改变大小　　D．移动

8．下列有关 Windows 剪贴板的说法正确的是________。

A．剪贴板是一个在程序或窗口之间传递信息的临时存储区

B．没有剪贴板查看程序，剪贴板不能工作

C．剪贴板内容不能保留

D．剪贴板每次可以存储多个信息

9．在 Windows XP 中，右击“回收站”不出现的命令是________。

A．属性　　B．资源管理器　　C．清空回收站　　D．还原文件

10．在 Windows XP 中，用鼠标单击“资源管理器”中左边的窗口的文件夹，然后使用键盘上的上下键移动，那么右边的窗口________。

A．内容将不断变化　　B．内容将不变化

C．始终显示当前文件夹的内容　　D．始终显示前一个文件夹的内容

11．计算机中已安装的软件，如果需要卸载，应该________。

A．通过“控制面板”中的“添加/删除程序”图标将其删除

B．通过“控制面板”中的“添加/删除硬件”图标将其删除

C．使用删除命令将其放入“回收站”

D．使用组合键 Shift+Del 将其删除

12．屏幕保护程序的作用是________。

A．保护用户的眼睛　　B．保护用户的身体

C．保护计算机系统的显示器　　D．保护整个计算机系统

13．操作系统的功能是________。

A．处理机管理、存储管理、设备管理、文件管理、作业管理

B．运算器管理、控制器管理、磁盘管理、内存管理、文件管理

C．硬盘管理、软盘管理、存储器管理、程序管理、作业管理

D．编译管理、文件管理、设备管理、中断管理、运算器管理

14．在 Windows XP 中所说的文档文件指的是________。

A．Word 文档和图形文件

B．文本文件和图形文件

C．文本文件和 Word 文档

D．文本文件、Word 文档、图形文件和声音文件等

15．通过“开始”菜单中的“搜索”命令，不能查找的是________。

A．文件　　　　B．文件和文件夹

C．主机箱中的设备　　　　D．用户

16．一个文件路径名为：C:\groupa\text1\293.txt，其中 text1 是一个________。

A．文件夹　　B．根文件夹　　C．文件　　D．文本文件

17．关于 Windows 的文件组织结构，下列说法中错误的是________。

A．每个子文件夹都有一个“父文件夹”

B．每个子文件夹都可以包含若干个“子文件夹”

C．每个子文件夹都有一个名字

D．文件夹不能重名

18．实行操作________，将立即删除文件或文件夹，而不会将它们放入回收站。

A．按 Del 键

B．打开快捷菜单，单击“删除”命令

C．按 Shift+Del 键

D．在“文件”菜单中单击“删除”命令

19．当一个应用程序窗口被最小化时，该应用程序将________。

A．被暂停执行　　　　B．被终止执行

C．被转入后台执行　　　　D．继续在前台执行

20．在 Windows XP 中，有些菜单选项的右侧有“…”，这表示这些菜单选项被选定后________。

A．该命令将会在后台运行　　　　B．可能出现死机现象

C．系统将给出对话框　　　　D．用户要长时间等待

二、填空题

1．在 Windows XP 中，文件名最长可以达到________个字符。

2．在 Windows XP 中，我们可以通过________组合键在应用程序之间进行切换。

3．Windows XP 中将应用程序窗口关闭的快捷键是______。

4．在 Windows XP 中查找文件时，可以使用通配符“?”和________代替文件名中的一部分。

5．Windows XP 中在“回收站”中的文件________（填“能”或“不能”）被直接打开。

6. 在 Windows XP 中，对话框和窗口的标题栏非常相似，不同的是对话框的标题栏左上角没有控制图标，右上角没有改变________的按钮。

7. 在 Windows XP 的工作区中，将已选定的内容取消而将未选定的内容选定的操作叫做________。

8. 在 Windows XP 中，每打开一个应用程序时，在________中就会添加这个应用程序的图标按钮。

9. Windows XP 中，如果要将当前窗口的信息以位图形式复制到剪贴板中，可以按________键。

10. 一般来说，Windows XP 硬盘上的文件或文件夹删除后都放在________中。

11. 在 Windows XP 中，________是 Windows 的控制设置中心，其中各个对象组成对计算机的硬件驱动组合、软件设置以及 Windows 的外观设置。

12. 在“Windows 资源管理器”中，为了使具有系统和隐藏属性的文件或文件夹不显示出来，首先应进行的操作是选择________菜单中“文件夹选项”。

13. 用 Windows 的“记事本”所创建的文件的默认扩展名是________。

14. 用户当前使用的窗口称为________窗口。

15. Windows 允许同时运行________应用程序，每个运行的应用程序都有一个对应的按钮出现在任务栏中。

第3章　文字处理软件 Word 2007

Word 2007 是 Microsoft Office 2007 套装软件中的一个重要成员，它提供了完整的一套工具，供用户在新的界面中创建文档并设置格式，从而帮助用户轻松地制作图文并茂、具有专业水准的精美文档。丰富的审阅、批注和比较功能有助于快速收集和管理来自他人的反馈信息。高级的数据集成可确保文档与重要的业务信息源时刻相连。用户可以直接从 Office Word 2007 中发布和维护网络日志（博客）。另外，Microsoft Office 2007 系统还提供了改进后的恢复工具，用于 Office Word 2007 发生问题时及时恢复工作成果。

本章将以案例的形式，对 Word 2007 的常用基本功能逐个加以介绍。

3.1　Word 2007 概述

3.1.1　Word 2007 的启动和退出

1．Word 2007 的启动

启动 Word 2007 的方法很多，常用的有以下几种。

方法一：通过桌面快捷方式启动。

双击桌面上的快捷图标，启动 Word 2007。

方法二：从“开始”菜单的“程序”子菜单启动。

单击任务栏中的“开始”按钮，单击“程序”→Microsoft Office→Microsoft Office Word 2007 命令，启动 Word 2007。

方法三：通过已有的 Word 文档启动 Word 2007。

通过“资源管理器”或“我的电脑”窗口查找所需要的 Word 文档，然后双击该文档图标，启动 Word 2007。

2．Word 2007 的退出

退出 Word 2007 也有很多方法，常用的主要有以下几种。

方法一：单击 Word 2007 窗口右上角的“关闭”按钮。

方法二：右击标题栏，在弹出的快捷菜单中单击“关闭”命令。

方法三：双击窗口 Office 按钮 。

方法四：单击 Office 按钮 ，在弹出的菜单中单击“关闭”按钮。

3.1.2　Word 2007 窗口的组成与操作

启动 Word 2007 后，显示屏幕上就会出现如图 3.1 所示的 Word 2007 窗口。窗口由 Office 按钮、标题栏、功能区、快速访问工具栏、工作区、视图方式转换按钮、显示比例按钮、状态栏等组成。

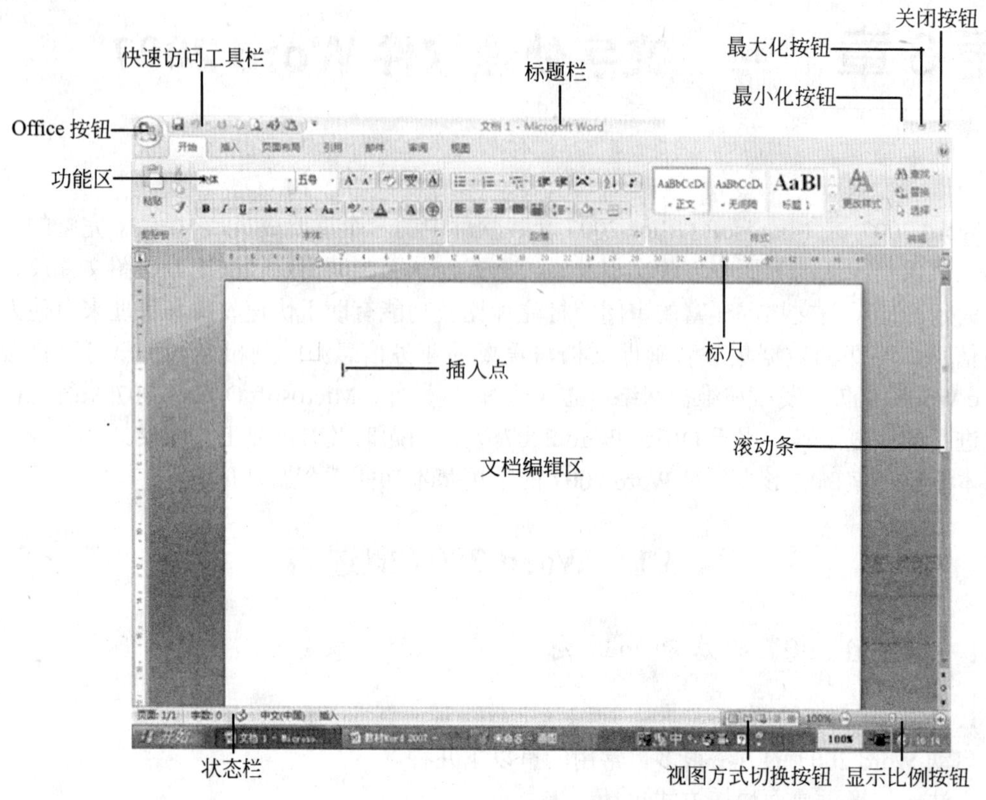

图 3.1 Word 2007 的窗口组成

1．标题栏

Word 的标题栏位于窗口的顶端，用于显示当前正在使用文档的名称等信息。如果文档尚未命名，则 Word 自动以“文档 1”这一临时文件名作为当前文档的名称。标题栏最右端有三个按钮，分别用来控制窗口的最小化、最大化和关闭应用程序。

2．Office 按钮

Office 按钮是 Word 2007 新增的功能按钮，位于界面左上角，类似于 Windows 系统的“开始”按钮。它取代了 Microsoft Office 早期版本的“文件”菜单。单击 Office 按钮，将弹出 Office 菜单。Word 2007 的 Office 菜单中包括了一些常见的命令，如“新建”、“打开”、“保存”和“发布”命令等；菜单的右侧列出了最近打开的文档，如图 3.2 所示。

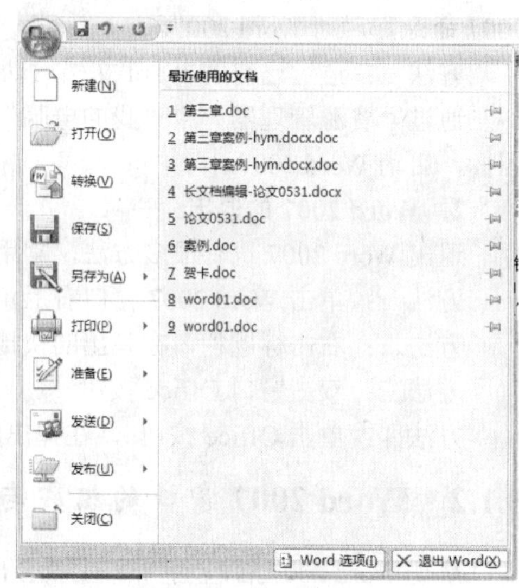

图 3.2 Office 菜单

3. 快速访问工具栏

快速访问工具栏是功能区左上方的一个小区域，它包含最常用的命令。在默认状态下，快速访问工具栏中包含三个快捷按钮，分别为“保存”按钮、“撤销”按钮和“恢复”按钮。用户也可以向其中添加其他常用的命令，以便用户无论使用哪个选项卡时都可以访问这些命令。

有两种添加快速访问工具栏按钮的方法。

方法一：使用快捷菜单。

右击一个选项卡中的功能按钮 ，在弹出的快捷菜单中单击“添加到快速访问工具栏”命令，如图 3.3 所示。从快速访问工具栏上删除按钮的方法是：从快速访问工具栏中选中要删除的按钮，从右击弹出的快捷菜单中单击“从快速访问工具栏删除”按钮即从快速访问工具栏上删除，如图 3.4 所示。

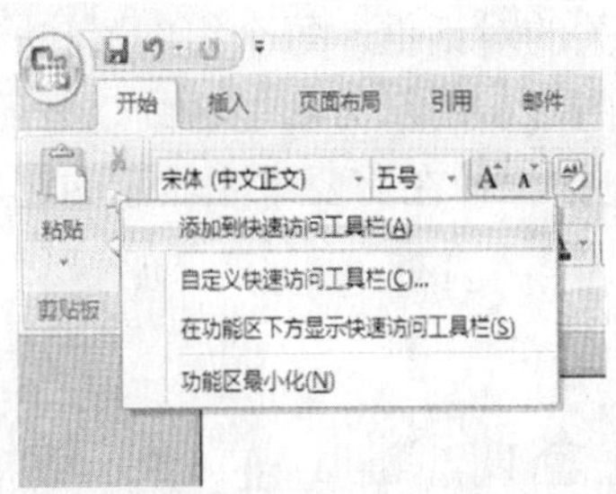

图 3.3　向快速访问工具栏上添加按钮

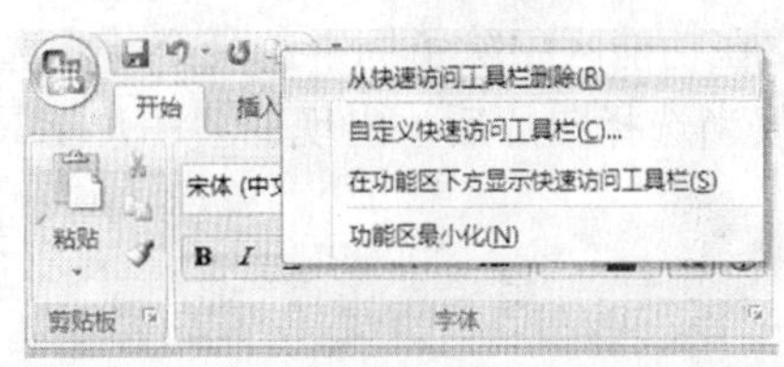

图 3.4　从快速访问工具栏上删除按钮

方法二：在选项设置中集中添加。

集中添加快速访问工具栏命令要在“Word 选项”对话框中进行，操作方法介绍如下。

第 1 步：打开 Office 菜单，然后单击菜单底部的“Word 选项”按钮，打开“Word 选项”对话框，如图 3.5 所示。

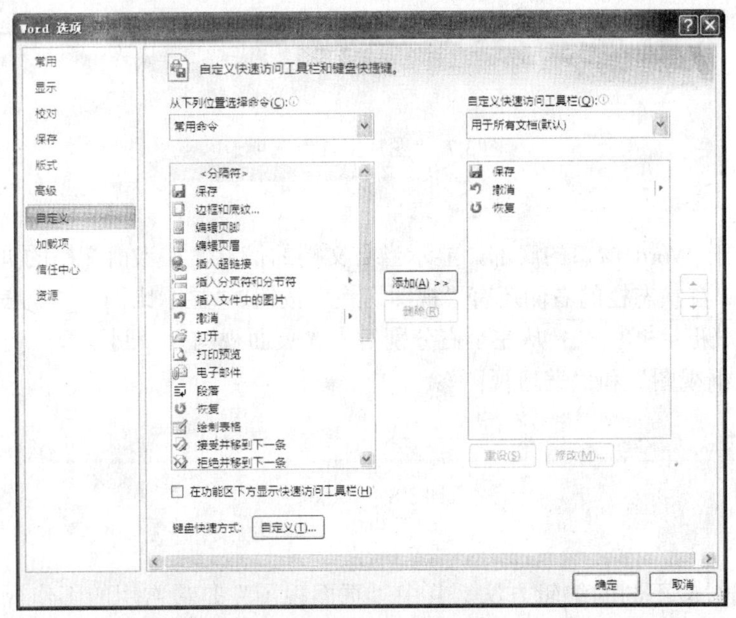

图 3.5　添加自定义按钮

第 2 步：单击“自定义”选项，在“从下列位置选择命令”下拉列表框中选择命令所在的选项卡，然后从命令列表中选择要添加到快速访问工具栏的命令，再单击“添加”按钮将其添加到快速访问工具栏列表框中。

提示：快速访问工具栏默认位于功能区上方。在“Word 选项”对话框中，若选中“在功能区下方显示快速访问工具栏”复选框（使其方框内出现“√”标记），便可让其显示在功能区下方。

4．功能区

功能区位于标题栏的下方。在 Word 2007 中，功能区是菜单和工具栏的主要替代控件，由选项卡、组和命令三部分组成。在默认状态下，功能区主要包含“开始”、“插入”、“页面布局”、“引用”、“邮件”、“审阅”、“视图”、和“加载项”多个基本选项卡。每个选项卡都包含若干个逻辑组，这些组将相关项显示在一起。某些组在右下角有一个小对角箭头，该箭头称为对话框启动器，单击该箭头就会出现该组相关的对话框。每个组中又包含多个命令，即按钮，用于输入信息的文本框或者菜单等。如图 3.6 所示为功能区的“开始”选项卡。在功能区中除了标准的几个基本选项卡之外，还包括一种在需要时才显示的选项卡，例如仅当选择图片后才出现的“图片工具”选项卡，如图 3.7 所示。

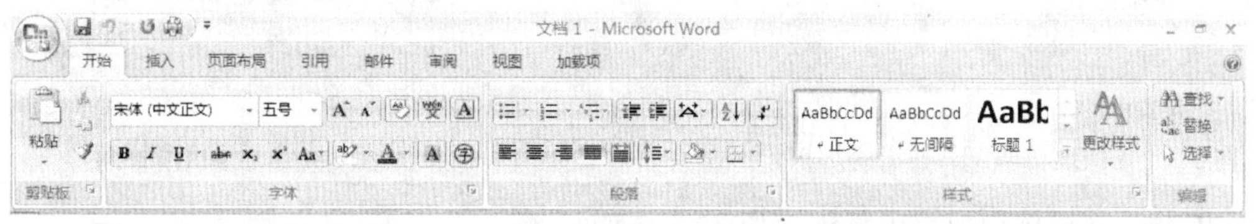

图 3.6 “开始”选项卡

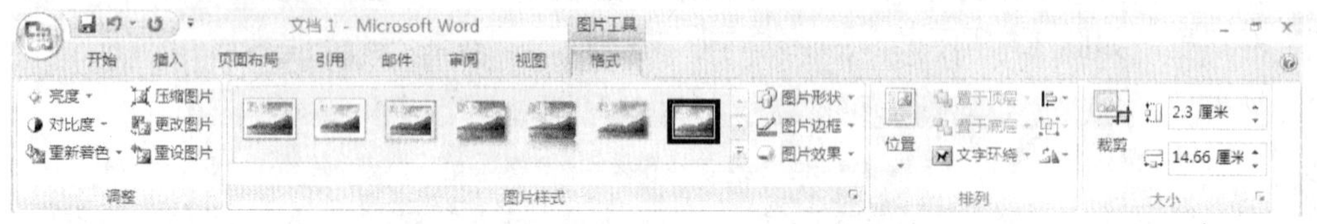

图 3.7 “图片工具”选项卡

5．状态栏

状态栏位于 Word 窗口的底部，显示当前文档的信息，如当前文档的页数、字数等，如图 3.8 所示。在状态栏的右侧还有“视图切换”按钮、“显示比例”调整按钮等。窗口的“视图切换”按钮从左至右分别对应“页面视图”、“阅读版式视图”、“Web 版式视图”、“大纲视图”和“普通视图”。

图 3.8 状态栏

1）视图

不同视图对应不同的编辑方法。其中“页面视图”是最常用的工作视图，也是启动 Word 后默认的视图方式。下面分别介绍这几种视图的主要特点和用途。

- 页面视图：页面视图用于查看文档的打印外观。在页面视图下可以实现"所见即所得"的效果，能够执行文字的输入、编辑、格式设置等操作。从屏幕上可以显示出与打印效果相同的文档，包括文档的页边距、段落组成、分栏、页眉和页脚的确切位置以及注释等。
- 阅读版式视图：阅读版式视图方式用于方便用户利用最大的空间来阅读或批注文档，提高文档的可读性。在阅读版式视图下，可以进行信息检索、查找、新建批注等操作。
- Web 版式视图：Web 版式视图用于查看网页形式的文档外观。Web 版式视图能够模仿 Web 浏览器来显示文档，使用户可看到 Web 文档在 Web 或 Internet 上发布时 Web 页的外观，可以看到给 Web 文档添加的背景。
- 大纲视图：大纲视图用于查看大纲形式的文档，并显示大纲工具。大纲视图用缩进文档标题的形式查看所有的标题以及正文。使用大纲视图方式使得查看文档的结构变得很容易，适用于查看较多层次的文档，如报告等。大纲视图中不显示页边距、页眉和页脚、背景和图片。
- 普通视图：普通视图用于查看草稿形式的文档，以便用户快速编辑文本。普通视图是显示文本格式和简化页面的视图。可以在该视图方式下输入、编辑和设置文本格式，完成大多数的文本输入和编辑工作。在普通视图方式中，可以连续地显示正文，使文档阅读起来更连贯，页与页之间用一条虚线表示分页符。缺点是只能将多栏显示成单栏格式，不能显示页边距、页眉和页脚、背景、图形对象以及没有设置为"嵌入型"环绕方式的图片。

2）"显示比例"按钮

"显示比例"按钮位于状态栏的右下角。向右拖动滑块将放大文档，向左拖动滑块将缩小文档。单击滑块左侧的百分比数将打开"显示比例"对话框，如图 3.9 所示。可以在其中指定缩放百分比。如果鼠标带有滚轮，按住 Ctrl 键，向前滚动将放大文档，向后滚动将缩小文档。另外，单击"视图"标签→"显示比例"组→"显示比例"命令也可以打开该对话框。

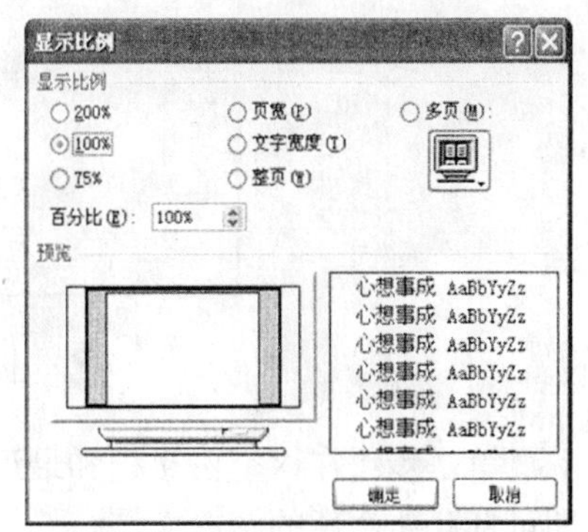

图 3.9 "显示比例"对话框

6．工作区

工作区是输入文本和编辑文本的区域，工作区中闪烁的光标叫插入点，表示当前输入文字出现的位置。

3.2 案例 1——Word 2007 文档的建立与编辑

3.2.1 案例说明

1．任务

创建文件名为"学生会纳新启事"的 Word 文档。

2．目的

（1）掌握文档的创建、保存与打开的操作方法。

（2）掌握文档的基本编辑操作，包括录入、修改、删除、复制、移动等操作。

3.2.2 操作步骤

1．新建 Word 文档

方法一：在启动 Word 2007 时，Word 会自动创建一个空白文档，并在标题栏显示“文档 1-Microsoft Word”。此时可以在文本编辑区直接输入文字，进行编辑和排版。

方法二：在 Word 工作窗口内，用户还可以使用 Office 按钮新建文档。

第 1 步：单击 Office 按钮→“新建”菜单命令，将出现如图 3.10 所示的“新建文档”对话框。

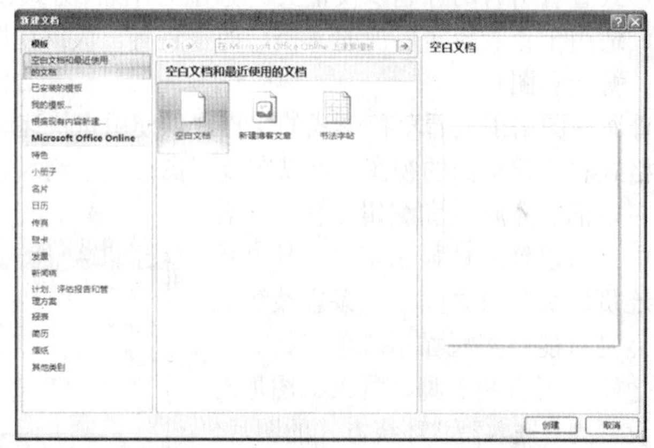

图 3.10 “新建文档”对话框

第 2 步：在“空白文档和最近使用的文档”中选择“空白文档”，单击“创建”按钮，即可打开一个新的空白文档。

2．输入“学生会纳新启事”的文字内容

在新建文档窗口工作区内，用户可以输入需要的文本内容。

第 1 步：打开输入法。输入文本时，英文字符直接从键盘输入，输入中文时可以按 Ctrl+空格键进行中英文切换，或单击任务栏右侧的输入法指示器选择相应的输入法。

第 2 步：输入文本。参照图 3.11，输入其中的全部内容。

首先输入“学生会招聘启事”，再按 Enter 键换行，然后依次输入其他的内容。输入文本时，光标会自动后移，同时输入的文本会显示在屏幕上。当输入文本占满一行后，Word 会自动换行，当输入满一屏时，光标会自动下移。当输入完一段时，应按 Enter 键，表示段落结束。

段落以段落标记作为结束符。在录入时，每按一次 Enter 键就形成一个段落，并产生一个段落标记。段落标记表示上一个段落的结束，下一个新段落的开始。为了便于排版，各行结尾处不要按 Enter 键，只有开始一个新的段落时才可以使用 Enter 键换行。另外，扩大字符间距或对齐文本时不要用空格键，而是用后面将要讲到的字符间距、制表符、缩进等排版方式进行处理。

学生会招聘启事
吉林财经大学校学生会秘书部
为了适应学生成长成才需要，给广大同学提供展示自我、锻炼自我、体现自我价值的舞台，校学生会决定近期对各个部门成员进行公开招聘，我们期待着你的加盟，学生会因为你们的加入而有更加旺盛的生命力，你们的热情，你们的力量，都会是学生会新的力量源泉！
让我们一起携手共进，共创未来……
学生会是以学生为中心，积极开展有益于学生身心健康的各项活动、让学生在学习之余享受校园生活的乐趣。我们宗旨是为学生服务，充当好学生与老师、学生与学生之间相互沟通的桥梁，把校园生活变得缤纷多彩！
招聘部门
学习部、文艺部、生活部、体育部、宣传部、秘书部
招聘条件
能坚持正确的政治方向，有良好的思想道德修养。
有较强的工作责任心和团结协作精神。
学习成绩良好，学有余力，且热心学生会工作，组织管理能力强。
能在工作、学习、生活方面起到模范带头作用，积极创造良好的工作作风。
填写个人简历表并于 9 月 28 日前上交秘书部

图 3.11 “学生会纳新启事”的初始内容

鼠标在文字区域移动时，指针变成“I”形，其作用是可以快速定位插入点，使输入的文字出现在指定的插入位置。如果出现错误时，将光标定位到错误处，按 Del 键可以删除光标右侧的字符，按 Backspace 键可以删除光标左侧的字符。

3．插入符号

插入特殊的标点符号或其他各种符号的具体操作步骤介绍如下。

第 1 步：将光标定位到文档的最后一行前。

第 2 步：单击“插入”选项卡→“符号”组→“符号”按钮，弹出如图 3.12 所示的常用符号列表（如果其中已含有需要插入的符号，直接单击即可将其插入到文档中）。

第 3 步：单击常用符号列表下方的“其他符号”命令，将会弹出如图 3.13 所示的“符号”对话框。

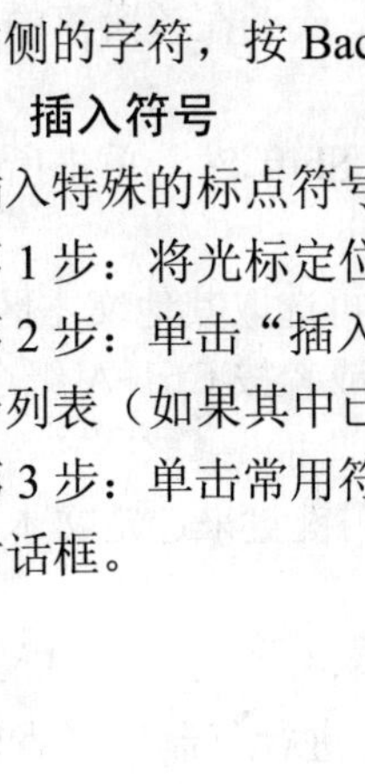

图 3.12 常用符号列表

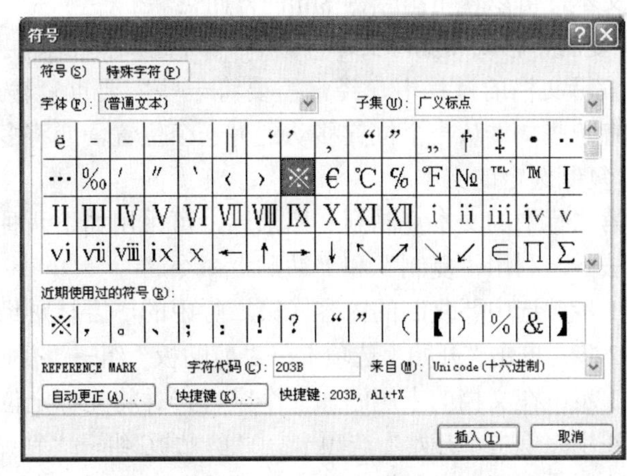

图 3.13 “符号”对话框

第 4 步：在“字体”下拉列表框中选择“普通文本”，在“子集”下拉列表框中选择“广义标点”，从对应的符号集中选定要插入的符号“※”。

第 5 步：单击“插入”按钮,便可将选定的符号插入到最后一行前。

4. 文本的选定方法

在对文字或段落进行编辑排版操作之前，先要将其选定。选定是为了使对一些特定的文字或段落进行操作而不会影响文章的其他部分。选定最常用的方法是：把光标定位在所需选定的文本或段落的起始位置，按住鼠标左键拖曳到结束位置然后释放鼠标，这时选定的文本会以蓝底黑字显示。另外还有几种选定文本的方法。

- 选定一行文本：在工作区左边有一个文本选定区，在文本选定区，鼠标的指针会改变形状，由“↖”变为“↗”，这时可以选定整行、整段或整篇文档。将鼠标移到某行的文本选定区，单击即可选定该行。
- 选定多行文本：将鼠标移到首行或末行的文本选定区，按住鼠标左键向上或向下拖动鼠标即可。
- 选定垂直的文本块：将鼠标指针移到要选定文本块的左上角，按住 Alt 键并拖动鼠标，鼠标经过的文本块将被选定。
- 选定词或词组：将鼠标指针移动到词或词组的任何地方，双击鼠标就可以选定词或词组。
- 选定一个句子：按住 Ctrl 键，然后在该句子的任何位置单击。
- 选定一个段落：将鼠标移到该段落左侧的文本选定区双击，或者在该段落的任何位置三击。
- 选定多段连续的文本：单击所选内容的开始处，然后按住 Shift 键，单击所选内容的结尾处。
- 选定不连续文本：先选取一个文本区域，然后按住 Ctrl 键再选取其他文本区域。
- 选定整篇文档：将鼠标指针移到左侧的文本选定区三击，或者按 Ctrl+A 组合键。
- 要取消文本块的选定，只需在选定的文本块内或块外单击即可。

当用户使用鼠标不是很熟练，或是鼠标出现故障时，也可以用键盘来选定文本。用键盘选定文本，可以使用组合键 Shift+方向键。

5. 复制、移动和删除文本

在编辑文档的过程中，经常需要将一些需要重复输入的文本进行复制以节省输入时间，或将一些文本从一个位置移动到另一个位置，或将多余的文本删除。

1）复制选定的文本

将第二行中的文本复制到文档末尾，可采用如下两种方法。

方法一：利用“复制”和“粘贴”命令。

第 1 步：选中要复制的内容（第二行中的“吉林财经大学校学生会秘书部”）。

第 2 步：单击“开始”选项卡→“剪贴板”组→“复制”按钮或直接按 Ctrl+C 组合键。

第 3 步：在文档的末尾添加一个空行，并将光标定位在该行上。

第 4 步：单击“开始”选项卡→“剪贴板”组→“粘贴”按钮或直接按 Ctrl+V 组合键。

方法二：利用 Word 提供的拖放功能实现复制。

第 1 步：先在文档的末尾添加一个空行。

第 2 步：选中要复制的内容（第二行中的“吉林财经大学校学生会秘书部”）。

第 3 步：将鼠标指向选定的文本区，按下鼠标键，再按住 Ctrl 键，将出现鼠标指针符号，拖动鼠标到文档末尾的空行处，松开鼠标按键即可。

说明：拖动鼠标过程中，会有一虚点竖线“ ┆ ”标志，指示着选定文本被复制后将要插入的位置。

注意：有时我们只需要复制一定形式的文本，而不需要复制全部的时候，可以利用“选择性粘贴”功能。操作方法为选定文本，利用“复制”命令对其复制，再单击“剪贴板”组中“粘贴”按钮下面的箭头，将会出现如图 3.14 所示的下拉列表，单击其中的“选择性粘贴”命令，会出现如图 3.15 所示的“选择性粘贴”对话框，选择所要粘贴的形式，单击“确定”按钮即可。

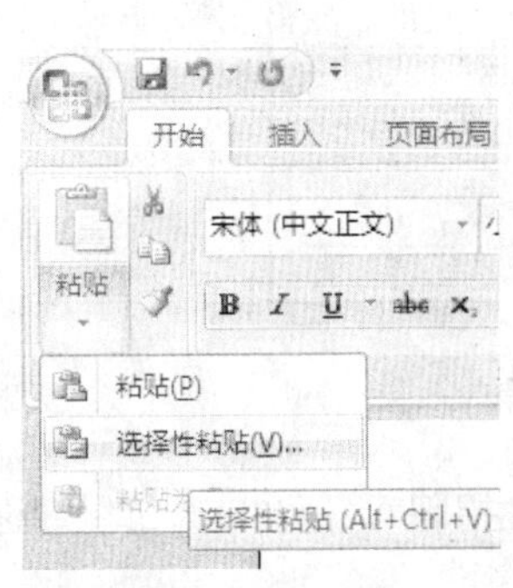

图 3.14 “粘贴”选项图

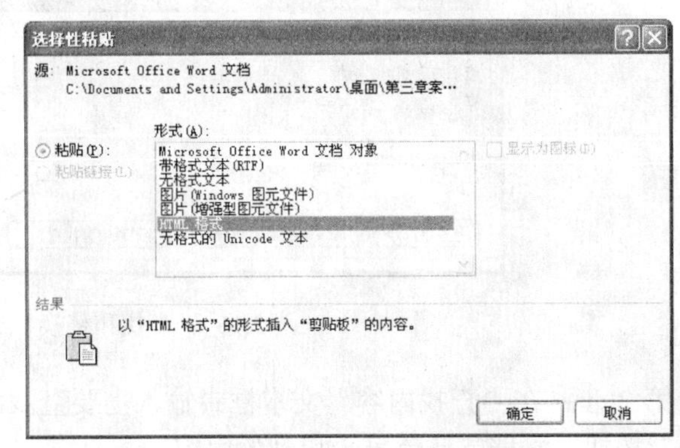

图 3.15 “选择性粘贴”对话框

2）移动选定的文本

移动选定的文本可采用如下两种方法。

方法一：利用“剪切”和“粘贴”命令。

第 1 步：选中第五段中的全部内容（“学生会是以学生为中心……缤纷多彩！”）。

第 2 步：单击“开始”选项卡→“剪贴板”组→“剪切”按钮或直接按 Ctrl+X 组合键。

第 3 步：将插入点定位到第二段的前面。

第 4 步：单击“开始”选项卡→“剪贴板”组→“粘贴”按钮或直接按 Ctrl+V 组合键。

方法二：利用 Office 系统的拖放功能。

第 1 步：选中第六、七段中的全部内容（“招聘部门……秘书部”）。

第 2 步：将鼠标指针移入被选定的文本区，按下左键不放，当出现鼠标指针符号时，直接拖动鼠标到目标位置（最后一行的前面），松开鼠标即可。

3）删除选定的文本

第 1 步：选中要删除的内容（文档中的第二行）。

第 2 步：按 Del 键或 Backspace 键，也可单击“开始”选项卡→“剪贴板”组→“剪切”按钮。

说明：“剪切”操作将把选定的文本写入剪贴板，可以通过“粘贴”命令将剪切掉的文本显示到光标显示的位置。要恢复被删除的文本，可单击快速访问工具栏中的“撤销”按钮。

6．查找与替换

在文档的编辑过程中，有时会出现由于输入习惯而造成的错误或开始没有意识到的错误，而且这种错误不止一处。如果文章很长，要找到并改正这些错误的文字是非常困难的。此时可借助 Word 2007 提供的强大的查找和替换功能，既可以查找和替换文本、指定格式 、特殊标记（如制表符、段落标记等），也可以查找和替换单词的各种形式（如在用 build 替换 make 的同时，也可以用 built 替换 made），还可以使用通配符简化查找。

操作步骤介绍如下。

第 1 步：单击“开始”选项卡→“编辑”组→“查找”按钮查找，打开如图 3.16 所示的对话框。

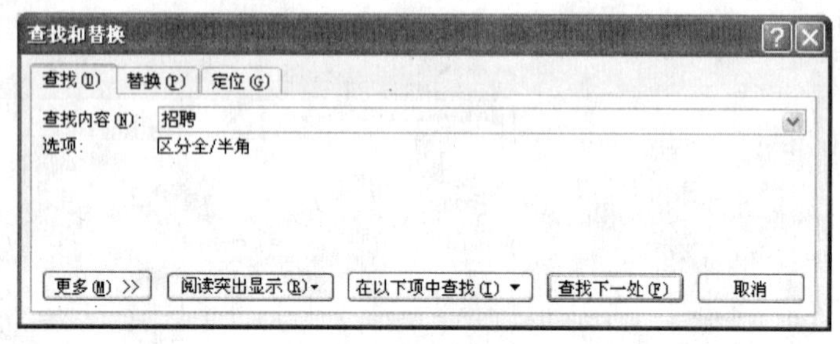

图 3.16 “查找和替换”选项卡

第 2 步：在“查找内容”文本框中输入需要查找的内容“招聘”，每单击一次“查找下一处”按钮，文档就反色显示找到的内容。

第 3 步：在“查找和替换”对话框中打开“替换”选项卡，如图 3.17 所示。

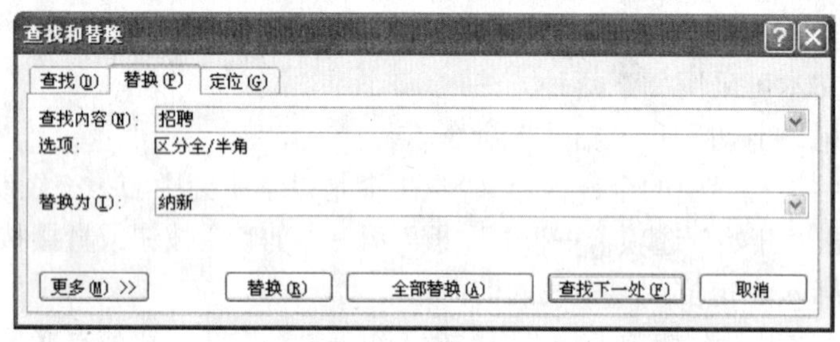

图 3.17 “替换”选项卡

第 4 步：在“替换为”文本框中输入要替换成的内容“纳新”。

第 5 步：单击“全部替换”按钮，将文中所有的“招聘”全部替换成“纳新”。

第 6 步：单击“确定”按钮，关闭“查找和替换”对话框。

提示：若要替换找到的内容，则单击“替换”按钮，此时只替换当前一处，可继续往下查找要替换的下一处内容；若单击“查找下一处”按钮，将不替换当前查找到的内容，而是直接查找下一处要查找的内容。

7. 文档的保存

对输入的文档内容进行编辑和排版后，要将其保存在磁盘上，便于以后查阅文档或对文档进行编辑等操作。保存文档的操作步骤如下。

第 1 步：单击“快速访问工具栏”中的“保存”按钮或单击 Office 按钮中的“保存”命令，打开“另存为”对话框，如图 3.18 所示。

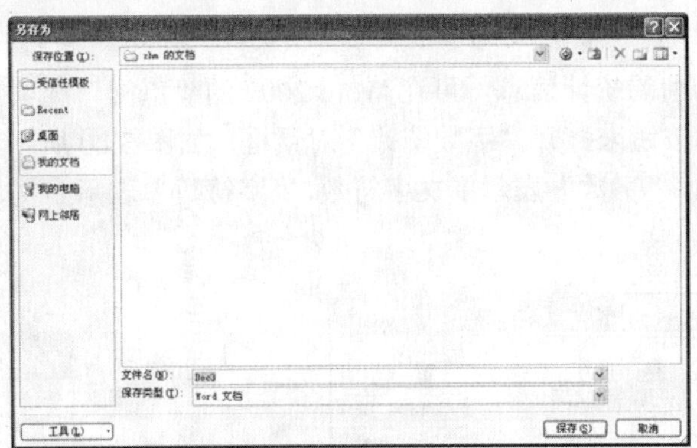

图 3.18 “另存为”对话框

第 2 步：系统默认的保存位置为“我的文档”，如果要改变保存位置，可以在“保存位置”下拉列表框中选择合适的位置，在“文件名”文本框中输入能表明文件主题的文件名“学生会纳新启事”，默认的 Word 文档的扩展名为.docx。

第 3 步：单击“保存”按钮。

如果在退出时没有保存，系统会提示是否进行保存。

注意：对于已有文档，如果要以另一个不同的名称重新保存，可选择 Office 按钮中的“另存为”命令，这时弹出与图 3.18 相同的对话框，在“文件名”后输入新的文件名，单击“保存”按钮即可。也可以在“另存为”对话框的“保存类型”中选择“Word 97-2003 文档”，这样就可以在早期的版本中打开此文档，但依赖于 Office Word 2007 中的新增功能的格式和布局在早期版本的 Word 中将不可用。

3.2.3 相关知识扩展

1. 拼写和语法检查

审核文档是 Word 的实用功能之一。在一个长文档中，通过文档审核可以快速地检查文档中的错误，但这项检查并不能完全代替人工审查。

拼写和语法是文档编辑中经常会发生的错误。如果文档中发生了这类错误，Word 会以绿色或红色波浪线将其标识出来，当然，有些时候所标记的内容也可能并没有错误，毕竟 Word 的拼写和语法检查功能有限。若要使用这项功能，可单击“审阅”选项卡中“校对”组的“拼写和语法”按钮，打开如图 3.19 所示的“拼写和语法”对话框，用户可以在该对话框内对所标记出的错误，选择如下几种处理方法，逐项加以更正或确认：

- 如果经人工判断，所标记的内容没有错误，可单击“忽略一次”按钮。
- 如果要全部忽略此类的错误，可单击“全部忽略”按钮。
- 如果要将“错误”单词保存到词典，可单击“添加到词典”按钮，这样下次检查时，此错误就会自动被忽略。
- 如果将同一错误全部更改，则可单击“全部更改”按钮。
- “自动更正”按钮用于自动更正为 Word 认为正确的内容，不建议使用。

2. 字数统计

在 Word 2007 中，字数统计的结果会直接显示在状态栏中，页数统计结果也直接显示在状态栏中。

若要获得更为详细的统计信息，可在 Word 2007 的“审阅”选项卡中，单击“校对”组中的“字数统计”按钮来打开“字数统计”对话框，如图 3.20 所示，其中的“页数”表示当前文档的总页数，“字数”表示中文字符数，“字符数”表示中文、英文两类文字字数的总计。

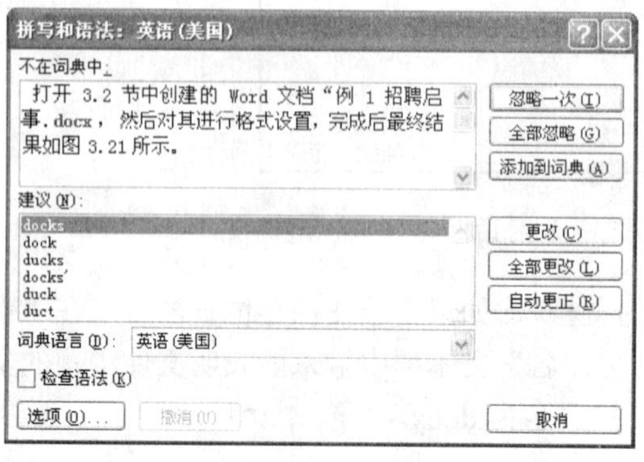

图 3.19 “拼写和语法”对话框

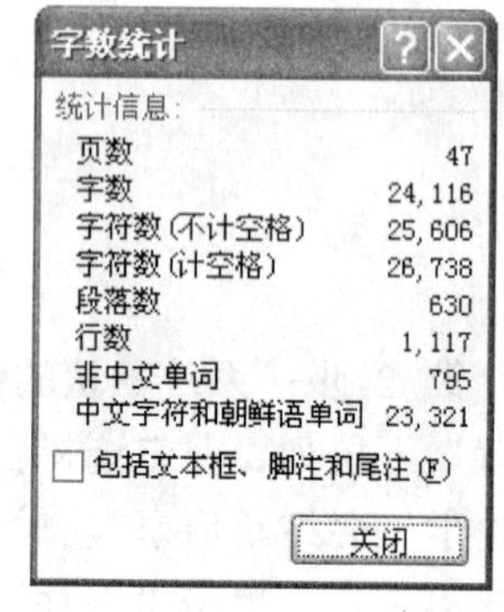

图 3.20 “字数统计”对话框

3.3 案例 2——文档的排版与打印

3.3.1 案例说明

1．任务

打开 3.2 节中创建的 Word 文档“学生会纳新启事”，然后对其进行字体、段落及页面格式设置，并查看打印预览效果。任务完成后的最终文档如图 3.21 所示。

2．目的

（1）掌握字符格式化的方法。

（2）掌握段落格式化的方法。

（3）掌握“首字下沉”和“分栏”的排版方法。

（4）掌握项目符号的设置方法。

（5）掌握页面格式和页眉页脚及页码的设置方法。

（6）掌握背景及水印的设置方法。

（7）掌握打印文档的方法。

3.3.2 操作步骤

1．打开文件“学生会纳新启事”

2．设置文字的格式

设置文字格式的基本常用方法有两种：一种是利用“开始”选项卡中的“字体”组进行设置，另一种是利用“字体”对话框进行设置。

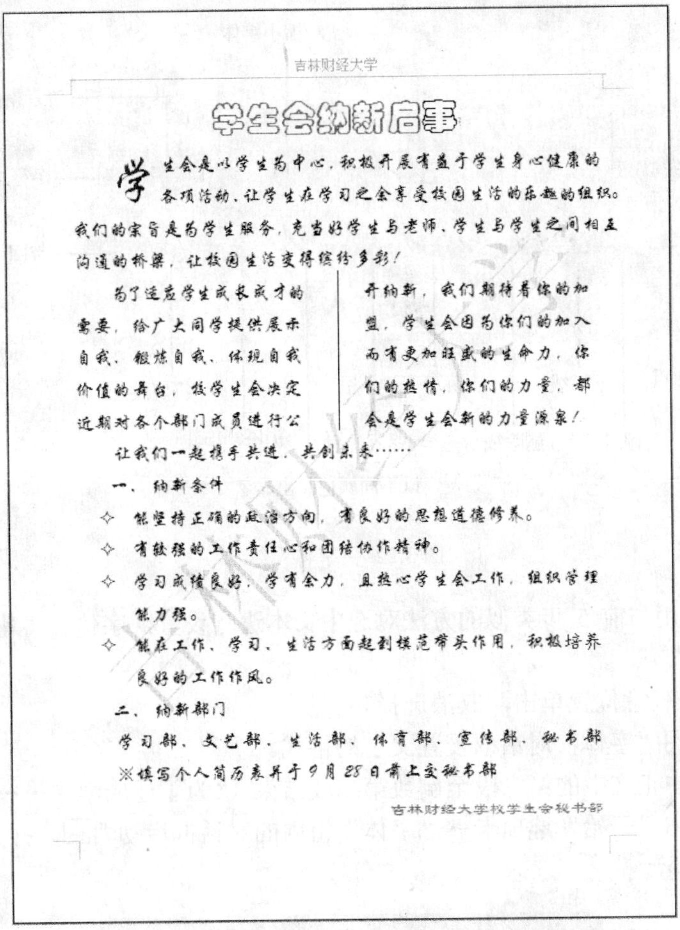

吉林财经大学

学生会纳新启事

学生会是以学生为中心，积极开展有益于学生身心健康的各项活动、让学生在学习之余享受校园生活的乐趣的组织。我们的宗旨是为学生服务，充当好学生与老师、学生与学生之间相互沟通的桥梁，让校园生活变得缤纷多彩！

为了适应学生成长成才的需要，给广大同学提供展示自我、锻炼自我、体现自我价值的舞台，校学生会决定近期对各个部门成员进行公开纳新，我们期待着你的加盟，学生会因为你们的加入而有更加旺盛的生命力，你们的热情，你们的力量，都会是学生会新的力量源泉！

让我们一起携手共进，共创未来……

一、纳新条件

✧ 能坚持正确的政治方向，有良好的思想道德修养。

✧ 有较强的工作责任心和团结协作精神。

✧ 学习成绩良好，学有余力，且热心学生会工作，组织管理能力强。

✧ 能在工作、学习、生活方面起到模范带头作用，积极培养良好的工作作风。

二、纳新部门

学习部、文艺部、生活部、体育部、宣传部、秘书部

※填写个人简历表并于9月28日前上交秘书部

吉林财经大学校学生会秘书部

图 3.21　格式化后的“学生会纳新启事”

方法一：利用“字体”组设置文字的格式。

Word 2007 窗口的功能区中“开始”选项卡内“字体”组中的命令按钮及其作用如图 3.22 所示。选定了文本后，利用“字体”组就能实现简单的字体格式设置。具体步骤是：

第 1 步：选中标题“学生会纳新启事”。

第 2 步：单击“开始”选项卡→“字体”组→“字体”命令按钮右侧的下拉箭头，选择“华文彩云”字体。

第 3 步：单击“开始”选项卡→“字体”组→“字号”命令按钮右侧的下拉箭头，选择“二号”字。

第 4 步：单击“开始”选项卡→“字体”组→“加粗”命令按钮 **B**，将标题文字加粗。

第 5 步：单击“开始”选项卡→“字体”组→“字体颜色”命令按钮 A· 右侧的下拉箭头，将字体颜色设置为红色。

第 6 步：选中最后一行文本（“吉林财经大学校学生会秘书部”）。

第 7 步：采用与前 5 步类似的方法对选中文本进行设置，字体为“隶书”，字体颜色为“蓝色”。

第 8 步：选中正文的第一段（“学生会是以学生为中心，……”）。

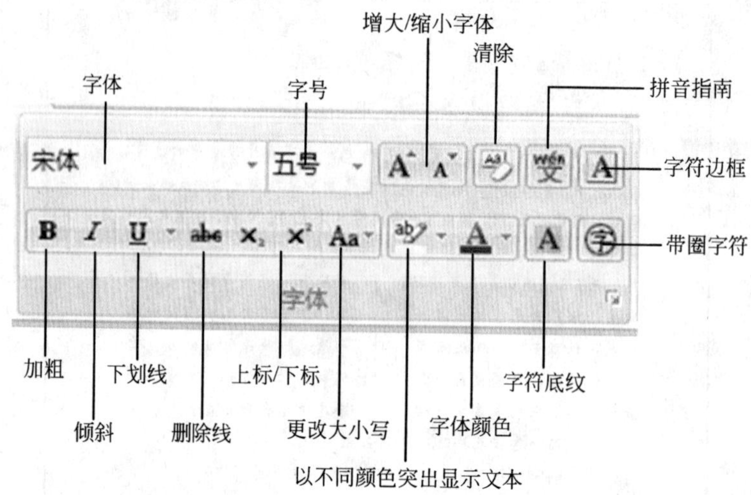

图 3.22 “字体”组

第 9 步：采用与前 5 步类似的方法对选中文本进行设置，字体为“华文行楷”，字号为“小四”。

第 10 步：在任意位置单击，取消选择。

方法二：利用“字体”对话框设置文字的格式。

第 1 步：选中正文中的第二段至倒数第二段结束（“为了适应学生……上交秘书部”）。

第 2 步：单击“开始”选项卡→“字体”组内的对话框启动器，打开“字体”对话框，如图 3.23 所示。

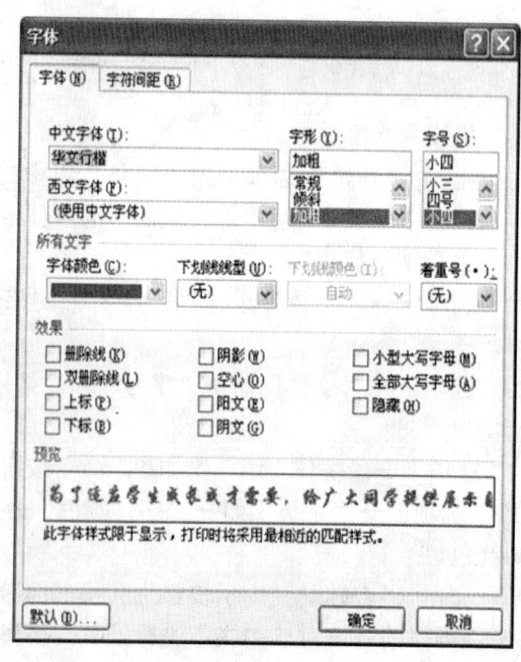

图 3.23 “字体”对话框

第 3 步：在“字体”选项卡中，在“中文字体”下面的下拉列表框中选择“华文行楷”，单击“字号”列表框右侧的滚动按钮，选择“小四”。

第 4 步：单击“确定”按钮返回。

3．设置段落的格式

段落格式化就是通过控制段落的对齐、缩进、给段落加上编号、框线、底纹、调整段落间距等来改善段落的格式。

用户可以在输入文档前设置段落格式，也可以在输入文档后，选择文档中已存在的段落并改变它的格式。Word 段落格式化时，并不需要每开始一个新段落都重新进行格式设置。当设定一个段落的格式后，新段落的格式完全和上一段相同，除非重新设置，这种格式会保持到文档结束。

1）段落的对齐方式

Word 2007 提供了 5 种对齐方式，它们分别是：两端对齐、居中对齐、右对齐、分散对齐、左对齐，一般默认为两端对齐方式。

（1）两端对齐：使段落每行的首尾对齐，如果行中字符的字体和大小不一致，将自动调整字符间距，以维持段落的两端对齐，但对未输入满的行则保持左对齐。对齐效果如图 3.24（a）所示。

（2）居中对齐：使段落的每一行距页面的左右边距的距离相同。对齐效果如图 3.24（b）所示。

（3）分散对齐：使段落中的各行文本等宽。对未输满的行平均分配字符间距，在一行中均匀分布。分散对齐方式多用于一些特殊场合，如当姓名字数不相同时就常使用分散对齐方式。对齐效果如图 3.24（c）所示。

（4）右对齐：使文本向右对齐。在信函和表格处理中很有用，如日期经常需要右对齐。对齐效果如图 3.24（d）所示。

（5）左对齐：使文本向左对齐，对齐效果与图 3.24（a）类似，只是当各行中的字符大小不一致的时候，右侧是个对齐的。

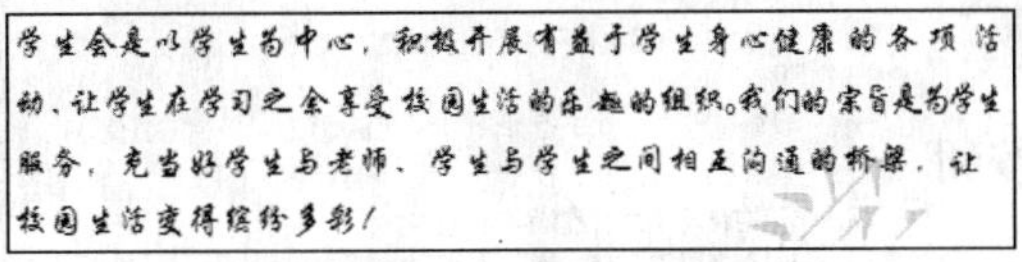

学生会是以学生为中心，积极开展有益于学生身心健康的各项活动、让学生在学习之余享受校园生活的乐趣的组织。我们的宗旨是为学生服务，充当好学生与老师、学生与学生之间相互沟通的桥梁，让校园生活变得缤纷多彩！

（a）两端对齐效果

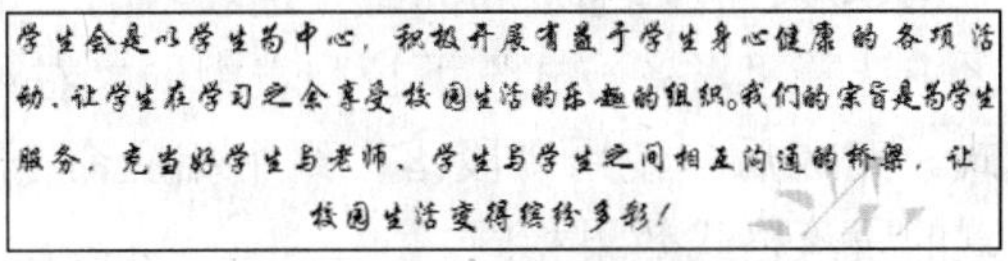

学生会是以学生为中心，积极开展有益于学生身心健康的各项活动、让学生在学习之余享受校园生活的乐趣的组织。我们的宗旨是为学生服务，充当好学生与老师、学生与学生之间相互沟通的桥梁，让校园生活变得缤纷多彩！

（b）居中对齐效果

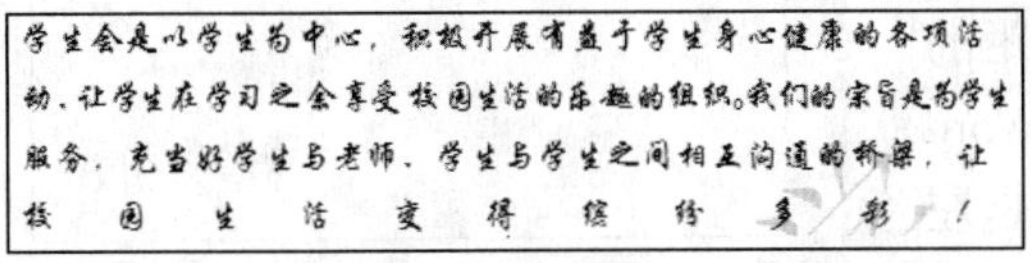

学生会是以学生为中心，积极开展有益于学生身心健康的各项活动、让学生在学习之余享受校园生活的乐趣的组织。我们的宗旨是为学生服务，充当好学生与老师、学生与学生之间相互沟通的桥梁，让校 园 生 活 变 得 缤 纷 多 彩 ！

（c）分散对齐效果

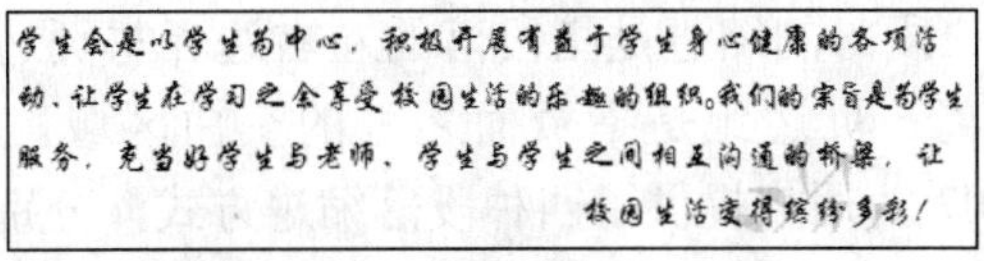

学生会是以学生为中心，积极开展有益于学生身心健康的各项活动、让学生在学习之余享受校园生活的乐趣的组织。我们的宗旨是为学生服务，充当好学生与老师、学生与学生之间相互沟通的桥梁，让校园生活变得缤纷多彩！

（d）右对齐效果

图 3.24　段落的对齐方式

如果只对一个段落进行对齐排版时，则不需要选中段落，只需将光标置于段落中，然后执行对齐命令即可。

对齐方式的设置有两种方法。

方法一：使用如图 3.25 所示的“段落”组中的相关命令按钮设置。

第 1 步：选定标题“校学生会纳新启事”，单击“开始”选项卡→“段落”组中的“居中”按钮，设置居中效果。

第 2 步：选定倒数第三段文本“学习部、文艺部、生活部、体育部、宣传部、秘书部”，单击“开始”选项卡→“段落”组中的“分散对齐”命令按钮，设置分散对齐效果。

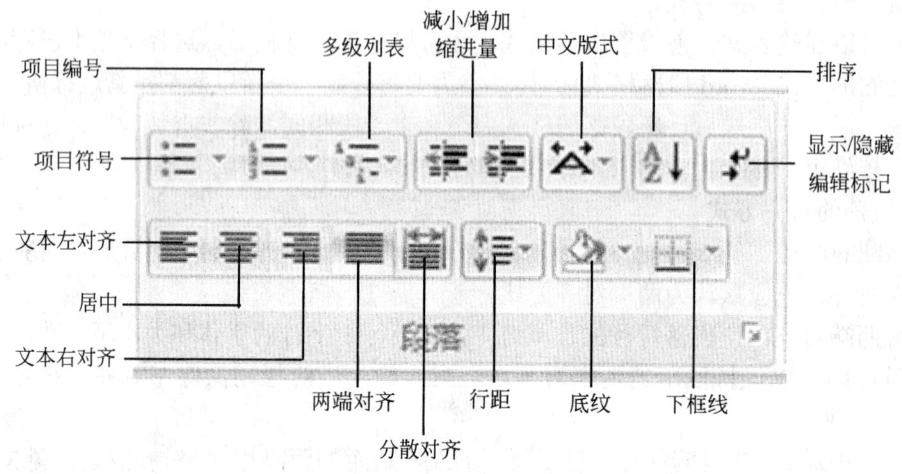

图 3.25　“段落”组

方法二：使用“段落”对话框。

第 1 步：选中最后一行文本“吉林财经大学校学生会秘书部”。

第 2 步：单击“开始”选项卡→“段落”组中的对话框启动器，打开“段落”对话框，如图 3.26 所示。

第 3 步：在“缩进和间距”选项卡的“常规”选区中选择“对齐方式”下拉列表中的“右对齐”方式。完成后与使用“段落”组中相应命令按钮设置的段落格式效果相同。

2）段落缩进方式的设置

段落的缩进是指段落的左右边界与页边距的距离。页边距是指页面之外的空白区域。Word 2007 为用户提供了四种段落缩进方式，分别是左缩进、右缩进、首行缩进和悬挂缩进。设置方法介绍如下。

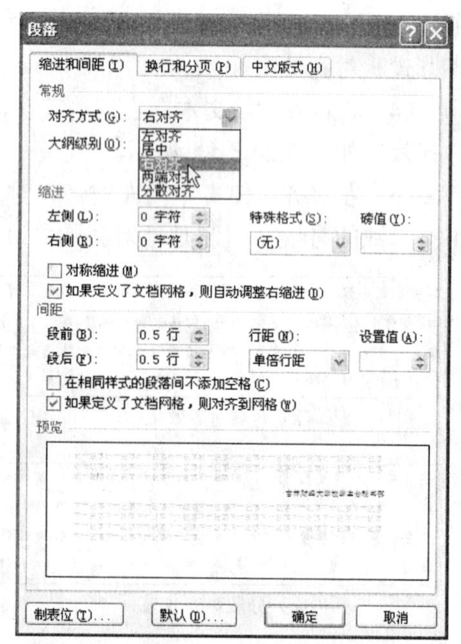

图 3.26　“段落”对话框

方法一：在标尺上拖动缩进标记。

在 Word 2007 窗口中，单击功能区中“视图”标签，在“显示/隐藏”组中单击“标尺”复选框，或者单击位于垂直滚动条上方的“标尺”按钮，即在窗口中显示标尺。标尺上的几个小滑块就是用来调整段落的缩进量的，如图 3.27 所示。

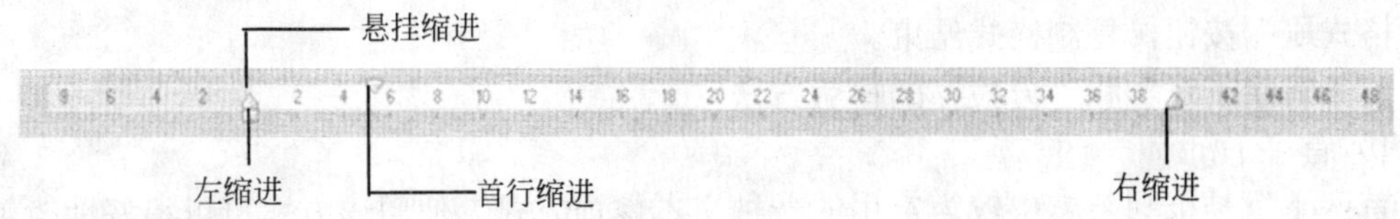

图 3.27　标尺

各滑块的功能介绍如下。

左缩进：控制段落相对于左页边距的缩进量。

首行缩进：控制段落的第一行相对于左页边距的缩进量。一般的文档都规定段落首行缩进两个字符。

悬挂缩进：控制除段落的首行以外其余各行相对于左页边距的缩进量。悬挂缩进常用于参考条目、词汇表项目、简历和项目符号及编号列表。

右缩进：控制段落相对于右页边距的缩进量。

方法二：使用“段落”对话框的“缩进和间距”选项卡精确设置缩进量。

第 1 步：选定正文的第一段至倒数第二段结束。

第 2 步：单击“开始”选项卡→“段落”组中的对话框启动器，打开“段落”对话框，如图 3.26 所示。

第 3 步：在“缩进和间距”选项卡的“缩进”选区中，在“特殊格式”下拉列表中选择“首行缩进”，将“磅值”设定为“2 字符”。

说明：*在“左侧”后边的文本框中输入的数值就是对所选段落的左缩进量的设置；在“右侧”后边的文本框中输入的数值就是对所选段落的右缩进量的设置。*

3）段落间距的设置

段落间距是指文档中的段落与段落之间的距离。设置段落间距的步骤介绍如下。

第 1 步：选定最后一行“吉林财经大学校学生会秘书部”。

第 2 步：单击“开始”选项卡→“段落”组中的对话框启动器，打开“段落”对话框，如图 3.26 所示。

第 3 步：在“缩进和间距”选项卡的“间距”选区中，在“段前”和“段后”后面选择“0.5 行”。

4）设置行距

行距是指文档内部行与行之间的垂直距离。设置行距的步骤介绍如下。

第 1 步：选中正文中的第一段至倒数第二段结束。

第 2 步：打开如图 3.26 所示的“段落”对话框。

第 3 步：在“缩进和间距”选项卡的“间距”选区中，在“行距”下拉列表框中选择“固定值”，设置为“20 磅”。

4．相关知识扩展：使用格式刷复制格式

使用“开始”选项卡“剪贴板”组中的“格式刷”命令按钮，可将一组文本的格式复制到另一组文本上，格式越复杂，效率越高。用法是：先选中需要复制格式的文本，单击“开始”选项卡→“剪贴板”组→“格式刷”按钮，此时该按钮下沉，移动鼠标，使鼠标指针指向目标文本的起始处，此时鼠标指针变成一个小刷子，按住鼠标拖曳到目标文本末尾，此时目标文本被加亮，释放鼠标，即可完成复制文本格式的工作。

若要复制格式到多处文本上，则双击“格式刷”按钮。完成全部格式复制后，再次单

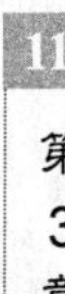

击“格式刷”按钮，复制格式结束。

5.“首字下沉”和“分栏”的排版方法

1）首字下沉

首字下沉是报刊杂志中较为常用的一种文本修饰方式，使用该方式可以很好地改善文档的外观。在 Word 2007 中，首字下沉共有两种方式，普通下沉和悬挂下沉。

操作步骤分为 3 步。

第 1 步：将光标置于正文的第一段，单击“插入”→“文本”组→“首字下沉”按钮，在弹出的菜单中单击“首字下沉选项”命令，将打开“首字下沉”对话框，如图 3.28 所示。

第 2 步：在“位置”选区中选择“下沉”，在“选项”选区中的“字体”下拉列表框中选择需要的字体，将“下沉行数（L）”调为“2”。

第 3 步：单击“确定”按钮返回。

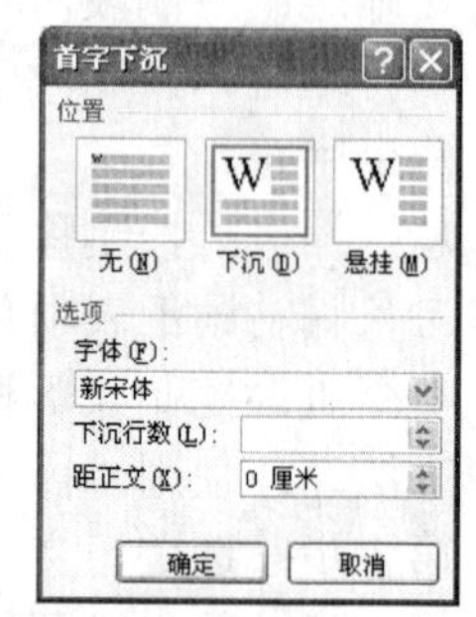

图 3.28 “首字下沉”对话框

2）分栏排版

报刊杂志的页面经常被分成多个栏目。这些栏目有等宽的，也有不等宽的，从而使得整个页面布局显得更加错落有致，更易于阅读。Word 2007 具有分栏的功能，用户可以把每一栏作为一节对待，这样就可以对每一栏单独进行格式化和版面设计。

第 1 步：选中正文中的第二段（为了适应……力量源泉！）。

第 2 步：单击“页面布局”选项卡→“页面设置”组→“分栏”按钮，在弹出的菜单中单击“更多分栏”命令，打开“分栏”对话框。

第 3 步：在“预设”选项区域中选择“两栏”选项，然后选中“分隔线”复选框。

第 4 步：单击“确定”按钮，分栏后的文档效果如图 3.21 所示。

6．项目符号的设置方法

在文档中使用项目符号和编号来组织文档，可以使文档层次分明、条例清晰、内容醒目。项目符号一般应用于突出显示文档中的某些段落，一般添加项目符号有三种方法。

方法一：快速添加项目符号

第 1 步：选中“纳新条件”下面的四行文本。

第 2 步：在“开始”选项卡→“段落”组中单击“项目符号”下拉按钮，然后在展开的项目符号库中选择指定符号“✧”即可。

方法二：自动创建项目符号

项目符号在输入时可以自动创建，具体步骤如下：

在段前先输入一种项目符号，然后再输入一个空格，此时就自动创建了项目符号。输入任何所需的文字，按下 Enter 键。这时 Word 会自动在下一段的段首也插入相同的项目符号。以后每次按下 Enter 键创建新的段落时，都会自动在下一段的段首插入一个项目符号。要结束项目符号列表时，按下 Backspace 键删除列表中的最后一个项目符号即可。

方法三：使用对话框设置项目符号

若当前的项目符号库中不存在所需的项目符号，则可以按下列步骤操作。

第 1 步：单击“开始”选项卡→“段落”组→“项目符号”下拉按钮，从下拉列表中单击“定义新项目符号”命令，打开“定义新项目符号”对话框，如图 3.29 所示。

第 2 步：单击“符号”按钮，打开“符号”对话框，如图 3.30 所示。

第 3 步：单击选中一种符号，再单击“确定”按钮返回到“定义新项目符号”对话框。

第 4 步：再次单击“确定”按钮，应用所选的项目符号。

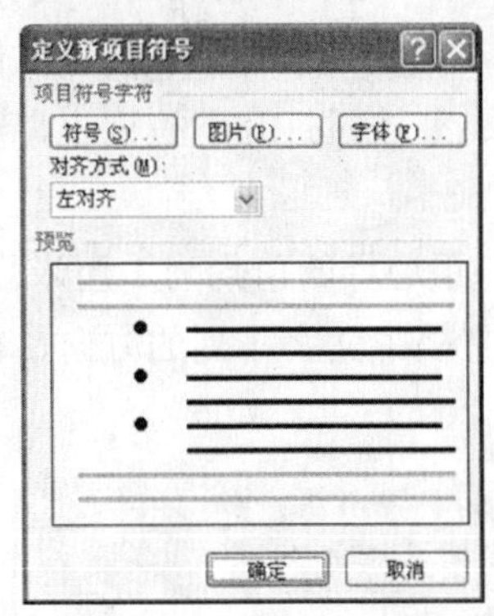

图 3.29 “定义新项目符号”对话框

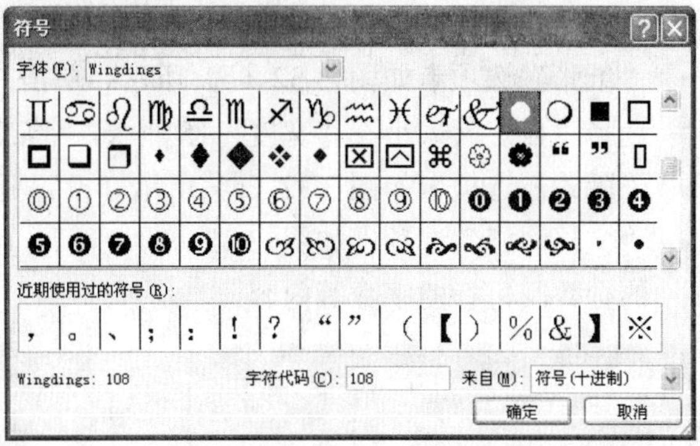

图 3.30 “符号”对话框

7. 项目编号的设置方法

项目编号是一种数字类型的连续编号。为文档中的段落添加项目编号的方法也有三种。

方法一：快速添加项目编号

第 1 步：选中要应用项目编号的“纳新条件”和“纳新部门”两行文本。

第 2 步：单击“开始”选项卡→“段落”组→“编号”下拉按钮，然后在展开的编号样式库中选择“一、”这种编号形式即可。

方法二：自动创建项目编号

项目编号的自动创建方法同项目符号的自动创建方法相同。

方法三：使用“定义新编号格式”对话框设置编号。

若编号样式库中不存在所需的项目编号，则可以单击“定义新编号格式”选项，打开“定义新编号格式”对话框，如图 3.31 所示，根据需要在“编号格式”文本框中输入想要的编号形式即可。

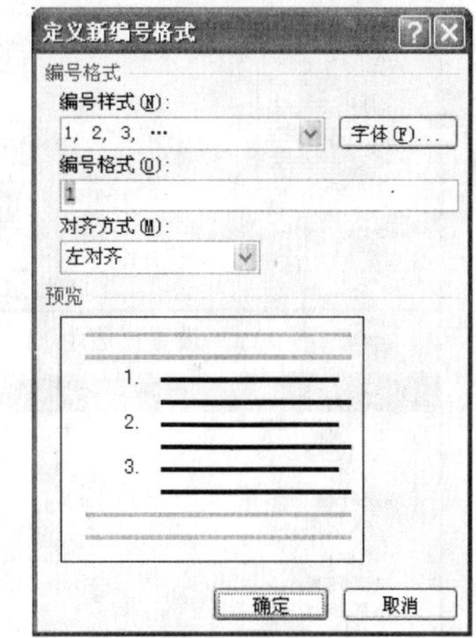

图 3.31 “定义新编号格式”对话框

8. 页面设置

页面设置的方法有两种。

方法一：单击“页面布局”选项卡→“页面设置”组内的“页边距”按钮，可在展开的下拉列表中看到可供选择的页边距类型。对于常见的一般性文档的页边距宽度，选择“普通”即可。单击所需的页边距类型时，整个文档会自动更改为用户已选定的页边距类型。如果对页边距的大小有特殊的要求，还可以单击“页边距”列表底端的“自定义边距”项进行精细设置。与此类似，单击该组内的“纸张方向”按钮可选择“横向”或“纵向”，单击“纸张大小”按钮可选择纸张的类型。

方法二：在“页面设置”对话框中设置页面布局。

单击“页面布局”选项卡→“页面设置”组中的对话框启动器，打开“页面设置”对话框，该对话框共包括如下 4 个选项卡。

- “页边距”选项卡如图 3.32（a）所示。本例是在“上”、“下”、“左”、“右”框中分别输入新的页边距值 1.8 厘米、1.8 厘米、1.5 厘米、1.5 厘米。某些文档或表格，可能需要设置横的纸张方向，以便更好地容纳内容。本案例中选择默认的“纵向”。
- “纸张”选项卡如图 3.32（b）所示。单击“纸张大小”按钮打开下拉列表，从中选择“自定义大小”：“宽度”15 厘米，“高度”20 厘米。
- “版式”选项卡如图 3.32（c）所示。设置页眉和页脚距边界的值均为 1 厘米。
- “文档网格”选项卡如图 3.32（d）所示。用于设置文档中文字排列的方向、每页的行数及每行的字数等内容。

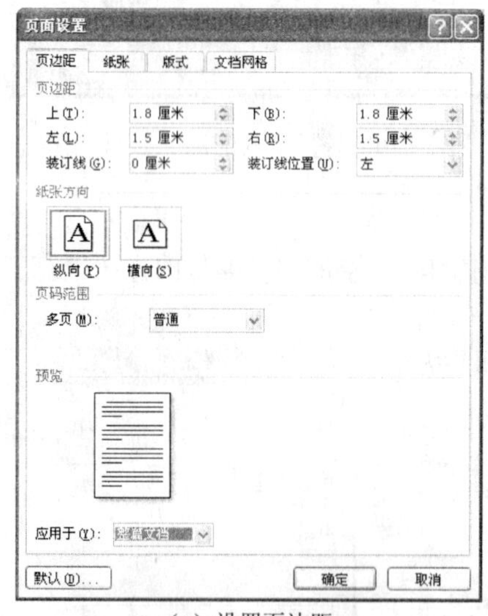

（a）设置页边距

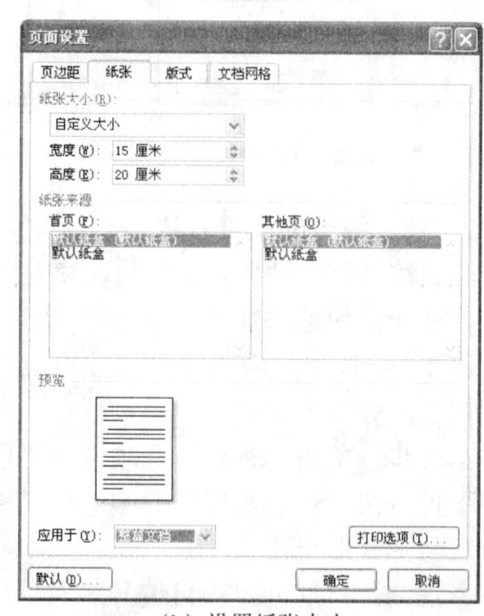

（b）设置纸张大小

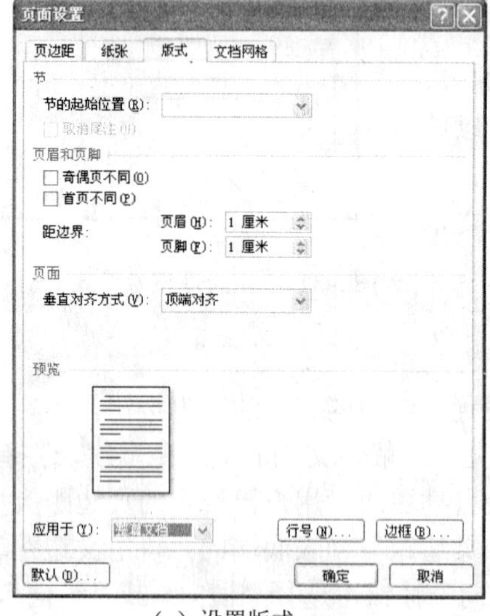

（c）设置版式

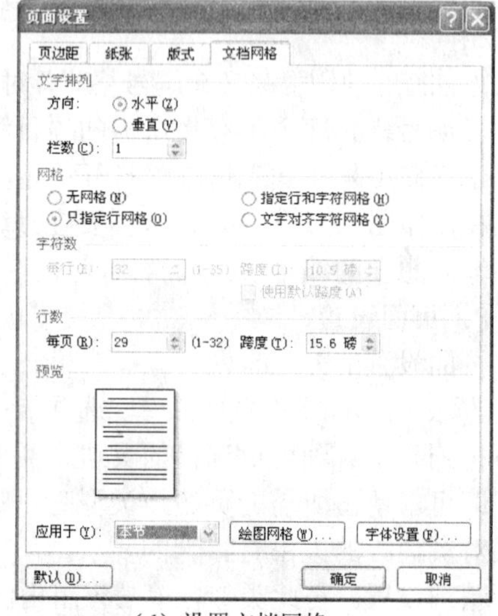

（d）设置文档网格

图 3.32 “页面设置”对话框

9．设置页眉、页脚和页码

1）添加页眉或页脚

页眉和页脚通常用于显示文档的附加信息，如页码、日期、作者名称、单位名称、徽标或章节名称等。其中，页眉位于页面顶部，页脚位于页面底部。Word 2007 可以为文档的每一页建立相同的页眉页脚，也可以交替更换页眉和页脚，即在奇数页和偶数页上建立不同的页眉和页脚。设置页眉的方法如下。

第 1 步：单击“插入”选项卡→“页眉和页脚”组（见图 3.33）→“页眉”按钮，在弹出的快捷菜单中单击“编辑页眉”命令，激活页眉，即可进行输入文本、插入图形对象、设计边框和底纹等操作，同时打开“页眉和页脚工具”的“设计”选项卡，如图 3.34 所示。在“选项”组中，可以单击“首页不同”和“奇偶页不同”复选框进行控制。

页眉
页脚
页码
页眉和页脚

图 3.33 页眉和页脚组

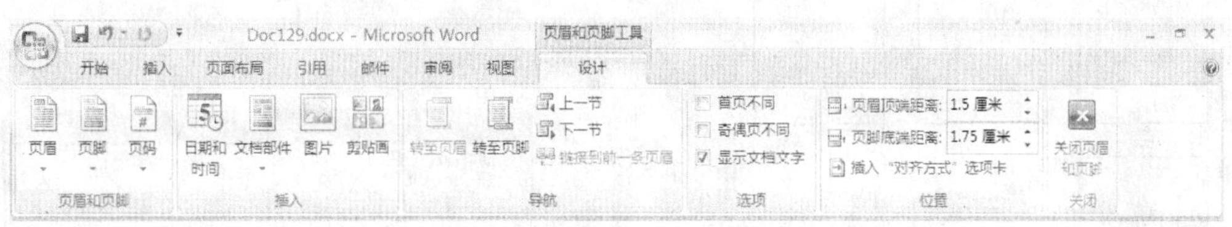

图 3.34 “页眉和页脚工具”的设计选项卡

第 2 步：输入页眉文本“吉林财经大学”。

第 3 步：单击“页眉和页脚工具”→“设计”选项卡→“关闭页眉和页脚”按钮返回。

页脚的设置方法与此类似，不再赘述。

注意：*在添加页眉和页脚时，必须先切换到页面视图方式，只有在页面视图和打印预览视图方式下才能看到页眉和页脚的效果。*

2）添加页码

页码是为文档每页所编的号码，便于用户阅读和查找。页码一般添加在页眉或页脚中，也可以添加在其他地方。插入页码的一般方法如下。

第 1 步：单击“插入”选项卡→“页眉和页脚”组→“页码”按钮，在弹出的下拉菜单中单击“设置页码格式”命令，打开如图 3.35 所示的“页码格式”对话框。

第 2 步：在对话框的“编号格式”下拉列表框中选择页码格式为“1，2，3，…”。

另外，还可以在该对话框选中“包含章节号”复选框，可以在添加的页码中包含章节号；在“页码编排”选项区域中，还可以重新设置页码的起始值。

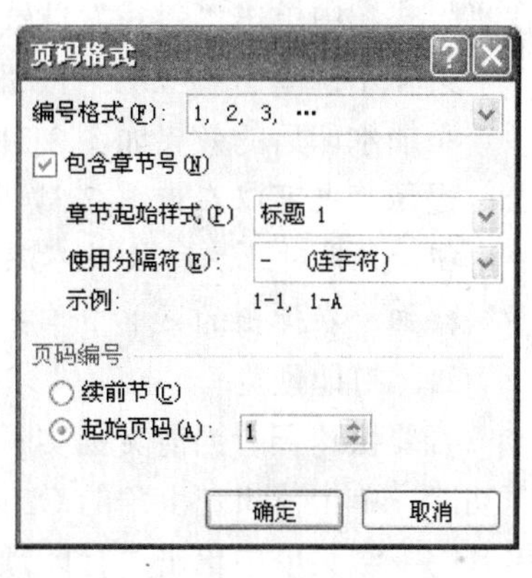

图 3.35 “页码格式”对话框

第 3 步：单击“确定”按钮返回。

10．设置水印效果

水印是指印在页面上的一种半透明的图片。水印可以是一幅画、一个图表或一种艺术字体。当用户在页面上创建水印后，它在页面上以灰色或半透明色显示，成为正文的背景，从而起到美化文档的作用。在 Word 2007 中，不仅可以从水印文本库中插入预先设计好的水印，也可以插入一个自定义的水印。自定义的水印通常用在页眉或页脚中，用于显示固定的文字或图形，当然也可以出现在页面的其他任何位置。

插入水印步骤如下。

第 1 步：单击“页面布局”选项卡→“页面背景”组→“水印”按钮，打开水印样式列表，如图 3.36 所示。

第 2 步：单击水印样式列表下方的“自定义水印”命令，打开“水印”对话框，如图 3.37 所示。

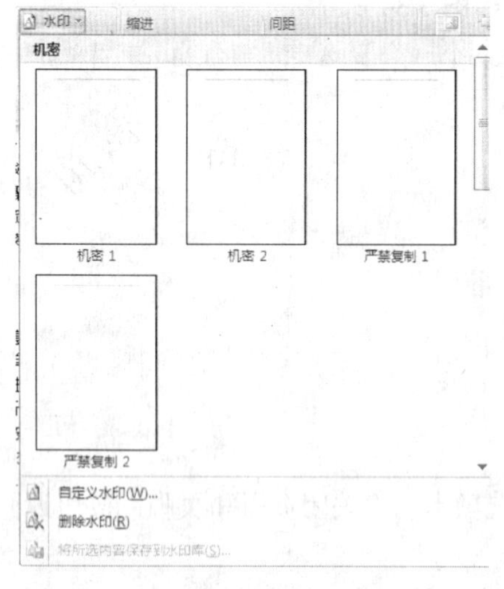

图 3.36　在文档中添加水印图

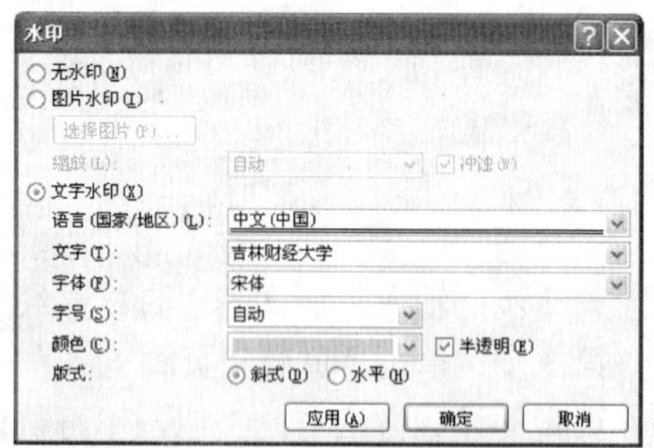

图 3.37　在文档中添加自定义水印

第 3 步：单击“文字水印”单选按钮，在“文字”下拉列表框中输入“吉林财经大学”，在“版式”中单击“斜式”单选按钮。

第 4 步：单击“应用”按钮，将水印添加到文档中，然后单击“确定”按钮返回。

添加水印后的效果如图 3.21 所示。

提示：也可以在如图 3.37 所示的“水印”对话框中单击“图片水印”，为文档添加图片水印。如果对此水印效果不满意，可以单击“页面布局”选项卡→“页面背景”组→“水印”按钮，在弹出的菜单中单击“删除水印”命令，删除水印效果。

11．打印预览

若要快速查看当前文档实际打印时的版面布局效果，可使用 Word 2007 提供的打印预览功能。单击窗口左上角的 Office 按钮，将鼠标指针指向下拉菜单中的“打印”命令，在展开的下级菜单中单击“打印预览”命令，即可看到预览的效果。

12．打印文档

打印文档分为 3 步。

第 1 步：单击窗口左上角的 Office 按钮，在弹出的下拉菜单中单击“打印”命令，打开“打印”对话框。

第 2 步：在“打印”对话框中指定要打印的“页码范围”和“份数”。

第 3 步：单击“确定”按钮开始打印。

3.4 案例 3——表格的建立与编辑

3.4.1 案例说明

1．任务

创建文件名为“个人简历表”的 Word 文档，具体内容如图 3.38 所示。

姓名		性别		照片
出生日期				
联系电话				
电子邮箱				
曾担任过的职务				

图 3.38　个人简历表的设计结果

2．目的

（1）掌握建立表格的方法。

（2）掌握已选表格的编辑对象、插入或删除单元格、行、列和表格、拆分及合并单元格的操作方法。

（3）掌握设置行高、列宽、对齐方式、边框和底纹的操作方法。

（4）掌握表格处理与表格其他编辑相关的内容。

3.4.2 操作步骤

首先创建一个文件名为“个人简历表”的 Word 文件，并在其中创建和编辑表格，具体步骤如下。

1．创建表格

Word 中可以使用鼠标拖曳、菜单命令或手工绘制的方法创建表格。

方法一：鼠标拖曳法

第 1 步：将光标定位到要创建表格的位置。

第 2 步：单击“插入”选项卡→“表格”组→“表格”命令，按住鼠标左键并拖曳指针，拉出一个表格。

第 3 步：当列和行为 3 列 4 行时，释放鼠标左键，一个空白表格就插入到文档中。

方法二：使用“插入表格”命令创建表格

第 1 步：将光标定位到要创建表格的位置。

第 2 步：单击“插入”选项卡→“表格”组→“表格”→“插入表格”命令，打开如图 3.39 所示的“插入表格”对话框。

第 3 步：在对话框中输入列数为“3”和行数为“4”。单击“确定”按钮。

提示：在“插入表格”对话框中，“自动调整操作”栏提供了 3 个选项，分别为“固定列宽”、“根据窗口调整表格”和“根据内容调整表格”，用来确定插入表格的列宽设置。

方法三：绘制表格

对一些较复杂的表格可以采用手工绘制方法，手工绘制表格分为 3 步。

第 1 步：将光标定位到要创建表格的位置。

第 2 步：单击“插入”选项卡→“表格”组→“表格”→“绘制表格”命令，鼠标指针变为笔形。

第 3 步：先用鼠标指针从表格的一角拖曳至其对角画出外框，然后再绘制各行各列。

如果要去掉某条框线，单击“表格工具”→“设计”→“绘图边框”→“擦除”按钮，鼠标指针变为橡皮擦形，将其移到要擦除的框线上单击即可。“绘图边框”组上，各个命令按钮的作用如图 3.40 所示。

图 3.39 “插入表格”对话框

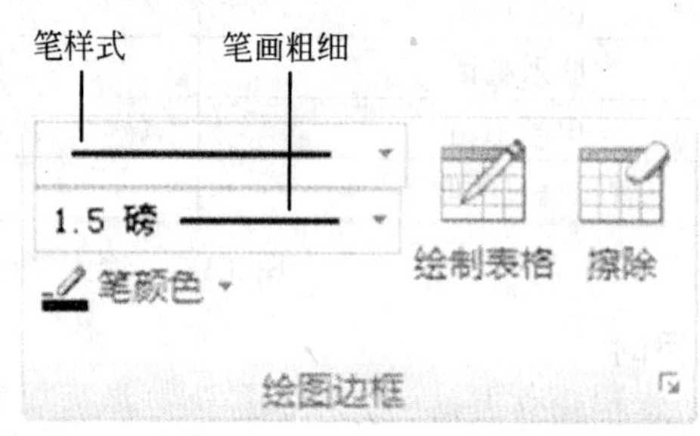

图 3.40 “绘图边框”组

方法四：快速表格

可以使用表格模板插入基于一组预先设好格式的表格。表格模板包含示例数据，可以帮助您想象添加数据后表格的外观。

第 1 步：将光标定位到要插入表格的位置。

第 2 步：单击“插入”选项卡→“表格”组→“表格”→“快速表格”命令，展开如图 3.41 所示的内置样式列表。

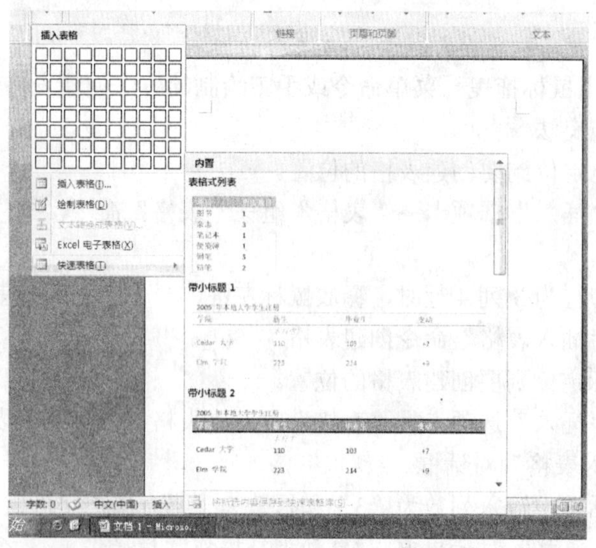

图 3.41 “快速表格”对话框

第 3 步：单击需要的表格样式。

第 4 步：用所需数据替代模板中的数据。

可以按照以上任何一种方法创建一个包含 3 列 4 行的基本表格。

2．选定表格编辑对象

如前所述，在对一个对象进行操作之前必须先将它选定，表格也是如此。选定表格编辑对象的方法有：使用鼠标及使用命令。

使用“选择”命令选定单元格、行、列或整个表格的步骤如下。

第 1 步：将光标定位到表格内的任意位置。

第 2 步：单击“表格工具”→“布局”选项卡→“表”组→“选择”按钮。

第 3 步：在级联菜单中根据需要单击“单元格”、“行”、“列”或“表格”命令即可。

使用鼠标选择表格编辑对象的方法如表 3.1 所示。

表 3.1　用鼠标选择表格中的编辑对象

选定区域	鼠标操作
一个单元格	单击单元格左边框
整行	单击该行的左侧
整列	单击该列顶端边框
整个表格	单击移动控制点
多个相邻的单元格	Shift+单击或按住左键拖过单元格
多个不相邻的单元格	Ctrl+单击

提示：在 Word 中，选定单元格中的内容和选定单元格是有区别的。如果选定的不是单元格而是单元格中的内容，那么所实施的操作将只对单元格中的内容有效。要选定单元格中的内容，只需要用鼠标拖过整个正文即可。要选定单元格，应该同时选定单元格结束标记。

3．合并单元格

合并单元格就是将一组相邻的同行、同列或多行多列内的多个单元格合并为一个单元格。

使用“表格工具”中的命令合并单元格的操作步骤如下。

第 1 步：选定第 4 行第 2、3 列 2 个单元格。

第 2 步：单击“表格工具”→“布局”选项卡→“合并”组→“合并单元格”按钮，或者在右键快捷菜单中单击“合并单元格”命令，这时选中的多个单元格即合并为一个单元格。

第 3 步：选定第 3 列的第 1、2、3 行共 3 个单元格，合并为一个单元格。

提示：此外，还可以通过单击“表格工具”→“设计”选项卡→“绘图边框”组→“擦除”命令，再单击要删除的框线实现合并单元格的操作。

4．拆分单元格

拆分单元格是将表格中的一个单元格拆分成多个单元格。

使用“表格工具”中的命令拆分单元格的操作步骤如下。

第 1 步：选定要拆分的单元格，即第 1 行第 1 列的单元格。

第 2 步：单击“表格工具”→“布局”选项卡→“合并”组→“拆分单元格”按钮，弹出“拆分单元格”对话框，如图 3.42 所示。

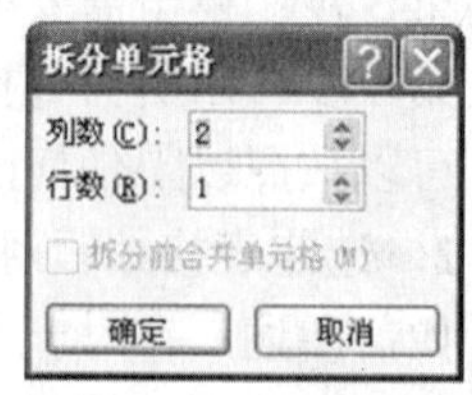

图 3.42 “拆分单元格”对话框

第 3 步：在对话框的“列数”框中输入要拆分的列数为“2”，“行数”框中输入要拆分的行数为“1”。

提示：如果选定了多个单元格，“拆分前合并单元格”复选框将处于可选状态，根据实际需要确定是否选定此项。

第 4 步：单击“确定”按钮即可完成拆分。

第 5 步：用同样的方法完成对第 1 行第 2 列的单元格的拆分。

说明：采用同样的步骤，选定要拆分的单元格后，还可以使用右键弹出的快捷菜单中的“拆分单元格”命令完成拆分。此外，使用“表格工具”→“设计”选项卡→“绘图边框”组→“绘制表格”按钮，在要拆分的单元格内添加框线也可以实现拆分单元格的效果。

5. 插入单元格、行或列

如果要在表格中插入新行，可以采用以下两种方法来完成。

- 方法一

第 1 步：在表格中选定最后一行。

第 2 步：单击“表格工具”→“布局”选项卡→“行和列”组→“在下方插入”按钮，即可在选定行的下方增加一个新行。

说明：在“表格工具”→“布局”选项卡→“行和列”组中还有“在上方插入”、“在左侧插入”和“在右侧插入”等命令，用于选择插入对象的不同位置。其中“在左侧插入”和“在右侧插入”用于在表格中插入列的操作。

- 方法二

第 1 步：在表格中选定最后一行。

第 2 步：单击“表格工具”→“布局”选项卡→“行和列”组中的对话框启动器，打开如图 3.43 所示的“插入单元格”对话框。

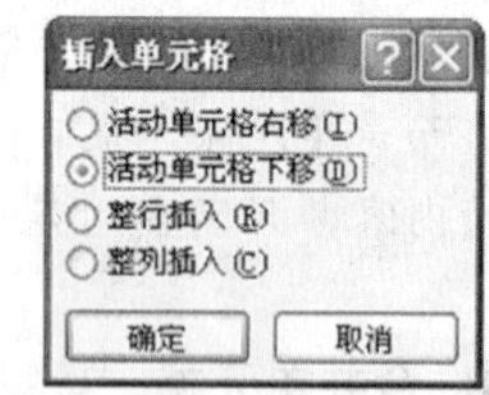

图 3.43 “插入单元格”对话框

第 3 步：在该对话框中选中单击“整行插入”单选按钮并单击“确定”按钮，即可在当前行的上方插入一个新行。

提示：当插入单元格或列时，只是在第一步中需根据插入对象的不同，在表格中选定不同的操作对象，其余操作与插入行的操作类似，在此不再赘述。

6. 删除单元格、行或列

删除表格中最后一行的操作步骤如下。

第 1 步：选定要删除的最后一行。

第 2 步：单击“表格工具”→“布局”选项卡→“行和列”组→“删除”按钮，在级联菜单中单击“删除行”命令。

提示：当删除单元格或列时，可在第 1 步中先选定要删除的指定对象，第 2 步在级联菜单中单击相应的命令。如果单击“删除单元格”命令，将弹出“删除单元格”对话框，在该对话框中进行相应的选择即可。

7. 相关知识扩展：行或列的复制和移动

1）行的复制

选定要复制的行，右击，在弹出的快捷菜单中单击“复制”命令；再将光标定位到目标行的第一个单元格内，右击，在弹出的快捷菜单中单击“粘贴行”命令，新行将出现在目标行的上方。

2）列的复制

选定要复制的列，右击，在弹出的快捷菜单中单击“复制”命令；再将光标定位到目标列的第一个单元格内，右击，在弹出的快捷菜单中单击“粘贴列”命令，新列将出现在目标列的左侧。

3）行的移动

选定要移动的行，右击，在弹出的快捷菜单中单击“剪切”命令；再将光标定位到目标行的第一个单元格内，右击，在弹出的快捷菜单中单击“粘贴行”命令，移动过来的行将出现在目标行的上方。

4）列的移动

选定要移动的列，右击，在弹出的快捷菜单中单击“剪切”命令；再将光标定位到目标列的第一个单元格内，右击，在弹出的快捷菜单中单击“粘贴列”命令，移动过来的列将出现在目标列的左侧。

8. 设置行高、列宽

表格的行高和列宽可以用鼠标直接调整，也可以用“表格工具”设置，还可以使用“表格属性”对话框设置。行高和列宽的设置方法如下。

方法一：使用鼠标调整表格的行高和列宽。

操作步骤是：把鼠标放到表格的框线上，鼠标指针会变成一个两边有箭头的双线标记，这时按下左键拖曳鼠标，就可以改变当前框线的位置，同时也就改变了单元格的行高或列宽。

方法二：使用“表格工具”调整表格行高和列宽。

第 1 步：选定表格。

第 2 步：单击“表格工具”→“布局”选项卡→“单元格大小”组打开“高度”对话框，将表格行高度设置为 0.8 厘米。

提示：在“自动调整”下拉列表中单击“根据内容调整表格”命令，表格单元格的大小都发生变化，仅能容下单元格中的内容。单击“根据窗口调整表格”命令，表格自动充满 Word 的整个窗口。单击“固定列宽”命令，表格框线的位置不会随表格内容的变化发生变化。要使多行、多列或多个单元格具有相同的高度、宽度时，可先选定这些行、列或单元格，然后单击“表格工具”→“布局”选项卡→“单元格大小”组→“分布行”或者“分布列”按钮，Word 将按照整张表的宽度、高度自动调整行高、列宽。

方法三：使用“表格属性”调整表格行高和列宽。

该操作步骤分为 4 步。

第 1 步：选定表格。

第 2 步：单击“表格工具”→“布局”选项卡→“表”组→“属性”按钮或右击表格并在弹出的快捷菜单中单击“表格属性”命令，打开如图 3.44 所示的“表格属性”对话框，该对话框中包括表格、行、列、单元格等四个选项卡。

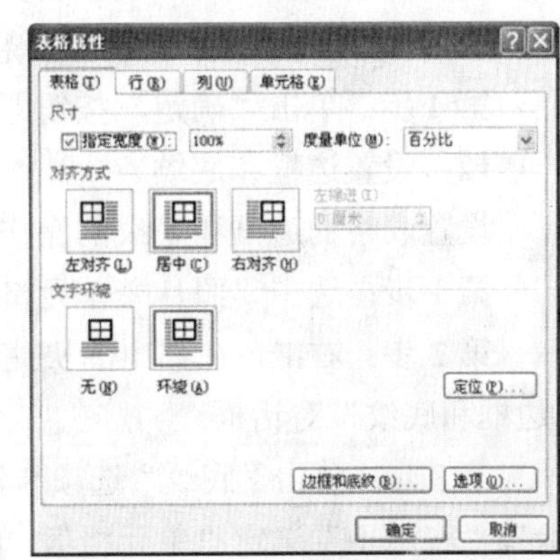

图 3.44 “表格属性”对话框

第 3 步：打开“行”选项卡，选中“指定高度”复选框，在其后的数值框中输入设置值为“0.8 厘米”。

说明：打开“列”选项卡可进行列宽的设置，设置方法与设置行高基本相同。

第 4 步：设置完毕，单击“确定”按钮。

9．在表格中输入内容

在建立好表格后，就可以在单元格中输入文字、图形等内容。如图 3.38 所示，在表格中添加相应的文字内容。在输入过程中，可以按 Tab 键使光标移到下一个单元格，按 Shift+Tab 组合键可使光标移到前一个单元格；另外，也可以直接单击要输入内容的单元格。文字内容输入完毕后设置字体为“华文楷体”，字号为“四号”，“粗体”。

对于单元格中已输入的文本内容进行移动、删除操作，与一般文本的操作一样。

提示：如果只想换行但又不想分段（如单元格中的换行），应插入软回车，即按 Shift+Enter 组合键。

10．设置表格内容的对齐方式

设置表格中文本对齐方式的操作分为两步。

第 1 步：选中这个表格。

第 2 步：单击“表格工具”→“布局”选项卡→“对齐方式”组→“水平居中”按钮，或者在右键快捷菜单中单击“单元格对齐方式”命令，在下一级子菜单中单击“水平居中”按钮即可。

图 3.45　对齐方式

说明：在“单元格对齐方式”命令中，每一行从左到右的作用分别为：靠上两端对齐、靠上居中、靠上右对齐、中部两端对齐、水平居中、中部右对齐、靠下两端对齐、靠下居中、靠下右对齐，如图 3.45 所示。

11．表格的对齐和定位

在 Word 中，表格可以随意移动，并与文字形成不同的对齐及环绕方式。设置表格定位及对齐方式分为 4 步。

第 1 步：选中表格。

第 2 步：单击“表格工具”→“布局”选项卡→“表”组→“属性”按钮，或者右击表格并在弹出的快捷菜单中单击“表格属性”命令，打开“表格属性”对话框。

第 3 步：在打开的“表格属性”对话框中单击“表格”标签，分别选择“对齐方式”为“居中”，“文字环绕”为“环绕”。

第 4 步：单击“确定”按钮即可。

12．设置边框和底纹

设置表格的边框和底纹的操作步骤分为 5 步。

第 1 步：选中“照片”单元格。

第 2 步：右击，在弹出的快捷菜单中单击“边框和底纹”命令，打开如图 3.46 所示的“边框和底纹”对话框。

第 3 步：单击“底纹”选项卡，在“填充”选区选择“灰色”，“样式”列表框选择“清除”，“应用于”选定“单元格”，单击“确定”按钮返回即可。

第 4 步：选中整个表格，重新打开“边框和底纹”对话框。

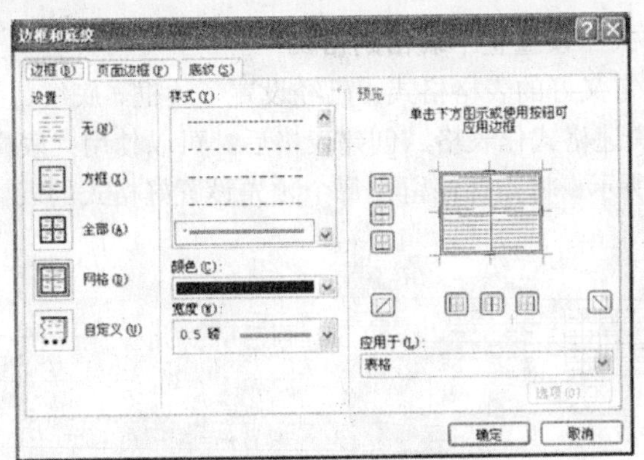

图 3.46 “边框和底纹”对话框

第 5 步：打开“边框”选项卡，在“设置”选区中选择“网格”，“样式”列表框选择“双实线”，“颜色”选择“红色”，“宽度”选择“1.5 磅”，“应用于”选择“表格”，最后单击“确定”按钮返回。

3.4.3 相关知识扩展

1．文本转换为表格

将文本转换为表格分为 6 步。

第 1 步：插入分隔符，用其标识新行或新列的起始位置，使用段落标记指示要开始新行的位置。

提示：将表格转换为文本时，用分隔符标识文字分隔的位置，将文本转换为表格时，用分隔符标识新行或新列的起始位置。例如逗号或制表符，可以用来指示将文本分成列的位置。例如，在某个一行上有两个单词的列表中，在第一个单词后面插入逗号或制表符，可以创建一个两列的表格。

第 2 步：选定要转换的文本。

第 3 步：在“插入”选项卡上的“表格”组中，单击“表格”，在弹出的下拉菜单中单击“文本转换成表格”。

第 4 步：在“文本转换成表格”对话框的“文字分隔位置”下，单击要在文本中使用的分隔符对应的选项。

第 5 步：在“列数”框中，选择列数。如果未看到预期的列数，则可能是文本中的一行或多行缺少分隔符。

第 6 步：选择需要的任何其他选项即可。

2．将表格转换成文本

将表格转换成文本分为 3 步。

第 1 步：选定要转换文本的表格。

第 2 步：单击“表格工具”→“布局”选项卡→“数据”组→“转换为文本”按钮，打开“表格转换成文本”对话框。

第 3 步：设置文字分隔符，单击“确定”按钮，即可完成转换。

3．使用“表格样式”设置整个表格的格式

Word 提供了多种定义好的表格格式，已经设置了边框、底纹、字体、颜色等，用户可通过自动套用格式，快速格式化表格。创建表格后，可以使用“表样式”组来设置整个表格的格式，如图 3.47 所示。将指针停留在每个预先设置好格式的表格样式上，可以预览表格的外观。

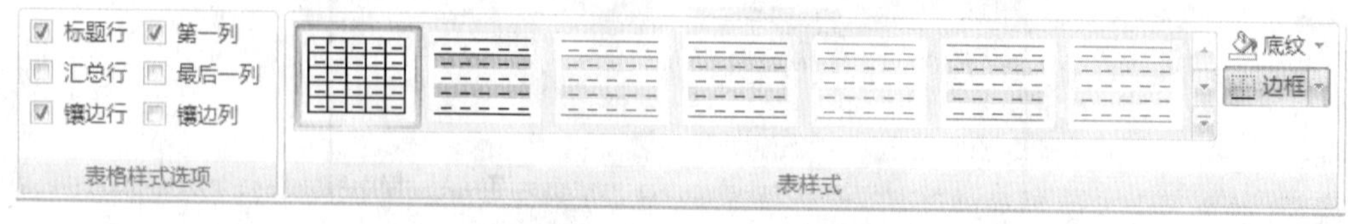

图 3.47 “表格样式选项”组与“表样式”组

使用“表样式”组设置表格格式分为 5 步。

第 1 步：在要设置格式的表格内单击。

第 2 步：单击“表格工具”→“设计”标签。

第 3 步：在“表样式”组中，将鼠标指针依次停留在每个表格样式上，直至找到要使用的样式为止。

提示： 要查看更多样式，请单击“其他”箭头。

第 4 步：单击样式可将其应用到表格。

第 5 步：在“表格样式选项”组中，选中或清除各个表格元素旁边的复选框，对相应的表格元素应用或删除选中的样式。

4．绘制斜线表头

在 Word 中，还可以设置多种样式的斜线表头。单击“表格工具”→“布局”选项卡→“表”组→“绘制斜线表头”按钮，可以打开如图 3.48 所示的“插入斜线表头”对话框。选择表头的样式及字体大小，输入所需的行或列标题，单击“确定”按钮后就可以实现需要的斜线表头效果。

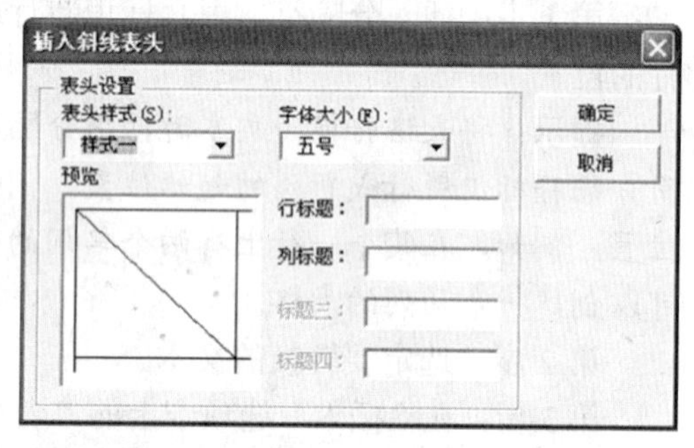

图 3.48 “插入斜线表头”对话框

5．显示/隐藏虚框

在表格的边框设置中，如果选择“无边框”，表格会显示不可打印的虚框。单击“表格工具”→“布局”选项卡→“表”组→“查看网络线”按钮，可控制是否显示表格的虚框。

6．单元格边距的调整

包括单元格间距和单元格中文本与边框间的距离。

1）单元格间距的设置

设置单元格间距分为 3 步。

第 1 步：在要设置格式的表格内单击。

第 2 步：单击“表格工具”→“布局”选项卡→“对齐方式”组→“单元格边距”按钮，打开“表格选项”对话框。

第 3 步：在该对话框中单击“允许调整单元格间距”，在右侧的文本框中输入数值即可。

2）单元格中文本与边框间的距离的设置

设置单元格中文本与边框间的距离分为 4 步。

第 1 步：将插入点定位到要设置格式的表格内。

第 2 步：打开“表格属性”对话框。

第 3 步：在“表格属性”对话框中单击“单元格”标签。

第 4 步：单击“选项”按钮，清除“与整张表格相同”复选框，设置各边距数值即可。

7．表格嵌套

所谓表格嵌套，就是指在表格中插入表格，方法是将光标定位到要插入表格中的单元格，执行插入表格操作即可。

8．表格数据的处理

表格数据的处理包括表格的计算、排序功能。

1）表格的计算

Word 提供了在表格中快速进行数值的加、减、乘、除及平均值等计算功能。若要使用表格的计算功能，操作分为 2 步。

第 1 步：单击“表格工具”→“布局”选项卡→“数据”组→“公式”按钮，打开“公式”对话框。

第 2 步：在“公式”对话框中，可从“粘贴函数”下拉列表框中选择数学函数，或在“公式”栏中输入自定义公式，还可以在“编号格式”框对计算结果的格式进行设置。

提示：复杂的计算可使用 Excel 完成。

2）表格的排序

Word 提供了在表格中根据某几列的内容按字母、数字或日期等顺序进行重新排列表格内容的功能。对表格内容进行排序分为 4 步。

第 1 步：选定要进行排序的表格。

第 2 步：单击“表格工具”→“布局”选项卡→“数据”组→“排序”按钮，打开“排序”对话框，如图 3.49 所示。

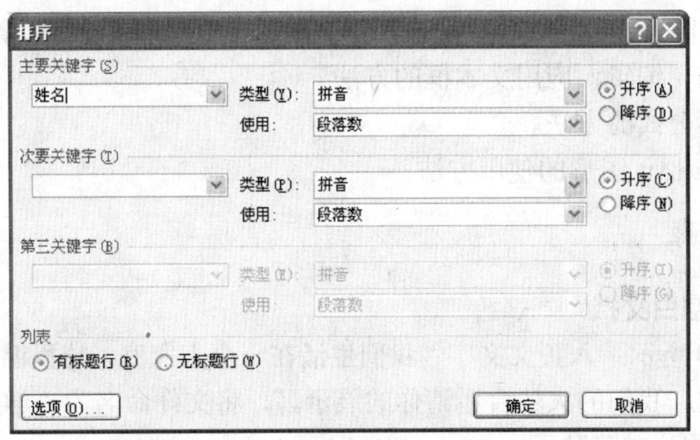

图 3.49 “排序”对话框

第 3 步：在“排序”对话框中，可以依次设置“主要关键字”、“次要关键字”等选项，并根据标题行是否参与排序选择“有标题行”或“无标题行”。

第 4 步：单击“确定”按钮返回即可。

3.5 案例 4——图文混排

3.5.1 案例说明

1．任务

创建文件“学生会纳新海报”，在编辑的文档中，插入剪贴画和自选图形，用文本框把文字放在页面的指定位置，使用艺术字、水印等形式，实现图文混排功能。任务完成后的效果如图 3.50 所示。

图 3.50　学生会纳新海报

2．目的

（1）掌握在文档中插入剪贴画、图片文件和艺术字并设置其格式的方法。

（2）掌握绘制图形的方法，包括选取图形、在图形中添加文字、设置图形格式的方法。

（3）掌握建立、编辑、应用文本框的方法。

（4）了解编写公式的方法。

（5）了解 SmartArt 图形的使用方法。

3.5.2 操作步骤

1．创建一个空白文档

按照如图 3.50 所示录入正文文字“我们生活在一个大家庭，这里温暖温馨，一砖一瓦都是我们亲手砌成。我们的大舞台邀请你的展示。”，将文件命名为“学生会纳新海报”。

2．插入外部图片或剪贴画

如果一篇文章全部都是文字，没有任何修饰性内容，不仅缺乏吸引力，而且会使用户阅读起来感到疲劳。在文章中适当地插入一些图形和图片，不仅会使文章、报告显得生动有趣，还能帮组用户更快地理解文章内容。Word 2007 具有强大的绘图和图像处理功能，可以在文档中插入图片、剪贴画、形状、SmartArt 图形和图表等对象。

1）插入外部图片

第 1 步：将插入点定位到文档中需要插入图片的位置。

第 2 步：单击“插入”选项卡→“插图”组→“图片”按钮，打开“插入图片”对话框，如图 3.51 所示。

第 3 步：单击“我的文档”打开图片收藏文件夹，选择要插入的图片。也可以单击“查找范围”以改变驱动器及文件夹。

第 4 步：单击“插入”按钮返回。

说明：如果单击“插入”按钮右侧向下的箭头，会出现如图 3.51 所示的下拉菜单。下面是对于该下拉菜单的说明。

- 插入：把选定的图形文件嵌入到文档中，成为文档的一部分，当原图形被修改时，文档中的相应图形不会发生变化。
- 链接文件：把选定的图形文件以链接的方式插入到文档中，当原图形被修改时，文档中的相应图形会自动更新。
- 插入和链接：把选定的图形文件以链接的方式嵌入到文档中，当原图形被修改时，文档中的相应图形会自动更新。

2）插入剪贴画

Word 中自带了许多实用而精美的图片，内容丰富，涵盖了各行各业。这些图片都被放在“剪辑库”中，所以被称为剪贴画。在文档中插入剪贴画分为 4 步。

第 1 步：将插入点定位到文档中需要插入剪贴画的位置。

第 2 步：单击“插入”选项卡→“插图”组→“剪贴画”按钮，在文本编辑区右侧出现如图 3.52 所示的“剪贴画”任务窗格。

图 3.51 “插入图片”对话框

图 3.52 “剪贴画”任务窗格

第 3 步：在“搜索文字”文本框中输入“人物”，即所需剪贴画的主题。

第 4 步：单击“搜索”按钮，在收藏集中搜索到的相关剪贴画就出现在任务窗格中，从中选定所需的图片单击，本例中选择 computers，该图片即可插入到文档中。

提示：如果搜索没有结果则单击“剪贴画”任务窗格下面的“Office 网上剪辑”命令。如果计算机与网络相连接，即可打开一个名为“剪贴画与媒体主页”的网页，在该网页进行搜索，搜索出结果后下载即可保存到“我的收藏集”中。

3．图片的编辑

1）调整图片大小

图片插入后需要调整图片的大小。调整图片的大小有如下几种方法。

方法一：手动调节大小。

第 1 步：单击要调整大小的图片。

第 2 步：在图片的各角和各边上出现的小圆点或小方点叫做尺寸控点。拖动左右两边中心的控点可调节图片的宽度，拖动上下两边中心的控点可调节图片的高度，拖动各角的控点可同时调节图片的宽度和高度。

提示：要保持对象的中心位于同一位置，请在拖动尺寸控点时按住 Ctrl 键；要保持对象的比例，请在拖动尺寸控点时按住 Shift 键；要保持对象的比例将保持其中心位于同一位置，请在拖动尺寸控点时同时按住 Ctrl 和 Shift 键。

方法二：将大小调整到精确的高度和宽度。

第 1 步：单击要调整大小的图片。

第 2 步：单击“图片工具”→“格式”选项卡→“大小”组的对话框启动器，打开“大小”对话框，如图 3.53 所示。

第 3 步：在“高度”文本框中输入“8 厘米”，“宽度”文本框中输入“14 厘米”。

第 4 步：在“缩放比例”下，清除“锁定纵横比”复选框。

第 5 步：单击“关闭”按钮返回。

2）裁剪图片

裁剪图片的操作步骤如下：

选定要调整大小的图片，利用上面的方法，打开“大小”对话框。在“裁剪”选区中的各尺寸框内，输入要裁剪图片的参数。在完成了所有的更改之后，单击“关闭”按钮。

3）设置文字环绕方式

Word 文档中插入图片有两种方式：嵌入式和浮动式。嵌入式直接将图片放置在文本中，可以随文本一起移动及设定格式，但图片本身无法自由移动；浮动式使图片在文字层以上下、四周等方式被文字环绕，或者将图片衬于文字下方或浮于文字上方，图片能够在页面上自由移动。但移动图片时会使周围文字的位置发生变化，甚至造成混乱。

设置文字环绕方式分为 3 步。

第 1 步：选中插入的图片。

第 2 步：单击“图片工具”→“格式”选项卡→“排列”组→“文字环绕”按钮，展开下拉菜单，如图 3.54 所示。

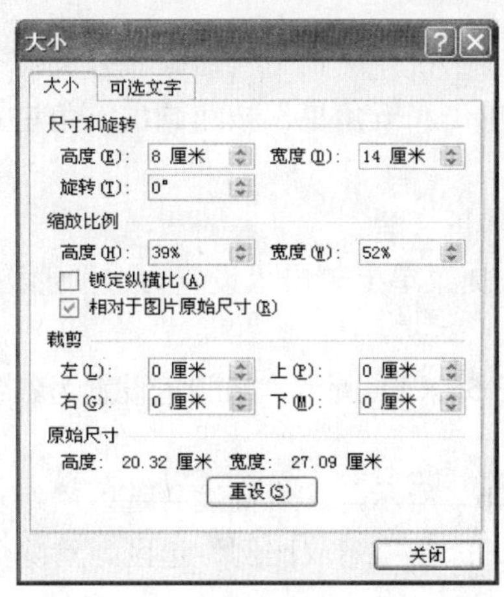

图 3.53 “大小”对话框

图 3.54 图片环绕方式

第 3 步：将插入的图片设置为“衬于文字下方”，将插入的剪贴画设置为“四周型环绕”。

4）移动图片

将图片放置在合适位置的方法是：单击该图片，当鼠标指针变为十字箭头形状时，用鼠标把图片拖曳到合适位置，然后释放鼠标即可。

4．插入自选图形

Word 提供了大量的图形及处理图形的命令，用户可以在“插入”选项卡的“形状”选项组中选择系统提供的线条、基本形状、箭头汇总、流程图、标注和星与旗帜等多个选项区域中的图形。

1）添加绘图画布

创建绘图时，Word 2007 不像以前版本那样会自动添加一个绘图画布。若要 Word 2007 添加自动创建画布的功能，需要进行一定的设置，具体步骤如下：

单击 Word 窗口左上角的 Office 按钮，在打开的下拉菜单中单击“Word 选项”按钮；在打开的“Word 选项”对话框中单击左侧的“高级”选项，并选中“插入‘自选图形’时自动创建绘图画布”复选框，单击“确定”按钮即可。

2）绘制图形

插入自选图形分为 4 步。

第 1 步：单击“插入”选项卡→“插图”组→“形状”命令，展开如图 3.55 所示的形状列表。

第 2 步：在形状列表中单击“基本形状”区的“椭圆”按钮。

第 3 步：将鼠标指针移到页面左上方，指针成十字形，在目标位置按下鼠标左键不放，要想利用椭圆工具画出正圆效果，需同时按下 Shift 键，然后拖曳鼠标，直到出现的图形

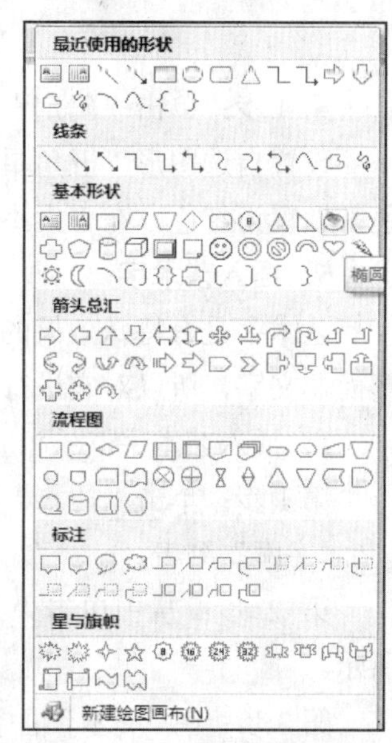

图 3.55 “形状”下拉菜单

达到满意的效果后，释放鼠标即可。

第 4 步：用同样的方法在“星与旗帜”组中单击“五角星”按钮画出五角星。

3）设置自选图形格式

设置自选图形“圆形”格式分为 4 步。

第 1 步：在插入的圆形上右击，在弹出的快捷菜单上单击“设置自选图形格式”，打开“设置自选图形格式”对话框。

第 2 步：打开“颜色与线条”选项卡，如图 3.56（a）所示，将颜色设置为红色，线条粗细设置为 1.25 磅。

第 3 步：打开“大小”选项卡，如图 3.56（b）所示，在“高度”选区“绝对值”和“宽度”选区“绝对值”文本框中输入“3.5 厘米”；在“缩放比例”选区，清除“锁定纵横比”复选框。

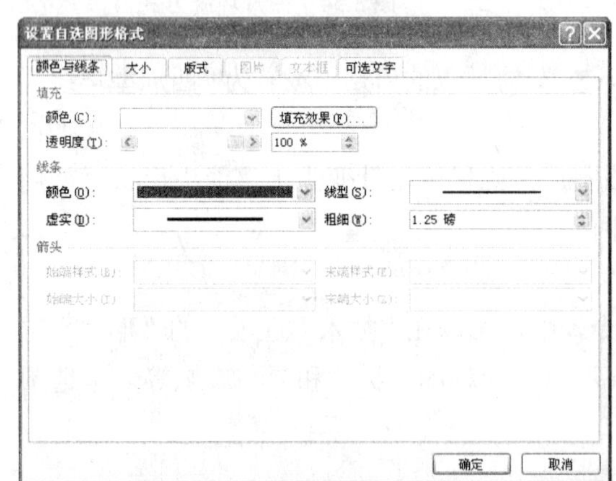

（a）

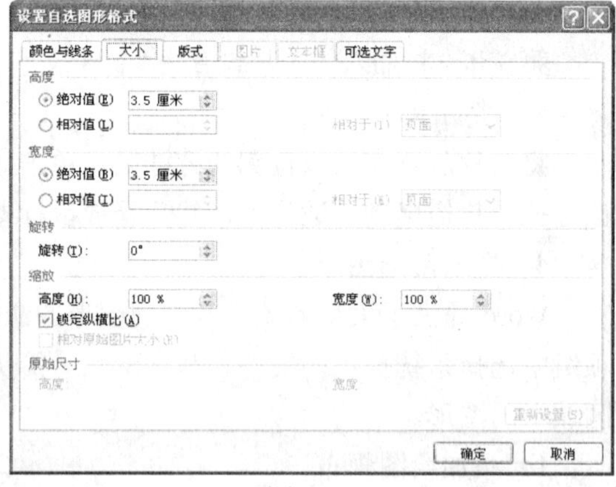

（b）

图 3.56 “设置自选图形格式”对话框

第 4 步：单击“确定”按钮即可。

设置自选图形“五角星”格式的步骤同上，在“颜色与线条”选项卡，将填充色和颜色都设置为红色；在“大小”选项卡中，将“高度”和“宽度”设置为“1.2 厘米”。

5．插入艺术字

艺术字是有特殊效果的文字，是 Word 中为文字建立图形效果的工具。它实际上是图形而非文字，所以对它进行编辑时，可按照图形对象的编辑方法进行编辑。

1）插入艺术字

第 1 步：单击“插入”选项卡→“文本”组→“艺术字”按钮，弹出如图 3.57 所示的“艺术字库”列表。

第 2 步：从中单击“艺术字样式 3”，弹出“编辑艺术字文字”对话框，如图 3.58 所示。

第 3 步：在“文本”框中输入“吉林财经大学”，字体设置为“宋体”，字号设置为“9”。

第 4 步：单击“确定”按钮。

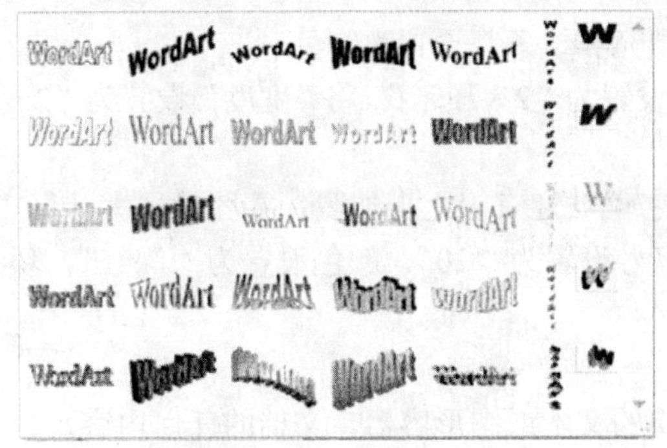

图 3.57 “艺术字库”

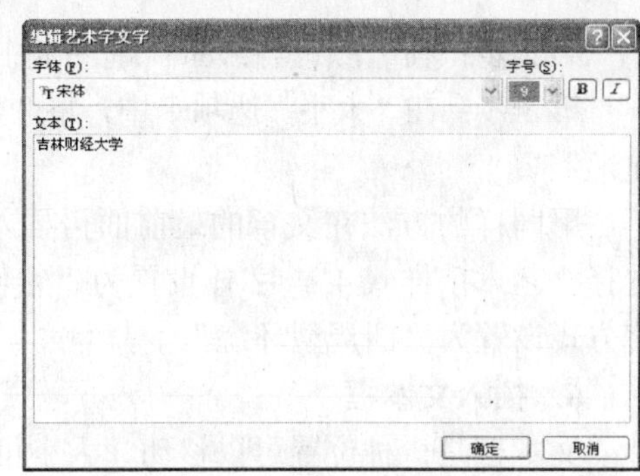

图 3.58 “编辑艺术字文字”对话框

2）编辑艺术字

方法一：使用功能区进行设置

插入艺术字后，功能区中出现“艺术字工具”→“格式”选项卡，如图 3.59 所示。使用该选项卡可对艺术字进行编辑。

图 3.59 “艺术字工具”

第 1 步：选中“吉林财经大学”艺术字。

第 2 步：在“艺术字样式”组中将“形状填充”和“形状轮廓”都设置为红色。

第 3 步：在“大小”组中，将“高度”设置为“2.8 厘米”、“宽度”设置为“2.6 厘米”。

第 4 步：在“文字”组中，将间距设置为“很松”。

方法二：使用“设置艺术字格式”对话框进行设置

第 1 步：在插入的艺术字上单击右键，在弹出的快捷菜单上单击“设置艺术字格式”命令，弹出如图 3.60 所示的“设置艺术字格式”对话框。

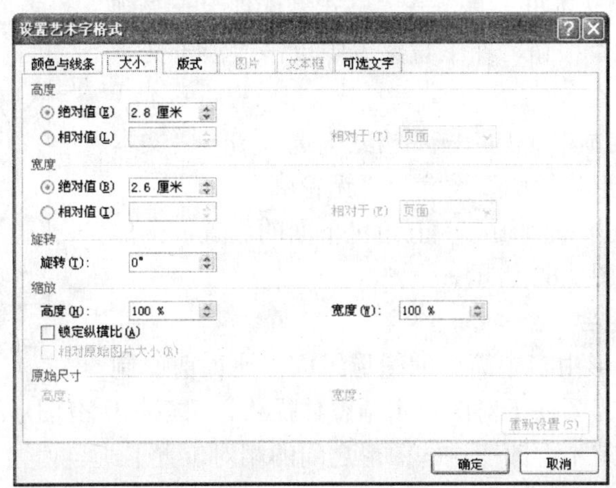

图 3.60 “设置艺术字格式”对话框

第 2 步：在“颜色与线条”选项卡中，将填充和线条都设置为红色。

第 3 步：在“大小”选项卡中，将“高度”设置为“2.8 厘米”，将“宽度”设置为“2.6 厘米”。

用同样的方法在文章的最前面再插入艺术字“欢迎有识之士加盟，共图发展大计”，选择“艺术字样式 4”，字体设置为“宋体”，字号设置为“20”，颜色设置为“深红”，环绕方式设置为“四周型环绕”。

6．插入文本框

文本框是一种位置可以移动、大小可以调整的文本或图形容器。文档的任何内容，包括文字、表格、图片、自选图形及其混合体，只要被放置在文本框中，就如同被装进了一个容器，可以随时被移动到页面的任何位置，并可以像编辑图形对象时一样使用“文本框工具”→“格式”选项卡对其进行各种格式设置。

1）插入文本框

第 1 步：单击“插入”选项卡→“文本”组→“文本框”按钮。

第 2 步：在下拉菜单中选择“简单文本框”样式，即插入了一个空的文本框。

第 3 步：在文本框中输入“学生会”文本，字体设置为“宋体”，“加粗”，“小四号”，红色。

2）编辑文本框

文本框具有图形的属性，所以对它的编辑与图形类似。可以利用如图 3.61 所示的“文本框工具”选项卡中的命令，对文本框进行颜色、大小、位置、环绕方式等设置。

图 3.61 “文本框工具”

第 1 步：选中文本框。

第 2 步：单击“文本框工具”→“格式”选项卡→“排列”组→“文字环绕”按钮，在下拉菜单中单击“浮于文字上方”命令。

第 3 步：在“文本框工具”→“格式”选项卡→“文本框样式”组内，将“形状轮廓”设置为“无轮廓”。

第 4 步：拖动文本框到画布中五角星下面的位置，全部完成后的自选图形如图 3.62 所示。

图 3.62 完成后的图形

7．图形对象的组合

如果一个复杂图形由多个简单的图形组成，比如前面制作的公章效果图形，为了便于对图形实施整体操作，可以把所有图形组合起来，再进行移动等其他编辑操作时就不会改变这些图形之间的相对位置了。

组合图形的操作分为 3 步。

第 1 步：选定文档中需要组合的所有自选图形、艺术字以及文本框对象。用选定多个图形的方法：先单击选定第一个自选图形对象“圆”，再按下 Shift 键，依次单击选定“吉林财经大学”艺术字、自选图形“五角星”、“学生会”文本框。

第 2 步：单击“绘图工具”→“格式”选项卡→“排列”组→“组合”按钮。

第 3 步：在级联菜单中单击“组合”命令即可。

提示：选定要组合的图形后，右击，在弹出的快捷菜单中单击“组合”命令，并在其级联菜单中单击“组合”命令也可以完成组合操作。

如果要对组合后图形中的某个图形对象再进行编辑，必须先取消组合。取消组合的操作分为 3 步。

第 1 步：选定要取消组合的图形。

第 2 步：单击“绘图工具”→“格式”选项卡→“排列”组→“组合”按钮。

第 3 步：在级联菜单中单击“取消组合”命令即可。

提示：选定要取消组合的图形后，右击，在弹出的快捷菜单中单击“组合”命令，并在其级联菜单中单击“取消组合”命令也可以取消组合。

以上步骤全部完成后的文档效果如图 3.50 所示。

3.5.3 相关知识扩展

1．SmartArt 图形

SmartArt 图形包括图形列表、流程图以及更为复杂的图形，例如维恩图和组织结构图。

1）创建 SmartArt 图形

创建 SmartArt 图形可以分为 3 步。

第 1 步：单击“插入”选项卡→“插图”组→SmartArt 按钮，将弹出如图 3.63 所示的“选择 SmartArt 图形”对话框。

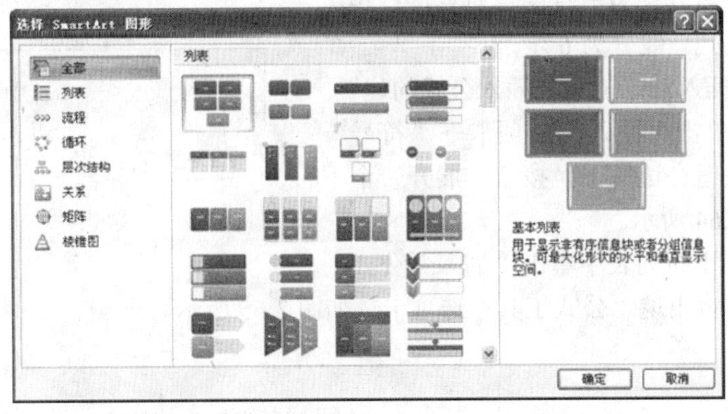

图 3.63 “选择 SmartArt 图形”对话框

第 2 步：在“选择 SmartArt 图形”对话框中，单击所需的类型和布局。

第 3 步：输入文字。

输入文字的方法有以下几种。

方法一：单击 SmartArt 图形中的一个形状，然后输入文本。

方法二：单击“文本”窗格中的“[文本]”，然后输入或粘贴文字。

方法三：从其他程序复制文字，单击“[文本]”，然后粘贴到“文本”窗格中。

提示：如果看不到“文本”窗格，则单击 SmartArt 图形，在“SmartArt 工具”下的“设计”选项卡上，单击“创建图形”组中的“文本窗格”即可。

2）更改整个 SmartArt 图形的颜色

更改整个 SmartArt 图形的颜色可以分为 3 步。

第 1 步：单击 SmartArt 图形。

第 2 步：单击“SmartArt 工具”→“设计”选项卡→“SmartArt 样式”组→“更改颜色”按钮。

第 3 步：单击所需的颜色方案即可。

3）将 SmartArt 样式应用于 SmartArt 图形

“SmartArt 样式”是各种效果（如线型、棱台或三维）的组合，可应用于 SmartArt 图形创建独特且具有专业设计效果的 SmartArt 图形外观。

将 SmartArt 样式应用于 SmartArt 图形可以分为 2 步。

第 1 步：单击 SmartArt 图形。

第 2 步：单击“SmartArt 工具”→“设计”选项卡→“SmartArt 样式”组中所需的 SmartArt 样式即可。

提示：要查看更多的 SmartArt 样式，请单击“其他”按钮。

2．公式

在科技论文中，经常用到数学公式，Word 2007 自带了插入公式的功能，可以方便地创建、编辑数学公式并将其作为一种图形对象进行相应的操作。插入公式一般分为 6 步。

第 1 步：将插入点定位于要插入公式的位置。

第 2 步：单击“插入”选项卡→“符号”组→“公式”按钮旁边的下拉按钮，展开一个下拉列表，如图 3.64 所示。

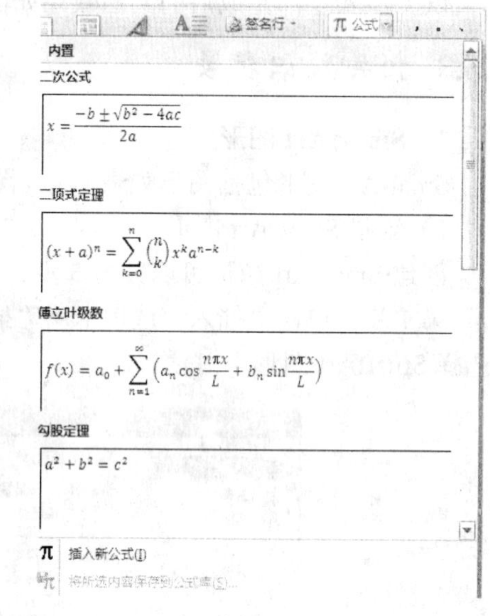

图 3.64 “公式”下拉列表

第 3 步：在下拉列表中单击“插入新公式”命令，功能区中将出现“公式工具”选项卡，如图 3.65 所示。

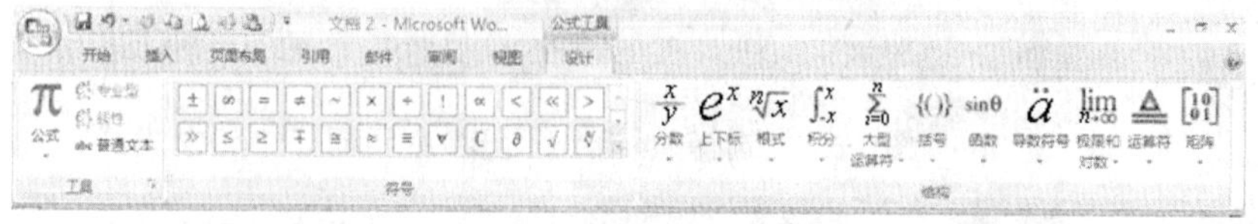

图 3.65 “公式工具”选项卡

第 4 步：在“公式工具”选项卡中选择相应的公式符号或公式结构。

第 5 步：在正文中“在此处输入公式”的位置输入公式。在“公式工具”选项卡→“格式”组中选择符号或结构，输入变量和数字，以创建公式。

第 6 步：单击公式编辑器窗口以外的任何位置，返回 Word 文档。

3.6 案例 5——邮件合并

3.6.1 案例说明

1．任务

编写通知书；建立一个新的通讯录列表；使用邮件合并功能，制作一批格式统一但姓名、学院、专业各不相同的录取通知书。

2．目的

掌握邮件合并的使用方法。

3.6.2 操作步骤

1．建立数据源文件

新建 Word 文档，将新生名单的各项信息输入，如图 3.66 所示，录入完成后将文件保存为“邮件合并数据源”。

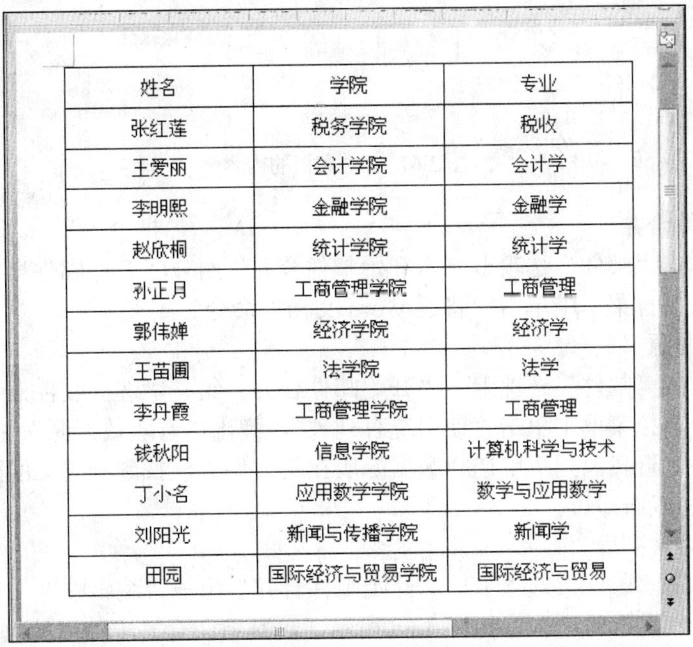

姓名	学院	专业
张红莲	税务学院	税收
王爱丽	会计学院	会计学
李明熙	金融学院	金融学
赵欣桐	统计学院	统计学
孙正月	工商管理学院	工商管理
郭伟婵	经济学院	经济学
王苗圃	法学院	法学
李丹霞	工商管理学院	工商管理
钱秋阳	信息学院	计算机科学与技术
丁小名	应用数学学院	数学与应用数学
刘阳光	新闻与传播学院	新闻学
田园	国际经济与贸易学院	国际经济与贸易

图 3.66 邮件合并数据源

2．编辑通知书的内容

制作通知书的主文档，即编辑通知书的内容。

1）新建 Word 文档

2）设置“纸张方向”

单击“页面布局”选项卡→“页面设置”组→“纸张方向”命令，在下拉菜单中单击“横向”命令。

3）设文字水印

设置文字水印分为 3 步。

第 1 步：单击“页面布局”选项卡→“页面背景”组→“水印”按钮，在下拉菜单中单击“自定义水印”命令。

第 2 步：单击选中“文字水印”单选按钮，在“文字”右侧的文本框中输入“吉林财经大学”。

第 3 步：单击“应用”命令。

4）输入文本并格式化文档

输入通知书的内容（见图 3.67），设置字体为“华文楷体”，标题字号为“小二”号，正文字号为“四号”，并在需要邮件合并的位置用“××”代替。

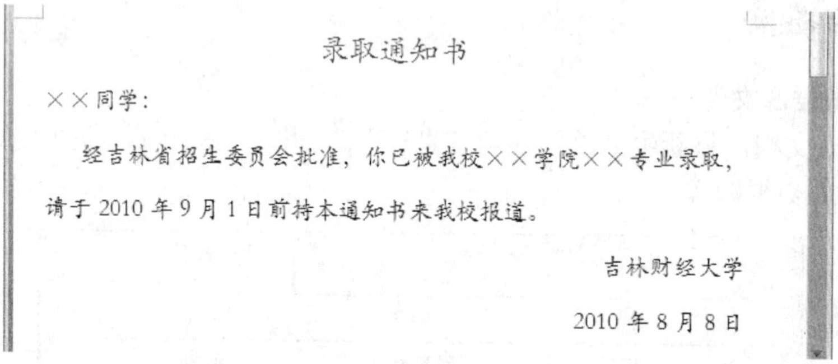

录取通知书

××同学：

经吉林省招生委员会批准，你已被我校××学院××专业录取，请于 2010 年 9 月 1 日前持本通知书来我校报道。

吉林财经大学

2010 年 8 月 8 日

图 3.67　主文档的内容

3．开始邮件合并

第 1 步：单击“邮件”选项卡→“开始邮件合并”组→“开始邮件合并”命令。

第 2 步：在下拉菜单中单击“普通 Word 文档”命令。

4．选取数据源

第 1 步：单击“邮件”选项卡→“开始邮件合并”组→“选择收件人”命令。

第 2 步：在下拉菜单中单击“使用现有列表”，弹出“选取数据源”对话框。

第 3 步：在“查找范围”中选择数据源所在的文件夹，找到刚建立的数据源文件“邮件合并数据源”，双击即可。

5．建立收件人列表

第 1 步：单击“邮件”选项卡→“开始邮件合并”组→“编辑收件人列表”按钮，弹出“邮件合并收件人”对话框，如图 3.68 所示，这是将在合并中使用的收件人列表。

第 2 步：使用复选框来添加或删除将要合并的收件人。

第 3 步：列表准备好之后，单击“确定”按钮。

提示：在该对话框中可以选择收件人，也可以利用各个按钮进行排序、筛选、查找等操作。

6．插入合并域

选定收件人后就可以插入合并域，插入合并域的操作分为 5 步。

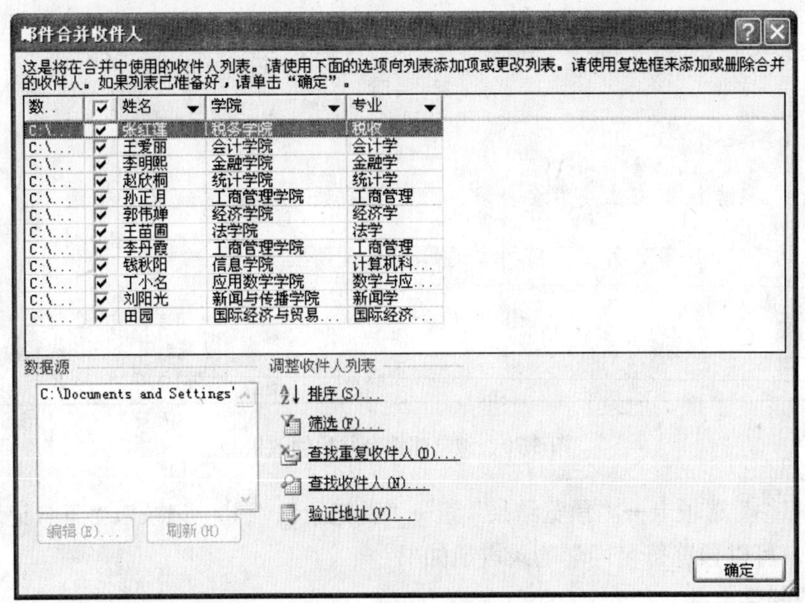

图 3.68 “邮件合并收件人”对话框

第 1 步：选中文档第二行中的“××”。

第 2 步：单击“邮件”选项卡→“编写和插入域”组→“插入合并域”按钮。

第 3 步：在下拉列表中单击“姓名”。

第 4 步：选中文档中第三行“××学院”中的“××”，单击“邮件”选项卡→“编写和插入域”组→“插入合并域”按钮，在下拉列表中单击“系”。

第 5 步：选中文档中第三行最后的“××专业”中的“××”，单击“邮件”选项卡→“编写和插入域”组→“插入合并域”按钮，在下拉列表中单击“专业”。

完成上述操作之后，文档的效果如图 3.69 所示。

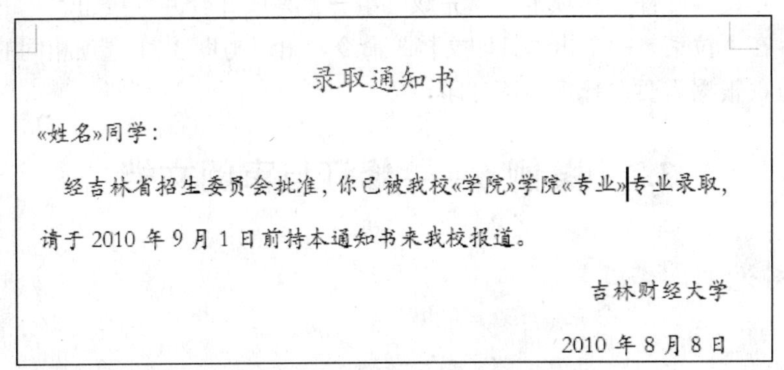

录取通知书

«姓名»同学：

经吉林省招生委员会批准，你已被我校«学院»学院«专业»专业录取，请于 2010 年 9 月 1 日前持本通知书来我校报道。

吉林财经大学

2010 年 8 月 8 日

图 3.69 “插入合并域”后文档的效果

7．预览合并的结果

合并后的录取通知书中的合并域已经被相应的数据源中的记录代替，单击“邮件”选项卡→“预览结果”组→“预览结果”按钮，可查看合并后的效果，如图 3.70 所示。

录取通知书

张红莲同学：

经吉林省招生委员会批准，你已被我校税务学院税收专业录取，请于2010年9月1日前持本通知书来我校报道。

吉林财经大学

2010年8月8日

图3.70　预览邮件合并后的效果

单击“邮件”选项卡→“预览结果”组→“首记录”、“上一记录”、“下一记录”或“尾记录”按钮，可以预览每名同学的录取通知书。

8．完成邮件合并

1）合并全部记录

第1步：单击“邮件”选项卡→“完成”组→“完成并合并”按钮。

第2步：在下拉菜单中单击“编辑单个文档”，弹出“合并到新文档”对话框，如图3.71所示。

第3步：选择“全部”，单击“确定”按钮就会生成一个新的文档，其中包含所有同学的录取通知书，可以保存或打印这个文档。

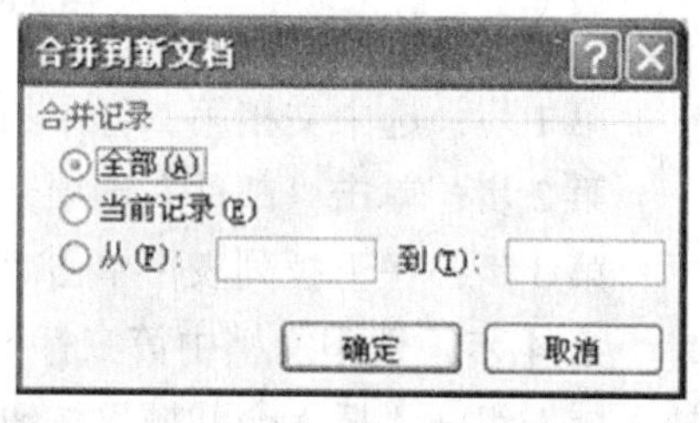

图3.71　“合并到新文档”对话框

2）打印合并文档

第1步：单击“邮件”选项卡→“完成”组→“完成并合并”按钮。

第2步：在下拉菜单中单击“打印文档”命令，出现与图3.71选项相同的“合并到打印机”对话框，根据需要选择后即可打印。

3.7　案例6——修订与审阅文档

3.7.1　案例说明

1．任务

对事先创建好的一篇名为“静听落叶”的文档（具体内容见图3.72）实施修订与审阅操作。

2．目的

（1）了解Word 2007文档修订功能的使用方法。

（2）了解Word 2007文档审阅功能的使用方法。

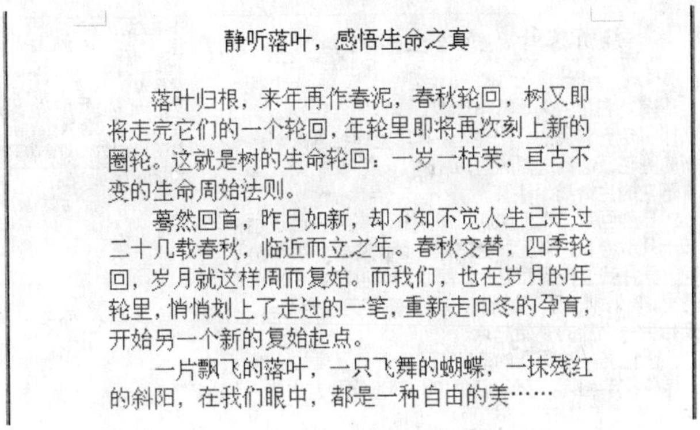

静听落叶，感悟生命之真

落叶归根，来年再作春泥，春秋轮回，树又即将走完它们的一个轮回，年轮里即将再次刻上新的圈轮。这就是树的生命轮回：一岁一枯荣，亘古不变的生命周始法则。

蓦然回首，昨日如新，却不知不觉人生已走过二十几载春秋，临近而立之年。春秋交替，四季轮回，岁月就这样周而复始。而我们，也在岁月的年轮里，悄悄划上了走过的一笔，重新走向冬的孕育，开始另一个新的复始起点。

一片飘飞的落叶，一只飞舞的蝴蝶，一抹残红的斜阳，在我们眼中，都是一种自由的美……

图 3.72　未修订前的原始文档内容

3.7.2　修订与审阅功能简介

修订与审阅功能主要应用于由一人创作原稿而由其他编审者负责对稿件内容进行修改审定，再返回原作者最终确认，多人合作共同完成一份稿件的场合。在默认状态下，改稿人对 Word 文档的修改是不会留有任何痕迹的，因此当原作者拿到修改稿后无法知晓改稿人对哪些地方作了修改以及改得是否合适。而 Word 的修订功能可以跟踪每个插入、删除、移动、格式更改或批注操作，能在文档中清楚地标记出改稿人的每一处改动，以便原作者对改动进行最终确认，原作者可以通过逐项审阅的方式决定接受修订还是拒绝修订。

3.7.3　修订文档的操作步骤

1．打开要修订的文档

2．通过直接编辑文档的形式进行修订

第 1 步：单击“审阅”选项卡→“跟踪”组→“修订”按钮，打开修订状态。 此后对文档所做的每一处改动，都将以修订痕迹的形式标出。

第 2 步：直接对文档的内容及格式进行编辑修改。

选中标题文字，将其格式设置为“楷体”、“三号”、“加粗”；将第一行中的“春秋”二字改为“岁月”；在第三段的第一句前插入“无论是”三个字；第二句前插入“还是”二字；将该段中的“一抹残红的斜阳，”删除。

修订后的结果如图 3.73 所示，改动的文字格式以标记框的形式显示在文档的右侧，新插入的文字标记为红色加下划线，删除的文字标记为红色加删除线。

第 3 步：如果确认不再对该文档实施其他的改动，则再次单击“修订”图标，关闭修订状态。

3．相关知识扩展

用户可以更改 Word 用来标记修订文本和图形的颜色和其他格式，方法是单击“修订”旁的箭头，然后单击“修订选项”，打开“修订选项”对话框（见图 3.74），可对各种选项重新设置。

静听落叶，感悟生命之真

落叶归根，来年再作春泥，春秋岁月轮回，树又即将走完它们的一个轮回，年轮里即将再次刻上新的圈轮。这就是树的生命轮回：一岁一枯荣，亘古不变的生命周始法则。

蓦然回首，昨日如新，却不知不觉人生已走过二十几载春秋，临近而立之年。春秋交替，四季轮回，岁月就这样周而复始。而我们，也在岁月的年轮里，悄悄划上了走过的一笔，重新走向冬的孕育，开始另一个新的复始起点。

无论是一片飘飞的落叶，还是一只飞舞的蝴蝶，一抹残红的斜阳，在我们眼中，都是一种自由的美……

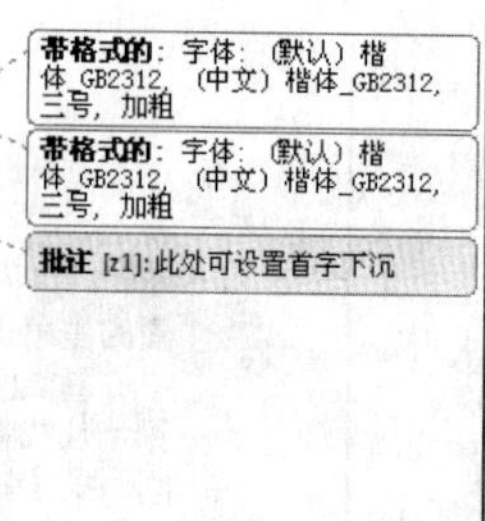

图 3.73 修订后的显示结果

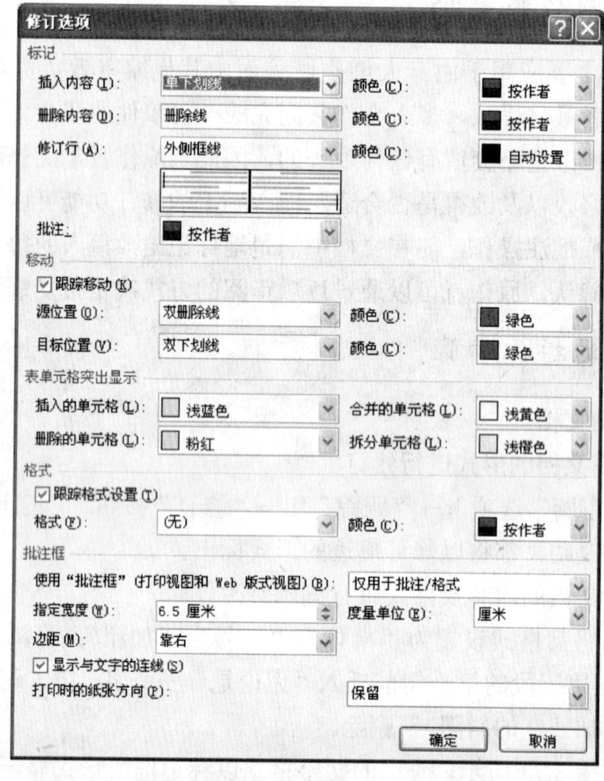

图 3.74 “修订选项”对话框

4. 以插入批注的方式修订文档

这种方式只是以批注的形式给原作者提出一些修改建议，并不直接对原文档做出具体改动。

第 1 步：选中第一段中的第一个字“落”。

第 2 步：单击“审阅”选项卡→“批注”组→“新建批注”按钮，便会在页面的右侧出现一个新的批注框。

第 3 步：在批注框中输入具体的批注内容：“此处可设置首字下沉”。插入批注后的结果如图 3.73 所示。

5．相关知识扩展

（1）若要快速删除单个批注，请右击该批注，然后在弹出的快捷菜单中单击“删除批注”命令。

（2）若要将所有的修订内容均显示在批注框中，可在“审阅”选项卡上的“跟踪”组中单击“批注框”图标，在弹出的选项中选择“在批注框中显示修订”，更改后的显示效果如图 3.75 所示。如果在弹出的选项中选择了“以嵌入方式显示所有修订”，便会在文档中以嵌入方式显示所有的修订内容以及批注，取消页面右侧的所有批注框。

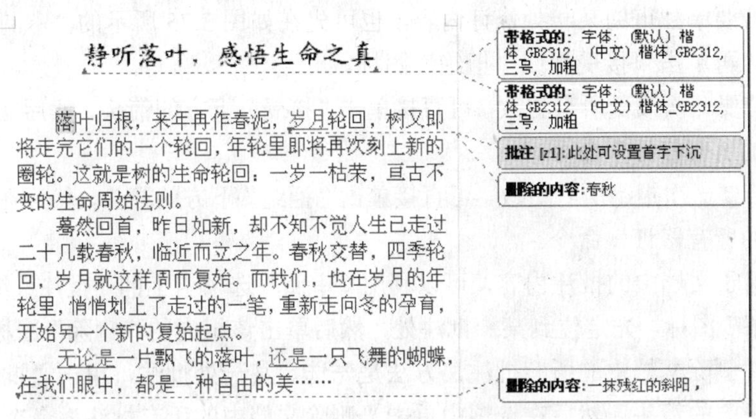

图 3.75　在批注框中显示修订

（3）如果想在批注框中查看批注和修订，则必须是在页面视图或 Web 版式视图中。

6．完成修订，关闭并保存文档

3.7.4　审阅修订和批注的操作步骤

在审阅修订和批注时，可以接受或拒绝文档中的任一项更改。

1．打开修订过的 Word 文档

2．审阅修订摘要

在“审阅”选项卡上的“修订”组中单击“审阅窗格”，即在屏幕侧边出现一个审阅窗格（见图 3.76），其顶部为修订摘要，下方为修订及批注列表。

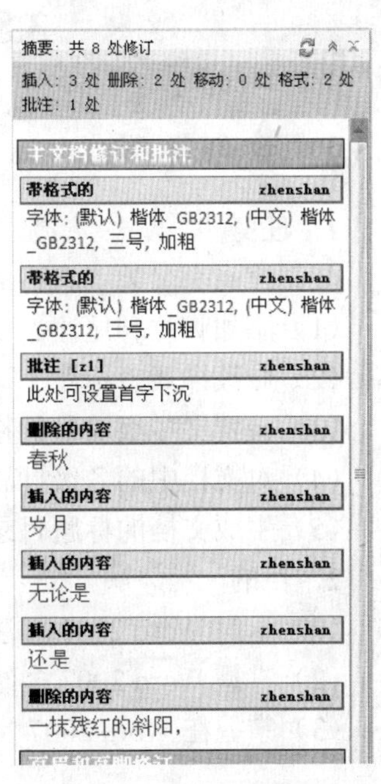

图 3.76　审阅窗格

提示：“审阅窗格”是一个方便实用的工具，借助它可以快速全面地查看当前文档的修订情况，也可以确认用户是否已经从文档中删除了所有修订，使得这些修订不会显示给可能查看该文档的其他人。“审阅窗格”顶部的摘要部分显示了当前文档中仍然存在的所有可见修订和批注的类型及数目。

3．按顺序逐项审阅文档中的修订和批注

第 1 步：单击“审阅”选项卡→“更改”组→“上一条”或“下一条”按钮，定位到某一修订处。

第 2 步：单击“审阅”选项卡→“更改”组→“接受”或“拒绝”按钮，确认修订结果。此时该处的修订标记会自动消失。

第 3 步：重复上述过程，直到所有修订均被确认。

4．相关知识扩展

（1）若要单独审阅某一处修订内容，也可先在如图 3.75 所示的“审阅窗格”中选定某一项修订，再单击“接受”或“拒绝”图标。

（2）若要一次接受所有更改，可直接单击“接受”下方的箭头，然后在选项中单击“接受对文档的所有修订”命令。

（3）若要一次拒绝所有更改，可直接单击“拒绝”下方的箭头，然后在选项中单击“拒绝对文档的所有修订”命令。

（4）对于文档中的批注内容，可以利用“审阅”选项卡上的“批注”组中的“上一条”或“下一条”图标，先定位到某一批注处，然后单击该组内的“删除”图标进行逐项删除。也可一次性删除文档中的所有批注，方法是先选定某一处批注，单击“批注”组中的“删除”图标下方的箭头，然后在选项中单击“删除文档中的所有批注”命令。

5．结束审阅，关闭并保存文档

3.8 案例 7——长文档编辑

3.8.1 案例说明

1．任务

先创建一个名为“唐诗的形式”的 Word 文档，然后对该文档实施以下操作。

（1）添加脚注和尾注。

（2）修改样式“标题 1”、“标题 2”、“标题 3”的默认格式。

（3）自定义多级编号的格式，并与相应级别的标题样式相链接。

（4）对文档中的各级标题分别应用相应级别的标题样式，自动生成多级编号。

（5）生成文档的标题目录。

2．目的

（1）了解 Word 2007 脚注和尾注的使用方法。

（2）掌握 Word 2007 多级编号的建立与使用的方法。

（3）掌握在 Word 2007 文档中自动生成文档目录的方法。

3.8.2 Word 2007 的长文档编辑功能

所谓长文档，是指篇幅较长且含有多层次、多级别标题结构的文档，如学生的毕业论文等。为了使这类文档的结构层次更加清晰，通常要给各级标题设置相应的编号，若逐项手工添加，不但非常烦琐，而且也会给后续的编辑修改工作带来许多麻烦。因为前面的编号一旦发生变化，后续的所有编号都需作出相应的调整，工作量之大不言而喻。若使用Word的自动编号功能，就变得简单多了，各级标题的编号不仅可以自动生成，而且还能自动维护，一旦某处的标题编号发生了变化，后续的所有编号就会自动更新。另外，给一篇长文档手工编写目录也是一项很麻烦的事情，需要逐个查看标题的内容及其所处的页码并写入目录页中。对此，Word提供了自动生成文档目录的功能，而且也能够自动对目录加以维护，一旦页码发生了变化，只需轻点几下鼠标，整个目录就能自动更新。了解和掌握Word的这些功能，会给用户编辑含有多级标题的长文档带来极大的方便。

3.8.3 操作步骤

1. 创建原始文档

第1步：新建一个Word文档，并将页面布局设置为：纸张32开，页边距选择“窄”，页眉、页脚为“0.8厘米”，页眉中添加文字“唐诗的形式”，页脚中插入页码。

第2步：输入如图3.77中所示的文字内容，并将所有段落设置为：小四宋体，首行缩进2个字符，单倍行距。最后的布局效果如图3.77所示。

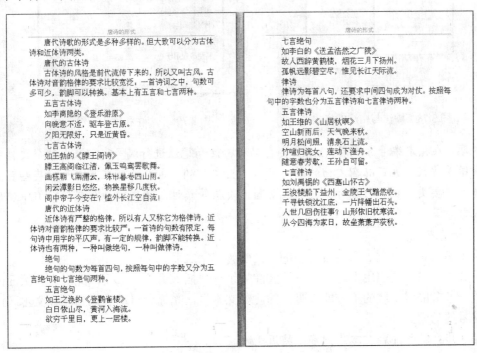

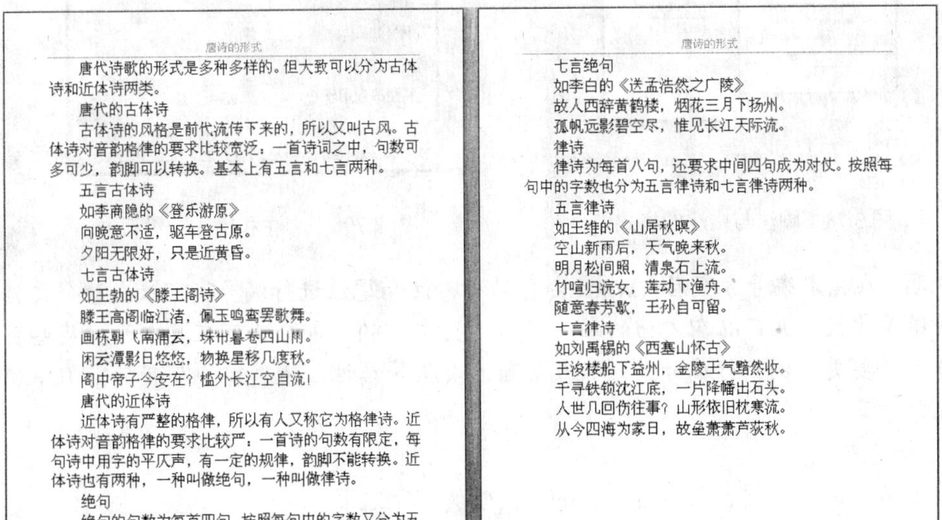

唐诗的形式

唐代诗歌的形式是多种多样的。但大致可以分为古体诗和近体诗两类。

唐代的古体诗

古体诗的风格是前代流传下来的，所以又叫古风。古体诗对音韵格律的要求比较宽泛：一首诗词之中，句数可多可少，韵脚可以转换。基本上有五言和七言两种。

五言古体诗

如李商隐的《登乐游原》

向晚意不适，驱车登古原。

夕阳无限好，只是近黄昏。

七言古体诗

如王勃的《滕王阁诗》

滕王高阁临江渚，佩玉鸣鸾罢歌舞。

画栋朝飞南浦云，珠帘暮卷西山雨。

闲云潭影日悠悠，物换星移几度秋。

阁中帝子今安在？槛外长江空自流！

唐代的近体诗

近体诗有严整的格律，所以有人又称它为格律诗。近体诗对音韵格律的要求比较严：一首诗的句数有限定，每句诗中用字的平仄声，有一定的规律，韵脚不能转换。近体诗也有两种，一种叫做绝句，一种叫做律诗。

绝句

绝句的句数为每首四句，按照每句中的字数又分为五言绝句和七言绝句两种。

五言绝句

如王之涣的《登鹳雀楼》

白日依山尽，黄河入海流。

欲穷千里目，更上一层楼。

1

唐诗的形式

七言绝句

如李白的《送孟浩然之广陵》

故人西辞黄鹤楼，烟花三月下扬州。

孤帆远影碧空尽，惟见长江天际流。

律诗

律诗为每首八句，还要求中间四句成为对仗。按照每句中的字数也分为五言律诗和七言律诗两种。

五言律诗

如王维的《山居秋暝》

空山新雨后，天气晚来秋。

明月松间照，清泉石上流。

竹喧归浣女，莲动下渔舟。

随意春芳歇，王孙自可留。

七言律诗

如刘禹锡的《西塞山怀古》

王浚楼船下益州，金陵王气黯然收。

千寻铁锁沉江底，一片降幡出石头。

人世几回伤往事？山形依旧枕寒流。

从今四海为家日，故垒萧萧芦荻秋。

2

图3.77 原始文档的内容与页面布局

第3步：保存文档并命名为“唐诗的形式”。

2. 添加脚注与尾注

脚注和尾注用于在打印文档中为文档中的指定文本提供解释、批注以及相关的参考资料。可用脚注对文档内容进行注释说明，而用尾注对文档中引用的文献或相关内容的出处进行注释说明。在默认情况下，Word 将脚注放在页面的结尾处而将尾注放在文档的结尾处。

脚注或尾注均由两个相互链接的部分组成，即注释引用标记（注释引用标记：用于指明脚注或尾注已包含附加信息的数字、字符，或字符的组合）及相应的注释文本。如图 3.78 所示，1 为脚注和尾注引用标记，2 为分隔符线，3 为脚注文本，4 为尾注文本。

1）设置脚注与尾注的编号样式

将光标置于文档中的任意位置，在“引用”选项卡上，单击“脚注与尾注”对话框启动器，打开如图 3.79 所示的“脚注和尾注”对话框。单击“脚注”或“尾注”，在“编号格式”框中单击所需的选项，最后单击“应用”按钮。

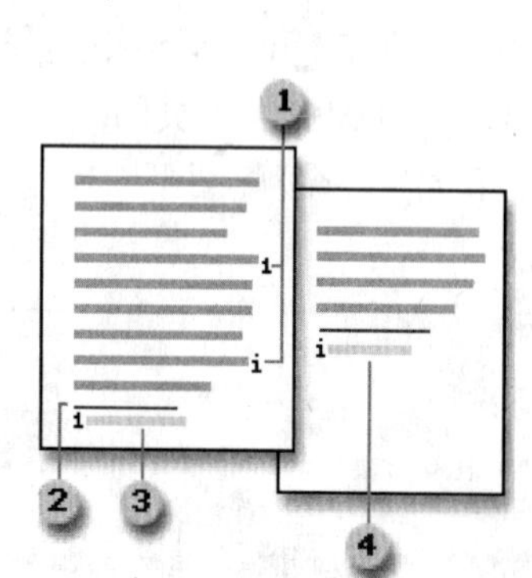

图 3.78　脚注与尾注的格式

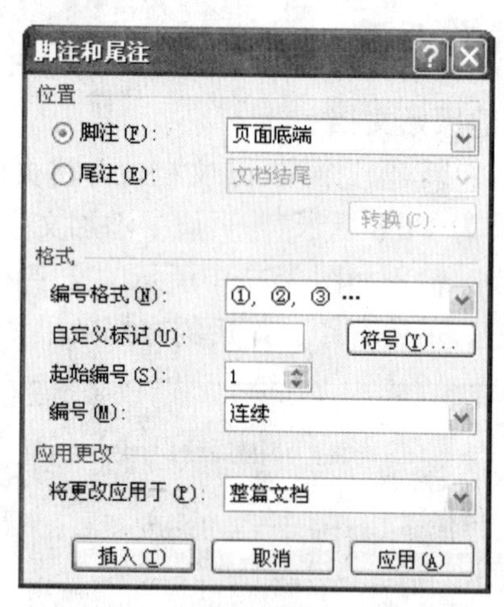

图 3.79　“脚注和尾注”对话框

说明：在指定编号方案后，Word 会自动对脚注和尾注进行编号。可以在整个文档中使用一种编号方案，也可以在文档的每一节（节：文档的一部分，可在其中设置某些页面格式选项。若要更改例如行编号、列数或页眉和页脚等属性，请创建一个新的节）中使用不同的编号方案。

2）插入脚注

第 1 步：将光标置于第一首诗中的“向晚”二字之后。

第 2 步：单击“引用”选项卡→“脚注”组→“插入脚注”按钮，此时会在页面的底端出现一条分隔线，线的下方即为脚注的注释文本区，光标会自动进入到注释文本区内的注释编号的后面。

第 3 步：输入注释文本“向晚：将近傍晚。”。

第 4 步：单击鼠标将光标移回到正常文字区即可。

第 5 步：采用相同的方式在第二首诗的“渚”字后面插入第二个脚注“渚：水中间的小块陆地。”，在第四首诗的“之”字后面插入第三个脚注“之：到的意思。”。

3）插入尾注

第 1 步：将光标置于第一首诗的名字之后。

第 2 步：单击“引用”选项卡→“脚注”组→“插入尾注”按钮，此时会在文档的结尾处出现一条分隔线，线的下方即为尾注的注释文本区，光标会自动进入到注释文本区内的注释编号的后面。

第 3 步：输入注释文本“引自《唐诗三百首》”。

第 4 步：采用相同的方式在第五首诗的名字后面插入第二个尾注“引自《唐宋诗集》”。

插入了脚注和尾注后的文档效果如图 3.80 所示。

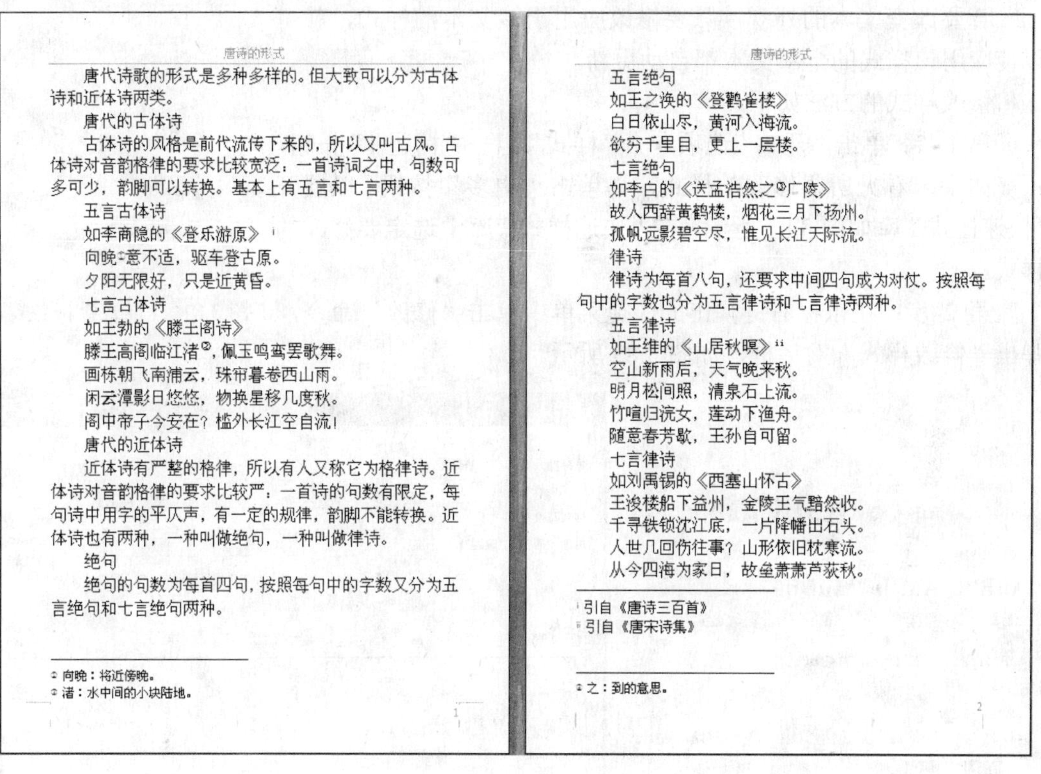

唐诗的形式

唐代诗歌的形式是多种多样的。但大致可以分为古体诗和近体诗两类。

唐代的古体诗

古体诗的风格是前代流传下来的，所以又叫古风。古体诗对音韵格律的要求比较宽泛：一首诗词之中，句数可多可少，韵脚可以转换。基本上有五言和七言两种。

五言古体诗

如李商隐的《登乐游原》[i]

向晚[1]意不适，驱车登古原。

夕阳无限好，只是近黄昏。

七言古体诗

如王勃的《滕王阁诗》

滕王高阁临江渚[2]，佩玉鸣鸾罢歌舞。

画栋朝飞南浦云，珠帘暮卷西山雨。

闲云潭影日悠悠，物换星移几度秋。

阁中帝子今安在？槛外长江空自流！

唐代的近体诗

近体诗有严整的格律，所以有人又称它为格律诗。近体诗对音韵格律的要求比较严：一首诗的句数有限定，每句诗中用字的平仄声，有一定的规律，韵脚不能转换。近体诗也有两种，一种叫做绝句，一种叫做律诗。

绝句

绝句的句数为每首四句，按照每句中的字数又分为五言绝句和七言绝句两种。

[1] 向晚：将近傍晚。

[2] 渚：水中间的小块陆地。

1

唐诗的形式

五言绝句

如王之涣的《登鹳雀楼》

白日依山尽，黄河入海流。

欲穷千里目，更上一层楼。

七言绝句

如李白的《送孟浩然之[3]广陵》

故人西辞黄鹤楼，烟花三月下扬州。

孤帆远影碧空尽，惟见长江天际流。

律诗

律诗为每首八句，还要求中间四句成为对仗。按照每句中的字数也分为五言律诗和七言律诗两种。

五言律诗

如王维的《山居秋暝》[ii]

空山新雨后，天气晚来秋。

明月松间照，清泉石上流。

竹喧归浣女，莲动下渔舟。

随意春芳歇，王孙自可留。

七言律诗

如刘禹锡的《西塞山怀古》

王濬楼船下益州，金陵王气黯然收。

千寻铁锁沉江底，一片降幡出石头。

人世几回伤往事？山形依旧枕寒流。

从今四海为家日，故垒萧萧芦荻秋。

[i] 引自《唐诗三百首》

[ii] 引自《唐宋诗集》

[3] 之：到的意思。

2

图 3.80　插入脚注和尾注

4）相关知识扩展

要删除注释时，请删除文档窗口中的注释引用标记，而非注释中的文字。方法是：在文档中选定要删除的脚注或尾注的引用标记，然后按 Del 键。如果删除了一个自动编号的注释引用标记，Word 会自动对所有注释进行重新编号。

3．修改标题样式

1）样式简介

样式是一组应用于字符、段落、表格和列表的格式特征，如文档各级的标题、正文的缩进方式、页眉和页脚、表格的样式、列表方式等，使用它能迅速改变文档的外观。例如，要为文档标题设定样式，按照我们前面学过的方法可以这样做：在输入标题之后，选定标题，然后选择一个新字体、设定字号、加粗字形，再单击“居中对齐”按钮。而如果使用样式，只需执行一步操作，即应用“标题”样式就可取得与上述同样的效果。

2）查看和显示样式

查看和显示样式可以单击“开始”选项卡→“格式”组的对话框启动器，就会打开“样式”任务窗格，如图 3.81 所示。

在“样式”任务窗格中列出已有样式，如“正文”、“标题 1”、“副标题”等。把鼠标指针移动到列表框中的某一样式上，其上方会显示出一个方框详细说明这一样式的具体定义。

3）修改样式

若要改变文本的外观，只要修改应用于该文本的样式，就可以使应用该样式的全部文本都自动更新。

修改样式的方法如下。

第 1 步：单击“开始”选项卡→“样式”组→“标题 1”按钮。

如果未看见所需修改的样式，请单击“更多”按钮以展开“快速样式”库如图 3.82 所示，在“快速样式”库中选定要修改的样式。

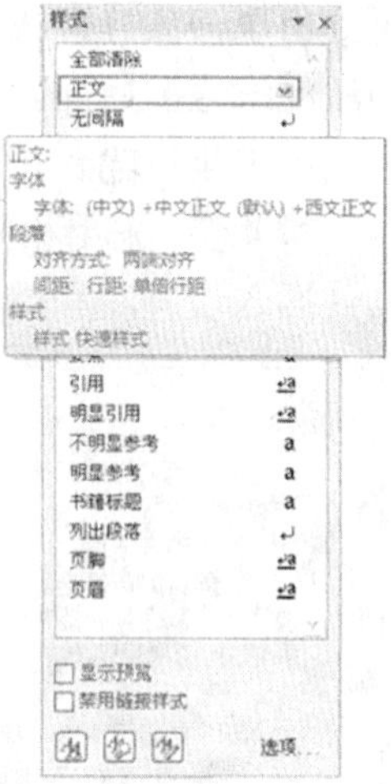

图 3.81 “样式”任务窗格

第 2 步：在鼠标右键弹出的快捷菜单中单击“修改”命令，弹出“修改样式”对话框，如图 3.83 所示。

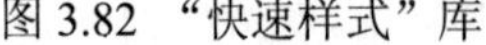
图 3.82 “快速样式”库

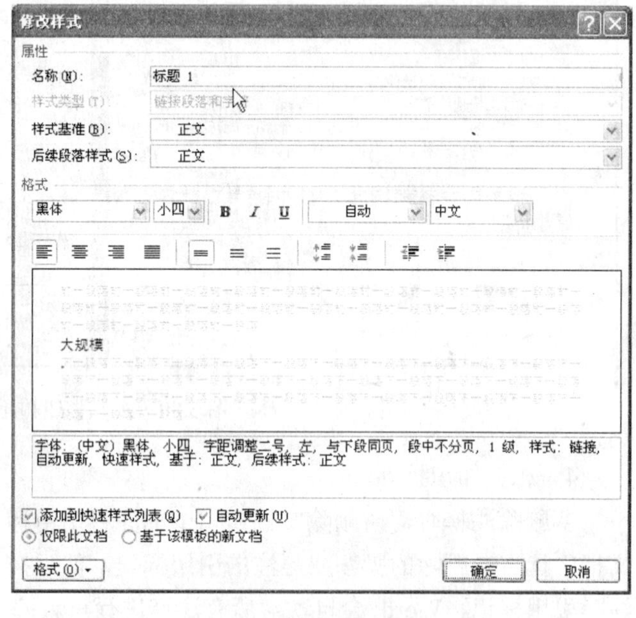

图 3.83 “修改样式”对话框

第 3 步：在“修改样式”对话框中将字体设置为小四黑体，对齐方式设置为左对齐。

第 4 步：单击“格式”按钮，在下拉列表中单击“段落”命令，在打开的“段落”对话框中设置段前段后间距为 0 行。

第 5 步：单击“确定”按钮返回即可。

重复上述的第 1 步至第 5 步，将“标题 2”的格式设置为小四黑体，左对齐，首行缩进 2 个字符，段前段后 0 行；再将“标题 3”的格式设置为小四楷体加粗，左对齐，首行缩进 2 个字符，段前段后 0 行。

4）相关知识扩展

Word 用户不仅可以使用（直接应用或修改后应用）Word 内置各种样式，而且还允许用户新建一些自己的特殊样式。建立新样式的操作分为 3 步。

第 1 步：选定要创建为新样式的文本，并设置好应有的各种文本及段落格式。

第 2 步：右击所选内容，在弹出的快捷菜单中指向“样式”，然后在其级联菜单中单击“将所选内容保存为新快速样式”。

第 3 步：为样式提供一个名称，然后单击“确定”按钮，建立一个新样式的工作就完成了。

对于 Word 的内置样式是不允许删除的，用户只能删除那些自己创建的新样式。删除样式的具体操作分为 2 步。

第 1 步：单击“开始”选项卡→“样式”组中的“样式”对话框启动器，打开如图 3.81 所示的“样式”任务窗格。

第 2 步：在列表框中选中要删除的样式，然后单击其右侧的下拉箭头，从弹出的菜单中单击“删除”命令即可。

4．设置多级编号的格式

第 1 步：单击“开始”选项卡→“段落”组→“多级列表”按钮，在弹出的下拉列表中单击“定义新的多级列表”命令，打开如图 3.84 所示的“定义新多级列表”对话框。

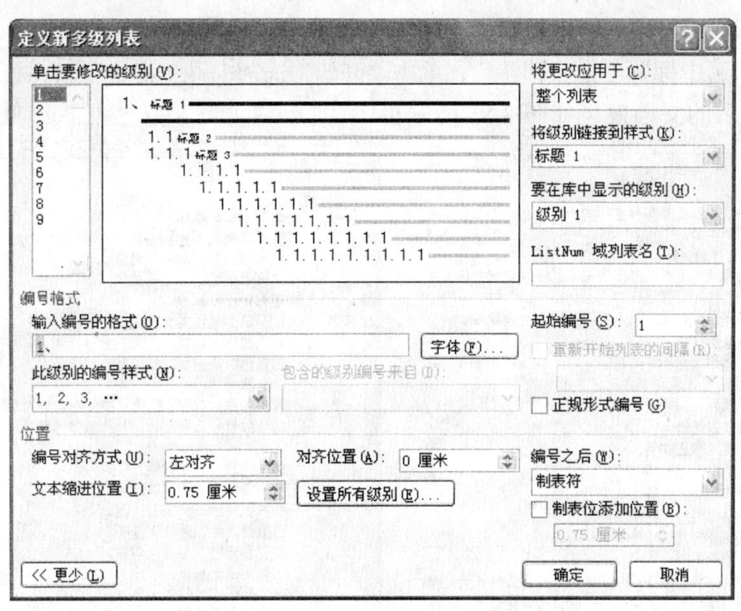

图 3.84 “定义新多级列表”对话框

第 2 步：在级别列表中选择“1”，在“将级别链接到样式”列表框中选择“标题 1”，对齐位置设置为 0 厘米，文本缩进位置设置为 0.75 厘米。

第 3 步：在级别列表中选择“2”，在“将级别链接到样式”列表框中选择“标题 2”，对齐位置设置为 0.9 厘米，文本缩进位置设置为 1.7 厘米。

第 4 步：在级别列表中选择“3”，在“将级别链接到样式”列表框中选择“标题 3”，对齐位置设置为 0.9 厘米，文本缩进位置设置为 2 厘米。

第 5 步：单击“确定”按钮返回。

5．应用标题样式

在 Word 2007 中对所选文本应用某种样式的方法非常简单，只需单击快速样式库中的某个指定样式按钮即可。本案例要求的操作内容分为以下 10 步。

第 1 步：选中标题“唐代的古体诗”，单击“开始”选项卡→“样式”组→“标题 1”按钮。

第 2 步：选中标题“五言古体诗”，单击“开始”选项卡→“样式”组→“标题 2”按钮。

第 3 步：选中标题“七言古体诗”，单击“开始”选项卡→“样式”组→“标题 2”按钮。

第 4 步：选中标题“唐代的近体诗”，单击“开始”选项卡→“样式”组→“标题 1”按钮。

第 5 步：选中标题“绝句”，单击“开始”选项卡→“样式”组→“标题 2”按钮。

第 6 步：选中标题“五言绝句”，单击“开始”选项卡→“样式”组→“标题 3”按钮。

第 7 步：选中标题“七言绝句”，单击“开始”选项卡→“样式”组→“标题 3”按钮。

第 8 步：选中标题“律诗”，单击“开始”选项卡→“样式”组→“标题 2”按钮。

第 9 步：选中标题“五言律诗”，单击“开始”选项卡→“样式”组→“标题 3”按钮。

第 10 步：选中标题“七言律诗”，单击“开始”选项卡→“样式”组→“标题 3”按钮。

设置完成后的文档效果如图 3.85 所示。

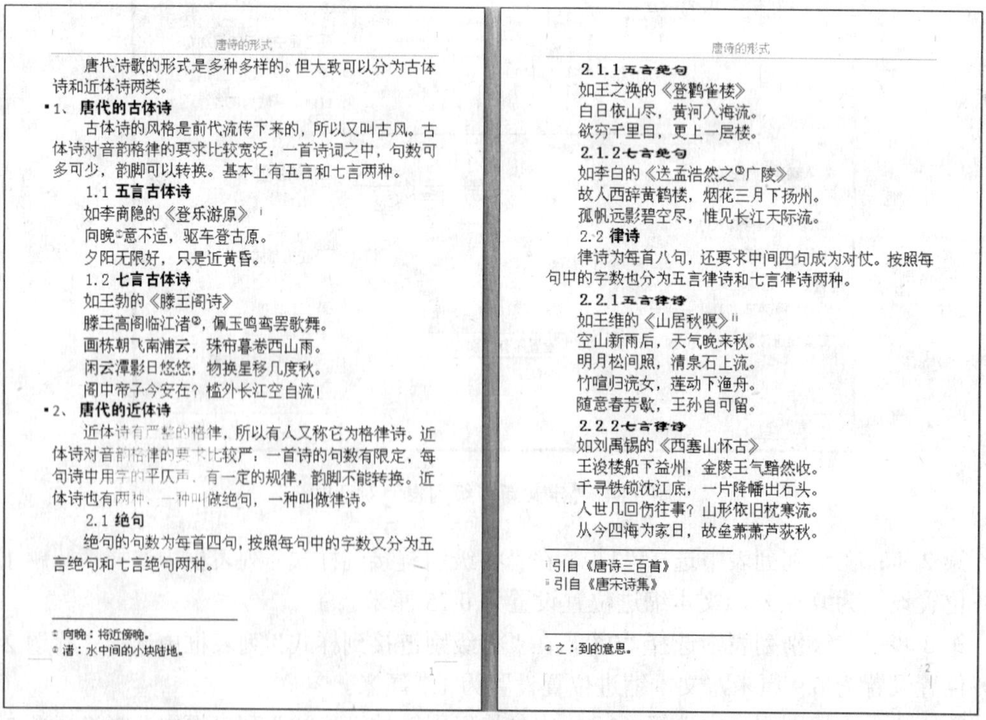

唐诗的形式

唐代诗歌的形式是多种多样的。但大致可以分为古体诗和近体诗两类。

1、 唐代的古体诗

古体诗的风格是前代流传下来的，所以又叫古风。古体诗对音韵格律的要求比较宽泛：一首诗词之中，句数可多可少，韵脚可以转换。基本上有五言和七言两种。

1.1 **五言古体诗**

如李商隐的《登乐游原》[i]

向晚[①]意不适，驱车登古原。
夕阳无限好，只是近黄昏。

1.2 **七言古体诗**

如王勃的《滕王阁诗》

滕王高阁临江渚[②]，佩玉鸣鸾罢歌舞。
画栋朝飞南浦云，珠帘暮卷西山雨。
闲云潭影日悠悠，物换星移几度秋。
阁中帝子今安在？槛外长江空自流！

2、 唐代的近体诗

近体诗有严整的格律，所以有人又称它为格律诗。近体诗对音韵格律的要求比较严：一首诗的句数有限定，每句诗中用字的平仄声，有一定的规律，韵脚不能转换。近体诗也有两种，一种叫做绝句，一种叫做律诗。

2.1 **绝句**

绝句的句数为每首四句，按照每句中的字数又分为五言绝句和七言绝句两种。

[①] 向晚：将近傍晚。
[②] 渚：水中间的小块陆地。

1

唐诗的形式

2.1.1五言绝句

如王之涣的《登鹳雀楼》

白日依山尽，黄河入海流。
欲穷千里目，更上一层楼。

2.1.2七言绝句

如李白的《送孟浩然之[③]广陵》

故人西辞黄鹤楼，烟花三月下扬州。
孤帆远影碧空尽，惟见长江天际流。

2.2 **律诗**

律诗为每首八句，还要求中间四句成为对仗。按照每句中的字数也分为五言律诗和七言律诗两种。

2.2.1五言律诗

如王维的《山居秋暝》[ii]

空山新雨后，天气晚来秋。
明月松间照，清泉石上流。
竹喧归浣女，莲动下渔舟。
随意春芳歇，王孙自可留。

2.2.2七言律诗

如刘禹锡的《西塞山怀古》

王浚楼船下益州，金陵王气黯然收。
千寻铁锁沉江底，一片降幡出石头。
人世几回伤往事？山形依旧枕寒流。
从今四海为家日，故垒萧萧芦荻秋。

[i] 引自《唐诗三百首》
[ii] 引自《唐宋诗集》

[③] 之：到的意思。

2

图 3.85　设置标题的多级编号

6. 自动生成目录

Word 2007 具有自动生成文档目录的功能，其中包含有各级标题的名字及其各自在文档中所处的页码，是一个可自动维护和更新的域对象。本案例的具体操作分为 7 步。

第 1 步：在文档的末尾插入一个空白页，将光标置于其中。

第 2 步：单击“引用”选项卡→“目录”组→“目录”按钮，在弹出的列表中单击“插入目录”命令，打开如图 3.86 所示的“目录”对话框。

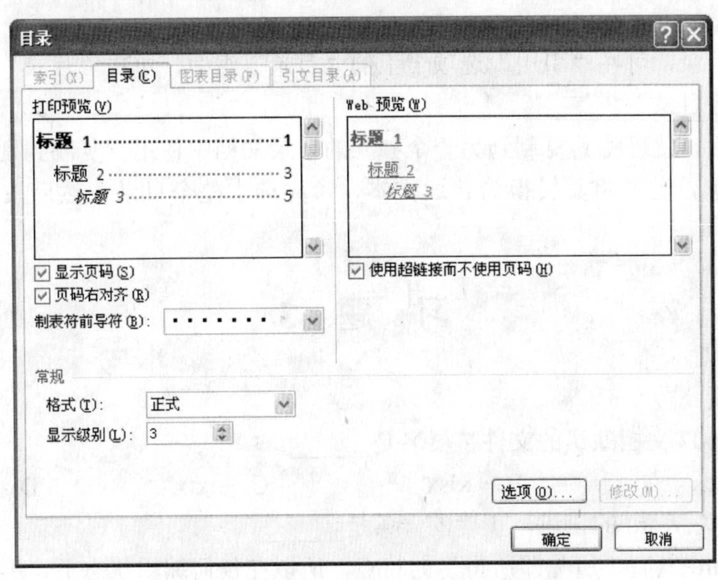

图 3.86 “目录”对话框

第 3 步：选中“显示页码”和“页码右对齐”复选框。

第 4 步：在“格式”下拉列表框中选择“正式”。

第 5 步：在“制表符前导符”下拉列表框中选择一种合适的前导符类型。

第 6 步：在“显示级别”下拉列表框中选择“3”。

第 7 步：单击“确定”按钮返回。

完成上述操作后，自动生成的目录就会显示在光标所在的页面中（见图 3.87）。

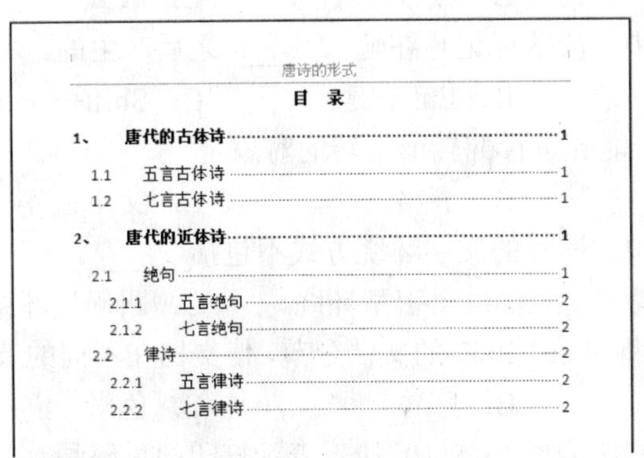

唐诗的形式

目 录

1、 唐代的古体诗……1

1.1 五言古体诗……1

1.2 七言古体诗……1

2、 唐代的近体诗……1

2.1 绝句……1

2.1.1 五言绝句……2

2.1.2 七言绝句……2

2.2 律诗……2

2.2.1 五言律诗……2

2.2.2 七言律诗……2

图 3.87 自动生成的目录

7．相关知识扩展

如果在生成了目录后，用户又添加或删除了文档中的标题或其他目录项，用户可以快速更新目录。方法是在“引用”选项卡上的“目录”组中单击“更新目录”，然后在弹出的如图3.88所示的“更新目录”对话框中选择“只更新页码”或“更新整个目录”选项，最后单击“确定”按钮。

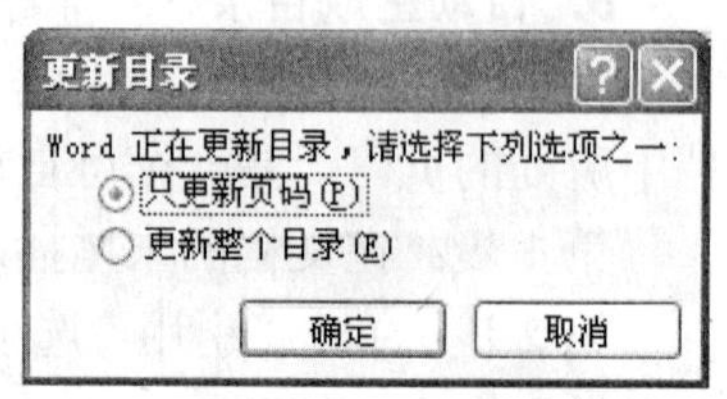

图3.88 “更新目录”对话框

若要删除目录，可在“引用”选项卡上的“目录”组中，单击“目录”，在弹出的列表中单击“删除目录”。

目录生成后，就可将其复制到另一个独立的目录文档中使用。复制到别处的目录仍是一个“域”对象，若要将其转换为普通文本，可先选中整个目录，然后按 Ctrl+Shift+F9 组合键。

习　题　3

一、选择题

1．Word 2007 文档默认的文件扩展名是______。

A．.docx　　B．.xlsx　　C．.txtx　　D．.pptx

2．下列有关 Word 的描述，正确的一条是______。

A．Word 具有“所见即所得”的特点，所以在任何编辑状态下，屏幕上见到的所有内容都可以打印输出

B．Word 具有“自动更正”功能，所以用户输入的任何错字，Word 都会立即自动更正

C．Word 具有很好的兼容性，它既能在 Windows 下运行，也能在 DOS 下运行

D．Word 的功能很强大，它既能处理文本，也能处理表格，还能进行图文混排

3．在 Word 2007 中，预先编排好一种文档中应有的固定文字、固定格式等文档框架，被称为新建______。

A．样式　　B．模板　　C．版式　　D．摘要

4．在 Word 2007 中，段落标记是在输入______之后产生的。

A．句号　　B．Enter 键　　C．Shift+Enter 键　　D．分号

5．Word 2007 中，能够进行翻转或旋转的对象是______。

A．文字　　B．表格　　C．文本框　　D．图形

6．在 Word 2007 中，图片的文字环绕方式不包括______。

A．上下型环绕　　B．紧密型环绕　　C．四周型环绕　　D．左右型环绕

7. 分节排版，就是将 Word 2007 的文档分节，使文档在不同的节中具有不同的______。

A．页面设置　　B．字体　　C．色彩　　D．视图

8．Word 2007 中打印页码“3-5, 10, 12”表示打印的页码是______。

A．3, 4, 5, 10, 12

B．5, 5, 5, 10,12

C．3, 3, 3, 10, 12

D．10, 10, 10, 12, 12, 12, 12, 12

9．在 Word 2007 图形编辑状态下，单击“椭圆”按钮后，按下______键的同时拖动鼠标，可以画出圆形。

A．Ctrl　　B．Shift　　C．Alt　　D．Ctrl+Alt

10．Word 2007 中左右页边距是指______。

A．正文到纸的左右两边之间的距离

B．屏幕上显示的左右两边的距离

C．正文和显示屏左右之间的距离

D．正文和 Word 左右边框之间的距离

11．在 Word 2007 编辑时，文字下面有红色波浪下划线表示______。

A．已修改过的文档　　B．对输入的确认

C．可能是拼写错误　　D．可能是语法错误

12．在某 Word 2007 文档中，A 和 B 是前后连续但格式不同的两个段落，当 A 段段落标记删除后，A、B 两段合并成一个段落，则新段落的格式______。

A．必须重新设定

B．为 A 段落的格式

C．为 B 段落的格式

D．分别保持原来 A、B 两段的格式不变

13．在 Word 2007 文档窗口中进行文档编辑时，为了使被编辑文档不至于因为意外事故使编辑作废，系统设置了一个“自动保存文档”的功能，其中的“自动保存时间间隔”系统默认值是______分钟。

A．2　　B．5　　C．10　　D．20

14．在 Word 2007 中，要给整个页面加一个花纹效果的边框，应该在“页面布局”选项卡的“页面背景”组中单击“页面边框”命令，然后______。

A．打开“边框”选项卡，选择“设置”下的“三维”项

B．打开“页面边框”选项卡，选择“线型”下的“艺术型”项

C．打开“底纹”选项卡，选择“图案”下的“式样”项

D．打开“边框”选项卡，选择“设置”下的“自定义”项

15．在 Word 2007 中，若要输入 y 的 x 次方，应______。

A．将 x 改为小号字

B．将 y 改为大号字

C．选定 x，然后设置其字体格式为上标

D．其他选项说法都不正确

16．在 Word 2007 中，为给每位客户发送一份相同的新产品目录，可以用______命令最简便的实现。

A．邮件合并　　B．使用宏　　C．复制　　D．信封和标签

17．Word 中的“格式刷”的作用是______。

A．快速进行格式复制　　B．选定刷过的文本

C．填充颜色　　　　　　　　　　　　　　D．删除刷过的文本

18．要删除选取的文本，不能通过______方法实现。

A．按 Backspace 键　　　　　　　　　　B．按 Del 键

C．单击“剪切”按钮　　　　　　　　　　D．单击“清除”按钮

二、填空题

1．Word 2007 中，与打印机输出完全一致的 Word 2007 显示视图称为______视图。

2．Word 2007 将页面正文的顶部页面共同信息部分称为______。

3．Word 2007 将页面正文的底部页面共同信息称为______。

4．在 Word 2007 中，段落标记是在按______键之后产生，它既表示了当前段的结束，又表示了下一段的开始，同时还记载了被结束的段格式信息。

5．在 Word 2007 中共有五种视图模式，它们是______、Web 版式视图、大纲视图、阅读版式视图和普通视图。

6．在 Word 2007 中可以在文档的每页或一页上打印一图形作为页面背景，这种特殊的文本效果被称为______。

7．艺术字是______对象，不能像普通文本一样进行拼写检查。

8．在 Word 2007 中，首字下沉共有两种不同的方式，它们是普通下沉和______。

三、操作题

请您自己设计一份“自荐书”，要求内容必须包括以下元素：近百字的文本、图片、艺术字、表格、首字下沉、分栏、项目符号、项目编号等。

第4章　电子表格软件 Excel 2007

Excel 2007 是 Microsoft Office 2007 的主要组件之一，是 Windows 环境下的电子表格软件，具有很强的图形、图表处理功能。它可用于财务数据处理、科学分析计算，并能用图表显示数据之间的关系和对数据进行组织。通过本章的学习，应该熟练掌握运用 Excel 2007 进行普通表格制作、表格格式设置的方法以及 Excel 2007 中简单的公式和函数的使用，基本掌握简单图表的制作和分类汇总，了解数据透视表等内容。

4.1　案例 1——认识 Excel 2007

4.1.1　案例说明

1．任务

启动 Excel 2007，了解 Excel 2007 的工作环境和基本概念，退出 Excel 2007。

2．目的

（1）掌握 Excel 2007 的启动和退出方法。

（2）了解 Excel 2007 的工作环境。

（3）掌握工作簿、工作表、单元格等基本概念。

4.1.2　操作步骤

1．启动 Excel 2007

要进入 Excel 2007 的工作环境，就必须先启动 Excel 2007。启动 Excel 2007 的方法通常有 3 种。

方法一：　在 Windows 的桌面上，直接用鼠标双击已建立的 Excel 2007 快捷图标，可以启动 Excel 2007。

方法二：在 Windows 的界面下，　打开“开始”菜单，在弹出的“程序”选项菜单中，单击 Microsoft office 选项，然后在其级联菜单中单击 Microsoft office Excel 2007，便可以启动 Excel 2007。

方法三：双击一个已经建立的 Excel 文件，可以直接启动 Excel 2007。

2．Excel 2007 的工作环境

Excel 2007 启动后，会出现如图 4.1 所示的工作窗口。

Excel 2007 的工作窗口主要包括标题栏、快速访问工具栏、Office 按钮、功能区、编辑栏、滚动条、工作表编辑区、工作表切换按钮和状态栏等部分。

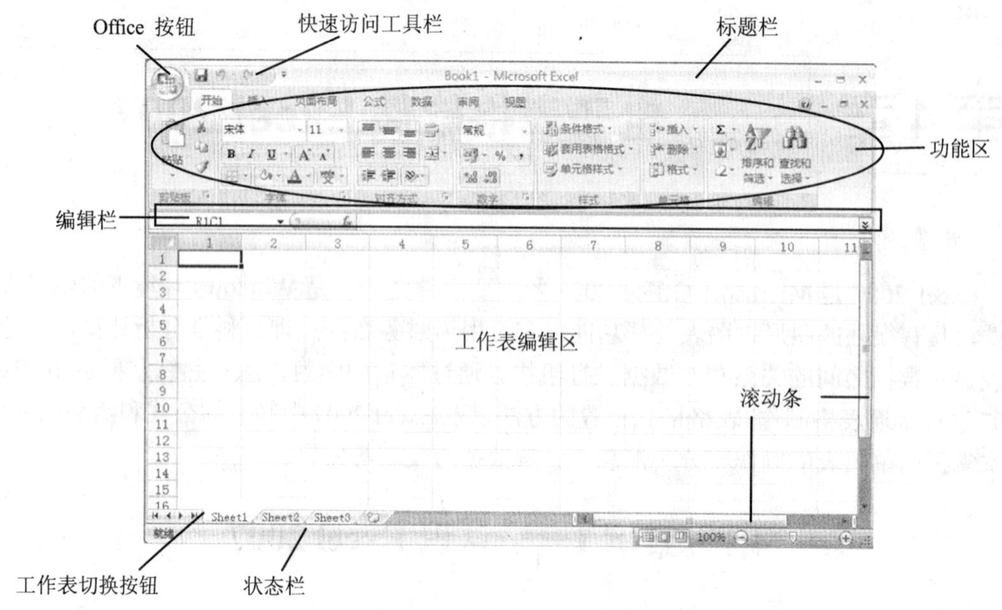

图 4.1　Excel 2007 工作窗口

1）标题栏

用于显示程序的名称和当前编辑的工作簿文件名。

2）快速访问工具栏

默认情况下，快速访问工具栏位于 Excel 窗口的顶部，使用该工具栏可以快速访问最常用的工具，如“保存”、“撤销”、“恢复”等。

用户可以将其他工具添加到快速访问工具栏上，也可以从快速访问工具栏上删除不需要显示的工具，具体方法与 Word 2007 相同。

3）Office 按钮

该按钮位于 Excel 2007 窗口的左上角，单击该按钮，将弹出如图 4.2 所示的菜单。利用该菜单左侧的选项，可以进行新建、打开、保存等操作。利用该菜单右侧的选项，可以从最近使用过的工作簿中直接选择要打开的文件进行查看或编辑。在菜单下方还有两个按钮：“Excel 选项”按钮用于打开“Excel 选项”对话框，以便进行各种系统参数设置；“退出 Excel”按钮用于退出 Excel 2007。

4）功能区

同 Word 2007 一样，Excel 2007 的大部分操作都在功能区完成。功能区如图 4.3 所示，在功能区中排列着几个选项卡，每个选项卡代表着一类功能或操作很相似的命令。在每个选项卡中，又按具体的功能对命令进行了重新分类，并组织到各个组中。为了减少混乱，某些选项卡只在需要时才显示。也可以自行进行选项卡的隐藏显示设定。

5）工作表编辑区

工作表编辑区位于工作界面的正中间，如图 4.4 所示，这是 Excel 输入并编辑数据的区域，由工作表数据编辑区和工作表标签操作区组成。

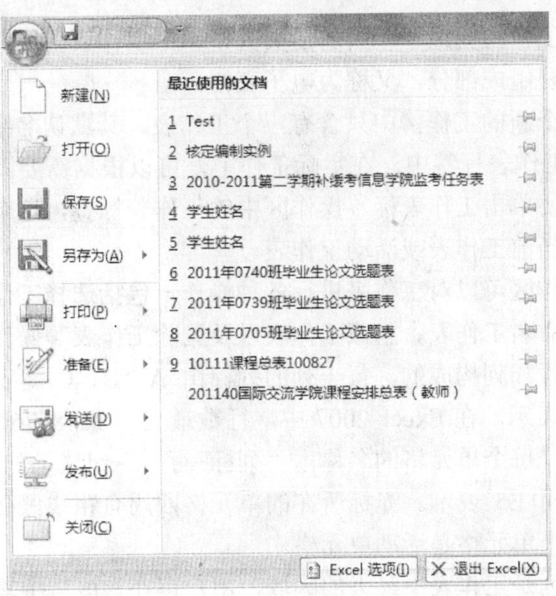

图 4.2　Microsoft Office 菜单

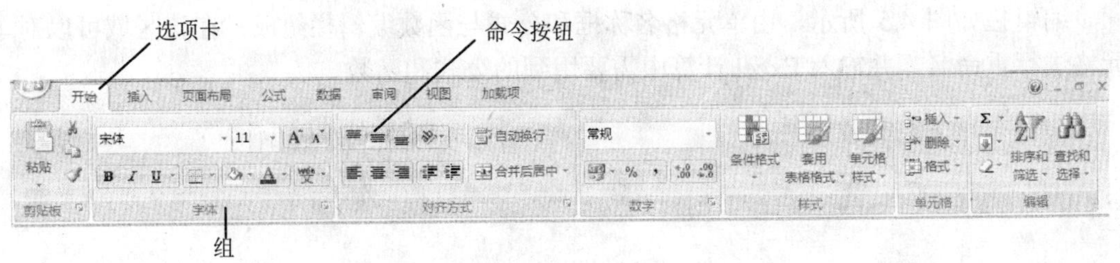

图 4.3　功能区

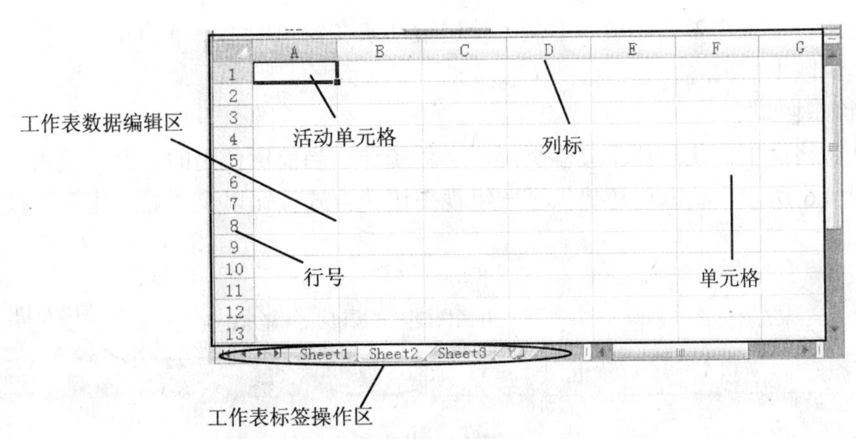

图 4.4　工作表编辑区

在 Excel 中，工作簿是用来计算和存储数据的文件，其扩展名为.xlsx，其中可以包含一个或多个工作表。启动 Excel 2007 时，会打开一个默认名为 BOOK1 的空白工作簿。在

Excel 2007 中，每个工作簿就像一个大的活页夹，每个工作表就像其中一张活页纸。每个工作表是工作簿的重要组成部分，又称为电子表格。

默认情况下，一个新的工作簿中只含有三个工作表，其默认名字是 Sheet1、Sheet2、Sheet3，分别显示在工作表标签中。在实际工作中，可以根据需要添加更多的工作表。要编辑某个工作表，只要单击工作表标签操作区中的工作表标签，这个工作表就会被激活，被激活的工作表称为当前工作表或活动工作表。

在工作表标签操作区可以对工作表进行各种操作，包括选择工作表、插入工作表、移动或复制工作表、重命名工作表、隐藏工作表以及删除工作表等操作。

每个工作表是由行和列构成的，每一列的列标由 A、B、C 等字母表示，每一行的行号由 1、2、3 等数字表示。在 Excel 2007 中，行数最大为 1048576，列数最大为 16384。行列交叉组成单元格，每个单元格的名称由“列标+行号”组成，如位于第 E 列、第 5 行交叉点上的单元格就用 E5 表示。光标所在的单元格四周有粗线黑框，称为活动单元格，每张工作表中只有一个单元格是活动单元格。

工作表数据编辑区是工作表中最大的区域，用户可在该区域中输入数据。输入数据是完成公式和函数计算的前提条件。

6）编辑栏

编辑栏如图 4.5 所示，由单元格名称框和公式与函数编辑栏组成，在该区域可以对单元格进行重命名，并输入 Excel 计算中需要用到的公式和函数。

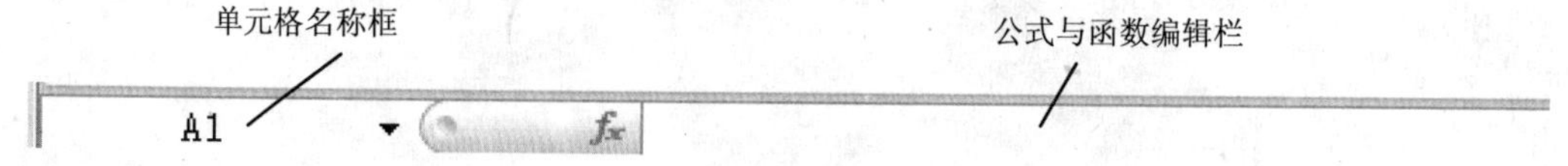

图 4.5　编辑栏

7）滚动条

滚动条位于工作表的底边和右侧。使用滚动条在窗口中上、下、左、右移动可以方便地查看编辑区中的内容。

8）状态栏

在默认情况下，状态栏中显示页码、字数统计、当前所使用的语言、插入、改写等信息，如图 4.6 所示，状态栏还提供了一组视图快捷方式按钮以及“显示比例”按钮和“缩放滑块”。

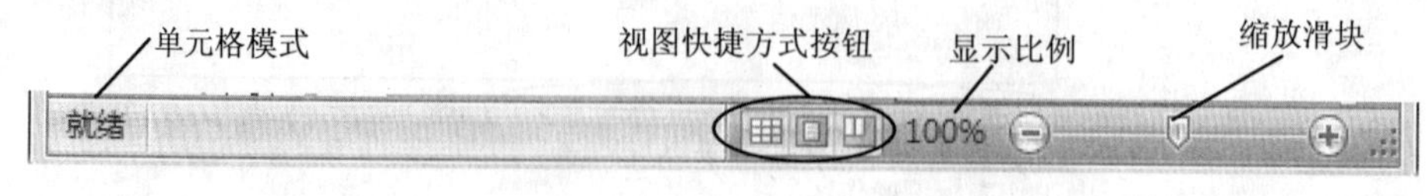

图 4.6　状态栏

3．Excel 2007 的退出

当打开的工作簿不需要再做其他操作时，可以将其关闭，关闭工作簿的方法如下。

方法一：单击 Office 按钮，从弹出的菜单中单击“退出 Excel”按钮。

方法二：按下 Ctrl+F4 组合键。

方法三：单击工作簿窗口右上角的“关闭”按钮 x 或者双击 Office 按钮。

4.2 案例 2——制作课程表

4.2.1 案例说明

1. 任务

制作一个课程表，输入相关数据，对数据表进行格式设置及保存、打印输出。完成制作的工作表如图 4.7 所示。

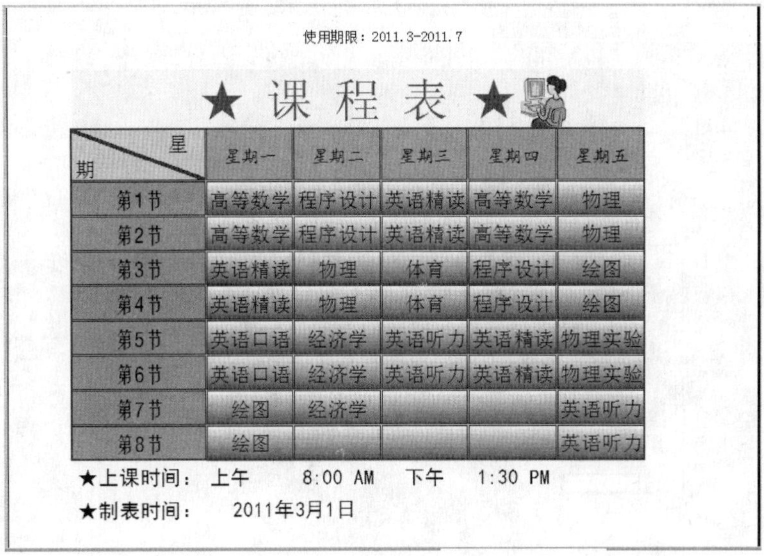

使用期限：2011.3-2011.7

★ 课 程 表 ★

星 期	星期一	星期二	星期三	星期四	星期五
第1节	高等数学	程序设计	英语精读	高等数学	物理
第2节	高等数学	程序设计	英语精读	高等数学	物理
第3节	英语精读	物理	体育	程序设计	绘图
第4节	英语精读	物理	体育	程序设计	绘图
第5节	英语口语	经济学	英语听力	英语精读	物理实验
第6节	英语口语	经济学	英语听力	英语精读	物理实验
第7节	绘图	经济学			英语听力
第8节	绘图				英语听力

★上课时间：上午 8:00 AM 下午 1:30 PM

★制表时间： 2011年3月1日

图 4.7 课程表样例

2. 目的

（1）掌握新建及保存工作簿和工作表的方法。

（2）掌握数据表中各类数据的输入及快速填充的方法。

（3）掌握工作表的数据格式和单元格格式设置的方法。

（4）掌握在工作表中插入图片、艺术字等的方法。

（5）掌握打印相关设置的方法。

4.2.2 操作步骤

1. 新建工作簿

方法一：启动 Excel 2007 后，将自动新建一个默认名为“Book1”的工作簿。

方法二：在启动的 Excel 2007 窗口中，单击 Office 按钮，在弹出的菜单中单击“新建”命令，弹出如图 4.8 所示的“新建工作簿”对话框。双击“空工作簿”图标，单击“创建”按钮，将新建工作簿“Book2”，如图 4.9 所示。

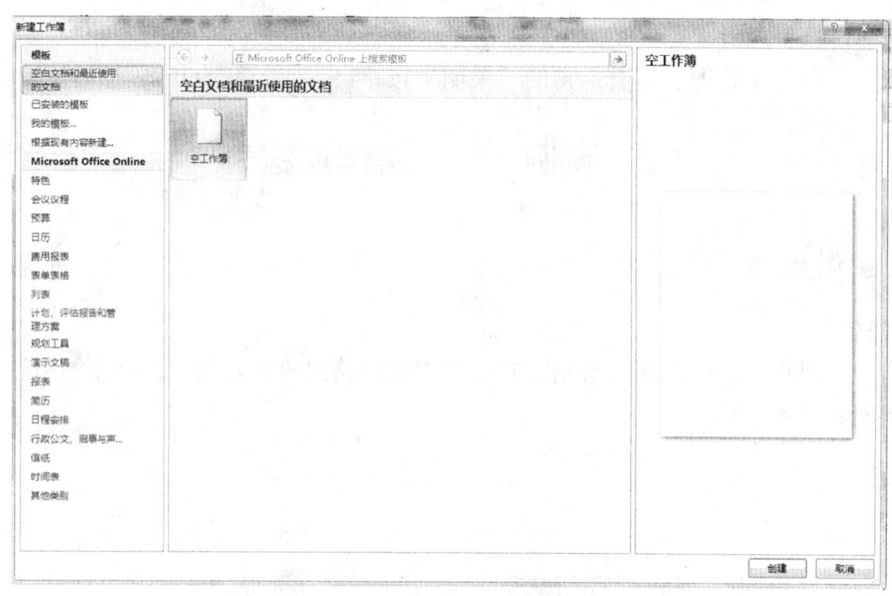

图 4.8 “新建工作簿”对话框

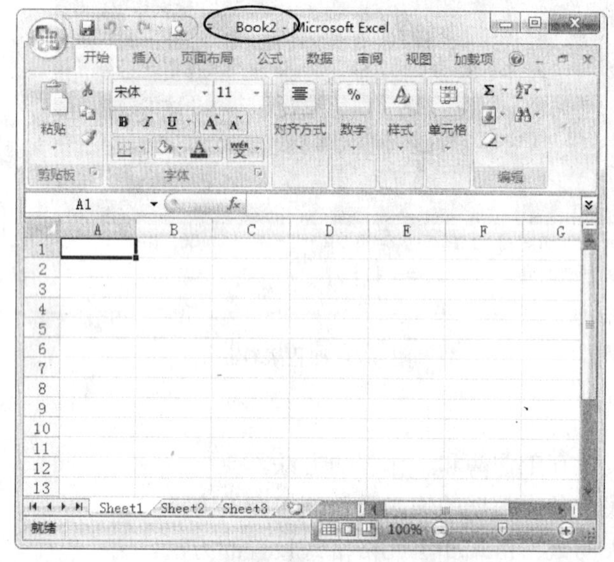

图 4.9 新建的 Book2 工作簿

2．重命名工作表

新建工作簿后，工作表默认的名称为 Sheet1、Sheet2、Sheet3 等，不利于记忆也不直观。一般需要为工作表设定一个有意义的名称。重新命名工作表的方法如下。

方法一：双击要重命名的工作表标签，将以 Sheet1 显示，直接输入新名称“课程表”，然后按 Enter 键即可，如图 4.10 所示。

方法二：用鼠标右键单击要重命名的工作表标签，在弹出的菜单中单击“重命名”命令，然后输入工作表的新名称即可。

方法三：单击要重命名的工作表，单击“开始”选项卡→“单元格”组→“格式”按钮，在下拉菜单中单击“重命名工作表”命令，然后输入新名称，如图 4.11 所示。

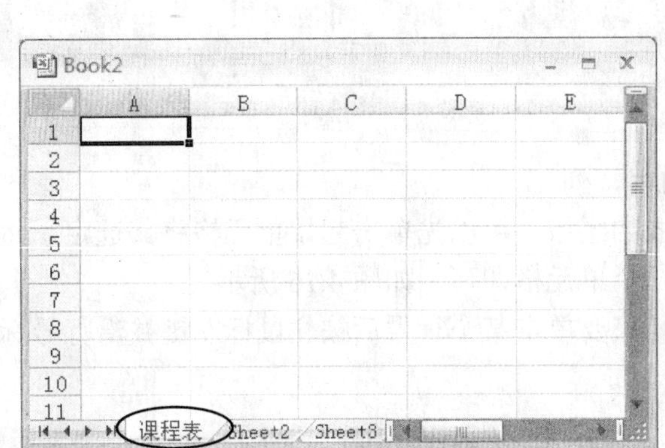

图 4.10　新命名的工作表

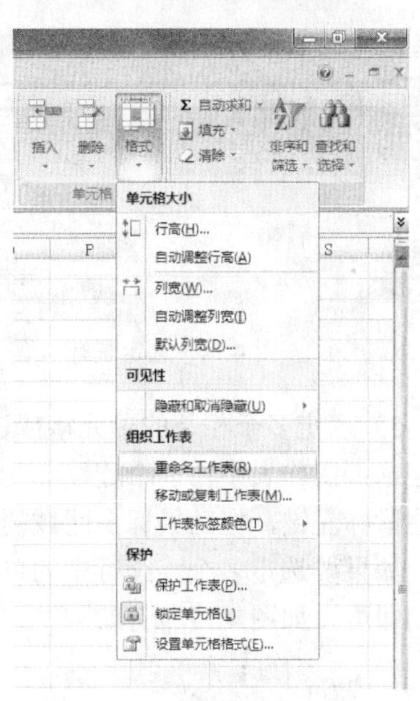

图 4.11　“重命名工作表”命令

3．选定单元格和区域

要对工作表进行操作，首先都要选定工作表中的单元格或单元格区域。

1）选定一个单元格

用鼠标单击需要编辑的单元格即可。选定某个单元格后，该单元格所对应的行列号或名称将会显示在名称框内，同时该单元格以粗线框显示，如图 4.12 所示。

2）选定工作表中的所有单元格

单击位于行号和列号交叉处的“全选”按钮，可选定整张工作表，如图 4.13 所示。选定工作表中的所有单元格的快捷键为 Ctrl+A。

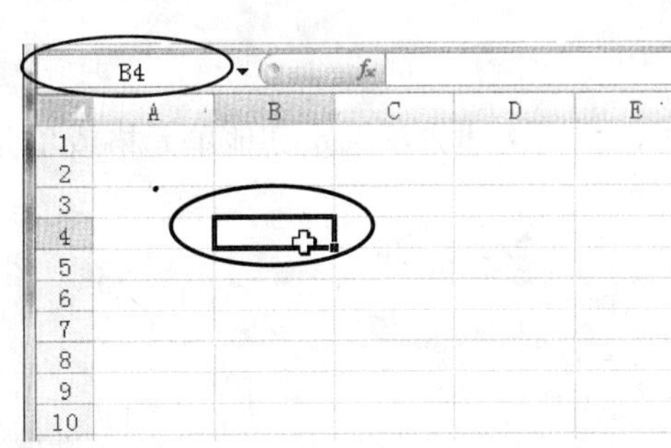

图 4.12　选定一个单元格

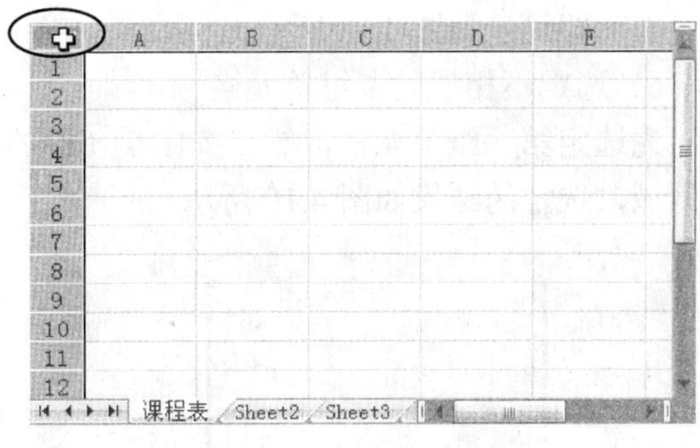

图 4.13　选定整张工作表

3）选定整行

单击某行行首的行号标签，可以选定整行的所有单元格，如图 4.14 所示。

4）选定整列

单击某列列首的列号标签，可以选定整列的所有单元格，如图 4.15 所示。

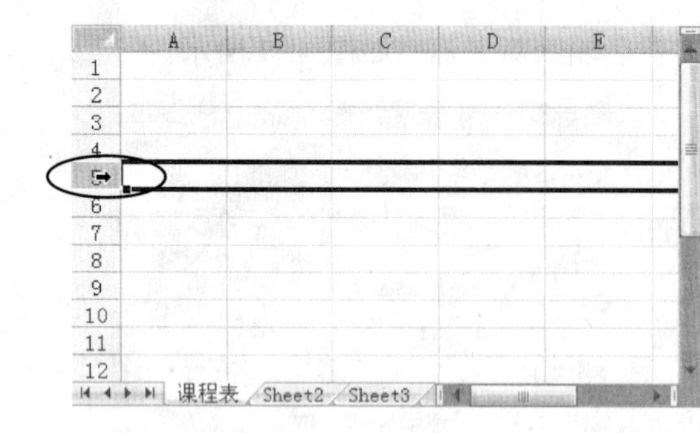

图 4.14　选定整行

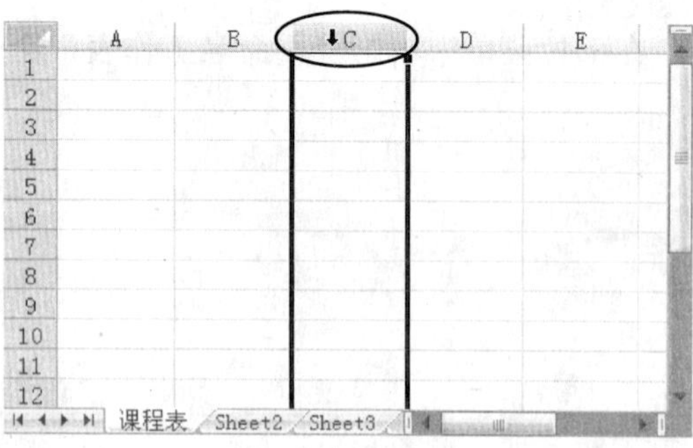

图 4.15　选定整列

5）选定多个相邻的单元格或连续的行、列

选定工作表中由多个连续单元格组成的区域，可以先单击起始单元格将其选定，然后按住鼠标左键，拖动鼠标至区域的最后一个单元格即可，如图 4.16 所示。

如果要选定多个连续行中的单元格，只要单击某个行号后按住鼠标左键并沿行号标签拖动即可，如图 4.17 所示。

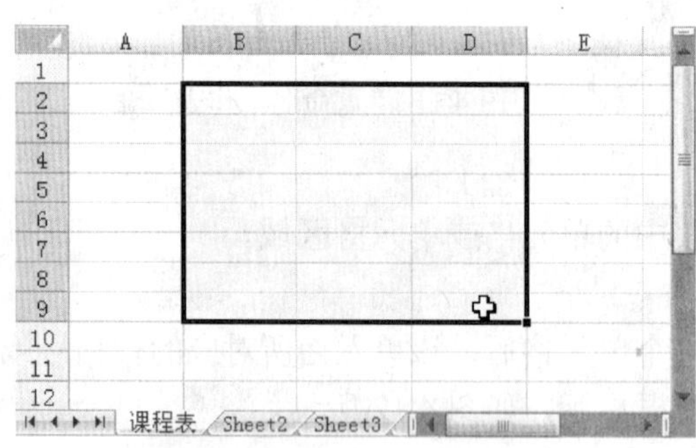

图 4.16　选定相邻的单元格

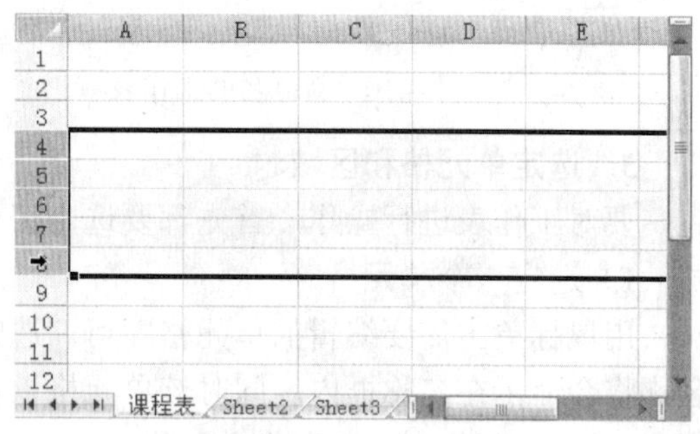

图 4.17　选定连续行

如果要选定多个连续列中的单元格，同样只要单击某个列号后按住鼠标左键并沿列号标签拖动即可，如图 4.18 所示。

6）选定不相邻的多组单元格

先选定第一组单元格，然后按住 Ctrl 键的同时，使用上述方法选定其他单元格或单元格区域，选定的结果如图 4.19 所示。

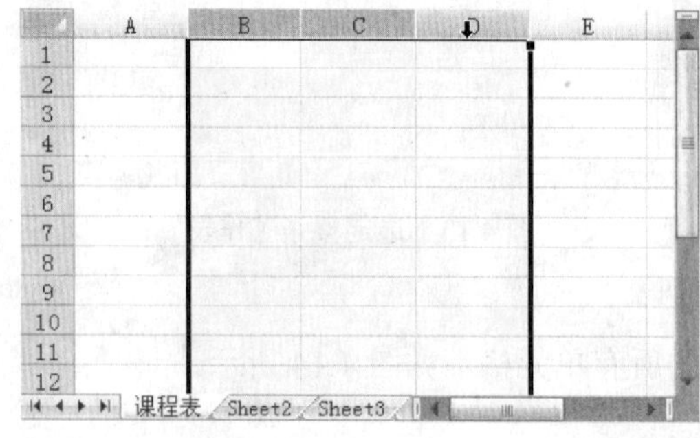

图 4.18　选择连续列

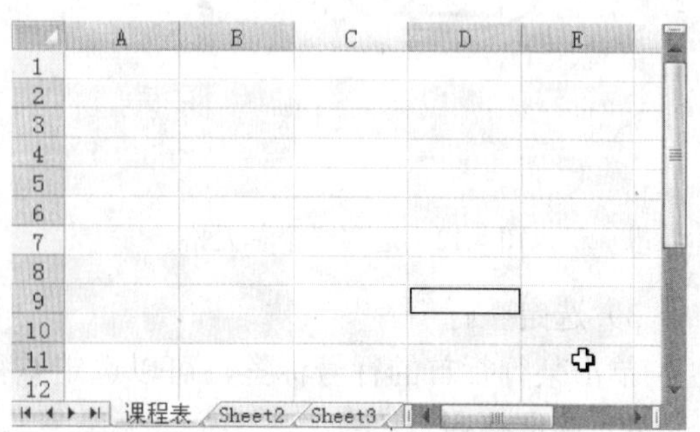

图 4.19　选择不相邻单元格

4. 输入标题并合并单元格

第 1 步：单击 A1 单元格将其选中，选择一种汉字输入法，在 A1 单元格中输入标题文字“课程表”，按 Enter 键确认输入，如图 4.20 所示。

第 2 步：拖动鼠标选定要合并的单元格 A1:F1，在功能区单击“开始”选项卡→“对齐方式”组→“合并后居中”按钮右侧的小三角符号，在弹出的菜单中单击“合并后居中”命令，如图 4.21 所示，将选定的区域合并为一个单元格，并使其内容居中排列。

图 4.20　在 A1 单元格中输入标题

图 4.21　合并单元格

5. 快速输入数据

方法一：利用填充柄填充。

第 1 步：单击 B2 单元格，在编辑栏中输入“星期一”（也可直接在单元格内输入），按 Enter 键确认输入，单元格 B2 中显示“星期一”。

第 2 步：单击 B2 单元格，将鼠标移动到该单元格右下角的填充柄上，当鼠标指针变成小黑心十字形时（见图 4.22），按住鼠标左键并拖动到 F2 单元格后释放，单元格会自动填充如图 4.23 所示的内容。

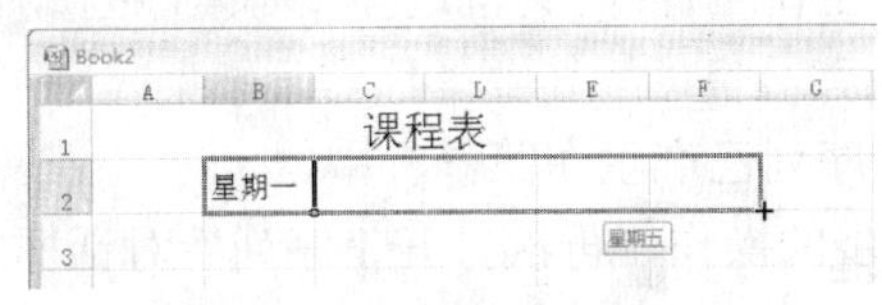

图 4.22　填充柄状态

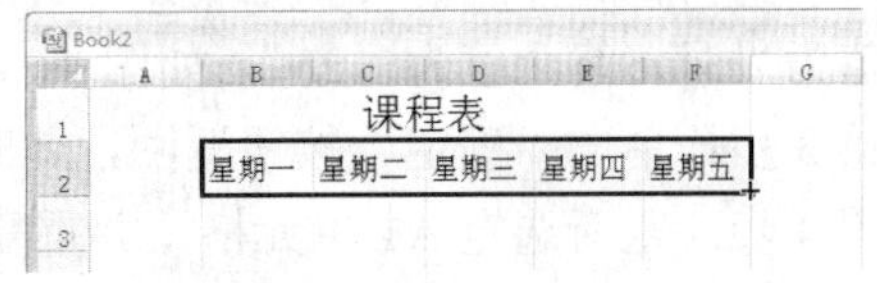

图 4.23　自动填充星期内容

用同样方法，可以快速填充课节内容，如图 4.24 所示。

方法二：利用“序列”对话框输入序列

除了利用填充柄填充外，还可以利用“序列”对话框进行更加灵活复杂的数据填充。如填充如图 4.25 所示的数据序列。

第 1 步：在要填充的单元格区域中的第一个单元格 A1 中输入起始数据“1”，单击功能区中的“开始”选项卡→“编辑”组→“填充”→“系列”命令，如图 4.26 所示，打开“序列”对话框。

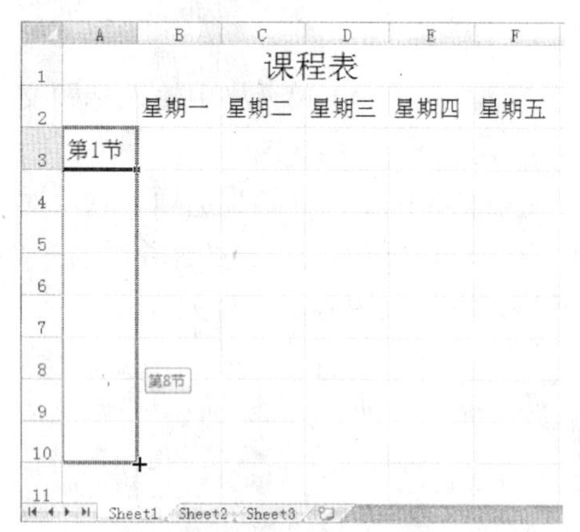

图 4.24　自动填充课节内容

图 4.25　快速填充等差、等比序列

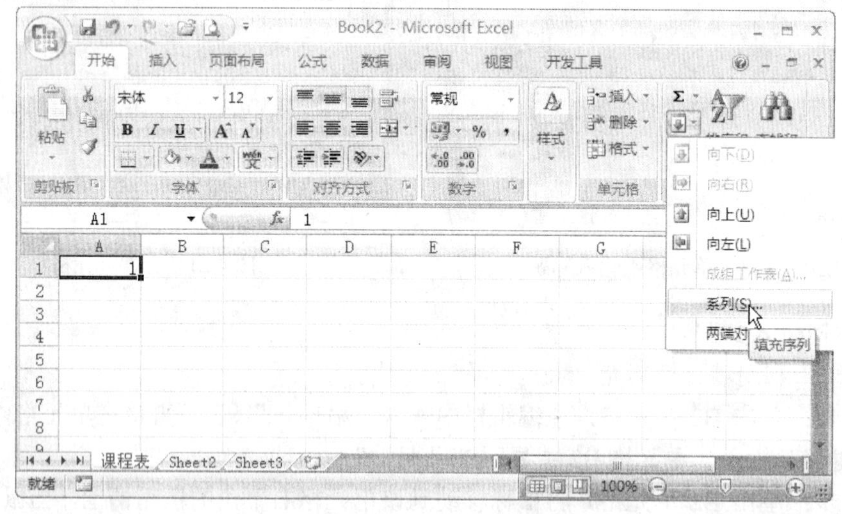

图 4.26 “填充”下拉菜单中的“系列”命令

第 2 步：在“序列”对话框中，选择序列产生在“行”，类型选择“等差序列”，设置步长值为“3”，终止值为“25”，如图 4.27 所示。

第 3 步：单击“确定”按钮返回，此时等差序列已产生在第一行中。

第 4 步：重新选定 A1 单元格，并重复第 1 步的操作，再次打开“序列”对话框。

第 5 步：在“序列”对话框中，选择序列产生在“列”，类型选择“等比序列”，设置步长值为“2”，终止值为“100”，如图 4.28 所示。

第 6 步：单击“确定”按钮返回，完成第一列中等比序列的自动填充。

提示：在使用时，可以先选择好要填充数据的单元格区域，然后再打开“序列”对话框进行相应的设置，因为先选择了填充区域，所以在该对话框中便可以不用输入终止值。

方法三：在不同单元格中快速输入相同内容。

第 1 步：选定要输入数据的多个单元格（按住 Ctrl 键，分别单击要选定的单元格）。本例中选定 B3、B4、E3、E4 四个单元格。

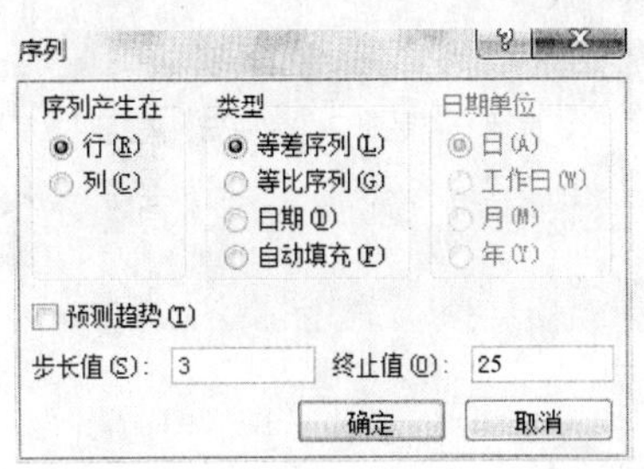

图 4.27　在行上产生等差序列设置

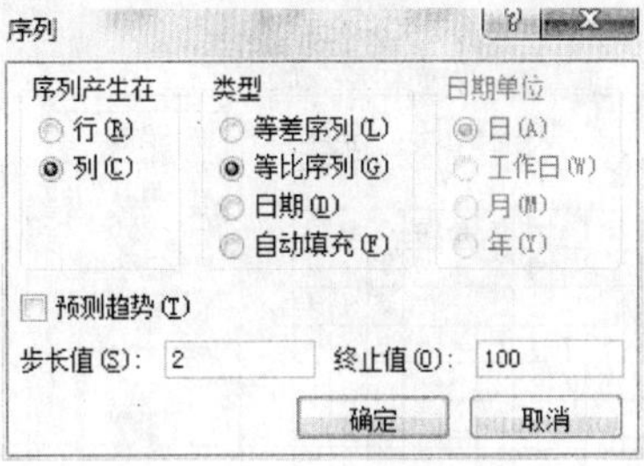

图 4.28　在列上产生等比序列设置

第 2 步：在活动单元格 E3（在选定的多个单元格中不是反白显示的单元格）中输入“高数”二字。

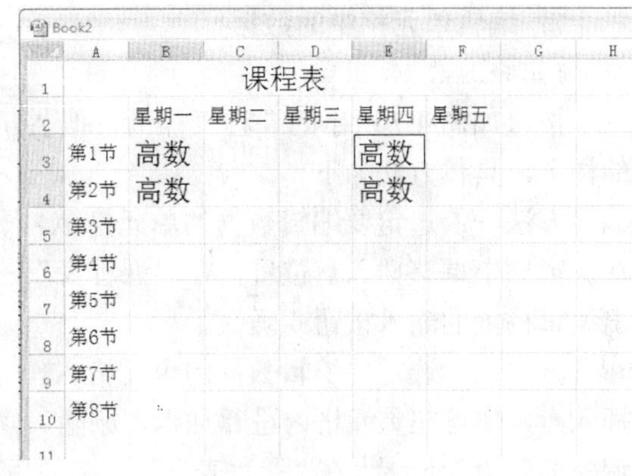

图 4.29　输入相同数据

第 3 步：按 Ctrl+Enter 组合键，即可将输入的内容同步复制到其他选定的单元格中。结果如图 4.29 所示。

6. 特殊字符的输入

对于键盘上已经存在的字符，可以直接输入到单元格中。但要输入键盘上没有的字符，如案例中 A11 单元格中的“★”号等，可以使用如下方法。

第 1 步：选定要输入特殊字符的单元格 A11。

第 2 步：切换到“插入”选项卡，单击“特殊符号”组→“符号”按钮，从列表中单击需要的符号，即可将其插入到活动单元格中，如图 4.30 所示。

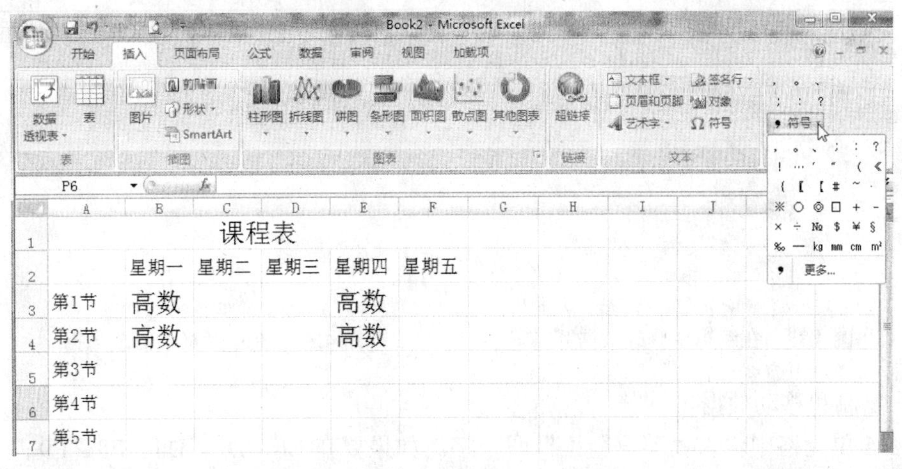

图 4.30　插入特殊符号下拉列表

第 3 步：由于这里没有要插入的“★”符号，则在符号列表中单击“更多”选项，将弹出“插入特殊符号”对话框，从中选择需要插入的“★”符号，如图 4.31 所示。

第 4 步：单击“确定”按钮返回，并在已插入的“★”后面输入“上课时间：”。结果如图 4.32 所示。

图 4.31 “插入特殊符号”对话框　　　　图 4.32 输入特殊符号

7．编辑单元格中的数据

1）修改数据

按照如图 4.7 所示的课程表样例，把 A1 单元格的内容更改为“★ 课 程 表 ★”的样子，具体方法如下。

方法一：选定要编辑数据的单元格 A1，单击编辑栏会出现插入点，如图 4.33 所示。在编辑栏中调整插入点位置，在“课程表”三个字前插入特殊字符“★”，按 Enter 键或单击编辑栏上的输入按钮✓确认。

方法二：选定要编辑数据的单元格 A1，按下 F2 键或双击单元格，在单元格内会出现插入点，便可在单元格内进行插入、删除、修改数据的操作。如图 4.34 所示，在单元格内调整插入点的位置，在“课程表”三个字的后面再插入一个特殊字符“★”，并在“课程表”三个字中间加空格，完成后的结果如图 4.34 所示。

图 4.33 在编辑栏修改数据　　　　图 4.34 在单元格中修改数据

2）复制和移动数据

在 B5 单元格中输入“英语精读”四个字。如果要在 B6、D3、D4、E8、E9 几个单元格中也输入相同的内容，可采用以下复制数据的方法。

方法一：剪贴板法

第 1 步：选中 B5 单元格，右击单元格，在弹出的快捷菜单中单击“复制”命令，或按 Ctrl+C 组合键，也可单击“开始”选项卡→“剪贴板”组→“复制”命令按钮，将当前单元格内容复制到剪贴板上，此时选定的范围四周会出现闪烁的虚框，表明所复制的内容已经进入剪贴板，如图 4.35 所示。

第 2 步：选中要填充复制内容的单元格 D3，右击，在弹出的快捷菜单中单击“粘贴”命令，或按下按 Ctrl+V 组合键，也可单击“开始”选项卡→“剪贴板”组→“粘贴”命令按钮，即可将剪贴板中的内容粘贴到目标位置上，如图 4.36 所示。

图 4.35 进入剪贴板的数据

图 4.36 复制数据

以上过程中如果选择了快捷菜单中的“剪切”命令或按下 Ctrl+X 组合键再进行操作，则可以实现数据的移动。

方法二：鼠标拖动法

选定要复制的单元格 B5，鼠标移动到黑框的右下角，鼠标显示为如图 4.37 所示的形状。然后按下 Ctrl 键，用鼠标拖动单元格到目标单元格的位置 D4，释放鼠标即可。如果上述操作中不按下 Ctrl 键直接拖动，则会移动数据。

3）清除数据

方法一：选择要删除内容的单元格后按下 Del 键，可以快速删除单元格中的内容。

方法二：选中要操作的单元格，右击，在弹出的快捷菜单中单击“清除内容”命令，便可以删除选定单元格的内容。如图 4.38 所示，删除 B3 单元格的内容。

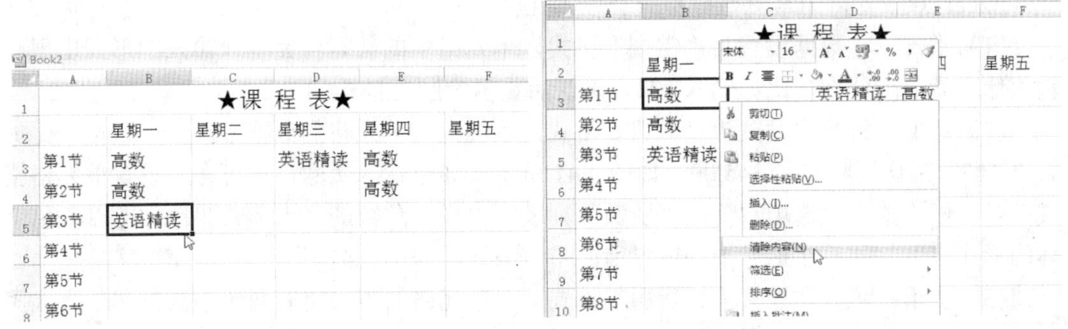

图 4.37 复制数据时的鼠标形状

图 4.38 清除单元格内容的快捷菜单

用各种编辑单元格的方法，完成各个课程名称的填写，完成后的结果如图 4.39 所示。

8．设置单元格数据的格式

Excel 中的数据除通常意义上的数字和文本外，还可以表示货币值、日期、百分数等。要设置数据格式，可以单击“开始”选项卡中“数字”组右下角的 按钮，在弹出的“设置单元格格式”对话框（见图 4.40）中进行设置。也可以直接利用“开始”选项卡的“数字”组中的各功能按钮进行一些简单的设置。

	A	B	C	D	E	F
1			★课 程 表★			
2		星期一	星期二	星期三	星期四	星期五
3	第1节	高数	程序设计	英语精读	高数	物理
4	第2节	高数	程序设计	英语精读	高数	物理
5	第3节	英语精读	物理	体育	程序设计	绘图
6	第4节	英语精读	物理	体育	程序设计	绘图
7	第5节	英语口语	经济学	英语听力	英语精读	物理实验
8	第6节	英语口语	经济学	英语听力	英语精读	物理实验
9	第7节	绘图	经济学			英语听力
10	第8节	绘图				英语听力
11	★上课时间:	上午		下午		
12	★制表时间:					

课程表 Sheet2 Sheet3

图 4.39　完成数据输入的效果

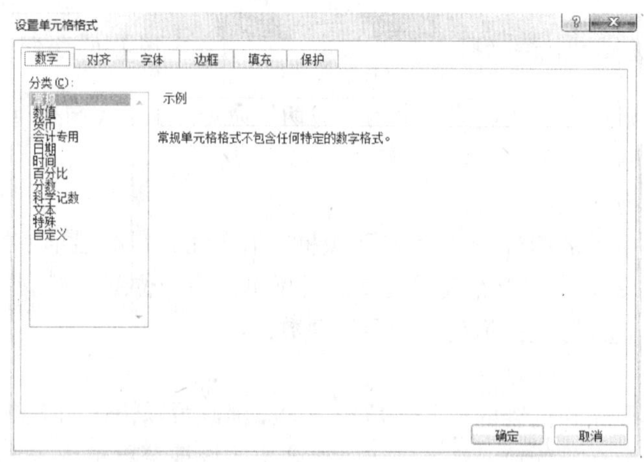

图 4.40　“设置单元格格式”对话框

Excel 2007 支持的常见数据格式有以下几种。

（1）常规：将数据设置为“常规”格式，单元格中的数据将完全以输入的形式出现，输入什么就显示什么，比如输入 123，确认后显示为 123。

（2）数值：将数据设置为“数值”格式，系统默认单元格的数据带两个小数位，比如输入 345，确认后将显示 345.00，如图 4.41 所示。如果输入负数，还可在“设置单元格格式”对话框“数字”选项右侧的“负数”列表框中设置负数的显示形式。比如，以红色字体的形式出现，并放在括号中，或者前面带有减号，如图 4.41 所示。

（3）货币：将数据设置为“货币”格式后，单元格的数据将有两个小数位和一个人民币符号“¥”，负数以红色显示，且放在括号中，比如输入 150，确认后将显示为¥150.00，如图 4.42 所示。若要重新设置货币格式，同样可以在“设置单元格格式”对话框的“货币”选项中设置“货币符号”、“小数位数”和“负数”的显示形式。

（4）会计专用：将数据设置为“会计专用”格式后，输入数据时将自动在列中对齐人民币符（或美元符）和小数点，默认会计格式有两个小数位。例如，输入 150 与–150，将显示如图 4.43 所示的效果。

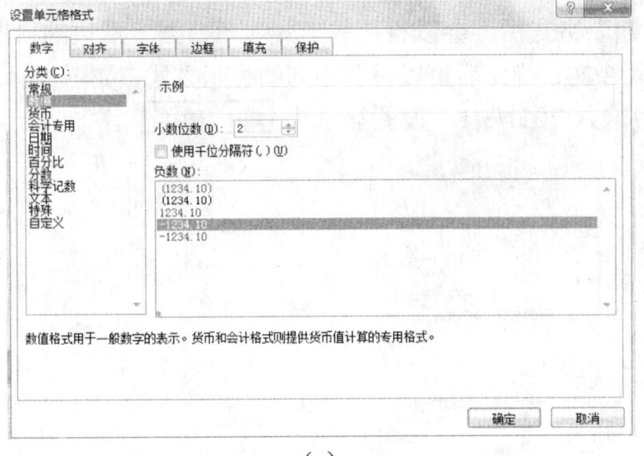

（a）

345.00	-245.00
(245.00)	

（b）

图 4.41　设置负数的显示形式

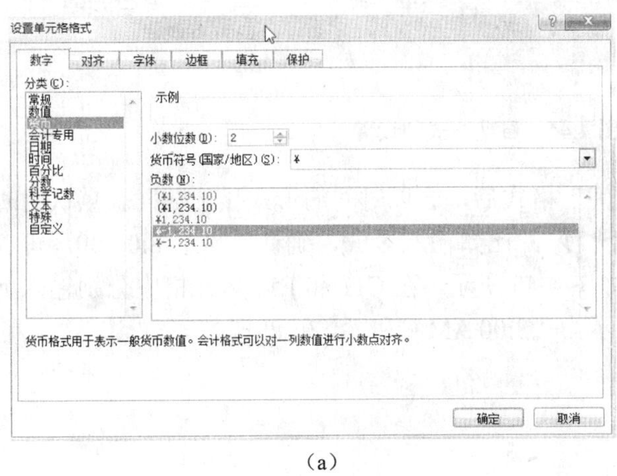

（a）

¥150.00
¥-150.00

（b）

图 4.42　货币格式的设置

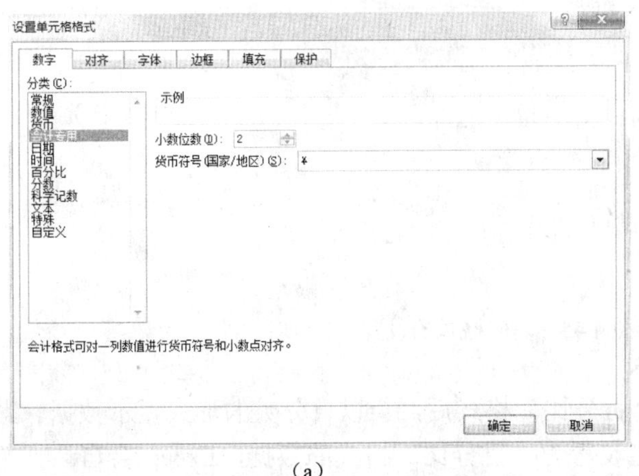

（a）

¥　150.00
¥　-150.00

（b）

图 4.43　会计专用格式的设置

（5）日期：将数据设置为“日期”格式后，会以日期的形式显示数据。默认的日期格式是由斜线分开“月”和“日”。如输入 3/20，确认后可以设置不同的显示方式，如图 4.44 所示。

本案例中在 B12-C12 单元格中输入 2011/3/1，设置显示为 2011年3月1日 。

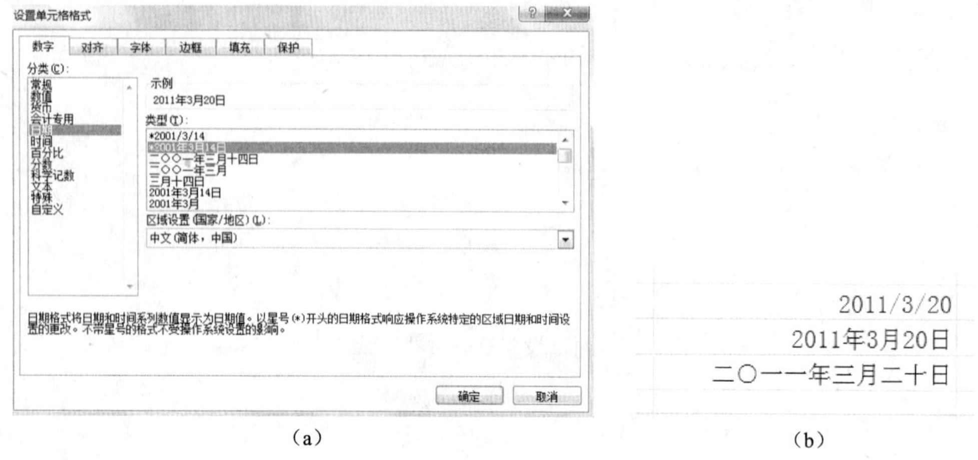

（a）　　（b）

图 4.44　日期格式的设置

（6）时间：将数据设置为“时间”格式后，会以时间的形式显示数据。默认的时间格式是由冒号分开“小时”、“分”和“秒”，比如输入 8:00，确认后显示 8:00:00。可以通过设置显示秒、AM 或 PM 等形式。如图 4.45 所示，在 C11 和 E11 单元格中分别输入上课时间并设置相应的格式，使其分别显示为“8:00 AM”和“1:30 PM”。

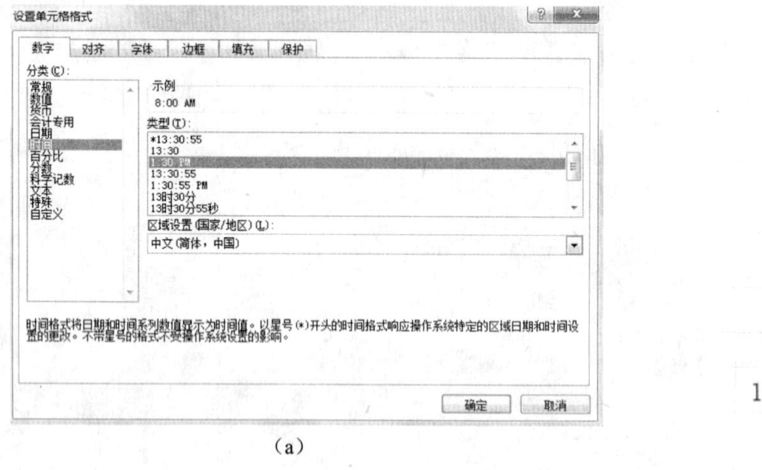

（a）　　（b）

图 4.45　时间格式的设置

（7）百分比：将数据设置为“百分比”格式后，会以百分数的形式显示数据。默认的百分比格式有两个小数位。对于已设置为“百分比”格式的数据，Excel 会自动把单元格中的数值乘以 100，并在结果中显示百分号。如输入 0.405，将会显示 40.50%。还可以设置小数的位数，如图 4.46 所示。

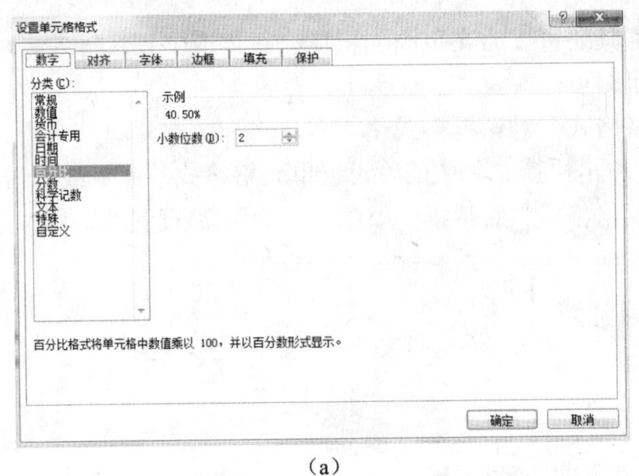

（a）　　　　　　　　　　　　（b）

图 4.46　百分比格式的设置

除上述设置外，Excel 中还有分数、科学计数、文本、特殊等格式的设定，用户可以根据需要进行相应的设置。

此外，在功能区“开始”选项卡的“数字”组中提供了 5 个用于设置数字格式的按钮和下拉菜单，如图 4.47 所示，使用这些按钮可以快速进行格式化设置。

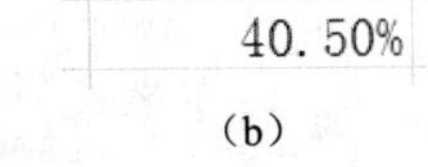

图 4.47　“数字格式”按钮和下拉菜单

9．设置字体格式

字符格式主要包括字体、字形、下划线、颜色、特殊效果等，用户既可以先输入数据再进行格式设置，也可以在输入文本之前先设置好文本的各种属性，输入的数据将自动应用所设置的属性。

方法一：使用“开始”选项卡“字体”组中的文本修饰工具进行设置。

选中 B2:F2 单元格区域，打开“字体”下拉列表框，从中选择“华文行楷”，打开“字号”下拉列表框，从中选择字号 16 磅，如图 4.48 所示，设置字体和字号。

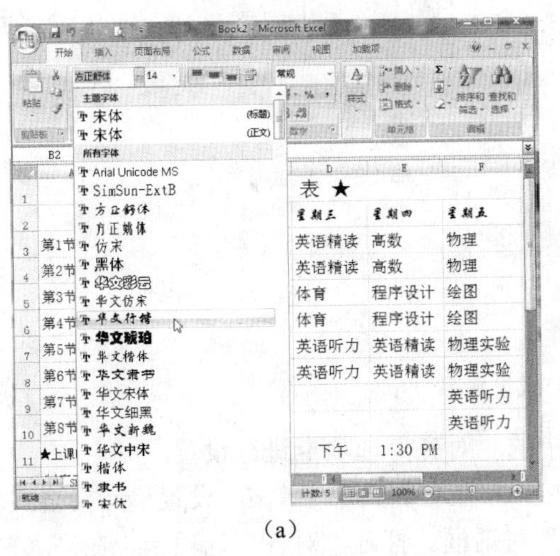

（a）

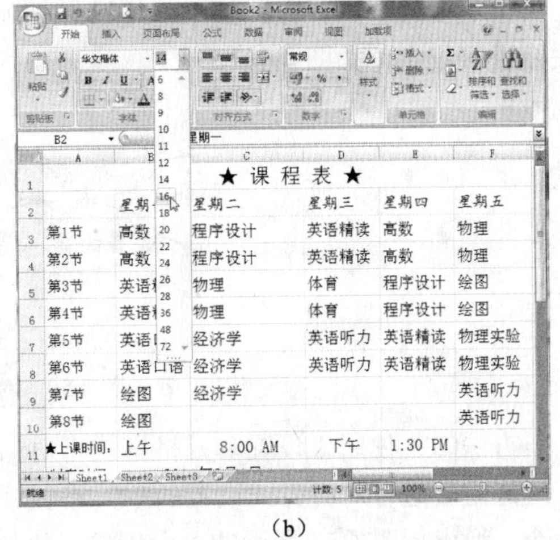

（b）

图 4.48　设置字体和字号

利用“字体”组中的其他工具还可以为文字添加粗体、斜体或下划线等效果，只需要直接单击格式工具栏相应的按钮即可。

方法二：使用“设置单元格格式”对话框格式化文本、修饰文本外观。

选中 A2:A10 单元格区域，右击快捷菜单中的“设置单元格格式”命令或单击“字体”组的按钮，将出现“设置单元格格式”对话框，如图 4.49 所示。设置“字体”为“方正姚体”，“字号”为“16 磅”。

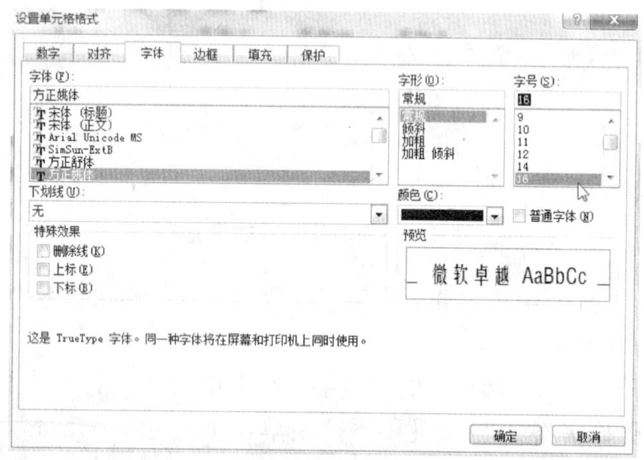

图 4.49 “设置单元格格式”对话框的“字体”选项卡

选择以上两种方法依次设置标题为宋体，36 磅，B3:F10 单元格区域为宋体 16 磅；A11:F12 区域为黑体 16 磅。

10．设置对齐方式

Excel 文本在单元格中的对齐方式分为水平对齐和垂直对齐两种，可以根据需要进行相应的设置。

方法一：使用“开始”选项卡的“对齐方式”组中的按钮进行设置。

选定要设置对齐方式的单元格区域（如 A3:A10），单击“垂直对齐”和“水平对齐”按钮进行设定，如图 4.50 所示。

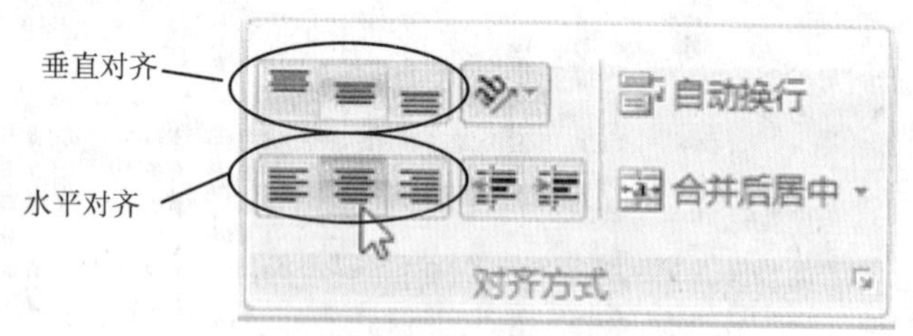

图 4.50 对齐方式设置组

方法二：使用“设置单元格格式”对话框中的“对齐”选项卡进行设置。

选定要进行对齐方式设置的单元格区域 B2:E10，在右键菜单中单击“设置单元格格式”命令，弹出如图 4.51 所示的“设置单元格格式”对话框。打开“对齐”选项卡，在“水平对齐”下拉列表框中单击“居中”选项，在“垂直对齐”下拉列表框中单击“居中”选项。

单击如图 4.50 所示的“对齐方式”设置组中的按钮，也会弹出如图 4.51 所示的“设置单元格格式”对话框。在该对话框的“对齐”选项卡中，除了设置对齐方式外，还可以设置缩进量和文本的旋转角度。

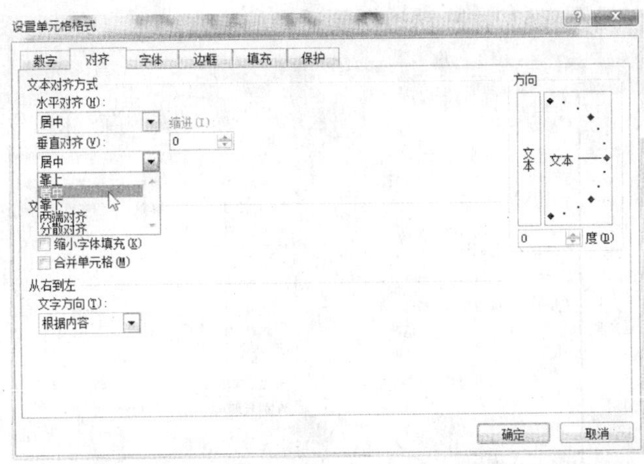

图 4.51 “设置单元格格式”对话框的“对齐”选项卡

本案例中单元格文本都设置为水平“居中”、垂直“居中”的对齐方式。

11．设置行高和列宽

Excel 2007 默认的列宽是 8.38 字符，行高是 14.25 磅。这些值可以根据需要进行调整，以使表格更加美观。一般情况下，不必调整行高，因为在改变字号时，系统会自动调整行高使之与文字大小相适应。但是，当某列的宽度不足时，数据就可能显示不出来。在这种情况下，必须调整列宽，以便把数据全部显示出来。

方法一：调整全部行或列的行高或列宽。

单击“全选”按钮，选定工作表中全部的行和列，如图 4.52 所示，拖动任意行的下边界将调整所有行的行高；拖动任意列的右边界将调整所有列的列宽。用这种方法调整工作表后，可以使整张工作表具有相同的行高和列宽。

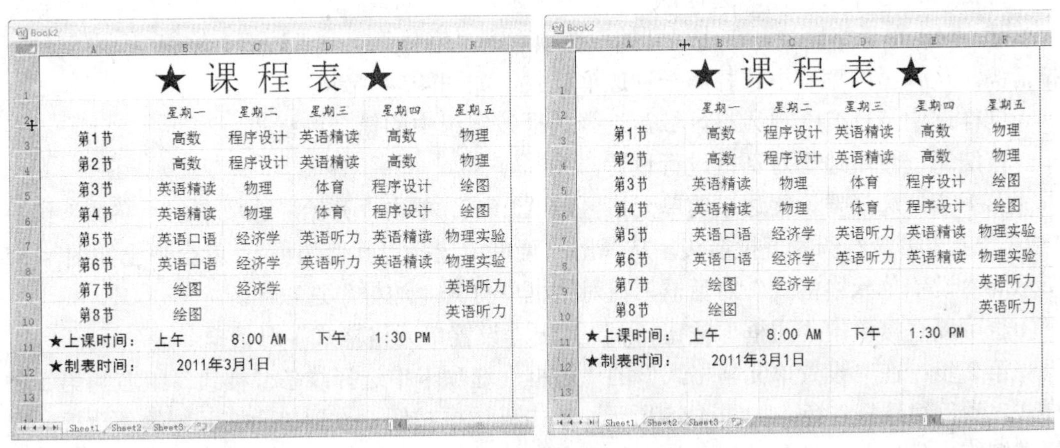

图 4.52 调整全部列宽或行高

双击行标题的下边界和列标题的右边界，可以快速自动调整行高和列宽以适应单元格中的内容。本案例中第一列就是用这种方法进行调节的。

方法二：调整部分行或列的行高或列宽。

选定要调整的行或列（如果只对一行或一列操作就不必选定），将鼠标定位到选定的行或列的标题框上（见图4.53），拖动边框到适当的位置。

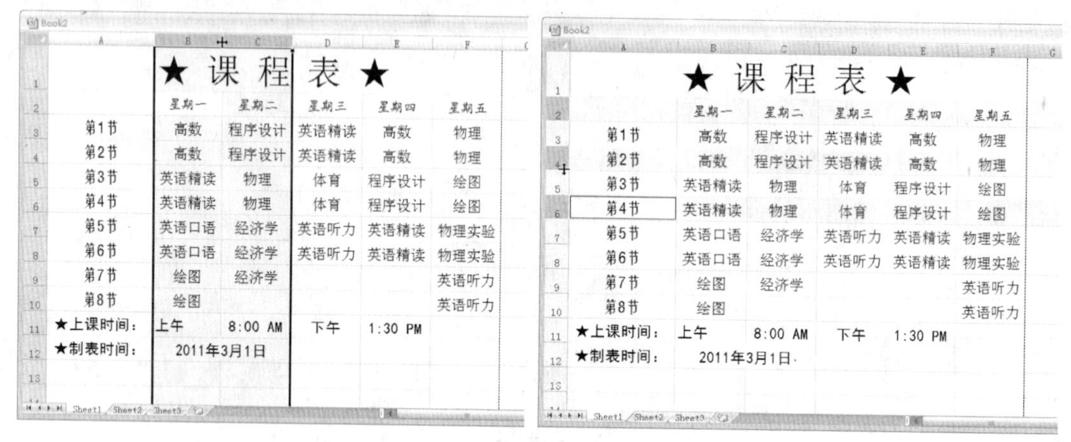

图4.53　调整部分列宽和行高

方法三：精确调整行高和列宽。

选定要调整列宽的列，单击“开始”选项卡→“单元格”组→“格式”下拉按钮，在展开的下拉列表中选择“列宽”，弹出“列宽”对话框。输入目标数值作为宽度，然后单击“确定”按钮即可精确设置列的宽度。

同样，选定要调整行高的行，单击“开始”选项卡→“单元格”组→“格式”下拉按钮，在展开的下拉列表中选择“行高”，弹出“行高”对话框。输入目标数值作为行高，然后单击“确定”按钮即可精确设置行的高度。

12．设置边框

Excel 可以为选定的单元格、单元格区域或整个表格添加边框。

方法一：选择边框按钮进行设置。

选中A1单元格区域，单击“开始”选项卡→“字体”组→“边框”按钮右侧的下拉箭头，从弹出的菜单中选择第一种边框样式，如图4.54所示。

同样选中A11:F12单元格区域，选择边框按钮组中的第二种样式。

方法二：使用边框对话框进行设置。

第1步：选择要设置边框的单元格区域A2:F10，单击“开始”选项卡→“字体”组→“边框”按钮右侧的下拉箭头，从弹出的菜单中选择“其他边框”，就会弹出如图4.55所示的“设置单元格格式”对话框，在对话框中打开“边框”选项卡。

也可以直接单击“边框”按钮，弹出“设置单元格格式”对话框。

第2步：在“设置单元格格式”的“边框”选项卡中选择线条“样式”组右侧第5种样式，颜色组选择红色，如图4.55所示。单击外边框按钮，设置单元格区域的外边框。选择右侧第6种样式，颜色选择蓝色。单击内部边框按钮，设置单元格区域的内边框。设置结果如图4.56所示。

图 4.54　边框设置菜单

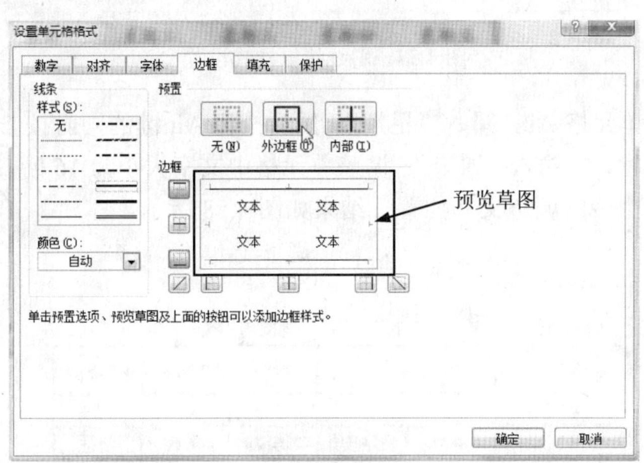

图 4.55 “边框”选项卡

★ 课 程 表 ★					
	星期一	星期二	星期三	星期四	星期五
第1节	高数	程序设计	英语精读	高数	物理
第2节	高数	程序设计	英语精读	高数	物理
第3节	英语精读	物理	体育	程序设计	绘图
第4节	英语精读	物理	体育	程序设计	绘图
第5节	英语口语	经济学	英语听力	英语精读	物理实验
第6节	英语口语	经济学	英语听力	英语精读	物理实验
第7节	绘图	经济学			英语听力
第8节	绘图				英语听力
★上课时间：	上午	8:00 AM	下午	1:30 PM	
★制表时间：	2011年3月1日				

图 4.56　设置完成的内外边框

方法三：设置斜线样式。

第 1 步：选定单元格 A2，单击“边框”按钮，弹出“设置单元格格式”对话框。打开“边框”选项卡，选择右侧第 5 种样式，颜色选择红色，如图 4.57 所示，单击斜线边框样式按钮，设置内部斜线。

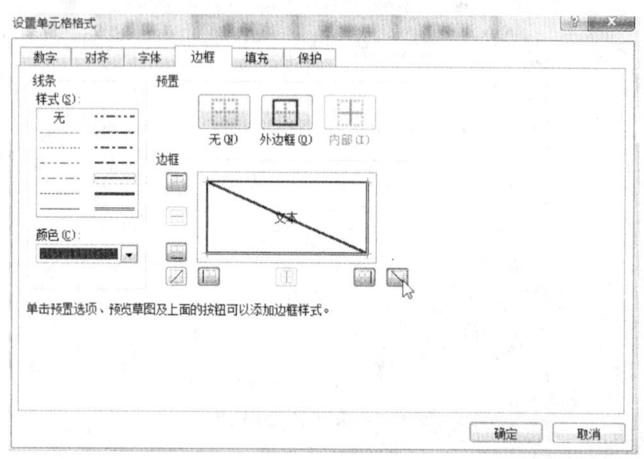

图 4.57　斜线边框样式设置

第 2 步：选定单元格 A2，写入“星期”，然后按住 Alt 键的同时按 Enter 键，实现在一个单元格内回车换行，再输入“课节”。调整单元格中文字大小为 16 磅，调整合适的行距，在“星期”前输入空格，调整文字位置，结果如图 4.58 所示。

Book2.xlsx

	A	B	C	D	E	F	G
1	★ 课 程 表 ★						
2	星期 课节	星期一	星期二	星期三	星期四	星期五	
3	第1节	高数	程序设计	英语精读	高数	物理	
4	第2节	高数	程序设计	英语精读	高数	物理	
5	第3节	英语精读	物理	体育	程序设计	绘图	
6	第4节	英语精读	物理	体育	程序设计	绘图	
7	第5节	英语口语	经济学	英语听力	英语精读	物理实验	
8	第6节	英语口语	经济学	英语听力	英语精读	物理实验	
9	第7节	绘图	经济学			英语听力	
10	第8节	绘图				英语听力	
11	★上课时间：	上午	8:00 AM	下午	1:30 PM		
12	★制表时间：	2011年3月1日					

图 4.58　设置带斜线的表头

13．设置填充背景

方法一：利用“填充颜色”按钮填充背景颜色。

选中 A1 单元格，单击 “开始”选项卡→“字体”组→“填充颜色”按钮右侧的下拉箭头，从弹出的颜色列表中选择黄色，如图 4.59 所示。

用同样的方法为单元格区域 A2:F2 设置一种背景颜色。

图 4.59　用“填充颜色”按钮设置背景颜色

方法二：利用“颜色”对话框设置背景颜色。

选中 A3:A10 单元格区域，单击“开始”选项卡→“字体”组→“填充颜色”按钮右侧的下拉按钮，单击“其他颜色”选项，弹出“颜色”对话框，可以选择更多的颜色，如图 4.60 所示。

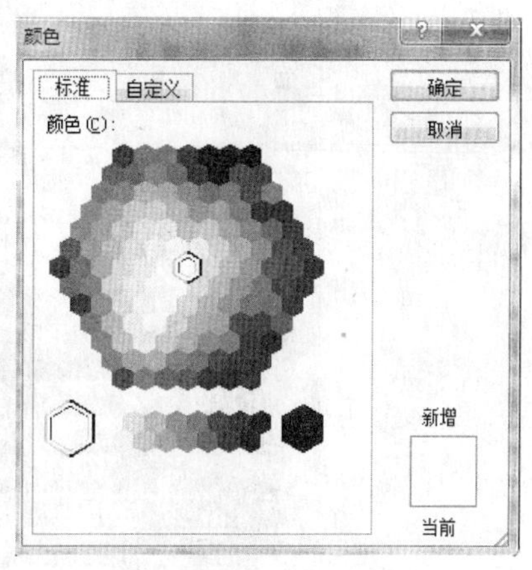

图 4.60　“颜色”对话框

方法三：利用“填充”对话框设置背景颜色。

选中 B3:F10 单元格，单击“开始”选项卡→“数字”组右下角的按钮，在弹出的“设置单元格格式”对话框中打开“填充”选项卡，如图 4.61 所示。

在“背景色”中选择一种颜色作为单元格区域的背景色，单击“填充效果”按钮，在弹出的“填充效果”对话框中可以设置渐变背景色及底纹样式，如图 4.62 所示。

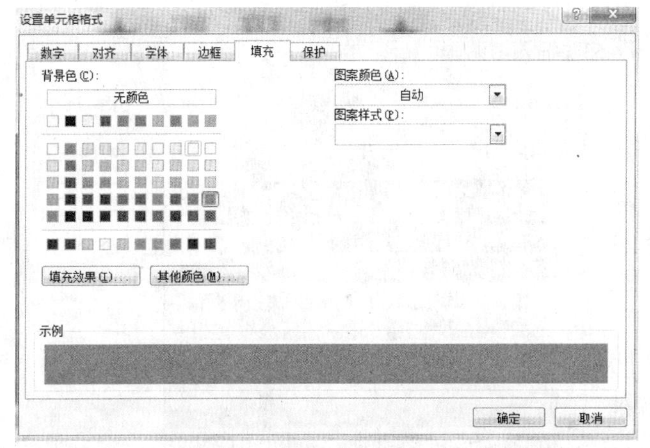

图 4.61　“填充”选项卡

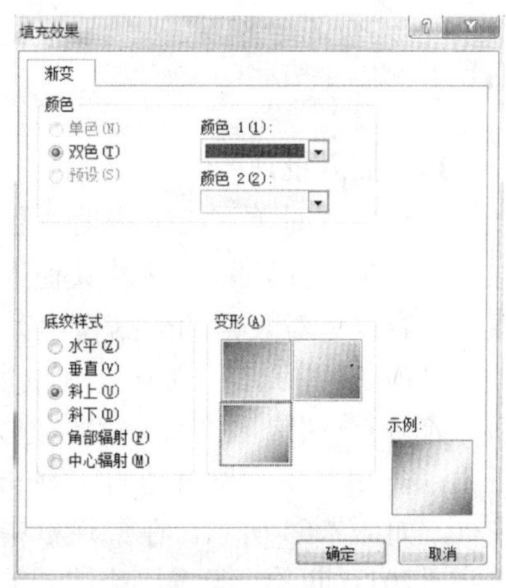

图 4.62　“填充效果”对话框

在“图案颜色”、“图案样式”下拉列表框中可以设置单元格区域的填充图案及颜色，在示例框中会出现结果的预览。最后单击“确定”按钮返回。

14．插入图片

有时为了使表格更美观，经常会在表格中插入一些艺术字、图片、文本框等。操作方法基本与 Word 2007 相同，这里就不详细介绍。本案例在表格中插入一个剪贴画，方法如下。

第 1 步：单击“插入”选项卡→“插图”组→“剪贴画”按钮，在 Excel 窗口右侧打开“剪贴画”窗格，如图 4.63 所示。

第 2 步：在“剪贴画”窗格中查找并选中剪贴画 computers（见图 4.63）。

第 3 步：单击已选中的剪贴画，将其插入到当前工作表中。

第 4 步：拖动剪贴画将其移动到 A1 单元格“课程表”三个字后面。

第 5 步：在“图片工具”的“格式”选项卡中进一步设置该剪贴画的格式。具体操作方法与 Word 2007 相同。

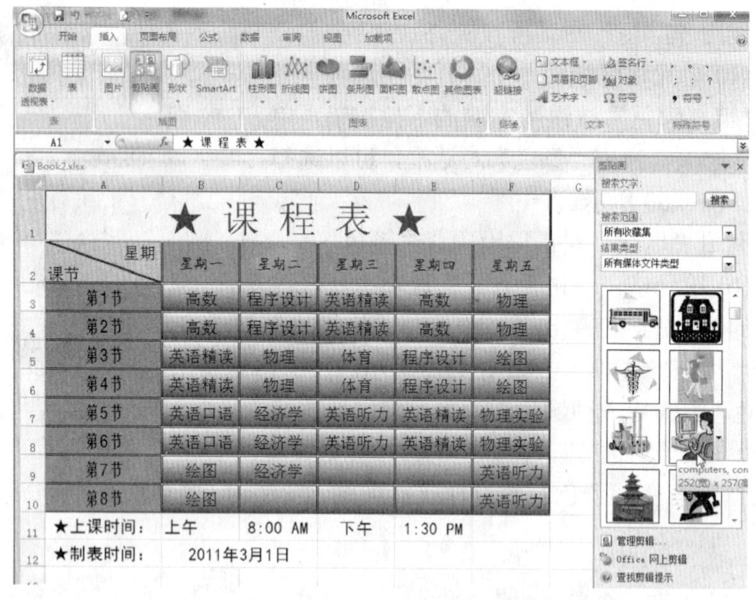

图 4.63　插入剪贴画

15．插入批注

批注用于对单元格的内容进行解释说明。添加批注，可以帮助其他人理解表格内容或者对表格的数据作出评论。

单击 A1 单元格，在功能区单击“审阅”选项卡→“批注”组→“新建批注”按钮，在 A1 单元格旁边将出现一个批注框，如图 4.64 所示。在批注框中输入文字“2011 年第一学期使用”，单击其他单元格完成批注的添加。

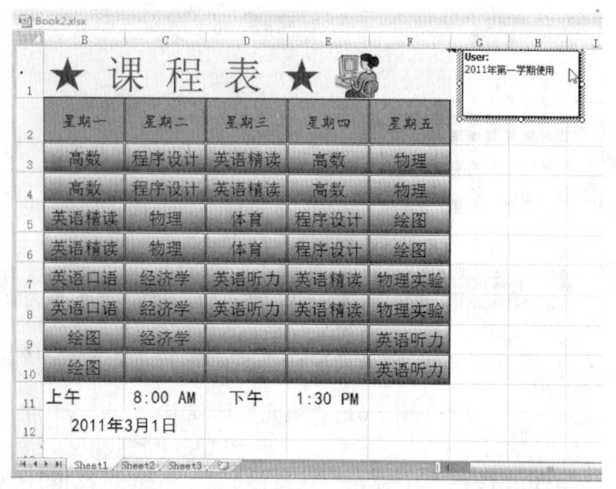

图 4.64　添加批注

添加批注的单元格的右上角有一个红色小三角形，表示此单元格有批注信息。如果要查看单元格上的批注信息，只要将鼠标指针移动到有批注的单元格上暂停一会儿，即可显示文字批注信息。

删除批注的方法：选定单元格，在“批注”组中单击“删除”按钮，或者右击要删除批注的单元格，从出现的快捷菜单中单击“删除批注”命令。

编辑批注：选定单元格，在“批注”组中单击“编辑批注”按钮，或者右击要编辑批注的单元格，从弹出的快捷菜单中单击“编辑批注”命令，就可以对批注文本进行编辑。

16．查找和替换

Excel 2007 提供的查找与替换功能，可以帮助用户以最快速度找到需要更改的数据并将其替换为其他数据。本例要把“高数”替换为“高等数学”，具体操作方法如下：

单击“开始”选项卡→“编辑”组→“查找和选择”→“替换”命令，弹出“查找和替换”对话框，在“查找内容”文本框中输入“高数”，在“替换为”文本框中输入“高等数学”，如图 4.65 所示，单击“全部替换”按钮，则把表格中的所有“高数”内容替换为“高等数学”。

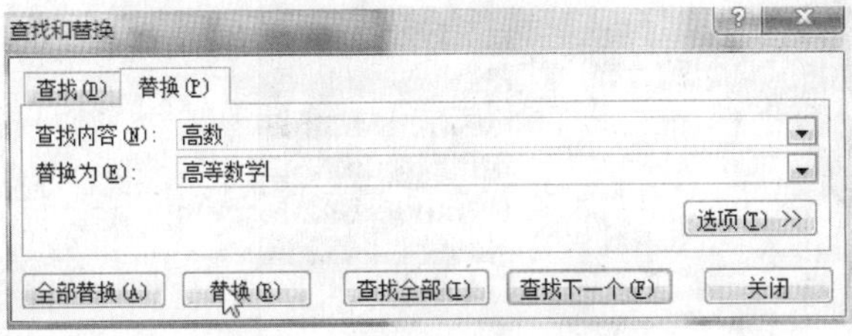

图 4.65 “查找和替换”对话框

如果只执行“查找”操作，只要单击“开始”选项卡→“编辑”组→“查找和选择”→“查找”命令，在打开的“查找”对话框中进行操作即可。

17．页面设置

完成了对工作表数据的输入、编辑、格式化处理等操作后，用户可以根据需要将工作表或工作表中的部分数据通过打印机打印出来。在打印之前，一般应对工作表进行一些设置处理，如添加页眉页脚、设置页边距、改变打印的方向、设置纸张大小等。具体操作方法如下。

方法一：通过“页面布局”选项卡→“页面设置”组中的工具按钮进行快速设置。“页面设置”组如图 4.66 所示。

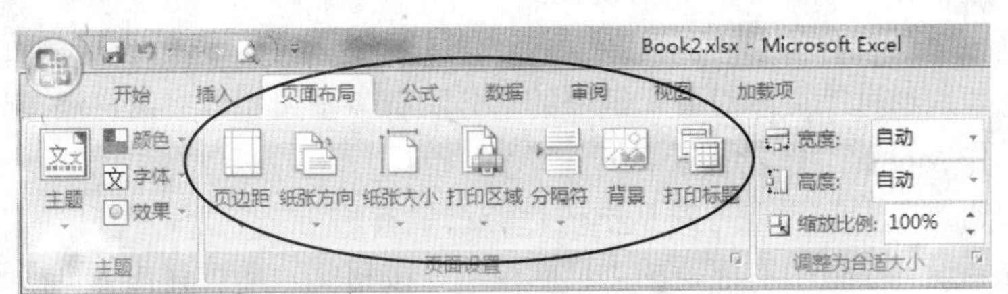

图 4.66 “页面设置”组中的工具按钮

1）设置“纸张大小”

单击“页面设置”组中的“纸张大小”按钮，会出现如图 4.67 所示的预设纸张列表。用户可以根据需要从列表中选择需要的标准纸张格式。如果需要自定义纸张大小，可以选择“其他纸张大小”命令，然后在弹出的“页面设置”对话框的“页面”选项卡中进行设置。本案例中纸张大小设为 A4。

2）设置“纸张方向”

单击“页面设置”组中的“纸张方向”按钮，将出现如图 4.68 所示的两个选项，可以切换页面的纵向布局和横向布局。本案例设置纸张方向为“纵向”。

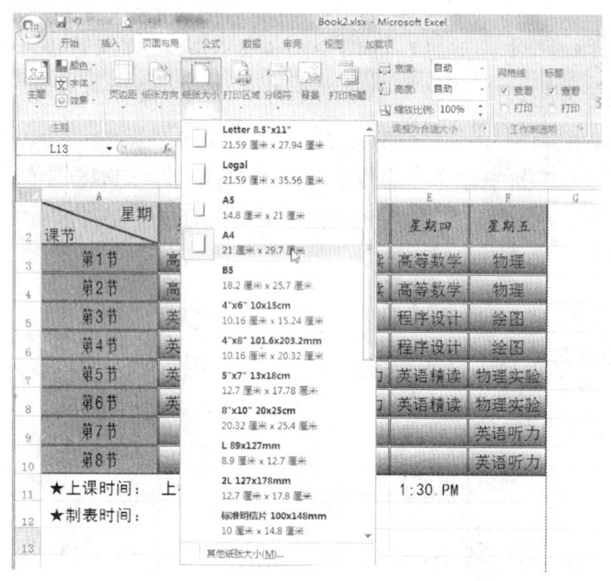

图 4.67　预设纸张列表

图 4.68　纸张方向选项

3）设置页面边距

单击“页面设置”组中的“页边距”按钮，会出现如图 4.69 所示的预设页面边距列表。可以根据需要从列表的各个选项中进行选择以设置合适的页面边距。如果要自定义边距，可以单击“自定义边距”选项。本案例选择列表中的第一个选项。

4）设置打印区域

在工作表中选定 A1:F12 的单元格区域，单击“页面设置”组中的“打印区域”按钮，会出现如图 4.70 所示的两个选项。从中选择“设置打印区域”选项，在选定单元格区域四周会出现一个虚框，完成打印区域的设置。

对于数据很多的工作表，在打印时可能一页打不完，可以通过设置分页符进行人工分页。分页符的插入通过“页面设置”组中的“分页符”按钮完成。用户还可以通过“背景”按钮为当前工作表设置工作表背景。

方法二：通过“页面设置”对话框进行详细设置。

单击“页面设置”组中右下角的“页面设置”按钮，即可弹出“页面设置”对话框，如图 4.71 所示，用户可以通过对话框中的四个选项卡进行打印方向、纸张大小、打印比例设置，还可以进行调整页边距、添加页眉/页脚等操作。

1）“页面”选项卡

“页面”选项卡中各选项的功能如下。

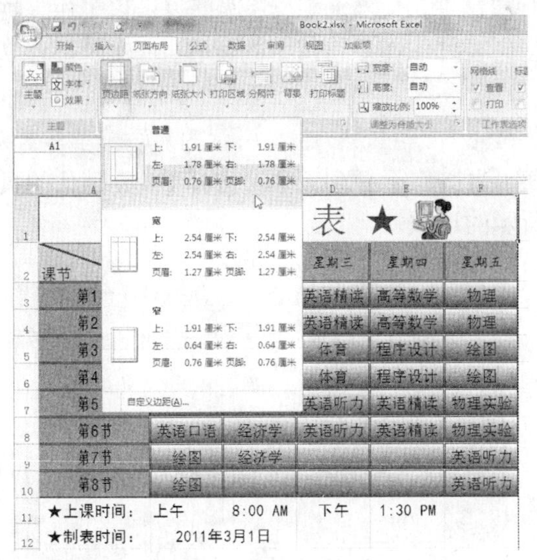

图 4.69 页面边距设置

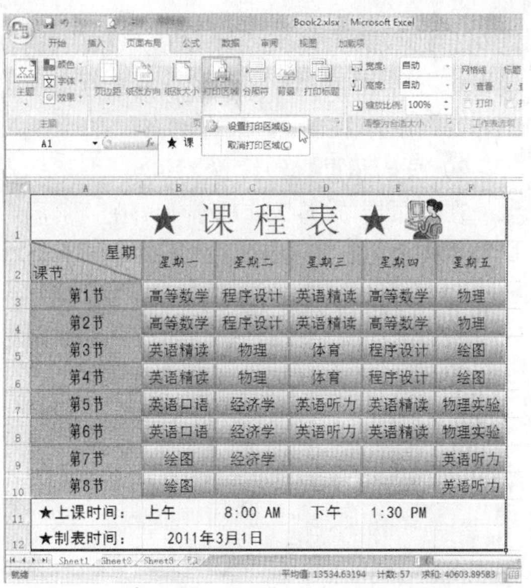

图 4.70 打印区域设置

“方向”选项区域：用于设置打印纸张的方向，其中包括“纵向”和“横向”两个单选按钮。

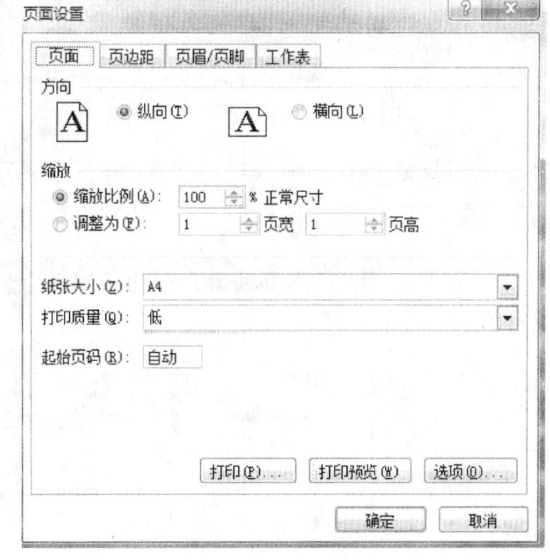

图 4.71 页面设置对话框

“缩放”选项区域：可以在“缩放比例”微调框中输入比例值或单击该框右端的上下箭头来增大或缩小框中的比例值，以便放大或缩小打印的比例。在“调整为”微调框中，还可以设置将工作表打印成几页宽或几页高，可输入数值或单击上下箭头来增大或减小框中的值。

“纸张大小”下拉列表框：列表框中给出了可供所选打印机使用的各种纸张大小，在设置时选择一种所需的纸张大小即可。

“打印质量”下拉列表框：列表框中给出了所选打印机允许使用的分辨率。数字越高，输出的效果越好，但打印速度也相应减慢。打印时，只要选择所需要的分辨率即可。

“起始页码”文本框：在该文本框中输入打印页的起始页码，后续的页码也将从该值开始计数。预设置值“自动”，表示按实际页码编号打印。一般默认值是从第 1 页开始打印。

2）“页边距”选项卡

打开“页面设置”对话框的“页边距”选项卡，将出现如图 4.72 所示的页边距设置选项，这些选项用于设置上、下、左、右页边的空白距离。

“页边距”选项卡上的“上”、“下”、“左”、“右”微调框分别用于设置页面相应端头的页边边距。“页眉”、“页脚”微调框用于设置页眉和页脚与上、下纸边的边距。“居中方式”选项区域用于设置工作表在纸张中的打印位置。其中，“水平”复选框表示将工作表打印在左右居中的位置；“垂直”复选框表示将工作表打印在垂直居中的位置。默认的位置是工作表在纸张中靠上、靠左对齐。

3）页眉和页脚的设置

在“页眉/页脚”选项卡中，在“页眉”和“页脚”下拉列表中可选择 Excel 默认的页眉和页脚内容。本案例设置页脚为如图 4.73 所示的选项。

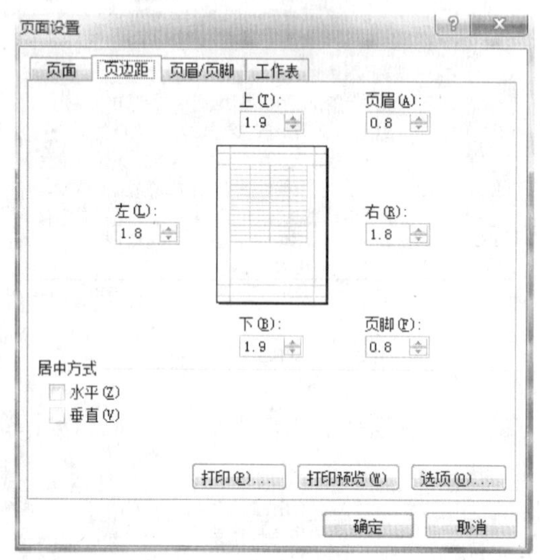

图 4.72 “页边距”选项卡

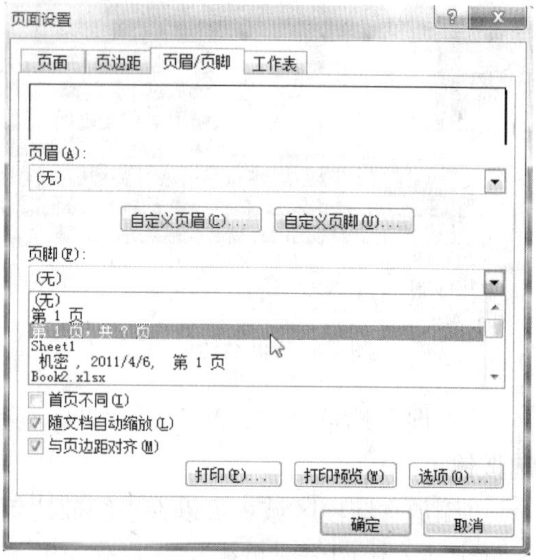

图 4.73 “页眉/页脚”选项卡

在本案例中，Excel 提供的默认页眉没有合适的，单击“自定义页眉”按钮，在弹出的“页眉”设置对话框中输入如图 4.74 所示的内容。

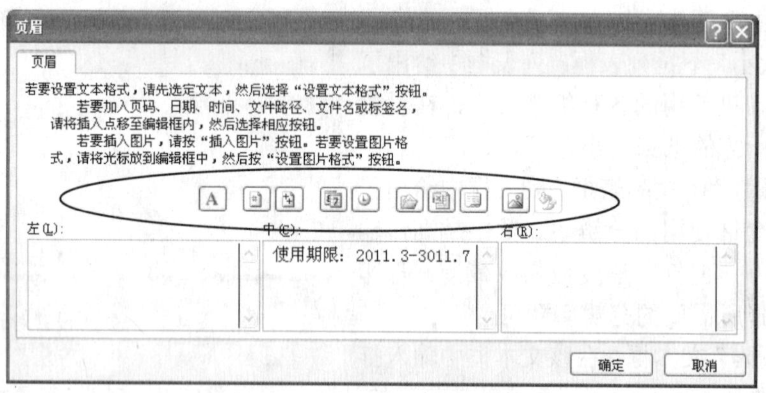

图 4.74 “页眉”对话框

在该对话框中有一排按钮，利用这些按钮可以对页眉或页脚内容进行字体格式设置，也可完成插入页码、添加日期时间、插入图片等操作。

如果要删除页眉和页脚，只要打开“页眉/页脚”选项卡，在“页眉”和“页脚”下拉列表中选择“无”选项即可。

页眉页脚的添加还可以通过单击“插入”选项卡→“文本”组→“页眉和页脚”按钮，直接进入页眉和页脚的编辑状态，如图 4.75 所示。

页眉

使用期限：2011.3-2011.7

★ 课 程 表 ★

星 期	星期一	星期二	星期三	星期四	星期五
第1节	高等数学	程序设计	英语精读	高等数学	物理
第2节	高等数学	程序设计	英语精读	高等数学	物理
第3节	英语精读	物理	体育	程序设计	绘图
第4节	英语精读	物理	体育	程序设计	绘图
第5节	英语口语	经济学	英语听力	英语精读	物理实验
第6节	英语口语	经济学	英语听力	英语精读	物理实验
第7节	绘图	经济学			英语听力

图 4.75　页眉编辑状态

此时既可在页眉位置直接输入页眉内容，也可在新增的“页眉和页脚工具”→“设计”选项卡→“页眉和页脚元素”组中，通过不同的按钮添加 Excel 默认的页眉页脚内容。在编辑过程中，可以单击“设计”选项卡→“导航”组内的两个按钮进行页眉和页脚的切换编辑。

4）设置“工作表”选项卡

打开“页面设置”对话框的“工作表”选项卡，出现如图 4.76 所示的设置选项，这些选项用于指定待打印的工作表区域，设置打印标题、打印顺序和质量。

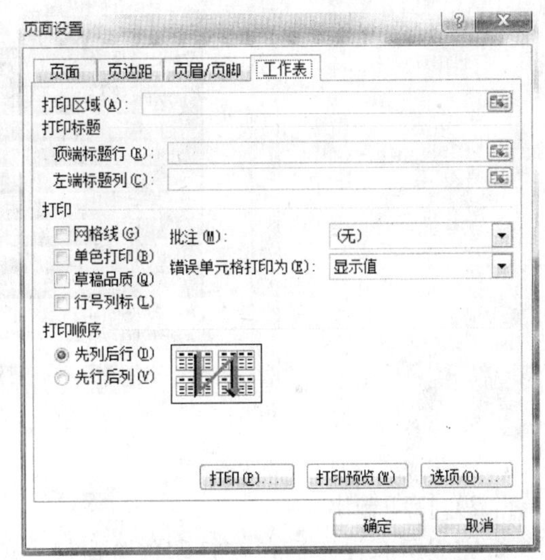

图 4.76　“工作表”选项卡

“工作表”选项卡各选项的功能如下。

“打印区域”文本框：用于指定打印区域，可在其中输入要打印的范围，也可单击该框右端的“区域选择器”按钮，直接在工作表中选择要打印的区域。

“打印标题”选项区域：用于指定打印在每页上的标题。其中，“顶端标题行”文本框中可输入作为标题的行，也可单击该框右端的“区域选择器”按钮，直接在工作表中选择作为标题的行。“左端标题列”文本框中可输入作为标题的列，也可单击该框右端的“区域选择器”按钮，直接在工作表中选择作为标题的列。

“打印”选项区域：提供了几个设置打印方式的复选框。选中“网格线”复选框，将在工作表上打印出网格线；选中“单色打印”复选框，在打印时将不考虑背景的颜色与图案，以黑白方式打印；选中“行号列标”复选框，将在工作表中打印行号与列标；选中“草稿品质”复选框，将打印较少的图形并且不打印网格线，这样能加快打印速度。

“打印顺序”选项区域：当数据不能在一页中打印完时，可在此选择打印顺序。选中“先列后行”单选按钮，将按由上向下，再由左向右的顺序打印工作表；选中“先行后列”单选按钮，则按由左向右，再由上向下的顺序打印工作表。

18．预览及打印输出

设置好工作表的页面布局后，可以通过打印预览的方法查看所有设置是否符合要求。对于不符合要求的地方，可以作出相应的修改，然后进行打印。

1）预览工作表

单击 Office 按钮，在下拉菜单中单击“打印”→“打印预览”命令，进入“打印预览”窗口，可预览将工作表打印到纸张后的效果，如图 4.77 所示。图中各按钮的作用如下：

单击“显示比例”按钮，将会放大或缩小“打印预览”中的表格。

选中“显示边距”复选框，则将显示页面边距并可以对其进行调整。

单击“页面设置”按钮，则弹出“页面设置”对话框，可重新调整其中的设置。

单击“关闭打印预览”按钮，则关闭预览窗口，返回 Excel 编辑窗口。

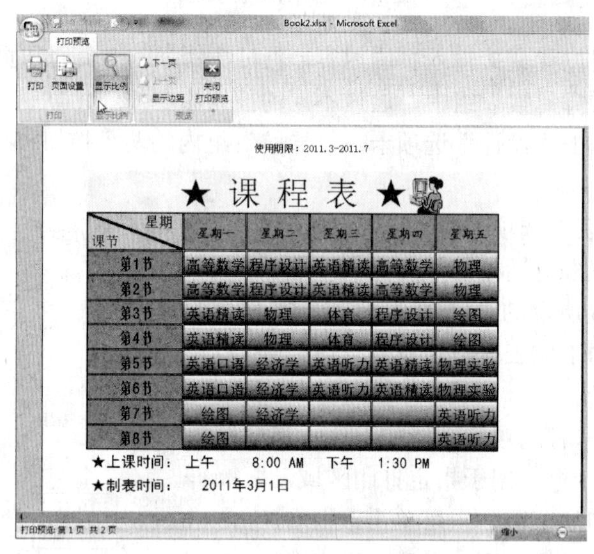

图 4.77　预览窗口

2）打印输出

完成所有设置后，在打印预览窗口可单击“打印”按钮，或直接单击 Office 按钮，在下拉菜单中单击“打印”→“打印”命令，弹出“打印内容”对话框，可在打印前做最后的设置，如图 4.78 所示。

在“打印机”选项区域中，在“名称”下拉列表选择所要使用的打印机。

在“打印范围”选项区域中，选择是打印整个工作表还是打印工作表中的某些页。

在“打印内容”选项区域中，选择打印的内容，如打印选定的区域、打印当前工作表、打印整个工作簿等。

在“份数”选项区域中，在“打印份数”文本框中输入要打印的份数，这样就可以一次打印多份相同的工作表。

单击“确定”按钮，即可按设定的内容进行打印。

如果希望不设置“打印内容”对话框中的内容而直接打印，则可以单击 Office 按钮，在下拉菜单中单击“打印”→“快速打印”命令。

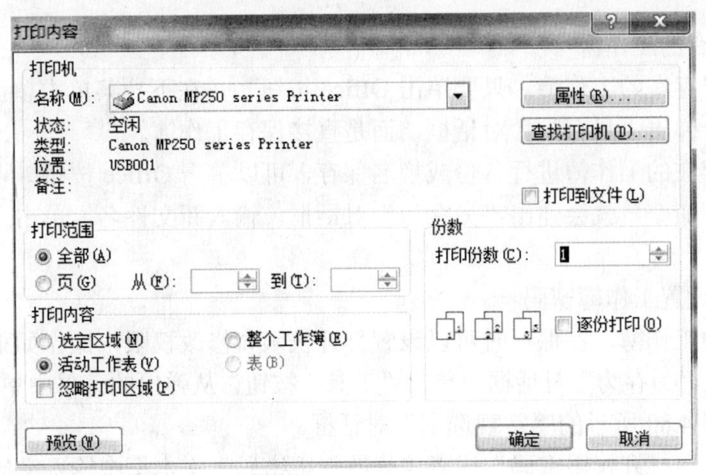

图 4.78 “打印内容”对话框

19. 保存工作簿

1）保存新建工作簿

第一次保存工作簿时，必须为工作簿指定一个文件名并将其保存在磁盘的指定文件夹中，具体步骤如下。

第 1 步：单击 Office 按钮，在下拉菜单中单击“保存”命令，弹出如图 4.79 所示的“另存为”对话框。

图 4.79 “另存为”对话框

第 2 步：在“另存为”对话框中，选择工作簿的保存位置，在“文件名”文本框中输入工作簿名称“课程表”，单击“保存”按钮将完成的工作簿保存起来。保存时，可以在“保存类型”下拉列表中选择扩展名不是“.xlsx”的其他文件类型。

2）保存已有的工作簿

要保存已经存在的工作簿，只要单击 Office 按钮，在下拉菜单中单击“保存”命令即可，这时不会弹出“另存为”对话框，而是直接保存工作簿。

要对已经存在的工作簿进行备份或换名保存，可以单击 Office 按钮，从下拉菜单中单击“另存为”命令，就会弹出“另存为”对话框，输入新文件名，单击“保存”按钮进行保存。

3）保存时设置工作簿密码

对于重要的工作簿，在保存时可以设置打开权限和修改权限，操作如下。

第 1 步：在“另存为”对话框中单击“工具”按钮，从弹出的菜单中单击“常规选项”命令，弹出如图 4.80 所示的“常规选项”对话框。

第 2 步：在“打开权限密码”或者“修改权限密码”文本框中输入密码，注意输入的英文字母区分大小写。

第 3 步：单击“确定”按钮，弹出“确认密码”对话框，在“重新输入密码”文本框中再次输入相同的密码。

第 4 步：单击“确定”按钮，返回到“另存为”对话框，单击“保存”按钮。

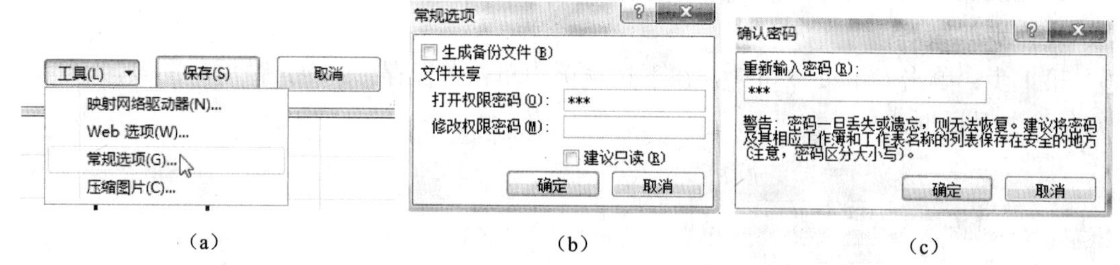

(a) (b) (c)

图 4.80 设置密码

4.2.3 相关知识扩展

1. 自动套用格式

Excel 2007 提供了一种自动套用格式功能，可以从众多预先设计好的表格格式中选择一种格式快速运用到一个工作表中。

选择需要自动套用格式的区域 A3:F10，单击“开始”选项卡→“样式”组→“套用表格格式”下拉按钮，在下拉列表中选择一种预设的表格格式，如图 4.81 所示。单击鼠标左键，弹出“套用表格式”对话框，如图 4.82 所示。单击“确定”按钮，即为选定的区域自动套用表格格式。效果如图 4.83 所示。

要清除自动套用的表格格式，需要先将自动套用格式的表格转换为区域。方法是选中该区域，右击，在弹出的菜单中单击“表格”→“转换为区域”命令，如图 4.84 所示，在弹出的提示信息框中单击“是”按钮，即可将自动套用格式的表格转换为区域。选中要清除格式的单元格，在“单元格样式”下拉列表框中单击“常规”选项（见图 4.85），即可清除所应用的格式。

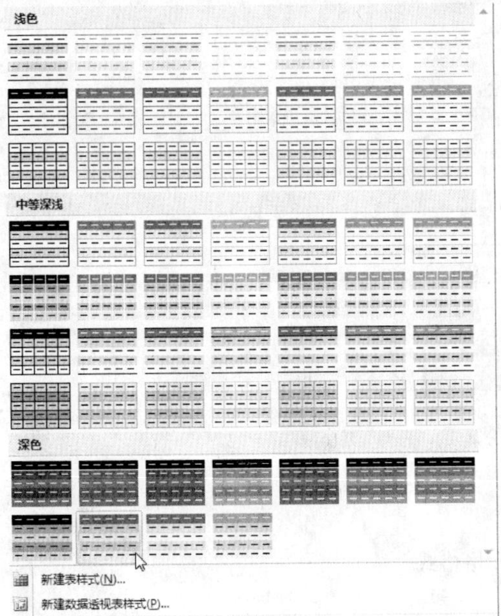

图 4.81 预设的表格格式

图 4.82 “套用表格式”对话框

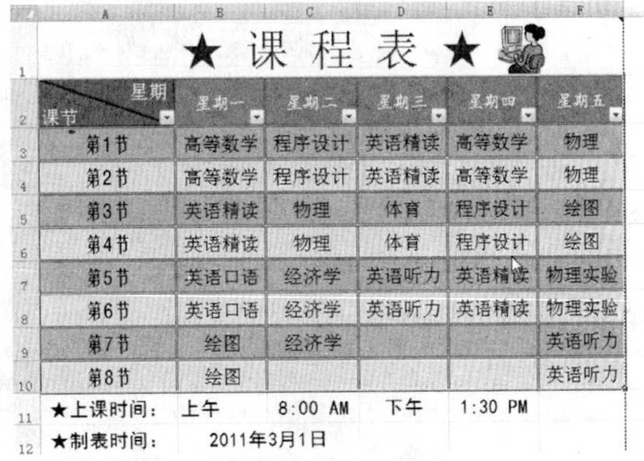

课节＼星期	星期一	星期二	星期三	星期四	星期五
第1节	高等数学	程序设计	英语精读	高等数学	物理
第2节	高等数学	程序设计	英语精读	高等数学	物理
第3节	英语精读	物理	体育	程序设计	绘图
第4节	英语精读	物理	体育	程序设计	绘图
第5节	英语口语	经济学	英语听力	英语精读	物理实验
第6节	英语口语	经济学	英语听力	英语精读	物理实验
第7节	绘图	经济学			英语听力
第8节	绘图				英语听力
★上课时间：	上午	8:00 AM	下午	1:30 PM	
★制表时间：	2011年3月1日				

图 4.83 应用套用格式样例

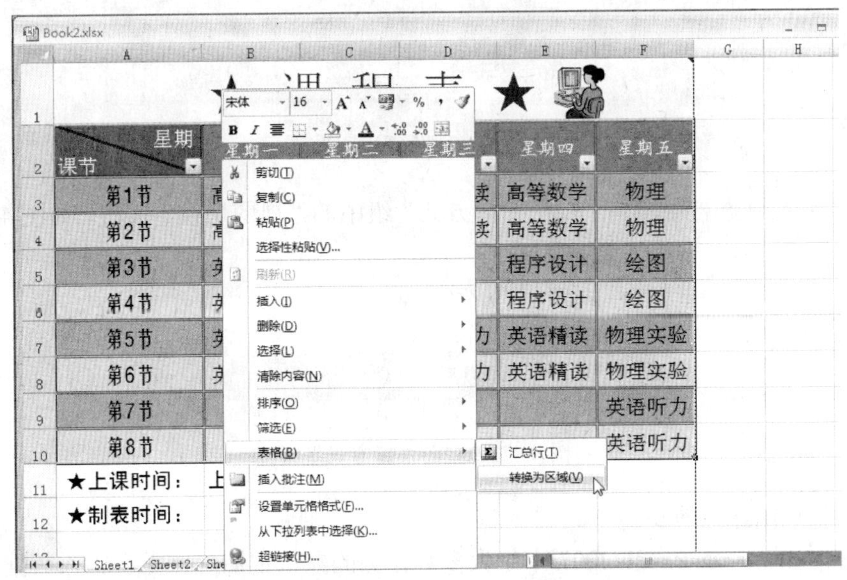

图 4.84 “转换为区域”命令

2．Excel 的视图方式

视图是 Excel 工作簿在电脑屏幕上的显示方式，通过切换不同的视图方式，用户可以更加方便地完成各种操作。

1）切换视图

方法一：打开“视图”选项卡，在“工作簿视图”组中选择不同的视图方式，如图 4.86 所示。

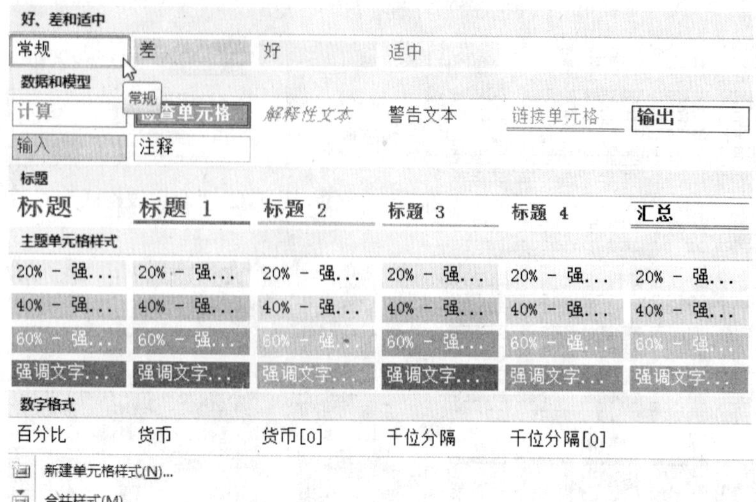

图 4.85　清除单元格格式

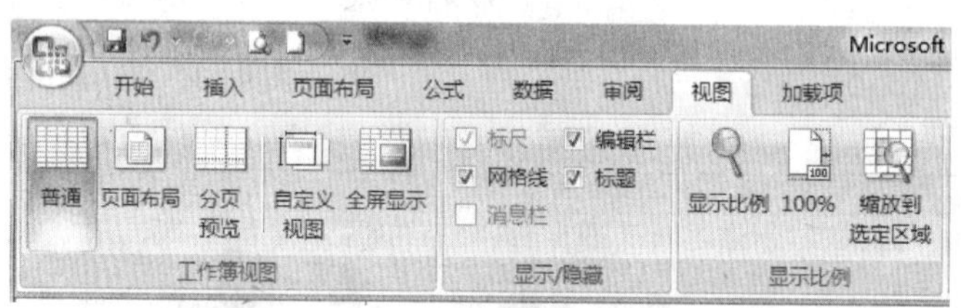

图 4.86　“工作簿视图”组

方法二：在状态栏中单击“视图快捷方式”组中的“视图切换”按钮，如图 4.87 所示。

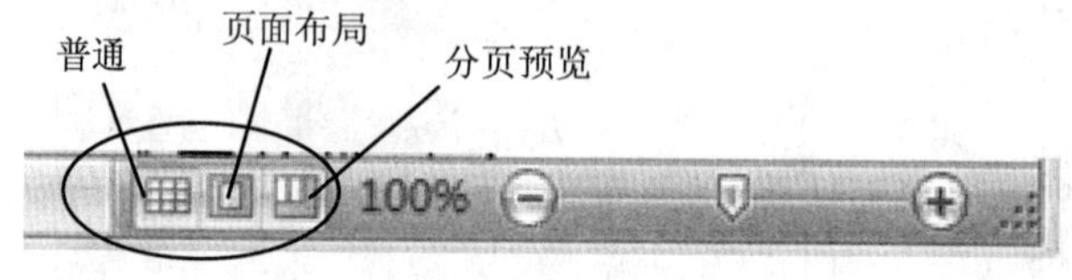

图 4.87　“视图快捷方式”组

2）各种视图方式的功能

“普通”视图：是 Excel 2007 中绝大多数任务的默认视图，比如在输入数据、筛选数据、制作图表、设置工作表格式时都使用该视图。

“页面布局”视图：要查看工作簿打印时的外观，可以使用“页面布局”视图，通过该视图，可以观察到页面的起始位置和终止位置，并可以查看和设置打印页面的页眉和页脚。

“分页预览”视图：在该视图下，活动工作表将被切换到分页预览状态，Excel 2007 自动按比例调整工作表，使其行、列刚好适合页面的大小。这是一种按打印方式显示工作表的视图方式。

“全屏显示”视图：可以在屏幕上尽可能多地显示工作表的内容，在该视图下，Excel

2007 将不显示多余的屏幕元素，如功能区和滚动条等，要关闭全屏显示模式，并切换到上一个视图，可按 Esc 键。

4.3 案例 3——工作表的管理及公式与函数的使用

4.3.1 案例说明

1．任务

打开一个名为“工资表”的工作簿文件，对其中的工作表进行复制、删除等操作，并用公式和函数计算出相关内容。

2．目的

（1）掌握工作表的基本操作方法，包括插入、删除、复制、移动、隐藏等操作。

（2）掌握单元格区域的冻结、隐藏等操作。

（3）掌握公式和函数的使用方法。

4.3.2 操作步骤

1．打开工作簿

单击 Office 按钮，在下拉菜单中单击“打开”命令 打开(O)，在“打开”对话框中，选择要打开的文件所在的驱动器，再从文件夹列表中找到并打开包含“工资表”文件的文件夹，双击要打开的文件，或者选中要打开的“工资表”工作簿后，单击“打开”按钮，都可以打开文件。打开的文件如图 4.88 所示。

	A	B	C	D	E	F	G	H	I	J
1	编号	姓名	职务	基本工资	绩效工资	交通补贴	电话补贴	事假	病假	应发工资
2	000001	李爽	职员	1500	1000	320	90	0	0	
3	000002	张乐	职员	1500	880	320	90	1	0	
4	000003	程鑫	职员	1500	650	320	90	0	2	
5	000004	刘红兵	主管	3000	1000	500	120	0	0	
6	000005	钟舒	经理	3500	900	700	150	2	0	
7	000006	江滨	主管	3000	1500	500	120	0	3	
8	000007	王建钢	职员	1500	1200	320	90	0	0	
9	000008	璐娜	职员	1500	550	320	90	0	0	
10	000009	李小红	职员	1500	350	320	90	0	1	
11	000010	梦娜	职员	1500	420	320	90	0	0	
12	000011	吴大伟	主管	3000	1800	500	120	0	0	
13	000012	李磊	经理	3500	1300	700	150	0	0	
14	000013	郭薇	职员	1500	620	320	90	0	2	
15	000014	高薪	职员	1500	180	320	90	1	1	
16	000015	张丽	职员	1500	290	320	90	0	0	
17	000016	王民	主管	3000	1750	500	120	0	0	
18	000017	李强	经理	3500	1920	700	150	0	0	
19	000018	王经丽	职员	1500	1220	320	90	1	0	
20	000019	李迪	职员	1500	285	320	90	0	0	
21	000020	王国强	职员	1500	560	320	90	0	2	
22										

图 4.88 工资表

2．工作表的管理

1）选择工作表

要管理工作表，首先需要选中相应的工作表。被选中的工作表称为“活动工作表”，如图 4.89 所示。选中工作表的操作也称为激活工作表。

选择单张工作表：如要选择 Sheet1 工作表，只需直接单击对应的工作表标签即可。

选择相邻的工作表：单击所要选中的第一张工作表的标签后，在按住 Shift 键的同时单击最后一张工作表的标签。如，即为选择了从“工资表”到 Sheet2 的三张连续的工作表后的效果。

选择不相邻的工作表：只需在按住 Ctrl 键的同时逐个单击每张工作表标签。如选择“工资表”和 Sheet2 两张工作表。

如果要取消选择，只要单击未被选中的任意工作表标签即可。

2）删除工作表

如删除 Sheet2 工作表：

方法一：选中 Sheet2 工作表，在功能区单击“开始”选项卡→“单元格”组→“删除”按钮，在下拉列表中单击“删除工作表”命令，如图 4.89 所示。

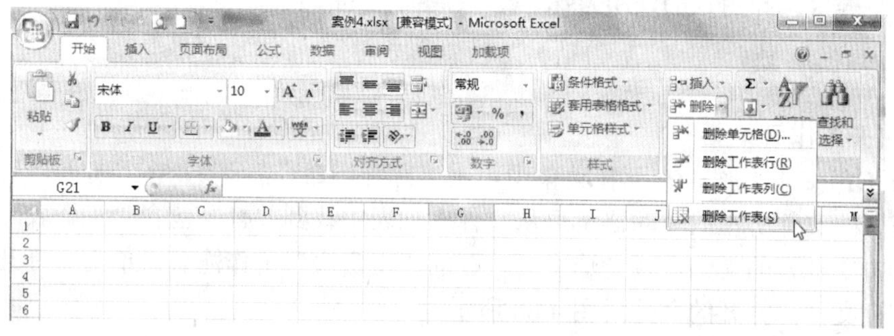

图 4.89　删除工作表命令

方法二：右键单击 Sheet2 工作表标签，在弹出的快捷菜单中单击“删除”命令。

3）插入工作表

在工作簿中插入一张新工作表，方法如下。

方法一：单击工作表标签区中的“插入工作表”按钮。

方法二：右键单击任意工作表标签，在弹出的菜单中单击“插入”命令，在打开的“插入”对话框中的“常用”选项卡中，单击“工作表”图标，然后单击“确定”按钮，如图 4.90 所示。

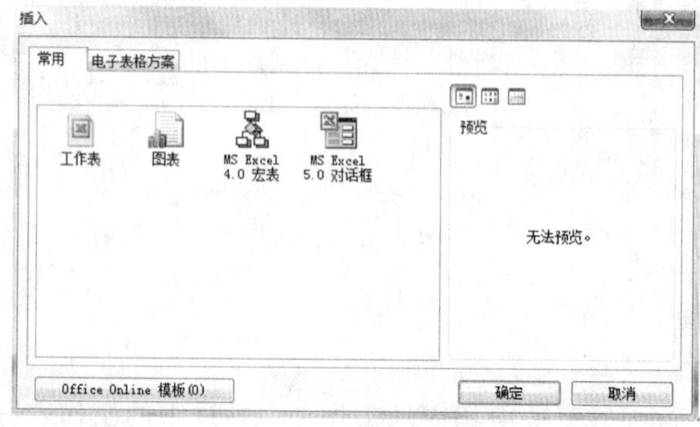

图 4.90　插入工作表对话框

方法三：单击“开始”选项卡→“单元格”组→“插入”按钮，在下拉菜单中单击“插入工作表”命令，如图 4.91 所示。插入的工作表名为 Sheet4。

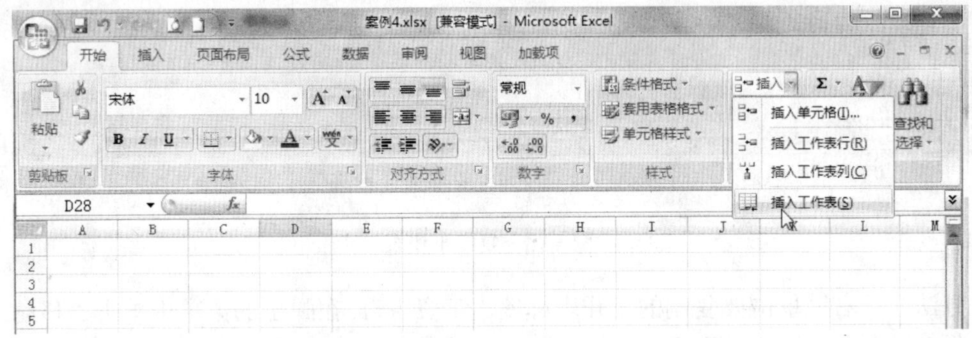

图 4.91　插入工作表命令

4）移动工作表

根据用户需求，有时需要调整工作表之间的位置关系，此时可以通过移动工作表操作来完成。本案例把新建立的工作表 Sheet4 移动到末尾。

方法一：单击 Sheet4 工作表标签，按住鼠标左键，当鼠标指针变成为时拖动鼠标，此时在鼠标经过的区域上方会出现一个小三角形▼，到达目标位置后释放鼠标左键即可，如图 4.92 所示。

方法二：右键单击要移动的工作表标签 Sheet4，在弹出的菜单中单击“移动或复制工作表”命令，打开“移动或复制工作表”对话框。在“下列选定工作表之前”列表框中选择要移动到的位置，本案例为“(移至最后)”，然后单击“确定”按钮即可。如果在“工作簿”下拉列表框中选择其他打开的工作簿，则可以将选定的工作表移动到其他工作簿中，如图 4.93 所示。

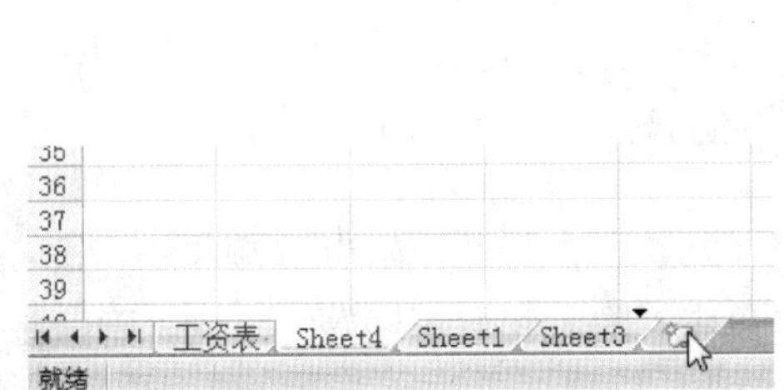

图 4.92　移动工作表

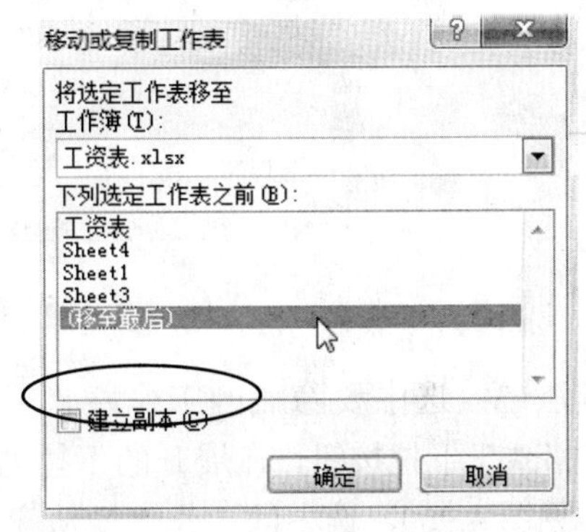

图 4.93　“移动或复制工作”表对话框

5）复制工作表

把“工资表”工作表重新复制一张到末尾。

方法一：单击“工资表”工作表标签，按住鼠标左键的同时，按住 Ctrl 键，当鼠标指针变成为时拖动鼠标，此时在鼠标经过的区域上方会出现一个小三角形，到达目标位置后释放鼠标左键即可。如图 4.94 所示，复制了一张名为“工资表（2）”的工作表。

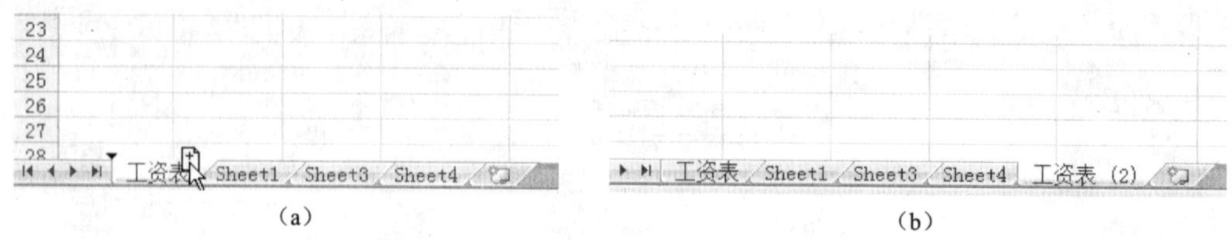

（a）　　（b）

图 4.94　复制工作表

方法二：右键单击要复制的工作表标签“工资表”，在弹出的菜单中单击“移动或复制工作表”命令，打开“移动或复制工作表”对话框。在“下列选定工作表之前”列表框中选择目标位置后，选中“建立副本”复选框（见图 4.93），然后单击“确定”按钮即可。如果在“工作簿”下拉列表框中选择其他打开的工作簿，则可以将选定的工作表复制到其他工作簿中。

6）隐藏工作表

如果不想让别人看到自己编辑的内容，可以将工作表隐藏起来。使用时，可以随时将其显示出来。同时，对于一些工作表数量很多的工作簿，通过隐藏工作表还可以减少屏幕上显示的工作表数量。例如将新建的“工资表（2）”工作表隐藏起来。

方法一：右击“工资表（2）”工作表标签，在弹出的快捷菜单中单击“隐藏”命令，如图 4.95 所示。

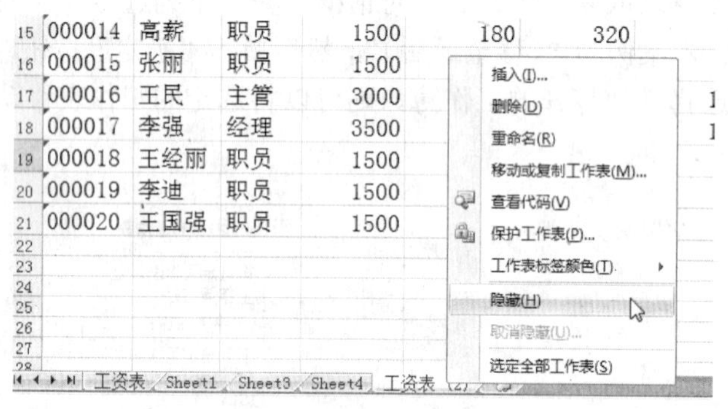

图 4.95　隐藏工作表快捷菜单

方法二：选中要隐藏的工作表“工资表（2）”，单击“开始”选项卡→“单元格”组→“格式”下拉按钮，在展开的下拉列表中单击“隐藏和取消隐藏”下的“隐藏工作表”命令（见图 4.96），选中的工作表便从窗口中消失。

要将已经隐藏的工作表再显示出来，可单击“开始”选项卡→“单元格”组→“格式”下拉按钮，在展开的下拉列表中单击“隐藏和取消隐藏”下的“取消隐藏工作表”命令，就会弹出如图 4.97 所示的“取消隐藏”对话框，选中要操作的工作表，单击“确定”按钮即可。

用上述方法同样可进行隐藏行和列的操作。

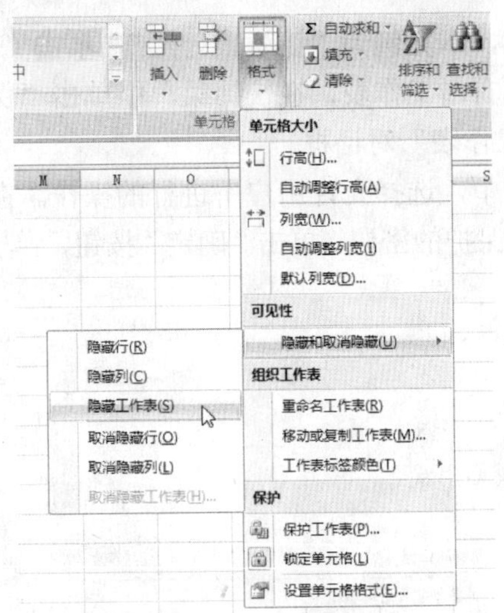

图 4.96　隐藏工作表菜单

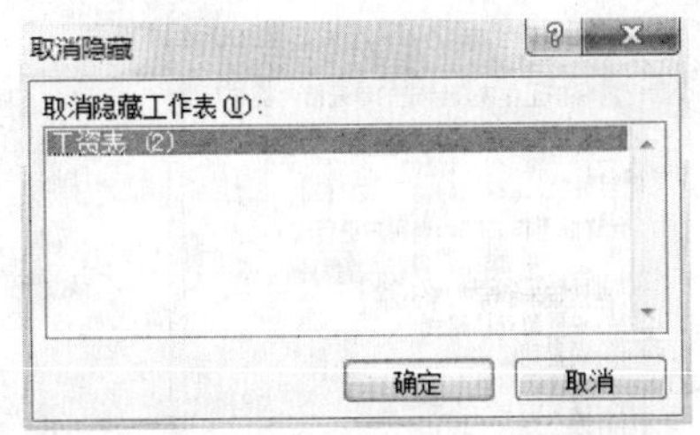

图 4.97　“取消隐藏”对话框

7）拆分工作表

由于计算机屏幕大小有限，当工作表比较大时，就只能显示工作表的部分数据。此时，用户要对比工作表中相隔较远的数据就很不方便。为此，Excel 2007 提供了一项工作表窗口拆分功能，只需将窗口分割成几个部分，在不同窗口均可方便地移动滚动条来显示工作表的不同部分。拆分形式分为水平拆分、垂直拆分、水平和垂直同时拆分，方法如下。

水平拆分：单击水平拆分线的下一行的行号（或下一行最左列的单元格），单击“视图”选项卡→“窗口”组→“拆分”按钮拆分，所选行号上方将出现一条水平拆分线。

垂直拆分：单击垂直拆分线的右一列的列号（或右一列最上方的单元格），然后单击“视图”选项卡→“窗口”组→“拆分”按钮拆分即可。

水平和垂直拆分：单击选中单元格，然后单击“视图”选项卡→“窗口”组→“拆分”按钮拆分，拆分后将在该单元格上方出现水平拆分线，同时在单元格的左侧出现垂直拆分线。

撤销拆分的方法很简单，只需再次单击“视图”选项卡→“窗口”组→“拆分”按钮拆分，或者双击窗口拆分线即可。

8）冻结工作表

使用拆分功能，可以查看工作表中屏幕上没有显示出来的部分，但工作表的标题也会随之滚动。要使工作表的标题保持不动，可以使用冻结功能。

冻结也包括水平冻结、垂直冻结、水平和垂直同时冻结三种形式。冻结的方法和拆分方法相似，只需选定起点后，在“视图”功能区选项卡的“窗口”组中单击“冻结窗格”按钮，在下拉列表中选择相应的选项即可。

要撤销冻结，只需在“视图”功能区选项卡的“窗口”组中单击“冻结窗格”按钮，在下拉列表中选中“取消冻结窗格”选项即可。

9）保护工作表

为保证工作表信息的安全，可以对工作表进行保护设置。

保护工作表的方法是：选中要保护的工作表，本案例为“工资表（2）”，单击“审阅”选项卡→“更改”组→“保护工作表”按钮，或右击工作表，在快捷菜单中单击“保护工作表”命令，都会出现如图 4.98 所示的“保护工作表”对话框。

在“允许此工作表的所有用户进行”列表框中，选择允许用户所进行的操作。在“取消工作表保护时使用的密码”文本框中输入取消保护的密码。单击“确定”按钮，弹出“确认密码”对话框，如图 4.98 所示。

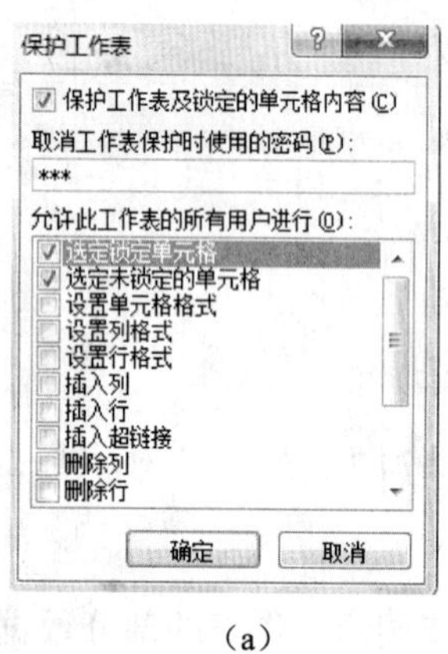

（a）

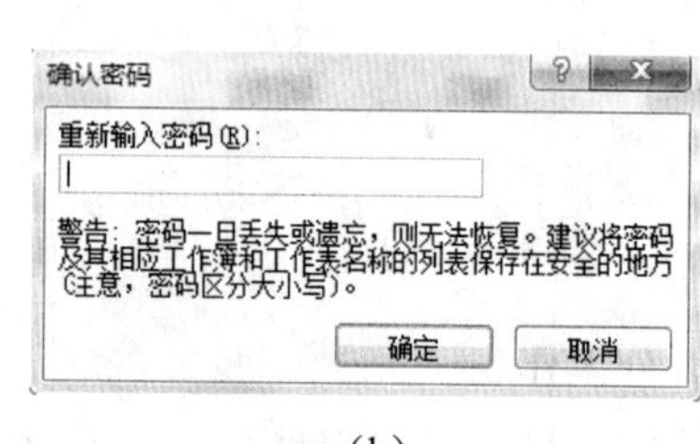

（b）

图 4.98　保护工作表

在“确认密码”对话框的“重新输入密码”文本框中再次输入密码，单击“确定”按钮，工作表就被保护起来。

在受保护的工作表中，只允许进行如图 4.98 所示的“允许此工作表的所有用户进行”列表框中选中的操作（本案例只允许进行“选定单元格”的操作），若试图更改受保护的选项，如输入或修改单元格的内容，将会出现警示框。

如要撤销工作表的保护，可单击“审阅”选项卡→“更改”组→“撤销工作表保护”按钮，或右击工作表，在快捷菜单中单击“撤销工作表保护”命令，都会弹出“撤销工作表保护”对话框，在其中输入保护密码，再单击“确定”按钮即可撤销工作表保护。如果在设置工作表保护时没有设置密码，则撤销工作表保护时不会出现“撤销工作表保护”对话框，即自动撤销工作表保护。

3．使用公式

在 Excel 工作表中可以使用公式进行各种数据的运算，既能对单元格中的数值进行加、减、乘、除等基本运算，也能进行总计、平均、汇总和其他更为复杂的运算，因此能有效避免手工计算中工作繁杂和容易出错的现象，而且当公式中引用的数据被修改后，公式的计算结果还能进行自动更新。

本案例利用公式完成“工资表”中实发工资、应发工资和税后工资的计算。

1）Excel 公式的组成元素

公式是对工作表中的数值执行计算的等式。Excel 中的公式以“=”号开头，以便 Excel 能区别公式和文本，公式既可以是简单的数学表达式，也可以是包含各种 Excel 函数的表达式。

公式可以由下列部分或全部元素组成。

- 函数：函数是预先编写的公式，使用函数可以简化工作表中的公式。
- 引用：在公式中用于指明运算对象的单元格名称或单元格区域。
- 运算符：一个标记或符号，用于指定表达式内执行的计算类型。
- 常量：不进行计算的值，也不会发生变化。表达式或由表达式得出的结果不是常量。

2）Excel 的运算符

运算符用于指明对公式和函数中的元素进行的特定类型的运算。Excel 包含四种类型的运算符：算术运算符、比较运算符、文本连接运算符和引用运算符。公式中的各种运算符在运算时有一个默认的次序，但可以使用括号更改运算次序。

- 算术运算符可以用于完成基本数学运算（如加法、减法或乘法等）、合并数字以及生成数值结果，具体内容如表 4.1 所示。

表 4.1 算术运算符

算术运算符	含义	示例
+（加号）	加法	8+3
–（减号）	减法	10–2
–（负号）	负数	–4
*（星号）	乘法	3*4
/（斜杠）	除法	10/5
%（百分号）	百分比	75%
^（脱字号）	乘方	3^2

- 比较运算符用来比较两个值的关系，返回结果为 TRUE 或 FALSE，具体内容如表 4.2 所示。

表 4.2 比较运算符

比较运算符	含义	示例
=（等号）	等于	A1=B1
>（大于号）	大于	A1>B1
<（小于号）	小于	A1<B1
>=（大于等于号）	大于或等于	A1>=B1
<=（小于等于号）	小于或等于	A1<=B1
<>（不等号）	不等于	A1<>B1

- 文本运算符主要是“&（连接）”运算符，用于两个或多个文本值的连接以生成一段文本。如“Good”“&”“Morning”可生成“GoodMorning”。
- 引用运算符主要是将单元格区域进行合并计算，包括“:（冒号，区域运算符）”、“,（逗号，联合运算符）”、“空格（交叉运算符）”。

区域运算符：生成对两个引用之间的所有单元格的引用，包括这两个引用。如 A1:A6，表示运算是对 A1 到 A6 之间的所有单元格进行。

联合运算符：将多个引用合并为一个引用。如 A1:A6, B5:C7，表示运算是对 A1 到 A6 和 B5 到 C7 的所有单元格进行。

交叉运算符：生成对两个引用中共同的单元格的引用。如 A7:C7，B6:B8，表示运算是对 A7 到 C7 和 B6 到 B8 交叉共有的单元格 B7 进行。

如果在一个公式中同时含有多种运算符，Excel 将按照如表 4.3 所示的运算符优先级进行计算。

表 4.3 Excel 2007 中运算符的优先级别

优先级别	运算符	说明
1	( )	括号
2	:(冒号) (单个空格) ,(逗号)	引用运算符
3	–	负号
4	%	百分比
5	^	指数
6	* 和 /	乘和除
7	+ 和 –	加和减
8	&	文本运算符
9	= < > <= >= <>	比较运算符

如果一个公式中的多个运算符具有相同的优先级别，Excel 将从左到右进行计算。

3）创建公式

在 Excel 中输入公式的操作与输入文字等数据的方法类似，只不过输入公式时总是以“=”等号作为开头，然后输入公式表达式。公式中可以包含数值、运算符、变量或者函数，还可以包含括号和单元格引用。

本案例在“工资表”工作表的 H2 单元格中输入公式，计算“李爽”的应发工资。

方法一：直接在单元格中输入公式。

用鼠标单击单元格 H2，然后输入等号“=”，单击 D2 单元格，在 D2 单元格四周将出现一个彩色的线框且 H2 单元格中输入的公式将变成“=D2”，然后输入“+”，再单击 E2 单元格，再输入“+”，按此方法最后单击 G2 单元格，如图 4.99 所示。按回车键或单击公式编辑栏中的“输入”按钮 ✓ 后可以看到工作表中显示出运算结果，如图 4.100 所示。

SUM =D2+E2+F2+G2

	A	B	C	D	E	F	G	H	I
1	编号	姓名	职务	基本工资	绩效工资	交通补贴	电话补贴	应发工资	事假
2	000001	李爽	职员	1500	1000	320	90	=D2+E2+F2+G2	
3	000002	张乐	职员	1500	880	320	90		1
4	000003	程鑫	职员	1500	650	320	90		0
5	000004	刘红兵	主管	3000	1000	500	120		0
6	000005	钟舒	经理	3500	900	700	150		2
7	000006	江滨	主管	3000	1500	500	120		0

图 4.99 输入公式

H2 =D2+E2+F2+G2

	A	B	C	D	E	F	G	H	I
1	编号	姓名	职务	基本工资	绩效工资	交通补贴	电话补贴	应发工资	事假
2	000001	李爽	职员	1500	1000	320	90	2910	0
3	000002	张乐	职员	1500	880	320	90		1
4	000003	程鑫	职员	1500	650	320	90		0
5	000004	刘红兵	主管	3000	1000	500	120		0
6	000005	钟舒	经理	3500	900	700	150		2

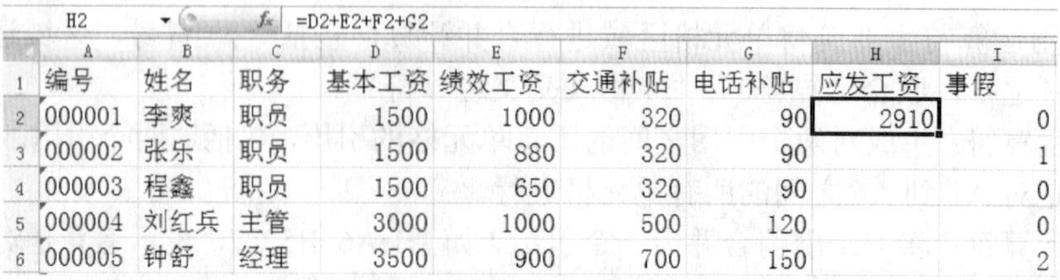

图 4.100 使用公式进行数值计算的结果

方法二：选中单元格 H2，在编辑栏中直接输入公式“=D2+E2+F2+G2”，按回车键或单击公式编辑栏中的“输入”按钮✔。

公式输入后，在 H2 单元格中看到的是公式运算的结果，而在编辑栏中看到的是公式。

4）编辑公式

对于已经输入到单元格中的公式，用户可以根据需要进行各种编辑操作，主要包括修改公式、复制公式、移动公式、删除公式和隐藏与显示公式。

- 修改公式

输入公式后，用户如果对工作表作了修改并且需要调整公式以适应变化时，就必须对公式进行修改和编辑。编辑公式和编辑单元格的方法是一样的，可以通过以下三种方法进入到编辑公式状态。

方法一：双击单元格，可以在单元格内部直接编辑公式。

方法二：选中要编辑公式的单元格，然后单击编辑栏，可以在编辑栏中编辑公式。

方法三：单击要编辑公式的单元格，按 F2 键可以在单元格内部直接编辑公式。

- 复制公式

复制公式会使单元格地址发生变化，从而对结果产生影响。Excel 会自动地调整所有复制单元格的相对引用位置，使这些引用位置替换为新位置中的相应单元格。如把 H2 单元格的公式复制到 H6 中，方法如下：

选定 H2 单元格，右击，在出现的快捷菜单中单击“复制”命令，或者选中单元格后，单击“开始”选项卡→“剪贴板”组→“复制”按钮，这时 H2 单元格四周将出现虚框。单击 H6 单元格，然后右击，在弹出的快捷菜单中单击“粘贴”命令，或者单击“开始”选项卡→“剪贴板”组→“粘贴”按钮，这样就将 H2 单元格中的公式格式粘贴到了 H6 单元格中，并且将计算结果也显示出来，如图 4.101 所示。

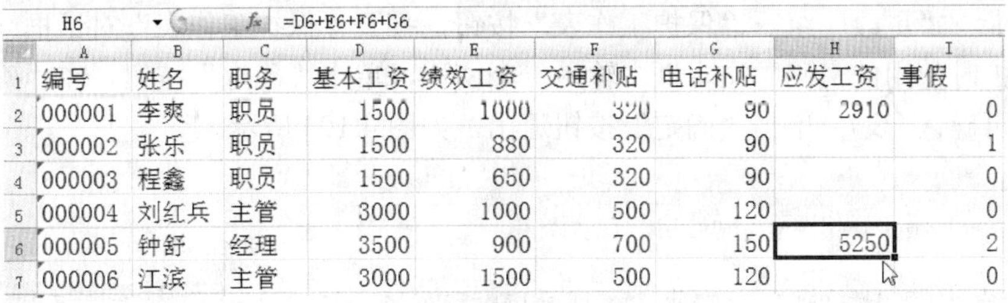

H6 =D6+E6+F6+G6

	A	B	C	D	E	F	G	H	I
1	编号	姓名	职务	基本工资	绩效工资	交通补贴	电话补贴	应发工资	事假
2	000001	李爽	职员	1500	1000	320	90	2910	0
3	000002	张乐	职员	1500	880	320	90		1
4	000003	程鑫	职员	1500	650	320	90		0
5	000004	刘红兵	主管	3000	1000	500	120		0
6	000005	钟舒	经理	3500	900	700	150	5250	2
7	000006	江滨	主管	3000	1500	500	120		0

图 4.101　复制单元格公式

用同样的方法，可将公式粘贴到 H2 以下的所有单元格中，最后按 Esc 键退出操作。

复制带有公式的单元格，只是将单元格的公式进行复制和粘贴操作，而不是将结果粘贴到目标单元格中。从上图可以看出，H2 单元格的公式是“=D2+E2+F2+G2”，复制到 H6 后，H6 单元格显示数值为 5250，编辑栏中可以看到公式是=“D6+E6+F6+G6”。

本案例还可以通过拖动包含公式的单元格 H2 右下角的填充柄，快速复制同一公式到其他单元格中并得出计算结果，如图 4.102 所示。

- 移动公式

选定要移动公式的单元格，在单元格边框上按住鼠标左键，将其拖动到其他单元格，到达目标位置后，释放鼠标左键，即可将公式移动到指定的单元格。也可以通过剪切和粘贴操作进行移动。

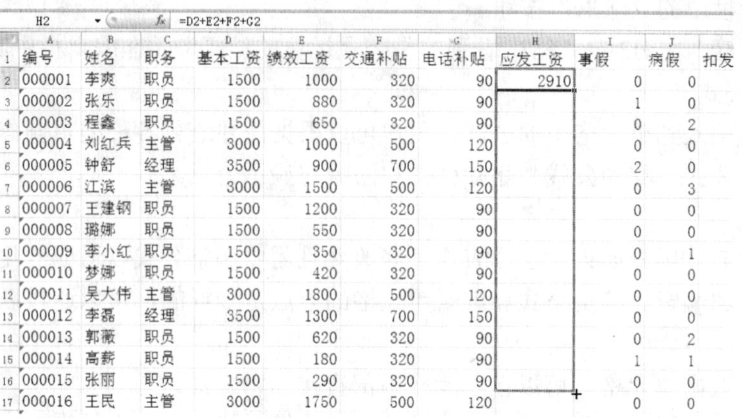
H2 =D2+E2+F2+G2

	A	B	C	D	E	F	G	H	I	J	K
1	编号	姓名	职务	基本工资	绩效工资	交通补贴	电话补贴	应发工资	事假	病假	扣发
2	000001	李爽	职员	1500	1000	320	90	2910	0	0	
3	000002	张乐	职员	1500	880	320	90		1	0	
4	000003	程鑫	职员	1500	650	320	90		0	2	
5	000004	刘红兵	主管	3000	1000	500	120		0	0	
6	000005	钟舒	经理	3500	900	700	150		2	0	
7	000006	江滨	主管	3000	1500	500	120		0	3	
8	000007	王建钢	职员	1500	1200	320	90		0	0	
9	000008	璐娜	职员	1500	550	320	90		0	0	
10	000009	李小红	职员	1500	350	320	90		0	1	
11	000010	梦娜	职员	1500	420	320	90		0	0	
12	000011	吴大伟	主管	3000	1800	500	120		0	0	
13	000012	李磊	经理	3500	1300	700	150		0	0	
14	000013	郭薇	职员	1500	620	320	90		0	2	
15	000014	高新	职员	1500	180	320	90		1	1	
16	000015	张丽	职员	1500	290	320	90		0	0	
17	000016	王民	主管	3000	1750	500	120		0	0	

图 4.102 利用填充柄快速复制

- 删除公式

单击要删除公式的单元格，按 Del 键即可将单元格中的公式删除。

- 隐藏与显示公式

为了安全或保密，如果不希望别人看到自己所使用的计算公式，可以将公式隐藏起来。公式被隐藏后，即使选定了该单元格，公式也不会出现在编辑栏中，操作如下。

第 1 步：选定要隐藏公式的单元格或单元格区域，右击该单元格，在弹出的快捷菜单中单击“设置单元格格式”命令，弹出“设置单元格格式”对话框，打开“保护”选项卡，选中“隐藏”复选框，如图 4.103 所示。

第 2 步：单击“确定”按钮，返回工作表，此时选定的单元格还没有被隐藏。单击“审阅”选项卡→“更改”组→“保护工作表”按钮，打开“保护工作表”对话框。在“取消工作表保护时使用的密码”文本框中输入一个密码，单击“确定”按钮，在“确认密码”对话框中再确认一遍，单击“确定”按钮退出，如图 4.103 所示。

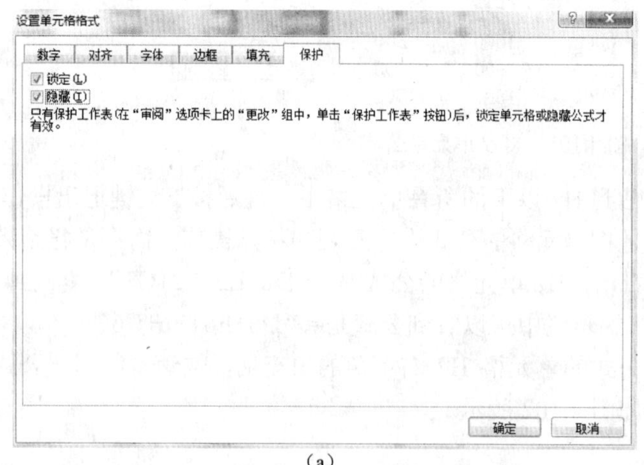

（a）

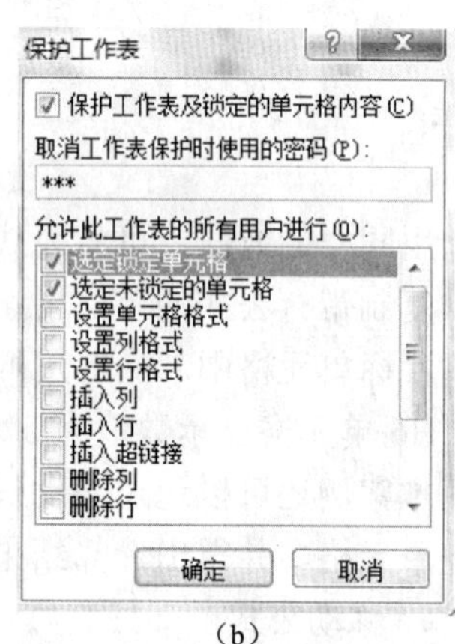

（b）

图 4.103 隐藏公式

第 3 步：返回 Excel 工作表，再选择包含公式的单元格时，编辑栏中将不显示相应的公式。

如果要取消隐藏的公式，则需要先撤销对工作表的保护，然后在“设置单元格格式”对话框中的“保护”选项卡中取消选中的“隐藏”复选框。

4．单元格的引用

公式中单元格的引用就是对工作表中的一个或一组单元格进行标识，从而设定公式使用哪些单元格的值。通过单元格的引用，可以在一个公式中使用工作表不同部分的数据，或者在几个公式中使用同一单元格的数值。在 Excel 2007 中，引用单元格的常用方式包括相对引用、绝对引用、混合引用三种。

相对引用：也称为相对地址，它用列标与行号直接表示单元格。如果某个单元格的公式被复制到另一个单元格，原来单元格公式中的地址需在新单元格中发生相应的变化，则需要用相对引用来实现。例如在 H2 单元格的公式为“=D2+E2+F2+G2”，如果公式被复制到 H3 单元格应该变为“=D3+E3+F3+G3”，说明 H2 的公式会随着位置的变化而变化，应为相对引用。

绝对引用：如果希望复制公式后，其中的单元格地址仍然保持不变，此时，就需要使用绝对引用。绝对引用表示为在单元格的列标与行号前加“$”符号。如本案例计算扣发工资，按规定如果一次事假扣除 B24 所标识的基本工资的百分比数，如果病假一次扣除 B25 所标识的基本工资的百分比数。写公式时，在 K2：K21 的任意单元格中，百分比数是不会随着位置而发生变化的，所以 B24 在公式中就写为“$B$24”的绝对引用形式，B25 同样也是绝对引用形式。

混合引用：如果将相对引用与绝对引用混合使用，就是混合引用。在混合引用中，将一个单元格中带有混合引用的公式复制到其他单元格时，绝对引用的部分保持不变，而相对引用的部分将发生相应的变化。如在 K2 单元格公式为“=D2*$B$24*I2+D2*$B$25*J2”，将 K2 单元格的内容复制到 K3 单元格中，由于混合引用的原因，因此得到“=D3*$B$24*I3+D3*$B$25*J3”公式。如果将 K2 单元格公式中的“$B$24”改为 B24、“$B$25”改为 B25，再复制到 K3 单元格后结果就将为 0。

本案例需在 K2 单元格中输入正确的公式“=D2*$B$24*I2+D2*$B$25*J2”，然后再将该公式复制到 K3:K21 单元格中。

三种引用在输入时可互相转换：在公式中用鼠标或键盘选定引用单元格的部分，反复按 F4 键可进行各种引用间的转换。转换的规律如下：A1－$A$1－A$1－$A1－A1。

完成以上操作，在 L2 输入公式“=H2–K2”，拖曳填充柄到 L21 完成公式的计算。

5．函数的使用

函数是一些系统预先定义好的、用于完成特定计算的公式，函数通过引用一些称为参数的特定数值来按特定的顺序或结构执行计算。函数可用于执行简单或复杂的计算，使用函数可以大大简化计算过程。Excel 2007 提供了大量的内置函数，涉及许多工作领域，如数学、财务、统计、工程、数据库、日期和时间等。此外，还可以利用 VBA 代码来编写自定义函数，以完成特定的要求。常用函数有 SUM（求和）、COUNT（计数）、AVERAGE（求平均值）、MAX（求最大值）、MIN(求最小值)等。

1）函数的格式

每个函数都由下面两个元素构成。

- 函数名：表示将执行的操作，例如 AVERAGE。
- 参数：表示函数将引用的值的单元格地址，如 D2：D21。参数通常是一个单元格范围如 AVERAGE(D2：D21)，还可以是更为复杂的内容。

在使用函数时，需要遵循其使用规则，否则将会产生错误。使用函数时的语法规则一般为：

- 函数的结构以函数名称开始，后面是括号，括号里是以逗号隔开的计算参数。
- 如果函数以公式的形式出现，必须在函数名称前面输入等号。
- 参数可以是数字、文本、TURE 或 FALSE 的逻辑值、数组或单元格的引用，也可以是常量、公式或其他函数。
- 给定的参数必须能产生有效的值。
- 如果某个函数作为另一个函数的参数使用，则称为函数嵌套。

2）输入函数

分别在 C23、D23、E23、H23 和 L23 单元格中输入函数，求出相应的“员工总数”、“基本工资平均值”、“最高绩效工资”、“最低应发工资”、“实发工资总额”。

方法一：手工输入函数。

手工输入函数的方法和在单元格中输入公式的方法一样。选中 D23 单元格，依次输入等号“=”以及后面的 AVERAGE(D2:D21)，按 Enter 键确认即可。也可以选定单元格后，在编辑栏中直接输入函数内容。

方法二：使用粘贴函数的方法。

利用该方法可以指导用户一步一步地输入复杂的函数，避免人为的输入错误。如在 L23 单元格输入函数计算实发工资总额。

第 1 步：选定需要输入函数的单元格 L23。

第 2 步：单击功能区中的“公式”选项卡→“函数库”组→“插入函数”按钮 fx，或者直接单击公式编辑栏上的“插入函数”按钮 fx，弹出“插入函数”对话框，如图 4.104 所示，该对话框中显示有函数的名称和功能说明。

第 3 步：在“选择函数”列表框中选择所需的函数 SUM。

如果常用函数列表框中没有所需的函数，则先要选择所需的类别，如“财务”选项，然后再在“选择函数”列表框中查找所需的函数。

单击“确定”按钮后弹出“函数参数”对话框，如图 4.105 所示。

第 4 步：在“函数参数”对话框的参数框中输入 L2:L21。如果对参数区域没有把握，可单击参数框右侧“折叠对话框”按钮，将“函数参数”对话框暂时折叠起来，变成一个长方形面板（见图 4.106），然后在工作表中选定作为参数的单元格或单元格区域（L2:L21）后，单击长方形面板右侧的“折叠对话框”按钮，返回“函数参数”对话框，单击“确定”按钮，即可在选定的单元格 L23 中显示计算结果。

用以上方法，完成工作表中其他单元格函数的添加。

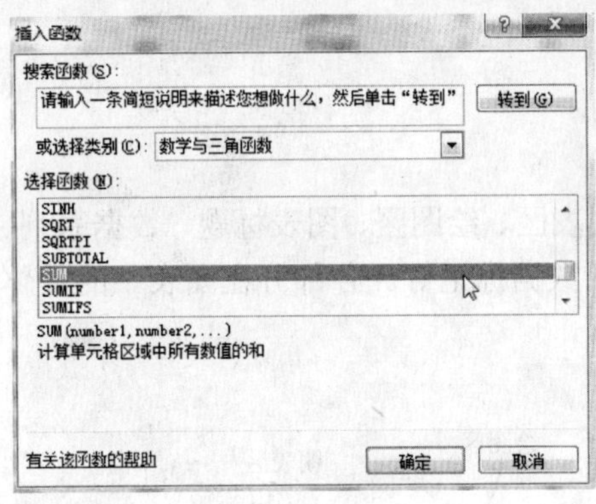

图 4.104 “插入函数”对话框

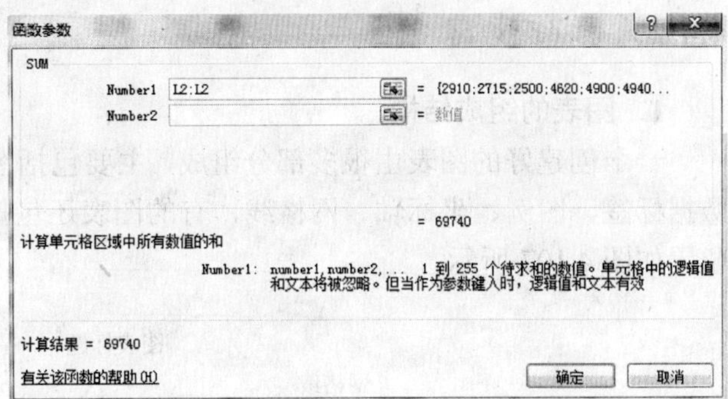

图 4.105 “函数参数”对话框

SUM =SUM(L2:L21)

函数参数 L2:L21

	B	C	D	E	F	G	H	I	J	K	L
1	姓名	职务	基本工资	绩效工资	交通补贴	电话补贴	应发工资	事假	病假	扣发总额	实发工资
2	李爽	职员	1500	1000	320	90	2910	0	0	0	2910
3	张乐	职员	1500	88[illegible]							2715
4	程鑫	职员	1500	65[illegible]							2500
5	刘红兵	主管	3000	1000	500	120	4620	0	0	0	4620
6	钟舒	经理	3500	900	700	150	5250	2	0	350	4900
7	江滨	主管	3000	1500	500	120	5120	0	3	180	4940
8	王建钢	职员	1500	1200	320	90	3110	0	0	0	3110
9	璐娜	职员	1500	550	320	90	2460	0	0	0	2460
10	李小红	职员	1500	350	320	90	2260	0	1	30	2230
11	梦娜	职员	1500	420	320	90	2330	0	0	0	2330
12	吴大伟	主管	3000	1800	500	120	5420	0	0	0	5420
13	李磊	经理	3500	1300	700	150	5650	0	0	0	5650
14	郭薇	职员	1500	620	320	90	2530	0	2	60	2470
15	高薪	职员	1500	180	320	90	2090	1	1	105	1985
16	张丽	职员	1500	290	320	90	2200	0	0	0	2200
17	王民	主管	3000	1750	500	120	5370	0	0	0	5370
18	李强	经理	3500	1920	700	150	6270	0	0	0	6270
19	王经丽	职员	1500	1220	320	90	3130	1	0	75	3055
20	李迪	职员	1500	285	320	90	2195	0	0	0	2195
21	王国强	职员	1500	560	320	90	2470	0	2	60	2410
22		员工总数	基本工资平均值	最高绩效工资			最低应发工资				实发工资总额
23			2100								=SUM(L2:L21)

图 4.106 “函数参数”对话框折叠效果

4.4 案例 4——图表的创建与编辑

4.4.1 案例说明

1．任务

创建一张图表，并对创建的图表进行移动及调整、添加和删除图表数据、设置图表及图表元素的布局与样式等操作。

2．目的

（1）掌握创建图表的方法。

（2）掌握选择图表元素并移动和调整图表的方法。

（3）掌握添加和删除图表数据的方法。

（4）学会设置图表的布局和样式。

（5）学会设置图表元素的布局与样式。

4.4.2 操作步骤

1．图表的组成结构

一个创建好的图表由很多部分组成，主要包括图表区、绘图区、图表标题、数据系列、数据标签、图例、坐标轴、网格线，有的图表还包括数据标记等。各部分在图表中的具体位置如图 4.107 所示。

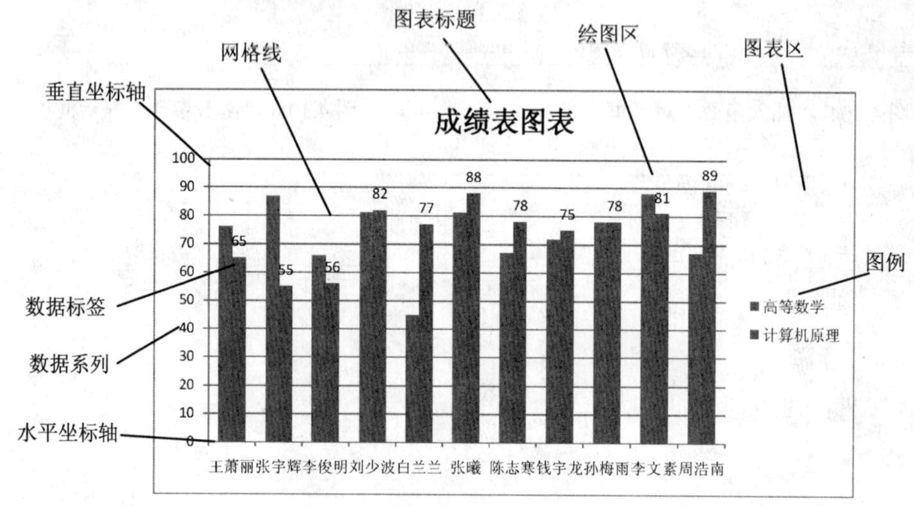

图 4.107 图表的组成结构

- 图表区：包括整个图表及其全部元素。
- 绘图区：在二维图表中，是指通过轴来界定的区域，包括所有数据系列。在三维图表中，同样是指通过轴来界定的区域，包括所有数据系列、分类名、刻度线标志和坐标轴标题。
- 图表标题：说明性文本，可以自动与坐标轴对齐或在图标顶部居中。
- 数据系列：在图表中绘制的相关数据点，这些数据源自数据表的行或列。图表中的每个数据系列具有唯一的颜色或图案，并且在图例中表示。用户可以在图表中绘制一个或多个数据系列。

2．创建图表

Excel 2007 中的数据图表有两种方式：一种是嵌入式图表，即数据图表与相关的数据同时显示，存在于一个工作表中；另一种是数据图表单独存在于一个工作表中，即在工作簿中的当前数据源工作表之外另建一个独立的数据图表作为特殊工作表，即图表与数据是分开的。

1）创建嵌入式图表

打开“图表案例”工作簿，在“成绩表”工作表中选定 B2:D13 单元格区域，单击功能区“插入”选项卡→“图表”组右下角的启动器按钮，弹出如图 4.108 所示的“插入图表”对话框。

在“插入图表”对话框中，根据需要选择“簇状柱形图”的图表类型，以便清晰地反映数据间的关系。也可以在选中 B2:D13 单元格区域后，单击功能区中的“插入”选项卡→“图表”组→“柱形图”按钮，在下拉列表框中单击“簇状柱形图”选项。单击“确定”按钮，即可创建出一张嵌入式数据图表，如图 4.109 所示。

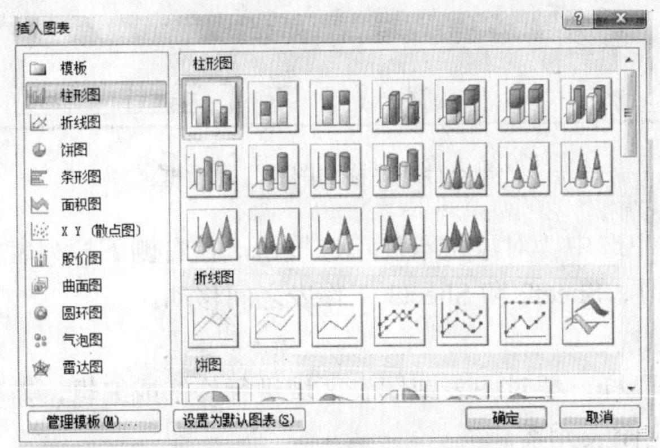

图 4.108 “插入图表”对话框

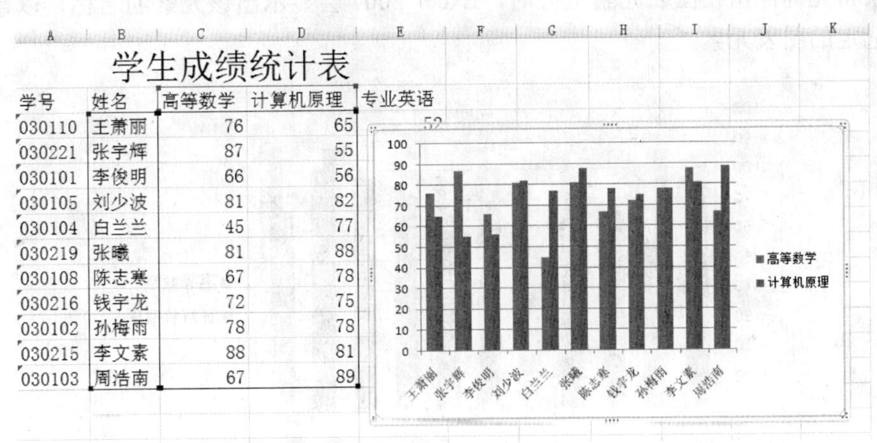

学生成绩统计表

学号	姓名	高等数学	计算机原理	专业英语
030110	王萧丽	76	65	52
030221	张宇辉	87	55	
030101	李俊明	66	56	
030105	刘少波	81	82	
030104	白兰兰	45	77	
030219	张曦	81	88	
030108	陈志寒	67	78	
030216	钱宇龙	72	75	
030102	孙梅雨	78	78	
030215	李文素	88	81	
030103	周浩南	67	89	

图 4.109 嵌入式图表

2）创建独立图表

单击 1）中创建的图表（图表四周出现亮蓝色的边框即表示被选中），这时 Excel 将弹出一个“图表工具”功能区，如图 4.110 所示。

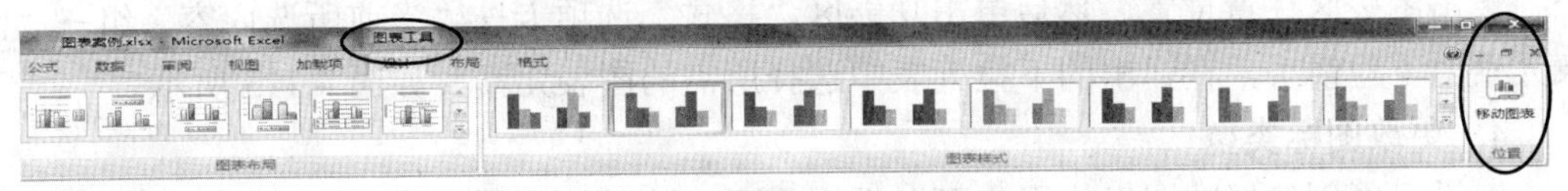

图 4.110 “图表工具”的“设计”选项卡

单击“图表工具”功能区→“设计”选项卡→“位置”组→“移动图表”按钮（见图 4.110），弹出如图 4.111 所示的“移动图表”对话框。单击“新工作表”单选按钮，在右侧文本框中输入“成绩图表”，单击“确定”按钮，即可将 1）所创建的图表移动到新工作表“成绩图表”中。

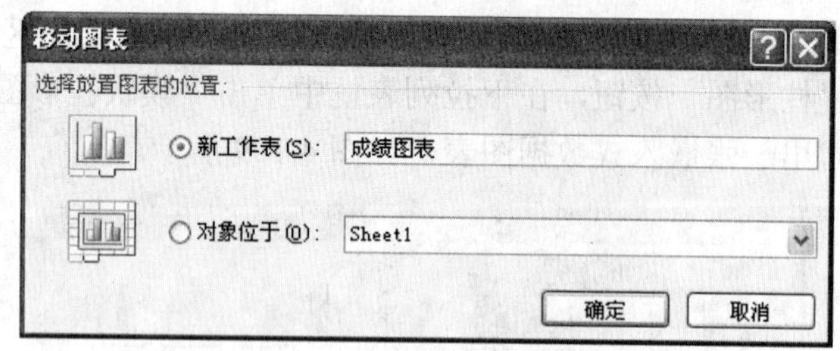

图 4.111 “移动图表”对话框

如果在图 4.111 中选中“对象位于”单选按钮，在右侧下拉列表框中可以选择将图表在 Excel 默认的 Sheet1、Sheet2 和 Sheet3 工作表之间移动。

3．选择图表元素

和绝大多数对象一样，要对图表或图表区域进行修饰或编辑，需要先选定对象。

1）使用鼠标选定图表元素

单击图表中要选定的图表元素，被选定的元素四周将显示控制点，如图 4.112 所示。

如果将光标停留在图表元素上方时，Excel 2007 会显示出该元素的名称，以帮助用户查找要选定的图表元素。

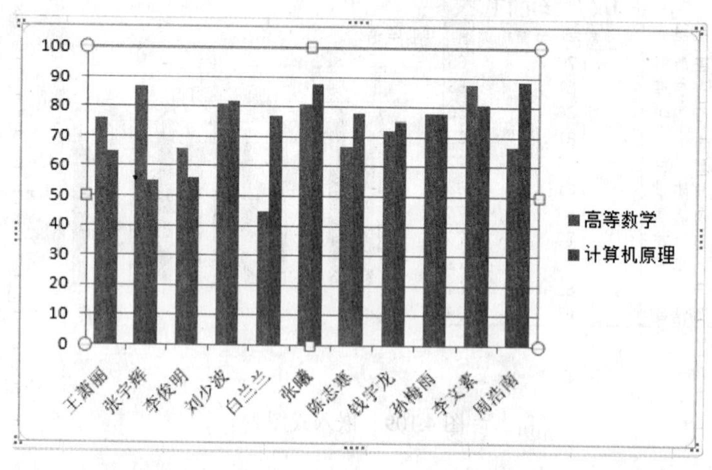

图 4.112 被选中的图表元素

2）从图表元素列表框中选定图表元素

单击图表区任意位置，然后单击功能区“格式”选项卡→“当前所选内容”组→“图表元素”下拉箭头，在弹出的下拉列表中选择所需的图表元素，如图 4.113 所示。

4．更改图标类型

对于已经创建好的图表，用户可以根据需要，随时改变图表的类型。本案例中把“簇状柱形图”改为“三维柱形图”。

单击图表的任意位置，然后单击功能区中的“设计”选项卡→“类型”组→“更改图表类型”按钮，或右击图表的任意位置，在弹出的菜单中单击“更改图表类型”命令，都可打开“更改图表类型”对话框。在左侧的列表中选择“柱形图”的图表类型，在右侧选择该类型下的“三维柱形图”图表子类型，如图 4.114 所示。单击“确定”按钮，即可改变图表类型。

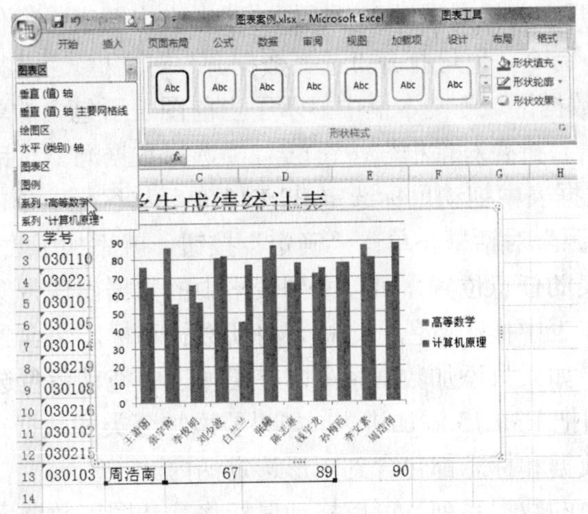

图 4.113　图表元素列表

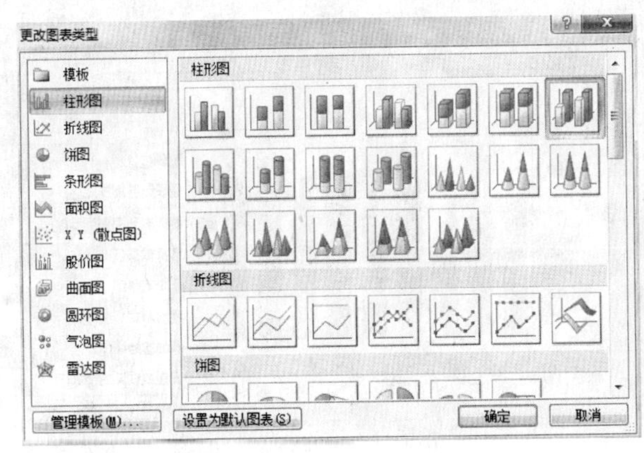

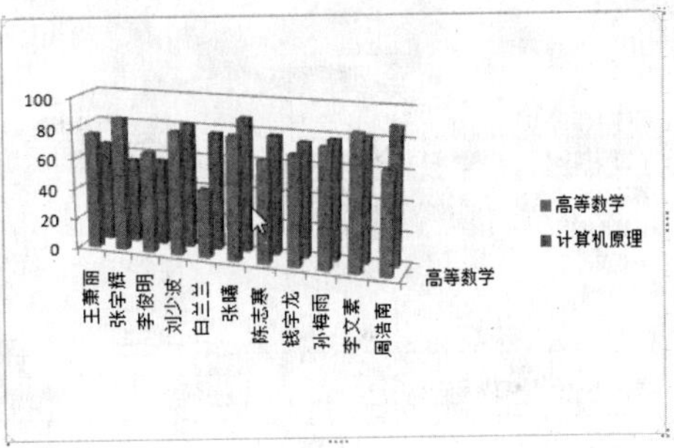

图 4.114　改变图表类型

5．移动和调整图表大小

对于创建好的图表，用户可以调整其位置和大小。操作如下：

单击图表区任意位置，当光标变为✣时，拖动图表至目标位置，释放鼠标即可移动图表。

单击图表区任意位置，在图表周围将出现 8 个控制点，将光标移动到控制点上，当光标变为双向箭头⤡时，拖动鼠标即可调整图表的大小。

要精确设置图表大小，可在功能区“格式”选项卡→“大小”组→“高度”和“宽度”文本框中直接输入表示图表大小的数值即可。

6．添加或删除图表数据

对于创建好的图表，用户可以根据需要随时向其中添加数据。如果图表中的某些数据不再需要，也可将其从图表中删除。

本案例在所建图表中添加“专业英语”成绩数据，方法有两种。

方法一：单击图表的任意位置，然后单击功能区中的“设计”选项卡→“数据”组→“选择数据”按钮，打开“选择数据源”对话框，或者右击图表中的任意位置，在弹出的菜单中单击“选择数据”命令，也可打开“选择数据源”对话框。“选择数据源”对话框如图4.115所示。在“图表数据区域”文本框中显示了当前图表所包含的单元格区域。要更改图表中的数据区域，单击“折叠对话框”按钮，“选择数据源”对话框被压缩为一个长方形对话框，在Excel数据表中拖动鼠标选定B2:E13单元格区域。单击“折叠对话框”按钮，返回“选择数据源”对话框。单击“确定”按钮，就添加了数据。

方法二：单击图表的任意位置，可以看到表格中的数据出现带颜色的线框，它们被称为选定柄，如果在工作表中拖动蓝色选定柄，将新数据和标志包含到矩形选定柄内，即可在图表中添加新分类。如果只添加数据系列，在工作表中拖动蓝色选定柄，将新数据包含到矩形选定柄内。例如把E3:E13添加进去。如果要添加分类和数据点，需要在工作表中拖动紫色选定柄，将新数据和标志都包含到矩形选定柄内。

如果要删除图表中的数据系列，可以拖动鼠标将其从图表数据区移走。也可以在图表中选定要删除的系列，右击，在弹出的快捷菜单中单击“删除”命令即可，如图4.116所示。

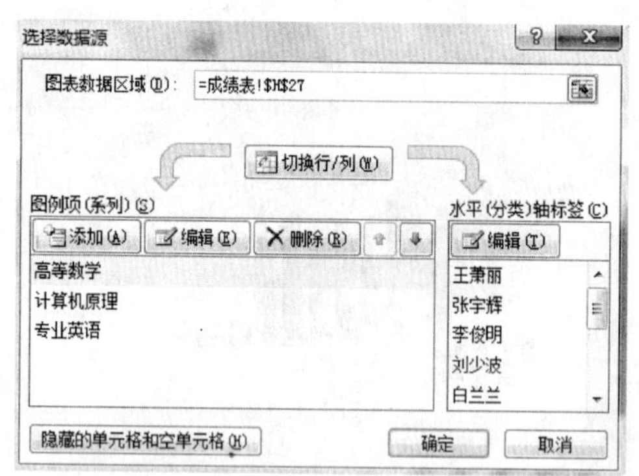

图4.115 “选择数据源”对话框

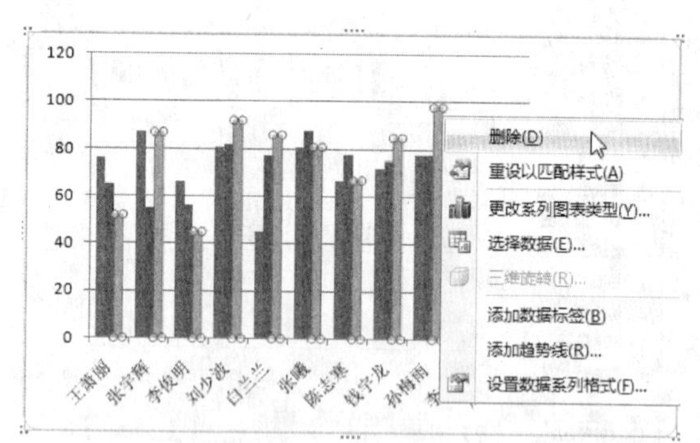

图4.116 删除数据系列

7．设置图表的布局和样式

Excel 2007提供了已定义好的多种图表布局和样式，通过选择图表的布局和样式，可以方便快捷地设置图表的外观，使其达到专业的设计标准。

方法是：单击图表的任意位置，然后单击“设计”选项卡→“图表布局”组的下拉按钮，在弹出的下拉列表中选择一种图表和布局。如图4.117所示为选择“布局5”后，快速设置图表布局的效果。

单击“设计”选项卡→“图表样式”组的下拉按钮，在弹出的下拉列表中选择一种图表样式，即可把此样式应用于图表。

8．设置图表元素的布局和样式

Excel 2007可以单独设置图表中某个图表元素的布局和样式，以适应不同的需求。

1）设置图表元素的布局

本案例为图标添加标题、坐标轴标题等。

方法是：选中要设置的图表，打开“布局”选项卡，在“标签”和“坐标轴”组中列出了可设置的图表元素，如图 4.118 所示。

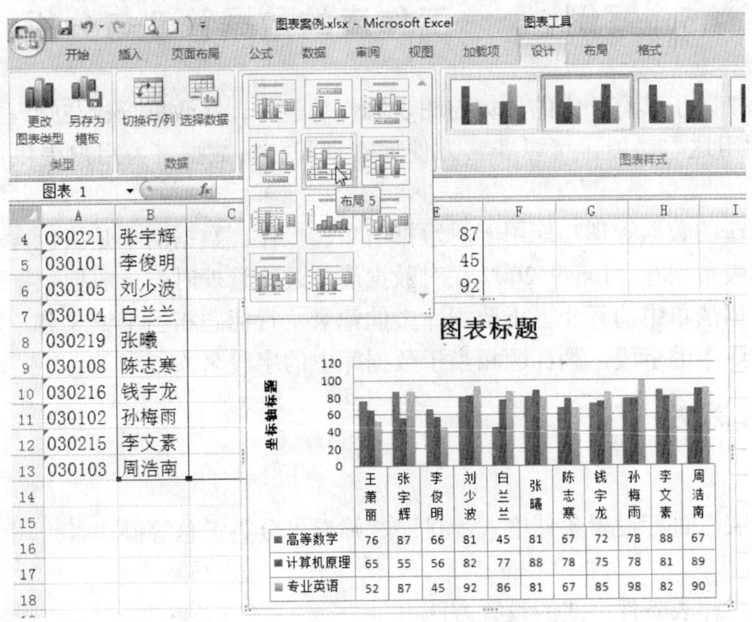

图 4.117　图表布局与样式的设置

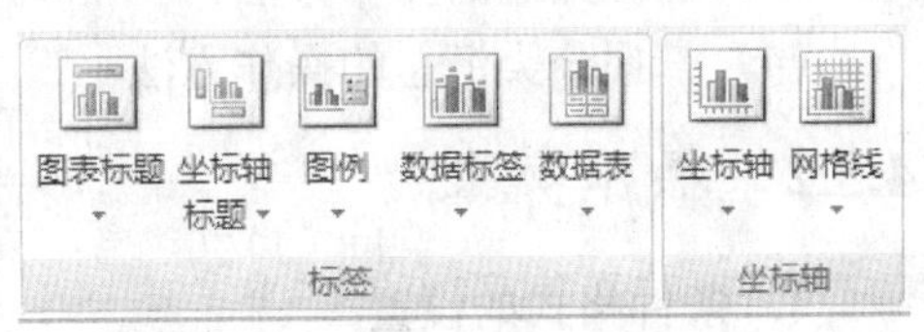

图 4.118　设置图表元素布局按钮

单击某个图表元素按钮，可从其弹出的下拉列表中选择该图表元素的显示方式。本案例设置标题的显示方式为“图表上方”。

选定显示方式后，即可在图表的相应位置添加该图表元素。单击该图表元素内部，图表元素的边框变为虚线，删除其默认内容，输入新内容即可。本案例输入“成绩统计图表”。

拖动图表元素边框可调整图表元素的位置。如果希望删除添加的图表元素，可直接右键单击该图表元素，在弹出的菜单中单击“删除”命令即可。

2）设置图表元素的样式

由于默认的图表元素样式种类比较少，往往无法完全达到用户需要的外观效果。因此用户可以通过自定义设置各图表元素来美化图表，设置出个性化的图表。

方法是：选定要设置外观样式的图表元素，单击功能区中的“格式”选项卡→“形状样式”组→“其他”按钮，在弹出的下拉列表框中选择图表元素的整体外观效果。“形状样式”组中的“形状填充”、“形状轮廓”和“形状效果”按钮，可设置图表元素的填充样式、边框样式和特殊效果。完成以上设置后，可看到应用样式后的图表元素。

在选定图表元素的状态下，单击“布局”或“格式”选项卡中“当前所选内容”组中的“设置所选内容格式”按钮，或者右击该图表元素，在弹出的菜单中单击“设置××格式”命令（这里××代表不同的选定元素），都可打开该图表元素的格式设置对话框，使用该对话框可以对图表元素的样式进行全面的设置。

4.5 案例5——工作表的数据管理与分析

Excel 2007除了具有强大的计算与图表制作功能外，在数据分析与管理方面也具有强大的功能。利用这些功能，可以非常方便地管理和分析数据，为用户提供可靠而准确的信息。

Excel 2007的数据管理功能用于对数据清单的操作。数据清单是指包含一组相关数据的一系列工作表数据行。Excel 2007在对数据清单进行管理时，一般把数据清单看作是一个数据库。数据清单中的行相当于数据库中的记录，行标题相当于记录名。数据清单中的列相当于数据库中的字段，列标题相当于数据库中的字段名。

4.5.1 案例说明

1．任务

对“成绩表”进行设置条件格式、排序、筛选、分类汇总等操作。

2．目的

（1）掌握工作表条件格式的设置方法。

（2）掌握各类排序的操作方法。

（3）掌握筛选的操作方法。

（4）掌握分类汇总的操作方法。

4.5.2 操作步骤

1．条件格式的设置

条件格式用来把不同的数据设置成不同的显示格式，使工作表变得更加美观且清晰、直观。本案例中把“成绩表”中各科成绩90分以上（包含90分）的数据设置为红色，60分以下的数据设置为蓝色。

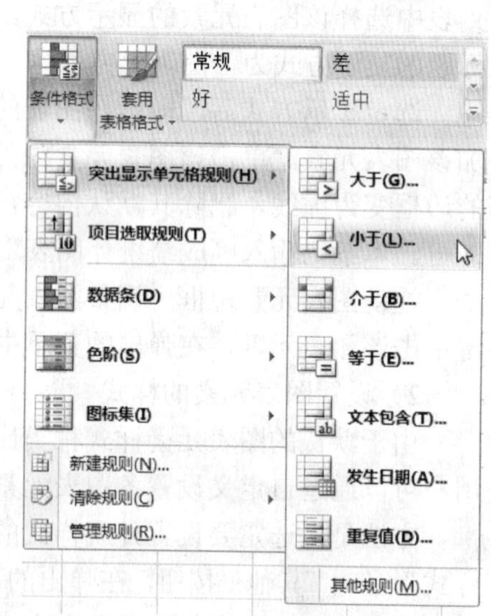

图4.119 条件格式菜单

方法一

第1步：打开文件名为“成绩表”的Excel工作簿，在标签名为“成绩表”的工作表中选定要设置条件格式的单元格区域E3:G23。

第2步：单击功能区中的“开始”选项卡→“样式”组→“条件格式”按钮，在展开的下拉列表中单击“突出显示单元格规则”命令，在其子菜单中选择条件“小于”(见图4.119)，打开“小于”对话框，如图4.120所示。

第3步：在“小于”对话框左侧的文本框中输入60，右侧“设置为”下拉列表框中提供了多种显示格式。因为没有要设置的“蓝色”，单击“设置为”下拉列表框中的“自定义格式”选项，弹出“设置单元格格式”对话框，如图4.121所示。

图 4.120 “小于”对话框

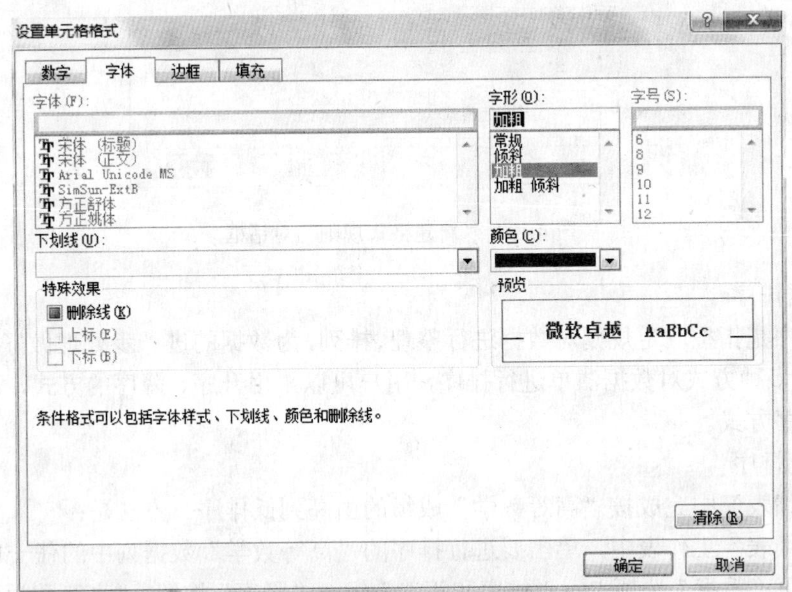

图 4.121 “设置单元格格式”对话框

第 4 步：在该对话框中设置颜色为“蓝色”，单击“确定”按钮，完成设置。

方法二

因为方法一无法完成各科成绩 90 分以上（包含 90 分）的数据的设定，所以采用如下操作完成。

第 1 步：选定要设置条件格式的单元格区域 E3:G23。

第 2 步：单击功能区“开始”选项卡→“样式”组→“条件格式”按钮中的“新建规则”命令，弹出“新建格式规则”对话框，如图 4.122 所示。

第 3 步：在“新建格式规则”对话框的“选择规则类型”列表框中选择“只为包含以下内容的单元格设置格式”选项。在“编辑规则说明”选项区域的前两个下拉列表框中分别选择“单元格值”和“大于等于”，并在第三项的文本框中输入 90，如图 4.122 所示。单击“格式”按钮，在弹出的“设置单元格格式”对话框中设置字体颜色为红色。在“设置单元格格式”对话框也可以设置单元格的边框和填充样式。

第 4 步：单击“确定”按钮完成设置。

要清除已建立的条件格式，可以单击功能区“开始”选项卡→“样式”组→“条件格式”按钮中的“清除规则”命令，根据需要单击“清除所选单元格规则”或“清除整个工作表的规则”命令，完成条件格式的清除。

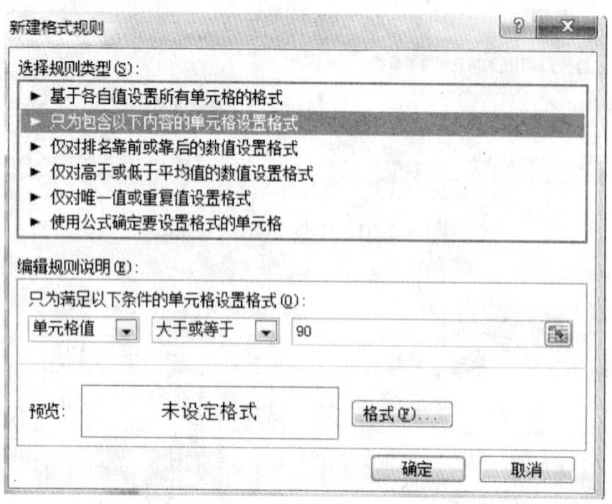

图 4.122 “新建格式规则”对话框

2. 数据排序

数据排序是指按一定规则对数据进行整理、排列，为数据的进一步处理做好准备。Excel 2007 提供了多种方式对数据清单进行排序，用户可以采用升序、降序的方式，也可以由用户自定义排序方式。

1）单列排序

在“成绩表”中完成按“高等数学”成绩的由高到低排序。方法是：

在“成绩表”工作表中，单击要进行排序的“高等数学”数据列中的任一单元格，然后单击功能区“数据”选项卡→“排序和筛选”组→“降序”按钮，“高等数学”列的数据就完成了所要求的排序，如图 4.123 所示。如果选择“升序”，则完成成绩数据由低到高的排序。

	A	B	C	D	E	F	G
1	学生成绩统计表						
2	学号	姓名	性别	系别	高等数学	计算机原理	专业英语
3	030215	李文素	女	金融系	88	81	82
4	030221	张宇辉	男	税务系	87	55	87
5	030211	冯玉程	女	税务系	87	76	65
6	030212	万少明	男	信息系	87	76	65
7	030106	马红玲	女	金融系	82	92	72
8	030105	刘少波	男	会计系	81	82	92
9	030219	张曦	女	税务系	81	88	81
10	030214	梁菲菲	女	会计系	81	88	81
11	030109	郑良宇	男	会计系	81	82	92
12	030102	孙梅雨	女	会计系	78	78	98
13	030217	刘璐	女	信息系	78	87	76

图 4.123 单列降序排序

2）多列排序

利用简单排序只能对一个关键字进行排序，如果对排序结果有较高要求，单列排序就无法满足要求了。如要求在“成绩表”中先按“系别”排序，“系别”相同者按“性别”排序，同一“性别”再按“高等数学”成绩排序。

单击有数据项的任意单元格，在功能区单击“数据”选项卡→“排序和筛选”组→“排序”按钮，Excel 会自动选定整个记录区域，并弹出“排序”对话框，如图 4.124 所示。单击“添加条件”按钮，添加第一个排序条件，在“主要关键字”下拉列表中设置“系别”、“升序”；再单击“添加条件”按钮，将“次要关键字”设置为“性别”、“降序”；最后一个“次要关键字”设置为“高等数学”、“降序”。最后单击“确定”按钮完成排序，结果如图 4.125 所示。

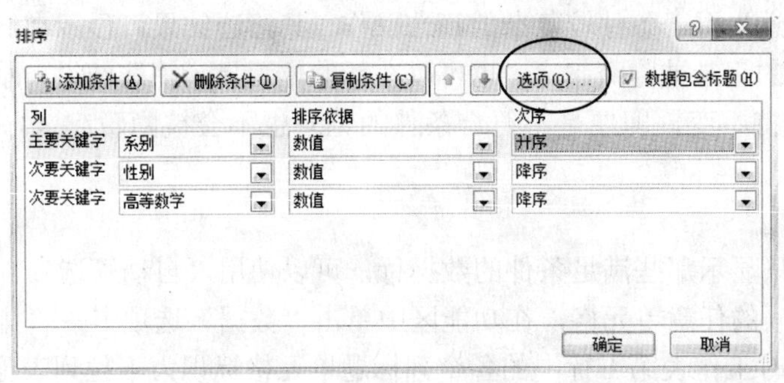

图 4.124　多列排序

	A	B	C	D	E	F	G
1	学生成绩统计表						
2	学号	姓名	性别	系别	高等数学	计算机原理	专业英语
3	030214	梁菲菲	女	会计系	81	88	81
4	030102	孙梅雨	女	会计系	78	78	98
5	030105	刘少波	男	会计系	81	82	92
6	030109	郑良宇	男	会计系	81	82	92
7	030218	贾志雄	男	会计系	67	56	67
8	030101	李俊明	男	会计系	66	56	45
9	030215	李文素	女	金融系	88	81	82
10	030100	马红玲	女	金融系	82	92	72
11	030216	钱宇龙	男	金融系	72	75	85
12	030211	冯玉程	女	税务系	87	76	65
13	030219	张曦	女	税务系	81	88	81
14	030213	蒋思思	女	税务系	67	77	78
15	030104	白兰兰	女	税务系	45	77	86
16	030221	张宇辉	男	税务系	87	55	87
17	030111	李宇	男	税务系	56	67	78
18	030217	刘璐	女	信息系	78	87	76
19	030110	王萧丽	女	信息系	76	65	52
20	030220	王寒露	女	信息系	67	56	67
21	030212	万少明	男	信息系	87	76	65
22	030108	陈志寒	男	信息系	67	78	67
23	030103	周浩南	男	信息系	67	89	90

图 4.125　多列排序结果

除上述两种排序功能外，Excel 2007 还提供了一些特殊的排序功能，如按行排序、按笔画排序、按自定义序列排序等。具体操作是在“排序”对话框中单击“选项”按钮（见图 4.124），在弹出的“序列选项”对话框中进行相应的设置即可。

3．数据筛选

使用数据筛选功能，可以在工作表中只显示出符合特定筛选条件的某些数据行，不满足筛选条件的数据行自动隐藏。Excel 2007 提供了“自动筛选”和“高级筛选”两种筛选数据的方法。

- “自动筛选”用于简单的条件筛选，筛选时将不满足条件的数据暂时隐藏起来，只显示符合条件的数据。一般情况下，“自动筛选”功能就能够满足大部分用户的需要。
- “高级筛选”用于条件较复杂的筛选操作，其筛选结果可显示在原数据表格中，不符合条件的记录被隐藏起来。也可以在新的位置显示筛选结果，原数据表区域中的数据行保持不变，即便是不符合条件的记录也不会被隐藏起来，以便于进行数据对比。

1）“自动筛选”

要在表格中只显示那些满足条件的数据行，可以使用“自动筛选”。

单击有数据项的任意单元格，在功能区中单击“数据”选项卡→“排序和筛选”组→“筛选”按钮，此时工作表第 1 行中的各个列标题单元格标识为下拉列表形式。下面是几种筛选的样例。

- 筛选所有“会计系”学生的记录，如图 4.126 所示。

学生成绩统计表

学号	姓名	性别	系别	高等数学	计算机原理	专业英语
03021				81	88	81
03010				78	78	98
03010				81	82	92
03010				81	82	92
03021				67	56	67
03010					56	45
03021					81	82
03010					92	72
03021					75	85
03021					76	65
03021					88	81
03021					77	78
03010				45	77	86
03022				87	55	87
03011				56	67	78
030217	刘璐	女	信息系	78	87	76
030110	王萧丽	女	信息系	76	65	52

升序(S)
降序(O)
按颜色排序(T)
从“系别”中清除筛选(C)
按颜色筛选(I)
文本筛选(F)
(全选)
会计系
金融系
税务系
信息系
确定
取消
等于(E)...
不等于(N)...
开头是(I)...
结尾是(T)...
包含(A)...
不包含(D)...
自定义筛选(F)...

（a）

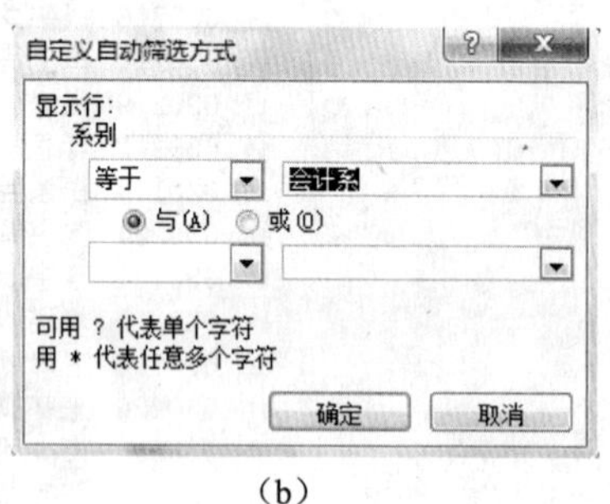

（b）

图 4.126　自定义筛选文本

单击“系别”列标题右侧的下拉箭头，在该下拉列表中单击“文本筛选”下的“等于”命令，弹出“自定义自动筛选方式”对话框，在该对话框中按照如图 4.126 所示设置参数，单击“确定”按钮，工作表中就隐藏了那些不是“会计系”的数据行。

也可以在“文本筛选”下面的列表框中选择“会计系”进行筛选。

- 筛选所有“高等数学”成绩高于所有学生“高等数学”平均分的记录。

单击“高等数学”列标题右侧的下拉箭头，在该下拉列表中单击“数字筛选”下的“高于平均值”命令，工作表中就隐藏了那些不符合条件的数据行，如图 4.127 所示。

图 4.127　筛选高于平均值的记录

- 筛选“高等数学”成绩最低的 3 名学生。

单击“高等数学”列标题右侧的下拉箭头，在该下拉列表中单击“数字筛选”下的“10 个最大的值”命令，会弹出“自动筛选前 10 个”对话框，选择“最小”、“3”、“项”，即可完成筛选，如图 4.128 所示。

- 筛选成绩大于或等于 80 和小于 60 的所有学生的信息。

单击“高等数学”列标题右侧的下拉箭头，在该下拉列表中单击“数字筛选”下的“自定义筛选”命令，在“自定义自动筛选方式”对话框中输入如图 4.129 所示的条件。

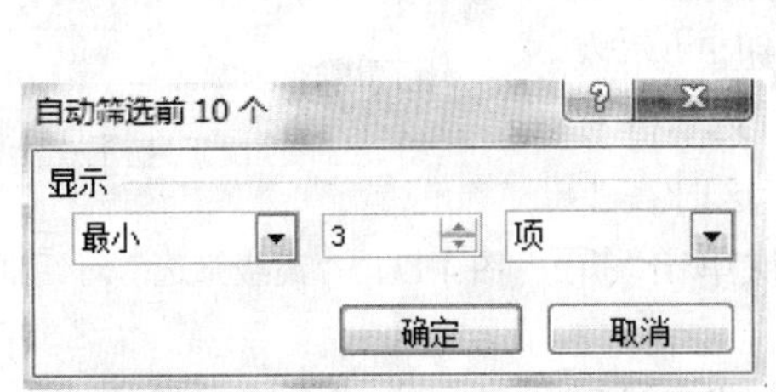

图 4.128　“自动筛选前 10 个”对话框

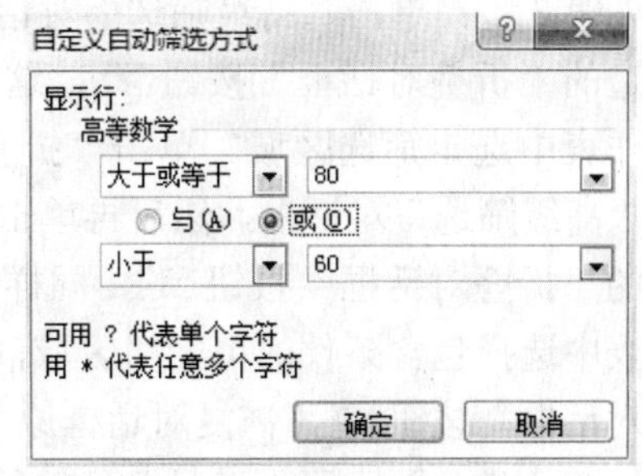

图 4.129　“自定义自动筛选方式”对话框

- 筛选“会计系”的“高等数学”大于 80 的学生。

先在“系别”列标题右侧的下拉列表中筛选“会计系”，再单击“高等数学”列标题右侧的下拉箭头，在下拉列表中选择“数字筛选”，设置条件大于 80，即可完成筛选。

若要取消筛选状态，可在功能区单击“数据”选项卡→“排序和筛选”组→“筛选”

按钮。

2）“高级筛选”

使用“自动筛选”不能设置太复杂的条件，如果要设置复杂的条件，就必须使用“高级筛选”。“高级筛选”要求在与工作表中数据不同的地方指定一个区域来存放筛选条件，这个区域称为条件区域。因为在执行筛选时整行都将隐藏，所以不应把条件区域设定在数据区域的左边或右边，而应当设定在数据区域的上方或下方，并且条件区域最好与数据区域之间有几个空行。例如筛选“会计系”和所有“高等数学”大于 80 分的全部学生信息。“高级筛选”的操作方法如下。

第 1 步：在工作表中远离数据区域的位置建立条件区域，并输入筛选条件，如图 4.130 所示。

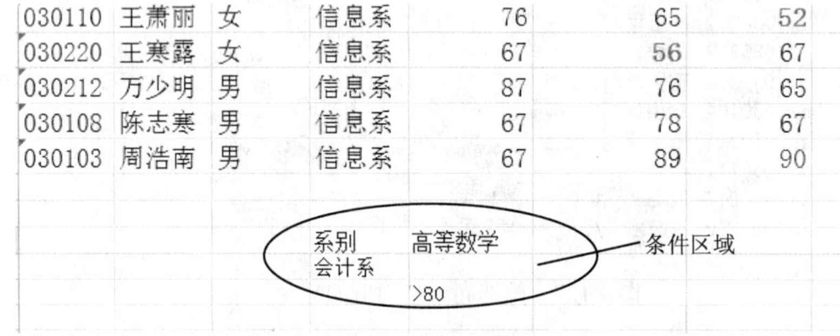

030110	王萧丽	女	信息系	76	65	52
030220	王寒露	女	信息系	67	56	67
030212	万少明	男	信息系	87	76	65
030108	陈志寒	男	信息系	67	78	67
030103	周浩南	男	信息系	67	89	90
			系别	高等数学		
			会计系			
				>80		

图 4.130　设置条件区域

如图 4.130 所示，如果条件“会计系”和“>80”在一行上，表示两个条件之间是“与”的关系，如果在不同行，是“或”的关系。

第 2 步：任选数据区域的一个单元格，单击“数据”选项卡→“排序和筛选”组→“高级”按钮，弹出“高级筛选”对话框，如图 4.131 所示。

图 4.131　“高级筛选”对话框

第 3 步：单击“高级筛选”对话框“列表区域”文本框右边的“折叠对话框”按钮，这时对话框自动折叠，在工作表中选定筛选区域。单击“折叠对话框”按钮，恢复“高级筛选”对话框，然后再单击“条件区域”文本框右边的“折叠对话框”按钮，同样折叠对话框，这时在工作表中选择包含条件的单元格区域，完成之后，再次单击“折叠对话框”按钮，恢复对话框原状。

第 4 步：要隐藏不满足条件的行，可选中“方式”选区中的“在原有区域显示筛选结果”单选按钮，单击“确定”按钮，结果如图 4.132 所示。

第 5 步：要将筛选后的数据复制到工作表的其他位置，可在第 3 步的“高级筛选”对话框中选中“方式”中的“将筛选结果复制到其他位置”单选按钮，这时，“复制到”文本框变为可用。它是将满足条件的行复制到指定的单元格区域。单击“复制到”文本框右边的折叠对话框按钮，对话框折叠，这时在工作表中选定存放满足条件的数据行的单元格区域，完成以后，再次单击折叠对话框按钮可将对话框恢复原状。单击“确定”按钮，结果如图 4.133 所示。

	A	B	C	D	E	F	G
1	学生成绩统计表						
2	学号	姓名	性别	系别	高等数学	计算机原理	专业英语
3	030214	梁菲菲	女	会计系	81	88	81
4	030102	孙梅雨	女	会计系	78	78	98
5	030105	刘少波	男	会计系	81	82	92
6	030109	郑良宇	男	会计系	81	82	92
7	030218	贾志雄	男	会计系	67	56	67
8	030101	李俊明	男	会计系	66	56	45
9	030215	李文素	女	金融系	88	81	82
10	030106	马红玲	女	金融系	82	92	72
12	030211	冯玉程	女	税务系	87	76	65
13	030219	张曦	女	税务系	81	88	81
16	030221	张宇辉	男	税务系	87	55	87
21	030212	万少明	男	信息系	87	76	65
24							
25							
26				系别	高等数学		
27				会计系			
28					>80		

图 4.132　在原有区域显示筛选结果

19	030110	王肃丽	女	信息系	76	65	52
20	030220	王寒露	女	信息系	67	56	67
21	030212	万少明	男	信息系	87	76	65
22	030108	陈志寒	男	信息系	67	78	67
23	030103	周浩南	男	信息系	67	89	90
24							
25							
26				系别	高等数学		
27				会计系			
28					>80		
29							
30	学号	姓名	性别	系别	高等数学	计算机原理	专业英语
31	030214	梁菲菲	女	会计系	81	88	81
32	030102	孙梅雨	女	会计系	78	78	98
33	030105	刘少波	男	会计系	81	82	92
34	030109	郑良宇	男	会计系	81	82	92
35	030218	贾志雄	男	会计系	67	56	67
36	030101	李俊明	男	会计系	66	56	45
37	030215	李文素	女	金融系	88	81	82
38	030106	马红玲	女	金融系	82	92	72
39	030211	冯玉程	女	税务系	87	76	65
40	030219	张曦	女	税务系	81	88	81
41	030221	张宇辉	男	税务系	87	55	87
42	030212	万少明	男	信息系	87	76	65

图 4.133　“将筛选结果复制到其他位置”的筛选结果

4. 分类汇总

分类汇总是 Excel 中非常重要的功能之一，使用它可以使用户免去输入大量的公式和函数的操作。分类汇总是按照不同的类别进行数据统计的一项重要的功能。下面对“成绩表”按“系别”进行分类汇总，具体操作步骤如下。

第 1 步：在分类汇总前首先需要对工作表按分类字段进行排序。打开要进行分类汇总的“成绩表”，单击要汇总的分类字段“系别”所在列的任意单元格，单击功能区中“数据”选项卡→“排序和筛选”组→“升序”（也可以降序）按钮，将其排序。

第 2 步：选定数据区域中的任意单元格，然后单击功能区“数据”选项卡→“分级显示”组→“分类汇总”按钮，打开“分类汇总”对话框。在“分类字段”下拉列表框中选择“系别”，在“汇总方式”下拉列表框中选择汇总的方式为“平均值”，在“选定汇总项”列表框中选择要进行汇总的项目“高等数学”、“计算机原理”和“专业英语”三项，如图 4.134 所示。

第 3 步：在“分类汇总”对话框中单击“确定”按钮，将显示出分类汇总的结果，如图 4.135 所示。

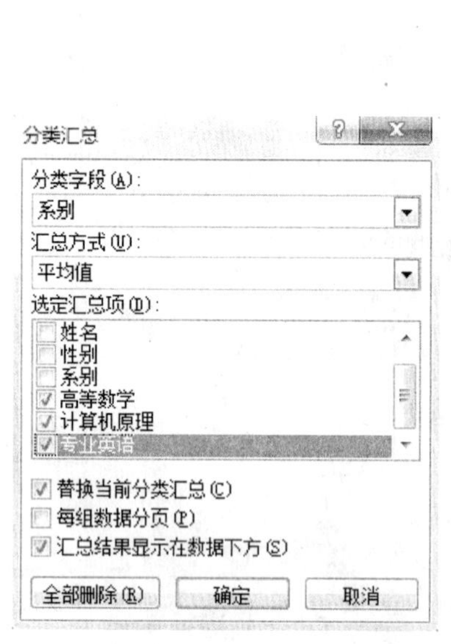

图 4.134 “分类汇总”对话框

	A	B	C	D	E	F	G
1	学生成绩统计表						
2	学号	姓名	性别	系别	高等数学	计算机原理	专业英语
3	030218	贾志雄	男	会计系	67	56	67
4	030101	李俊明	男	会计系	66	56	45
5	030214	梁菲菲	女	会计系	81	88	81
6	030105	刘少波	男	会计系	81	82	92
7	030102	孙梅雨	女	会计系	78	78	98
8	030109	郑良宇	男	会计系	81	82	92
9				**会计系**	75.66667	73.6666667	79.16667
10	030215	李文素	女	金融系	88	81	82
11	030106	马红玲	女	金融系	82	92	72
12	030216	钱宇龙	男	金融系	72	75	85
13				**金融系**	80.66667	82.6666667	79.66667
14	030104	白兰兰	女	税务系	45	77	86
15	030211	冯玉程	女	税务系	87	76	65
16	030213	蒋思思	女	税务系	67	77	78
17	030111	李宇	男	税务系	56	67	78
18	030219	张曦	女	税务系	81	88	81
19	030221	张宇辉	男	税务系	87	55	87
20				**税务系**	70.5	73.3333333	79.16667
21	030108	陈志寒	男	信息系	67	78	67
22	030217	刘璐	女	信息系	78	87	76
23	030212	万少明	男	信息系	87	76	65
24	030220	王寒露	女	信息系	67	56	67

图 4.135 分类汇总结果

第 4 步：建立新的汇总。重新执行上述操作，选定数据区域中的任意单元格，然后单击功能区“数据”选项卡→“分级显示”组→“分类汇总”按钮，打开“分类汇总”对话框。在“分类字段”下拉列表框中选择“系别”，在“汇总方式”下拉列表框中选择汇总的方式为“计数”，在“选定汇总项”列表框中选择要进行汇总的项目“姓名”。如果清除“替换当前分类汇总”复选框，新建的汇总就不会替换前面所建的汇总。

建立了分类汇总后，在工作表的左边便会出现几个按钮 1 2 3，这些按钮是用来控制分级显示的。在分类汇总后，原来的工作表显得很大，数据显得庞杂、不清晰，这时可以利用分级显示来查看汇总数据。

- 单击按钮 1，只显示第一显示层。
- 单击按钮 2，只显示第二显示层，以此类推。
- 单击按钮 +，显示明细数据，单击按钮 - 隐藏明细数据。如图 4.136 所示为显示到第三层的效果。

要删除分类汇总，只要在“分类汇总”对话框中单击“全部删除”按钮，工作表即恢复到汇总前的状态。

	A	B	C	D	E	F	G
1	学生成绩统计表						
2	学号	姓名	性别	系别	高等数学	计算机原理	专业英语
9			6	会计系 计数			
10				会计系 平均值	75.6667	73.6667	79.1667
14			3	金融系 计数			
15				金融系 平均值	80.6667	82.6667	79.6667
22			6	税务系 计数			
23				税务系 平均值	70.5000	73.3333	79.1667
30			6	信息系 计数			
31				信息系 平均值	73.6667	75.1667	69.5000
32			21	总计数			
33				总计平均值	74.3333	75.2857	76.4762
34							

图 4.136　第三层显示

习　题　4

一、选择题

1. ______是 Excel 环境中存储和处理数据的最基本文件。

A. 工作表文件　　B. 工作簿文件　　C. 图表文件　　D. 表格文件

2. 填充柄位于单元格的______。

A. 左上角　　B. 右下角　　C. 左下角　　D. 右上角

3. Excel 中，编辑栏的名称栏显示为 A13，表示______。

A. 第 1 列第 13 行　　B. 第 1 列第 1 行

C. 第 13 列第 1 行　　D. 第 13 列第 13 行

4. 在 Excel 工作表的单元格中输入公式时，应先输入______。

A. “$”　　B. “%”　　C. “&”　　D. “=”

5. 在 Excel 2007 中，对于 D5 单元格，其绝对单元格表示方法为______。

A. D5　　B. “D$5”　　C. “$D$5”　　D. “$D5”

6. 在 Excel 2007 中，C7 单元格中有绝对引用“=AVERAGE($C$3:$C$6)”，把它复制到 C8 单元格后，双击它，单元格中显示______。

A. “=AVERAGE(C3:C6)”　　B. “=AVERAGE($C$3:$C$6)”

C. “=AVERAGE($C$4:$C$7)”　　D. “=AVERAGE(C4:C7)”

7. 在 Excel 2007 中，下列______是正确的区域表示法。

A. A1#D4　　B. A1..D5　　C. A1:D4　　D. A1>D4

8. 给 Excel 2007 工作表重命名的正确操作是______。

A. 右击工作表标签条中的某个工作表标签，从弹出的快捷菜单中单击“重命名”命令

B. 单击工作表标签条中的某个工作表标签，从弹出的快捷菜单中单击“插入”命令

C. 右击工作表标签条中的某个工作表标签，从弹出的快捷菜单中单击“插入”命令

D. 单击工作表标签条中的某个工作表标签，从弹出的快捷菜单中单击“重命名”命令

9. 现已在 Excel 2007 某工作表的 B 列输入了一系列数据，并知道 C 列数据是 B 列数

据的 25%，请问下面计算公式______不能满足该计算要求。

A. “=B2*25%”　B. “=B2*0.25”　C. “=B2*25/100”　D. “=B2*25”

10．计算 Excel 2007 工作表中某一区域内数据的平均值的函数是______。

A. SUM　B. AVERAGE　C. INT　D. ROUND

11．若需计算 Excel 2007 某工作表中 A1、B1、C1 单元格的数据之和，需使用计算公式______。

A. “=COUNT(A1:C1)”　B. “=SUM(A1:C1)”

C. “=SUM(A1:C1)”　D. “=MAX(A1:C1)”

12．Excel 2007 的基本数据单元是______。

A. 工作簿　B. 单元格　C. 工作表　D. 数据值

13．在 Excel 2007 中，数字项前若加______，数字会被视为文字。

A. '　B. 。　C. #　D. %

14．在 Excel 2007 中，在进行分类汇总前必须______。

A. 先按要分类汇总的字段进行排序　B. 先对符合条件的数据进行筛选

C. 先排序、再筛选　D. 各选项都不需要

15．Excel 2007 表格中，选中单元格后按 Del 键将执行______操作。

A. 删除单元格　B. 清除单元格内容

C. 删除行　D. 删除列

16．在 Excel 2007 中，把一个文件称为一个______。

A. 工作簿　B. 工作表　C. 工作区　D. 图表

17．在 Excel 2007 中，不属于运算符的是______。

A. “*”　B. “&”　C. “#”　D. “^”

18．Excel 2007 能把工作表数据显示成图表格式，图表的位置______。

A. 可直接出现在原工作表内　B. 放在工作簿的图表工作表内

C. 可放在其他工作表内　D. 各选项均可

19．在 Excel 2007 数据清单中，将数据按某一字段内容进行归类，并对每一类作出统计的操作是______。

A. 分类排序　B. 分类汇总　C. 筛选　D. 记录单处理

20．Excel 2007 中的默认的单元格引用是______。

A. 相对引用　B. 绝对引用　C. 混合引用　D. 三维引用

二、填空题

1．在 Excel 2007 中，任一时刻所操作的单元格称为当前单元格，又叫______单元格。

2．在 Excel 2007 中输入数据时，如果输入的数据具有某种内在规律，则可以利用 Excel 2007 的______功能。

3．在 Excel 2007 中，一般在单元格中输入公式后，在单元格显示______，而在编辑栏则显示公式。

4．在 Excel 2007 中，求和函数为______。

5．在 Excel 2007 中，若只需打印工作表的一部分数据时，应先设置______。

6．在 Excel 2007 中，函数______可以用来查找一组数中的最小值。

7．在 Excel 2007 中，可用来同时选定不相邻的多个单元格的按键是______键。

8．Excel 2007 提供“______”和“高级筛选”两种筛选方式。

9. 在 Excel 2007 中，单元格 C1“=$A$1+B1”，将公式复制到 C2 时，C2 的公式是______。

10．在 Excel 2007 中，若图表与原数据在同一工作表，作为该工作表中的一个对象，称为______。

11．为了避免工作表中的重要数据外泄，可以设置______工作表。

12．如要突出显示工作表中满足条件的单元格，则需要使用______功能。

第 5 章　PowerPoint 2007 演示文稿

PowerPoint 2007 与 Word 2007、Excel 2007 等应用程序一样，是 Microsoft 公司推出的 Office 2007 系列产品之一。PowerPoint 2007 是专门用于编辑、制作并管理演示文稿的软件，可以有效地帮助用户进行演讲、教学、产品演示等工作。它所生成的幻灯片除包含文字、图片外，还可以包含动画、声音剪辑、背景音乐及视频等多媒体对象。它能够把要表达的信息组织在一组图文并茂的画面中，可以让观众在最短时间内清晰、直观、准确地了解演讲者的思想观点、新的创意、高新技术成果、深奥复杂的科学原理等。使用 PowerPoint 2007 制作的演示文稿不仅可以在计算机或者投影仪上直接播放演示，使演讲者与他人进行最有效的交流、沟通，也可以转化为 XML Paper Specification（XPS）、PDF 等格式文件，使用户与任何软件平台上的其他用户共享。用户还可以通过 Internet 直接在 Web 浏览器中播放演示文稿、召开远程会议。

本章以 PowerPoint 2007 为对象，通过实例介绍其基本功能与主要操作方法。

5.1　PowerPoint 2007 概述

本节学习演示文稿的基本概念及文件操作，了解和熟悉演示文稿的视图方式，熟悉演示文稿的窗口环境。

5.1.1　PowerPoint 2007 的启动、新建、保存和退出

1．PowerPoint 2007 的启动

启动 PowerPoint 2007 的方法很多，最常用的有以下几种。

方法一：从“开始”菜单的“程序”子菜单启动。选择“开始”菜单中的“程序”菜单下的 Microsoft Office，再从级联菜单中单击“Microsoft Office PowerPoint 2007”命令，启动 PowerPoint 2007。

方法二：从“开始”菜单的高频栏启动。单击“开始”按钮，在弹出的开始菜单的高频栏中单击“Microsoft Office PowerPoint 2007”命令，启动 PowerPoint 2007。

方法三：通过桌面快捷方式启动。双击桌面上的 PowerPoint 2007 快捷方式图标，启动 PowerPoint 2007。

2．PowerPoint 2007 的新建

方法一：PowerPoint 2007 启动后，自动新建一个演示文稿文件。

方法二：单击 Office 按钮，在弹出的菜单中单击“新建”命令。

3．PowerPoint 2007 的保存

在演示文稿的编辑过程中，必须注意随时保存演示文稿文件；否则，可能会因为误操

作或软硬件的故障等原因而使用户在瞬间功亏一篑。

1）第一次保存

第1步：单击快速访问工具栏上的“保存”按钮，弹出“另存为”对话框。

第2步：在“保存位置”下拉列表框中，选择要保存文件的文件夹或驱动器，在“文件名”文本框中，输入演示文稿的文件名。

第3步：单击“保存”按钮，则新建的演示文稿就以指定的文件名保存到指定的文件夹下了。

2）制作演示文稿的备份

单击 Office 按钮，然后单击“另存为”命令，弹出“另存为”对话框，其他操作同上，只是要改变一下文件名。

4．PowerPoint 2007 的退出

退出 PowerPoint 2007 也有很多方法，常用的主要有以下几种。

方法一：单击 PowerPoint 2007 窗口右上角的“关闭”按钮。

方法二：右击标题栏，在弹出的快捷菜单中单击“关闭”命令。

方法三：双击窗口的 Office 按钮。

方法四：单击 Office 按钮，在弹出的菜单中单击“关闭”命令。

5．PowerPoint 2007 演示文稿的打开

打开已有的演示文稿的方法有很多种，常用的方法有。

方法一：PowerPoint 2007 启动后，单击 Office 按钮，在弹出的菜单中单击“打开”命令，在弹出的“打开”对话框中选择要打开的文件。

方法二：先找到要打开的 PowerPoint 2007 文件，双击该文件。

5.1.2 关于 PowerPoint 2007 的基本概念

1．演示文稿

利用 PowerPoint 2007 制作生成的文件称为演示文稿。默认的文件名是“演示文稿 1”，扩展名是.pptx。用户可在保存时输入其他自己定义的文件名，扩展名的类型也可更改为 PowerPoint 97-2003 版本的.ppt。一个演示文稿可包含若干张幻灯片。

2．幻灯片

演示文稿中的每一页称为幻灯片。一份演示文稿由多张幻灯片组成，每张幻灯片都是演示文稿中既相互独立又相互联系的内容。每一张幻灯片都是由一些对象及其版式组成的。

3．对象

对象是指 PowerPoint 幻灯片的组成元素，幻灯片中的文字、图片、组织结构图、图标、Word 表格以及视频、声音等元素都是对象。幻灯片的编辑主要是指对幻灯片中对象的编辑和修饰。

4．版式

幻灯片版式就是对象在幻灯片上的布局，一般是通过合理摆放一些占位符来实现的。PowerPoint 2007 启动后，会自动创建一张版式为“标题幻灯片”的幻灯片，其上带有两个占位符。如果用户对默认的版式不满意，可通过单击“开始”选项卡→“幻灯片”组→“版式”下拉按钮，选择其他版式。

5．占位符

占位符是指一种带有虚线或阴影线边缘的框，绝大部分幻灯片版式中都有这种框。在这些框内可以放置标题及正文，或者是图标、表格和图片等对象。

6．文本框

文本框是一种可移动、可调大小的文字或图形容器。使用文本框，可以弥补个别版式的占位符不够的情况，使用户可以随心所欲地在一页幻灯片上放置多个文字块，或使文字按照与文件中其他文字不同的方向排列。

5.1.3 认识 PowerPoint 2007 的用户界面

PowerPoint 2007 启动后，系统会自动创建带一张版式为“标题幻灯片”的幻灯片的演示文稿，如图 5.1 所示。PowerPoint 2007 与 Word 2007 和 Excel 2007 一样，较以前版本最大的变化在于窗口顶部区域，这个区域不再是菜单和工具栏，而是一系列贯穿屏幕的功能更加强大的菜单选项卡。每一个选项卡中都根据不同的功能分组排列了许多非常直观的命令按钮，使用户能立即找到需要的操作按钮，界面非常人性化，使得创建、演示和共享演示文稿变得简单、直观、有效。

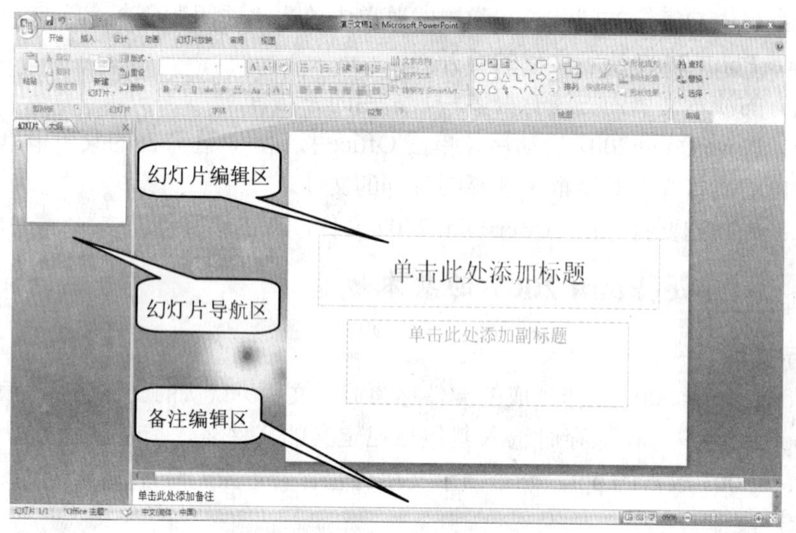

图 5.1 PowerPoint 2007“普通”视图方式窗口

PowerPoint 2007 用户界面包含的主要内容有 Office 按钮、快速访问工具栏、菜单选项卡、幻灯片导航区、幻灯片编辑区、备注编辑区、视图方式工具栏和显示比例调节区。其中大部分与 Word、Excel 窗口的组成部分及操作方法基本相同，不再赘述。下面只介绍幻灯片的视图方式和幻灯片编辑界面中各部分的名称及功能。

1．幻灯片的视图方式

PowerPoint 2007 根据建立、编辑、浏览、放映幻灯片的需要，提供了 3 种视图方式。分别是：普通视图、幻灯片浏览视图和幻灯片放映视图。视图方式不同，演示文稿的显示方式不同，对演示文稿的操作方式也不同。各种视图方式之间的切换可以通过单击窗口右下角的视图工具栏中的三个按钮或单击“视图”选项卡中的相应命令按钮来实现。

（1）“普通”视图。系统默认的视图方式，在幻灯片编辑区内只能显示一张幻灯片。对每张幻灯片上所有对象的编辑都是在普通视图方式下完成的。

（2）“幻灯片浏览”视图。可以同时显示多张幻灯片，用户能方便地对幻灯片进行选定、移动、复制、删除等操作。

（3）“幻灯片放映”视图。幻灯片按顺序全屏幕放映，用户可以观看动画效果、超链接效果等。按下 Enter 键或单击鼠标将放映下一张幻灯片。

2.“普通”视图方式下窗口的构成及使用

幻灯片的“普通”视图窗口由幻灯片导航区、幻灯片编辑区和备注编辑区三个区域组成，也称为 PowerPoint 的三窗格视图，如图 5.1 所示。

（1）幻灯片导航区。“普通”视图窗口中左侧的窗格。该窗格上部有一个幻灯片导航工具条，包含“大纲”和“幻灯片”两个选项卡，可以根据需要选择其中一个选项卡。

①“幻灯片”选项卡：使用缩略图形式显示每张幻灯片，能方便用户快速查看和查找定位演示文稿，并观看、更改设计效果，还可以重新排列、添加或删除幻灯片。

②“大纲”选项卡：根据版式的设置以大纲形式显示幻灯片的标题及文本信息。大纲是由 PowerPoint 系统自动生成的，可以在其中直接编辑文本，还可以将其打印输出。

（2）幻灯片编辑区。“普通”视图窗口中右侧上部较大的窗格。该窗格是幻灯片的核心部分，显示当前幻灯片的内容。该窗格是制作、编辑演示文稿的主要区域，可以在其中进行添加文本、插入对象等操作。

（3）备注编辑区。“普通”视图窗口中右侧下部较小的窗格。在该窗格中，用户可以输入相应幻灯片的说明、注意事项等内容，以便用户对重要的幻灯片作深入讲解时使用。其内容在幻灯片放映时不显示，但可以打印输出，以供用户演讲时参考，或者将它们分发给观众，也可以将备注包含在发送给观众或在网页上发布的演示文稿中。

5.2 案例 1——创建简单的课件演示文稿

5.2.1 案例说明

1. 任务

制作一份如图 5.2 所示的文件名为“案例 1_课件”的简单演示文稿，学习对幻灯片的选定、插入、移动、复制、删除等操作；学习对幻灯片中文本的编辑操作；学习对幻灯片的美化及修饰操作。

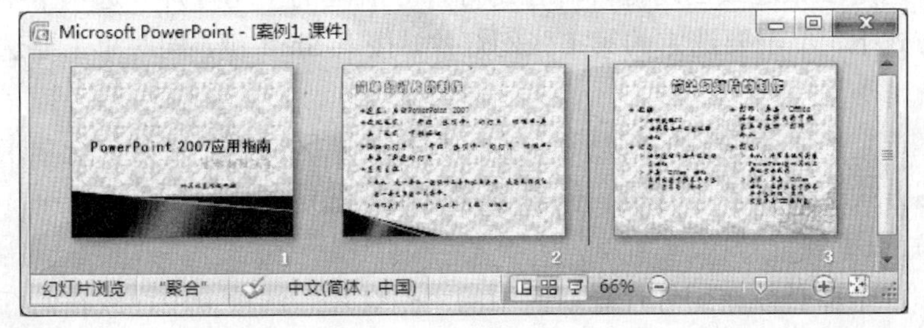

图 5.2 “案例 1_课件”示意图

2．目的

（1）掌握选定、插入、复制、删除幻灯片以及更改幻灯片顺序的方法。

（2）掌握幻灯片中文本的基本编辑方法。

（3）掌握幻灯片主题和背景的设置方法。

5.2.2 操作步骤

启动 PowerPoint 2007 后，系统自动创建一个演示文稿，并在标题栏显示“演示文稿 1-Microsoft PowerPoint”。此时单击“保存”按钮，在弹出的 “另存为”对话框中输入演示文稿的文件名“案例 1_课件”。

1．幻灯片的编辑

1）幻灯片的插入

在新建的“案例 1_课件”中已有默认的一张“标题幻灯片”幻灯片，后面需要添加两张版式不同的幻灯片。第 2 张幻灯片的版式为“标题和内容”，第 3 张幻灯片的版式为“两栏内容”。具体操作方法如下。

第 1 步：插入第 2 张版式为“标题和内容”的幻灯片。

单击“开始”选项卡→“幻灯片”组→“新建幻灯片”按钮，则在当前幻灯片的后面插入了第 2 张默认版式为“标题和内容”的新幻灯片。

第 2 步：插入第 3 张版式为“两栏内容”的幻灯片。

可选用如下两种方法完成第 3 张幻灯片的插入。

方法一：单击“新建幻灯片”下拉按钮，在弹出的“版式”下拉菜单中单击需要的“两栏内容”版式。

方法二：先在幻灯片导航区的“幻灯片”选项卡中选择幻灯片缩略图，按 Enter 键插入默认版式的第 3 张幻灯片。然后，单击“开始”选项卡→“幻灯片”组→“版式”下拉按钮，在弹出的“版式”下拉菜单中单击需要的“两栏内容”版式。

2）幻灯片的选定

在添加了多张幻灯片后，要为每张幻灯片输入具体内容，还要进行幻灯片的移动、复制和删除等操作。执行这些操作首先都应该选定幻灯片。

（1）选定一张幻灯片

在幻灯片导航区的“幻灯片”选项卡中，单击要选定的幻灯片的缩略图。

（2）选定多张幻灯片

方法一：选定多张连续的幻灯片。在幻灯片导航区的“幻灯片”选项卡中，或在幻灯片浏览视图方式下，单击要选定的第 1 张幻灯片，按下 Shift 键，同时单击要选定的最后一张幻灯片。

方法二：选定多张不连续的幻灯片。在幻灯片导航区的“幻灯片”选项卡中，或在幻灯片浏览视图方式下，按下 Ctrl 键，同时分别单击要选定的所有幻灯片。

3）相关知识扩展

以下操作首先都必须在幻灯片导航区中的“幻灯片”选项卡中，或在幻灯片浏览视图方式下，选定要操作的幻灯片。

（1）幻灯片的删除

方法一：按下键盘上的 Del 键，幻灯片就被从演示文稿中删除了。

方法二：右击，在弹出的快捷菜单中单击“删除幻灯片”命令。这种删除幻灯片的方法也是一种常用的操作方法。

（2）幻灯片的移动

方法一：按住鼠标左键将要移动的幻灯片拖动到目标位置。

方法二：使用“剪切”及“粘贴”命令移动幻灯片。

右击要移动的幻灯片的缩略图，在弹出的快捷菜单中单击“剪切”命令，该幻灯片在演示文稿中就消失了，被剪切到了“剪贴板”上。在目标幻灯片的缩略图后的空白处右击，在弹出的快捷菜单中单击“粘贴”命令，则被“剪切”的幻灯片就在这张幻灯片缩略图后显示出来。

（3）幻灯片的复制

要在演示文稿中添加包含已有幻灯片内容的新幻灯片，可以复制幻灯片。

方法一：选定要复制的一张或多张幻灯片，单击“开始”选项卡→“幻灯片”组→“新建幻灯片”下拉按钮，在弹出的下拉菜单中单击“复制选择的幻灯片”命令，复制幻灯片的插入点位于最下面一张选定幻灯片的下方。

方法二：先按下 Ctrl 键，同时按住鼠标左键将要复制的幻灯片拖动到目标位置。

方法三：使用“复制”及“粘贴”命令复制幻灯片。

选定要复制的一张或多张幻灯片右击，在弹出的快捷菜单中单击“复制”命令，它们就被复制到了“剪贴板”上；再将插入点移到目标位置右击，在弹出的快捷菜单中单击“粘贴”命令。

2．幻灯片对象的编辑及修饰

1）幻灯片中文字的输入及编辑

第 1 步：在幻灯片导航区的“幻灯片”选项卡中先选中第 1 张幻灯片，将鼠标指针移动到幻灯片编辑区的标题占位符中单击，这时占位符中的提示信息消失，出现一条黑色的竖线，这条竖线就是插入点，直接输入需要的文本字符“PowerPoint 2007 应用指南”。

第 2 步：再单击副标题占位符的相应位置，输入文字“吉林财经大学”。

第 3 步：在幻灯片导航区的“幻灯片”选项卡中再选中第 2 张幻灯片，将鼠标指针移动到幻灯片编辑区的标题占位符中输入文本 “简单幻灯片的制作”后，单击内容占位符中的“单击此处添加文本”，输入如下内容：

建立：启动 PowerPoint 2007。 更改版式：单击“开始”选项卡→“幻灯片”功能区→ “版式”下拉按钮。 文字编辑：同 Word。 添加幻灯片：单击“开始”选项卡→“幻灯片”功能区→“新建幻灯片”命令。 应用主题： 含义：是一套统一的设计元素和配色方案，为文档提供的一套完整的格式集合。

第 4 步：按上述同样方法输入第 3 张幻灯片的全部文本：

简单幻灯片的制作 放映：

按快捷键 F5。

单击视图工具栏的“放映”按钮。

保存：

单击快速访问工具栏的“保存”按钮。

单击 Office 按钮，在弹出的下拉菜单中单击“另存为”命令。

打印：单击 Office 按钮，在弹出的下拉菜单中单击“打印”命令。

打包：

含义：希望在没有安装 PowerPoint 的计算机上播放演示文稿。

方法：单击 Office 按钮，在弹出的下拉菜单中单击“发布”命令，然后单击“CD 数据包”命令。

在文字输入过程中如果需要移动、复制、删除文本，其方法如同 Word 文本编辑。在幻灯片编辑区所修改的内容会同时出现在幻灯片导航区“大纲”选项卡相应的幻灯片标志后面。

2）插入文本框

通常情况下，新建的空白幻灯片没有占位符，无法直接输入文本。“案例 1_课件”中第 1 张幻灯片只有两个占位符，无法在副标题下面的位置输入新的文本。以上这两种情况都需要增加文本框来输入文本。其操作方法是：

单击“插入”选项卡→“文本”组→“文本框”下拉按钮，在随后出现的下拉列表中选择“横排文本框”，在其中输入文本“计算机基础教研部”。插入文本框及输入文本后演示文稿的效果，如图 5.3 所示。

提示：*如果占位符内没有输入内容，删除不需要的占位符的方法是：把鼠标指针移到占位符边框上单击，然后按下 Del 键。*

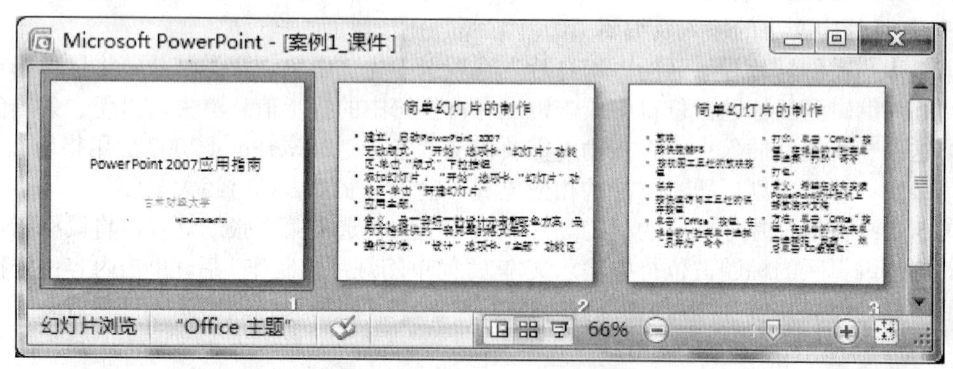

图 5.3 “案例 1_课件”文本输入后的效果示意图

3）幻灯片中段落的编辑

（1）修改项目符号

PowerPoint 2007 默认输入的每行内容都是简单的段落，并自动在每个段落前添加了默认的项目符号，使其更醒目以便吸引别人的注意力。但有时用户对默认的项目符号不满意，就需要修改项目符号了。把“案例 1_课件”中的第 2 张幻灯片的项目符号更改为蓝色的“钻石型”项目符号。具体操作步骤如下。

第 1 步：在“幻灯片”选项卡中单击第 2 张幻灯片缩略图，把鼠标指针移到内容占位符边框上单击，此时内容占位符处于被选中状态。

第 2 步：单击“开始”选项卡→“段落”组→ “项目符号” 右侧的下拉按钮，各种项目符号以缩略图的形式显示在项目符号库的下拉列表中。

第 3 步：单击最下面的“项目符号和编号”命令，打开“项目符号和编号”对话框。

第 4 步：在“项目符号和编号”对话框中，单击“带填充效果的钻石型项目符号”，在其“大小”数值框中输入 70，在“颜色”下拉列表框中选择“蓝色”，如图 5.4 所示。

第 5 步：单击“确定”按钮返回。

用上述方法修改第 3 张幻灯片的项目符号。

提示：可以选用图片作为项目符号，也可以选用项目编号。

方法一：用图片做项目符号。

如果用户对如图 5.4 所示的项目符号样例都不满意，可单击“图片”按钮，在弹出的如图 5.5 所示的“图片项目符号”对话框中选择一个图片样式，单击“确定”按钮。

图 5.4 “项目符号和编号”对话框

图 5.5 “图片项目符号”对话框

方法二：添加或修改项目编号。

在“幻灯片”选项卡中选中要添加或修改项目编号的幻灯片缩略图，把鼠标指针移到内容占位符边框上单击，此时内容占位符处于被选中状态。单击“开始”选项卡→“段落”组→“项目编号” 右侧的下拉按钮，弹出一下拉列表，各种项目编号以缩略图的形式显示在项目编号库中。将鼠标放在某一项目编号缩略图上，则幻灯片窗格中会立即显示应用这种项目编号的预览效果，单击某一项目编号即可将其应用到当前幻灯片中。

（2）段落的升降级

“案例 1_课件”第 2 张幻灯片中的“应用主题”段落下面的“含义”和“操作方法”两部分，是对“应用主题”这一内容分别展开加以阐述的两个小问题，它们不是同一个层次的内容。为了让幻灯片的内容结构清晰、层次分明，这时就要对段落进行升降级操作了。具体操作方法有两种。

方法一：将升降级的命令按钮添加到“快速访问工具栏”，然后用它们设置段落的升降级操作。

第 1 步：单击 Office 按钮，在弹出的菜单中单击“PowerPoint 选项”命令按钮，在弹出的“PowerPoint 选项”对话框中，单击“自定义”命令，单击“从下列位置选择命令”下拉按钮，在弹出的下拉列表框中选择“不在组的命令”选项，选择“降级”，单击中间部分的“添加”按钮，再单击“确定”按钮，这时“降级”按钮就被添加到了快速访问工具栏中。可再用同样的方法将“升级”按钮或其他不在组却又经常使用的按钮添加到快速访问工具栏中。

第 2 步：选中要降级的段落“含义”和“操作方法”，单击“降级”按钮即可完成降级的操作。同时为了使幻灯片中的内容层次结构更加分明，按照前面介绍的修改项目符号的方法，将降级段落的项目符号更改为红色、箭头项目符号。修改了段落级别及项目符号后的第 2 张幻灯片的效果，如图 5.6 所示。对第 3 张幻灯片用相同方法进行修改。

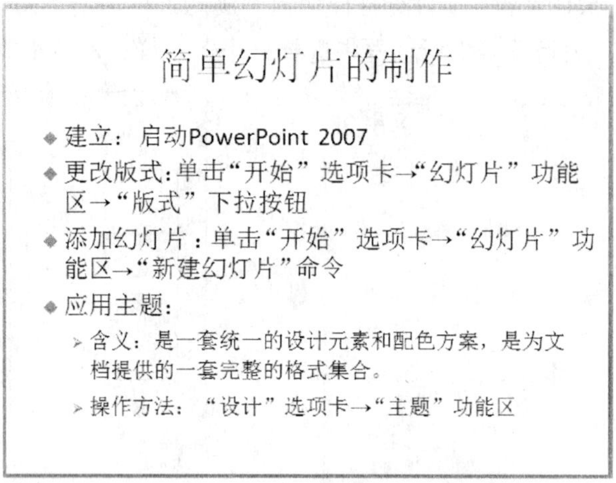

图 5.6　修改项目符号和段落级别后的效果图

方法二：单击“开始”选项卡→“段落”组→“降低列表级别”按钮和“提高列表级别”按钮。

（3）修改段落的对齐方式

PowerPoint 2007 提供了 5 种段落对齐方式，分别是“左对齐”、“居中对齐”、“右对齐”、“两端对齐”、“分散对齐”，如图 5.7 所示。

要修改“案例 1_课件”第 2 张和第 3 张幻灯片中标题的文本对齐方式，由原先的“左对齐”更改为“居中对齐”，可分别采用如下两种操作方法之一。

方法一：先在“幻灯片”选项卡中单击第 2 张幻灯片缩略图，把鼠标指针移到标题占位符边框上并单击，此时标题占位符处于被选中状态。然后单击“开始”选项卡→“段落”组→“居中”按钮即可。

方法二：先在“幻灯片”选项卡中单击第 3 张幻灯片缩略图，然后选中标题占位符，单击“开始”选项卡→“段落”组→“段落”对话框启动按钮，在弹出的如图 5.8 所示的“段落”对话框中的“对齐方式”下拉列表框中选择“居中”即可。

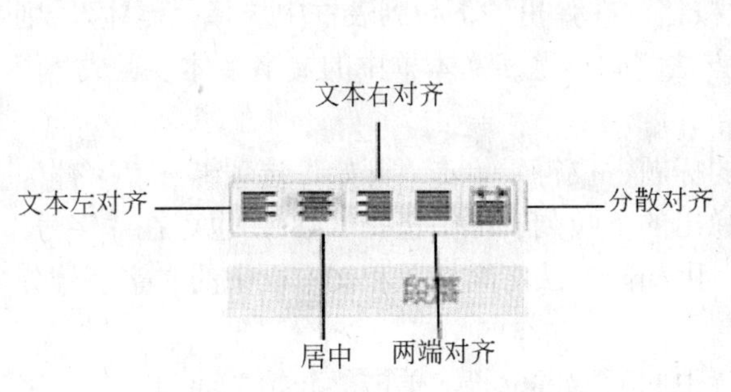

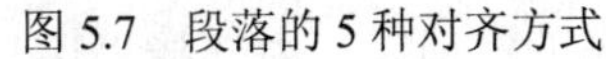

图 5.7 段落的 5 种对齐方式

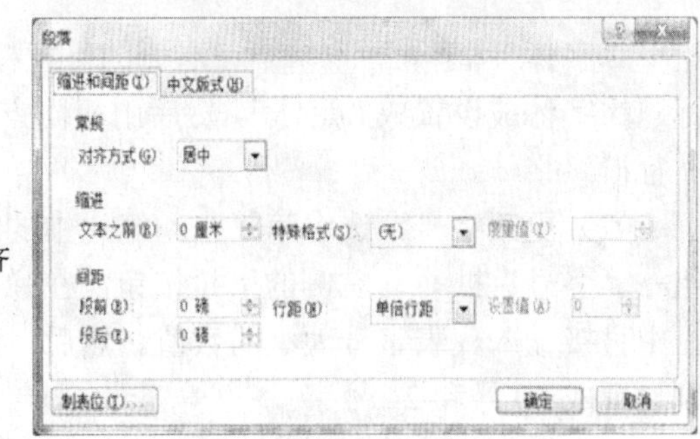

图 5.8 “段落”对话框

（4）调整行距

行距，就是文本中行与行之间的距离。在实际操作过程中，经常需要对文本进行行距的调整。

将第 2 张幻灯片的行距设置为“35 磅”。具体操作方法如下。

第 1 步：在“幻灯片”选项卡中单击第 2 张幻灯片缩略图，把鼠标指针移到内容占位符边框上单击，此时内容占位符处于被选中状态。

第 2 步：单击“开始”选项卡→“段落”组→“行距” 右侧的下拉按钮，弹出如图 5.9 所示的下拉列表。

第 3 步：单击“行距选项”命令，弹出如图 5.10 所示的“段落”对话框。单击“行距”后面的下拉按钮，在下拉列表框中选“固定值”，然后在“设置值”数值框中输入“35 磅”。

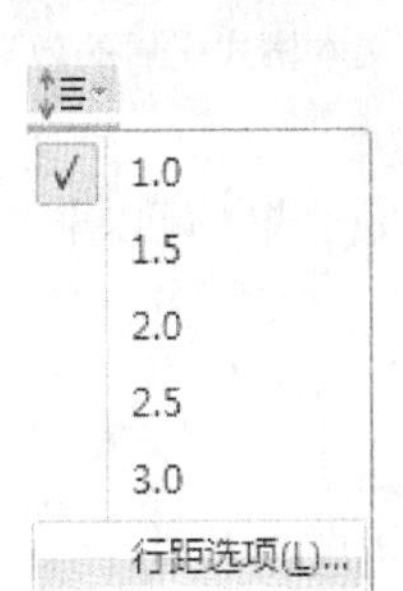

图 5.9 行距选项列表

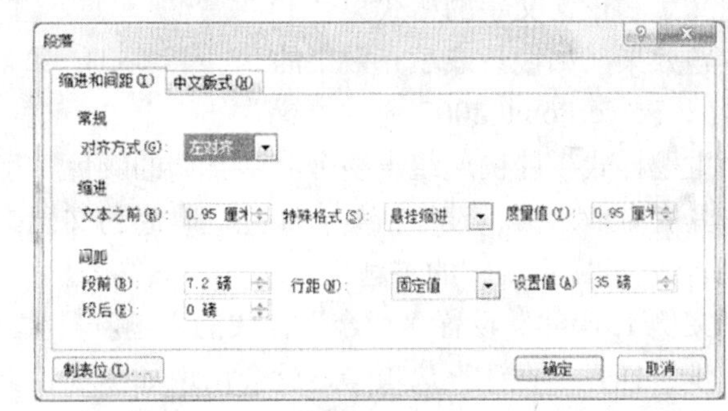

图 5.10 设置行距的“段落”对话框

第 4 步：单击“确定”按钮返回。

在这个对话框中还可以对对齐方式、缩进方式及段前和段后间距进行设置。

采用这种操作方法，对演示文稿中所有幻灯片进行行距的调整，达到整齐、美观的效果。

4）幻灯片中文本的格式化

修改“案例 1_课件”第 1 张幻灯片中文本的字体、字号和字体颜色。首先要选中文本，再到“开始”选项卡的“字体”组中单击相应的功能按钮进行设置和修改。

（1）更改字体。在“幻灯片”选项卡中单击第 1 张幻灯片缩略图，把鼠标指针移到标题占位符边框上单击，此时标题占位符处于被选中状态。单击“开始”选项卡→“字体”

组→“字体”框Arial 右侧的下拉按钮，在弹出的下拉列表框中选择“黑体”，则标题的字体被设置成“黑体”。然后用相同方法将副标题和文本框中的文字字体设置成“华文行楷”字体。

（2）更改字号。选中第1张幻灯片中的标题占位符，单击“开始”选项卡→“字体”组→“字号”框10 右侧的下拉按钮，在弹出的下拉列表框中选择“48”，也可在“字号”框中直接输入代表字号大小的数值。然后，用相同方法将副标题和文本框中的文字字号分别设置成40号和24号字。

（3）更改字体颜色。选中第1张幻灯片中的标题占位符，单击“开始”选项卡→“字体”组→“字体颜色” 下拉按钮，在弹出的颜色选择下拉列表框中选择“深蓝”色。用相同方法将文本框中的字体颜色更改为“深红色”。

第1张幻灯片经过文本格式化设置后的效果如图5.11所示。使用上述方法对演示文稿中的其他幻灯片进行字体、字号或字体颜色的调整。

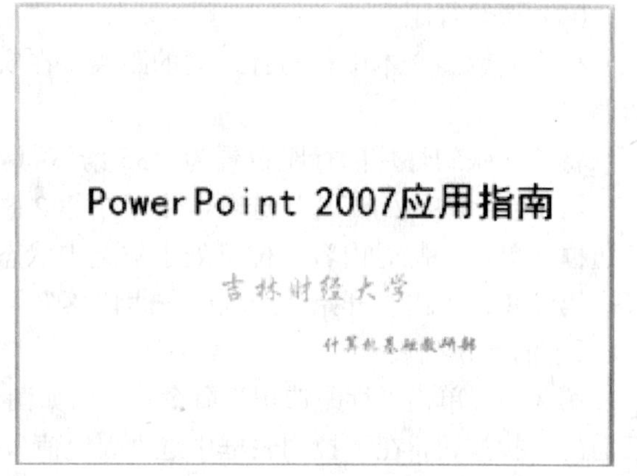

图5.11　第1张幻灯片文本格式化后的效果图

3．设置主题样式

主题是统一设计元素和配色方案的一套完整格式的集合。其中包括主题颜色（配色方案的格式集合）、主题文字（标题文字和正文文字的格式集合）和相关主题效果（如线条或填充效果的格式集合）。PowerPoint 2007 通过内置的大量“主题样式”能快速统一整个演示文稿的颜色、字体和效果格式，可以非常容易地创建一些具有专业水准、设计精美、漂亮、时尚的文档。

1）演示文稿应用统一的主题样式

为“案例1_课件”设置“聚合”样式的主题，具体操作步骤如下。

第1步：打开“设计”选项卡，就会出现如图5.12所示的“主题”组。

图5.12　“设计”选项卡的“主题”组

第2步：单击“主题”右侧的下拉按钮，会弹出一个包含所有内置“主题样式”的下拉列表。所有主题样式均以缩略图的方式显示在“主题样式”库中，如图5.13所示。将鼠标指针放在某一主题样式上，则会显示该主题样式的名称，同时幻灯片编辑区中也会立即显示这种主题样式的预览效果。

第3步：单击“主题样式”库中的“聚合”样式，则“案例1_课件”中所有的幻灯片都应用了的相应的“聚合”样式，应用主题样式后的演示文稿如图5.14所示。

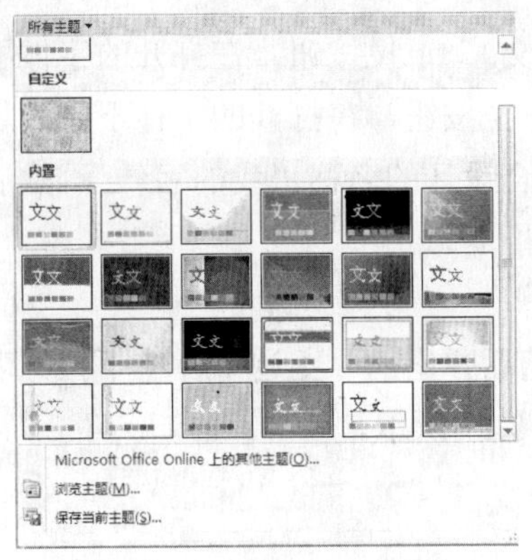

图 5.13 “主题样式”库

图 5.14 应用主题样式后的演示文稿效果图

2）演示文稿应用不同的主题样式

在应用了统一的主题样式后，由于第 3 张幻灯片版式不同，背景变成了黑色，因此要对它进行修改，把它设置成“龙腾四海”主题样式，具体操作步骤如下。

第 1 步：在幻灯片导航区的“幻灯片”选项卡下，单击第 3 张幻灯片。

第 2 步：单击“设计”选项卡→“主题”组→“主题”右侧的下拉按钮，打开包含所有内置“主题样式”的下拉列表。

第 3 步：右击“主题样式”库中的“龙腾四海”样式，在弹出的快捷菜单中，单击“应用于选定幻灯片”命令。

3）设置主题字体

“主题字体”包含标题字体和正文字体。单击“主题字体”下拉按钮时，可以在“主题字体”名称下看到用于每种主题字体的标题字体和正文字体的名称。用户可以应用这两种字体，也可以创建自己喜欢的一组主题字体。

（1）新建主题字体。

为“案例 1_课件”创建一组标题字体为“华文彩云”、正文字体为“华文行楷”，名称为“我的字体”的土题字体。具体操作方法如下。

第 1 步：单击“主题”组右侧的“主题字体”下拉按钮，在随后弹出的如图 5.15 所示的“主题字体”下拉列表中，单击“新建主题字体”命令，弹出如图 5.16 所示的“新建主题字体”对话框。

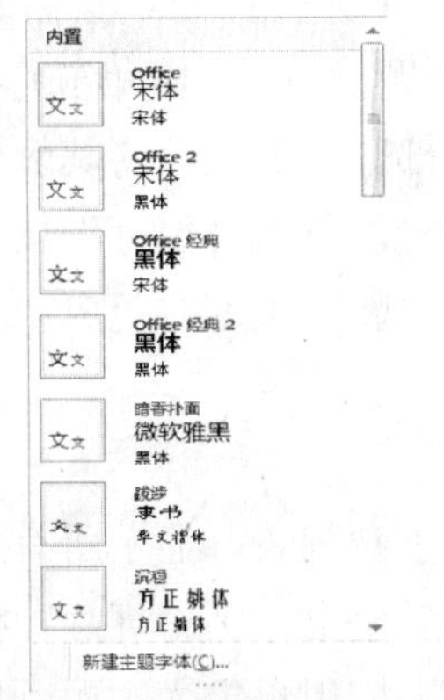

图 5.15 内置“主题字体”列表

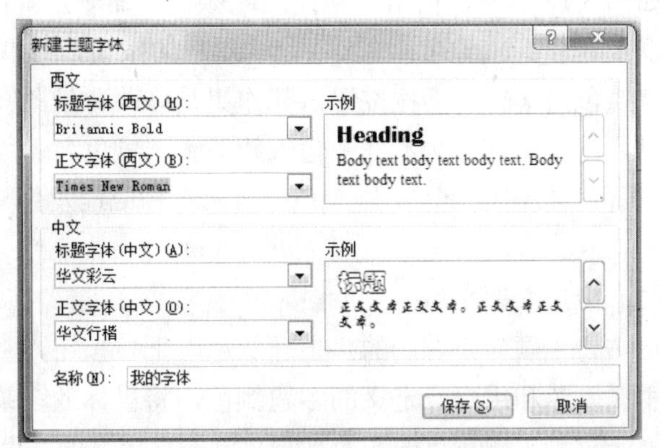

图 5.16 “新建主题字体”对话框

第 2 步：在“中文”选项区域单击“标题字体（中文）”下拉按钮，在打开的字体下拉列表中选择“华文彩云”；单击“正文字体（中文）”下拉按钮，在打开的字体下拉列表中选择“华文行楷”；在“名称”文本框中输入该字体组合设计的名称“我的字体”，然后单击“确定”按钮。

（2）应用主题字体。

单击“主题”组右侧的“主题字体”下拉按钮，在随后弹出的“主题字体”下拉列表中，单击自定义生成的“我的字体”，演示文稿效果如图 5.17 所示。

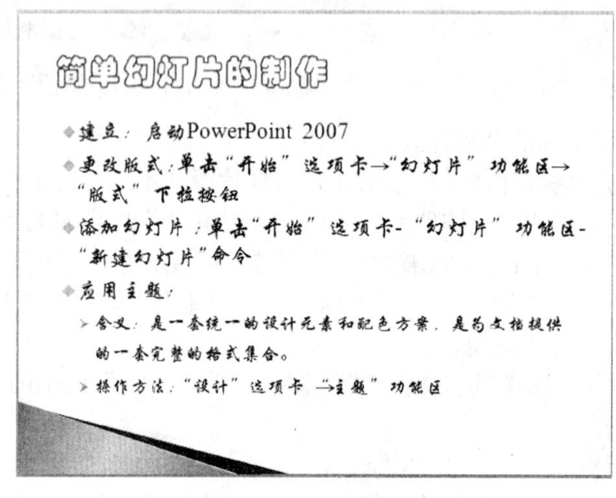

图 5.17　应用自定义主题字体后的演示文稿

4）设置主题颜色

主题颜色包含四种文本和背景颜色、六种强调文字颜色和两种超链接颜色。“主题颜色”按钮中的颜色代表当前文本和背景颜色。为“案例 1_课件”创建一个主题颜色，具体操作方法如下。

（1）新建主题颜色。

当前的主题颜色是“聚合”，单击“主题颜色”下拉按钮，将弹出一内置颜色下拉列表，如图 5.18 所示，单击“新建主题颜色”命令，弹出如图 5.19 所示的“新建主题颜色”对话框。单击要更改的主题颜色元素对应的按钮，例如单击“主题颜色”选区第五行的“强调文字颜色 1（1）”下拉按钮，其作用是修改背景图案的下半部分的颜色，将其颜色改为“黑色”，在“名称”文本框中输入新的主题颜色名 “我的颜色”，单击“保存”按钮。则“主题颜色”按钮以及“主题颜色”名称将相应地发生变化，并将新建主题颜色应用到演示文稿中。

（2）应用主题颜色。

单击“主题”组右侧的“主题颜色”下拉按钮，将弹出一下拉列表，显示所有系统预设的主题颜色和用户自定义的主题颜色，将鼠标放在某一主题颜色上，则幻灯片窗格中会立即显示这种主题颜色的预览效果。单击自定义的“我的颜色”，应用自定义主题颜色后的幻灯片效果如图 5.20 所示。

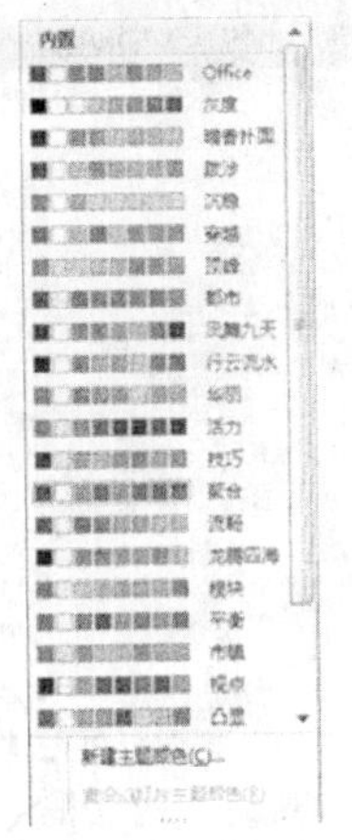

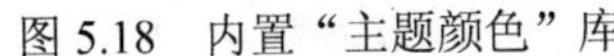

图 5.18　内置“主题颜色”库

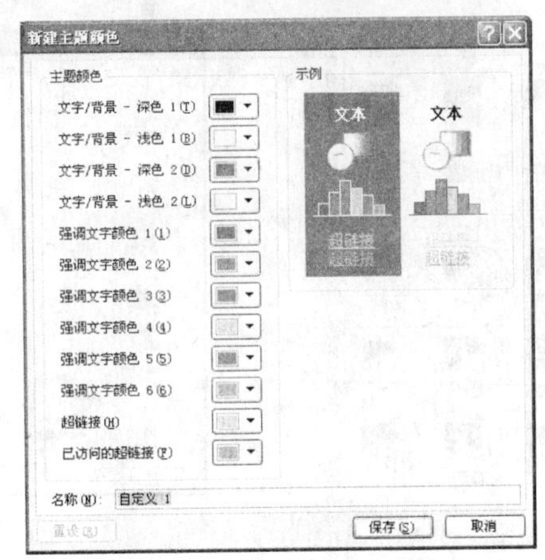

图 5.19　“新建主题颜色”对话框

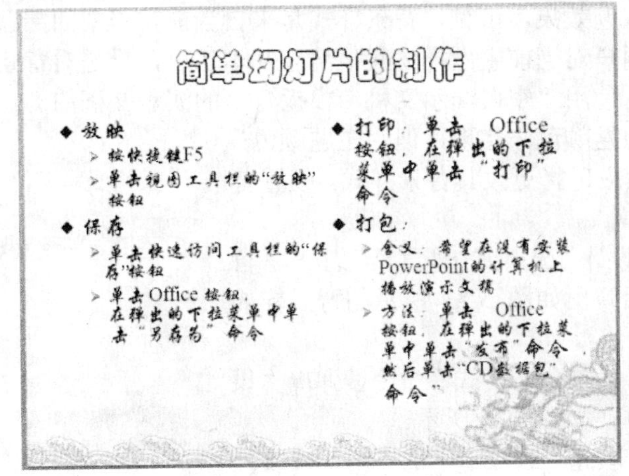

图 5.20　应用自定义主题颜色后的演示文稿

5）相关知识扩展：设置主题效果

主题效果是线条和填充效果的组合。单击“主题效果”按钮时，可以在与“主题效果”名称一起显示的图形中看到用于每组主题效果的线条和填充效果。用户虽然不能创建自己的一组主题效果，但是可以选择想要在自己的文档主题中使用的主题效果。

使用主题效果的方法是单击“设计”选项卡→“主题”组→“效果”按钮，弹出如图 5.21 所示的下拉列表，从中选择要使用的效果单击，即可将此主题效果应用到演示文稿中。

6）保存文档主题

对文档主题的颜色、字体或线条和填充效果的任何更改都可以另存为自定义文档主题，并可以将该自定义文档主题应用到其他文档中，具体操作方法如下：

单击“设计”选项卡→“主题”组→“更多”按钮，弹出“主题样式”库，单击“保存当前主题”，弹出如图 5.22 所示的“保存当前主题”对话框，在“文件名”文本框中输入自定义主题文档的文件名 “我的主题”，单击“确定”按钮即可。

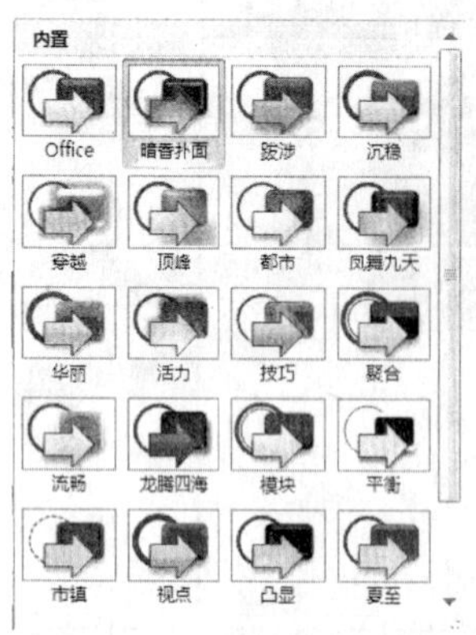

图 5.21　内置“效果”库

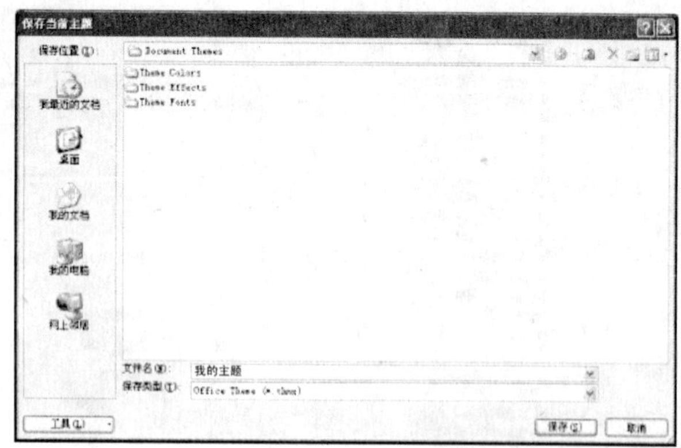

图 5.22　“保存当前主题”对话框

4．设置幻灯片的背景样式

当更改演示文稿主题时，更改的不止是背景，同时会更改颜色、标题和正文字体、线条和填充样式以及主题效果。可见，背景样式是来自当前文档中的主题颜色和背景亮度的组合。有时会出现用户对当前主题样式其他部分基本认可，只是对背景不满意的情况，特别是在默认情况下，使用“空白演示文稿”模板建立的演示文稿的幻灯片背景是白色的，用户可以通过更改主题颜色来实现，但“主题颜色”对话框太复杂，一般应选择更改其背景样式。设置背景样式的步骤如下。

第 1 步：单击“设计”选项卡→“背景”组→“背景样式”按钮，随后弹出如图 5.23 所示的背景样式下拉列表。

第 2 步：单击“设置背景格式”命令，弹出“设置背景格式”对话框，如图 5.24 所示。

第 3 步：选中“填充”选项卡下的“图片或纹理填充”单选按钮。单击“纹理”下拉按钮，选择“白色大理石”，然后，单击“全部应用”按钮。演示文稿更改背景后的效果如图 5.25 所示。

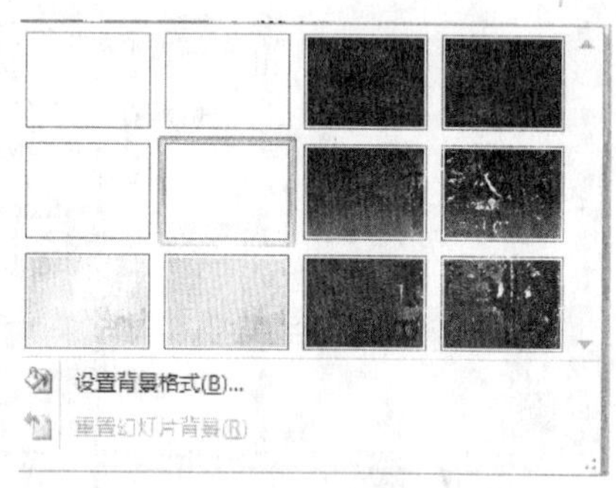

图 5.23　背景样式下拉列表框

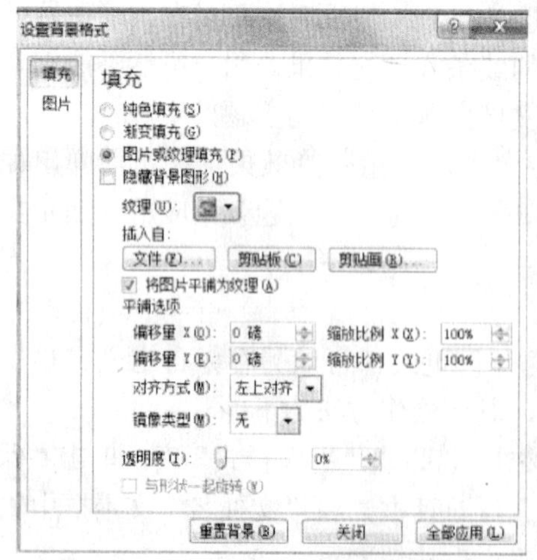

图 5.24　“设置背景格式”对话框

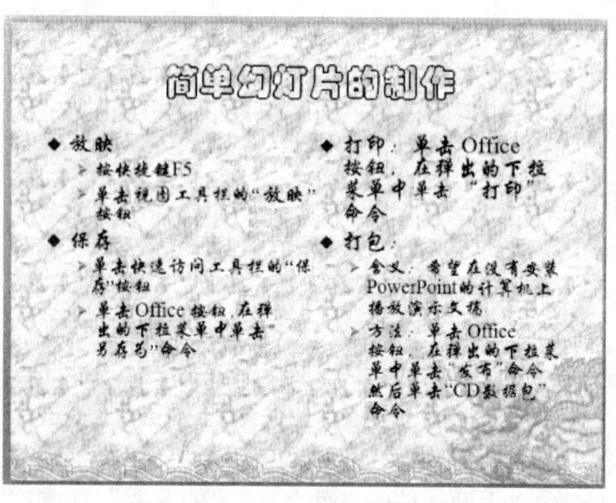

图 5.25　应用“背景格式”后的演示文稿

5.3 案例2——利用模板和母版快速创建演示文稿

5.3.1 案例说明

1. 任务

利用系统提供的"PowerPoint 2007 简介"模板，自动生成"案例 2_模板"，然后通过母版的设置为其添加一些共同信息，如插入"吉林财经大学"文本信息为页脚，插入"吉林财经大学"的校徽图片及幻灯片编号等，如图 5.26 所示。

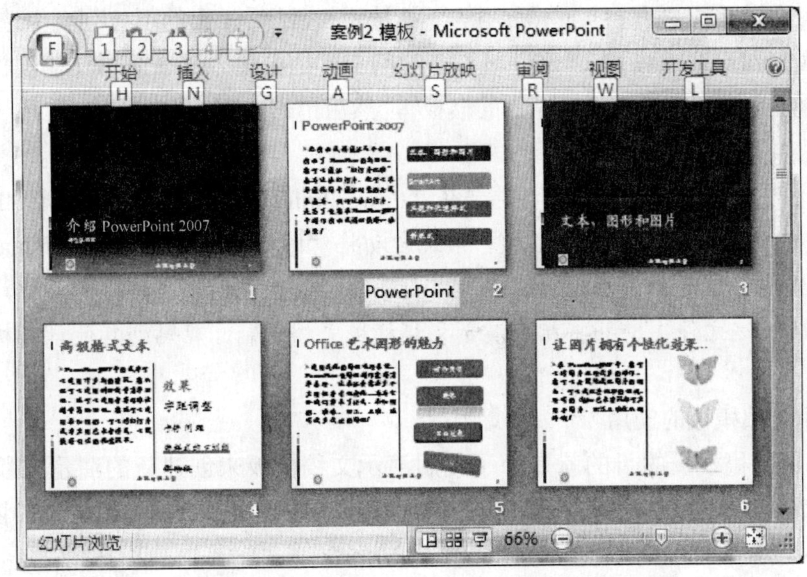

图 5.26　使用模板及母版创建的演示文稿示意图

2. 目的

（1）掌握利用模板生成演示文稿的方法。

（2）掌握母版设计方法。

（3）了解将演示文稿保存为模板的方法。

5.3.2 操作步骤

所谓模板，就是带有一定特殊格式和字符、包含有关已完成演示文稿的主题、版式和其他元素的信息的一个或一组文件，是一种预定义的、有统一的背景图案和背景颜色的特殊的演示文稿和文档。利用这些模板文档，可以快速建立日常工作和学习中所需要的一些常用的演示文稿。

1. PowerPoint 演示文稿模板文档的创建

演示文稿模板文档的创建与创建普通PowerPoint演示文稿的操作非常相似，步骤如下。

第 1 步：启动 PowerPoint 2007，根据演示文稿的实际需要输入一些固定字符。

第 2 步：设置好演示文稿中相应对象的格式。

例如，5.2 节中已经编辑并制作了一份演示文稿“案例 1_课件”，为了统一后续演示文稿文档风格，又不想每次都花那么多时间去重新制作，我们可以将这份演示文稿文档保存为一个模板文档以便以后随时调用。

2．PowerPoint 演示文稿模板文档的保存

创建模板就是创建一个.potx 文件，该文件记录了对幻灯片母版、版式和组合所做的任何自定义修改，将演示文稿保存为模板的方法如下。

第 1 步：单击快速访问工具栏上的“保存”按钮，打开“另存为”对话框。

第 2 步：通过单击“保存类型”右侧的下拉按钮，在随后弹出的下拉列表中选择“PowerPoint 模板（*.potx）”，然后在“文件名”右边的文本框中输入这个演示文稿模板文档的名称，将“案例 1_课件”保存为 “我的模板”，然后单击“保存”按钮，返回 PowerPoint 编辑窗口。

注意：在“另存为”对话框中，选定了“PowerPoint 模板（*.potx）”或者“PowerPoint 启用宏的模板（*.potm）”保存类型后，系统自动将“保存位置”定位到 Templates 文件夹中，用户不需要修改这个保存位置。另外，如果要把演示文稿模板移植到其他计算机上使用，只要进入上述文件夹，并将相应演示文稿模板文档复制，粘贴到其他计算机对应的文件夹中即可。

3．演示文稿模板的使用

创建演示文稿模板的目的就是为了使用演示文稿模板来创建新的演示文稿文档。在 PowerPoint 2007 中，除了用户自己制作的模板外，软件还为用户提供了大量的内置模板。

1）使用已安装好的内置模板来创建演示文稿

对于 PowerPoint 的初学者来说，了解和制作演示文稿的最佳途径是使用 PowerPoint 提供的内置模板。这些演示文稿模板上已经设计好了背景图案、颜色搭配、文字大小等格式，在制作过程中，只需要按幻灯片中的提示在指定位置修改相应的文字即可，而不必考虑各种设计的中间环节，就能快速而轻松地创建自己的演示文稿。操作步骤如下。

第 1 步：用鼠标单击 Office 按钮，在弹出的下拉菜单中单击“新建”命令，弹出“新建演示文稿”对话框，在左侧“模板”下单击“已安装的模板”选项，则在对话框中间的文本框中就会显示出 PowerPoint 2007 中的内置模板，也可以访问 OfficeOnline 模板下载更多的 PowerPoint 2007 模板。然后选择一种模板，“案例 2_模板”选择的是“PowerPoint 2007 简介”，如图 5.27 所示。

第 2 步：单击“创建”按钮，则在对话框最右侧的文本框中就会看到刚刚选择的模板对象，由此使用已安装的内置模板快速创建演示文稿的工作就完成了，新创建的演示文稿如图 5.28 所示。

利用模板创建的演示文稿中一定会有不满意的地方，用户可根据 5.2 节学过的方法，对幻灯片及幻灯片中的文本进行编辑和修改，直到满意为止。

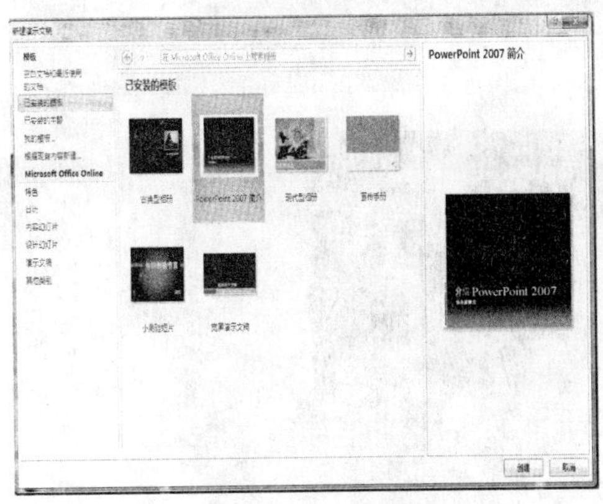

图 5.27 “新建演示文稿”对话框

图 5.28 使用模板创建的演示文稿

2）相关知识扩展：使用自定义模板创建演示文稿

启动 PowerPoint 2007 后，单击 Office 按钮，在弹出的下拉菜单中单击“新建”命令，弹出“新建演示文稿”对话框，在左侧“模板”下单击“我的模板”选项，此时“新建演示文稿”对话框转换成如图 5.29 所示的界面。然后选中需要的自定义模板“我的模板”后，单击“确定”按钮。

需要注意的是，在调用自定义演示文稿模板之前，系统中 Templates 文件夹中应该已经保存了用户自己创建的演示文稿模板。

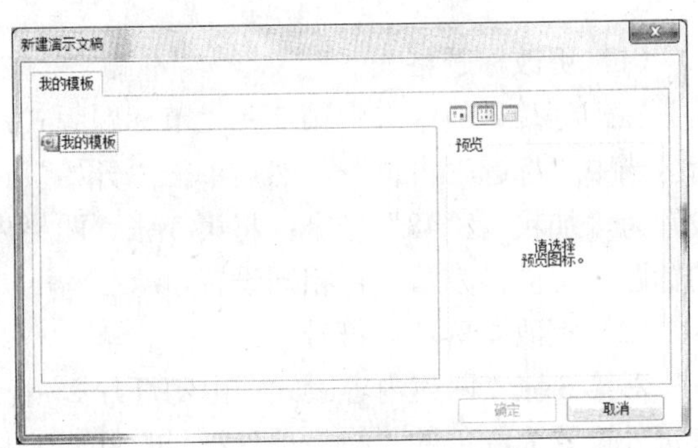

图 5.29 使用自定义模板新建演示文稿

4．演示文稿母版的修改

1）母版的含义

母版是模板的一部分，是一种特殊的幻灯片。一个演示文稿由若干张幻灯片组成，为了保持风格一致和布局相同，提高编辑效率，可以通过母版功能来设计一张幻灯片母版，使之应用于所有幻灯片，没有必要对一张张幻灯片进行修改。每个演示文稿的所有关键组件都有一个母版，母版中包含了幻灯片的文本和页脚等占位符，这些占位符控制了幻灯片的字体、字号、颜色、阴影、项目符号、样式等版式要素。PowerPoint 2007 对母版功能做了较大的改进，因此可以创建更加个性化的演示文稿。PowerPoint 2007 的母版分为“幻灯片母版”、“讲义母版”和“备注母版”。其中，“幻灯片母版”是最常用的。

2）母版的修改

启动 PowerPoint 2007，打开“案例 2_模板”文件，单击“视图”菜单选项卡→“演示文稿视图”组→“幻灯片母版”按钮，进入母版编辑状态。将鼠标移到幻灯片导航区，分别指向每张幻灯片版式，注意观察鼠标指针下面给出的提示信息，把提示信息为“任何幻灯片都不使用”的幻灯片版式删除。这时只剩下 4 张幻灯片版式了，如图 5.30 所示。

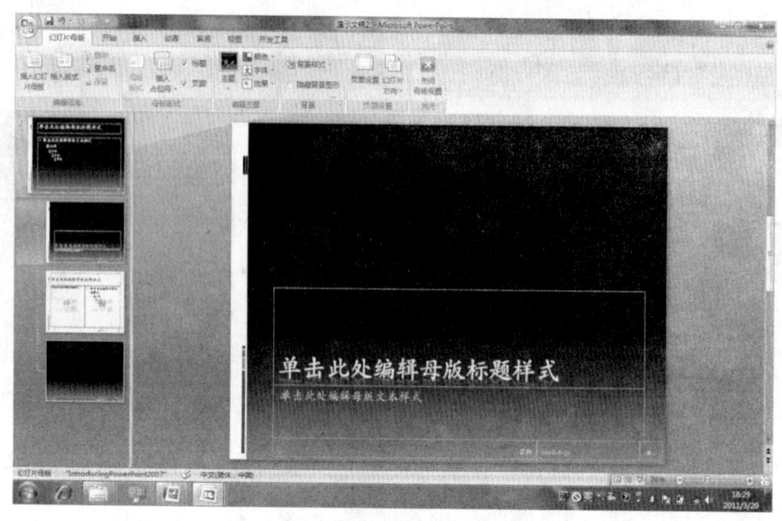

图 5.30　母版编辑示意图

（1）更改标题格式

在幻灯片导航区选中第 2 张“节标题版式：由幻灯片 1，3，7，…使用”，在幻灯片编辑区选中“标题”占位符，然后单击“开始”选项卡的“字体”组中的相应按钮，将字体设置为“加粗”、“48”号字；将第 3 张“两栏内容版式：由幻灯片 2，4～6，8，…使用”的标题采用同样方法进行相同设置。

（2）更改段落项目符号

对第 3 张“两栏内容版式：由幻灯片 2，4～6，8，…使用”的左右两栏内容的一级项目符号设置为红色的“箭头项目符号”样式。具体操作方法是：

将插入点放置在左栏第一行的“单击此处编辑母版文本样式”的任何位置，单击“开始”选项卡→“段落”组→“项目符号”按钮，单击“项目符号和编号”命令，在弹出的“项目符号和编号”对话框中选择“箭头”项目符号，颜色修改为红色。同时将字体设置为“华文行楷”、“加粗”、“48”号字。采用同样的方法修改右栏的项目符号和字体设置。

（3）插入页脚

使“案例 2_模板”中所有幻灯片都在下方带有单位名称 “吉林财经大学”的字样。具体操作方法是：

先在幻灯片导航区选中第 1 张“幻灯片母版：由幻灯片 1～18 使用”，单击“插入”选项卡→“文本”组→“页眉和页脚”命令，弹出如图 5.31 所示的“页眉和页脚”对话框，选中“页脚”复选框，在激活的文本框中输入单位名称“吉林财经大学”，单击“全部应用”按钮。此时该页脚出现在全部母版版式中。然后将该页脚的字体、字号设置成“华文行楷”、“加粗”、“20”号字，并将其拖放在幻灯片中下方的位置上。

（4）插入幻灯片编号

使“案例 2_模板”中所有幻灯片都按顺序进行编号。具体操作方法是：

先在幻灯片导航区选中第 1 张“幻灯片母版：由幻灯片 1～18 使用”，单击“插入”选项卡→“文本”组→“页眉和页脚”按钮，弹出如图 5.31 所示的“页眉和页脚”对话框，选中“幻灯片编号”复选框，单击“全部应用”按钮。然后，选中“幻灯片编号”占位符，将编号字体设置成“加粗”、“16”号字。

（5）向母版中插入对象

使“案例 2_模板”中所有的幻灯片都带有吉林财经大学的校徽。具体操作步骤如下。

第 1 步：先在网上下载“吉林财经大学”的校徽图片文件并存盘。

第 2 步：在幻灯片导航区选中第 1 张“幻灯片母版：由幻灯片 1～18 使用”，单击“插入”选项卡→“插图”组→“图片”按钮，弹出“插入图片”对话框，找到并选中校徽图片文件后，单击“插入”按钮，最后设置好图片的大小并将其拖放到幻灯片左下脚的位置，如图 5.32 所示。

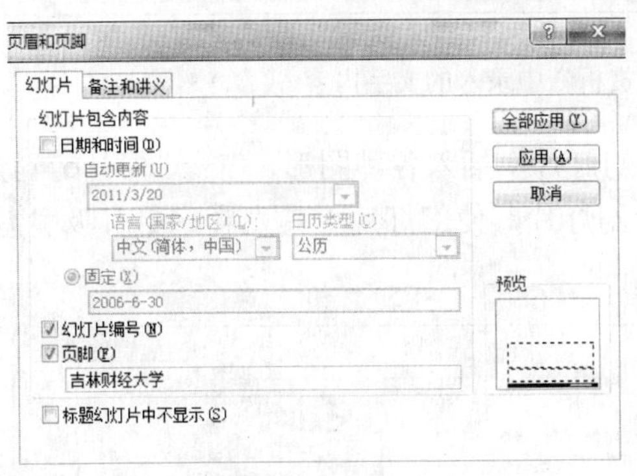

图 5.31 “页眉和页脚”对话框

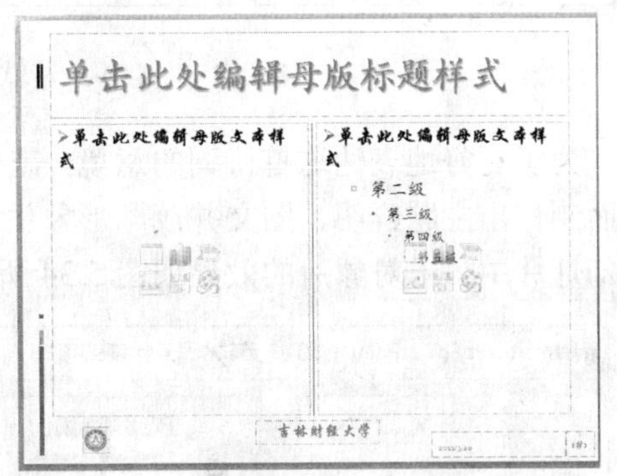

图 5.32 设置母版后的两栏版式示意图

根据需要，修改相应其他版式幻灯片母版的字体、字号等格式。全部设置完成后，单击 Office 按钮，在随后弹出的下拉菜单中单击“另存为”命令，打开“另存为”对话框，将“保存类型”设置为“PowerPoint 模板（*.potx）”，然后命名保存。

5．相关知识扩展：母版的使用

如果想使用已经保存好的幻灯片母版的模板，其方法与模板的调用方法相同。启动 PowerPoint 2007 后，单击“Office 按钮”，在弹出的下拉菜单中单击“新建”命令，弹出“新建演示文稿”对话框，在左侧“模板”下单击“我的模板” 选项，然后选中带幻灯片母版的模板，单击“确定”按钮。

注意：此时利用带幻灯片母版的模板新建的演示文稿仍处于母版编辑状态，用户需要切换到“幻灯片母版”选项卡，单击“关闭”组中的“关闭母版视图”按钮，使其返回到幻灯片编辑状态。由于上述案例中的模板只保留了 3 种幻灯片版式——“节标题 版式”、“两栏内容 版式”和“空白 版式”，因此，在单击“开始”选项卡中的“新建幻灯片”按钮后弹出的下拉列表中也只有 3 种幻灯片版式，单击“新建幻灯片”的“两栏内容”版式选项后，新添加的这张幻灯片就自动带有母版中设计和修改的所有内容了。

5.4 案例 3——制作图文并茂的演示文稿

5.4.1 案例说明

1．任务

制作一份文件名为“案例 3_苏轼作品赏析”的演示文稿。每张幻灯片中都要有介绍作者苏轼及其诗词“明月几时有”的文字，并进行简单的格式化，如图 5.33 所示。

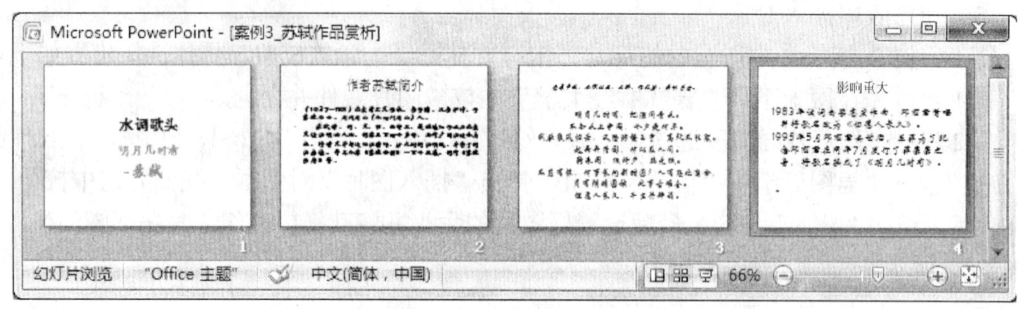

图 5.33 “案例 3_苏轼作品赏析”中录入的文字内容

为了更好地表达这首诗词的意境，需要在幻灯片中插入各种图形、声音、影片等对象，从而制作出主题鲜明、图文并茂、形象生动的幻灯片，使幻灯片更具光彩、更有吸引力。在幻灯片中插入对象后的效果如图 5.34 所示。

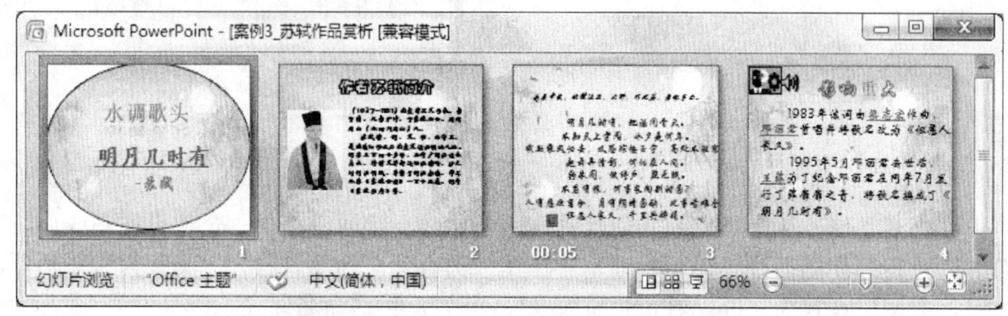

图 5.34 “案例 3_苏轼作品赏析”插入对象后的效果

2. 目的

（1）掌握向幻灯片中插入艺术字、图片、自选图形的方法。

（2）掌握向幻灯片中插入各种声音文件的方法。

（3）掌握向幻灯片中插入影片的方法。

5.4.2 操作步骤

1. 在幻灯片中插入艺术字

艺术字是一个文字样式库，用户可以将艺术字添加到幻灯片中，从而达到装饰性效果，如使用带阴影的文字或镜像（反射）文字。在 PowerPoint 2007 中，还可以将现有文字转换为艺术字。把“案例 3_苏轼作品赏析”中的第 1 张幻灯片中的标题“水调歌头”设置为样式库中第 6 行 5 列的“金属棱台”艺术字；把第 4 张幻灯片的标题“影响巨大”设置为样式库中第 1 行 1 列的“填充-文本 2，轮廓-背景 2”艺术字。

1）插入艺术字对象

方法一：插入艺术字。

第 1 步：在“幻灯片”选项卡下，单击第 1 张幻灯片缩略图，将标题文本“水调歌头”

删除。

第 2 步：切换到“插入”菜单选项卡，单击“文本”组的“艺术字”按钮，弹出“艺术字”样式库，如图 5.35 所示。

第 3 步：单击所需的第 6 行 5 列 “金属棱台”艺术字样式，在第 1 张幻灯片上出现一占位符，占位符内的文本内容是“请在此输入您自己的内容”，单击此处并输入文字“水调歌头”，艺术字效果就生成了，如图 5.36 所示。

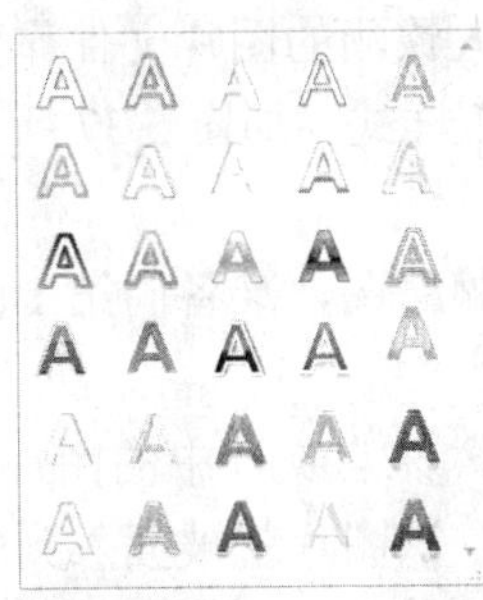

图 5.35 “艺术字”样式库

水调歌头

图 5.36 新添加的“艺术字”效果

方法二：将现有文字转换为艺术字。

把第 4 张幻灯片的标题“影响重大”转换成艺术字，具体操作方法是：

选定要转换为艺术字的标题文字“影响重大”，单击“格式”选项卡→“艺术字样式”组→“艺术字”按钮，弹出“艺术字”样式库，选择第 1 行第 1 列的“填充-文本 2，轮廓-背景 2”的艺术字样式，标题的内容就转换成了艺术字效果。

2）相关知识扩展：编辑艺术字

（1）修改艺术字的字体，字号，方法与文本编辑和修饰的方法相同。

（2）设置艺术字形状样式。

选中需要设置形状的艺术字，切换到“格式”选项卡，单击“形状样式”组中的“主题样式”右侧的下拉按钮，在随后弹出的样式列表中选择合适的样式即可。也可以利用“形状填充”、“形状效果”、“形状轮廓”按钮进一步设置艺术字的形状。

（3）设置艺术字样式。

第 1 步：选中需要设置样式的艺术字，切换到“格式”选项卡。

第 2 步：单击“艺术字样式”组中的“文本填充”、“文本轮廓”、“文本效果”按钮进一步设置艺术字的效果。

（4）删除艺术字样式。

删除艺术字样式，文字会保留下来，变成普通文字。

第 1 步：在“幻灯片”选项卡中单击有艺术字的幻灯片缩略图，把鼠标指针移到艺术字上单击，此时艺术字处于被选中状态。

第 2 步：在“绘图工具”下，在“格式”选项卡的“艺术字样式”组中，单击“艺术字”按钮，在弹出的下拉列表中单击“清除艺术字”命令，则艺术字样式被删除，选中文字并对其进行所要求的字体设置。

（5）删除艺术字。

选定要删除的艺术字，然后按 Del 键即可。

2．在幻灯片中插入图片

在 PowerPoint 2007 中，用户可以利用一些图片来丰富幻灯片的内容，增强演示文稿的趣味性和感染力。PowerPoint 2007 图片的来源有两种：一种是外部图片；另一种是同 Word、Excel 一样的剪贴画。

1）向幻灯片中插入外部图片

外部图片就是指存放在计算机中的各种图片格式的文件。为“案例 3_苏轼作品赏析”中的所有幻灯片插入一张在网上事先下载的有明月和诗人饮酒的图片文件作为背景，并将第 1 张幻灯片的图片样式更改为“棱台形椭圆”、“黑色”样式，如图 5.37 所示。具体操作步骤如下。

第 1 步：在“幻灯片”选项卡中单击第 1 张幻灯片缩略图，准备向第 1 张幻灯片中插入一张在网上事先下载的有明月和诗人饮酒的图片文件。

第 2 步：单击“插入”选项卡→“插图”组→“插入来自文件中的图片”按钮，弹出“插入图片”对话框，查找要添加的图片文件并双击，该图片就被插入到幻灯片中了。

第 3 步：单击插入的图片，其四周会出现 8 个尺寸控制点和 1 个旋转控制点，使用它们来改变图片的大小和位置，然后右击图片，在弹出的如图 5.38 所示的快捷菜单中，单击“置于底层”命令，让图片成为背景。

图 5.37　添加艺术字和图片后的效果图

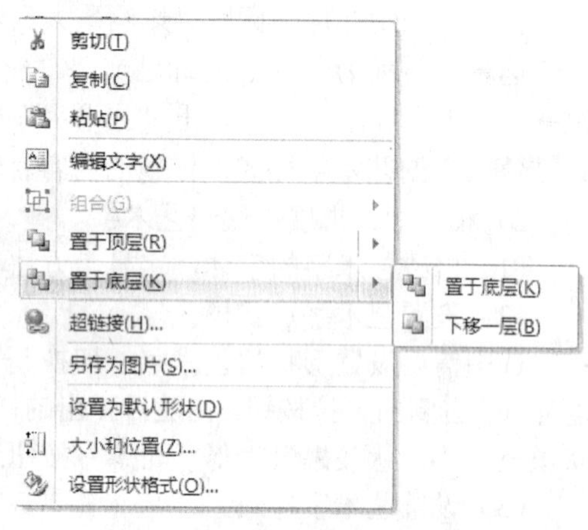

图 5.38　图片的快捷菜单

第 4 步：采用同样的操作方法在随后的 3 张幻灯片中插入相同的图片或复制该图片到随后的 3 张幻灯片中。

第 5 步：单击第 1 张幻灯片中的图片对象，单击“格式”选项卡→“图片样式”组→“图片样式”下拉按钮，在随后弹出的下拉列表中选择“棱台形椭圆”、“黑色”样式。

2）向幻灯片中添加剪贴画

在第 4 张幻灯片中插入一幅好像正在播放音乐的文件名为“Sound File，声音文件”的剪贴画。具体操作步骤如下。

第 1 步：在“幻灯片”选项卡中单击第 4 张幻灯片缩略图，准备向第 4 张幻灯片中插入一幅剪贴画。

第 2 步：单击“插入”选项卡→“插图”组→“剪贴画”按钮，弹出“剪贴画”任务窗格，如图 5.39 所示。

第 3 步：单击“搜索”按钮，则剪辑库中所有的剪贴画都以缩略图的形式显示在“剪贴画”任务窗格中。

第 4 步：在任务窗格中单击想插入的剪贴画“Sound File，声音文件”，则在幻灯片窗格中就插入了这幅剪贴画。

第 5 步：单击插入的剪贴画，其四周会出现 8 个尺寸控制点和 1 个旋转控制点，使用它们来改变剪贴画的大小，然后将其拖至第 4 张幻灯片的左上角的位置，如图 5.40 所示。

图 5.39 “剪贴画”任务窗格

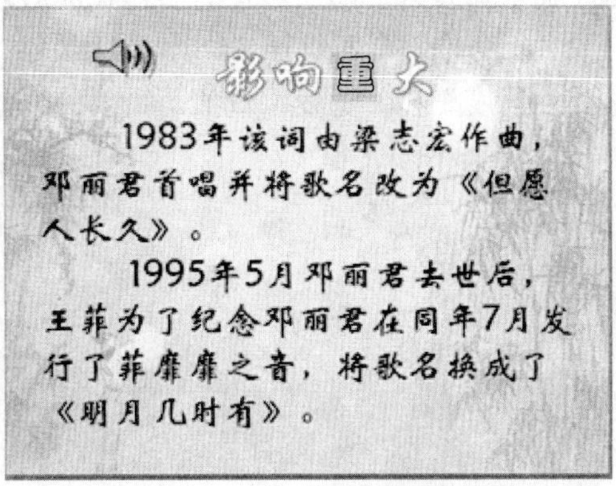

影响重大
1983年该词由梁志宏作曲，邓丽君首唱并将歌名改为《但愿人长久》。
1995年5月邓丽君去世后，王菲为了纪念邓丽君在同年7月发行了菲靡靡之音，将歌名换成了《明月几时有》。

图 5.40 插入剪贴画的效果图

3. 在幻灯片中绘制自选图形

PowerPoint 2007 中内置了 8 类 170 种自选图形供用户直接调用，如线条、基本形状、箭头总汇等。工具虽然简单，但在演示文稿中特别常用，用好了也能制作出不错的作品。

1）绘制自选图形

下面在“案例 3_苏轼作品赏析”中的第 3 张幻灯片上绘制一些自选图形“十字星”作为天上闪闪发光的小星星。

第 1 步：先在幻灯片导航区的“幻灯片”选项卡中，单击要插入自选图形的第 3 张幻灯片。

第 2 步：单击“插入”选项卡→“插图”组→“形状”按钮 ，弹出基本形状图形库的下拉列表，如图 5.41 所示。

第 3 步：选中“星与旗帜”下的“十字星”，单击此图形后，鼠标指针变成十字形状，将鼠标移到幻灯片编辑区中想要画图的左上角位置，按住鼠标左键向对角线方向拖动，拖到另一顶点时松开左键，就可以绘出一个“十字星”。

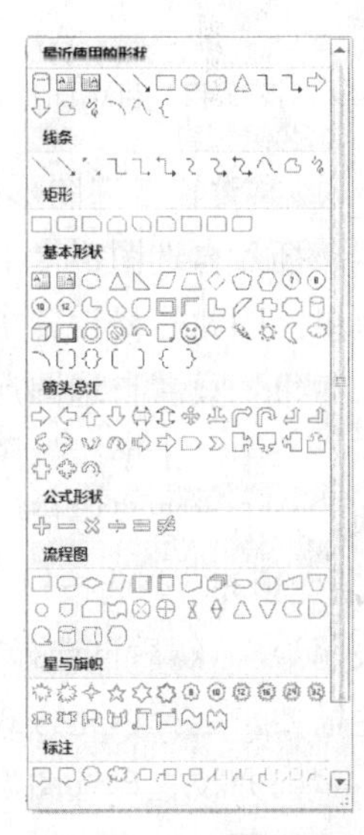

图 5.41 基本形状图形库

2）调整自选图形的大小

一般情况下一次绘制出的图形不能满足用户的需求，此时可以选用以下两种方法来调节图形的大小。

方法一：利用鼠标调整图形大小。

首先选中需要调整大小的图形，此时图形四周出现 8 个尺寸控制点和 1 个旋转控制点，如图 5.42 所示。将鼠标移到相应的控制点处，待鼠标变成双向箭头时，按住左键拖拉至适当大小，松开鼠标即可。

提示： 如果用户想同时调整多个图形的大小，先单击选中第一个图形，然后按住 Ctrl 或 Shift 键，同时单击选中其他图形。选中多个图形后，再进行上述的调整操作就可同时改变多个图形的大小。

方法二：利用对话框设置图形大小。

首先选中需要调整大小的图形，右击，在随后弹出的快捷菜单中单击“大小和位置”选项，打开“大小和位置”对话框，如图 5.43 所示。在“大小”选项卡中，调整“尺寸和旋转”选区的“高度”和“宽度”数值至需要的数值，或者直接调整“缩放比例”选区的“高度”和“宽度”数值。

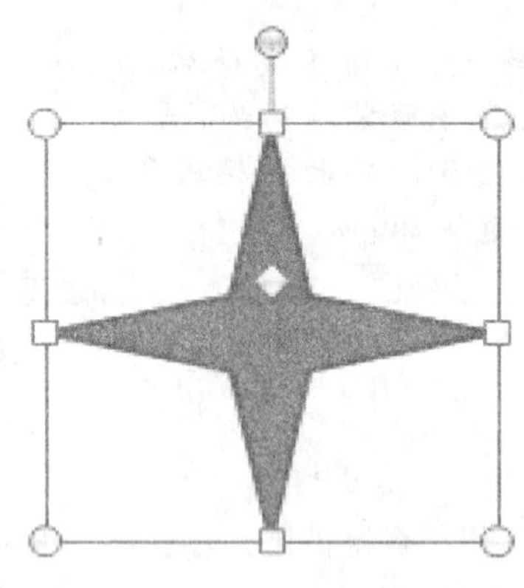

图 5.42　自选图形被选中后的效果图

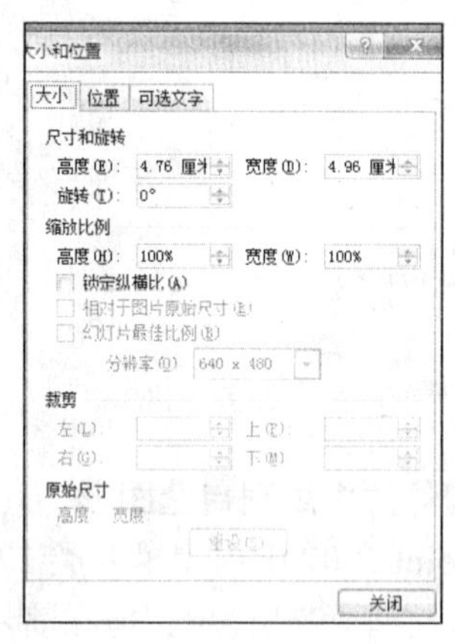

图 5.43　“大小和位置”对话框

3）设置自选图形格式

插入自选图形“十字星”后，其自动填充色是蓝色，如图 5.42 所示，根本不像天上的星星，因此需要设置图形格式，改变图形的填充色、边界界限、显示效果等。

（1）设置自选图形的填充色

选中“十字星”图形对象，右击，在随后弹出的快捷菜单中单击“设置形状格式”选项，弹出“设置形状格式”对话框，如图 5.44 所示。先选择左侧的“填充”栏目，再选择“渐变填充”单选按钮，单击“预设颜色”下拉按钮，在其下拉列表框中选择灰白颜色的“银波荡漾”，然后再选择左侧的“线条颜色”栏目，设置为“实线”、“白色”，根据图形的配色需要，选择填充方式为“渐变填充”。

（2）设置自选图形的其他格式

按照（1）中的操作方法，在“设置形状格式”的对话框中，通过“阴影”、“三维格式”和“三维旋转”功能，设置图形的其他格式。如图 5.45 所示的图形就是设置了“阴影”

和“三维格式”后的“十字星”如同星星发光的效果。

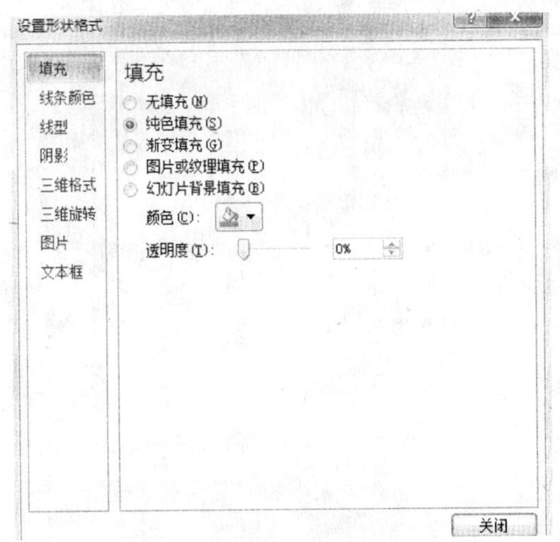

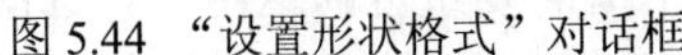
图 5.44 “设置形状格式”对话框

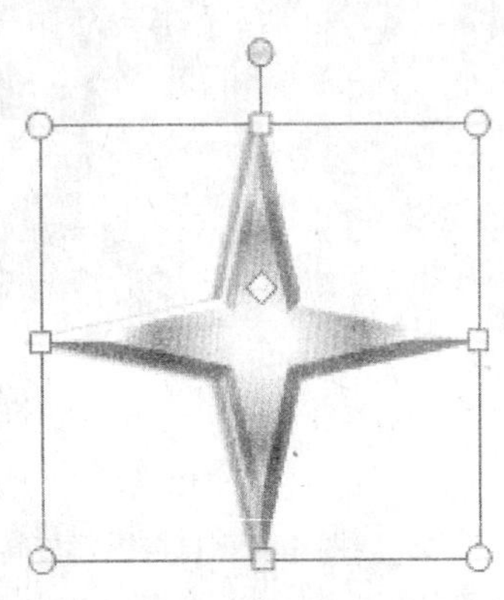
图 5.45 自选图形填充后的效果

图形格式也可通过分别单击“格式”选项卡“形状样式”组中的“形状填充”、“形状轮廓”和“形状效果”按钮，在随后弹出的下拉菜单中进行设置，如图 5.46 所示。

图 5.46 “格式”选项卡

（3）设置自选图形的旋转

通过旋转图形可以达到使图形更加美观的效果，对自选图形的旋转可以通过以下两种方法实现。

方法一：鼠标拖动法。

第 1 步：选中自选图形对象，此时图形上方会出现一个绿色的旋转控制柄。

第 2 步：用鼠标左键单击旋转控制柄，拖动鼠标，即可实现对图形的旋转，旋转后的效果如图 5.47 所示。

方法二：利用对话框设置法。

选中自选图形对象，右击，在弹出的快捷菜单中单击“大小和位置”命令，在如图 5.48 所示的对话框中，调整“旋转”角度至需要的数值，最后单击“关闭”按钮，返回编辑界面。

（4）多个自选图形的组合

将两幅“十字星”图形叠加在一起，让图形更丰满，让星星更明亮。为了防止编辑过程中图形间的相对位置发生变化，可以将这两个自选图形组合成一个整体。

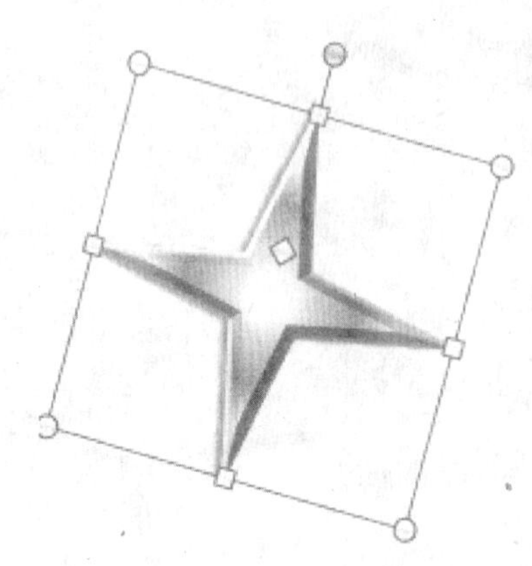

图 5.47　自选图形旋转的效果

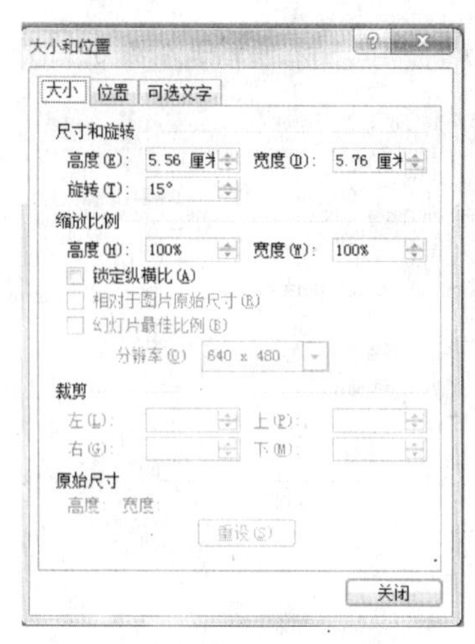

图 5.48　“大小和位置”对话框

在按住 Ctrl 或 Shift 键的同时，用鼠标左键分别单击需要组合的这两个自选图形，然后将鼠标移至任意一个图形的边界上，右击，在随后弹出的快捷菜单（见图 5.49）中，依次单击“组合”→“组合”命令，完成图形的组合。组合后形成的一个整体图形与单个自选图形相同，可以统一进行调整大小、移动图形位置、设置图形格式等操作，如图 5.50 所示。虽然多个自选图形被组合成一个整体，但是仍然可以选中其中的某个图形，并对其进行格式设置。

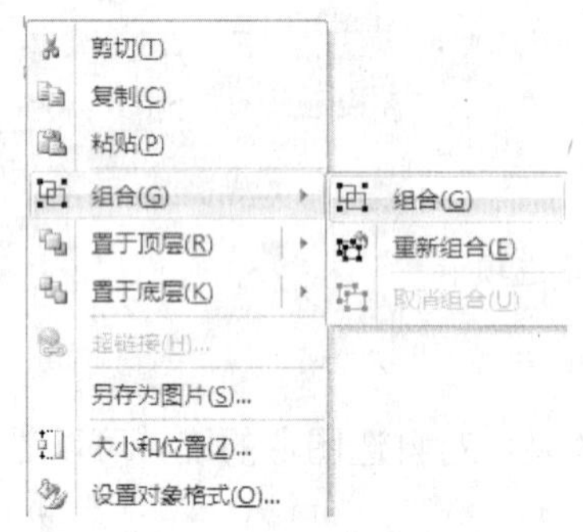

图 5.49　自选图形快捷菜单

图 5.50　自选图形组合后的效果图

提示：取消自选图形组合的方法和上述组合的方法类似，首先选中一个整体图形，在其上右击，在随后弹出的快捷菜单中依次单击“组合”→“取消组合”命令，即可取消图形间的组合。

在第 3 张幻灯片中复制若干个修饰后的“十字星”，粘贴到其左上角位置，作为天上的小星星。修饰后的“案例 3_苏轼作品赏析”中第 3 张幻灯片的效果如图 5.51 所示。

4）相关知识扩展：向自选图形中添加文本字符

在自选图形的使用过程中，为了清楚表达用意，往往要在图形中添加适当的解释语言，通过下面的操作用户就可以为绘制出的图形添加文本字符。

选中需要添加文本字符的自选图形，右击，在随后弹出的快捷菜单中单击“编辑文字”选项。此时，光标会出现在自选图形中的文本框内，直接输入文本字符即可。

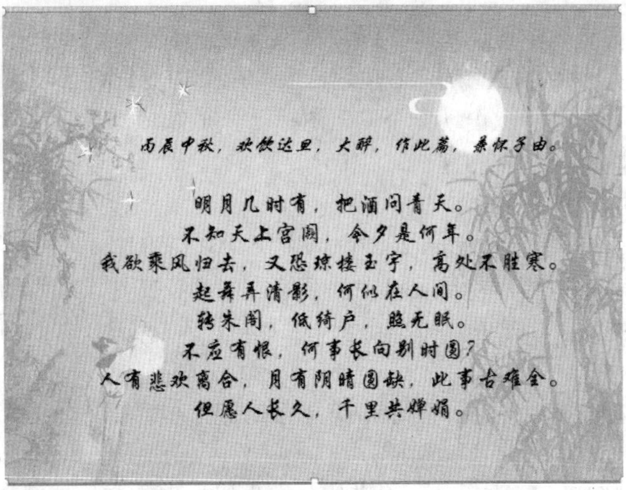

丙辰中秋，欢饮达旦，大醉，作此篇，兼怀子由。
明月几时有，把酒问青天。
不知天上宫阙，今夕是何年。
我欲乘风归去，又恐琼楼玉宇，高处不胜寒。
起舞弄清影，何似在人间。
转朱阁，低绮户，照无眠。
不应有恨，何事长向别时圆？
人有悲欢离合，月有阴晴圆缺，此事古难全。
但愿人长久，千里共婵娟。

图 5.51　自选图形修饰后的效果图

4．在幻灯片中添加声音文件

为了增强演示文稿的效果，可以向幻灯片中添加各种声音文件。演示文稿中可以播放 CD 音乐，添加计算机、网络或 Microsoft 剪辑管理器中的声音文件，用户还可以自己录制声音并将其添加到演示文稿中。

1）在幻灯片中播放 CD 音乐

为“案例 3_苏轼作品赏析”设置在放映第 4 张幻灯片时播放王菲的“明月几时有”的 CD 音乐来烘托气氛。可通过以下步骤为幻灯片添加 CD 音乐。

第 1 步：将音乐 CD 插入到光驱中。

第 2 步：选中要在其中播放 CD 的第 4 张幻灯片。

第 3 步：切换到“插入”选项卡中，单击“媒体剪辑”组中的“声音”按钮右侧的下拉按钮，在随后出现的下拉列表中单击“播放 CD 乐曲”命令，如图 5.52 所示。此时弹出“插入 CD 乐曲”对话框，如图 5.53 所示。

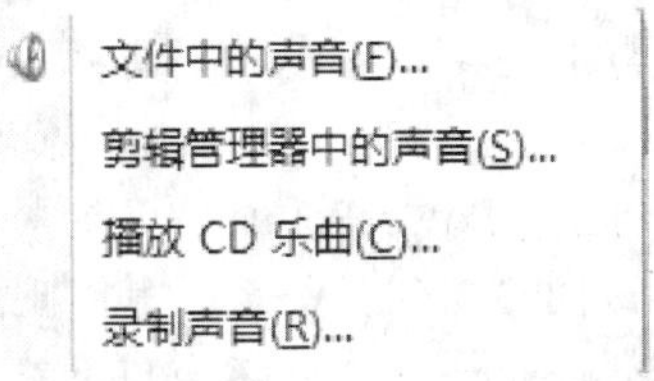

文件中的声音(F)...
剪辑管理器中的声音(S)...
播放 CD 乐曲(C)...
录制声音(R)...

图 5.52　“插入声音”菜单

插入 CD 乐曲
剪辑选择
开始曲目(T): 1
时间(M): 00:00 秒
结束曲目(N): 1
时间(E): 00:00 秒
播放选项
循环播放，直到停止(L)
声音音量(V):
显示选项
幻灯片放映时隐藏声音图标(H)
信息
播放时间总和: 00:00
文件: [CD 乐曲]
确定
取消

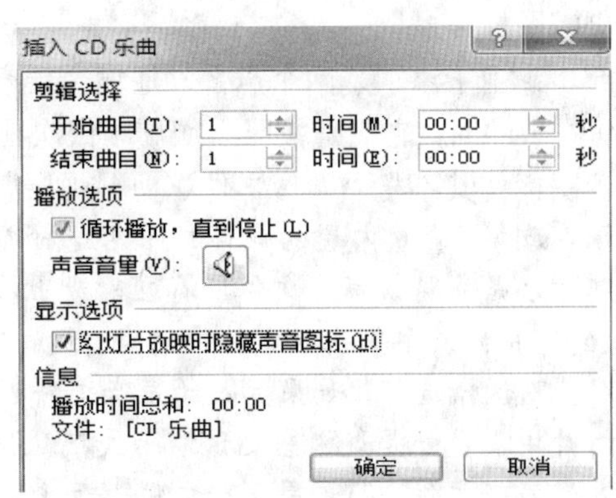

图 5.53　“插入 CD 乐曲”对话框

第 4 步：在“剪辑选择”选区下的“开始曲目”和“结束曲目”右侧文本框输入开始乐曲和结束乐曲的编号。在“开始曲目”右侧的“时间”文本框中输入开始播放音乐的时间。在“播放选项”选区中可以选择“循环播放”。

第 5 步：设置完成后单击“确定”按钮，会弹出如图 5.54 所示的对话框。单击“在单击时”按钮，同时在幻灯片上出现一个 CD 图标，放映该幻灯片时，单击该图标即可播放 CD 中设定的乐曲。

2）在幻灯片中添加声音文件

除了 CD 音乐以外，PowerPoint 2007 还支持 MP3、MID、WMA 等格式的声音文件，通过下面的步骤可以很方便地将计算机中保存的一些声音文件添加到幻灯片中。为“案例 3_苏轼作品赏析”的第 4 张幻灯片添加一个“鼓掌欢迎”声音文件，以便为播放王菲的“明月几时有”音乐开场。

第 1 步：在“幻灯片”选项卡中单击第 4 张幻灯片缩略图，使第 4 张幻灯片处于被选中状态。

第 2 步：单击“插入”选项卡→“媒体剪辑”组→“声音”按钮下拉箭头，在随后弹出的下拉列表中单击“剪辑管理器中的声音”命令，将弹出“剪贴画”任务窗格，并显示一些内置的声音文件，如图 5.55 所示。

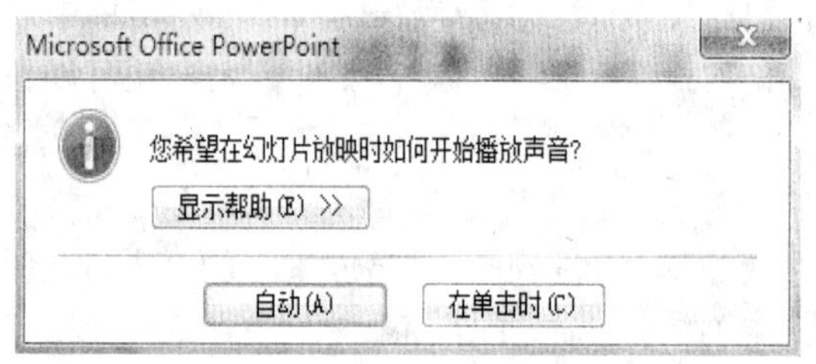

图 5.54　设置启动播放声音方式对话框

图 5.55　剪贴画中的“声音”文件

第 3 步：选中“鼓掌欢迎”声音文件，弹出如图 5.54 所示的提示消息对话框，询问播放声音的方式。

第 4 步：单击“自动”按钮，则放映该幻灯片时自动开始播放声音，同时在幻灯片上出现小喇叭图标。

第 5 步：由于添加了两个声音，他们会层叠在一起，现在只能看见后添加的小喇叭图标了，在放映时，它们是按照添加顺序依次播放的。为了方便控制，应将它们互相分开。拖动声音图标使其不与“声音文件”剪贴画层叠。

提示：如果不喜欢内置的声音文件,可选择在网上下载自己喜欢的声音文件添加到幻灯片中。其方法是先将该声音文件保存在磁盘上，然后与上述操作基本相同，只是第 2 步在“声音”的下拉列表中单击“文件中的声音”。

注意：默认情况下，如果插入的声音文件小于 100KB，PowerPoint 2007 会将其直接嵌入到幻灯片中，也就是说，当把该演示文稿从一台计算机移动到另一台计算机时，不需要随带插入的声音文件。而如果声音文件大于 100KB，PowerPoint 2007 不会将其嵌入到幻灯片中，而是建立与声音文件之间的播放链接，也就是说，如果把该演示文稿从一台计算机移动到另一台计算机时，必须将插入的声音文件也同时移到另一台计算机上，否则声音文件将无法正常播放。为防止可能出现的链接问题，最好将这些声音文件在添加到演示文稿之前先将它们复制到演示文稿所在的文件夹中。

3）相关知识扩展

（1）跨多张幻灯片播放声音

有时仅仅在一张幻灯片中加入背景音乐是不够的，用户希望在幻灯片的放映过程中都有背景音乐的衬托，这时就要进行跨多张幻灯片播放声音的设置。比如，该案例也可以从第 1 张幻灯片到最后一张幻灯片一直都播放王菲的“明月几时有”。具体操作方法如下。

第 1 步：先按照上述方法将王菲的“明月几时有”声音文件插入到某张幻灯片中。

第 2 步：在“动画”选项卡的“动画”组中，单击“自定义动画”命令。

第 3 步：在“自定义动画”任务窗格中，单击“自定义动画”列表中 0 ▷ 明月几时有.wma 右侧的下拉按钮，在随后弹出的下拉列表中单击“效果选项”命令，弹出“播放 声音”对话框，如图 5.56 所示。

第 4 步：在“播放 声音”对话框上的“开始播放”选项区域单击第 1 个选项按钮“从头开始”；在“停止播放”选项区域，单击第 3 个选项按钮 ○在(F): 张幻灯片后，然后选择应在其上播放该文件的幻灯片总数，这里选择“4”。

第 5 步：单击“确定”按钮，回到幻灯片窗口。播放演示文稿，就会发现整个播放过程都伴随着美妙的音乐了。

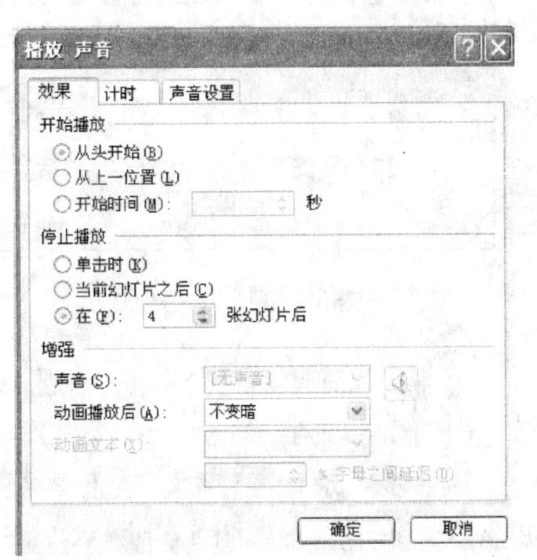

图 5.56 “播放声音”对话框

（2）隐藏声音图标

在“普通”视图中，如果不把声音图标拖到幻灯片之外，将会一直显示图标，放映幻灯片时也会显示声音图标。如果不想在放映幻灯片时显示这个“小喇叭”，则可以通过设置把它隐藏起来，但是只有将声音设置为自动播放，才能进行图标的隐藏。具体操作方法是：

单击声音图标，在“选项”选项卡的“声音选项”组（见图 5.57），选中“放映时隐藏”复选框。放映当前幻灯片，则发现在幻灯片放映过程中，声音图标被隐藏了。

图 5.57 “声音工具”选项卡

5. 在幻灯片中录制旁白

旁白可增强基于 Web 或自动播放的演示文稿的效果。使用旁白将会议存档，可以方便演示者或缺席者日后观看演示文稿，听取别人在演示过程中做出的评论。向幻灯片添加旁白时，幻灯片上会出现一个声音图标。与操作任何其他声音文件一样，可以单击此图标来播放声音，或者将声音设置为自动播放。为“案例 3_苏轼作品赏析”的第 3 张幻灯片录制旁白（这首诗的朗诵）。

第 1 步：在“幻灯片”选项卡中单击第 3 张幻灯片缩略图，使第 3 张幻灯片处于被选中状态。

第 2 步：单击“幻灯片放映”选项卡→“设置”组→“录制旁白”按钮，弹出“录制旁白”对话框，如图 5.58 所示。

第 3 步：单击“设置话筒级别”按钮，按照提示说明进行话筒检查设置，然后单击“确定”按钮，弹出“录制旁白”提示信息，如图 5.59 所示。单击“当前幻灯片”按钮，则在当前选定的第 3 张幻灯片上开始录制旁白，这时用户就可以对着麦克风录音了。

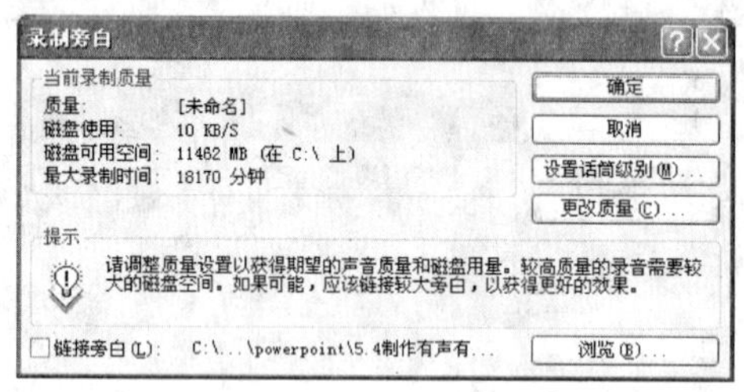

图 5.58 “录制旁白”对话框

图 5.59 “录制旁白”提示信息

第 4 步：在“幻灯片放映”视图中，对着话筒讲出录制旁白的内容，即朗诵第 3 张幻灯片中的全部文字。

第 5 步：录音完成后，按下键盘上的 Esc 键，结束幻灯片放映，旁白会被自动保存，并显示一条消息，如图 5.60 所示，询问是否同时保存演示文稿的排练时间。

第 6 步：单击“不保存”按钮，取消排练时间的保存。至此，我们就成功地为第 3 张幻灯片录制了旁白，同时在该张幻灯片中出现一个显示声音图标。单击该声音图标，软件会自动在它的前面加上一个“0”的序号标志，并弹出“自定义动画”任务窗格，该旁白已被加入“自定义动画”列表中。

第 7 步：单击“视图”工具栏上的“幻灯片放映”按钮，放映当前幻灯片，我们就能听到刚刚为这张幻灯片录制的旁白了。

经过上述添加设置后的“案例 3_苏轼作品赏析”演示文稿如 5.61 所示。

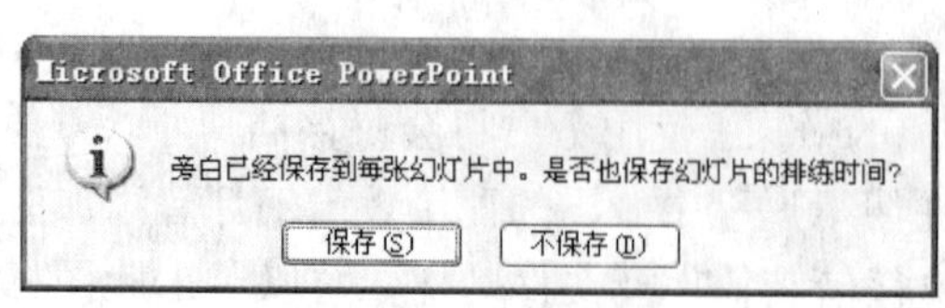

图 5.60 是否保存“排练时间”提示对话框

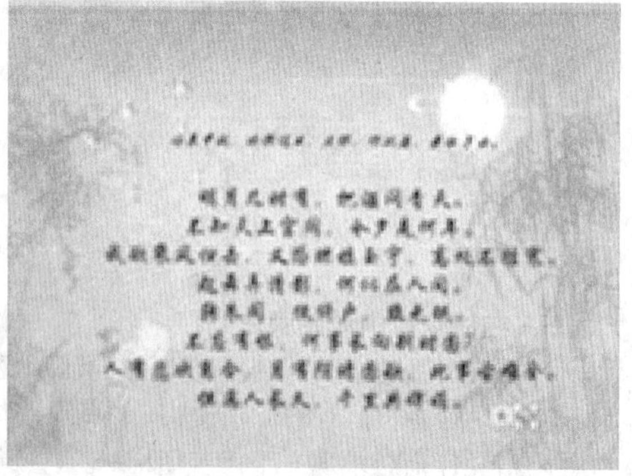

图 5.61 添加旁白后的幻灯片

提示：一张幻灯片录音完成后，单击幻灯片以转到下一张，对要添加旁白的每张幻灯片重复执行此过程即可。录制旁白时，PowerPoint 2007 会自动记录每张幻灯片的排练时间，当系统提示是否将这些幻灯片排练时间与旁白一起保存时，用户可以选择一起保存，也可以手动设置幻灯片排练时间。如果希望演示文稿与旁白一起自动运行，幻灯片排练时间会特别有用。如果不希望演示文稿使用排练时间，可以将排练时间关闭。

6. 向幻灯片中插入视频文件

为了增强演示文稿的效果，可以向幻灯片中添加视频文件。PowerPoint 2007 支持 AVI、ASF、MPG、WMV 等格式。MPG 视频文件与图片或图形不同，视频文件始终都是被链接到演示文稿，而不是嵌入到演示文稿中。插入链接的影片文件时，PowerPoint 会创建一个指向影片文件当前位置的链接。如果之后该影片文件被移动到其他位置，则在需要播放时，PowerPoint 将会找不到视频文件。为防止可能出现的链接问题，向演示文稿添加影片文件之前，最好先将影片复制到演示文稿所在的文件夹中。向幻灯片中插入视频文件的操作方法和插入声音文件十分相似。在“案例 3_苏轼作品赏析”中插入一个文件名为“gears, males,men,metaphors…”的内置影片，以便增强演示文稿的动态效果。具体操作步骤如下。

第 1 步：在“幻灯片”选项卡中单击第 4 张幻灯片缩略图，使第 4 张幻灯片处于被选中状态。

第 2 步：在“插入”选项卡的“媒体剪辑”组中，单击“影片”下拉按钮，在随后弹出的下拉列表中单击“剪辑管理器中的影片”，弹出“剪贴画”任务窗格。

第 3 步：找到所需的影片文件“gears,males,men,metaphors…”，单击该文件后，该影片即被插入到第 4 张幻灯片中了。

第 4 步：单击影片框，将其移动到左上角，并使用其四周的 8 个尺寸控点和 1 个旋转控点，对影片框的尺寸进行调整。第 4 张幻灯片加入影片后的效果，如图 5.62 所示。

第 5 步：单击“视图”工具栏上的“幻灯片放映”按钮，播放当前幻灯片，我们就能看到刚刚插入的影片在放映了。

图 5.62　插入“声音”和“影片”后的效果图

5.5　案例 4——演示文稿的放映设置

5.5.1　案例说明

1．任务

为“案例 3_苏轼作品赏析”设置幻灯片的切换效果，向幻灯片中添加动画效果以增强幻灯片的观赏性；使用超链接和动作按钮实现幻灯片的跳转，以增强幻灯片之间的交互性；设置幻灯片的放映方式，以方便观赏演示文稿。

2．目的

（1）掌握幻灯片切换效果的设置方式。

（2）掌握使用“动画方案”或“自定义动画”为幻灯片添加动画效果的方法。

（3）掌握使用超链接、动作按钮制作有交互功能的幻灯片的方法。

（4）掌握演示文稿放映方式的设置方法

（5）了解演示文稿的打印和打包的方法。

5.5.2　操作步骤

幻灯片的切换效果和动画效果可以控制幻灯片及幻灯片中的对象在幻灯片放映过程中以各种类似动画的效果出现在屏幕上，从而增强演示文稿的吸引力和趣味性。

1．设置幻灯片的切换效果

幻灯片的切换效果是指在“幻灯片放映”视图中移走屏幕上已有的幻灯片，并以某种类似动画的效果开始新幻灯片的显示，如“百叶窗”、“溶解”、“新闻快报”等效果。同时可以控制每个幻灯片切换效果的速度，还可以添加声音。

1）设置幻灯片的切换效果

为“案例 3_苏轼作品赏析”设置有“风铃”声音的“圆形”、“慢速”的切换效果。具体操作步骤如下。

第 1 步：在幻灯片导航区的“幻灯片”选项卡中，单击第 1 张幻灯片缩略图，使其成为当前幻灯片。

第 2 步：单击“动画”选项卡→“切换到此幻灯片”组→“其他”按钮，弹出全部幻灯片切换效果的“快速样式”列表，选择“擦除”选项区域中的“圆形”效果。

第 3 步：单击“动画”选项卡→“切换到此幻灯片”组→“切换声音”旁边的下拉按钮，在弹出的下拉列表中选择“风铃”效果，然后单击“确定”按钮。

第 4 步：单击“切换速度”旁边的下拉按钮，然后从下拉列表中选择“慢速”效果。

第 5 步：单击“全部应用”按钮，则演示文稿中的所有幻灯片都添加了相同的幻灯片切换效果。设置完切换效果的幻灯片的“切换到此幻灯片”组如图 5.63 所示。

提示：若要将不同的幻灯片切换效果添加到演示文稿中的另一张幻灯片当中，则重复上述操作即可。

图 5.63　切换效果设置后“切换到此幻灯片”组示意图

第 6 步：“换片方式”可分为“人工切换”和“自动切换”两种。如果选中“在此之后自动设置动画效果”复选框，意味着选择了“自动切换”，必须要在后面的数值框中输入不为零的时间间隔。通常情况下“自动切换”的时间间隔不好掌握，一般都采用默认的“单击鼠标时”进行“人工切换”。

2）取消幻灯片的切换效果

第 1 步：在幻灯片导航区的“幻灯片”选项卡中，单击要删除其幻灯片切换效果的幻灯片缩略图。

第 2 步：单击“动画”选项卡→“切换到此幻灯片”组→“其他”下拉按钮，在随后弹出的下拉列表中单击“无切换效果”，即可取消切换效果。

2．设置幻灯片的动画效果

幻灯片的动画效果是指演示文稿在放映过程中每张幻灯片上的文本、图形、图标、图表及其他对象等进入屏幕时的动画显示效果。默认情况下，幻灯片上的所有对象都是无声无息地同时出现的，为了增强演示文稿对听众的吸引力，使演示文稿产生更好的感染效果，需要额外强调、突出重点信息或控制信息显示。PowerPoint 2007 提供了幻灯片放映时可具有动画特技效果，如可以设置幻灯片上的文本、图形、图标、图表及其他对象出现在幻灯片上的顺序、方式及出现时的伴音等。但过分地使用动画效果会使听众的注意力集中到动画特技的欣赏上，而忽略了对演讲主题信息的注意。因此，不宜过多地使用动画效果。PowerPoint 提供了“动画”和“自定义动画”两种方法。

1）对象的“动画”设置

“动画”是系统提供的一组基本的动画设计方案，使用户能快速地设置幻灯片内对象的动画效果。为“案例 3_苏轼作品赏析”中第 2 张幻灯片中的苏轼画像的图片添加“淡出”动画效果。具体操作步骤如下。

第 1 步：在幻灯片导航区的“幻灯片”选项卡中，单击第 2 张幻灯片缩略图，使其成为当前幻灯片。

第 2 步：在第 2 张幻灯片中选中苏轼的画像，在“动画”菜单选项卡的“动画”组中，单击“动画”下拉按钮，在随后弹出的下拉列表中单击“淡出”动画效果，“幻灯片”窗格中会立即显示这种“动画”的预览效果。

2）对象的“自定义动画”设置

“自定义动画”可以为对象设置更多的动画的方式、方法和属性。“自定义动画”可以设置三种形式的动画效果——进入动画、强调动画和退出动画。进入动画就是指演示文稿在放映过程中，文本和图形对象进入屏幕时动画显示效果。强调动画就是演示文稿在放映过程中为幻灯片中已显示文本或对象所设置的额外强调或突出重点的动画效果。退出动画就是演示文稿在放映过程中幻灯片中已显示文本或对象离开屏幕时所设置的动画效果。“自定义动画”的“开始”属性有“单击时”、“之前”和“之后”三个选择。其中，“单击时”表示单击鼠标后放映该对象的动画效果；“之前”表示与上一个动画同时放映此动画效果；“之后”表示在上一个动画结束之后放映该对象的动画效果。“方向”属性中的选项用来定义动画进入的位置。“速度”属性中的选项用来定义动画播放的速度。

为“案例 3_苏轼作品赏析”中的第 3 张幻灯片中的对象设置“自定义动画”：标题为“自右下部”、“慢速”、“飞入”；自选图形“小星星”为“强调”、“忽名忽暗”、“慢速”；再将一个自选图形“小星星”设置成流星，其动画效果为“到底部、“快速”、“飞出”。具体操作方法是：

在幻灯片导航区的“幻灯片”选项卡中，单击第 3 张幻灯片缩略图，使其成为当前幻灯片。然后分别设置不同的动画方式。

（1）设置进入动画

第 1 步：在第 3 张幻灯片中选中黑体文字的标题，单击“动画”选项卡中的“自定义动画”命令按钮，弹出“自定义动画”任务窗格。

第 2 步：单击“添加效果”按钮，弹出“添加效果”子菜单，如图 5.64 所示。

第 3 步：将鼠标指向子菜单中的“进入”选项，在其级联菜单中列出预设的 6 种动画效果，单击“飞入”效果。

第 4 步：在“方向”下拉列表框中选择“自右下部”，在“速度”下拉列表框中选择“慢速”。“幻灯片”窗格中会立即显示这种动画的预览效果，同时也将其应用到了所选定的黑体文字上。

此时，在幻灯片编辑区的黑体文字的左上角会出现一个 1 ，这是动画效果的顺序编号，它代表放映幻灯片时，动画效果出现的先后顺序。同时任务窗格中的各选项都变为可用的了，如图 5.65 所示。

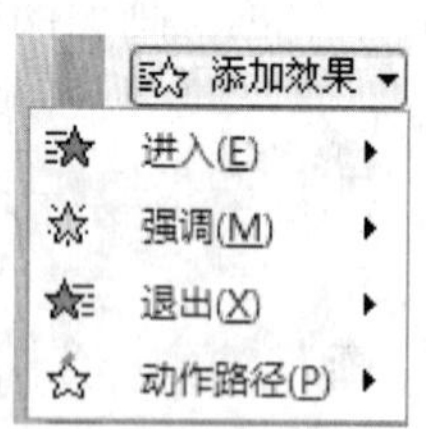

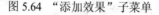

图 5.64 “添加效果”子菜单

图 5.65 “自定义动画”任务窗格

（2）设置强调动画

首先选中一个自选图形“小星星”对象，然后在“自定义动画”任务窗格，单击“添加效果”按钮，在随后弹出的下拉菜单中单击“强调”选项，最后在级联菜单中单击“忽明忽暗”，在“开始”下拉菜单中单击“之前”。同样可再选其他几个自选图形“小星星”进行相同的设置。

（3）设置退出动画

选中一个自选图形“小星星”对象，然后在“自定义动画”任务窗格，单击“添加效果”按钮，在随后弹出的下拉菜单中单击“退出”选项，然后在级联菜单中单击“飞出”，最后，在“方向”下拉列表框中选择“到底部”，在“速度”下拉列表框中选择“快速”。

3）相关知识扩展

（1）修改“自定义动画“属性

通过修改动画的属性可以增强动画的显示效果,进一步提高演示文稿的吸引力。其方法是直接在“自定义动画”任务窗格中选择需要修改的效果选项，单击“开始”、“方向”和“速度”右侧的下拉按钮，在弹出的下拉列表中选择自己认为合适的选项。

（2）调整动画的播放顺序

如果在一张幻灯片中为多个对象设置了动画效果，则存在一个播放顺序的问题。默认情况下是按照动画设置的先后次序进行播放的，但是用户也可以通过下面的方法来调整动画播放的次序。在“自定义动画”任务窗格中，选中需要调整顺序的动画选项，按住鼠标左键向上（下）拖动，将其放在合适的位置即可。

（3）删除动画效果

方法一：对于用“动画”方法设置的动画效果，单击要删除动画效果的对象，在“动画”选项卡的“动画”组的“动画”列表中，单击“无动画”即可。

方法二：对于用“自定义动画”方法设置的动画效果，先调出“自定义动画”任务窗格，再选择要删除的某一动画项，然后单击右上端“删除”按钮即可。

4）动画的高级设置

（1）为动画添加声音效果

用户可以为某个动画添加内置的声音效果，也可以添加已经保存在计算机中的其他声音效果，步骤如下。

第1步：在“自定义动画”任务窗格中，双击要设置的动画效果，打开“飞入”动画属性对话框，如图5.66所示。

第2步：在“效果”选项卡中，单击“声音”右侧的下拉按钮，在随后弹出的内置声音列表中选择一种合适的声音方案，如“风铃”。如果用户对内置的声音不满意，还可以添加外部的其他声音：在“声音”右侧的下拉列表中单击“其他声音”选项，就可以从计算机中选择需要的声音文件添加到动画中。

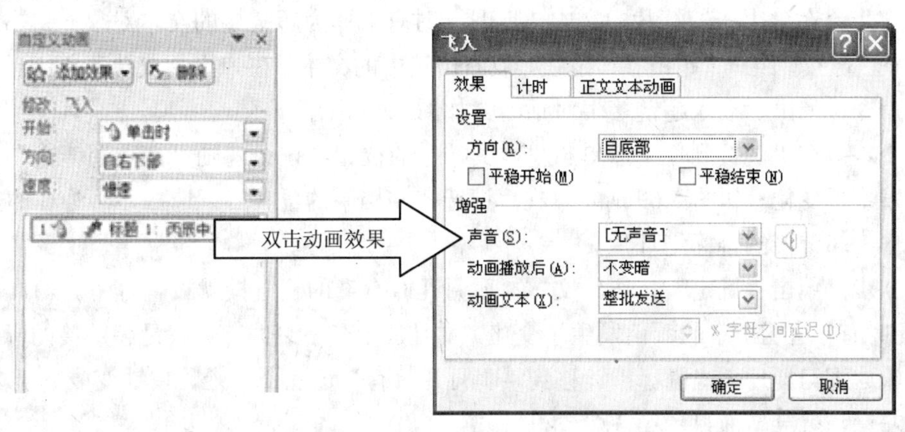

图5.66　调用“飞入”对话框

（2）反复播放动画

默认情况下，所设置的动画效果只播放一次，如果希望动画效果反复播放，如让第 3 张幻灯片中的“小星星”始终“忽明忽暗”地显示。具体操作方法是：先调出“忽明忽暗”对话框，切换到“计时”选项卡，单击“反复”右侧的下拉按钮，在随后弹出的下拉列表中选择一种重复方式“直到幻灯片末尾”，如图 5.67 所示。

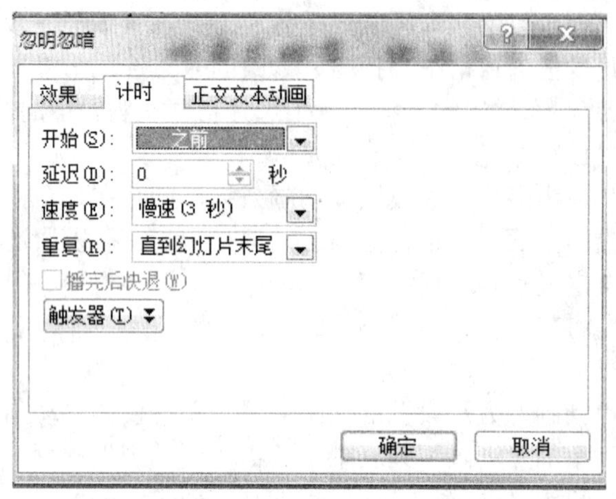

图 5.67　设置动画反复播放

3．在演示文稿中加入超链接

在 PowerPoint 中利用超链接可以很方便地在不同的幻灯片之间切换。超链接是从一张幻灯片到同一演示文稿中的另一张幻灯片的链接，或是从一张幻灯片到不同演示文稿中的另一张幻灯片、电子邮件地址、网页或文件的链接。用户可以从文本或一个对象如图片、图形、形状来创建链接。

1）创建到同一演示文稿中幻灯片的超链接

对“案例 3_苏轼作品赏析”的第 1 张幻灯片的文本“明月几时有”创建一个超链接，链接到第 3 张幻灯片，以便查看诗词的全文。

第 1 步：在第 1 张幻灯片中选中“明月几时有”作为超链接的文本对象，单击“插入”选项卡→“链接”组→“超链接”按钮，或右击选中的文本，在弹出的快捷菜单中单击“超链接”命令，弹出“插入超链接”对话框，如图 5.68 所示。

第 2 步：在“链接到”下，单击“本文档中的位置”按钮，则“插入超链接”对话框的页面发生了变化，如图 5.69 所示，在“请选择文档中的位置”下选择序号为 3 的第 3 张幻灯片作为超链接的目标幻灯片。

第 3 步：单击“确定”按钮，文本“明月几时有”的超链接就设置好了。幻灯片上的“明月几时有”这几个字的颜色发生了变化，并且加上了下划线，这就是超链接的标志。现在，播放这张幻灯片，将鼠标指针移到“明月几时有”这几个字上，指针变成☝形状，单击鼠标左键，就会转而显示第 3 张幻灯片。

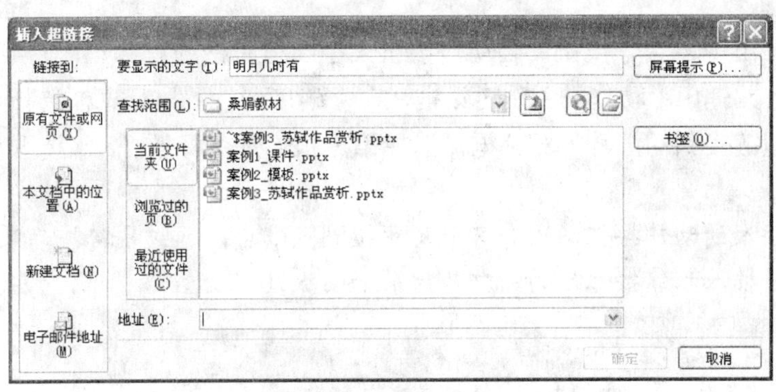

图 5.68　动作设置

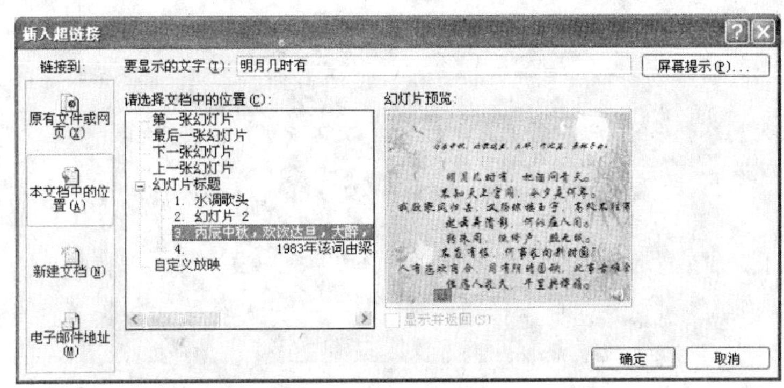

图 5.69　超链接到幻灯片

2）创建到其他文件的超链接

利用超链接不但可以关联到同一个演示文稿中的幻灯片，还可以跳转到其他文件。将“案例 3_苏轼作品赏析”的第 4 张幻灯片中的文本“梁志宏”、“邓丽君”、“王菲”分别链接到介绍他们的相关网页上。

其方法同创建到同一演示文稿中幻灯片的超链接方法基本相同，只是第 2 步在“链接到”下，单击“原有文件和网页”按钮，在“地址”框中输入相应的网页地址，单击“确定”按钮即可。

3）添加动作按钮

动作按钮是一些用图标表示的包含各种动作意义的现成的按钮集，可被插入到演示文稿中，定义生动形象的超链接。动作按钮包含的形状有右箭头和左箭头，以及通常被理解为用于转到下一张、上一张、第 1 张和最后一张幻灯片以及用于播放影片或声音的符号。为“案例 3_苏轼作品赏析”的第 3 张幻灯片设置一个动作按钮，以便返回到第 1 张幻灯片。

第 1 步：单击第 3 张幻灯片，使其成为当前幻灯片。

第 2 步：在“插入”选项卡上的“插图”组中，单击“形状”下的箭头，然后单击最后的“更多”按钮▾。在“动作按钮”下有动作按钮列表，将鼠标指针移到某个动作按钮上停留片刻，就会显示出该动作按钮的功能提示。

第 3 步：单击动作按钮列表上的“上一张”按钮。

第 4 步：将鼠标指针移到当前幻灯片的适当位置，指针变成十字形状，按住左键拖动鼠标，幻灯片上出现了一个按钮，当动作按钮大小合适时松开鼠标左键，绘制动作按钮的操作就完成了，并弹出“动作设置”对话框，在“链接到”下拉列表框选择“幻灯片”，在随后弹出的“超链接到幻灯片”对话框，选择第 1 张幻灯片标题“1.水调歌头”，单击“确定”按钮即可。

提示：新插入的动作按钮四周有 8 个尺寸控制点，可以通过鼠标拖动来调整动作按钮的大小和位置。插入动作按钮后的幻灯片效果如图 5.70 所示。

图 5.70　设置动作按钮后的第 3 张幻灯片效果图

4）相关知识扩展：删除超链接

如果用户对已设置的超链接不满意，还可以对它进行修改或删除。方法是：右击已设置了超链接的文本或对象，弹出一个快捷菜单，单击“编辑超链接”命令，将打开“编辑超链接”对话框，可以重新设置文本超链接的对象；单击“取消超链接”命令，所设置的超链接就被取消了。

4．演示文稿的放映

演示文稿在放映方式下，字体和图案都会放大，可对其添加放映效果，从而使演示文稿更能吸引观众。

1）设置幻灯片放映方式

在播放演示文稿前可以根据用户的不同需要设置不同的放映方式。打开“幻灯片放映”选项卡，单击“设置”组中的“设置幻灯片放映方式”按钮，在弹出的如图 5.71 所示的“设置放映方式”对话框中“放映类型”选项区域进行设置。

（1）“演讲者放映（全屏幕）”

系统默认的放映方式，以全屏幕形式显示，演讲者可以控制放映的进程，可用屏幕左下角的绘图笔勾画，如图 5.72 所示，适用于大屏幕投影的会议、讲课。

（2）“观众自行浏览（窗口）”

以窗口形式显示，观众可编辑浏览幻灯片，适于人数少的场合。

（3）“在展台浏览（全屏幕）”

以全屏幕形式显示在展台上做现场演示用。

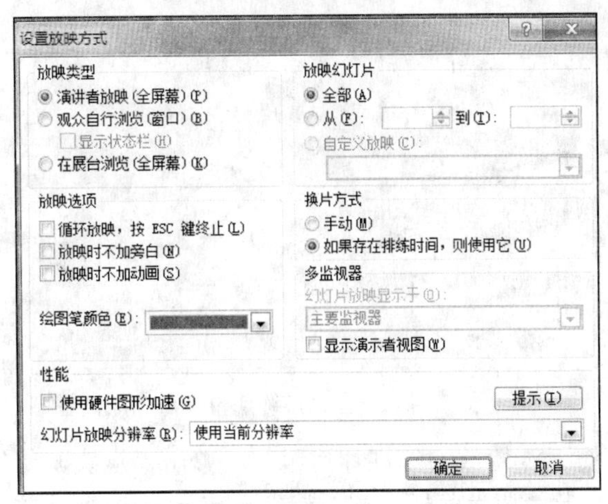

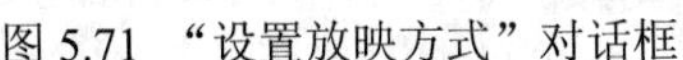
图 5.71 “设置放映方式”对话框

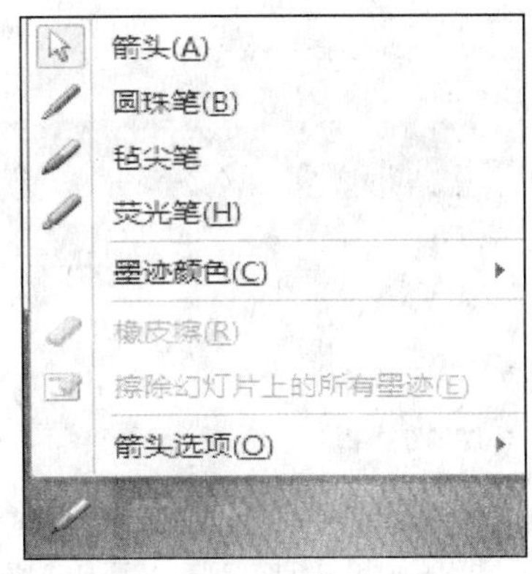

图 5.72 绘图笔快捷菜单

后两种放映方式即“观众自行浏览窗口”和“在展台浏览（全屏幕）”都要按事先预定的或通过“排练计时”命令设置的时间和次序放映，不允许现场控制放映的进程。如果想结束放映，按 Esc 键。

2）设置“排练计时”

“排练计时”可以排练演示文稿，以确保它满足特定的时间框架。进行排练时，使用幻灯片计时功能记录播放每个幻灯片所需的时间，然后在向观众演示时使用记录的时间自动播放幻灯片。在“幻灯片放映”选项卡中，单击“设置”组的“排练计时”命令按钮，此时将显示“预演”工具栏，并且“幻灯片放映时间”文本框开始对演示文稿计时，如图 5.73 所示。

（1）“预演”工具栏按钮的含义。

第一个按钮：下一张，移动到下一张幻灯片；

第二个按钮：暂停，临时停止记录时间；

第三个按钮：该幻灯片放映时间；

第四个按钮：重复，重新开始记录当前幻灯片的放映时间；

第五个按钮：演示文稿的总时间。

（2）设置了最后一张幻灯片的时间后，将弹出一个消息框，其中显示演示文稿的总时间并提示执行下列操作之一：

要保存记录的幻灯片计时，请单击“是”按钮。

要放弃记录的幻灯片计时，请单击“否”按钮。

此时将打开“幻灯片浏览”视图，并显示演示文稿中每张幻灯片的时间，如图 5.74 所示。

3）开始放映幻灯片

演示文稿创建好后，只要执行放映操作，就可以向观众播放演示文稿，具体操作方法有如下几种。

方法一：按 F5 快捷键,就会播放第一张幻灯片。

方法二：单击“视图”工具栏中的“幻灯片放映”按钮，就会播放当前幻灯片。

图 5.73 “预演”设计示意图

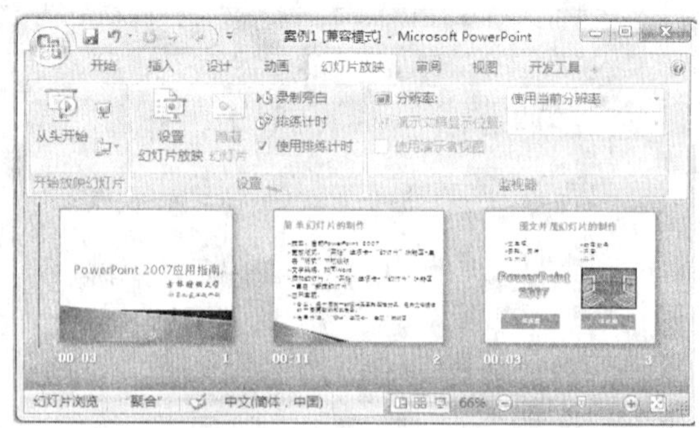

图 5.74 设置“排练计时”后的浏览视图

方法三：在“幻灯片放映”选项卡的“开始放映幻灯片”组中，单击“从头开始”按钮，就会从第 1 张幻灯片开始播放；单击“从当前幻灯片开始”按钮，就会播放当前幻灯片。

提示：单击鼠标会接着播放下一张幻灯片。在播放过程中，如果想观看已播放过的幻灯片或中途停止播放，最简单的做法是将鼠标移到屏幕左下角，会出现一些小图标。单击图标时可以向前播放幻灯片；单击图标时可以向后播放幻灯片；单击图标时可选择一种画笔，在讲解过程中可对重点内容进行圈点，若要指定墨迹颜色，可在“绘图笔颜色”列表中选择墨迹颜色；单击图标或右击放映窗口时会弹出播放控制快捷菜单供选择。

4）结束放映幻灯片

（1）按 Esc 键，可以结束幻灯片的播放。

（2）单击图标或右击放映窗口时会弹出播放控制快捷菜单，如图 5.75 所示，单击“结束放映”命令。

5．演示文稿的打印和打包

1）演示文稿的打印

演示文稿完成后，除了在计算机上演示外，还可以进行打印输出。PowerPoint 生成演示文稿时，如果辅助生成大纲文稿、注释文稿等，演讲者打印后发给观众，会使演示效果更好。

第 1 步：单击 Office 按钮，单击“打印”旁边的箭头，然后单击“打印预览”命令，弹出如图 5.76 所示的窗口，显示出将来打印的效果。

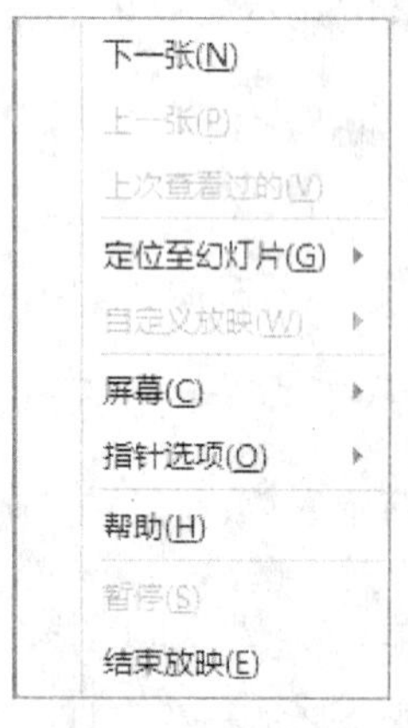

图 5.75 播放控制快捷菜单

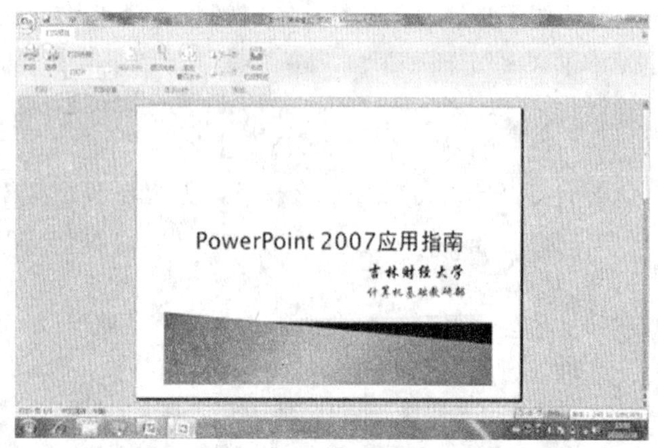

图 5.76 “打印预览”窗口

第 2 步：在“页面设置”组下的“打印内容”下拉列表框中，选择“幻灯片”。

提示：可以设置在一张纸上打印多张幻灯片。方法是在“页面设置”组下的“打印内容”下拉列表框中，选择“讲义”，根据需要选择每张纸所打印的幻灯片的数量。

第 3 步：单击“选项”按钮，指向“颜色 / 灰度”，弹出一级联菜单如图 5.77 所示，然后单击“灰度”选项。

（1）“彩色：（黑白打印机）”：如果在黑白打印机上打印，则此选项将采用“灰度”打印；

（2）“灰度”：此选项打印的图像包含介于黑色和白色之间的各种灰色色调。背景填充的打印颜色为白色，从而使文本更加清晰（有时“灰度”的显示效果与“纯黑白”一样）；

（3）“纯黑白”：此选项打印不带灰填充色的讲义。

第 4 步：单击“打印”，弹出如图 5.78 所示的“打印”对话框，设置打印范围和打印份数后，单击“确定”按钮，则打印机开始输出演示文稿。

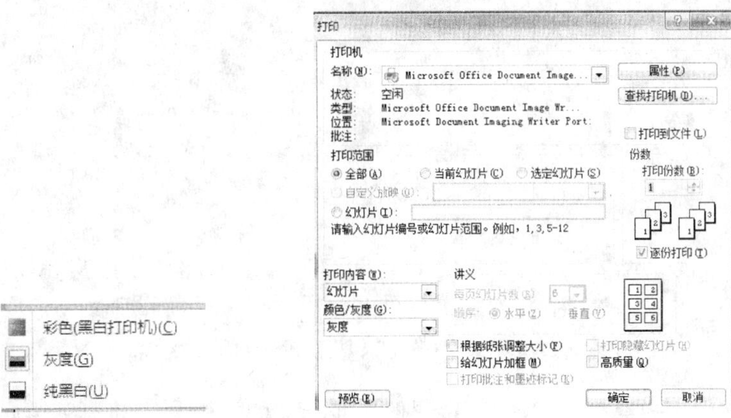

图 5.77 “颜色/灰度”级联菜单　　　　图 5.78 “打印”对话框

2）演示文稿的打包

一个演示文稿制作完毕后，希望在另一台计算机上放映，如果另一台计算机中没有安装 PowerPoint 或 PowerPoint 播放器，或者演示文稿所链接的文件及所用的字体在另一台计算机中不存在，若仅将演示文稿文件复制到另一台计算机中，并不能保证文件能正常放映。最好的方法就是使用 PowerPoint 提供的打包功能，将演示文稿及其包含的链接文件放到一个文件中，然后再将其解包到目标计算机上，目标计算机就可以放映该演示文稿。

要将演示文稿打包，可执行下列操作。

第 1 步：在 PowerPoint 中，打开要打包的演示文稿“案例 1_课件”。单击 Office 按钮，指向“发布”旁边的箭头，然后单击“CD 数据包”，弹出“打包成 CD”对话框，如图 5.79 所示。

第 2 步：单击“复制到文件夹”按钮，弹出“复制到文件夹”对话框，如图 5.80 所示。输入文件夹名称“课件”，选择文件保存位置为“桌面”，然后单击“确定”按钮，就将“课件”演示文稿复制到了本地磁盘驱动器上。

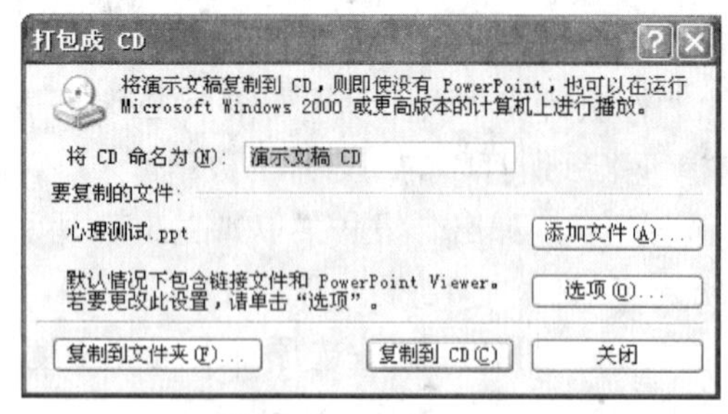

图 5.79 “打包成 CD”对话框

图 5.80 “复制到文件夹”对话框

第 3 步：在“桌面”上找到“课件”文件夹，双击打开可浏览内容，如图 5.81 所示。

图 5.81 “课件”文件夹中保存的内容

“课件”文件夹中存放了“案例 1_课件”演示文稿、相关的链接文件及 PowerPoint 播放器。这样，如果将整个文件夹复制到另一台没有安装 PowerPoint 或 PowerPoint 播放器的计算机上，只要双击演示文稿图标，系统会自动进入 PowerPoint，并放映该演示文稿。

提示：如果要将演示文稿复制到 CD 中，则应先在 CD 驱动器中插入 CD，再按照提示信息一步步操作即可。

习 题 5

一、选择题

1．PowerPoint 2007 主要是用来制作________的软件。

A．多媒体动画　　B．网页站点

C．电子表格　　D．电子演示文稿

2．如果想在幻灯片中插入一张图片，可以选择________菜单选项卡。

A．格式　　B．工具　　C．插入　　D．视图

3. 在幻灯片放映时，用户可以利用绘图笔在幻灯片上写字或画画，这些内容________。

A．自动保存在演示文稿中　　B．不可以保存在演示文稿中

C．在本次演示中不可擦除　　D．在本次演示中可以擦除

4. 在 PowerPoint 2007 中，超链接一般不可以链接到________。

A. 文本文件的某一行　　　　　B. 幻灯片

C. 因特网上的某个文件　　　　D. 图像文件

5. 在 PowerPoint 中，下列不能编辑幻灯片内容的视图方式是________。

A. 幻灯片　B. "幻灯片浏览"　C. "幻灯片放映"　D. 备注页

6. PowerPoint 演示文稿的默认扩展名是________。

A. .PTT　B. .FPT　C. .PPTX　D. .PRG

7. 在已经选中了幻灯片中对象的情况下，下列不能删除对象的操作是________。

A. 按 Del 键

B. 单击"编辑"菜单中的"清除"命令

C. 单击"编辑"菜单中的"剪切"命令

D. 单击"编辑"菜单中的"撤销"命令

8. 如果要在幻灯片中进行超链接的设置，"超链接"按钮所在的组是________。

A. "插入"　B. "动画"　C. "幻灯片放映"　D. "设计"

9. 如要终止幻灯片的放映，可直接按________键。

A. Ctrl＋C　B. Esc　C. End　D. Alt＋F4

10. 下面说法正确的是________。

A. 在幻灯片中插入的声音用一个小喇叭图标表示

B. 在 PowerPoint 2007 中，可以录制声音

C. 在幻灯片中插入播放 CD 曲目时，CD 乐曲显示为一个小唱盘图标

D. 上述 3 种说法都正确

11. 在 PowerPoint 2007 中，下列关于幻灯片放映叙述中错误的是________。

A. 可自动放映，也可人工放映

B. 放映时可只放映部分幻灯片

C. 可以选择放映时放弃原来的动画设置

D. 无循环放映选项

12. 在 PowerPoint 2007 中，幻灯片放映方式的类型不包括________。

A. "演讲者放映（全屏幕）"　　　B. "观众自行浏览（窗口）"

C. "在展台浏览（全屏幕）"　　　D. "在桌面浏览（窗口）"

13. 在 PowerPoint 2007 中，下列选项关于演示文稿打包的叙述错误的是________。

A. 打包后链接的文件会部分丢失

B. 分为打包和解包两个过程

C. 打包的主要目的是便于在没有安装 PowerPoint 2007 的机器上播放

D. 打包时可不包含播放器

14. 我们可以用直接的方法来把自己的声音加入到 PowerPoint 2007 演示文稿中，这是________。

A. 录制旁白　　　　　　B. 复制声音

C. 磁带转换　　　　　　D. 录音转换

15. 在 PowerPoint 2007 中打印演示文稿时，如"打印内容"下拉列表框中选择"讲义"，

则每页打印纸上最多能输出________张幻灯片。

A. 2　　B. 4　　C. 6　　D. 9

16. 在 PowerPoint 中“视图”这个名词表示________。

A. 一种图形　　B. 显示幻灯片的方式

C. 编辑演示文稿的方式　　D. 一张正在修改的幻灯片

17. 在 PowerPoint 2007 中，幻灯片中占位符的作用是________。

A. 表示文本长度　　B. 限制插入对象的数量

C. 表示图形大小　　D. 为文本、图形预留位置

18. PowerPoint 2007 的“超链接”命令可________。

A. 实现幻灯片之间的跳转　　B. 实现演示文稿幻灯片的移动

C. 中断幻灯片的放映　　D. 在演示文稿中插入幻灯片

19. 在 PowerPoint 2007 中，在“幻灯片浏览”视图下，选定某幻灯片并拖动，可以完成________操作。

A. 移动幻灯片　　B. 复制幻灯片

C. 删除幻灯片　　D. 选定幻灯片

20. 在 PowerPoint 2007 中，下列选项关于选定幻灯片的说法错误的是________。

A. 在“幻灯片浏览”视图中单击幻灯片，即可选定

B. 若要选定多张不连续的幻灯片，在“幻灯片浏览”视图下按 Ctrl 键并单击各张幻灯片

C. 若要选定多张连续的幻灯片，在“幻灯片浏览”视图下按 Shift 键并单击最后要选定的幻灯片

D. 在“普通”视图下，不可以选定多个幻灯片

二、填空题

1. PowerPoint 2007 的“普通”视图可同时显示幻灯片导航区、幻灯片编辑区和________编辑区，而这些窗格都可调整大小，以便用户看到所有的内容。

2. 在演示文稿中新增加一张幻灯片，可单击“开始”选项卡”中“幻灯片”组的________命令。

3. 在 PowerPoint 2007 的幻灯片“普通”视图中，幻灯片导航区分为两个选项卡，分别为“幻灯片”和________。

4. PowerPoint 演示文稿的默认扩展名是________。

5. 在幻灯片中需按鼠标左键和________键来同时选中多个对象。

6. 在 PowerPoint 2007 窗口的左下角默认有三个视图按钮，分别为“普通”视图、“幻灯片放映”视图和________。

7. 在 PowerPoint 2007 中，要想单击某个文字能跳转到某个 Internet 地址，需要在此文字上建立________。

8. 正在放映幻灯片时，按________键就可以结束幻灯片的放映。

9. ________就是对象在幻灯片上的布局。

10. ________是一套统一的设计元素和配色方案，是为文档提供的一套完整的格式集合。

11．PowerPoint 2007 中提供了两种创建超链接的方式：超链接按钮和________。

12．PowerPoint 2007 中，在“普通”视图的“大纲”窗格中，演示文稿以大纲形式显示，大纲通常由每张幻灯片的______和正文组成。

13．在 PowerPoint 2007 中，若想同时显示幻灯片、大纲及备注，则应选用________视图方式。

14．在 PowerPoint 2007 中，单击“幻灯片放映”选项卡中的“设置幻灯片放映方式”按钮，在“设置放映方式”的对话框中有 3 种不同的幻灯片放映方式，它们是________、“观众自行浏览（窗口）”、“在展台浏览（全屏幕）”。

15．PowerPoint 2007 中，“标题幻灯片”是一种版式，默认含有标题、________。

三、操作题

1．使用 PowerPoint 软件制作自己的一份简历，按下列要求完成对此文稿的修饰并保存。

（1）演示文稿至少包含五张幻灯片。

（2）有主题、艺术字、幻灯片背景、动画设置及背景音乐的设置。

2．使用 PowerPoint 软件创建一演示文稿来介绍自己的家乡，按下列要求完成对此文稿的修饰并保存。

（1）演示文稿至少包含五张幻灯片。

（2）有图片插入、超链接（动作按钮）、幻灯片切换、录制旁白的设置。

第6章 计算机网络基础与应用

6.1 计算机网络基础知识

6.1.1 计算机网络的定义

计算机网络，是指将地理位置不同的具有独立功能的多台计算机及其外部设备，通过通信线路连接起来，按照网络协议进行数据通信，实现资源共享和信息传递的信息系统。计算机网络是计算机技术与通信技术相结合的产物。

6.1.2 计算机网络的发展

从20世纪50年代起到现在，计算机网络经历了从单机到多机、从终端与计算机之间通信到计算机与计算机之间直接通信的发展时期。计算机网络的发展大致可以划分为以下四个阶段。

1．第一阶段：计算机网络诞生

20世纪50年代中期，美国开始了计算机技术与通信技术相结合的尝试，在半自动地面防空系统（Semi-Automatic Ground Environment，SAGE）中把远程雷达和其他测控设备的信息经由线路汇集至一台IBM计算机上进行集中处理与控制。严格地说，SAGE系统和现代的计算机网络相比，存在很大的差别。当时的系统中除了一台中央计算机外，其余的终端设备均没有独立处理数据的功能，当然还不能算是真正意义上的计算机网络，我们把这个阶段称为计算机网络的诞生或者雏形阶段。

2．第二阶段：计算机网络形成

世界上公认的、最成功的第一个远程计算机网络是1969年由美国高级研究计划署（Advanced Research Projects Agency，ARPA）提供经费、联合组织研制成功的ARPANET，它就是Internet的前身。该网络的主要目标是借助通信系统使网络内各计算机系统间能够相互共享资源，它最初使用的是一个有4个结点的实验性网络。ARPANET的出现，代表着计算机网络的形成。在这个时期形成了“计算机网络是以能够相互共享资源为目的互联起来的具有独立功能的计算机之集合体”的基本概念。

3．第三阶段：计算机网络互联

20世纪70年代末至90年代的第三代计算机网络是具有统一的网络体系结构并遵循国际标准的开放式和标准化的网络。ARPANET兴起后，计算机网络发展迅猛，各大计算机公司相继推出自己的网络体系结构及实现这些结构的软、硬件产品。由于没有统一的标准，不同厂商的产品之间实现互联很困难，人们迫切需要一种开放性的标准化实用网络环境，这样就产生了两种国际通用的最重要的体系结构，即 TCP/IP 体系结构和国际标准化组织的 OSI 体系结构。遵循统一网络体系结构的计算机可以方便地联入计算机网络，因此该阶段也称为计算机网络互联阶段。

4．第四阶段："信息高速公路"

20 世纪 90 年代末至今，我们称为计算机网络发展的第四阶段，在该阶段，由于局域网技术发展的成熟，出现了光纤及高速网络技术、多媒体网络、智能网络，整个网络就像一个大的对用户透明的计算机系统。在该阶段中不得不提到的是推动计算机网络快速发展的美国的"信息高速公路计划"。"信息高速公路"的正式名称是"国家信息基础设施（National Information Infrastructure，简称 NII）"，1992 年，美国总统候选人克林顿提出将建设"信息高速公路"作为振兴美国经济的一项重要措施。"信息高速公路"是指在美国的政府、研究机构、大学、企业以及家庭之间，建立可以交流各种信息的大容量、高速率的通信网络，让各种各样的信息在美国四通八达，使美国企业能更有效地交流信息，为发展经济创造有利条件；同时，"信息高速公路"也将提高人们的工作效率和生活质量。1993 年，"信息高速公路"被批准成为美国政府的建设计划。此后日本、加拿大和欧洲等发达工业国家也都决定要加快建设"信息高速公路"。

随着通信技术和信息技术的进一步发展，计算机网络将不再仅仅是一个工具，也不再是一个仅供少数人使用的技术专利，它将成为一种文化、一种生活，融入到社会的各个领域。

6.1.3 计算机网络的功能

计算机网络的主要功能是资源共享和数据通信。

1．资源共享

计算机网络的资源共享可以分为硬件资源共享和软件资源共享。硬件资源共享是指网络中的用户可以共享连接在网络中的打印机、硬盘等硬件资源，使用户节省投资，还可以共享中央处理器，让几台计算机协同完成某项任务，这样也便于集中管理和均衡分担负荷。软件资源共享是指允许互联网上的用户远程访问各类大型数据库，可以得到网络文件传送服务、远程进程管理服务和远程文件访问服务，从而避免软件研发上的重复劳动以及数据资源的重复存储，也便于集中管理各种软件资源。

2．数据通信

计算机网络为分布在各地的用户提供了强有力的通信手段，用户可以通过计算机网络传送电子邮件、发布新闻消息和进行电子商务活动。

6.1.4 计算机网络的组成

总的来说，计算机网络包括网络计算机、网络服务器、网络设备、网络操作系统、传输介质以及相应的网络应用软件。

1．网络计算机

网络计算机是安装有网卡的计算机，也叫主机，它能够发送、接收和存储数据信息。

2．网络服务器

网络服务器是一种特殊的计算机，与网络主机相比，其存储容量更大，工作更可靠，其作用是为各种网络终端设备提供服务。

3．网络设备

网络设备主要包括集线器、交换机、网桥、路由器、网络接口卡、调制解调器等。

1）集线器

集线器也叫 Hub，最基本的功能是作为一个多端口的信号放大设备，使衰减的信号恢复到发送时的状态，紧接着转发到其他所有处于工作状态的端口上，主要用于共享网络的组建。

2）交换机

交换机（Switch）是一种用于电信号转发的网络互联设备，每个端口独享指定带宽，它可以为接入交换机的任意两个网络结点提供独享的电信号通路。

3）路由器

路由器（Router）是互联网的主要结点设备。作为不同网络之间互相联接的枢纽，它能在多网络互联环境中，建立灵活的联接。路由器具有判断网络地址和选择联接路径的功能，从而能大大提高通信速度，提高网络系统畅通率。

4）网络接口卡

网络接口卡（NIC）又称网络适配器（NIA），简称网卡，是计算机与网线连接的部件，被插入计算机的扩展插槽中，执行计算机与网络之间的信号传输规范。

5）调制解调器

调制解调器（Modem）能完成将数字信号和模拟信号相互转换的功能，也被称作“猫”。由于电话线路传输的是模拟信号，而 PC 之间传输的是数字信号，所以当我们想通过电话线把自己的电脑连入 Internet 时，就必须使用调制解调器来转换两种不同的信号。当 PC 向 Internet 发送信息时，由于电话线传输的是模拟信号，所以必须要用调制解调器把数字信号“翻译”成模拟信号，才能传送到 Internet 上，这个过程叫做“调制”。当 PC 从 Internet 获取信息时，由于通过电话线从 Internet 传来的信息是模拟信号，要通过调制解调器把模拟信号转化为 PC 能识别的数字信号，这个过程叫做“解调”。

4．网络软件

网络软件主要包括网络操作系统等软件，网络操作系统主要用于在安全措施的保证下，合理地调度、分配、控制网络系统资源。常用的 Windows 网络操作系统的版本有 Windows 2003 Server/ Advance Server 等，常用的 UNIX 网络操作系统的版本有 AT&T 和 SCO 的 UNIX SVR3.2、SVR4.0 和 SVR4.2 等。

5．传输介质

传输介质是网络中传输信号的载体，分为如双绞线、同轴电缆、光纤这样的有线传输介质和如无线电波、微波、红外线等无线传输介质。

不同的传输介质，传输信号的能力、有效距离、造价等性质均不相同。如双绞线的信息传输速率为不超过 100Mbps，最大网线长度为 100 m，超过此传输距离要在中间加中继器。同轴电缆信息的传输速度可达每秒几百兆位，抗干扰能力较强，适合较大距离的传输。光纤与其他传输介质比较，电磁绝缘性能好、信号衰减小、频带宽、传输速度快、传输距离大，主要用于要求传输距离较大、布线条件特殊的主干网连接，价格也比较高。

6.1.5 计算机网络的分类

对计算机网络分类的方法很多。如果按网络的拓扑结构分类可分为星型、总线型、环型、树型、混合型网络等；如果按网络的交换方式分类可分为电路交换、报文交换、分组交换网络；如果按网络的传输介质分类可分为双绞线、同轴电缆、光纤、无线网络；如果按网络的信道分类可分为窄带网络和宽带网络；如果按网络的用途分类可分为教育、科研、商业、企业网络。目前广泛使用的分类方法是按照网络的覆盖范围分类，将计算机网络分为局域网、城域网、广域网。

1．局域网（Local Area Network，LAN）

局域网它所覆盖的地区范围较小，在计算机数量的配置上，少的可以只有两台，多的可达几百台；在网络所涉及的地理距离上，一般来说可以是几米至十千米以内。局域网一般位于一个建筑物或一个单位、一个企业内部。局域网有信息传输速度快、组网成本较低、易于管理等特点。

2．城域网（Metropolitan Area Network，MAN）

城域网一般来说用于在一个城市，但不在同一地理范围内的计算机互联。这种网络的联接距离可以在10～100 km。MAN网与LAN网相比，扩展的距离更长，联接的计算机数量更多，在地理范围上可以说MAN网是LAN网的延伸。在一个大型城市或都市地区，一个MAN网通常联接着多个LAN网，如联接政府机构的LAN网、医院的LAN网、电信的LAN网、公司企业的LAN网等。

3．广域网（Wide Area Network，WAN）

广域网也称为远程网，所覆盖的范围比MAN网更广，它一般是不同城市之间的LAN网或者MAN网互联，地理范围可从几百千米到几千千米。大型的WAN网可以由各大洲的许多LAN网和MAN网组成。最广为人知的WAN网就是Internet，它由全球成千上万的LAN网和WAN网组成。广域网通常用电话线路、光缆、微波、卫星等介质进行通信，信息传输速率较低。

有时LAN网、MAN网和WAN网间的边界非常不明显，很难确定LAN网在何处终止、MAN网或WAN网在何处开始。但是可以通过4种网络特性即传输介质、协议、拓扑以及私有网和公共网间的边界点来确定网络的类型。如LAN网结束在传输介质改变的地方。

6.1.6 计算机网络的拓扑结构

引用拓扑学中与大小及形状无关的点、线的关系的方法，把网络中的计算机和通信设备抽象为一个点，把传输介质抽象为一条线，由点和线组成的几何图形就是计算机网络的拓扑结构。确定计算机网络的拓扑结构是设计计算机网络的第一步，是实现各种网络协议的基础，不同的拓扑结构对网络的性能、系统的可靠性和通信能力有不同的影响。常见的网络拓扑结构有总线型、星型、环型、树型、混合型等结构。

1．总线型结构

网络中所有的结点都连接到一条通信总线上，通过总线进行信息传输。总线上任意时刻只有一个结点能发送数据。总线上某结点出现故障，不影响总线上其他结点的正常工作。这种结构的特点是结构简单灵活、建网容易、使用方便、性能好。其缺点是通信总线对网络起决定性作用，总线故障将影响整个网络，如图 6.1 所示。

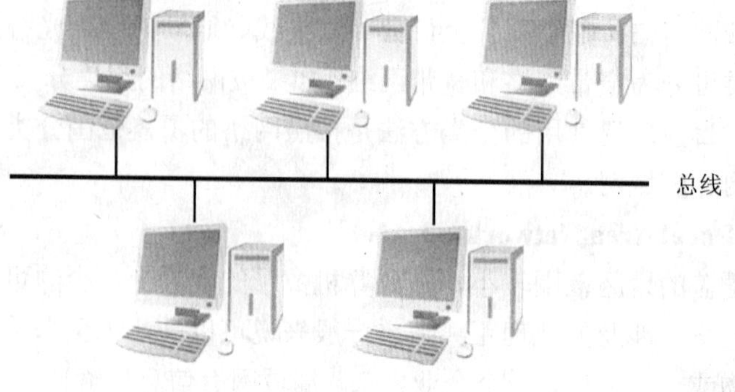

图 6.1 总线型拓扑结构图

2．星型结构

在星型结构中，网络由各个结点与中央结点的集线器连接组成，各结点必须通过中央结点才能实现通信，中央结点可以对整个网络进行管理，一般结点有故障时不影响其他结点工作，但是中央结点的故障会使整个网络瘫痪。星型结构的特点是结构简单、建网容易、便于控制和管理。其缺点是中央结点负担较重，容易形成系统的“瓶颈”，线路的利用率也不高，如图 6.2 所示。

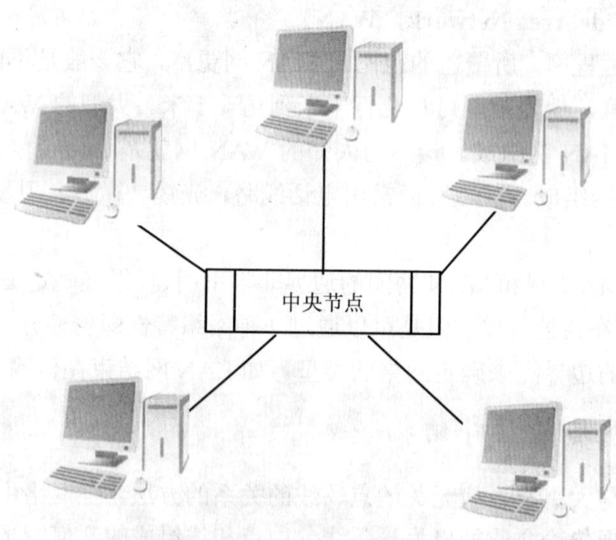

图 6.2 星型拓扑结构图

3．环型结构

在环型结构中，各结点通过中继器首尾相连，形成一个闭合环型线路，每个结点需安装中继器，以接收、放大、发送信号。环型网络中的信息传送是单向的，即沿一个方向从一个结点传到另一个结点，任意一个结点发生故障，都会导致整个网络瘫痪，这种结构的特点是结构简单、建网容易、便于管理。其缺点是当结点过多时，将影响传输效率，不利于结点扩充，如图 6.3 所示。

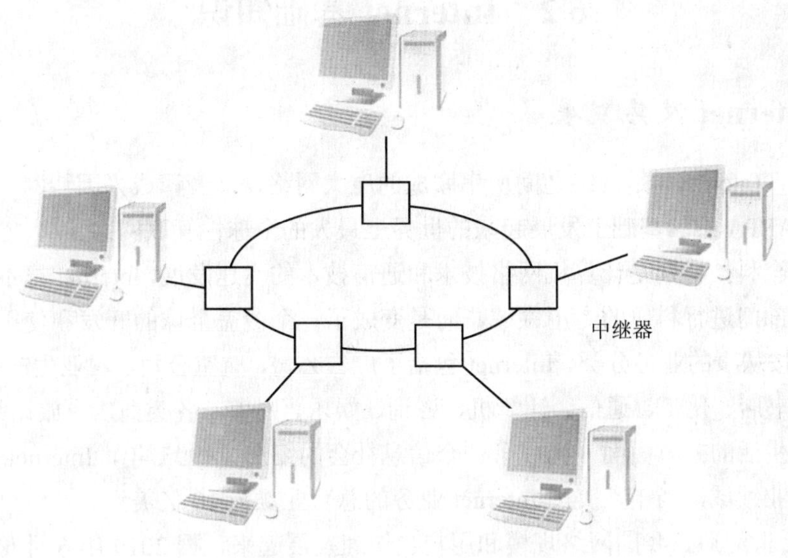

图 6.3　环型拓扑结构图

6.1.7　计算机网络协议和网络体系结构

计算机网络中的计算机要进行通信，必须使它们遵循相同的信息交换规则。我们把在计算机网络中用于规定交换信息的格式以及如何发送和接收信息的一整套规则称为网络协议（Network Protocol）或通信协议（Communication Protocol）。

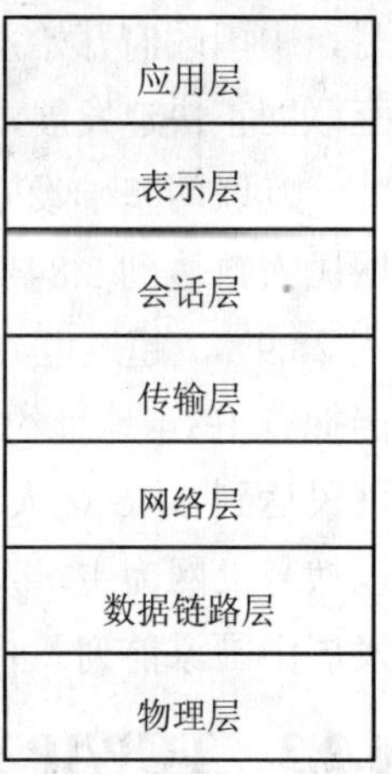

图 6.4　OSI 7 层参考模型

网络设计者为了降低网络协议设计的复杂性，采用了把整个问题划分为若干层次的许多小问题，然后逐一解决每个层次的小问题的方法来设计协议，这种划分层次的方法也叫做开发网络协议的分层模型（Layering Model），该方法能够简化网络协议的设计、分析、编码和测试。

计算机网络各层次及其协议的集合称为网络体系结构（Network Architecture）。网络体系结构是抽象的，而其实现是具体的，它是指能够运行的一些硬件和软件。

1974 年，美国 IBM 公司首先公布了世界上第一个计算机网络体系结构（System Network Architecture，SNA），凡是遵循 SNA 的网络设备都可以很方便地进行互联。为了进一步实现不同厂家生产的计算机系统之间以及不同网络之间的数据通信，国际标准化组织 ISO（International Organization for Standards）于 1983 年提出了开放系统互联参考模型 OSI/RM（Open System Interconnection/Reference Model），如图 6.4 所示。“开放”这个词表示能使任何两个遵循参考模型和有关标准的系统进行互联。OSI 参考模型分为 7 层，从下到上分别为物理层（Physical Layer）、数据链路层（Data Link Layer）、网络层（Network Layer）、传输层（Transport

Layer)、会话层(Session Layer)、表示层(Presentation Layer)和应用层(Application Layer)。

6.2 Internet 基础知识

6.2.1 Internet 及其发展

互联网（Internet）是网络之间所串联成的庞大网络，又音译成“因特网”或者“英特网”，是在 ARPA 网的基础上发展起来的世界上最大的全球性互联网络。

随着社会科技特别是计算机网络技术和通信技术的飞速发展，Internet 已不再是计算机人员和军事部门进行科研的专用领域，而是变成了一个覆盖全球的开发和使用信息资源的信息海洋。按从事的业务分类，Internet 包括了广告公司、航空公司、农业生产公司、艺术、导航设备、书店、化工、通信、计算机、咨询、娱乐、财贸、各类商店、旅馆等 100 多类，覆盖了社会生活的方方面面，构成了一个信息社会的缩影。1995 年，Internet 开始被大规模应用在商业领域，当年，美国 Internet 业务的总营业额为 10 亿美元。

进入 21 世纪后，我国网络规模和用户也快速发展起来，据 2010 年 6 月发布的《中国互联网状况白皮书》介绍：“1997 年至 2009 年，我国共完成互联网基础设施建设投资 4.3 万亿元，建成辐射全国的通信光缆网络，光缆线路总长度达 826.7 万千米，其中长途光缆线路 84 万千米。到 2009 年年底，中国基础电信企业互联网宽带接入端口已达 1.36 亿个，互联网国际出口带宽达 866.367Gbps，拥有 7 条登陆海缆、20 条陆缆，总容量超过 1600Gbps。中国 99.3%的乡镇和 91.5%的行政村接通了互联网，96.0%的乡镇接通了宽带。2009 年 1 月，中国政府开始发放第三代移动通信（3G）牌照，目前 3G 网络已基本覆盖全国。移动互联网正快速发展，互联网将惠及更广泛的人群。”

互联网基础设施的建设和完善促进了互联网的普及和应用。截至 2009 年年底，中国网民人数达到 3.84 亿，比 1997 年增长了 618 倍，年均增长 3.195 万人，互联网普及率达到 28.9%，超过世界平均水平。中国境内网站达 323 万个，比 1997 年增长了 2152 倍。中国拥有 IPv4 地址约 2.3 亿个，已成为世界第二大 IPv4 地址拥有国。中国使用宽带上网的网民达到 3.46 亿人，使用手机上网的网民达到 2.33 亿人。中国网民的上网方式已从最初以拨号上网为主，发展到以宽带和手机上网为主。中国互联网的发展与普及水平目前已居发展中国家前列。

6.2.2 TCP/IP 协议

TCP/IP（Transfer Control Protocol/Internet Protocol）协议即传输控制/网际协议，又叫网络通信协议，它包含了一系列构成互联网基础的网络协议。这些协议最早发源于美国国防部的 ARPA 网项目。TCP/IP 协议定义了电子设备（如计算机）如何连入因特网，以及数据如何在它们之间传输的标准。TCP/IP 协议字面上代表了两个协议：TCP（传输控制协议）协议和 IP（网际协议）协议。其中 TCP 协议负责把数据分成若干个数据包，并给每个数据包加上包头，IP 协议在每个包头上再加上接收端主机地址，这样就能在传输数据的过程中找到该数据的目的地了。如果在传输过程中出现数据丢失、数据失真等情况，TCP 协议会自动要求数据重新传输，并重新组包。总之，IP 协议保证数据的传输，TCP 协议保证数据传输的质量。

TCP/IP 协议是一个 4 层的分层体系结构，这 4 层分别介绍如下。

1．应用层

该层包括所有和应用程序协同工作、利用基础网络交换应用程序专用数据的协议。一些特定的程序运行在这个层上，它们提供服务直接支持用户应用。这些程序和它们对应的协议包括 HTTP（万维网服务协议）、FTP（文件传输协议）、SMTP（电子邮件协议）、SSH（安全远程登录）、DNS（域名系统）以及许多其他协议。

2．传输层

传输层能够解决诸如端到端的可靠性的问题，如数据是否已经到达目的地和数据是否按照正确的顺序到达等。在此层中的 TCP（传输控制协议）、UDP（用户数据报协议）等，能给数据包加入传输数据并把它传输到下一层中，同时确定数据已被送达和接收。

3．网络互联层

网络互联层负责提供基本的数据封包传送功能，让每一个数据包都能够到达目的主机（但不检查是否被正确接收），该层中的 IP（网际协议）完成数据从数据源发送到目的地的基本任务。

4．网络接口层

网络接口层实现对实际的网络媒体的管理，定义如何使用实际网络（如 Ethernet、Serial Line 等）来传送数据。

TCP/IP 协议 4 层结构与 OSI 7 层参考模型的对应关系如图 6.5 所示。

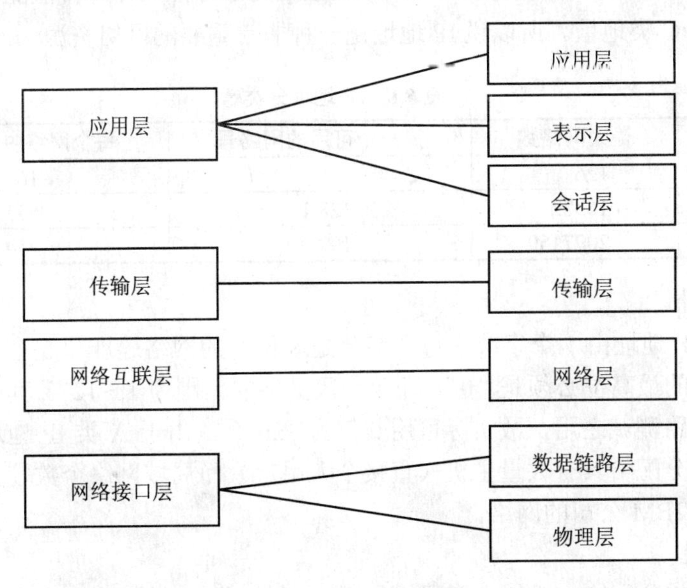

图 6.5　TCP/IP 模型和 OSI 参考模型的层次对应关系

6.2.3 IP 地址及子网掩码

1. IP 地址

在 Internet 上连接的计算机，数量巨大，为了识别每台入网的计算机，实现各计算机间的通信，每台计算机都必须有一个唯一的网络地址。这个地址就叫做 IP（Internet Protocol）地址，即用 Internet 协议语言表示的地址。

目前 IP 协议的版本号是 4（简称为 IPv4，"v"代表 version），它的下一个版本就是 IPv6。IPv6 目前正处在不断发展和完善的过程中。在 IPv4 中规定，IP 地址是一个 32 位的二进制地址，为了便于记忆，将它们分为 4 组，每组 8 位，由小数点分开，用 4 个字节来表示，为了便于使用，每字节用一个 0～255 的十进制数表示，用小数点分开各个字节，如 202.116.0.1，这种书写方法叫点分十进制。

所有的 IP 地址都由国际组织 NIC（Network Information Center）统一分配，目前全世界共有三个这样的网络信息中心：InterNIC 负责美国及其他地区；ENIC 负责欧洲地区；APNIC 负责亚太地区。 我国申请 IP 地址要通过 APNIC，然后向国内的代理机构提出。

为了便于寻址以及层次化构造网络，每个 IP 地址分为网络 ID 和主机 ID 两部分。网络 ID 标识在同一个物理网络上的所有宿主机，主机 ID 标识该物理网络上的每一个宿主机，于是整个 Internet 上的每台计算机都可以依靠各自唯一的 IP 地址来标识。同一个物理网络内的所有主机都使用同一个网络 ID，网络内的每一个主机（包括网络内的工作站、服务器和路由器等）又都有一个主机 ID 与其对应。

Internet 委员会定义了 5 种 IP 地址类型以适合不同容量的网络，即 A 类～E 类。其中 A、B、C 三类（见表 6.1）由 InterNIC 在全球范围内统一分配，D、E 类为特殊地址。由于历史原因和技术发展的差异，A 类地址和 B 类地址几乎分配殆尽，目前能够供全球各国各组织分配的只有 C 类地址。所以说 IP 地址是一种非常重要的网络资源。

表 6.1 IP 地址分类

地址类别	最大网络数	第一个可用的网络号	每个网络中的最大主机数
A	126	1	16777214
B	16382	128.1	65534
C	2097150	192.0.1	254

1）A 类地址

一个 A 类 IP 地址由 1 个字节（每个字节是 8 位）的网络地址和 3 个字节的主机地址组成，网络地址的最高位必须是"0"，即第一段数字的范围为 1～127。其中网络号 127 需留作本机软件回路测试之用，故实际可用数仅为 126 个。由于 A 类 IP 地址的数量极为有限，因此通常只分配给具有大量主机（直接个人用户）而局域网络个数较少的规模特大型网络使用，例如 IBM 公司的网络。

2）B 类地址

B 类地址通常分配给一般的中型网络使用。一个 B 类 IP 地址由 2 个字节的网络地址和 2 个字节的主机地址组成，网络地址的最高两位必须是"10"，即第一段数字范围为 128～

191。每个B类地址可连接65534（$2^{16}-2$），因为主机号的各位不能同时为（0或1）台主机。

3）C类地址

C类地址通常分配给小型网络使用，如一般的局域网，它可连接的主机数量是最少的，采用把所属的用户分为若干个网段的方式进行管理。一个C类地址是由3个字节的网络地址和1个字节的主机地址组成，网络地址的最高3位必须是“110”，即第一段数字范围为192～223。每个C类地址可连接254台主机。

4）D类地址

D类地址不分网络地址和主机地址，它的第1个字节的前4位固定为“1110”。D类地址的范围是从224.0.0.1～239.255.255.254。D类地址又称为广播地址，仅供特殊协议向指定的结点发送信息时使用。

E类地址保留给将来使用。

2．子网掩码

子网掩码（subnet mask）又叫网络掩码、地址掩码、子网络遮罩，是与IP地址结合使用的一种技术。它的主要作用有两个：一是用于屏蔽IP地址的一部分以区别IP地址中的网络标识部分和主机标识部分，并说明该IP地址是在局域网上，还是在远程网上；二是用于将一个较大的IP网络划分为若干小的子网络。

与IP地址相同，子网掩码也是一个由4个字节构成的32位地址，由1和0组成，且1和0分别连续，即某个字节中的编码要么全是1，要么全是0。整个编码中1的数目等于相应IP地址中网络地址的长度；0的数目等于主机地址的长度，也就是说1段对应的是IP的网络地址部分，0段对应的是IP的主机地址部分。因此，A类地址的默认子网掩码为255.0.0.0；B类地址的默认子网掩码为255.255.0.0；C类地址的默认子网掩码为255.255.255.0。

6.2.4 域名

由于IP地址是数字标识，使用时难以记忆和书写，因此在IP地址的基础上又发展出一种符号化的地址，来代替数字型的IP地址。每一个符号化的地址都与特定的IP地址对应，从而方便用户访问网络资源。这个与网络上的数字型IP地址相对应的字符型地址，就被称为域名（Domain Name），如jlufe.edu.cn。将域名映射为IP地址的过程就称为“域名解析”，这个工作由专门的域名解析服务器（Domain Name System，DNS）来完成。

一个完整的域名应该由两个或两个以上部分组成，各部分之间用英文的“.”来分隔。例如域名sohu.com，该域名由两部分组成。

在一个完整的域名中，最后一个“.”的右边部分称为顶级域名或一级域名，在上面的域名例子中，com是顶级域名。最后一个“.”的左边部分称为二级域名，如sohu.com这个域名中的sohu为二级域名，二级域名的左边部分称为三级域名，三级域名的左边部分称为四级域名，以此类推，每一级的域名控制它下面的域名分配。

1．顶级域名（TLD）

顶级域名由ICANN（The Internet Corporation for Assigned Names and Numbers，互联网名称与数字地址分配机构）定义，它是2个英文字母或3个英文字母的缩写。顶级域名分为下面三种：

1）通用顶级域名（General Top Level Domain）

适用于商业公司的顶级域名 com，适用于非营利机构的顶级域名 org，适用于大的网络中心的顶级域名 net，这三个顶级域名向所有用户开放，也称为全球通用域名，任何国家的用户都可申请注册它们下面的二级域名。

由于历史原因，适用于美国军事机构的顶级域名 mil，适用于美国联邦政府的顶级域名 gov，适用于美国大学或学院的顶级域名 edu，这三个通用顶级域名只向美国专门机构开放。

2）国际顶级域名

适用于国际化机构的顶级域名 int。

3）国家代码顶级域名

目前有 240 多个国家代码顶级域名，它们由 2 个字母缩写来表示。例如 cn 代表中国，jp 代表日本。

在已注册的域名中，最多的是 com 下的二级域名，其次是 net 下的二级域名，jp（日本）是注册域名最多的国家代码顶级域名。

由于 Internet 的飞速发展，通用顶级域名下可注册的二级域名越来越少，ICANN 在 2000 年年底增加下列通用顶级域名。

Arts：艺术和文化单位

Firm：商业公司

Info：信息服务

Nom：个人

Rec：娱乐

Store：网上商店

Web：同 Web 有关的活动

2．二级域名

在一个完整的域名中，最后一个“.”的左边部分称为二级域名，命名规则由相对应的顶级域名管理机构制定，并由这个管理机构来管理。例如，域名 yahoo.com 中，二级域名 yahoo 列在 com 顶级域名数据库中。

3．三级域名（TLD）

在一个完整的域名中，二级域名的左边部分称为三级域名，由相对应的二级域名所有人来管理，由于各个顶级域名的政策不一样，这个管理者可以是专门的域名管理机构，也可以是公司或个人。

6.2.5 WWW 基础

WWW 是 World Wide Web 的缩写，中文翻译为万维网，是建立在客户机 /服务器模型之上的，以超文本标注语言 HTML（Hyper Markup Language）与超文本传输协议 HTTP（Hyper Text Transfer Protocol）为基础的，能够提供面向 Internet 服务的、一致的用户界面的信息浏览系统。万维网是依托于因特网运行的一项服务，即 WWW 服务。

在 Internet 中浏览网页资源时要使用网页的 URL 地址。URL（Uniform Resource Locator，统一资源定位器）地址是进入 Internet 后查阅信息的有效途径，表示每个网页的地址。每个 URL 地址由所使用的传输协议、域名（或 IP 地址）、文件路径和文件名 4 部分组成。例如，吉林财经大学图书馆主页的 URL 地址：

http://221.8.30.169:8080/library/index.jsp

（传输协议）（IP 地址）　　　（文件路径）（文件名）

URL 地址中前两部分是最主要的，不能省略，后两部分则可以从后向前省略。

6.3 Internet 应用案例

6.3.1 案例 1——接入 Internet

要浏览 Internet 中成千上万的网页，从 Internet 上获取信息，必须把计算机接入到 Internet。从用户数量上来说，Internet 接入一般分为单机接入和网络接入两种方式。单机接入一般比较直观，只需按某种方法将计算机接入 Internet 即可；而网络接入比较复杂，它一般是团队用户在拥有内联网的情况下，通过某种接入方式实现与 Internet 的连接，从而实现享受各种各样的网络服务。当局域网接入 Internet 时，一般是局域网的一台计算机（服务器）采用高速接入技术连接 Internet，而局域网中的其他计算机则通过该计算机访问 Internet。

1．单机接入 Internet

目前个人在家里使用一台计算机接入 Internet，通常采用的方法是拨号上网。拨号上网又有两种方式：普通拨号入网和 ISDN 拨号入网。

创建拨号上网的基本步骤如下。

（1）从 Internet 服务商（ISP）处申请 Internet 账号。

（2）安装和配置调制解调器（包括普通 Modem 或 ISDN 适配器）。

（3）安装拨号适配器和 TCP/IP 协议；创建和配置拨号连接。

调制解调器安装好后，如果要接入 Internet，还需要建立拨号连接（即与 ISP 主机之间的连接），通过该连接，可以将计算机连接到 Internet。创建拨号连接时，用户需要知道 ISP 所提供的接入 Internet 所需要的信息，如拨入电话号码、用户名和用户密码。

用 ISDN 拨号上网与普通电话拨号上网没有多大区别。唯一不同的是：用电话线上网时，Modem 会发出拨号音，以及拨号成功后的证实音，然后出现后端拨号屏幕；而用 ISDN 上网时没有拨号音及证实音，直接出现后端拨号屏幕，而且从拨号到接通只需短短几秒钟。拨号成功后的操作完全相同，但 ISDN 拨号上网更迅速。

2．局域网接入 Internet

单机通过局域网直接访问 Internet，其原理和过程要简单很多。用户的计算机内安装好专用的网络适配器（以太网卡），使用专用的网线（如光缆、双绞线等）连接到集线器或网络交换机上，再通过路由器与远程的 Internet 连接，即在物理上实现了与 Internet 的连接。

通过局域网接入 Internet 的硬件要求：586 以上的计算机，64M 内存；网卡（即网络适配器）；网线（常见的网线有双绞线和同轴电缆等）。

首先安装网卡，应该在断电的情况下，先物理安装网卡，然后再安装网卡驱动程序。物理安装网卡，只要将网卡插入到计算机的主板上即可。如果是“即插即用”网卡，系统会自动安装和配置，安装网卡后，下一次启动机算机时，网卡就可以工作了。对于非“即插即用”网卡，安装之后，系统会检测到新硬件并启动一个向导，让用户安装该网卡的驱动程序。

安装网卡之后，就可以将计算机接入到现有的局域网。例如将自己办公室的计算机接入到单位的局域网中。在接入现有的局域网之前，用户需要从网络管理员那里获得该网络工作组名（局域网名）、计算机名。运行 Windows XP 网络安装向导，配置网络基本信息，将计算机接入到现有的局域网。

Internet 是通过 TCP/IP 协议进行网络通信的。要想将安装了 Windows 2000/XP 及以上版本操作系统的计算机通过局域网接入 Internet，必须安装 TCP/IP 协议，并对其进行配置，即配置 IP 地址、子网掩码、DNS 和网关。在对 Internet 协议进行配置之前，需要网络管理员提供该计算机的 IP 地址、子网掩码、DNS 的 IP 地址和网关 IP 地址。

6.3.2 案例 2——IE 浏览器的使用

要想在互联网上浏览信息，就要用到浏览器。浏览器（Browser）实际上是一个软件程序，用于与 WWW 建立连接，并与之进行通信。它可以在 WWW 系统中根据链接确定信息资源的位置，并将用户感兴趣的信息资源取回来，对 HTML 文件进行解释，然后将文字、图像或者多媒体信息还原出来。目前比较流行的浏览器是美国 Microsoft 公司的产品 IE（Internet Explorer），它被集成到微软公司的操作系统中。每当我们安装完微软公司的操作系统软件时，IE 也就被自动安装完，其图标会显示在桌面上。

常见的网页浏览器还包括 Mozilla 的 Firefox、Apple 的 Safari、Google Chrome，此外中国搜狐旗下的搜狗浏览器，还有傲游科技公司的傲游浏览器也都以其个性化服务赢得了越来越多的用户。

下面介绍 IE 浏览器的使用方法。

1．浏览网页

在桌面找到 IE 浏览器图标双击，打开 IE 浏览器，也可以以其他方法打开浏览器，然后在地址栏里输入要浏览网页的地址www.jlufe.edu.cn，按回车键确认后，即可转到要浏览的网页，如图 6.6 所示。在网页中只需单击相关的超链接，即可浏览到相应的详细内容。

2．网页资源的保存

1）保存网页

在浏览器窗口中打开“文件”菜单，单击“另存为”命令，在打开的对话框中选择目标文件夹及其他信息，然后单击“保存”按钮即可。

2）保存当前网页中的图片

在浏览器窗口中用鼠标右击要保存的图片，在弹出的快捷菜单中单击“图片另存为”命令，选择目标文件夹，在“文件名”文本框中输入该图片的名称，单击“保存”按钮即可。

3）保存当前网页中的文本

先在当前网页中选定要保存的文本内容，采用“复制”的方式将其传入剪贴板，再打开保存文本的目标文档，采用“粘贴”的方式将其复制过来即可。

图 6.6　浏览吉林财经大学主页

3．浏览器的设置

（1）默认主页的设置。

在浏览器窗口打开“工具”菜单，单击“Internet 选项”，在“常规”选项卡中，可以更改默认主页地址，使 IE 启动时即可访问该主页，如图 6.7 所示是吉林财经大学的主页地址。

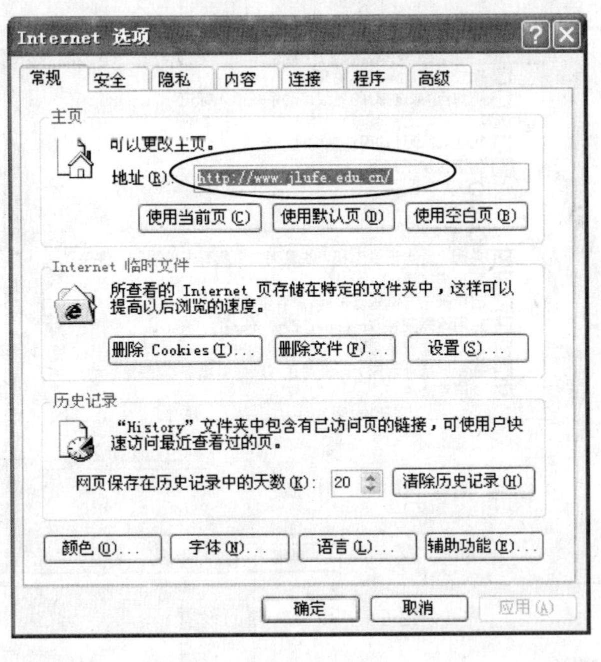

图 6.7　设置默认主页

（2）打开“连接”选项卡，可以设置连接方式，如图 6.8 所示。

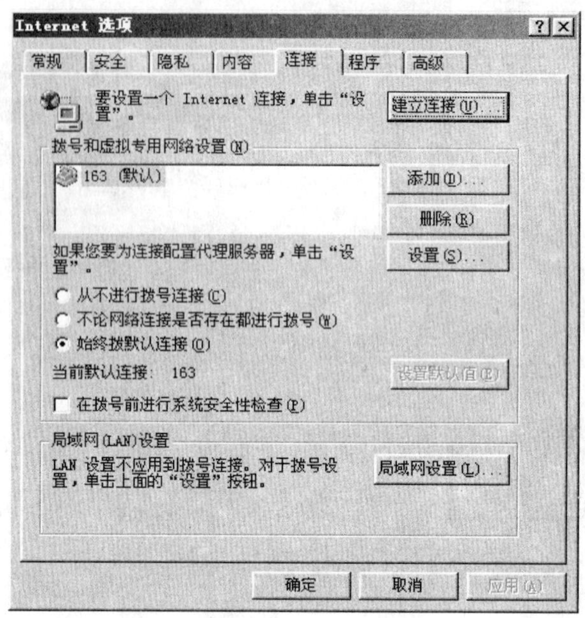

图 6.8　设置连接方式

（3）打开“高级”选项卡，可以对 IE 的工作方式进行设置，如图 6.9 所示。设置完成后，单击“确定”按钮即可返回浏览器窗口。

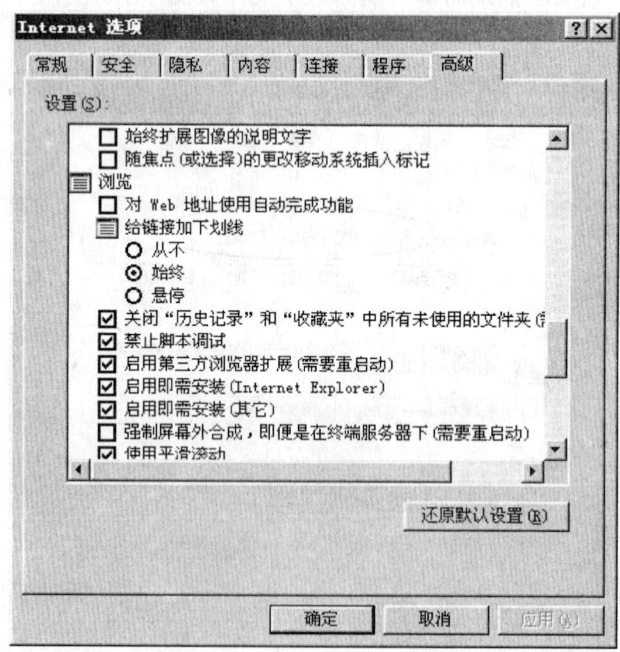

图 6.9　高级选项的设置

4．组织个人收藏夹

IE 浏览器提供的收藏夹功能使用户可以将经常浏览的网页的地址进行保存，以便下次浏览同样的网页时不用重新输入网页地址。

1）将网页地址添加到收藏夹

在正在浏览的网页地址页面中单击“收藏”菜单中的“添加到收藏夹”命令，选择目标文件夹，单击“确定”按钮即可。

2）整理收藏夹

单击菜单工具栏中的“收藏”菜单，单击“整理收藏夹”命令，可以对收藏夹中的网页进行“移动”、“删除”等操作，也可以创建新的文件夹，可以根据自己的习惯和爱好将喜爱的网页组织到相应的文件夹，以便查找。

5．打印网页

在浏览器窗口中打开“文件”菜单，单击“打印”，可以设置打印选项，设置完成后单击“确定”按钮，即可打印。打印之前也可以通过单击“打印预览”命令查看打印效果。

6.3.3 案例3——搜索信息

Internet是信息的海洋，拥有成千上万乃至上亿的网页，为了使用户能在这样的信息海洋中快速找到自己需要的信息，研究人员设计了搜索引擎。

搜索引擎是一种软件程序，能帮助用户查找存储在个人电脑或计算机网络上的信息。当用户输入搜索项目，搜索引擎会自动在网络上搜索相关信息，并对信息进行组织和处理，最后将相关信息展示给用户。目前比较流行的搜索引擎有百度（www.baidu.com）、谷歌（www.google.com）、搜狗（www.sogou.com）等。使用搜索引擎搜索信息时通常采用关键词搜索法和分类搜索法两种方式。

1．使用关键词搜索法进行搜索

现以百度搜索引擎为例，若要搜索有关奥运会的信息，可先进入百度搜索引擎的主页面，然后在搜索框中输入“奥运会”三个字，再单击“百度一下”搜索按钮即可。另外，还可以根据百度提供的进一步分类依据如网页、视频、图片等按类别进行搜索，如图6.10所示，搜索有关北京奥运会的图片。

图6.10 搜索奥运会图片

此外，为了获得更精确的搜索结果，可以同时输入多个关键词进行搜索（各关键词之间要用一个空格隔开），如图 6.11 所示，搜索“2008 年奥运会吉祥物”的信息。

百度搜索_2008 奥运会 吉祥物 - Microsoft Internet Explorer
文件(F) 编辑(E) 查看(V) 收藏(A) 工具(T) 帮助(H)
后退 搜索 收藏夹
地址(D) http://www.baidu.com/s?wd=2008+%B0%C2%D4%CB%BB%E1+%BC%AA%CF%E9%CE%EF 转到 链接
新闻 网页 贴吧 知道 MP3 图片 视频 地图 更多▼ 搜索设置 | 登录
Bai百度 2008 奥运会 吉祥物 百度一下
把百度设为主页 百度一下，找到相关网页约3,370,000篇，用时0.118秒
北京2008年第29届奥运会吉祥物—福娃 - 北京2008年第29届奥运会官...
福娃是北京2008年第29届奥运会吉祥物，其色彩与灵感来源于奥林匹克五环、来源于中国辽阔的山川大地、江河湖海和人们喜爱的动物形象。福娃向世界各地的孩子们传递友谊...
www.beijing2008.cn/spirit/symbols/mascots 2011-1-16 - 百度快照
▶来百度推广您的产品
咨询热线：400-800-8888
e.baidu.com
北京奥运吉祥物揭晓 新浪体育 新浪网
2008年北京奥运会吉祥物正式公布 吉祥物定价 销售点 万众瞩目的北京奥运会吉祥物于北京时间11日20:18正式揭晓，奥运吉祥物福娃：形象为鱼、熊猫、奥运圣火、藏羚羊...
sports.sina.com.cn/z/2008mfigure/ 2010-12-31 - 百度快照
北京奥运会千日倒计时-奥运吉祥物发布-搜狐2008奥运
专辑首页 现场直播 奥运经济 搜狐8年 奥运情结 北京2008 奥运官网 祝贺篇... 北京奥运会千日倒计时-奥运吉祥物发布 北京奥运会千日倒计时-奥运吉祥物发布...
2008.sohu.com/s2005/jixiangwu.shtml 2011-1-3 - 百度快照
<font color=red>北京2008年奥运会吉祥物“福娃”正式发布</font.
经过一年零三个月的漫长角逐，万众瞩目的北京奥运会吉祥物正式与世人见面。吉祥物...福娃是北京2008年第29届奥运会吉祥物，其色彩与灵感来源于奥林匹克五环、来源于...
www.china.com.cn/chinese/SPORT-c/1025042.htm 2005-11-11 - 百度快照
2008奥运会吉祥物 百度知道
北京时间11月11日晚，万众期盼的北京2008年奥运吉祥物精彩出炉，五个可爱的福娃...接下来，实力唱将韦唯用《共迎奥运》唱出了中国人民对于奥运会的期待，现场大...
zhidao.baidu.com/question/1139978.html 2009-2-10 - 百度快照
2008北京奥运会的吉祥物是什么？ 百度知道
福娃是北京2008年第29届奥运会吉祥物，其色彩与灵感来源于奥林匹克五环、来源于中国辽阔
Internet

图 6.11　搜索“2008 年北京奥运会吉祥物”信息

2．使用分类搜索法进行搜索

新浪的“爱问知识人”就是一个提供按分类的方式进行信息搜索的网站。提供分类搜索引擎的网站，会将尽可能多的分类关键词列出，供用户选择使用，如图 6.12 所示，如果想搜索手机方面的信息，可以选择“电脑、通信、互联网”这一分类，然后选择“手机”。这样的搜索方式，适用于用户对所搜索的信息所属类别划分比较清晰的情况。

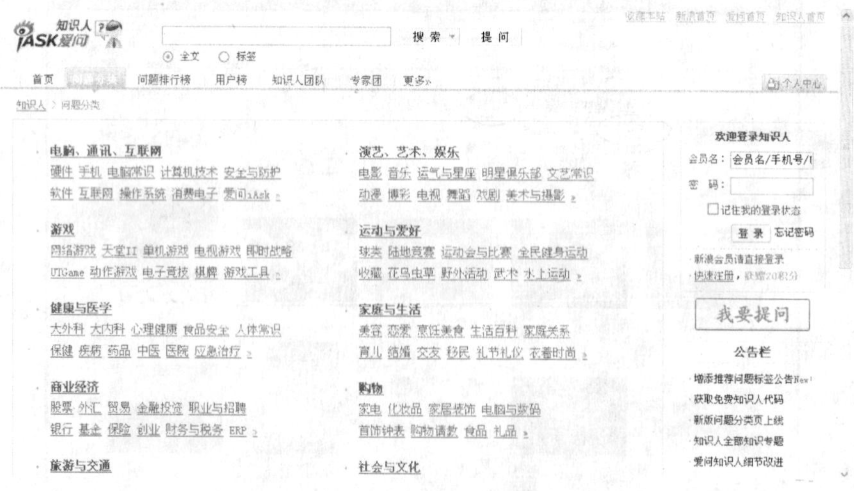

图 6.12　搜索手机信息

6.3.4 案例 4——电子邮件

1. 电子邮件简介

电子邮件（Electronic Mail）简称 E-mail，它是一种通过计算机网络来进行信息交换的通信方式，是 Internet 应用最广的服务之一，电子邮件可以是文字、图像、声音等各种方式。在电子邮件服务中有两个重要的协议，简单邮件传输协议 SMTP（Simple Mail Transfer Protocol）和邮局协议 POP（Post Office Protocol），它们是负责用客户机/服务器模式发送和检索电子邮件的协议。发送方通过邮件客户程序（如 Outlook），将编辑好的电子邮件发送到邮局服务器（遵循 SMTP 协议的邮件发送服务器）。邮局服务器识别接收者的地址，并向管理该地址的邮件服务器（遵循 POP3 协议的邮件服务器）发送电子邮件。邮件服务器只将电子邮件存放在接收者的电子信箱内，并告知接收者有新邮件到来。接收者通过邮件客户端程序连接到服务器后，就会看到服务器的通知，进而打开自己的电子信箱来查收邮件。

电子邮件的地址格式是：用户名@域名，其中@是英文 at 的意思。例如，在电子邮件地址“jsjx@jlufe.edu.cn”中，用户名是 jsjx，域名是 jlufe.edu.cn。

很多网站都提供电子邮件服务，如新浪，搜狐，网易等，有的企事业单位也有自己专门的电子邮件服务器，给自己的员工提供电子邮件服务。

2. 电子邮件的收发

下面我们在 126 免费邮网站注册电子邮箱，并实现邮件的收发。

1）注册及登录邮箱

首先在浏览器的地址栏输入 www.126.com 进入 126 免费邮箱网站的主页，单击“立即注册”，进入新邮箱的注册页面，按照提示填写相关的信息，即可完成注册。如注册时使用的用户名为 ctujsjx，则新注册的电子邮件地址为 ctujsjx@126.com。再次进入 126 网站的主页登录邮箱，如图 6.13 所示。

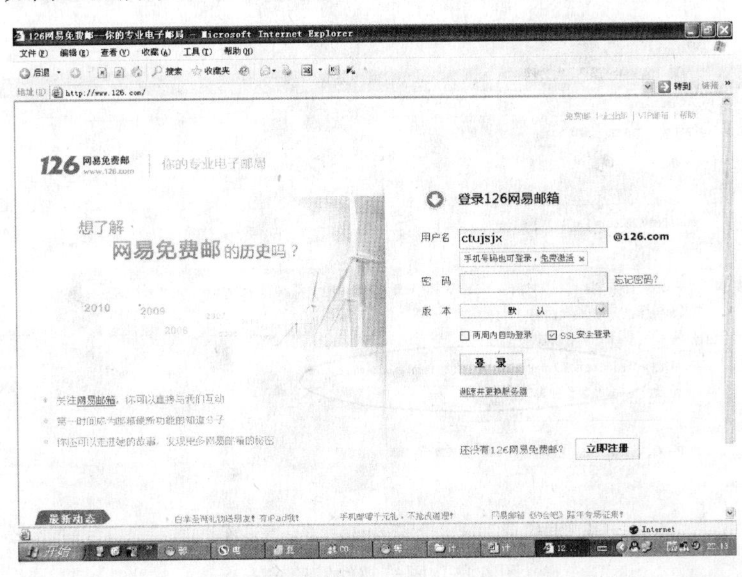

图 6.13 登录 126 邮箱

正确填写用户名 ctujsjx 及注册时设定的密码，单击“登录”按钮进入邮箱。然后单击“写信”按钮，即可开始编辑邮件。

2）发送电子邮件

此处给自己写一封电子邮件，发件人就是用户本人的电子邮件地址，收件人是接收邮件人的电子邮件地址，填写邮件主题和邮件内容，如果有其他电子文件需要通过电子邮件一同发送，则可以单击“附件”按钮，将其他电子文件添加到附件中，然后单击“发送”按钮即可成功发送电子邮件，如图 6.14 所示。

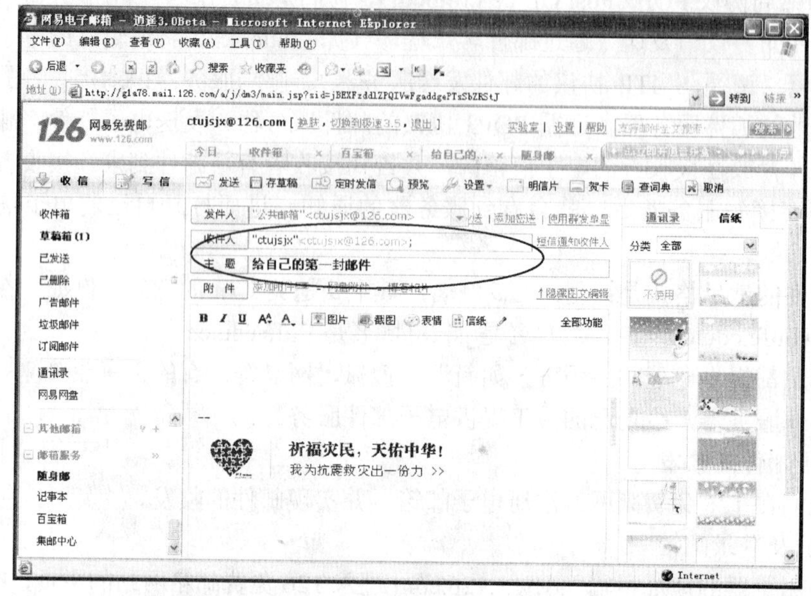

图 6.14　给自己写一封邮件

也可以在收件人处同时填写多个收件人的邮箱地址，多个地址之间用分号分开，这样就可以将一封邮件同时发送给多人。如图 6.15 所示即为将一封邮件同时发送给三个收件人。

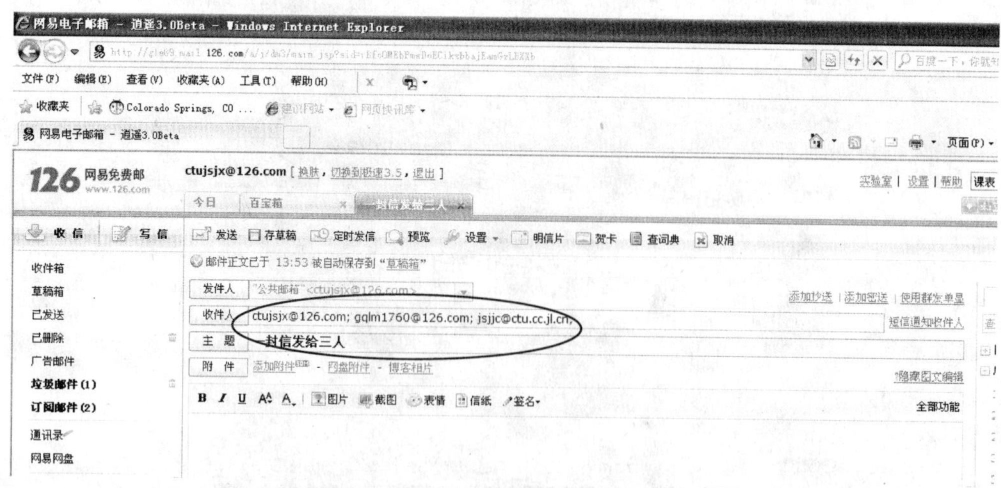

图 6.15　同一邮件发给多人

3）已收邮件的查看、回复、转发与删除

单击“收件箱”可以查看收到的邮件，如图 6.16 所示。对于收到的邮件单击“回复”按钮可进行回复邮件操作，还可以单击“转发”命令将该邮件再转发给其他收件人。

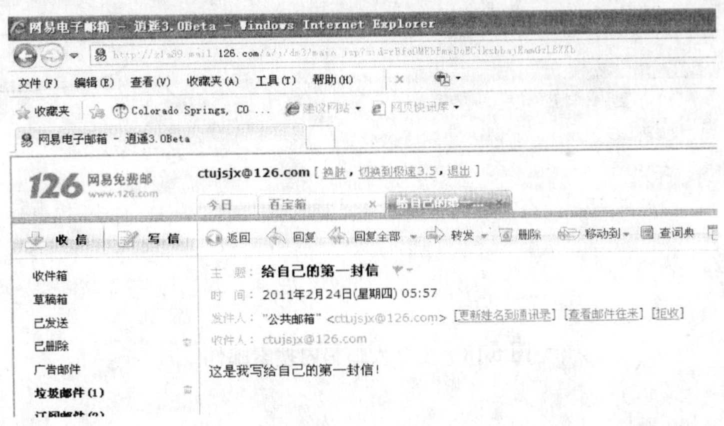

图 6.16　查看收到的邮件

对于需要删除的邮件，可以进入收件箱，在邮件列表前面的复选框中单击选定要删除的邮件，然后单击“删除”命令，即可将所选中的邮件删除，如图 6.17 所示。

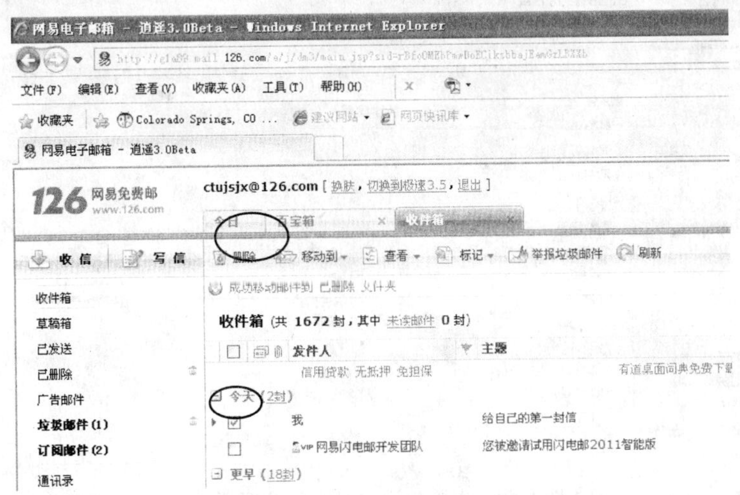

图 6.17　删除邮件

3．电子邮件的管理

1）在个人邮箱内搜索邮件

很多电子邮箱都提供在个人邮箱内搜索邮件的功能，如在 126 邮箱的搜索框中填写关键词后，单击“搜索”命令就可按照要求进行邮件搜索，如图 6.18 所示。

2）设置“通讯录”

为了方便记忆他人的电子邮件地址，用户可以通过在“通讯录”中新建联系人的方式将他人的电子邮件地址记录在“通讯录”中，以后再写电子邮件时就可以从“通讯录”中直接查找邮件地址而无须手工填写。新建联系人的操作页面如图 6.19 所示。

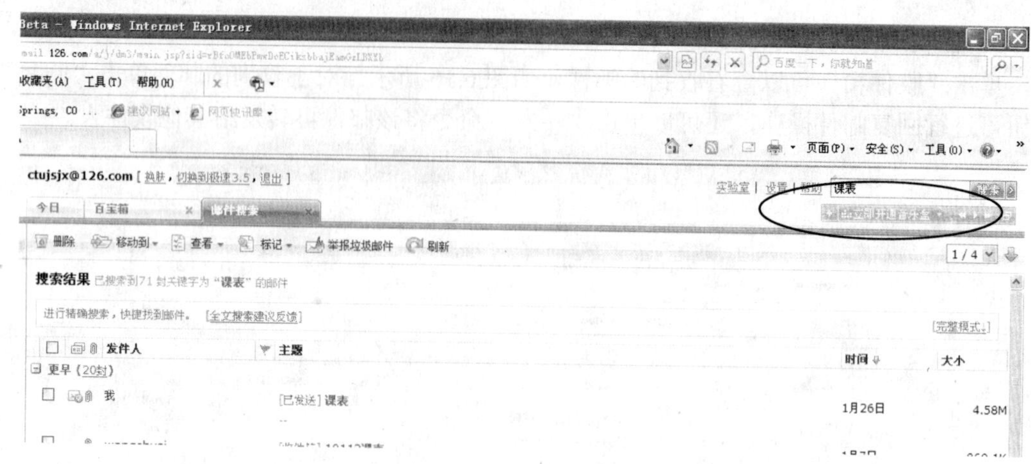

图 6.18　在个人邮箱内搜索邮件

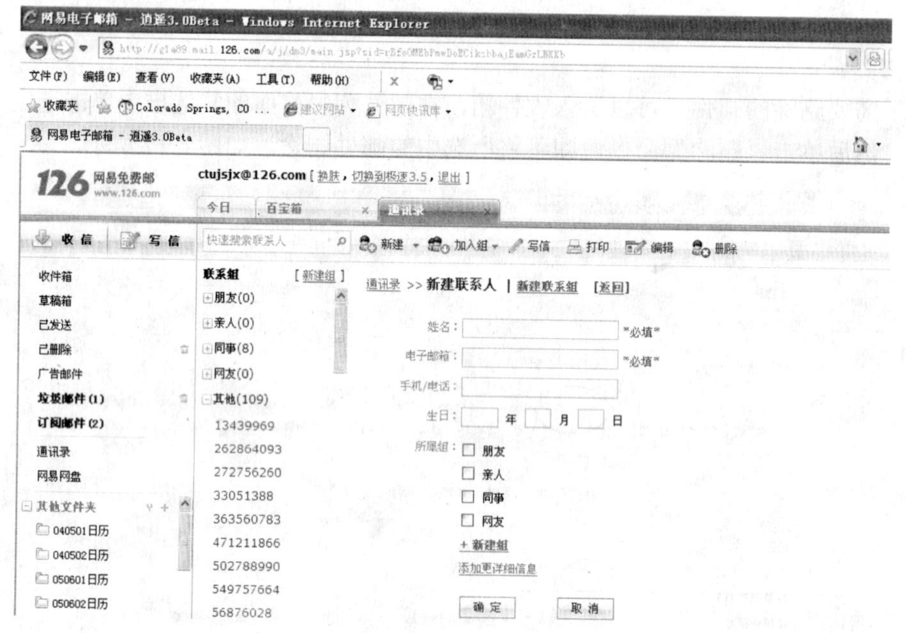

图 6.19　在邮件通讯录中新建联系人

3）自动回复功能设置

通过自动回复功能的简单设置，当您的邮箱收到来信时，邮件系统就会自动回复您预先设置好的回信内容给对方，以便让对方知道这封邮件已经被您成功收到。在 126 邮箱的右上角找到并单击“设置”菜单，打开邮箱设置页面，再单击其中的“自动回复”，进入自动回复设置界面，如图 6.20 所示。在该页面中选中“使用自动回复”选项，在“回复内容”编辑框内填入合适的自动回复信息，再单击“确定”按钮即可。

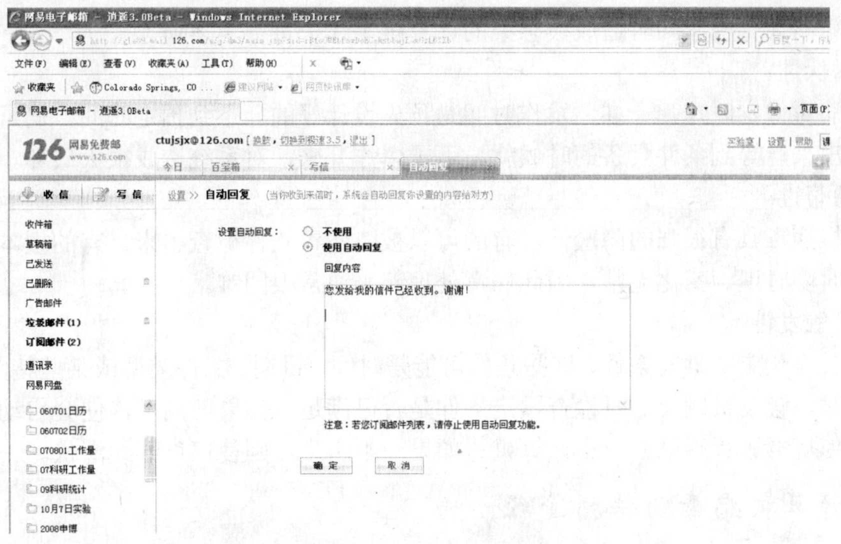

图 6.20　邮件自动回复功能设置

6.4　计算机病毒

6.4.1　计算机病毒的定义

计算机病毒（Computer Virus）是指编制者在计算机程序中插入的破坏计算机功能或者破坏数据、影响计算机使用并且能够自我复制的一组计算机指令或者程序代码。

6.4.2　计算机病毒的来源

计算机病毒大致来源于以下几个方面：计算机专业人员和电脑爱好者不是为了攻击谁，而仅仅是自己为了寻开心或标榜自己的能力而制造的病毒；软件公司及用户为保护自己的软件不被非法复制或破解，通过制造病毒进行的报复性惩罚措施；此外还有蓄意制造的病毒，旨在攻击和摧毁他人的计算机信息系统和计算机系统；还有出于研究探索或其他有益的目的而设计的程序，但由于某种原因失去控制而意外制造的病毒。

6.4.3　计算机病毒的特点

1．破坏性

计算机中毒后，可能会导致正常的程序无法运行，计算机内的文件被删除或受到不同程度的损坏。

2．寄生性

计算机病毒寄生在其他程序之中，当这个程序被执行时，病毒就起破坏作用，而在未启动这个程序之前，病毒是不易被人发觉的。

3．传染性

传染性是病毒的基本特征。计算机病毒会通过各种渠道从已被感染的计算机扩散到其他未被感染的计算机，同时造成被感染的计算机工作失常甚至瘫痪。

4．潜伏性

有些病毒像定时炸弹一样，发作时间是预先设计好的。不到预定时间，病毒一点都不会被觉察出来，等到条件具备的时候就一下子爆炸开来，对系统造成很大破坏。

5．隐蔽性

计算机病毒具有很强的隐蔽性，有的可以被防病毒软件检查出来，有的根本就查不出来，有的时隐时现、变化无常，因此病毒处理起来通常很困难。

6．可触发性

病毒具有预定的触发条件，这些条件可能是时间、日期、文件类型或某些特定数据等。病毒运行时，触发机制会随时检查预定条件是否已满足，如果已满足，便会启动感染或破坏动作，使病毒进行感染或攻击计算机；如果尚不满足，则使病毒继续潜伏。

6.4.4 计算机病毒的传播途径

早期计算机病毒主要是通过软盘、硬盘的使用进行传播繁殖。早期的软盘曾被作为最常用的交换媒介，许多可执行文件均通过软盘相互复制、安装，这样病毒就能通过软盘来传播扩散；软盘中携带病毒的文件被复制到硬盘上，使得硬盘感染病毒，由于带病毒的硬盘在本地或移到其他地方使用、维修等，使病毒继续扩散。近些年，光盘又被广泛使用，由于其容量大，存储了大量的可执行文件，大量的病毒也就有可能藏身其中，由于用户对只读型光盘不能进行写操作，因此光盘上的病毒不能被清除。在以谋利为目的的非法盗版软件的制作过程中，商家不可能为病毒防护担负专门责任，也绝不会有真正可靠可行的技术保障避免病毒的侵入、传染、流行和扩散。当前，盗版光盘的泛滥也给病毒的传播带来了极大的便利。

Internet 的发展给病毒的传播又增加了新的途径，Internet 已经成为病毒传播的最主要途径。通过 Internet 感染病毒主要有两种方式：一种来自下载文件，那些被浏览过的或是通过 FTP 下载的文件中可能存在病毒；另一种来自电子邮件，用户通过下载并打开携带病毒的电子邮件而使本地机器感染病毒。

6.4.5 计算机病毒的防范

为了严格防范计算机病毒的侵入，用户应认真做好以下几方面的工作：

1）为操作系统的各种漏洞及时打上最新的补丁

平时注意及时对系统软件和网络软件进行必要的升级处理，还要尽快为各种漏洞打上最新的补丁。

2）安装杀毒软件和网络防火墙

启动机器后或上网前应马上运行查杀病毒和拦截软件。安装杀毒软件后，还要坚持定期更新病毒库和杀毒程序，以最大限度地发挥杀毒软件应有的功效。

3）下载文件后进行仔细查毒

下载文件后，最好立即用杀毒软件扫描一遍，尤其是对于一些 Flash、MP3、文本文件不能掉以轻心，因为现在已经有病毒可以藏身在这些容易被大家忽视的文件中了。

4）预防邮件病毒

发现邮箱中出现不明来源的邮件应小心谨慎对待，尤其是带有可执行附件的邮件，如.exe、.vbs、.js 等。这样的邮件应直接删除。

5）重要数据及时备份

对于重要数据一定要及时备份，这样即使计算机遭受到网络病毒的一定程度的破坏，也能把用户的损失减至最小。

习 题 6

一、选择题

1．常用的有线通信介质包括双绞线、同轴电缆和________。

A．微波　　B．红外线　　C．光纤　　D．激光

2．局域网的网络软件主要包括________。

A．网络操作系统、网络数据库管理系统和网络应用软件

B．服务器操作系统、网络数据库管理系统和网络应用软件

C．工作站软件和网络应用软件

D．网络传输协议和网络数据库管理系统

3．调制解调器（Modem）的功能是实现________。

A．数字信号的编码　　B．数字信号的整形

C．模拟信号的放大　　D．数字信号与模拟信号的转换

4．已知接入 Internet 网的计算机用户为 Xinhua，而连接的服务商主机名为 pulic.tpt.tj.cn，则相应的 E-mail 地址为________。

A．Xinhua@public.tpt.tj.cn　　B．Xinhua.public.tpt.tj.cn

C．Xinhua.public@tpt.tj.cn　　D．ublic.tpt.tj.cn@Xinhua

5．计算机网络的最突出的优点是________。

A．存储容量大　　B．资源共享　　C．运算速度快　　D．运算速度精

6．下列叙述中，错误的是________。

A．发送电子邮件时，一次发送操作只能发送给一个接收者

B．发送邮件时接收方无须了解对方的电子邮件地址就能够收到

C．向对方发送电子邮件时，并不要求对方一定处于开机状态

D．使用电子邮件的首要条件是必须拥有一个电子信箱

7．下列软件中，专门用于检测和清除病毒的软件或程序是________。

A．Scandisk　　B．Windows

C．WinZip　　D．卡巴斯基

8．在计算机网络中，TCP/IP 是一组________。

A．支持同类型的计算机（网络）互联的通信协议

B．支持异种类型的计算机（网络）互联的通信协议

C．局域网技术

D．广域网技术

9．电子邮件的特点之一是________。

A．采用存储——转发方式在网络上逐步传递信息，不像电话那样直接、即时，但费用较低

B．在通信双方的计算机都开机工作的情况下方可快速传递数字信息。

C．比邮政信函、电报、电话、传真都更快

D．只要在通信双方的计算机之间建立起直接的通信线路后，便可快速传递数字信息

10．下面关于 Internet 的说法不正确的是________。

A．Internet 是安全可靠的

B．Internet 也在不断地发展，下一代 Internet 已经出现

C．Internet 是由许多 LAN 网与 WAN 网组成的

D．Internet 中有许多商业机遇

11．发现计算机感染病毒后，应该采取的做法是________。

A．重新启动计算机并删除硬盘上的所有文件

B．重新启动计算机并格式化硬盘

C．用一张干净的系统软盘重新启动计算机后，用杀毒软件检测并清除病毒

D．立即向公安部门报告

12．计算机网络的主要功能是实现________。

A．文件查询　　B．信息传输与数据处理

C．数据处理　　D．信息传输与资源共享

13．在计算机网络中传送的数据形式是________。

A．十进制数　　B．十六进制数

C．八进制数　　D．二进制数

14．国际标准化组织提出有关计算机网络的 OSI 参考模型共分________。

A．5 层　　B．6 层　　C．7 层　　D．8 层

15．计算机网络中的服务器是指________。

A．32 位总线的高档微机

B．具有通信功能的 PⅡ微机或奔腾微机

C．为网络提供资源，并对这些资源进行管理的计算机

D．具有大容量硬盘的计算机

16．在局域网中，应用的网络拓扑结构有________。

A．总线型　　B．环型　　C．星型　　D．以上都是

17．当网络中任何一个工作站发生故障时，都有可能导致整个网络停止工作，这种网络的拓扑结构为________结构。

A．星型　　B．环型　　C．总线型　　D．树型

18．计算机网络按通信范围可分为________。

A．局域网、以太网、广域网

B．局域网、城域网、广域网

C．电缆网、城域网、广域网

D．中继网、局域网、广域网

19．在计算机网络中，术语 LAN 被称为________。

A. 远程网　　B. 中程网

C. 近程网　　D. 局域网

20. 和广域网相比，局域网________。

A. 有效性好但可靠性差

B. 有效性差但可靠性好

C. 有效性好可靠性也好

D. 只能采用基带传输

21. Internet 是________类型的网络。

A. 局域网　　B. 城域网

C. 广域网　　D. 企业网

22. 下列 4 个网络中属于局域网的是________。

A. 因特网　　B. 校园网

C. 上海热线　　D. 中国教育网

23. 通过 Internet 能够________。

A. 查询、检索资料

B. 打国际长途电话，点播电视节目

C. 点播电视节目，发送电子邮件

D. 以上都对

24. 单击 IE 工具栏中“刷新”按钮，下面正确的是________。

A. 可以更新当前显示的网页

B. 可以中止当前显示的传输，返回空白页面

C. 可以更新当前浏览器的设定

D. 以上说法都不对

25. 下列________是网络互联设备。

A. 路由器　　B. 声卡　　C. 电话　　D. 显卡

26. 目前网络传输介质中传输速率最高的是________。

A. 双绞线　　B. 同轴电缆　　C. 光缆　　D. 电话线

27. 网卡的功能不包括________。

A. 网络互联　　B. 进行电信号匹配

C. 实现数据传输　　D. 将计算机连接到通信介质上

28. ________是目前局域网中应用最广泛的传输介质。

A. 双绞线和同轴电缆　　B. 通信电缆

C. 双绞线和电力线　　D. 双绞线和光纤

29. 若要通过电话线把计算机接入网络，则需购置________。

A. 路由器　　B. 网卡　　C. 调制解调器　　D. 集线器

30. 下面 4 个 IP 地址中，正确的是________。

A. 202.9.1.12　　B. CX.9.23.01

C. 202.122.202.345.34　　D. 202.156.33.D

二、填空题

1．地理位置不同、具有独立功能的多个计算机系统，通过通信设备和线路互相连接起来，并使用功能完整的网络软件来实现网络资源共享的系统，称为__________。

2．一个功能完备的计算机网络需要制定一套复杂的协议集，而计算机网络协议是按照____________来组织的。

3．网络层次结构模型与各层协议的集合称为________________。

4．OSI 模型将网络结构划分为______层。

5．计算机网络按照网络的覆盖范围来分可分为___________、城域网、广域网。

6．局域网的覆盖范围为____________。

7．为了通信方便，网络给每一台计算机都事先分配一个类似我们日常生活中的电话号码一样的标识地址，该标识地址就是_________。

8．由于 IP 地址是用一串数字表示，用户很难记忆，因此采用了一种便于记忆的地址，称为__________。

9. WWW 的信息分布在各个 Web 站点，_________就是用来确定各种信息资源位置的，俗称“网址”。

10．局域网一般由服务器、工作站、_________、连接设备（如网卡或集线器等）、网络软件等组成。

11．一台能够提供和管理可共享资源的计算机称为________，而能够使用服务器上的可共享资源的计算机称为_______。

12．_________是一种网络通信协议，它规范了网络上的所有通信设备，尤其是一个主机与另一个主机之间的数据传输格式以及传送方式，它还是互联网的基础协议，也是一种电脑数据打包和寻址的标准方法。

13．电子邮件地址由_______和域名（含有用户账户的服务器）两部分组成。

14．网络互联时，通常都不能简单的直接相连，而需要通过一个中间设备进行联接。这些设备包括网桥、____________和网关。

15．Internet 提供的主要服务有_________、文件传输服务 FTP、远程登录 Telnet、WWW 服务等。

16．目前，局域网的传输介质主要有双绞线、_________和光纤。

17．局域网的两种工作模式是_________和客户机/服务器模式。

18．_______是超文本传输协议的英文缩写。

19．网页是采用_________语言来制作的。

20．通过________功能，可以把 Internet 上各站点的网页链接在一起而构成一个庞大的信息网。

参 考 文 献

[1] 蒋加伏，沈岳. 大学计算机基础. 3版. 北京：北京邮电大学出版社，2008.
[2] 王会燃，薛纪文. 大学计算机基础教程（含实验）. 北京：科学出版社，2009.
[3] 谢希仁. 计算机网络. 5版. 北京：电子工业出版社，2008.
[4] 宋长龙. 大学计算机基础. 北京：高等教育出版社，2008.
[5] 高海霞. Office中文版教程. 上海：上海科学普及出版社，2009.
[6] 刘升贵，黄敏，庄强兵. 计算机应用基础. 北京：机械工业出版社，2010.
[7] 罗克露，俸志刚. 计算机组成原理. 北京：电子工业出版社，2010.
[8] 满昌勇. 计算机网络基础. 北京：清华大学出版社，2010.
[9] 张坤，姜立秋，赵慧然. 操作系统教程. 大连：大连理工大学出版社，2010.
[10] 张英，韩延明. 大学计算机基础. 北京：电子工业出版社，2009.
[11] 王会然，薛纪文. 大学计算机基础教程. 北京：科学出版社，2008.
[12] 杨振山，龚沛曾. 大学计算机基础. 北京：高等教育出版社，2004.
[13] 卜佳锐，周奇. 计算机文化基础. 北京：冶金工业出版社，2007.